Buch

Wenn Grace sich in einer Sache sicher ist, dann, dass sie in diesem Leben keine Kinder haben möchte. Entsprechend chaotisch verläuft ihr Blind Date in einem Nobelrestaurant in Seattle, bei dem ihr Gegenüber ihr mitteilt, es sei die heilige Pflicht der Frauen, sich fortzupflanzen. Grace kippt ihm kurzerhand ihren Drink ins Gesicht, doch bevor die Situation eskalieren kann, eilt der Besitzer des Restaurants zur Hilfe: Victor – charmant, Single, Vater zweier Kinder … Für den richtigen Mann, beschließt Grace, kann sie sicherlich eine exzellente Teilzeit-Mutter abgeben. Immerhin leben der siebenjährige Max und die dreizehnjährige Ava bei ihrer Mutter, Kelli. Doch kurz nachdem Victor Grace gebeten hat, seine Frau zu werden, stirbt Kelli unter ungeklärten Umständen. Während Ava mit ihrer Trauer und Grace mit ihrer neuen Mutterrolle kämpft, entdecken die beiden, dass es Einiges zu geben scheint, was sie über Kelli nie wussten. Gemeinsam begeben sie sich auf die Spur eines schmerzlichen Geheimnisses, das Kelli ihr Leben lang gehütet hat und das nun endlich ans Licht kommen soll.

Autorin

Amy Hatvany wurde 1972 in Seattle geboren und studierte an der Western Washington University Soziologie. Nach einer Reihe sehr unterschiedlicher Jobs, von denen sie einige mochte, andere wiederum gar nicht, beschloss sie schließlich, sich ganz dem Schreiben zuzuwenden. Amy Hatvany lebt mit ihrer Familie in Seattle.

Außerdem von Amy Hatvany bei Blanvalet erschienen:

Das Jahr der Wunder (Blanvalet Paperback, 0550)

AMY HATVANY

Ein Platz in deinem Herzen

Roman

Aus dem Amerikanischen
von Alexandra Kranefeld

blanvalet

Die Originalausgabe erschien 2013
unter dem Titel *Heart Like Mine* bei Washington Square Press,
A Division of Simon & Schuster, Inc., New York

MIX
Papier aus verantwortungsvollen Quellen
FSC® C014496
FSC
www.fsc.org

Verlagsgruppe Random House FSC® NN001967
Das FSC®-zertifizierte Papier *Holmen Book Cream*
für dieses Buch liefert Holmen Paper, Hallstavik, Schweden

1. Auflage
Taschenbuchausgabe Januar 2016
bei Blanvalet, einem Unternehmen der
Verlagsgruppe Random House GmbH, München

Redaktion: Angela Kuepper
Umschlaggestaltung und -motiv: www.buerosued.de
AF · Herstellung: sam
Druck und Einband: GGP Media GmbH, Pößneck
Printed in Germany
ISBN: 978-3-7341-0003-1

www.blanvalet.de

Für Anna, meine Bonus-Tochter,
die einen Platz in meinem Herzen füllte, von dem ich nicht
wusste, dass es ihn gab.

So viele Herzen, so viele Arten von Liebe.
Leo Tolstoi, *Anna Karenina*

Jedes Herz singt ein Lied, unvollständig,
bis ein anderes Herz zurückflüstert.
Plato

Grace

Später würde ich zurückblicken und mich fragen, was genau ich in dem Moment getan hatte, als Kelli starb.

Alles war wie immer, als ich am Morgen das Haus verließ. Da war kein Gefühl drohenden Unheils, kein düsterer Soundtrack, der mir ankündigte, dass mein Leben sich bald von Grund auf ändern würde. Da waren nur Victor, der noch in unserem Bett lag und schlief, und ich, die ich wie immer versuchte, ihn nicht zu wecken, als ich ihn zum Abschied küsste, ehe ich aus dem Haus ging.

Es war ein Freitag Ende Oktober, ich stieg in meinen Wagen und fuhr zur Arbeit. Auf meiner üblichen Strecke in die Innenstadt sah ich die Skyline von Seattle sich dunkel gegen den morgenroten Himmel abheben. »Guten Morgen«, begrüßte ich meine Assistentin Tanya, als ich ins Büro kam. Tanya sah wie immer umwerfend aus, mit ihrer Haut wie dunkle Schokolade und der Vorliebe für farbenfrohe Kleider, die ihre üppigen Kurven betonten. »Wie Jennifer Hudson vor Weight Watchers« hatte ich sie meiner besten Freundin Melody beschrieben, nachdem Tanya sich bei mir um die Stelle beworben hatte.

»Morgen«, antwortete sie, so vertieft in ihre Arbeit, dass sie kaum vom Computer aufblickte. Ihre rot lackierten Fingernägel klackerten über die Tastatur. Vor sechs Monaten hatte Tanya mit ihren zwei kleinen Kindern noch in einem unserer Frauenhäuser gelebt. Sie hatte dringend einen Job gebraucht und ich händeringend eine Assistentin gesucht, weshalb wir wie füreinander geschaffen schienen. Vorigen Herbst hatte ich den Posten als CEO von Second Chances übernommen, und ich war noch immer unglaublich stolz darauf, eine Organisation zu leiten, die in den frühen Neunzigern als einfache Telefon-Hotline für misshandelte Frauen begonnen hatte und mittlerweile ein vielseitiges Programm bot, das von akuter Krisenintervention und psychologischer Beratung bis zu Wohnmöglichkeiten und Hilfe bei der Jobsuche reichte. Anfang diesen Jahres hatten wir unseren ersten eigenen Secondhandladen eröffnet; bevor die Sachen in den Verkauf gingen, konnten unsere Frauen sich aus den gespendeten Kleidern aussuchen, was sie für Vorstellungsgespräche, einen neuen Job oder die ersten Schritte hinaus in ein neues Leben brauchten. Neben Personal und Finanzen war ich ganz allgemein für den reibungslosen Ablauf des Programms zuständig. Angenommen hatte ich die Stelle aber vor allem deswegen, weil es mir wirklich eine Herzensangelegenheit war, Frauen wie Tanya zu helfen, sich ein neues Leben aufzubauen.

Ich hatte unten im Café einen Latte für sie geholt und stellte ihn in ihre Reichweite, ging dann in mein Büro und schloss die Tür hinter mir. Ich nahm an, es würde ein Tag wie jeder andere werden. Ich setzte mich an meinen Schreibtisch, fuhr den Rechner hoch und warf einen Blick in meinen Kalender. Außer ein paar Telefonaten stand heute nur die Teambesprechung um vierzehn Uhr an. Also beschloss ich, die Klientenakten durchzugehen, die Tanya mir auf den Schreibtisch gelegt hatte. Die Entscheidung stand an, ob die betreffenden Frauen schon bereit waren für den Umzug aus einem unserer geschützten

Häuser in eine eigene Unterkunft. Den Ort zu verlassen, an dem viele von ihnen sich vielleicht zum ersten Mal in ihrem Leben sicher gefühlt hatten, war für Opfer häuslicher Gewalt oft der schwerste Schritt; Second Chances sorgte dafür, dass sie diesen Weg nicht allein gehen mussten.

Die nächsten Stunden sah ich kaum von meinen Unterlagen auf, dann klingelte mein Handy. Als ich Victors Namen auf dem Display sah, spürte ich ein aufgeregt-glückliches Kribbeln im Bauch. »Hi, Honey«, sagte ich und warf einen Blick auf den Ring an meinem Finger. Victor hatte mich vor gerade mal fünf Tagen gefragt, ob ich seine Frau werden wollte. Es fühlte sich noch immer ungewohnt an, den Ring zu tragen, und manchmal konnte ich es kaum glauben, dass Victor mich wirklich heiraten wollte.

»Könntest du nachher die Kinder von der Schule abholen?«, fragte er mich jetzt. Er klang angespannt, und seine Stimme hatte etwas Drängendes, das ich so nicht an ihm kannte.

»Wie, jetzt, wo ich deine Verlobte bin, bekomme ich nicht mal mehr ein Hallo?«, sagte ich in der Hoffnung, seine allem Anschein nach schlechte Laune zu vertreiben. Eigentlich war Victor der umgänglichste Mensch, den man sich nur denken konnte; ich fragte mich, ob bei der Arbeit etwas schiefgelaufen war, ob sein Küchenchef sich krankgemeldet oder eine der Bedienungen einen ganzen Schwung Weingläser hatte fallen lassen. »Ist das ein kleiner Vorgeschmack darauf, wie es ist, mit dir verheiratet zu sein?«

»Grace«, sagte er. »Hör mir zu. Ich möchte, dass du die beiden abholst und zu uns nach Hause bringst. Bitte.«

»Was ist denn los?«, fragte ich und saß auf einmal kerzengerade auf meinem Stuhl. Jeder Muskel in meinem Körper spannte sich an, als mir aufging, dass Victor nicht einfach nur einen schlechten Tag hatte.

»Es geht um Kelli. Ihre Freundin Diane hat sie vor ein paar Stunden gefunden. Sie hat nicht mehr geatmet und ...« Ich hörte ihn schlucken. »Sie ist tot, Grace. Kelli ist tot.«

Mein Mund wurde trocken. *Kelli. Seine Exfrau. Ach du Scheiße.* Alle Luft wich mir aus der Lunge; ich brauchte einen Moment, bis ich die nächsten Worte hervorbrachte. »Oh mein Gott, Victor. Was ist denn passiert?«

»Genaueres weiß ich noch nicht. Sie ist mit dem Krankenwagen in die Notaufnahme gekommen, und wie es aussieht, bin ich bei ihrer Versicherung noch als Kontakt für Notfälle aufgeführt. Deshalb haben sie mich angerufen. Kannst du die Kinder abholen?«

»Ja, natürlich.« Ich war längst aufgesprungen und suchte meine Sachen zusammen. Allein die Vorstellung, wie die beiden auf diese Nachricht reagieren würden, ließ mich panisch werden. Ich dachte an Ava, die mit ihren dreizehn Jahren ihre Mutter doch gerade jetzt brauchte, und an Max, der erst sieben war und an den Wochenenden, die er bei uns verbrachte, nur einschlafen konnte, wenn er vorher noch mit Kelli telefoniert hatte. Max und Ava, die noch gar nicht wussten, dass wir verlobt waren. Victor hatte es Kelli Anfang der Woche gesagt, bei einem Kaffee im Restaurant, während die Kids in der Schule waren. »Und, wie ist es gelaufen?«, hatte ich gefragt, als er wieder zu Hause war. Er hatte die Lippen zusammengepresst und den Kopf geschüttelt. »Nicht so toll«, hatte seine Antwort gelautet, und dabei hatte ich es belassen.

»Was soll ich den beiden sagen?«, fragte ich ihn nun. Ich

machte mir jetzt schon Sorgen, dass alles, was ich sagen würde, sowieso das Falsche wäre.

»Erst mal gar nichts. Ich versuche, so bald wie möglich zu Hause zu sein, aber vorher muss ich sie …« Ihm versagte die Stimme, und er räusperte sich. »Erst muss ich sie noch identifizieren.«

»Soll ich nicht vielleicht mitkommen?« Noch nie hatte ich ihn so aufgewühlt erlebt, und ich wünschte mir sehnlichst, etwas für ihn tun zu können, ihn irgendwie zu trösten.

»Nein, hol einfach nur die Kinder ab. Bitte. Bis ich zu Hause bin, wird mir schon einfallen, wie man es ihnen sagen kann.«

Wir legten auf, und ich stürmte aus meinem Büro. Sichtlich alarmiert schaute Tanya von ihrem Computer auf. »Ist was passiert?«

»Kelli … Victors Ex.« Ich atmete tief aus. »Sie ist tot.«

Tanya schlug sich die Hand vor den Mund. »Oh mein Gott!« Entsetzt riss sie die Augen auf und ließ die Hand wieder sinken. »Was ist denn passiert?«

»Das wissen wir noch nicht. Victor fährt gleich ins Krankenhaus.«

»Oh mein Gott«, sagte sie noch einmal und schüttelte fassungslos den Kopf. »Ich räume dann gleich mal deinen Kalender für die kommende Woche frei. Die Teambesprechung kann warten.« Sie zögerte kurz. »Soll ich Stephanie anrufen?«

Ich nickte, denn wer könnte mich besser vertreten als meine Vorgängerin? Als ich die Stelle angenommen hatte, war sie offiziell in den Ruhestand gegangen, unterstützte uns aber weiterhin ehrenamtlich. »Das wäre gut. Ich weiß noch nicht, wann ich wieder zurück bin. Danke.«

»Keine Ursache. Ich rufe dich an, wenn etwas Wichtiges ansteht. Und sag Bescheid, wenn ich irgendetwas tun kann.«

Am ganzen Körper zitternd verließ ich das Gebäude. Ich stieg in meinen Wagen und hielt das Lenkrad fest umklammert, versuchte, mich etwas zu beruhigen, bevor ich losfuhr. So vieles ging mir durch den Kopf; ich versuchte mir vorzustellen, wie das Leben für Max und Ava aussehen würde, wenn sie vom Tod ihrer Mutter erfuhren. Und wie es für mich aussähe, die ich mich, völlig unvorhergesehen, nun an ihrer Stelle fand.

An dem Abend, als ich Victor kennenlernte, lag mir nichts ferner als die Vorstellung, eines Tages die Mutter seiner Kinder zu werden. Der Gedanke, Mutter zu werden, lag mir ehrlich gesagt auch an allen anderen Abenden der Woche ziemlich fern. Genau das versuchte ich meinem Date begreiflich zu machen, als wir in der Lounge von The Loft saßen, einem beliebten Restaurant in Seattle. Zu diesem Zeitpunkt wusste ich weder, dass es Victors Restaurant war, noch dass er geschieden war und zwei Kinder hatte. Ich wusste nur, dass ich diesem Date so schnell wie möglich entkommen wollte, ehe es noch schlimmer wurde. Chad war vom Typ her der in die Jahre gekommene College-Student, der doch nie richtig erwachsen geworden ist, was mir leider nicht aufgefallen war, als wir uns auf Match.com ein paar launige Nachrichten geschickt und einmal kurz telefoniert hatten. Er hatte einen unkomplizierten, irgendwie witzigen Eindruck gemacht und schien ein gesundes Selbstbewusstsein zu haben, hart an der Grenze zum Unverschämten, eine Mischung, die ich bei Männern durchaus attraktiv fand. Also, dachte ich mir, könnte es ja nicht schaden, sich mal auf einen Drink zu treffen. Ganz offensichtlich falsch gedacht.

»So«, sagte er, nachdem wir uns gesetzt, unsere Drinks bestellt und die üblichen Nettigkeiten darüber ausgetauscht hatten, wie sehr wir uns freuten, uns endlich persönlich kennenzulernen. »Du willst also keine Kinder?« Mit einem seltsamen Grinsen im geröteten Gesicht lehnte er sich zurück.

Sein herausfordernder Ton ließ mich sofort auf Abstand gehen; sämtliche verfügbaren Alarmglocken schrillten. In meinem Profil hatte ich tatsächlich angegeben, dass meine Karriere mir wichtiger wäre als Kinder, aber mich jetzt gleich damit zu konfrontieren, war einfach nur schlechter Stil. Ich nippte an meinem Lemon Drop Martini und ließ mir den Zucker vom Rand des Glases auf der Zunge zergehen, ehe ich antwortete. »Es geht nicht darum, dass ich keine *wollte*«, stellte ich klar. »Eher darum, dass ich mir nicht sicher bin, ob ich eine gute Mutter wäre.« Ich hoffte, das Thema wäre damit erledigt.

»Magst du keine Kinder?«, fragte er weiter und reckte fast schon angriffslustig seinen flachsblonden Kopf vor.

»Doch, ich *mag* sie«, sagte ich und musste innerlich seufzen. Es war frustrierend, wie viele Leute meinten, ich wäre kalt und herzlos oder irgendwie seltsam, nur weil ich kein dringendes Bedürfnis nach Kindern verspürte. Männer, die lieber Karriere machten, als sich Vaterfreuden zu widmen, galten ja auch nicht automatisch als Arschlöcher. Sie galten als Erfolgsmenschen oder sorglose Lebemänner und Draufgänger, siehe George Clooney. Und dafür liebten wir Männer wie ihn schließlich.

»Ich war dreizehn, als mein kleiner Bruder geboren wurde«, versuchte ich Chad zu erklären. »Zehn Jahre habe ich meinen Eltern geholfen, ihn großzuziehen, dann bin ich von zu Hause weggegangen. Ich weiß somit aus eigener Erfahrung, dass Muttersein nicht wirklich mein Ding ist.« Ganz so einfach war es zwar nicht, aber da ich das Restaurant bereits nach dem kürzesten Fluchtweg sondierte, sah ich keinen Grund mehr, Chad gegenüber noch unnötig ins Detail zu gehen. Der Ausgang lag genau in seiner Blickrichtung. Wenn ich mich entschuldigte, zur Toilette ging und mich dann hinauszustehlen versuchte, würde er es sehen. Ich trank einen großen Schluck und hoffte, dass ein steigender Alkoholspiegel meine zunehmend gereizte Laune etwas abmildern könnte.

»Tja«, sagte Chad und legte seine fleischigen Hände flach vor sich auf den Tisch. »Ich finde ja, dass es für Frauen eine natürliche Verpflichtung gibt, sich fortzupflanzen. Ich meine, jetzt mal ehrlich, wenn man die Sache rein biologisch betrachtet, ist dein Körper doch nichts anderes als das unterstützende System deiner Gebärmutter.«

Mein Handgelenk musste sehr gesunde Reflexe haben. Noch ehe ich wusste, was ich tat, hatte ich Chad den Rest meines Drinks ins Gesicht gekippt. Fluchend rieb er sich die Augen; ich stellte mein nun leeres Glas ab und suchte meine Sachen zusammen.

»Sag mal, *spinnst* du?«, schnauzte er mich an.

Ich stand auf und brachte meine schwarze Ledertasche aus der Schusslinie des vom Tisch tropfenden Wodkas. Mein Puls raste. »Ich nicht«, sagte ich und versuchte, ganz ruhig zu bleiben. »Aber dir würde eine Therapie bestimmt nicht schaden.« Aus den Augenwinkeln sah ich einen hochgewachsenen, etwas schlaksigen Mann mit sehr kurz geschnittenem braunem Haar auf uns zukommen. Er trug ein schwarzes Hemd und eine schwarze Hose, beides figurbetont und bei ihm ausgesprochen vorteilhaft.

Chad war auch aufgestanden und machte einen drohenden Schritt auf mich zu, doch der Mann in Schwarz hielt ihn zurück. »Sieht aus, als hätten Sie Ihren Drink verschüttet«, sagte er. Ich mochte ihn sofort dafür, dass er versuchte, die Sache diplomatisch zu regeln, obwohl er wahrscheinlich ganz genau gesehen hatte, was wirklich passiert war. Er schien in meinem Alter zu sein, Mitte dreißig, vielleicht auch älter. Erste graue Strähnen an den Schläfen gaben ihm etwas Reifes, Distinguiertes, seine olivfarbene Haut hatte feine Falten und diesen leicht wettergegerbten Touch, als würde er viel Zeit im Freien verbringen.

»Diese Schlampe hat ihn mir ins Gesicht gekippt!«, brüllte Chad. Wer bisher noch nicht in unsere Richtung geschaut hatte, tat es jetzt. Das leise Stimmengewirr verstummte, und nichts war mehr zu hören außer der etwas basslastigen Musik, die leise im Hintergrund spielte, und Chads heiserem, zornigem Atmen.

Der Mann verstärkte seinen Griff um Chads Arm. »Sir, ich muss Sie doch sehr bitten, diese reizende junge Dame nicht zu beleidigen. Ich bin mir sicher, dass es nur ein Versehen war.« Er sah mich aus freundlichen grauen Augen an. »Habe ich recht, Miss?«

Ich schüttelte den Kopf. »Nein. Ich *habe* ihm den Drink ins Gesicht gekippt, aber er hat sich auch wie ein Arschloch benommen. Sind Sie hier der Manager?«

Nun schüttelte auch er den Kopf und lächelte; sein Lächeln ließ prächtige weiße Zähne sehen und ein tiefes Grübchen in der linken Wange. »Ich bin der Besitzer. Victor Hansen.« Er ließ Chad los und streckte mir die Hand hin.

Ich erwiderte seinen Händedruck kurz, aber entschieden, mein bester »Ich bin eine knallharte Geschäftsfrau, und mit mir ist nicht zu spaßen«-Händedruck. »Grace McAllister. Wie schön, Sie kennenzulernen. Ich liebe dieses Restaurant.«

»Oh mein Gott, ich fasse es nicht!«, funkte Chad dazwischen. Er war jetzt knallrot im Gesicht, und beim Reden flogen Speicheltröpfchen aus seinem Mund. »Wenn ihr beiden fertig seid, könnten wir vielleicht mal klären, wer für mein Hemd zahlt!«

Victor warf einen kurzen Blick auf Chads senfgelbes Kunstfaserhemd mit Button-down-Kragen, das schätzungsweise aus den frühen Neunzigern stammte, und zückte einen Zwanzig-Dollar-Schein.

Chad winkte verächtlich ab, schnappte sich seine Jacke und stürmte, unterwegs mehrere Tische und Stühle anrempelnd, hinaus auf die Straße. Als er draußen am Fenster vorbeilief, zeigte er Victor und mir den Finger.

»Wow«, meinte Victor und steckte den Zwanziger weg. »Ob seine Mom schon gemerkt hat, dass er ausgerissen ist?«

Ich lachte. »Danke«, sagte ich und reichte ihm meine Kreditkarte. »Ich zahle natürlich für die Drinks.« Die anderen Gäste schauten nicht länger zu uns herüber und nahmen ihre Unterhaltungen wieder auf; gedämpfte Stimmen, klingendes Silberbesteck auf Porzellan und das leise Klirren der Gläser legten sich als akustische Kulisse über den Raum.

»Oh nein, kommt gar nicht in Frage«, lehnte Victor ab. »Die gehen auf mich.« Er lächelte wieder. »Hatten Sie auch etwas zu essen bestellt?«

»Nein, zum Glück nicht. Wir waren nur auf einen Drink

verabredet.« Ich schüttelte den Kopf. »Wahrscheinlich sollte ich ein wenig an meiner Auswahlmethode arbeiten.« *Vielleicht sollte ich mir von Männern einen tabellarischen Lebenslauf ihrer Beziehungen schicken lassen und dazu mindestens drei begeisterte Referenzen, bevor ich mich auf ein Treffen einlasse.*

Victor lachte. »Kein Vergnügen da draußen, was?«

Ich warf einen verstohlenen Blick auf seine linke Hand. Kein Ring. *Hm.* Ehe ich wieder aufschauen konnte, hob er seine Hand und wackelte mit dem Ringfinger. »Oje, ich gäbe wirklich eine tolle Detektivin ab!« Ich lachte verlegen und strich meine rotbraunen Locken zurück.

Zum Glück stimmte er in mein Lachen ein. »Das Mindeste, was ich tun kann, ist, Ihnen ein Essen zu spendieren. Dann war der Abend wenigstens nicht völlig umsonst. Was meinen Sie, wollen Sie sich zu mir an den Tisch setzen?«

Meine Wangen glühten, als wäre ich schon wieder ertappt worden. Ich schaute zu Boden, dann wieder ihn an, dann lächelte ich. »Ja, gern«, sagte ich. »Aber wenn Sie mich einen Moment entschuldigen würden …?« Ich schaute mich suchend nach den Toiletten um.

»Natürlich.« Er wies in die entsprechende Richtung, und während ich nicht zu langsam, nicht zu schnell durch den Raum ging, spürte ich seinen Blick auf mir ruhen und gab mir alle Mühe, mich nicht gar zu offensichtlich in den Hüften zu wiegen, aber doch so, dass es ihm unmöglich entgehen konnte. Auf der Damentoilette stellte ich mich sofort vor den Spiegel und trug einen Hauch farbigen Lipgloss auf. Dann trat ich einen Schritt zurück und musterte mich von oben bis unten. Rötliche, schulterlange Locken, leicht verstrubbelt – was unkompliziert aussah, mich aber fast eine Stunde gekostet hatte, um es genau so hinzubekommen. Blasse Haut, auf den Wangen ein paar Sommersprossen, die kein Puder der Welt verbergen konnte, grüne Augen, die ziemlich weit auseinanderstanden. Außer dem Lipgloss und etwas Wimperntusche trug ich kein Makeup. Meine Lippen waren recht voll, und das Lipgloss tat ein Übriges. Da dies mein erstes Date seit Monaten war, hatte ich mir ein paar neue Klamotten geleistet. Ich trug dunkle Bootcut-Jeans und einen eng anliegenden grünen Pullover; beide machten das Beste aus meiner eher durchschnittlichen Figur. Meine Beine wirkten schlanker, und der sündhaft teure BH wirkte Wunder. Alles in allem gar nicht so schlecht, dachte ich. Ich kniff mir in die Wangen, um ein bisschen Farbe zu bekommen, und ging zurück in die Lounge, wo Victor noch immer an genau derselben Stelle stand und auf mich wartete.

»Startklar?«, fragte er. Ich nickte, folgte ihm durch eine schwarze Schwingtür – und landete in der Küche. Etwas unschlüssig blieb ich stehen. »Wie jetzt, soll ich meine Bestellung selbst aufgeben?«

Victor lachte, nahm meine Hand und führte mich zu einer rot gepolsterten Sitzecke im vorderen Teil der Küche, wo auch die Kellner auf ihren Einsatz warteten. »Nein, Sie sollen nur den besten Tisch im Haus bekommen.« Er bedeutete mir, mich zu setzen. »Sozusagen der Chefposten. Bin gleich zurück. Was trinken Sie? Lemon Drop?«

Ich musste lächeln. »Woher wissen Sie das?«

»Ich habe es an Ihrem charmanten Begleiter gerochen.« Er zwinkerte mir zu und verschwand hinter den Arbeitsflächen aus Edelstahl, an denen mehrere Köche rührten, schnitten und sautierten oder köstlich duftendes Essen kunstvoll auf weißen quadratischen Tellern arrangierten.

Alle waren in Bewegung, der Raum von einer geradezu kinetischen Energie erfüllt. Das Arbeitstempo ließ ein wenig nach, als Victor mit einem der Köche sprach, einem bemerkenswert gut aussehenden Mann mit gestählten Muskeln und großflächigen Tätowierungen am Hals und auf den Armen. Nachdem Victor ein paar Worte mit ihm gewechselt hatte, schaute sein Kollege grinsend zu mir herüber und salutierte knapp. Ich winkte kurz zurück und begann mich zu fragen, wie viele von Victors weiblichen Gästen wohl schon in den Genuss dieser Vorzugsbehandlung gekommen waren.

Dann war Victor auf einmal verschwunden – wahrscheinlich, um unsere Drinks zu holen –, und ich schickte meiner Freundin Melody schnell eine SMS. »Seltsamer Abend. Schon bei meinem zweiten Date (glaube ich), selbes Restaurant.« Ihre Antwort kam prompt: »Waaas?!! Und ich bekomme nicht mal *ein* Date hin!« Ich musste lächeln und stellte mir Melody vor, wie sie es sich in ihrem Lieblingspyjama auf dem Sofa gemütlich gemacht hatte, Popcorn aß und irgendwelche Wiederholungen von *Sex and the City* schaute. »Erkläre ich morgen«, tippte ich und hatte gerade auf »Senden« gedrückt, als Victor mit zwei Martinis zurückkam. Dirty für ihn, Lemon für mich.

»So«, sagte er, »ich hoffe, es macht Ihnen nichts aus, dass ich schon für uns beide bestellt habe, doch ich kenne die Speisekarte hier ziemlich gut.«

»Aber woher wollen Sie wissen, was ich mag?«, gab ich zurück und nippte an meinem Drink.

»Immerhin weiß ich, dass Sie keine dummen Männer mögen, womit ich schon mal eindeutig im Vorteil bin.« Er lächelte. »Ich lasse uns ein bisschen von allem bringen, dann können Sie sich einmal durch die ganze Karte essen.«

»Ich bin schwer beeindruckt. Schon nicht schlecht, wenn einem der Laden gehört.«

Er grinste. »So ist es. Und, was machen Sie so?«

Ich gab ihm einen kurzen Abriss meiner beruflichen Laufbahn, angefangen bei meinem Abschluss in Business Management über meine erste bescheidene Assistentenstelle im Personalmanagement und erzählte dann davon, wie ich mich bei verschiedenen Unternehmen immer weiter nach oben gearbeitet hatte, bis ich irgendwann die Leitung eines örtlichen Gesundheitszentrums übertragen bekam. Dort hörte ich auch zum ersten Mal von Second Chances. Nachdem ich mich einige Jahre ehrenamtlich für die Organisation engagiert hatte, wurde schließlich meine heutige Stelle frei.

»Und weshalb wollten Sie sich ausgerechnet in diesem Bereich engagieren?« Victor sah mich gespannt an.

»Oje«, sagte ich, »das ist eine lange Geschichte.«

»Das sind die guten Geschichten meistens.«

»Na schön, Sie haben es so gewollt«, meinte ich mit einem Lächeln. »Mit vierzehn hatte ich im Fernsehen einen Bericht über diese unglaubliche Ärztin gesehen, die in der ganzen Welt herumgereist ist, um Menschen in Not zu helfen. Krankheiten, Kriege, Hungersnöte – ganz schreckliche Dinge. Und ich kann mich noch genau an den Moment erinnern, als sie eine sterbenskranke Frau in den Armen hielt und diese arme Frau sich an sie klammerte, als wäre sie nie zuvor in ihrem Leben so zärtlich in den Armen gehalten worden. Das hat mich ungeheuer berührt.« Selbst jetzt spürte ich, wie mir die Tränen kamen, als ich mich an die bewegende Kraft dieses Augenblicks erinnerte. »Dieses Bild hat sich mir eingeprägt, und damals habe ich mir fest vorgenommen, eines Tages so wie diese Ärztin zu sein … jenen zu helfen, die sich nicht selbst helfen können.«

Victor nickte; er schien interessiert, und so fuhr ich fort, versuchte aber, mich hinsichtlich der politischen und sozialen Tragweite des Themas zurückzuhalten. Manchmal geht es in dieser Hinsicht mit mir durch, wenn ich erst mal anfange, über meinen Job zu reden. »Als ich die Arbeit von Second Chances kennenlernte, war ich begeistert und dachte, es könnte genau das Richtige sein, um meinen Wunsch nach sozialem Engagement zu erfüllen. Ich meine, das Personalmanagement war eine tolle berufliche Herausforderung, aber hier bot sich mir die Gelegenheit, wirklich etwas für Menschen zu tun, ihnen auf einer ganz persönlichen Ebene zu helfen. Wissen Sie, was ich meine?« Als er wieder nickte, erzählte ich noch kurz den Rest. »Zuerst machte ich eine Fortbildung in Krisenintervention, um mich für den Telefondienst der Notruf-Hotline zu qualifizieren, später begann ich dann meine beruflichen Kontakte einzusetzen, um an Spendengelder zu kommen. Irgendwann stellte ich fest, dass ich wirklich mit Leidenschaft bei der Sache war, dass es genau das war, was ich tun wollte. Und als Stephanie – das ist die Frau, die Second Chances gegründet hat – mir sagte, sie wolle sich zur Ruhe setzen, habe ich mich sofort um ihre Stelle beworben und sie auch bekommen. Die meiste Managementerfahrung habe ich im operativen Bereich und in der Organisationsentwicklung, das passte also perfekt. Es ist ein absoluter Traumjob, wie für mich gemacht.«

»Ich finde es großartig, dass Sie so begeistert von Ihrer Arbeit sind«, sagte Victor und hob sein Glas. »Glückwunsch.«

Wir stießen miteinander an. »Danke.«

Er nahm einen Schluck von seinem Drink, stellte ihn wieder ab und lächelte mich an. »So, und jetzt muss ich einfach fragen: Was hat dieser Typ gesagt, um Sie derart auf die Palme zu bringen?« Als ich ihm eine kurze Zusammenfassung von Chads Ansichten über die Verpflichtung der Frau bezüglich ihrer biologischen Fähigkeit zur Fortpflanzung lieferte, schaute Victor mich ungläubig an. »Das hat er aber nicht ernst gemeint, oder?«

»Doch, ich denke schon. Ich hatte eher den Eindruck, dass er *mir* nicht geglaubt hat, als ich ihm sagte, ich wolle keine Kinder.«

»Geht mir auch so«, meinte Victor. »Zumindest nicht mehr als die beiden, die ich schon habe.«

Ich hob fragend eine Braue und musste wohl sehr verwirrt ausgesehen haben, denn er zückte seine Brieftasche und zeigte mir ein Foto von zwei dunkelhaarigen, blauäugigen Kindern – ein Junge und ein Mädchen. »Max ist sechs, und Ava ist zwölf«, sagte er. »Sie leben bei ihrer Mutter; ich sehe sie jedes zweite Wochenende.« In seiner Stimme schwang ein Anflug von Traurigkeit mit, und ich fragte mich sofort, was für eine Beziehung er zu seiner Exfrau hatte. Wenn ich mir in der Vergangenheit die Beziehungsgeschichte eines Mannes vor Augen geführt hatte und irgendwo war das Wort »Vater« aufgetaucht, war er bei mir sofort aus dem Rennen gewesen. Aber da es in meinem Alter zunehmend schwerer wurde, einen Mann zu finden, der nicht schon mal verheiratet war oder eben Kinder hatte, versuchte ich jetzt, ganz unvoreingenommen an die Sache heranzugehen. Dass ich keinen Kinderwunsch hatte, hieß ja keineswegs, dass ich mich nicht noch mal verlieben wollte.

»Wie lange seid ihr schon geschieden?«, fragte ich betont

beiläufig. Wie lange er schon wieder auf dem Markt war, spielte eine wichtige Rolle dabei, ob er für eine Beziehung taugte oder nicht. Ich hatte keine Lust, für irgendeinen Mann die Lückenbüßerin zu spielen.

»Etwas über zwei Jahre«, sagte Victor. »Wir verstehen uns eigentlich ganz gut, was für die Kinder natürlich toll ist.«

»Ah«, sagte ich und lehnte mich zurück. »Die beiden sind bezaubernd.« Mir wurde bewusst, dass er seit Langem der erste Mann war, der mich nicht sofort gefragt hatte, *warum* ich keine Kinder wollte. Noch ein Pluspunkt.

»Das sind sie«, sagte er. »Aber zwei genügen mir völlig. Ich bin jetzt neununddreißig und wollte mir eigentlich keine weiteren zulegen.« Auf einmal fast schüchtern, sah er mich an. »Und bedeutet mein Daddy-Status, dass dies unser letztes Date war?«

»Date?«, fragte ich, zupfte am Ärmel meines Pullovers und schickte ein hoffentlich ermutigendes Lächeln aus. »Und ich dachte schon, der Herr Restaurantbesitzer wollte einem Gast lediglich den verunglückten Abend retten.«

»Nein, so war es eigentlich nicht gemeint.« Sein Blick bekam etwas Entschlossenes, als er über den Tisch griff und mit den Fingerspitzen ganz sacht über meinen Handrücken strich. »Ich würde dich gern wiedersehen.«

Seine Berührung ließ mich erschauern, und als ich in seine sanften Augen blickte, spürte ich ein Kribbeln im Bauch. *Will ich das wirklich?* Ich war noch nie mit einem Mann zusammen gewesen, der Kinder hatte. Aber bei Victor hatte ich das Gefühl, dass es anders war als sonst – dass er etwas Besonderes war und es wert sein könnte, das Wagnis einzugehen.

Ava

Nachdem Dad ausgezogen war, waren die Samstagmorgen das Schlimmste. Samstags hat er nicht früh aufstehen müssen, weil er da erst später ins Restaurant musste. Samstagmorgens weckte uns immer der Duft von frisch gebackenen Vanille-Waffeln und gebratenem Speck, den Dad in der Pfanne brutzelte. Ich konnte mir nichts Schöneres vorstellen, als in meinem Bett zu liegen und die vertrauten Gerüche einzuatmen, mich von ihnen einhüllen zu lassen, so warm und geborgen wie in den Armen meines Vaters.

»Frühstück ist fertig!«, rief er, wenn es so weit war. »Beeilt euch, warm schmeckt es am besten!«

Max kam dann aus seinem Zimmer geschossen und rannte wie ein Verrückter den Flur runter, um als Erster am Tisch zu sitzen, aber ich blieb mit einem leisen Lächeln im Bett liegen und wartete. Ich wusste, was als Nächstes kam. Die Tür zu meinem Zimmer wurde aufgerissen, und Dad kam mit großen Monsterschritten hereingestampft. »Versteckt sich hier noch eine kleine Schlafmütze?«, fragte er mit seiner verrückten Ungeheuer-Stimme. »Muss ich sie etwa *wachkitzeln?*«

»Nein!«, kreischte ich, ein breites Grinsen im Gesicht, und rollte mich ganz dicht an der Wand zusammen, tat so, als wollte ich ihm entkommen.

»Oh doch!«, rief Dad, streckte die Hände aus und wackelte wie irre mit den Fingern.

»Nein, Daddy, nein!«, kreischte ich wieder, aber innerlich dachte ich: *Ja!*

»Zeit zum *Auuuf*-stehen!«, rief er, und dann ging es los, seine Kitzelattacke. Im Sturzflug landeten seine Fingerspitzen auf meinen Rippen, und ich konnte gar nicht mehr aufhören zu kichern und zu kreischen. Lachend wand ich mich unter seinen kitzelnden Händen. »Und, endlich wach?«, fragte er und rieb seine Bartstoppeln an meinem Hals, was auch ganz furchtbar kitzelte. »Bereit zum Frühstück?«

»Ja!«, schrie ich und grinste so breit, dass mir fast die Wangen wehtaten. »Ich komm ja schon!«

»Dann ist ja gut«, meinte Dad. Er gab mir einen Kuss auf die Wange und nahm seine Hände weg. »Dann nichts wie ran an den Speck!«

Seit er nicht mehr da war, seit Mama ihn gebeten hatte auszuziehen, war es samstagmorgens still; das Haus wirkte leer, weil es nicht mehr von glücklichem Lachen erfüllt war. Zum Frühstück aßen wir Müsli oder Toast, und danach musste ich meistens zu Mama ins Zimmer und sie wecken, damit wir nicht zu spät zu Max' Fußballtraining kamen. Letzte Woche hatte sie vergessen, dass wir an der Reihe waren, die Verpflegung für die Mannschaft mitzubringen, und statt unterwegs schnell was zu kaufen, wie andere Mütter es wahrscheinlich gemacht hätten, mussten wir warten, bis sie zwei Bleche Muffins gebacken hatte. Natürlich kamen wir zu spät.

»Huuu-hu!«, hatte sie gerufen, als wir es endlich zum Sportplatz geschafft hatten. »Tut uns leid, dass wir zu spät sind!«

Das Aufwärmen hatte er schon verpasst, aber während ich vorsichtig den Behälter mit den Schoko-Muffins balancierte, flitzte Max an uns vorbei, um noch rechtzeitig zur Teamaufstellung zu kommen. Die anderen Mütter drehten sich kaum nach Mama um, niemand erwiderte ihren Gruß. Mit dicken Wolldecken über den Beinen saßen sie auf der Tribüne und lachten über irgendetwas, das eine von ihnen gesagt hatte. Etwas weiter standen auch ein paar Väter, lachten und begrüßten sich mit Handschlag; ein paar feuerten Max und seine Mitspieler an. Bevor er ausgezogen war, hatte Dad auch immer da drüben gestanden, hatte mit den anderen geredet und gelacht. Jetzt kam er nur noch dann zu den Spielen, wenn wir übers Wochenende bei ihm waren.

Ich stellte die Muffins auf dem Tisch ab, neben die Kühltasche mit den Wasserflaschen, und konnte zuschauen, wie Mama es noch mal probierte. Sie plusterte sich die Haare auf und setzte ihr strahlendstes Lächeln auf. »Hallo zusammen«, sagte sie und stellte sich zu den Frauen. »Herrliches Wetter heute, nicht wahr?« Es war ein kalter, feuchter Herbststag.

Eine pummelige Frau mit glatten schwarzen Haaren drehte sich kurz nach Mom um und lächelte falsch. »Ja«, sagte sie, und es klang total ironisch. »Allerdings.«

»Wie macht sich denn das andere Team heute Morgen?«, fragte Mama und vergrub die Hände in den Taschen ihrer schwarzen Lederjacke. Die anderen Mütter trugen Fleecejacken oder Wollpullover in erdigen Farben. Mama hatte ihre hautenge Levi's angezogen und, passend zur Jacke, schwarze Lederstiefel, die ihr bis übers Knie reichten; die anderen Frauen trugen Gummistiefel oder Birkenstock-Clogs. »Unsere Jungs werden denen schon zeigen, wo es langgeht, was?«

Niemand erwiderte etwas. Ein paar hielten sich sogar

die Hand vor den Mund und hüstelten leise. Mamas Kinn zitterte ein wenig, dann setzte sie sich in die vorderste Reihe und schob ihre schmalen Hände zwischen die Beine. Ich setzte mich zu ihr, und sie legte ihren Arm um mich und zog mich an sich. Ich hätte ihr gern gesagt, dass sie es nicht so schwer nehmen sollte, dass sie doch viel hübscher wäre als all die anderen Mütter zusammen. Und viel netter sowieso. Aber ich wusste nicht, ob das eine gute Idee war. Ob es gut für Mama wäre, wenn sie wüsste, dass ich die Traurigkeit in ihren Augen bemerkte, wenn sie zu den anderen Müttern hinüberschaute – ihre Sehnsucht, dazuzugehören und eine von ihnen zu sein. Mama und ich waren uns da ganz ähnlich. Sie hatte Diane, und ich hatte meine beste Freundin Bree, aber das war es dann auch schon. Sie schaute diese Frauen genauso an wie ich die beliebten Mädchen in der Schule. So von wegen *Bitte, bitte, gebt mir doch eine Chance*.

Einer der Väter sah Mama am Rand der Tribüne sitzen. Es war ein großer Kerl mit breiter Brust, blonden Haaren und Kinnbart. Er machte eine Bemerkung zu den anderen Männern, über die blöde gegrinst wurde, dann kam er zu uns herüber, stellte seinen Fuß auf die Tribüne, ganz dicht neben Mamas Bein, und beugte sich vor. »Hey, Kelli«, sagte er. »Wie geht's denn so?« Seine Stimme klang so schleimig, als würden ihm die Worte wie eingeölt aus dem Mund flutschen.

Mama strahlte ihn an. »Oh, mir geht es gut, danke.« Sie war total aufgekratzt, und ihre Stimme überschlug sich fast. »Und bei dir so?«

»Jetzt schon besser.« Er zwinkerte ihr zu, dass mir schlecht wurde. Ich war mir ziemlich sicher, dass er Carters Dad und mit der pummeligen Schwarzhaarigen verheiratet war, die ich nur als »Carters Mom« kannte. Mir gefiel das nicht, wie er Mama anschaute. Und seine haarigen Hände gefielen mir auch nicht.

»Honey«, rief Carters Mom, als sie ihren Mann mit uns reden sah. »Wolltest du dir nicht das Spiel anschauen?«

»Carter ist noch nicht mal auf dem Platz«, gab er zurück, nicht gerade freundlich, und seine Augen waren auf einmal ganz hart; erst für Mama wurden sie wieder sanfter. »Ich hatte das Gefühl, dich in letzter Zeit nicht mehr so oft hier gesehen zu haben. Tut mir leid wegen dir und Victor. Ihr beiden habt immer so einen glücklichen Eindruck gemacht.«

Mama behielt ihr strahlendes Lächeln bei, aber ich sah den Kummer in ihren Augen. Selbst jetzt, nach so langer Zeit, schien sie ihn noch immer zu vermissen. Vor ein paar Wochen hatte sie in Gedanken sogar einen Platz am Abendbrottisch für ihn gedeckt. »Der äußere Eindruck kann manchmal täuschen«, sagte sie jetzt zu Carters Dad.

»Allerdings«, sagte er und lachte leise. Er schaute zum Parkplatz hinüber. »Kommt Victor auch noch?«

Mama schüttelte den Kopf. »Er wollte kommen, aber er muss heute arbeiten. Nächste Woche wird er auf jeden Fall wieder hier sein, um sich das Spiel anzuschauen. An dem Wochenende hat er die Kinder.« *Er wollte kommen?* Wenn das stimmte, hörte ich zum ersten Mal davon. Oder Mama hatte es sich einfach ausgedacht.

Carters Dad beugte sich vor, bis er Mama ganz nah war. »Und was ist mit dir?«, flüsterte er. »Wirst du auch kommen?«

»Mike!«, rief Carters Mom dazwischen. »Könntest du mir bitte noch eine zweite Decke aus dem Auto holen? Es ist doch kälter hier draußen, als ich dachte.«

Carters Dad richtete sich auf, setzte beide Füße wieder auf den Boden und zwinkerte Mama zu, ehe er sich mit ausdrucksloser Miene an seine Frau wandte. »Klar, mach ich doch gerne«, sagte er wenig begeistert. Als er wieder nach oben ging, streifte er wie zufällig Mamas Arm, und ich sah, wie sie zurückzuckte.

»Mann, ist der krass«, flüsterte ich Mama zu.

»Nicht so laut.« Sie drehte sich hastig um. »Und sei nicht so unverschämt.«

»Aber er darf das!«, rief ich, lauter als nötig.

Mama zog die Augenbrauen zusammen, bis ihr eine steile Falte auf der Stirn stand. »Ava, pass auf, was du sagst. Du bist noch zu jung, um so über einen Erwachsenen zu reden.« Sie setzte sich auf und legte die Hände wie einen Trichter um den Mund. »Los, Max!«, brüllte sie, als die Mannschaft auf den Platz rannte. »Lass ihn laufen, lass ihn laufen, lass ihn gaaanz weit laufen!« Sie sprang auf, wedelte mit den Armen und wackelte mit ihrem kleinen Hintern.

»Mama«, sagte ich und wäre am liebsten im Erdboden versunken. Die anderen Mütter hatten aufgehört zu reden und starrten Mama an. Wenn sie sich so benahm, würden die sich doch alle erst recht über sie lustig machen – *kapierte* sie das denn nicht?

»Wir sind hier nicht beim Football, Kelli«, bemerkte Carters Mom trocken, und ich sah, wie sie die Augen verdrehte. Ich biss die Zähne zusammen und hätte am liebsten etwas nach ihr geworfen. Irgendetwas ganz Hartes, Spitzes, Scharfes; etwas, das richtig wehtat.

Mama lachte nur. »Na ja, dann eben nicht«, meinte sie achselzuckend und setzte sich wieder. »Für mich ist ein Sport wie der andere. Ein Glück, dass Max da unten auf dem Platz steht und nicht ich!«

»Ein Glück«, wiederholte eine der Frauen. »Du sagst es.« Sie hatte braune Haare und einen verkniffenen Mund. »Hast du an den Pausensnack gedacht, Kelli?«

Mama drehte sich zu ihr um und nickte. »Schokoladen-Muffins mit Erdnussbutter, heute Morgen frisch gebacken.« Sie lächelte stolz und wartete darauf, gelobt zu werden. Ich hielt den Atem an.

Die Braunhaarige runzelte die Stirn. »*Erdnussbutter?* Das können wir den Jungs nicht geben. Taylor ist allergisch.« Sie überlegte einen Moment. »Und Carter hat eine Gluten-Unverträglichkeit. Weizenmehl ist pures Gift für ihn. Hast du dir nicht die Liste durchgelesen, die wir am Anfang der Saison verteilt haben? Da steht alles drauf.«

Mamas Lächeln erlosch. »Oh«, stammelte sie. »Nein. Ich wusste nicht ...«

Carters Mom seufzte und stand auf. »Ich fahr dann noch mal kurz los und besorge ein paar Reiswaffeln und Obst.«

Mama war auch aufgestanden. »Aber nein, das kann ich doch machen! Es war schließlich mein Fehler.«

»Kein Problem«, sagte Carters Mom und nahm ihre Tasche. »*Mein Mann ...*«, sie sah Mama vielsagend an, »... ist ja sowieso schon beim Wagen. Wir fahren zusammen.«

Mama sank zurück auf ihren Platz und ließ die Schultern hängen. »Es tut mir so furchtbar leid«, entschuldigte sie sich bei den anderen Müttern. »Nächstes Mal bringe ich etwas Passendes mit.«

Als niemand etwas erwiderte, drehte Mama sich wieder um und starrte auf das Spielfeld. Ihre Augen glänzten, und sie hielt das Kinn gereckt. Ich schob meine Hand in ihre und drückte sie. »Ich *liebe* deine Schoko-Muffins«, sagte ich leise. »Du machst die allerbesten Muffins der Welt.«

Heute Morgen waren wir schon wieder zu spät dran, nur diesmal war es meine Schuld – ich hatte ewig unter der Dusche gebraucht, weil die Haarspülung so lange einwirken musste und ich mir außerdem die Beine rasiert hatte. Mama fand ja, ich hätte noch überhaupt nicht genug Haare, um sie rasieren zu müssen, aber *alle* Mädchen in der Achten rasierten sich die Beine. »Die nennen mich *Gorilla* beim Sport!«, hatte ich geheult, und da hatte sie nachgegeben.

»Ava, beeil dich bitte«, rief Mama aus der Küche.

»Gleich fertig!«, rief ich zurück und schaute noch einmal in den Spiegel auf der Innenseite meiner Schranktür, ob ich in den Klamotten auch wirklich okay aussah. Meine lila Fleecejacke war richtig toll, und ich wusste, dass ich besser dran war als die meisten Mädchen in meiner Klasse – ich konnte nämlich Skinny Jeans tragen und trotzdem noch die Beine unter dem Tisch übereinanderschlagen. Meine dunkelbraunen Haare hatte ich mir mit einem Haarband aus der Stirn gebunden, und dank der tollen Spülung, die mich mein ganzes Taschengeld gekostet hatte, war es jetzt ganz glatt und glänzte. Trotzdem wünschte ich mir zum fünfmillionsten Mal, dass Mama mir erlauben würde, mich zu schminken. Die paar Male, wo ich es heimlich getan hatte – mit Brees Lippenstift und Mascara auf dem Schulko –, hatte Mama es trotzdem gemerkt, obwohl ich alles abgewaschen hatte. »Du bist doch von Natur aus schön, mein Liebling«, hatte sie gesagt und die Hände um mein Gesicht gelegt. »Spar dir Make-up für später auf, wenn du es wirklich brauchst.«

Aber wer war sie, dass *sie* darüber entscheiden konnte, wann ich es brauchte? Es war schließlich mein Gesicht. Und an der Seattle Academy schminkten sich fast alle

Mädchen aus der Achten – ein ziemlich sicheres Indiz dafür, dass ich alt genug war und auch endlich damit anfangen sollte. Aber so oft, wie wir uns deswegen schon gestritten hatten, ahnte ich, dass es zwecklos war.

Seufzend schnappte ich mir ihre schwarzen Stiefel – *die* durfte ich nämlich tragen –, zog sie über meine Jeans und schleifte meine schwere Tasche den Flur hinunter. Mama stand in der Küche, noch immer im Schlafanzug, der aus einer grauen Yogahose und einem roten T-Shirt bestand, das so winzig war, dass es eins von meinem Bruder hätte sein können. Von hinten sah sie wie ein kleines Mädchen aus. Sie hatte ihre blonden Haare zu einem zotteligen Pferdeschwanz zusammengebunden und hielt mit beiden Händen ihren Kaffeebecher umklammert, trank in kleinen, schnellen Schlucken und starrte zum Fenster hinaus. Es war noch dunkel, aber wenigstens regnete es nicht. »Fertig«, verkündete ich.

Sie drehte sich um und sah mich mit einem müden Lächeln an, und mir fiel auf, dass ihre Lippen fast genauso blass waren wie ihre Haut und unter ihren Augen dunkle Schatten lagen. Zum vierten Mal in dieser Woche war ich davon aufgewacht, dass mitten in der Nacht in ihrem Zimmer der Fernseher lief. Sie konnte noch immer nicht schlafen. »Hallo, meine Süße«, sagte sie. »Du bist so hübsch wie eine Rose im ersten Morgentau.«

Ich schüttelte den Kopf und verdrehte leicht genervt die Augen, musste aber trotzdem lächeln. Immer fing sie davon an, wie hübsch ich wäre, und machte mir schrecklich alberne Komplimente. Ich fand mich eigentlich gar nicht so hübsch; ich war ganz in Ordnung, aber gar kein Vergleich zu meiner Mutter. Mein Schulfreund Peter hatte mir erzählt, dass alle Jungs in seiner Klasse sie für eine echte MILF hielten, weil sie blond war und schlank mit großen Titten. Ich hatte nur genickt, obwohl ich keine Ahnung hatte, was er meinte. Als ich es dann zu Hause gegoogelt hatte, hätte ich fast gekotzt. *Mum I'd Like to Fuck.* Dass meine Mutter besser aussah als die Mütter meiner Freunde, fand ich völlig in Ordnung, nicht aber die Vorstellung, dass diese Typen mit meiner Mutter vögeln wollten. Das war einfach nur krank.

»Willst du was frühstücken?«, fragte Mama. »Ich habe Toast gemacht. Wenn du willst, kann ich dir Erdnussbutter drauftun, dann kriegst du gleich ein paar Proteine.«

Ich schüttelte den Kopf. Sie wusste ganz genau, dass ich gleich morgens nie was essen wollte; trotzdem fing sie immer wieder damit an. »Ich habe einen Müsliriegel dabei«, sagte ich und klopfte auf meinen Rucksack. »Musst du heute arbeiten?« Sie arbeitete als Kellnerin in einem todschicken Restaurant in der Stadt; bevor er sein eigenes Restaurant aufgemacht hatte, war mein Dad dort Restaurantleiter gewesen. Da hatten meine Eltern sich auch kennengelernt, und als Dad vor drei Jahren ausgezogen war, hatte Mama wieder anfangen müssen zu arbeiten. Aber sie fände ihren Job gut, sagte sie, weil er so flexibel sei, und sie Zeit genug habe, uns zur Schule zu bringen und abzuholen. Abendschichten machte sie nur an den Wochenenden, wenn wir bei Dad waren.

Sie schüttelte den Kopf. »Heute nicht. Aber morgen mache ich eine Doppelschicht. Ihr beiden seid ja nicht da. Und den Sonntagsbrunch mache ich diesmal auch.« Sie sagte es mit diesem leeren, halbherzigen Lächeln, das sie immer dann bekam, wenn es darum ging, dass Max und ich übers Wochenende fort waren.

»Kann ich ihren Toast haben?«, meldete sich Max vom

Küchentisch und schlürfte die restliche Milch aus seiner Müslischale.

»Hörst du auch mal auf zu essen?« Ich krauste die Nase. »Du bist echt krass.«

»Selber krass«, gab Max zurück und reckte sein spitzes kleines Kinn.

»Uuuuh, böse«, sagte ich und verdrehte die Augen. Mein kleiner Bruder war so ein Spinner. Ich schaute auf die Uhr, dann zu Mama. »Können wir los? Ich will nicht gleich die erste Stunde zu spät kommen.«

»Ja, wir sollten langsam mal.« Sie kam in ihren Hausschlappen angeschlurft und schlang ihre dünnen Arme um meinen Hals. Wenn ich ihre Stiefel anhatte, waren wir fast gleich groß. »Ich hab dich lieb, meine Kleine«, flüsterte sie. »Ganz doll lieb.«

»Ich dich auch«, sagte ich und umarmte sie. Sie fühlte sich so furchtbar zart und zerbrechlich an in meinen Armen. Ich konnte ihre Rippen spüren, wie dünne, spröde Zweige, die entzweibrechen, wenn man sie zu fest anfasst. Immer dünner wurde sie; ich konnte ihr Handgelenk mit einer Hand umfassen, und es war immer noch Luft zwischen meinen Fingern. Mama behauptete, sie würde nach ihrer Schicht im Restaurant essen, aber in den letzten Monaten waren ihre Kleider ihr immer weiter geworden, und ich war mir längst nicht sicher, ob sie mir die Wahrheit sagte. Nachdem Dad ausgezogen war, hatte sie schon mal so eine Phase gehabt, wo sie nichts essen und nicht schlafen konnte. Damals hatte Diane sie zum Arzt geschickt, um sich irgendwelche Tabletten verschreiben zu lassen, und danach war es ihr besser gegangen. Aber ich wusste nicht, ob sie die Tabletten noch nahm.

Manchmal fragte ich mich, ob sie vielleicht ihre Eltern

vermisste und es ihr deshalb so schlecht ging. Gestern Abend hatte sie sie angerufen, aber niemand war rangegangen. Ihre Eltern lebten in einer kleinen Stadt bei San Luis Obispo in Kalifornien. Dort war Mama aufgewachsen, aber wir waren noch nie da gewesen, und auch ihre Eltern hatten uns noch nie besucht, was ich wirklich seltsam fand, da Max und ich ihre einzigen Enkelkinder waren und Mama sonst keine Verwandten mehr hatte. Sie hatten wahrscheinlich gedacht, überhaupt keine Kinder bekommen zu können, und als Mama dann geboren wurde, war ihre Mutter schon zweiundvierzig, und Mama sagte immer, dass sie Gott gedankt und sie ihr »kleines Wunder« genannt hätten. Obwohl ihre Eltern sie nie besuchen kamen, rief Mama doch ein paar Mal im Jahr bei ihnen an. Es waren kurze Telefonate, bei denen Mama mit hoher, bebender Stimme sprach. Danach verschwand sie in ihrem Schlafzimmer und weinte. Ich versuchte immer, mir wegen Mama nicht allzu viele Sorgen zu machen, aber leicht machte sie es einem nicht.

Ich schaute zu Max hinüber, der uns blöde Knutschgrimassen schnitt und sich halb verrenkte, als er versuchte, sich selbst zu umarmen. »Max«, sagte ich streng, »geh Zähneputzen. Wir warten im Auto.«

»Du bist nicht mein Boss!«, rief Max und stellte seine Müslischale mit lautem Scheppern in die Spüle. Meine Mutter schrak bei dem Geräusch zusammen, holte scharf Luft und wich zurück.

»Max!«, sagte sie laut und holte noch einmal tief Luft. Sie stützte eine Hand an die Wand, als suche sie Halt, und sprach dann leiser. »Putz deine Zähne, kleiner Mann, jetzt sofort. Sonst muss ich die Rute holen.« Sie zwinkerte ihm zu, und er grinste, weil er ganz genau wusste, dass Mama uns niemals schlagen würde. Es war nur ein Scherz, aber wenn sie es sagte, wussten wir, dass es ihr ernst war. Dad hatte es auch immer gesagt, natürlich auch nur zum Spaß, aber seit er ausgezogen ist, hat er damit aufgehört.

Max flitzte den Flur hinab und verschwand im Bad, meine Mutter starrte ihm hinterher.

»Alles in Ordnung, Mama?« Ich fand, dass sie schneller atmete als sonst. Sie hielt die eine Hand noch immer an der Wand und stand etwas gekrümmt, die Schultern vorgebeugt.

»Geht gleich wieder, nur ein bisschen schwindelig.« Sie sah mich mit einem winzigen Lächeln an, ließ die Hand sinken und streckte den Rücken durch. »Wahrscheinlich zu viel Kaffee.«

Ich nickte, dann fiel mein Blick auf den Papierstapel, der sich auf dem kleinen Tisch an der Garderobe angesammelt hatte – vermutlich lauter unbezahlte Rechnungen. »Soll ich dir heute Abend helfen, die Schecks zu schreiben?«, fragte ich, als wir aus dem Haus gingen.

»Hmm?«, fragte sie. »Was hast du gesagt?«

»Die Rechnungen«, sagte ich gereizt. Ich wusste, dass meine Freunde ihren Eltern nicht bei solchen Sachen halfen, aber das war okay. Mama sagte, es wäre nur, weil ich eine schönere Schrift hätte als sie, aber als sie es das letzte Mal allein machen wollte, fing sie plötzlich an zu weinen, weshalb ich ihr angeboten hatte, die Schecks auszufüllen, damit sie nur noch zu unterschreiben brauchte. Max durfte dann die Briefmarken auf die Umschläge kleben; wir hatten so eine Art Spiel daraus gemacht. Aber als ich Dad davon erzählte, fand er es gar nicht lustig, und ich wollte wissen, was denn schlimm daran war, dass wir ihr halfen.

»Sie ist erwachsen, Kleines.« Er legte mir den Arm um

die Schultern und drückte mich an sich. »Du bist noch ein Kind. Es ist nicht deine Aufgabe, Verantwortung für sie zu übernehmen.«

Ich schlang meine Arme um ihn und atmete den würzigen Duft gebratenen Fleischs ein, der noch in seinem Hemd hing. Andere Väter rochen nach Rasierwasser, meiner roch nach leckeren Küchendüften. »Mir macht das nichts aus«, sagte ich. Ich mochte es nicht, wenn er sie kritisierte; ich wollte nicht, dass sie wegen mir Ärger bekam.

»Ich rede mal mit ihr«, versprach er, aber ich glaube nicht, dass er es getan hat. Seit sie geschieden waren, redeten sie nur noch miteinander, wenn es unbedingt sein musste, und dann in kurzen, knappen Sätzen, die eher wie Waffen klangen als wie Worte.

»Wann bringst du sie zurück?«, fragte Mama immer, wenn er uns jeden zweiten Samstag abholte. Dabei sah sie ihn nie direkt an; ihr Blick schwebte immer knapp über seiner rechten Schulter.

»Morgen Abend um fünf«, antwortete er dann, wobei er manchmal mit den Füßen scharrte, als könne er es kaum erwarten, endlich wegzukommen. »So wie immer.« Während wir uns fertig machten, blieb er an der Tür stehen. Seit er ausgezogen war, schien er keinen Fuß mehr in unser Haus setzen zu wollen.

»Ich will es einfach nur wissen«, würde meine Mom dann mit leicht bebender Stimme erwidern, und die Miene meines Vaters würde sich noch mehr verhärten. In diesen Momenten konnte man sich nur schwer vorstellen, dass sie sich irgendwann mal so sehr geliebt hatten, um heiraten zu wollen. Aber ich wusste, dass es so gewesen war; ich hatte ihr Hochzeitsfoto gesehen. Mama in einem weißen Traumhochzeitskleid, die blonden Haare hochgesteckt, und

Dad umwerfend gut aussehend in seinem schwarzen Anzug. Sie aß Kuchen aus seiner Hand, während er versuchte, sie zu küssen. Sie lachten und sahen sehr glücklich aus.

Als wir jetzt draußen neben dem Auto standen und Max endlich wie ein Irrer aus dem Haus gestürmt kam und Düsenflieger spielte, griff Mama plötzlich nach meiner Hand. »Was würde ich nur ohne dich machen, meine Kleine?« Sie hob meine Hand an ihre Lippen und küsste sie.

Ich lächelte, auch wenn mir ganz flau im Bauch wurde. Trotzdem würde ich ihr niemals sagen, dass ich mich das auch manchmal fragte.

»Musst du dieses Wochenende wieder zu deinem Dad?«, fragte Bree mich in der späten Mittagspause. An der Seattle Academy gibt es eine frühe Mittagspause für die Kleinen und eine späte für die Sechst- bis Achtklässler. Bree und ich saßen zusammen an einem kleinen Tisch am Fenster und nicht bei den anderen Mädchen aus der Achten. Vor uns hatten wir beide ein großes Stück Peperoni-Pizza und Schokomilch. Das war das Beste daran, auf eine Privatschule zu gehen – das Essen war genießbar. Das Schlimmste war, dass mein kleiner Bruder auf dieselbe Schule ging. Oft liefen wir uns zwar nicht über den Weg, aber manchmal, wenn er mich in den Pausen draußen oder auf dem Gang sah, fing er an, wie blöde herumzuhüpfen und zu singen: »Ava-Ava-bo-bava, banana-fanna-fo-fava … *Ava!*« Ich konnte es kaum erwarten, nächstes Jahr auf die Highschool zu kommen und den kleinen Spinner erst zu Hause wieder sehen zu müssen. Ich hatte ihn wirklich lieb und alles, aber Mann, er konnte einen echt nerven!

Ich nahm eine Peperoni von meiner Pizza und steckte sie mir in den Mund. »Hmm«, sagte ich, während ich kaute. »Unser Dad holt uns morgen früh ab.«

»Mit *Grace?*«, fragte sie, schielte und flatterte mit den Lidern. Bree konnte echt witzig sein, und es war ihr überhaupt nicht peinlich, wenn Leute über sie lachten, was einer der Gründe war, weshalb sie meine beste Freundin war. Sie hatte kurze blonde Haare, trug eine Brille mit Metallgestell und brauchte noch keinen BH, aber ihr schien es nichts auszumachen, dass sie anders war als die anderen, die coolen und beliebten Mädchen. Die Mädchen mit richtig reichen Eltern und eigenen iPads. Die Mädchen, die sich hinter der Turnhalle von ihren Freunden befummeln ließen. Die Mädchen, zu denen ich manchmal gern gehört hätte.

Ich lachte. »Ja. Ich hoffe immer noch, dass sie sich trennen, aber sieht so aus, als wäre es was Festes.« Brees Eltern waren auch geschieden – noch ein Grund, warum ich gern mit ihr zusammen war. Sie verstand, wie seltsam das war, zwei verschiedene Zuhause zu haben, in denen jeweils eigene Regeln galten, und Eltern, die uns zwar liebten, einander aber nicht ausstehen konnten. Ihr Dad war Anwalt in einem großen Unternehmen und musste ihrer Mom massig Unterhalt zahlen. Mein Dad gab meiner Mutter auch jeden Monat einen Scheck, aber er verdiente definitiv nicht so viel wie ein Anwalt. Dafür konnte er toll kochen, was auch nicht schlecht war.

Mehr sagte Bree dazu nicht; sie wusste, dass Dads Freundin nicht gerade mein Lieblingsthema war. Er hatte Grace Ende letzten Sommer kennengelernt, sie uns aber erst nach ein paar Monaten vorgestellt, was wahrscheinlich besser war, als sie uns gleich vor die Nase zu setzen.

Und natürlich wusste ich, dass es vorher schon andere Frauen gegeben hatte – einmal, gar nicht lange, nachdem er in das neue Haus gezogen war, hatte ich eine rosa Spitzenunterhose in seinem Wäschekorb gefunden, als wir zusammen die Wäsche gemacht hatten. Aber Grace war wie gesagt die Einzige, von der er wollte, dass Max und ich sie kennenlernten. Deshalb hatte es mich auch nicht wirklich überrascht, als sie dann letzten Mai bei ihm einzog. Dass sie mit Dad in einem Bett schlief, versuchte ich zu verdrängen, was gar nicht so einfach war, da Mama mich jedes Mal, wenn ich nach einem Wochenende bei Dad zurückkam, mit Fragen löcherte.

»Und, hattet ihr Spaß mit Grace?«, fragte sie. »Was hat sie euch zu essen gemacht?« Wenn ich ihr dann erzählte, dass wir, nachdem Dad gekocht oder Grace Pizza bestellt hatte, Scrabble gespielt oder einen Film geschaut hatten, stand sie mit hängenden Schultern da und sah mich mit einer Miene an, als hätte ich ihr ins Gesicht geschlagen. Ich fragte mich sowieso, warum sie sich nicht einfach selbst einen Freund suchte. Hübsch genug war sie doch, und wenn sie sich nur mal die Haare gemacht und irgendwas anderes als ihren Schlafanzug angezogen hätte, wenn sie uns morgens zur Schule brachte, hätte sie bestimmt mal einer von den Vätern angesprochen. Da gab es nämlich genügend, die auch geschieden waren. Aber als ich ihr vorschlug, dass sie doch auch mal weggehen könnte, winkte sie ab. »Ich habe doch euch. Mehr Liebe brauche ich nicht. Euer Daddy kann eben nicht allein sein.« *Du doch auch nicht*, dachte ich dann. *Nur dass du uns hast statt einen Mann*. Manchmal fragte ich mich, was mit ihr nicht stimmte, dass sie noch immer nicht über die Trennung von Dad hinweg war. Das war jetzt *Jahre* her. Und es war seltsam, denn eigentlich war *sie* es gewesen, die wollte, dass er ging. Das wusste ich genau, denn ich hatte den Streit mit angehört, wegen dem er sie verlassen hatte.

»Hallo, Erde an Ava!«, sagte Bree und stupste mich mit der Spitze ihrer Chucks an. »Wir müssen los, es hat gerade geklingelt. Zeit für Sozialkunde.« Sie schnitt eine Grimasse und steckte sich den Finger in den Hals. »Fakten fressen.«

Ich musste wieder lachen, und wir räumten unsere Tabletts weg und gingen zurück zum Unterricht. Unterwegs holte mich Whitney Blake ein, deren Vater eine Bio-Supermarktkette gehörte. Whitney roch nach Zitronenshampoo und hatte glatte schwarze Haare, die ihr bis zum Hintern reichten. Zu den Lehrern war Whitney immer supernett, aber es gab in unserer Klasse kaum eine, die sie nicht schon zum Heulen gebracht hätte. Ich versuchte, ihr so weit wie möglich aus dem Weg zu gehen.

»Wie war dein Lunch, Ava?«, fragte sie und ließ eine rosa Kaugummiblase platzen. Whitney bekam jeden Tag ein von der Haushälterin gepacktes Bio-Lunchpaket mit (Huhn, Gemüse und zum Nachtisch ein mit Agavendicksaft gesüßter Vollkornkeks), und Whitney warf es jeden Tag in den Müll, um sich mit der Kreditkarte, die ihr Vater ihr überlassen hatte, in der Cafeteria zu kaufen, worauf sie Lust hatte.

Ich zuckte mit den Schultern und ging weiter, wobei ich sie verstohlen aus den Augenwinkeln musterte. Was hatte sie vor? Es war eine vermeintlich harmlose Frage, und harmlose Fragen waren nicht typisch für Whitney Blake.

»Wird das auch von deinem Stipendium bezahlt?«, fuhr sie genüsslich fort, als wir uns zwischen den anderen Schülern hindurchschoben. »Weißt du, mein Dad spendet nämlich ziemlich viel Geld für diese Stipendien. Man könnte also sagen, dass meine Familie es dir überhaupt erst ermöglicht, hier zu sein.«

Mein Bauch krampfte sich bei ihren Worten zusammen, meine Wangen glühten, und Tränen brannten mir im Hals. Ich konnte Whitney nicht anschauen und blickte starr geradeaus. Es war kein Geheimnis, dass Max und ich ein Stipendium hatten und meine Mom manchmal die Eltern der reichen Kids bediente, wenn sie bei ihr im Restaurant aßen. Max war noch zu klein, um zu verstehen, was man über uns redete, aber ich war es nicht. Ich verstand auch, dass man sich mit Geld nicht nur schöne Sachen kaufen konnte, sondern dass es einem Macht gab. Whitney hatte das längst verstanden.

»Vielleicht solltest du dich mal bedanken«, sagte Whitney, als ich nichts erwiderte.

Ich brachte kein Wort heraus. Hätte ich es versucht, hätte ich angefangen zu heulen, und dann hätte sie sich erst recht über mich lustig gemacht.

»Hey, Whitney«, eilte Bree zu meiner Rettung. »Wenn du dich nützlich machen willst, kotzt du dein Essen wieder raus. Und beeil dich, sonst platzt dein Arsch aus allen Nähten.«

Als sie das hörte, verzog Whitney ihr sonst so makellos hübsches Gesicht zu einer unschönen Grimasse, ließ mich aber keine Sekunde aus den Augen. »Warum bewirbst du dich nicht mal beim Tanzteam?«, fragte sie. »Vielleicht hat Mrs. McClain ja Mitleid mit einer unterprivilegierten Schülerin wie dir und lässt dich mitmachen.«

Ihre Freundinnen kicherten; Tränen ließen mir alles vor den Augen verschwimmen, und Bree nahm mich beim Arm. »Komm, lass uns gehen. Wir kommen zu spät zum Unterricht.«

Wir ließen Whitney und ihre Freundinnen stehen, und Bree zog mich durch die Menge, vorbei an den Schließfächern bis zu Mr. Tanners Klassenzimmer. Ich schluckte, bis auch die letzten Tränen verschwunden waren. »Danke«, sagte ich, als wir uns nebeneinander auf unsere Plätze fallen ließen.

Bree lächelte und schob sich ihre Brille hoch. »Sie ist eine dumme Kuh. Hör einfach nicht auf sie.«

Ich nickte, aber Whitneys Worte waren mir mächtig unter die Haut gegangen. Und dabei waren wir eigentlich gar nicht arm; meine Eltern zahlten sehr wohl Schulgeld, nur eben nicht den vollen Betrag. Einer der wenigen Punkte, in denen meine Mom und Dad sich noch einig waren, war, dass sie Max und mir eine gute Schulbildung ermöglichen wollten, und die Seattle Academy bot eben die beste.

»Du willst dich aber nicht wirklich für das Tanzteam bewerben, oder?«, fragte Bree.

Ich schüttelte den Kopf und lächelte knapp. Meine Mom tanzte für ihr Leben gern – auf der Highschool war sie Cheerleader gewesen –, und sie hätte sich bestimmt gefreut, wenn ich es versuchen würde. Aber würde ich es wirklich ins Team schaffen, wäre ich öfter von zu Hause weg, und dann müsste Max ganz allein mit Mama zurechtkommen. Er war aber noch zu klein, um eine ihrer Heulattacken ohne mich zu verkraften. Also, selbst wenn ich gewollt hätte, es ging einfach nicht.

Ich holte ein paar Mal tief Luft und spürte, wie meine Anspannung sich gerade genug löste, um Mr. Tanner zuzuhören, der seine Stunde über das Frauenwahlrecht begonnen hatte.

Weit war er noch nicht gekommen, als das schwarze Telefon auf dem Lehrerpult klingelte. Er nahm ab, hörte zu, nickte, bedankte sich und legte auf. Das schwarze Telefon war der direkte Draht zum Schulsekretariat, und ich fragte mich, wer von uns etwas so Schlimmes ausgefressen hatte, dass dafür der Unterricht unterbrochen wurde.

»Ava?«, sagte Mr. Tanner, und mir drehte sich der Magen um. »Du sollst bitte deine Sachen aus dem Schließfach holen und dich im Sekretariat melden.«

Ich seufzte. »Ist es wegen Max?«, fragte ich. *Dieses kleine Monster. Mama wird mächtig angepisst sein, wenn er Mist gebaut hat.*

Mr. Tanner presste die Lippen zusammen und schüttelte kurz den Kopf. Bree warf mir einen fragenden Blick zu, ich zuckte nur mit den Schultern und klappte meinen Ordner zu. Alle schauten mich an, und ich spürte, dass ich wieder rot wurde. Ein paar fingen an zu tuscheln, aber Mr. Tanner bat sofort um Ruhe. Ich zog meine Jacke an und ging langsam nach vorn. Vor Mr. Tanners Tisch blieb ich stehen und versuchte, aus seiner Miene schlau zu werden, doch vergebens. »Ist etwas passiert?«, fragte ich. Kurz erwiderte er meinen Blick, dann sah er zu Boden.

»Nimm einfach deine Sachen und geh ins Sekretariat«, wiederholte er, und so ging ich aus dem Klassenzimmer und ganz allein den langen, seltsam stillen Korridor hinab.

Kelli

Es war Montagnachmittag, und bevor Kelli das Haus verließ, um die Kids von der Schule abzuholen, rief Victor an und bat sie, kurz im Loft vorbeizukommen. »Ich muss etwas mit dir besprechen«, sagte er. »Dauert nicht lange. Zehn Minuten vielleicht, höchstens eine Viertelstunde.«

Sie wusste jetzt schon, dass ihr nicht gefallen würde, was er ihr zu sagen hatte, ganz gleich, was es war. Obwohl sie seit Jahren geschieden waren, erkannte sie noch immer diesen scharfen Ton in seiner Stimme. Zum ersten Mal hatte sie ihn zu hören bekommen, als sie neunzehn war und als Kellnerin in dem von ihm geführten Restaurant gearbeitet hatte. Sie hatte mit angehört, wie er einen der Aushilfskellner gefeuert hatte, nachdem der Kellis stattliches Trinkgeld von einem der Tische hatte mitgehen lassen.

»Danke«, hatte sie zu Victor gesagt, nachdem er den Exangestellten zur Tür hinauseskortiert hatte. »Irgendwie habe ich ein schlechtes Gewissen seinetwegen.« Sie wusste nur zu gut, wie es war, kein Geld zu haben; sie teilte sich eine winzige Zweizimmerwohnung mit drei anderen Mädels und wusste trotzdem kaum, wie sie die Miete zahlen sollte. Aber stehlen würde sie nie. Es gab schon genug, wofür sie sich schuldig fühlte – jetzt noch Diebstahl auf die Liste zu setzen, hätte sie nicht verkraftet.

»Das brauchst du nicht«, erwiderte Victor und legte ihr

ganz kurz die Hand auf die Schulter. Kellis Haut prickelte, und in ihrem Bauch kribbelte es. Victors graue Augen blitzten auf, als er sie mit einem Lächeln ansah; sie lächelte zurück. Er hatte sie eingestellt, obwohl sie über keinerlei Erfahrung verfügte. Sie hatte keine Ahnung, welche Weine zu welchem Essen passten oder wann man ein Gericht rechtzeitig von der Karte nehmen musste, bevor in der Küche der Nachschub ausging.

Aber beim Vorstellungsgespräch hatte sie eifrig mit den Wimpern geklimpert und kräftig die Brust rausgestreckt – Methoden, von denen sie gelernt hatte, dass sie einen bei Männern fast immer zum Ziel brachten. Und es hatte funktioniert. Victor fand sie attraktiv, das hatte sie gleich gespürt, und sie machte das Beste daraus. Auf diese Weise ergatterte sie zuerst die begehrten, da umsatzstarken Wochenendschichten, dann die besten Tische – die am Fenster mit Blick auf die Stadt. Am Anfang hatte sie nur solcher Vorteile wegen mit ihm geflirtet, aber nach ein paar Wochen stellte sie fest, dass sie ihn ebenfalls attraktiv fand. Er war fünfundzwanzig, sah gut aus, und er war nett. Mit seinen Angestellten pflegte er einen fast kumpelhaften Umgang, sodass die Arbeit beinah Spaß machte, trotzdem ließ er einem keine Nachlässigkeiten durchgehen. Vor ein paar Monaten, als sie nach Seattle gezogen war, hatte er selbst noch in der Küche gearbeitet, dann war er zum Restaurantleiter befördert worden, und bald fand Kelli heraus, dass er vorhatte, sein eigenes Restaurant zu eröffnen.

»Ich könnte noch jemanden gebrauchen, der mir hilft, den Laden auf die Beine zu stellen«, hatte er eines Abends zu ihr gesagt, nachdem das Restaurant geschlossen hatte. Alle anderen waren schon nach Hause gegangen, und sie saßen bei Kerzenlicht an einem der kleinen Tische. Kelli zählte ihre Trinkgelder und insgeheim auch, wie oft er sie anlächelte. »Wüsstest du jemanden, der vielleicht interessiert wäre?«

»Vielleicht«, sagte sie und ließ ein feines Lächeln um ihre Lippen spielen. Sie kannte das Spiel; sie wusste, wie es lief. Sie brauchte ihn nur anzulocken und dann gerade so weit zurückzuweichen, dass er sie noch ein wenig mehr wollte als zuvor. Es war wie ein Tanz und ihr so selbstverständlich wie das Atmen. Nicht dass es ihr gefallen hätte, auf diesem Weg ans Ziel zu kommen; sie kam sich billig vor – wie die Hure, als die ihre Eltern sie bezichtigt hatten. Aber mit Victor war es anders. Sie *wollte*, dass er sie wollte. Ihr gefiel sein Humor, und dass er so hart arbeitete. Ihr gefiel auch, dass er ihr beim Reden in die Augen schaute statt auf den Busen. Hier hatte sie die Gelegenheit, sich neu zu erschaffen, alles hinter sich zu lassen, was in Kalifornien geschehen war. Sie würde zu der werden, die Victor in ihr sehen wollte, als die er sie brauchte. Sie könnte alles sein, alles schaffen, wenn er sie nur liebte.

Er erwiderte ihren Blick; seine grauen Augen funkelten im Kerzenschein. »Kann ich dich nach Hause fahren?«, fragte er, und Kelli senkte kurz den Blick, um ihn dann unter langen Wimpern hervor anzuschauen, ehe sie Ja sagte. Sie wusste, was das bedeutete. Sie wusste, dass er mit ihr schlafen wollte. Und obwohl sie sich geschworen hatte, sich für lange, lange Zeit mit keinem Mann mehr einzulassen, spürte sie doch wieder dieses vertraute Ziehen im Unterleib, und so ließ sie sich von ihm bei der Hand nehmen und ging mit ihm hinaus zu seinem Wagen.

»Ich wohne mit drei anderen Mädels zusammen«, sagte

sie, kaum dass er den Motor angelassen hatte. »Sollen wir nicht lieber zu dir fahren?«

Er drehte sich zu ihr um. »Wozu?«

Oh Gott. Kelli wurde rot und schlug die Augen nieder. »Nichts. Schon gut. Tut mir leid.« Wie hatte sie nur so dumm sein können? Wie war sie überhaupt auf die Idee gekommen, er könnte an jemandem wie ihr interessiert sein? Sie hatte ja nicht mal die Highschool zu Ende gemacht. Sie hatte es einfach nicht geschafft. Nicht nach dem, was passiert war. Sie hatte das zweite Halbjahr der neunten Klasse verpasst, und als sie im Herbst wieder zu Hause gewesen war, war sie ein Wrack gewesen. Sie war kaum aus dem Bett gekommen, hatte tagelang nicht geduscht und gerade mal so viel gegessen, um nicht völlig vom Fleisch zu fallen. Schließlich hatten ihre Eltern ihr erlaubt, ihren Abschluss am Community College zu machen, statt zurück an die Schule zu gehen, wo jeder sie kannte. Aber das war natürlich längst nicht dasselbe.

Victor legte seine Hand auf ihre. »Hey, kein Grund, sich zu entschuldigen. Ich mag dich. Aber ich bin dein Chef, verstehst du? Es gibt Regeln, an die ich mich halten muss.«

Erleichtert sah Kelli ihn an und lächelte wieder. »Kein Problem. Dann spielen wir eben nach den Regeln.«

Victor lachte kurz auf. »Wie wäre es, wenn ich dich diese Woche auf ein richtiges Date einlade? Wenn uns dann immer noch danach zumute ist, kläre ich die Sache mit dem Personalreferenten, und wir schauen einfach, wie es sich entwickelt, okay?«

Kelli nickte stumm. Dafür, dass er sie nicht sofort ins Bett kriegen wollte, mochte sie ihn sogar noch lieber. Er war verantwortungsbewusst. Richtig erwachsen. Bei ihm fühlte sie sich sicher. Als sie sich in den kommenden Monaten besser kennenlernten, begann sie zu glauben, endlich jemanden gefunden zu haben, der sie so akzeptieren würde, wie sie war. Jemand, der für sie sorgen würde.

Was er in gewisser Weise auch jetzt, wo sie geschieden waren, noch immer tat. Damit sie keine Hypothek am Hals hatte und die Kinder nicht umzuziehen brauchten, ließ er sie in dem Haus wohnen, das seine Mutter ihm vererbt hatte. Er hatte dafür gesorgt, dass sie ihren alten Job in dem Restaurant wiederbekam, in dem sie sich kennengelernt hatten. Er zahlte pünktlich den Unterhalt für die Kinder, und um das Schulgeld brauchte sie sich auch keine Sorgen zu machen. Um den Papierkram für die Stipendien kümmerte er sich. Sie war es, die ihn gebeten hatte auszuziehen, aber sie hätte nicht mal im Traum daran gedacht, dass er es tatsächlich tun würde. Als sie ihren Fehler erkannte, war es zu spät. Es gelang ihr nicht, ihn zurückzugewinnen. Einmal, kurz nachdem er ausgezogen war, hatte sie versucht, ihn zu verführen. Max und Ava hatte sie bei Diane gelassen und war zu seinem neuen Haus gefahren. Unter ihrem Trenchcoat trug sie nichts außer einem schwarzen BH mit passendem Höschen; sie kam sich vor wie eine der verwegenen Heldinnen in den Liebesromanen, die sie so gern las.

»Kelli«, sagte er, sichtlich überrascht, sie zu sehen. »Ist was mit den Kindern? Warum hast du nicht angerufen?«

»Die Kinder sind okay«, erwiderte sie. »Sie sind bei Diane.«

Mit ausdrucksloser Miene sah er sie an. »Was gibt es? Warum bist du hergekommen?«

Sie legte ihre Hände an seine Brust und gab ihm einen spielerischen Schubs. »Um dich zu sehen, du Dummerchen«, sagte sie. »Ich dachte, wir könnten vielleicht miteinander reden.«

Victor seufzte. »Es gibt nichts zu reden.«

»Sicher?«, fragte Kelli und schnürte ihren Trenchcoat auf. Mit angehaltenem Atem stand sie da, vor seiner Haustür, wartete darauf, dass er sie in seine Arme ziehen, dass alles, was schiefgegangen war, wieder gut würde.

Aber Victor schaute sie nur an, und sein mitleidiger Blick war kaum zu ertragen. »Kelli«, setzte er an, aber sie schüttelte nur den Kopf und zog den Mantel um sich zusammen.

»Schon gut. Ich habe verstanden.« In diesem Augenblick zerbrach etwas in ihr. »Weißt du was?«, sagte sie, und ihre Stimme klang hart. »Du bist geworden wie er. Einfach so deine Familie zu verlassen.«

Victor neigte fragend den Kopf. »Geworden wie wer?«

»Wie dein Vater.« Sie drehte sich auf dem Absatz um und rannte davon, ehe er etwas erwidern konnte. Sie wusste, dass sie ihrer Ehe soeben den Todesstoß versetzt hatte. Das würde er ihr nie verzeihen; nach diesen Worten gab es kein Zurück mehr. Er würde niemals zu ihnen zurückkehren. In Tränen aufgelöst fuhr sie nach Hause. Sie fühlte sich zutiefst gedemütigt. Wie hatte sie nur glauben können, ihn mit Sex zurückzugewinnen? Welch eine Idiotin sie doch war! Und am Ende hatte sie ihn so oder so verloren, wie schon so vieles zuvor.

Alles, was ihr noch blieb, waren ihre Kinder, die sie über alles liebte. Manchmal hatte sie das Gefühl, die beiden wären der einzige Beweis, dass ihr Leben nicht völlig gescheitert war. Auf die beiden konnte sie stolz sein. Klug und aufgeweckt waren sie, freundlich und liebenswert, mit einem angeborenen Selbstwertgefühl, das Kelli nie besessen hatte. Sie hoffte, dass es an der Art und Weise lag, wie sie die beiden großgezogen hatte. Eine perfekte

Mutter war sie bestimmt nicht, aber sie wusste immerhin, dass sie die beiden besser behandelte, als ihre Eltern sie jemals behandelt hatten. Ganz gleich, was sie taten, die beiden wussten, dass sie sie liebte.

Kelli bog in den Parkplatz des Loft ein, prüfte ihr Make-up im Rückspiegel und übte ihr Lächeln. Bloß nicht zu strahlend, sie wollte nicht verzweifelt wirken. Aber sie wollte, dass Victor in ihr das Mädchen sah, in das er sich verliebt hatte, das Mädchen, mit dem er lange Spaziergänge um den Green Lake gemacht hatte, das Mädchen, vor dem er in der Restauranttoilette auf die Knie gegangen war und sie gefragt hatte, ob sie ihn heiraten wolle, als der Schwangerschaftstest statt einer auf einmal zwei blaue Linien gezeigt hatte. Sie war gerade mal zwanzig gewesen – viel zu jung, um zu heiraten, viel zu jung, um Mutter zu werden –, aber seit sie Victor kannte, glaubte sie, dass das Schicksal ihr eine zweite Chance geben wollte. Ihre Chance auf das richtige Leben, ihre Chance, die zu werden, die sie sein sollte. Victor war fünf gewesen, als sein Vater ihn und seine Mutter verlassen hatte, und Kelli wusste, wie wichtig es ihm war, eine eigene Familie zu haben, ein guter – ein *besserer* – Vater zu sein. Er würde seinen Kindern der Vater sein, den er nie gehabt hatte. Deshalb war sie auch davon überzeugt gewesen, dass er sie niemals verlassen würde. Wie naiv von ihr zu glauben, sie könnte die Sünden der Vergangenheit vergessen machen, indem sie sich ein neues Leben schuf. Wie dumm zu glauben, sie könnte dem Schmerz entkommen.

Sie fragte sich, worüber Victor heute mit ihr sprechen wollte. Und ob er die bläulichen Schatten unter ihren Augen bemerken würde. Die Tabletten, die sie zum Schlafen nahm, halfen nur sporadisch; im Lauf der Zeit hatte sie immer mehr davon nehmen müssen. Letzte Nacht hatten sie überhaupt nicht geholfen. Wie eine streunende Katze war sie durchs Haus getigert, lautlos wimmernd, und hatte den abgrundtiefen Mangel, die Leere in ihrem Leben beklagt. Insbesondere jene Leere, die Victor hinterlassen hatte. Nichts war geblieben, wo eine glückliche Ehe hätte sein sollen.

Lautes Klopfen ans Fenster riss sie aus ihren Gedanken und ließ ihren Puls rasen. Sie fuhr herum und sah Spencer, Victors besten Freund und Küchenchef des Loft, neben dem Wagen stehen. Er lächelte entschuldigend. Kelli nahm ihre Tasche und öffnete die Tür.

»Tut mir leid«, sagte er. »Wollte dich nicht erschrecken, einfach nur Hallo sagen. Ist ja schon ein Weilchen her, dass wir uns gesehen haben.« Er legte seine fleischige Hand auf ihren Rücken und tätschelte sie unbeholfen. Kelli fand es traurig, wie Freunde nach einer Scheidung aufgeteilt wurden. Fast so wie Bücher oder eine CD-Sammlung. Während ihrer Ehe waren Victor und sie nicht besonders gesellig gewesen – er hatte einfach zu viel gearbeitet, als dass sie sich oft mit anderen Paaren hätten treffen können –, aber nach der Trennung merkte sie erst, wie viele ihrer Bekanntschaften eigentlich über sein Restaurant liefen. Sie hatte Diane, ihre Nachbarin, die sich nach Avas Geburt mit ihr angefreundet hatte, und ein paar Kollegen in der Arbeit, aber der Rest ging an Victor, einschließlich Spencer.

»Schon okay«, sagte sie. »Schön, dich zu sehen.«

»Ebenso.« Er machte eine Pause. »Gut siehst du aus.«

»Danke«, sagte sie automatisch, dabei wollte er einfach nur nett sein. Sie wusste selbst, dass es nicht stimmte. Sie hatte zu viel Gewicht verloren, und die Haare begannen ihr auszufallen. Und obwohl sie erst dreiunddreißig war, schienen sich mit jedem Tag neue Falten in ihr Gesicht zu graben. Diane nahm es mit Humor und meinte, das sei genau der Grund, weshalb sie noch immer zwanzig Pfund zu viel auf den Rippen habe. »Ein bisschen Fett polstert die Haut auf«, hatte sie Kelli geraten. »Ben & Jerry's statt Botox.«

Kelli sah zum Hintereingang des Loft hinüber, dann lächelte sie Spencer an. »Was meinst du, kann ich mit dir reinkommen oder soll ich den Vordereingang nehmen?«

»Folgen Sie mir unauffällig«, sagte er und winkte sie herein. Als sie durch den schmalen Gang zur Küche liefen, schlug Kelli der kräftige Duft angebratener Zwiebeln und auf kleiner Flamme köchelnder Brühe entgegen. Victor hatte ihr beigebracht, die verschiedenen Aromen aus einem Gericht herauszuschmecken, eine schwere, erdige Pilznote oder einen spritzigen Hauch von Zitrone. Von ihm hatte sie auch gelernt, dass man Chinanudeln nicht wie Pasta zubereitete, was sie bislang immer sehr praktisch gefunden hatte. Er hatte ihr gezeigt, was den feinen Unterschied machte zwischen einem scharf angebratenen und einem verbrannten Steak, er hatte ihr gezeigt, wie man einen Salat anmachte. Kelli dachte oft an die Stunden, die sie – noch vor Avas Geburt – gemeinsam in der Küche verbracht hatten, an die butterig auf der Zunge zergehenden Kekse, die sie unter Victors Anleitung gebacken hatte, an die herzhaften Eintöpfe, die Aufläufe und Ragouts. Sie erinnerte sich noch genau an den Tag, als sie zum ersten Mal Frikadellen gemacht und statt eines halben *Teelöffels* Salz eine halbe *Tasse* gelesen hatte. Ohne mit der Wimper zu zucken hatte Victor alles aufgegessen, hatte jeden Bissen mit einem großen Schluck Wasser hinuntergespült, nur um sie nicht zu enttäuschen.

»Victor ist vorne«, sagte Spencer, als sie an den beiden achtflammigen Herden vorbeiliefen. »Ich gehe ihn rasch holen.«

»*So* lange ist es nun auch wieder nicht her«, sagte Kelli so munter wie möglich. »Ich finde den Weg noch.« Lächelnd gab sie Spencer einen freundschaftlichen Klaps auf den durchtrainierten Arm. Fast acht Jahre war es her – noch bevor Max geboren wurde –, dass sie Victor bei der Einrichtung des Restaurants geholfen hatte. Sie hatte das Besteck ausgesucht und die Weingläser, die schweren cremeweißen Tischtücher und die schwarzen Leinenservietten, die einen reizvollen Kontrast dazu boten. Ihr Magen krampfte sich zusammen, und sie wusste nicht, ob es vor Hunger war oder leisem Bedauern, dann stieß sie die Schwingtüren auf, die in den Speiseraum führten.

Es war Viertel vor drei, genau zwischen Mittagszeit und Abend, weshalb nur wenige Gäste da waren. Kelli ließ ihren Blick durch den Loungebereich schweifen und entdeckte Victor an einem kleinen Tisch in der Ecke, wo er, wie sie wusste, gern arbeitete. Der Atem stockte ihr, als sie ihn sah – sein attraktives Gesicht, die dunklen Haare, die hellen grauen Augen. Sie würde nie verstehen, wie sie ihn sich hatte durch die Lappen gehen lassen können. Und jetzt war es zu spät. Jetzt gab es Grace. Grace mit ihrem spannenden Job und ihrem tollen Auto. Grace, die jeden Morgen in Victors Bett aufwachte und ihn überall dort berührte, wo Victor Kelli einst versprochen hatte, dass nur sie ihn berühren dürfe.

Victor schaute von seinem Laptop auf und sah, wie sie ihn anstarrte. Er winkte sie herbei, und so holte sie tief Luft, straffte die Schultern und ging zu ihm. »Hi«, sagte er, und da war er wieder, dieser gewisse Ton. So scharf, dass es wehtat.

Kelli setzte sich ihm gegenüber und schluckte; ihr Mund war so trocken, dass sie kaum ein Wort herausbrachte. »Hi«, sagte sie schließlich.

Victor fuhr sich mit den Fingern durchs Haar – etwas, das er nur dann tat, wenn er angespannt war. »Möchtest du etwas trinken? Kaffee oder Eistee?«

»Das Übliche«, sagte sie, um ihn auf die Probe zu stellen.

Victor lächelte und gab dem Barkeeper ein Zeichen, einem kleinen, kahlköpfigen Mann, den Kelli nicht kannte. »Könntest du uns einen Cranberrysaft mit Sprite und einem ordentlichen Schuss Limette mixen, Jimmy?«, rief er. »Und nicht so viel Eis, bitte.« Jimmy nickte, und Kelli entspannte sich ein bisschen. Es war beruhigend, dass Victor das einfach so aus dem Handgelenk schüttelte – während ihrer beiden Schwangerschaften war sie geradezu süchtig nach Cranberrysaft gewesen, und sie wusste nicht, wie oft Victor ihr diesen Drink gemixt hatte. Er hatte sie also nicht völlig aus seinem Gedächtnis gelöscht.

»So …«, sagte Victor und wandte sich wieder ihr zu. »Wie läuft es in der Arbeit?«

»Gut«, meinte Kelli achselzuckend. »Mal so, mal so. Wie immer eben. Du weißt schon.« Sie fand es furchtbar, sich mit ihm in Smalltalk zu versuchen, aber so weit war es mit ihrer Beziehung gekommen. Sie schaute auf die Uhr. »Um halb vier muss ich die Kinder abholen. Max hat um vier Basketballtraining.«

Victor wartete schweigend, weil in diesem Moment Jimmy an ihren Tisch trat und Kellis Drink brachte. »Danke«, sagte sie zu dem Barkeeper, der ein knappes Lächeln andeutete und sich rasch zurückzog. Genau das, was eine gute Bedienung ausmachte, dachte Kelli. Er hatte die unterschwellige Spannung zwischen ihnen bemerkt und versucht, so diskret wie möglich zu sein. Auch das hatte sie von Victor gelernt – den Gast zu deuten und sich entsprechend zu verhalten. Kelli nippte kurz an ihrem Drink, legte dann ihre Hände um das eiskalte Glas. »Worüber wolltest du mit mir reden?«

Victor klappte seinen Laptop zu, schob ihn leise seufzend beiseite. »Es gibt Neuigkeiten«, sagte er. »Gute Neuigkeiten. Und wir fanden, du solltest es als Erste erfahren.«

Wir?, dachte Kelli entgeistert, und im ersten Moment glaubte sie wirklich, er würde sie beide meinen. Es war das einzige »wir«, das Kelli kannte. Doch dann begriff sie. *Was* er meinte. Sie atmete tief ein und wieder aus; ihre Knöchel färbten sich weiß, so fest hielt sie das Glas umklammert. Sie wusste nicht, was sie sagen sollte. Sie wusste nur, was als Nächstes käme.

Victor beugte sich vor und senkte die Stimme. »Grace und ich werden heiraten«, sagte er.

Ein Rauschen setzte in Kellis Kopf ein, so heftig, dass sie meinte, ihre Augäpfel pulsierten. Victors Gesicht, alles verschwamm ihr vor den Augen, und sie musste ein paar Mal blinzeln, um die Tränen zurückzuhalten. Sie wollte nicht vor ihm weinen. Er sollte nicht sehen, wie verletzt sie war. Sie biss sich auf die Wange und nickte stumm.

»Tut mir leid, dass ich dich so damit überfalle«, hörte sie ihn sagen, als das Rauschen langsam nachließ. »Wir dachten nur, du solltest Bescheid wissen, bevor wir es jetzt am Wochenende den Kindern sagen.« Fragend sah er sie an, versuchte mit seinen gütigen grauen Augen ihre Reaktion abzuschätzen. »Kelli? Du sagst ja gar nichts.«

Sie griff nach ihrem Glas und nahm einen kräftigen Schluck, einfach nur, um Zeit zu schinden. Sie hatte keine Ahnung, was er von ihr hören wollte. *Glückwunsch und alles Gute? Wie schön, dass du deine große Liebe gefunden hast?* Ihre Unterlippe begann zu zittern; sie biss darauf. Victor sah es und griff nach ihrer Hand. Sie zuckte zurück und verschüttete etwas von ihrem Drink. »Lass mich«, fauchte sie ihn an.

Victor hob beschwichtigend die Hände und lehnte sich zurück. »Okay«, sagte er, sichtlich gereizt. Sie kannte diesen Ton, diese Miene. »Tut mir leid.«

Sie hörte ihren flachen Atem und versuchte sich zu beruhigen. Ihr war schwindelig. Hatte sie heute überhaupt schon etwas gegessen? Wenn ja, konnte sie sich nicht daran erinnern. Sie straffte die Schultern, setzte sich auf und versuchte, stark zu sein. Sie wollte keine dieser armseligen Exfrauen sein, die auch nach Jahren noch ihrem Verflossenen nachtrauerten. Aber genau das war sie. Als sie kurz zur Küche hinüberschaute, sah sie Spencer hinter dem Türglas. Er duckte sich schnell weg, aber sie wusste, dass er sie beide beobachtet hatte, gespannt auf ihre Reaktion. Sie konnte keinen klaren Gedanken fassen. Einen Moment erwog sie, sich an Spencer heranzumachen, mit ihm zu schlafen – einfach nur, um es Victor heimzuzahlen –, aber sie hätte keine Chance, das wusste sie. Spencer war Victor gegenüber viel zu loyal, als dass er sich auf solche hässlichen Spielchen eingelassen hätte.

Sie zwang ihren Blick zurück zu Victor, der sie noch immer mit ausdrucksloser Miene anschaute. »Danke, dass du es mir gesagt hast«, sagte sie so ruhig wie möglich. Sie ballte ihre Hände im Schoß, grub die Fingernägel tief in die Haut, um den Schmerz irgendwo anders zu spüren als in ihrem Herzen. Sie fühlte sich so beklommen, dass sie meinte, ihre Lunge würde bersten. »Habt ihr schon einen Termin?«

Victor schüttelte den Kopf. »Noch nicht. Es hat sich gestern Abend erst ergeben. Um alles Weitere kümmern wir uns, nachdem wir am Wochenende mit den Kindern gesprochen haben.«

»Ava wird nicht gerade begeistert sein«, sagte Kelli. Ihre Stimme klang gepresst. »Darauf solltest du dich gefasst machen.«

»So? Wie kommst du darauf?«, fragte Victor irritiert.

Kelli zuckte mit den Schultern. »Sie wird glauben, dass du mich ersetzen willst.« Die Worte waren ihr einfach so herausgerutscht, obwohl sie es doch eigentlich besser wissen sollte. Passiv-aggressiv, schon klar. Dafür würde er sie abstrafen. Victor war ja nicht blöd. Er würde durchschauen, dass Kelli ihre eigenen Gefühle auf ihre Tochter projizierte, damit sie nicht selbst zu ihnen stehen musste. Es wäre nicht das erste Mal. Angefangen hatte es, als er das Restaurant eröffnet und sie zu Hause mit den Kindern allein gelassen hatte. »Max und Ava vermissen dich«, hatte sie ihm vorgehalten. »Sie wissen ja kaum noch, wie ihr Daddy aussieht.«

»Ich versuche nicht, dich zu ersetzen«, sagte Victor sanft. Da war er wieder. Der Victor, den sie liebte. »Kelli«, er neigte den Kopf und sah sie an, »ist das okay für dich?«

»Ja, klar, natürlich«, beeilte sie sich zu sagen. »Es ist toll. Ich freue mich für euch. Ihr wollt bestimmt noch Kinder, oder?« Allein bei dem Gedanken bekam Kelli Panik. Es war das Einzige, was sie Grace voraushatte – sie war die Mutter von Victors Kindern. Wenn Grace ein Kind bekam, würde ihr auch noch das genommen. Sie hatte schon so viel verloren, dass sie kaum wusste, wie sie noch einen weiteren Verlust verkraften sollte.

Victor seufzte. »Nein«, sagte er, lehnte sich vor, stützte die Ellbogen auf den Tisch und verschränkte die Hände. »Wollen wir nicht. Und sag bitte Max und Ava noch nichts davon, ja? Das würden wir gern selber tun.«

Kelli nickte und schaute aus dem Fenster. Ein junges Pärchen schlenderte vorbei, bestimmt frisch verliebt, die Hände in den hinteren Hosentaschen des anderen. Das Mädchen hatte den Kopf an die Schulter des Jungen gelegt. Kelli lächelte wehmütig. »Weißt du noch?«, sagte sie zu Victor. »Wie wir früher.«

Victor schaute hinaus, sah das Pärchen. Wenn er sich an ihren Drink erinnerte, dachte Kelli, musste er sich auch daran noch erinnern, daran, wie sie beide gewesen waren. Doch er schwieg. Es war vorbei; sie beide waren Geschichte. Und es gab nichts mehr zu sagen.

Grace

Bei unserem ersten Date nach besagtem Abend im Loft holte Victor mich mit dem Auto von meiner Wohnung am Lake Washington ab – nur um dann den ganzen Weg zurück in den Westen der Stadt zu fahren, wo er mich zu einem Thailänder einladen wollte, der gleich bei ihm um die Ecke war.

»Kleine Warnung vorweg«, sagte er, als wir über die West Seattle Bridge fuhren. »Das Restaurant heißt All Thai'd Up, aber das soll kein Wink mit dem Zaunpfahl bezüglich heimlicher Bondage-Vorlieben sein. Es gibt da einfach nur ein unglaublich gutes Curry.« Lachend versicherte ich ihm, dass ich vom Restaurant seiner Wahl keine voreiligen Rückschlüsse auf seine sexuellen Präferenzen ziehen würde.

Das Restaurant war klein und gemütlich, das Licht gedämpft, die Wände mit rotem Stoff bespannt, und in der Luft hing ein köstlicher Hauch von Knoblauch und Zitronengras. Wir wurden an einen kleinen Ecktisch geführt, wo ich mich bei Kerzenschein vergewissern konnte, dass Victor noch immer genauso gut aussah, wie ich ihn in Erinnerung hatte, wenn nicht gar besser. Heute Abend trug er einen dunkelblauen Pullover zu anthrazitfarbenen Hosen, was seinen dunklen Teint und seine grauen Augen bestens zur Geltung brachte.

Den ersten Teil des Abends verbrachten wir damit, mehr

übereinander zu erfahren; bei der Gelegenheit erzählte Victor, dass er Einzelkind sei. »Sind deine Eltern noch zusammen?«, fragte ich ihn, und er schüttelte den Kopf.

»Mein Vater hat sich aus dem Staub gemacht, als ich fünf war«, sagte er. »Seitdem habe ich ihn nicht mehr gesehen. Vater zu sein scheint nicht jedermanns Sache zu sein.«

Ich nickte und stellte fest, dass es noch etwas war, das Victor und ich gemeinsam hatten. Nur dass mein Dad sich nicht aus dem Staub gemacht, sondern meine Mom ihn rausgeschmissen hatte – und das auch erst, als ich bereits aus dem Haus war. »Und deine Mom?«

Seine Miene verdüsterte sich. »Kurz nach Avas Geburt hatte sie einen Schlaganfall. Sie war gerade mal dreiundfünfzig.«

»Das tut mir leid«, sagte ich und berührte kurz seine Hand.

»Danke«, sagte er. »Manchmal passiert es mir noch immer, dass ich das Telefon zur Hand nehme und sie anrufen will. Du weißt schon, wenn irgendwas Wichtiges ist oder so.« Er hielt kurz inne. »Ich kann es immer noch nicht fassen, dass sie nicht mehr da ist.« Ungläubig schüttelte er den Kopf. »Seltsam, oder?«

»Finde ich gar nicht«, meinte ich, und er lächelte.

»Puh.« Er holte tief Luft. »Ein schönes Thema haben wir uns da ausgesucht. Sollen wir vielleicht noch mal von vorn anfangen?« Ich lachte leise und nickte. »Und jetzt musst du mir verraten«, fuhr er fort, »wie es kommt, dass eine so schöne und erfolgreiche Frau wie du noch nicht vom Markt ist.«

Jetzt musste ich wirklich lachen. »Ich war immer sehr auf meinen Beruf konzentriert, das stimmt schon. Und mit zunehmendem Alter wird man immer eingefahrener in seinen Gewohnheiten.« Ich zuckte mit den Schultern. »Wenn ich mich auf jemanden einlasse, dann sollte schon alles stimmen. Mit halben Sachen mag ich mich nicht mehr abgeben.«

Jetzt war er es, der nickte. »Das kann ich verstehen.«

»Meine beste Freundin und ich haben mal halb im Scherz gemeint, das wir einfach nur unseren perfekten Hattrick finden müssten«, klärte ich ihn auf, was mir seinerseits jedoch nur einen verwirrten Blick einbrachte, weshalb ich hinzufügte: »Die perfekte Chemie auf körperlicher, geistiger und emotionaler Ebene.«

»Ah ja, verstehe.« Victor legte den Kopf schräg und zog die Brauen zusammen; so ganz schien die Pointe bei ihm noch nicht angekommen zu sein. »Und warum genau heißt das ›Hattrick‹?«

Ich stellte mein Weinglas ab und machte eine vage Geste in der Luft. »Ach, im Hockey oder so … wenn ein Spieler da drei Punkte in ein und demselben Spiel macht, dann nennt man das einen Hattrick. Will sagen, wenn wir einen Mann fänden, bei dem es auf allen drei Ebenen – körperlich, geistig, emotional – der Reihe nach bei uns klick macht, dann wäre *er* der Hattrick.«

»Aha«, sagte er, als endlich die Erkenntnis dämmerte. »Bei dem sportlichen Vergleich muss ich passen. Auch wenn es meiner Männlichkeit Abbruch tut, aber dafür konnte ich mich nie begeistern.« Hastig fügte er hinzu: »Also für Sport, nicht dafür, ein Hattrick zu sein. Spannendes Konzept. Aber Sport ist meine Sache nicht.«

»Meine auch nicht. Ich kenne den Begriff auch nur wegen meines Bruders. Er hat in der Highschool Basketball gespielt. Ich habe mich lieber in meinen Büchern vergraben.« Wobei ich ungesagt ließ, dass mir gar nichts anderes übriggeblieben war. Meine Mutter war darauf angewiesen, dass ich ihr half, mich um meinen kleinen Bruder zu kümmern, was wiederum jedes mögliche Interesse meinerseits an sportlichen Aktivitäten – oder überhaupt allem, was außerhalb des Hauses stattgefunden hätte – zunichtegemacht hatte.

Victor lehnte sich zurück und musterte mich mit einem so feinen, sinnlichen Lächeln, dass ich mich automatisch fragte, was er noch alles mit seinem Mund anstellen konnte. »Und woran merkst du, ob jemand ein Hattrick ist?«

»Indem ich absolut methodisch vorgehe«, erwiderte ich. »Die fraglichen Männer müssen in allen drei Kategorien dem wissenschaftlichen Standard genügen. So war ich beispielsweise mal mit einem unglaublich intelligenten Typen zusammen, der toll im Bett war, aber auf der Gefühlsebene so zugänglich wie ein Granitblock. Den konnte ich also schon einmal ausschließen. Ein anderer konnte fabelhaft über alle gesellschaftlich relevanten Themen diskutieren und hat mir andauernd seine unsterbliche Liebe beteuert, war aber leider ein schrecklich schlechter Liebhaber.«

Hier lachte Victor so laut, dass die anderen Gäste beim Essen innehielten und zu uns herüberschauten. »Entschuldige«, meinte er. »Wahrscheinlich bin ich es einfach nicht gewohnt, dass eine Frau mir so offen erklärt, nach welchen Kriterien sie ihre Männer auseinandernimmt.«

»Nein, so war das nicht gemeint«, versuchte ich sofort gegenzusteuern. »Ich habe keine Checkliste oder so.« Auf einmal war ich verlegen und fühlte mich seltsam verletzlich. Ich schwieg einen Augenblick und überlegte, ob ich mit meiner nächsten Frage zu weit gehen würde, wollte sie aber dennoch loswerden. »Was ist mit deiner Exfrau? War sie dein Hattrick?«

Er beugte sich vor und verschränkte seine Arme auf dem Tisch. »Nun, ich bin mit dem Konzept ja noch nicht so vertraut, aber ich würde sagen … nein. Das war sie definitiv nicht.« Sein Ton gab mir zu verstehen, dass er nicht weiter ins Detail gehen wollte, und insgeheim war ich froh darüber. Männer, die beim ersten Date über die Maßen von ihren Exfrauen und -freundinnen redeten, machten nie einen guten Eindruck. Das Gleiche galt übrigens für Frauen, die ständig von ihrem Ex anfingen. Ich glaube, ich wollte ihn auch gar nicht auf die Probe stellen – es interessierte mich wirklich, mehr über ihre Beziehung zu erfahren. Aber wäre es ein Test gewesen, dann hätte er ihn bestanden.

Später, als er mich nach Hause fuhr, kam er noch mit mir bis zur Tür und küsste mich ganz sanft auf den Mund. Der Duft seiner Haut betörte meine Sinne und ließ mir die Knie weich werden. »Kann ich dich wiedersehen?«, flüsterte er, und ich konnte nur nicken, ganz außer mir vor Freude, dass es so einfach und unkompliziert zwischen uns war. Fast so, als könnte die Chemie tatsächlich stimmen.

Als ich ein paar Wochen später das erste Mal über Nacht bei ihm blieb, weckte mich am Morgen der Duft von Kaffee und gebratenem Speck; ich streckte mich und spürte einen wohligen Schmerz in allen Gliedern. *Hattrick, gar kein Zweifel. Auf allen drei Ebenen bestanden. Und kochen kann er auch!* Als ich schließlich die Augen aufmachte, stand er vor mir und grinste mich an. Seine dunklen Haare waren auf einer Seite platt gelegen, und seine grauen Augen funkelten, was ihm den schelmischen Ausdruck eines kleinen Jungen gab, der sich gerade ein paar Kekse stibitzt hat. »Das ist nicht fair«, meinte er. »Du bist sogar verschlafen schön.«

Ich streckte ihm die Zunge raus und schielte; er lachte. »Willst du schon mal ins Bad?« Er zögerte. »Oder erst Kaffee?«

»*Immer* erst Kaffee«, sagte ich, stützte mich auf die Ellbogen und lächelte ihn an.

»Wird vermerkt.« Er tat, als ziehe er einen Bleistift hinter dem Ohr hervor und mache sich eine Notiz.

Mein Lächeln wurde noch breiter, und ich spürte eine seltene Gefühlsregung im Bauch – dieses wunderbare, warme Prickeln, das mir sagte: *Oh wow … den solltest du behalten.* Im Laufe der Jahre war ich mit einigen Männern zusammen gewesen, aber ab einem gewissen Punkt neigten die Dinge sich immer dem Ende zu. Vermutlich hatte es auch damit zu tun, dass ich mehr an meinem Beruf interessiert war als daran, zu heiraten und Kinder zu bekommen. Ich hatte die Erfahrung gemacht, dass Männer, die kein Interesse daran hatten, Vater zu werden, meist auch wenig Interesse an einer langfristigen festen Beziehung hatten. Ausnahmen mochte es geben, aber mir zumindest war keine begegnet. Victor schien mich und mein Leben zu respektieren, aber konnte ich wirklich sicher sein, dass er nicht auch eines Tages von mir erwarten würde, meine Einstellung zu ändern?

»Was, wenn er auf einmal *doch* ein Kind mit mir haben will?«, fragte ich Melody nicht lange, nachdem ich über Nacht bei ihm geblieben war. Wir waren im Lager des Ladens von Second Chances damit beschäftigt, Kartons mit Kleiderspenden zu sortieren.

»Er hat dir doch bereits gesagt, dass er keine Kinder

mehr haben will«, erwiderte Melody gelassen. »Dass du immer gleich solche Angst hast.«

»Habe ich nicht!«, empörte ich mich, zog eine blaue Calvin-Klein-Bluse aus dem Stapel und legte sie beiseite. Wir sortierten alles aus, was die Frauen aus unserem Programm für künftige Vorstellungsgespräche gebrauchen konnten. Freizeitklamotten und nicht so gut erhaltene Kleider gingen gleich in den Verkauf; sie wurden chemisch gereinigt, mit einem Preisschild versehen und in den Laden gehängt.

»Hast du doch«, sagte Melody. »Und wie.« Ich schaute meine Freundin an. Sie war groß und schlank, hatte langes, honigblondes Haar, braune Augen und ein lockeres, entspanntes Lächeln. Sie trug schwarze Leggings und eine olivgrüne Leinentunika, und jede ihrer Bewegungen wirkte anmutig und fließend. Niemand kannte mich besser als Melody, wahrscheinlich nicht mal ich selbst. Wir hatten uns mit Mitte zwanzig kennengelernt, als sie gerade ihre Ausbildung zur Masseurin beendet hatte. Um sich über Wasser zu halten, bis sie einen festen Kundenstamm aufgebaut hatte, jobbte sie in der Werbeagentur, in der ich zu der Zeit als Personalerin arbeitete. Eines Nachmittags setzten wir uns unten im Coffeeshop an den letzten freien Tisch und verstanden uns auf Anhieb, als wir feststellten, dass wir beide eine Schwäche für White Chocolate Mochas und den schnuckeligen Typen hinterm Tresen hatten.

»Wie würdest du ihn einschätzen?«, fragte sie, als wir uns setzten, und deutete mit vielsagendem Blick auf den sexy Barista. »Typ einfacher oder doppelter Espresso?« Ein Jahrzehnt und etliche Mochas später war sie noch immer meine beste Freundin.

Seufzend wandte ich mich ab und nahm mir einen weiteren Kleiderstapel vor. »Ja, vielleicht hast du recht.«

»Klar habe ich recht«, meinte sie grinsend. »Alles in deinem Leben ist so schön und geordnet, und jetzt kommt da dieser emotional empfängliche Mann mit zwei potenziell lautstarken, chaotischen Kindern, und schon flippst du aus.« Sie schüttelte einen geblümten Rock aus und hängte ihn auf einen Bügel. »Wovor genau hast du eigentlich Angst? Davor, glücklich zu sein?«

»Nein«, sagte ich. »Das ist es nicht.«

»Okay, was ist es dann?«

»Mein Gott, wie du nervst!«, rief ich und warf einen Pullover nach ihr. Er verfehlte sein Ziel, Melody grinste, und ich seufzte noch einmal. »Keine Ahnung. Vielleicht habe ich einfach Angst, dass ich nicht klarkomme. Also mit seinen Kindern, meine ich.«

»Mit Sam bist du gut klargekommen«, erinnerte sie mich.

»Das war etwas anderes. Er war mein Bruder. Und ich habe mich auch nur um ihn gekümmert, bis er zehn war, dann bin ich zu Hause ausgezogen. Kann sein, dass ich mit Max zurechtkäme, aber Ava ist *dreizehn*. Ich habe keine Ahnung, was ich mit einer Dreizehnjährigen anfangen soll.«

»Stimmt, du bist selbst ja auch nie dreizehn gewesen.« Ich warf ihr einen genervten Blick zu, und sie schlug einen sanfteren Ton an. »Lass es auf einen Versuch ankommen. Was sagst du immer zu mir? Und was zu deinen Klientinnen, wenn sie dir vorjammern, dass sie sich nicht trauen würden, ein neues Leben anzufangen?«

Wie sie mich so ansah, die braunen Augen erwartungsvoll auf mich gerichtet, musste ich lachen. Sehr clever, wie sie meine eigenen Worte gegen mich wandte. »Wer nicht wagt, der nicht gewinnt«, sagte ich kopfschüttelnd.

»Genau. Und deshalb würde ich sagen, hör endlich auf herumzuzicken und sei froh, dass du einen Mann gefunden hast, der ziemlich begeistert von dir zu sein scheint. Der Rest findet sich schon von selbst.«

Trotz dieses gut gemeinten und vernünftigen Ratschlags überkam mich am Abend eine unerklärliche Panik, und ich sagte meine Verabredung mit Victor ab. »Tut mir leid«, sagte ich ihm am Telefon; eigentlich hatten wir uns zum Essen im Loft treffen wollen. »Aber ich ersticke gerade in Arbeit.«

»Kein Problem«, meinte Victor. »Kann ich dir irgendwie helfen?«

Ich lachte, leicht nervös, da ich nicht sicher war, ob er merkte, dass ich log. »Das ist lieb, aber wahrscheinlich nicht. Ich muss eine Tabellenkalkulation sämtlicher Spenden erstellen, die wir dieses Jahr erhalten haben. Allein von der Vorstellung bekomme ich Sehnenscheidenentzündung.« Es musste tatsächlich bald erledigt werden – die Buchhaltung drängte schon –, aber morgen hätte auch noch gereicht. Victor zeigte sich verständnisvoll und meinte, er würde mich anrufen.

Nachdem wir aufgelegt hatten, ließ ich mich auf meine Couch fallen und den Blick durch mein kuscheliges kleines Wohnzimmer schweifen; ich hatte alles in warmen Erdtönen eingerichtet und mich gleich bei der Besichtigung in diesen Raum verliebt. Mit seinen schrägen Decken und den großen Fenstern, die hinaus auf den See gingen, wirkte er großzügig und gemütlich zugleich. In kleinen Schalen lagen Steine und Muscheln, die ich bei Spaziergängen am Strand gefunden hatte, und über dem

Kamin hing ein vergrößerter Schwarz-Weiß-Abzug meines Lieblingsfotos von Wellen, die ans Ufer schlugen. Zwei dicke cremefarbene Decken lagen über der Couchlehne, in den Ecken große weiche Daunenkissen. Der ganze Raum strahlte Ruhe und Behaglichkeit aus; hier fühlte ich mich sicher. Melody hatte recht – nur weil er Kinder hatte, ging ich davon aus, dass Victors Leben unruhig und chaotisch wäre. Es war eine bloße Vermutung; wissen konnte ich es nicht. Ich hatte seine Kinder ja noch nicht einmal kennengelernt. Dass ich mich heute Abend davor gedrückt hatte, ihn zu sehen, lag nicht an ihm, sondern ganz allein an mir und meinen Ängsten. Es war nicht fair – uns beiden gegenüber.

Ich rief ihn an, und er ging gleich beim ersten Läuten ran. »Wenn du Hilfe bei der Statistik brauchst, hast du den Falschen erwischt.«

»Ich habe dich eben angelogen«, platzte ich mit der Wahrheit heraus, bevor mich der Mut verließ. »Eigentlich muss ich heute Abend gar nicht arbeiten. Ich habe einfach nur Angst. Es tut mir leid.«

Einen Moment schwieg er, und ich spürte, wie mir das Blut in den Ohren rauschte, während ich darauf wartete, dass er endlich etwas sagte. »Wovor hast du Angst?«, fragte er schließlich.

»Dass ich mit deinen Kindern überhaupt nicht klarkomme. Dass ich mein Leben total verändern müsste, wenn ich das Wunderbare, das wir haben, nicht verlieren will.« Ich holte tief Luft und versuchte, mich zu beruhigen. »Tut mir leid, ich bin dumm. Ich habe Panik bekommen.«

»Du bist nicht dumm«, sagte Victor sanft. »Und ich will auch nicht, dass du dich veränderst. Du sollst genau so bleiben, wie du bist.«

»Ja, wirklich?« Meine zum Zerreißen angespannten Muskeln lockerten sich ein wenig. *Ich dachte, nur in Filmen würden Männer so etwas sagen. Hoffentlich will er mich nicht nur beschwichtigen.*

»Ja, wirklich.« Ich konnte ihn am Telefon lächeln hören. »Ich mag dich so, wie du bist. Ich bin froh, *dass* du so bist. Die meisten Frauen, die ich nach meiner Scheidung kennengelernt hatte, waren mir viel zu versessen darauf, Max und Ava ein kleines Geschwisterchen zu schenken, was definitiv *nicht* zu meinem Plan gehört.« Er zögerte. »Und ich weiß, dass Kinder nicht zu deinem gehören. Aber ich glaube, zusammen bekommen wir das schon irgendwie hin.« Als ich nichts erwiderte, setzte er nach: »Und es ist ja auch nicht so, als müsstest du ihre Mutter sein. Das ist Kellis Job.«

»Und was wäre mein Job?«, fragte ich ruhig. Die Frage schien mir von so entscheidender Bedeutung, dass ich mit angehaltenem Atem auf seine Antwort wartete.

»Einfach du selbst zu sein. Ava vielleicht ein Vorbild, Max eine Freundin, wenn die beiden bei uns sind.« Er holte tief Luft. »Ich weiß doch selbst nicht, wie es letzten Endes läuft, weil ich noch nie in der Situation war, aber so lange wir offen und ehrlich miteinander reden, finden wir schon eine Lösung. Oder nicht?«

»Ja, doch«, sagte ich. »Wahrscheinlich.« Ich zögerte kurz, dann entschuldigte ich mich erneut. »Es tut mir wirklich furchtbar leid, dass ich dich angelogen habe. Eigentlich bin ich nicht so. Ich weiß nicht, was in mich gefahren ist.«

»Mach dir deswegen keine Gedanken mehr. Ich habe es verstanden. Es sollte nur keine Gewohnheit werden, okay?«

»Okay.« Wieder zögerte ich, zupfte an den Kissenfransen herum. »Möchtest du mich denn heute Abend noch sehen?«

»Kommt darauf an«, meinte er. »Wirst du nackt sein?«

Ich lachte erleichtert auf. »Ließe sich einrichten. Bekomme ich was zu essen?«

»Definitiv. Ich bin um sieben bei dir.«

Von da an sahen wir uns fast jeden Tag, wobei ich öfter zu ihm kam, als er zu mir; nicht, weil es ihm bei mir nicht gefallen hätte, sondern weil ich zeitlich flexibler war als er und den Berufsverkehr auf der West Seattle Bridge umgehen konnte. Er tischte mir köstliche Mahlzeiten auf, gestand mir aber, dass er viel besser darin sei, ein Restaurant zu leiten, als selbst in der Küche zu stehen.

»Machst du Witze?«, meinte ich dazu nur und hätte am liebsten die butterige Zitronensauce vom Teller geleckt, die er zu gegrilltem Heilbutt mit Chili-Marinade gereicht hatte. »So was Leckeres habe ich schon ewig nicht mehr zu beißen bekommen!«

»Ach nein?«, fragte er mit einem anzüglichen Lächeln. »Das tut mir leid.« Als ich lachte, fuhr er fort: »Ich habe ja als Koch angefangen und verstehe mich natürlich auf mein Handwerk. Aber mein jetziger Job gefällt mir eindeutig besser.«

»Du hast eben gern das Sagen«, neckte ich ihn. »Kleiner Kontrollfreak, was?«

»Eher teamwork-geschädigt«, gab er zurück. Lachend schüttelte ich den Kopf. Ich wusste, dass das nicht stimmte; Victor führte im Loft zwar ein strenges Regiment, aber die paar Male, da ich an der Bar darauf gewartet hatte, dass er Feierabend machte, hatte ich ihn mit seinem Team erlebt. Er erwartete von allen gute Arbeit, aber er ließ niemanden allein und war jederzeit bereit einzuspringen, wenn Not am Mann war, sei es beim Bedienen oder beim Abwaschen. Über die Jahre hatte ich genügend furchtbare Chefs erlebt, um zu wissen, dass Victor einen tollen Job machte.

Und er war ein wunderbarer Freund. Als ich eine große Firmenspende für Second Chances an Land gezogen hatte, schickte er mir die schönsten Orchideen, die ich je gesehen hatte, und dazu eine Karte: »Du weckst in mir den Wunsch, ein besserer Mensch zu werden.« Wenn er sagte, er würde anrufen, rief er auch tatsächlich an, und wenn wir uns morgens verabschiedeten, fand er immer einen Grund, den Abschied noch ein wenig hinauszuzögern. Er gab mir das Gefühl, wichtig zu sein, doch er erdrückte mich nicht mit seiner Nähe. Er hatte Verständnis dafür, dass ich manchmal mitten in der Nacht ins Krankenhaus musste, um einer Klientin in einer akuten Krisensituation beizustehen. Er war für mich da, wenn ich nicht damit klarkam, dass wieder mal eine der Frauen zu dem Mann zurückkehrte, der ihr Gewalt antat – etwas, das immer wieder vorkam und mich jedes Mal mit einem Gefühl hilfloser Ohnmacht erfüllte. »Du kannst ihnen nur Möglichkeiten aufzeigen«, sagte er. »Ob sie davon Gebrauch machen, liegt an ihnen, nicht an dir.« Das wusste ich natürlich selbst, aber es von jemand anderem bestätigt zu bekommen half dennoch. Sonst war immer ich es, die anderen Trost und Zuspruch gab; dass jemand dasselbe für mich tat, war eine völlig neue Erfahrung.

Je länger wir zusammen waren, desto weniger Probleme hatte ich damit, dass er Vater war. Ab und an überkamen mich leise Befürchtungen, aber ich beruhigte mich damit, dass die Kinder nur jedes zweite Wochenende bei ihm wären; die meiste Zeit wären Victor und ich allein.

Und er drängte auch keineswegs darauf, dass ich die beiden kennenlernte. Wir fanden es besser, damit zu warten, bis wir einander sicherer waren. Aber als es dann so weit war, hätte ich mir sicherer nicht sein können.

Kelli ist tot. Der Satz wollte mir nicht mehr aus dem Sinn, als ich hinüber zu Max' und Avas Schule fuhr. Meine Hände zitterten, und ich atmete schnell und flach. Ich versuchte mir vorzustellen, wie Victor sich jetzt, in diesem Augenblick, fühlen musste. Der Kummer, den ich in seiner Stimme gehört hatte, hatte sich auf mich übertragen. Ich konnte es noch immer nicht fassen. Was war passiert? Wie konnte es sein, dass jemand eben noch da ist und dann auf einmal ... *fort?* Ich versuchte, gegen die Angst anzukämpfen, die in mir aufstieg, versuchte, mich auf den Verkehr zu konzentrieren, auf die Bremslichter des Wagens vor mir, aber Tränen ließen mir alles vor den Augen verschwimmen. Um jetzt nicht noch einen Unfall zu bauen, fuhr ich rechts ran und rief meine Mutter an; ich hatte auf einmal das Bedürfnis, ihre Stimme zu hören, mit ihr zu reden. »Komm schon, Mom«, flüsterte ich. »Bitte geh ran.« Als der Anrufbeantworter ansprang, hinterließ ich eine kurze Nachricht und rief als Nächstes Sam an, meinen Bruder.

»Was gibt es, Schwesterherz?«, meldete er sich. Ich meinte, ihn vor mir zu sehen, an seinem Schreibtisch bei der AIDS-Hilfe, wo er als Psychologe arbeitete; ich sah seine drahtigen, kurz geschorenen roten Locken, die ihm als Kind viel Spott eingebracht hatten, und das vergnügte Funkeln seiner wachen grünen Augen. Als er sich als Teenager geoutet hatte, hatte ich mir Sorgen gemacht, dass ein schwerer Weg vor ihm läge, aber so weit ich wusste, hatte er kaum mit Vorurteilen zu kämpfen gehabt und lebte jetzt, mit vierundzwanzig, in einer glücklichen Beziehung mit einem einige Jahre älteren Mann namens Wade.

Meine Stimme klang brüchig, als ich ihm von Kelli erzählte. Er stieß einen leisen Pfiff aus. »Oh mein Gott«, sagte er, »das ist ja furchtbar.«

»Ich weiß, ich bin … völlig fertig.« Ich schniefte und schluckte schwer. »Jetzt bin ich gerade auf dem Weg zur Schule, um die Kids abzuholen, und ich weiß nicht, was ich ihnen sagen soll. Ich weiß nicht, wie ich mich in so einer Situation verhalten soll!«

»Mach dich nicht verrückt, und sei einfach du selbst, Süße.« Er machte eine Pause. »Weißt du, *wie* sie gestorben ist?«

»Nein«, sagte ich und presste die Lippen fest zusammen, um nicht laut aufzuschluchzen. »Victor hat noch nichts Näheres erfahren, und eigentlich ist *er* es, der mit ihnen reden sollte, aber ich werde die beiden gleich *sehen!*« Nach einer Pause, in der ich wieder mit meinen Tränen kämpfte, fügte ich hinzu: »Ich meine, die beiden sind ja nicht blöd, weißt du? Sie werden merken, dass etwas nicht stimmt. Ich habe sie noch *nie* von der Schule abgeholt!«

»Kannst du dich nicht einfach dumm stellen?«, schlug Sam vor.

»Vielleicht.« Wieder schnürte es mir die Kehle zu, ich kam einfach nicht dagegen an. Das Schluchzen, das ich zu unterdrücken versuchte, brach mit aller Macht aus mir hervor; jeder Atemzug bereitete mir Mühe, erfüllte meine Brust mit Schmerz. »Sorry«, stieß ich schließlich keuchend hervor. »Ich weiß nicht, was mit mir los ist … warum mir das so sehr zusetzt. Wir waren nicht gerade Freundinnen, weißt du. Aber ich … ich …« Ich suchte nach den passenden Worten, um meine Gefühle zu beschreiben.

»Oh Gracie«, sagte Sam. »Du brauchst dich nicht zu entschuldigen. Es ist tragisch, was passiert ist. Natürlich geht dir das nahe. Du wärst kein Mensch, wenn dem nicht so wäre. Und du liebst Victor und die Kinder. Du spürst *ihren* Schmerz.«

Ich schüttelte den Kopf, als könne Sam mich sehen, dann holte ich tief Luft und atmete langsam wieder aus. »Ich habe Angst«, flüsterte ich. »Ich bin mir nicht sicher, ob ich das schaffe.«

»Jetzt pass mal auf, Süße«, sagte er, hörbar besorgt. »Denk daran, was du jeden Tag leistest. Denk an alles, was du für deine Klientinnen auf die Beine stellst. Du schaffst das, das weiß ich.«

Ich lächelte schwach. Welch weise, alte Seele mein kleiner Bruder doch war. »Danke, Sammy. Ich hab dich lieb.«

»Ich dich auch«, sagte er. »Ruf an, wenn was ist.«

Ich legte auf und suchte nach einem Taschentuch, um mir die Nase zu putzen. *Mein Ring!*, fiel es mir plötzlich siedend heiß ein. Wir hatten den Kindern dieses Wochenende erzählen wollen, dass wir heiraten würden. Es dürfte kaum passend sein, wenn sie zum selben Zeitpunkt vom Tod ihrer Mutter erfuhren. So viel wusste ich immerhin über das Leben mit Kindern – ihre Bedürfnisse hatten immer Vorrang, ganz gleich, was war. Rasch zog ich mir den Ring vom Finger und ließ ihn in dem Reißverschlussfach meiner Brieftasche verschwinden; eine kleine Geste, die mich mit einem unbestimmten Gefühl der Trauer erfüllte. Hoffentlich ging er nicht verloren.

Ich atmete noch einmal tief durch, dann schickte ich Melody eine kurze SMS und bat sie, mich anzurufen. Da sie sich nicht gleich meldete, wusste ich, dass sie mitten in einer Behandlung war und nicht ans Telefon gehen konnte. Also fädelte ich mich wieder in den Verkehr ein und fuhr weiter zur Seattle Academy. Unterwegs versuchte ich mir Mut zu machen. Sam hatte recht. Ich würde das schaffen. Was auch immer ich Max und Ava vorspielen musste, sie würden mir vertrauen; ich war die Erwachsene. Ich würde mich genau so verhalten, wie ich es mir für meine Erstgespräche mit Frauen angewöhnt hatte, die Opfer häuslicher Gewalt geworden waren – ich würde ruhig und gefasst sein, mehr zuhören als reden.

Das Schulbüro lag gleich links hinter dem Haupteingang; ich trat an den Empfang und teilte der Sekretärin – einer rundlichen älteren Dame mit blaugrauem Haar, das wie Zuckerwatte um ihren Kopf schwebte – mit, wer ich war und weshalb ich hier war. »Mr. Hansen hat uns bereits Bescheid gegeben, dass Sie kommen würden«, sagte sie und runzelte die Stirn. »Ist es nicht entsetzlich? Man mag es kaum glauben. Kelli war so eine gute Mutter.«

Ich nickte. *Natürlich war sie eine gute Mutter. Natürlich würde ich ihr niemals das Wasser reichen können.* Auf einmal kam ich mir völlig unzulänglich vor.

»Könnte ich bitte Ihren Führerschein sehen?«, sagte die Sekretärin. »Nur zur Sicherheit.«

Ich zeigte ihr meinen Ausweis und dachte, auf welch simple Kategorien er meine Person herunterbrach: Alter, Größe, Gewicht, Augenfarbe. Hatten die Ärzte Kelli bei ihrer Einlieferung nach denselben Kriterien beurteilt? Weiblich, dreiunddreißig Jahre, circa eins sechsundfünfzig, fünfundvierzig Kilo, blaue Augen. Ich stellte mir vor, wie sie auf der Tragbahre gelegen hatte. Ihre Haut blass und kalt. Diese unglaublich blauen Augen für immer geschlossen. Reglos, ohne jedes Lebenszeichen.

»Danke«, holte die Sekretärin mich aus meinen Gedanken und drückte mir den Ausweis wieder in die Hand. Ich blinzelte und versuchte, Kellis Bild aus meiner Vorstellung zu verbannen.

»Sind sie noch im Unterricht?«, fragte ich.

Sie nickte. »Ich rufe gleich bei ihren Lehrern durch, dass sie die beiden herschicken sollen.« Sie warf einen Blick auf die Uhr über der Tür. »Wir wussten nicht, wann Sie kommen würden. Warum setzen Sie sich nicht so lange?«

Wieder nickte ich und ließ mich auf einen harten schwarzen Plastikstuhl fallen. Ich ertappte mich dabei, wie ich an meinen Fingernägeln kaute, eine Angewohnheit aus der Kindheit, in die ich eigentlich nur noch dann verfiel, wenn ich ausgesprochen nervös war. Die Luft im Büro war abgestanden; es roch nach kaltem Kaffee und dem pudrigen Parfüm der Sekretärin. Nach ein paar Minuten kam Max herein. Ich stand auf, um ihn zu begrüßen.

»Hey, Maximilian.« Ich benutzte den Spitznamen, den sein Vater ihm manchmal gab, und wünschte sofort, es nicht getan zu haben. Das war ihr Ding, nicht meins.

Er blieb wie angewurzelt stehen und sah mich aus seinen blauen Augen an – Kellis Augen. »Was machst du denn hier? Wo ist Mom?«

Ich lächelte. »Euer Dad hat mich gebeten, euch abzuholen. Wir fahren gleich zu uns nach Hause, okay?« Es fühlte sich noch immer ein wenig seltsam an, es »Zuhause« zu nennen, obwohl ich jetzt schon etliche Monate mit Victor zusammenlebte. Für die Kinder war es wahrscheinlich ähnlich; sie waren nur jedes zweite Wochenende bei uns und nicht wirklich begeistert, mich jetzt schon beim Frühstück zu sehen. Ich legte Max die Hand auf die Schulter. »Er kommt dann auch bald.«

»Aber wo ist Mom?«, fragte Max und ließ seinen Rucksack auf den Boden fallen. Seine braunen Haare waren verstrubbelt, und ein seltsam fragender Ausdruck huschte über sein sommersprossiges Gesicht. Er war ein schmaler, zierlicher Junge; für seine sieben Jahre war er eher klein und reichte mir kaum bis zur Brust. »Wann bekomme ich denn endlich meinen Wachstumsschub?«, fragte er Victor oft, der stolze eins achtzig maß. »Nächsten Mittwoch um drei Uhr morgens«, erwiderte Victor immer im Scherz, was ihm jedes Mal ein glucksendes Lachen von Max einbrachte.

»Sie konnte heute nicht kommen, um euch abzuholen«, sagte ich vorsichtig. »Euer Dad wird euch alles erklären, wenn er nach Hause kommt, okay?« Ich zwang mich zu einem Lächeln, bis die Muskeln in meinen Wangen schmerzten. »Schau, da kommt Ava.«

Max' Schwester kam ins Sekretariat geschlurft und starrte mich an. »Grace«, sagte sie tonlos. »Wo ist meine Mom?« Sie trug hautenge Jeans, eine lila Fleecejacke und kniehohe schwarze Lederstiefel, die ihr ein paar Nummern zu groß und eindeutig zu erwachsen für sie waren. Ich nahm an, dass sie Kelli gehörten. Ava war ebenso hübsch und zierlich wie ihre Mutter, doch das dunkelbraune Haar und die mandelförmigen Augen erinnerten mich unweigerlich an ihren Vater.

Ich seufzte still, behielt mein gezwungenes Lächeln bei und sagte ihr genau dasselbe, was ich eben auch ihrem Bruder gesagt hatte. »Wenn ihr wollt, können wir heute Nachmittag Kekse backen«, schlug ich aus schierer Verzweiflung vor. Ich wollte nur endlich aus dieser Schule weg und mich wenigstens wieder auf halbwegs vertrautem Terrain bewegen.

»Du backst nie Kekse«, stellte Ava ruhig fest. *Mann*, dachte ich, *du merkst auch alles*. Immerhin nahmen sie beide ihre Rucksäcke und folgten mir nach draußen zum Auto.

Als wir nach einer schweigend verlaufenen Heimfahrt zu Hause ankamen und ich ihnen aufschloss, beäugten sie mich argwöhnisch. »Wann kommt Dad?«, wollte Max wissen. »Muss er heute Abend nicht arbeiten?« Meistens war Victor freitagabends im Loft und holte die Kinder dann gleich Samstag früh bei Kelli ab. Aus den Jahren mit meinem kleinen Bruder wusste ich, dass Kinder Routinen brauchen und dann am besten klarkommen, wenn sie wissen, was sie zu erwarten haben. Die beiden waren aus ihrem gewohnten Tagesablauf gerissen worden, und ich überlegte, wie ich sie am besten beruhigen könnte.

»Warum bist *du* eigentlich nicht bei der Arbeit?«, riss Ava mich aus meinen Gedanken, ehe ich Max antworten konnte. »Du arbeitest doch immer. Sagt jedenfalls meine Mom.«

Das wundert mich nicht, dachte ich und tadelte mich sogleich dafür, schlecht von den Toten zu denken. »Ich bin meine eigene Chefin und habe mir heute Nachmittag frei gegeben«, sagte ich und fand selbst, dass jedes meiner Worte entsetzlich gezwungen klang. »Was wollen wir denn jetzt machen? Worauf habt ihr Lust?«

»Ich bin in meinem Zimmer«, sagte Ava und schlich den Flur hinab. Ich hörte, wie die Tür ihres Zimmers sich leise hinter ihr schloss. Sie spürte definitiv, dass etwas nicht stimmte.

»Und was ist mit dir, Max?«, fragte ich.

»Weiß nicht«, murmelte er. »Kann ich fernsehen?«

»Ja, klar«, sagte ich. Ich wusste zwar, dass er eine Stunde lesen sollte, bevor er sich vor den Fernseher setzte, aber wenn es einen Tag gab, an dem Regeln nicht mehr galten, dann wohl dieser. In meiner Tasche begann mein Telefon zu vibrieren; hastig griff ich danach, weil ich dachte, es sei Victor.

»Was ist los?«, wollte Melody wissen. »Deine Nachricht war gerade mal drei Worte lang. Alles okay bei dir?«

»Warte mal kurz, ja?«, sagte ich zu ihr und dann zu Max: »Wenn was ist, ich bin drüben im Schlafzimmer, okay, Buddy?« Er nickte und verschwand ins Wohnzimmer. Ich huschte den Flur hinunter und schloss die Tür des Schlafzimmers hinter mir ab; ich wollte nicht, dass eins der Kinder etwas von dem Gespräch mitbekam. »Kelli ist gestorben«, sagte ich atemlos.

»Was?!«, rief Melody. »Oh mein Gott. Jetzt im Ernst? Wann? Und wie?«

Ich erzählte ihr das Wenige, das ich wusste. »Und jetzt bin ich hier ganz allein mit den Kindern im Haus, und sie haben längst gemerkt, dass irgendetwas nicht stimmt.« Ich spürte einen neuen Weinkrampf kommen und wartete, bis ich mich wieder etwas beruhigt hatte. »Zumindest Ava. Max schaut fern.«

»Wie lange braucht Victor denn im Krankenhaus?«

»Keine Ahnung. Seit seinem Anruf habe ich nichts mehr von ihm gehört. So lange kann das eigentlich nicht dauern, aber wahrscheinlich muss er ihnen noch sagen, was jetzt mit ihr geschehen soll und …« Mir versagte die Stimme, und das Blut pochte mir in den Schläfen. »Mel, ich glaube, ich schaffe das nicht.«

»Was schaffst du nicht? Es ihnen zu sagen? Du brauchst es ihnen nicht zu sagen, das macht Victor. Dein Job ist es, die beiden zu unterstützen und für sie da zu sein, wenn sie dich brauchen. Mehr nicht.« Sie seufzte. »Oje. Und ihr beiden habt euch eben erst verlobt. Das ist echt schlimm.« Gleich nachdem Victor mir letztes Wochenende den Heiratsantrag gemacht hatte, hatte ich Melody angerufen. Sie war ganz aus dem Häuschen gewesen vor Begeisterung und hatte gleich angefangen, alles zu planen, vom Kauf des Kleides bis zur Suche nach dem perfekten Ort für die Feier; aber wir hatten beide so viel zu tun gehabt, dass sie nicht einmal den Ring gesehen hatte. Wie sollte ich jetzt noch jemandem von unserer Verlobung erzählen? *Victors Exfrau ist gestorben ... oh, und übrigens, wir werden dann demnächst heiraten.*

»Auf einmal erscheint das gar nicht mehr so wichtig«, sagte ich. Insgeheim war ich traurig – und auch ein wenig verärgert –, dass mir die Freude über meine Verlobung nun genommen war, schämte mich aber sofort für diesen gnadenlos egoistischen Gedanken.

»Natürlich ist es wichtig«, beharrte Melody. »Es ist einfach nur verdammt schlechtes Timing.« Wieder seufzte sie. »Soll ich vorbeikommen und dir so lange Gesellschaft leisten, bis Victor zurückkommt? Einen Termin habe ich noch, aber den könnte ich absagen.«

»Das ist lieb von dir«, sagte ich. »Aber wahrscheinlich keine gute Idee. Die beiden würden nur noch mehr Verdacht schöpfen. Ich rufe dich an, sobald ich was Neues weiß, okay?« Nachdem wir aufgelegt hatten, ließ ich mich zurück aufs Bett fallen und meinen Blick durchs Schlafzimmer wandern. Als ich bei ihm eingezogen war, hatte Victor bereitwillig Platz geschaffen und darauf bestanden, dass ich alles aus meiner Wohnung mitbrachte und mich hier so einrichtete, wie es mir gefiele.

»Das ist jetzt auch dein Haus«, hatte er gesagt. »Ich möchte, dass du dich hier wohlfühlst. Wenn du die Wände anders streichen willst, streichen wir. Wenn du andere Möbel möchtest, schaffen wir welche an.« Unser Schlafzimmer war der einzige Raum, in dem ich von seinem Angebot Gebrauch gemacht und Victors kalte graue Farbpalette durch warme Erdfarben ersetzt hatte. Gemeinsam hatten wir eine moosgrüne Tagesdecke ausgesucht mit passenden Kissen und Bettvorlegern sowie eine zusätzliche Kommode, um meine umfangreiche Garderobe unterzubringen. Im Rest des Hauses wollte ich nicht viel verändern, da die Kinder es so gewohnt waren, wie es war – dass sie den Tag meines Einzugs mit dem Verlust ihrer vertrauten Umgebung gleichsetzten, war wirklich das Letzte, was ich wollte. Statt meine Wohnung gleich zu verkaufen, hatte ich beschlossen, sie erst einmal zu vermieten, und redete mir ein, dass es eine rein finanzielle Entscheidung sei und überhaupt nichts mit Bindungsangst zu tun habe. Den Großteil meiner Möbel ließ ich einlagern; ich ging davon aus, dass wir nach einer Weile unsere jeweiligen Hausstände ganz auflösen und uns gemeinsam neue Sachen anschaffen würden.

Ich lebte gern in Victors Haus, einem kleinen Bungalow aus den Sechzigern in Hanglage und mit Blick über den Pugent Sound. Es gefiel mir, jeden Morgen neben ihm aufzuwachen; mir gefiel, dass er mir etwas zum Lunch vorbereitete, während ich noch unter der Dusche war; wie er mein Gesicht mit seinen Händen umfing, wenn er mich zum Abschied küsste. Drei Abende die Woche arbeitete er im Restaurant, weshalb mir genügend Zeit für mich blieb oder um mich ein paar Stunden mit Melody zu treffen. Am Anfang waren wir wegen dummer Nichtigkeiten aneinandergeraten – beispielsweise darüber, wo wir die Stereoanlage aufstellen sollten –, und wenn die Kinder übers Wochenende bei uns waren, lag immer eine gewisse Spannung in der Luft, aber das würde vorübergehen, sagte ich mir. Wir mussten uns eben alle erst an die neue Situation gewöhnen. Alles in allem fand ich unser Leben friedlich und harmonisch; ich hätte es mir nicht anders wünschen wollen.

Und dann, letzten Sonntag, hatte Victor mich mitgenommen an den Alki Beach, mir die Stelle gezeigt, die er am liebsten mochte. Es war kurz vor Sonnenuntergang; der Himmel leuchtete in rot glühenden Streifen, und ein warmes goldenes Licht brach in langen Strahlen durch die Wolken. Um uns herum kreischten die Möwen, und vom Wasser her wehte ein kühler Wind. Als wir uns küssten, konnte ich Salz auf seinen Lippen schmecken.

»Hierher bin ich als Kind immer gekommen«, erzählte mir Victor, als wir uns auf ein großes Stück Treibholz gesetzt hatten. Er legte den Arm um mich, und ich kuschelte mich in die Wärme seines Körpers. »Das war meine Zuflucht, mein sicherer Ort«, fuhr er fort. »Jetzt bist du mein sicherer Ort.« Er sah mich an, und das Abendlicht, das sich im Wasser spiegelte, fiel auf sein dunkles Haar, ließ vereinzelt graue Stoppeln im unrasierten Bart aufschimmern. Wir waren jetzt ein Jahr zusammen, und ich kannte die kleinen feinen Falten um seine Augen allesamt auswendig; ich kannte jeden winzig schwarzen Punkt im Grau seiner Augen, jede der süßen kleinen Sommersprossen, die ihm, wie brauner Zucker hingestreut, auf der Nase saßen.

Ich streckte die Hand nach ihm aus, um seine Wange zu berühren. »Ist das schön. Worauf bist du aus, Sex am Strand?«

Er lachte leise. »Ich wollte dich fragen, ob du mich heiraten willst.« Er holte ein kleines schwarzes Etui hervor und öffnete es. Der Ring schimmerte golden im Abendlicht. Im ersten Moment war ich sprachlos. Wir hatten wohl mal übers Heiraten gesprochen, aber nicht ernsthaft; nachdem ich bei ihm eingezogen war, hätte es der nächste Schritt sein können – rein theoretisch. Es kam nicht ganz überraschend, und doch war ich nicht darauf vorbereitet; ich wünschte, ich hätte an diesem Abend etwas anderes angehabt als meine Jogginghosen, und dass mein Haar mir nicht medusengleich ums Gesicht wehte. Trotzdem nahm ich seinen Antrag mit Freuden an, und den Kuss, den er mir gab, spürte ich durch und durch, bis in die Zehenspitzen.

Das Rütteln des Türknaufs riss mich aus meinen Gedanken. »Sekunde!«, rief ich und hastete zur Tür, um aufzuschließen. Ich nahm an, dass es eines der Kinder wäre; stattdessen stand Victor vor mir, so aufgelöst, wie ich ihn noch nie erlebt hatte. Er war aschfahl ihm Gesicht, und die Haare standen ihm wirr vom Kopf, als hätte er es sich wiederholt mit den Händen gerauft. Mit hängenden Schultern stand er da, erschöpft, und von seiner sonst so fröhlichen, zuversichtlichen Miene war nichts geblieben. Er wirkte am Boden zerstört.

»Oh, Schatz«, sagte ich und zog ihn in meine Arme. Er klammerte sich an mich und barg das Gesicht an meinem Hals. Seine Tränen benetzten meine Haut. »Alles in Ordnung mit dir?«

Er schüttelte den Kopf, machte sich los und schaute mich aus traurigen grauen Augen an. »Ich weiß nicht, wie ich es ihnen sagen soll.« Seine Stimme klang rau und brüchig, sein Kinn zitterte beim Sprechen. »Die Psychologin im Krankenhaus hat mir geraten, so offen und ehrlich wie möglich zu sein, ohne unnötig ins Detail zu gehen.«

Ich musste schlucken, ehe ich zu fragen wagte. »Weißt du … wie sie …?« Meine Worte waren unzusammenhängend, unvollständig; ich wusste nicht, wie ich ausdrücken sollte, was ich wissen wollte.

Victor räusperte sich und versuchte sich zu fassen. »Die Ärzte sind sich noch nicht genau darüber im Klaren, was mit ihr passiert ist, nur dass sie einen Herzstillstand hatte. Wahrscheinlich wird es noch weitere Untersuchungen geben – dann wissen wir mehr.« Er schwieg einen Moment. »Auf dem Nachttisch neben ihrem Bett stand eine leere Tablettenflasche.«

»Oh nein.« Mir stockte der Atem. »Was für Tabletten?«, fragte ich und strich Victor sanft über den Rücken.

»Tranquilizer. Die hat sie früher schon genommen. Vor allem wegen Schlafstörungen.«

Als ich das hörte, spürte ich, wie eine schreckliche Befürchtung sich in meinem Herzen ausbreitete. *Victor hatte mir erzählt, dass sie die Nachricht von unserer Verlobung nicht gut aufgenommen hatte. Was, wenn alles noch schlimmer war als gedacht? Labil war sie schon immer gewesen. Was, wenn das ihr den Rest gegeben hatte*? Tränen stiegen mir in die Augen; der Gedanke, ich könnte ihren Tod in irgendeiner Weise mitverschuldet haben, entsetzte mich. Ich zögerte, ehe ich fragte, was mir als Nächstes in den Sinn kam. »Gab es einen Abschiedsbrief?«

Für einen kurzen Augenblick schien Victor beinah verärgert, dann schüttelte er den Kopf. »Ich möchte nicht, dass die Kinder auf einen solchen Gedanken kommen, okay? Zumal wir noch nichts mit letzter Gewissheit sagen können.« Sein Ton war recht scharf; so hatte er noch nie zuvor mit mir gesprochen. Er will sie noch immer beschützen, dachte ich. Ich wusste, dass er in ihrer Ehe die Rolle des treu sorgenden Gatten gespielt hatte – so lange, bis er es einfach nicht mehr ausgehalten hatte, bis er mit seinen Kräften am Ende gewesen war. Ich musste jetzt stark sein. Für ihn. Ich durfte nicht zusammenbrechen.

»Was willst du ihnen sagen?«, fragte ich.

»Die Wahrheit. Dass wir nicht genau wissen, was passiert ist. Dass sie sich am Morgen noch mal schlafen gelegt hat und dann nicht mehr aufgewacht ist. Mehr brauchen sie im Augenblick nicht zu wissen.«

»Was kann ich tun?«, fragte ich und strich über seine Wange; er lächelte matt und legte seine Hand auf meine, damit ich sie nicht fortnähme.

»Wo ist dein Ring?«, fragte er auf einmal.

Wieder kamen mir die Tränen. »Ich habe ihn vorhin abgenommen. Die Kinder müssen gerade schon genug durchmachen. Wir können es ihnen immer noch sagen, später.« Mit suchendem Blick sah ich ihn an und wischte eine einzelne Träne fort, die mir über die Wange lief. »Oder was hättest du getan?«

Er ließ seine Stirn an meine sinken. »Weißt du eigentlich, wie sehr ich dich liebe?« Ich nickte stumm, und er küsste mich kurz auf die Lippen. Dann holte er tief Luft, nahm meine Hand, und zusammen gingen wir hinaus, den Flur hinunter, um den Kindern die Nachricht zu überbringen, die uns alle für immer verändern würde.

Ava

Als ich Grace neben Max im Sekretariat stehen sah, wusste ich sofort, dass etwas richtig Schlimmes passiert sein musste. Grace kam sonst nie an unsere Schule. Sie backte keine Brownies für unsere Kuchenverkäufe, so wie meine Mom, oder begleitete uns an Projekttagen ins Seattle Art Museum so wie Dad. Alles, was Grace machte, war arbeiten, mit meinem Dad zusammenleben und ein Auto fahren, das wahrscheinlich teurer war als unser ganzes Haus. Das habe ich jedenfalls meine Mom mal zu Diane sagen hören.

»Was meinst du, wie viel sie für den wohl gezahlt hat?«, hatte Diane mit gesenkter Stimme gefragt, und meine Mutter hatte erwidert: »Na ja, es ist ein Lexus. Billig war der bestimmt nicht.« Und dann sagte sie, dass er mehr gekostet hätte als unser Haus – was ja aber eigentlich nicht sein konnte. Obwohl die beiden im Wohnzimmer auf dem Sofa saßen und den Wein tranken, den Diane mitgebracht hatte, und ich um die Ecke im Flur hockte und lauschte, konnte ich mir ganz genau das Gesicht vorstellen, dass meine Mutter jetzt machte: Sie würde ihre kleine Nase rümpfen und die Augen schmal zusammenziehen – genau so, wie wenn sie einen Becher Hüttenkäse aufmachte, der schon angeschimmelt war.

»Hat Grace eigentlich viel Schmuck?«, hatte Mama mich mal gefragt, als Max und ich von unserem Dad nach Hause zurückkehrten. Sie war in mein Zimmer gekommen und hatte sich zu mir aufs Bett gesetzt, während ich versuchte, noch schnell für die Geschichtsarbeit am nächsten Tag zu lernen.

»Weiß ich doch nicht«, sagte ich, ohne von meinem Heft aufzusehen. »Manchmal trägt sie so kleine Diamantohrringe.« Damals war Grace noch nicht bei Dad eingezogen, und ich sah sie vielleicht gerade zwei Mal im Monat. Außerdem fand ich es seltsam, mit meiner Mom über sie zu sprechen. Eigentlich war sie ganz nett, und sie machte auch nicht mit Dad rum, wenn wir dabei waren – so wie der Typ, mit dem Brees Mutter zusammen war. »*So* krass«, fand Bree. »Mit Zunge und allem.« Ich schüttelte mich bei dem Gedanken und dachte mir, solange Grace *das* nicht machte, konnte ich sie durchaus mal ein paar Stunden ertragen.

»Und was trägt sie so für Klamotten?«, ließ Mama nicht locker. »Läuft sie immer in Kostümen und mit hochhackigen Schuhen herum?«

Jetzt schaute ich doch auf und schüttelte genervt den Kopf. »Ich sehe sie nur am Wochenende, Mama. Da trägt sie Jeans und irgendwelche Pullis.« Ich sah sie fragend an. »Warum interessiert dich das eigentlich?«

»Ach, nur so.« Mama stand auf, wuschelte in ihren Haaren herum und lächelte mich strahlend an. »Ich will nur nicht, dass du eine falsche Vorstellung davon bekommst, was im Leben wichtig ist.«

Nachdem sie gegangen war, dachte ich, dass es doch eigentlich Mama war, die es wichtig zu finden schien, dass Grace mehr Geld hatte als wir. Auf jeden Fall wichtiger als ich; mir war das ziemlich egal. Und es war ja auch nicht so, als ob Grace richtig reich gewesen wäre – nicht so wie Whitney. Sie hatte keinen Chauffeur, keine Haushälterin und keinen privaten Tennisplatz. Sie brauchte einfach nur nicht so viele Rechnungen zu bezahlen, weil außer ihr ja niemand da war. Außer ihrem Auto schien sie überhaupt nichts Teures zu haben. Und nicht mal das war jetzt superneu oder so. Dad fing immer davon an, wie hart Grace arbeitete, wie klug und patent sie wäre. Manchmal fragte ich mich, ob er das auch mal Mama gegenüber erwähnt hatte und sie sich deshalb so mies fühlte, weil sie nur Kellnerin war.

»Warum bist *du* eigentlich nicht aufs College gegangen?«, hatte ich sie gefragt, bald nachdem Daddy bei uns ausgezogen war. Da hatte sie mich ganz komisch angeschaut und erst gar nichts erwidert. Als sie dann doch etwas sagte, klang ihre Stimme so falsch fröhlich wie manchmal, wenn sie mit Max sprach und total genervt war, er das aber nicht merken sollte.

»Schule war einfach nie so mein Ding«, sagte sie. »Ich wollte immer nur Cheerleader sein. Schön dumm – als ob es darauf am Ende ankäme.« Ihre blauen Augen verengten sich, als sie mich ansah. »Und deshalb schicke ich dich auf eine gute Schule und möchte, dass du dir Mühe gibst. Du bist ein kluges Mädchen, Ava. Dir soll es nicht so ergehen wie mir.«

Ich legte fragend den Kopf schräg. »Wie denn?«

»Dass du dich auf die falschen Dinge im Leben konzentrierst.« Sie sah mich scharf an. »Worauf es ankommt, ist hier drin.« Ganz leicht tippte sie mir mit der Fingerspitze an die Stirn. »Und hier«, sagte sie und legte sich die Hand flach aufs Herz.

Ich schluckte erst, dann nickte ich, weil ich spürte, wie wichtig ihr das war. Und in gewisser Weise stimmte ich ihr auch zu, aber ich wusste eben auch, dass den hübschen Mädchen Dinge zufielen, die für nicht so hübsche Mädchen wie Bree und durchschnittliche wie mich unerreichbar waren. Oder für die wir uns mächtig anstrengen mussten, wenn wir sie haben wollten. Außerdem fand ich es seltsam, dass Mama mir andauernd sagte, wie hübsch ich wäre, nur um mich dann gleich im nächsten Atemzug daran zu erinnern, dass es aber *viel* wichtiger wäre, intelligent zu sein. Ich hätte es einfach nur toll gefunden, beides zu sein. Schule gefiel mir eigentlich ganz gut; meine Lieblingsfächer waren Englisch und Geschichte, aber ich hatte keine Ahnung, was ich später mal werden wollte. Auf jeden Fall nicht Kellnerin. Da brauchte ich mir nur Mama anzuschauen, wenn sie von der Arbeit nach Hause kam, so müde, dass sie sich kaum noch auf den Beinen halten konnte, und genervt, weil der Tisch mit der höchsten Rechnung ihr nur fünf Prozent Trinkgeld gegeben hatte.

»Aber Cheerleader warst du?«, fragte ich Mama. Das wäre doch wirklich mal cool, dachte ich.

»Ja«, erwiderte sie, leicht gereizt und ohne mich anzusehen. »Und es hat mir nichts als Ärger gebracht.«

Ich wollte wissen, was denn für Ärger, aber mehr wollte sie mir nicht erzählen. Wahrscheinlich irgendwas mit Jungs, nahm ich an. Als ich zwölf war, hatten die Jungs in meiner Klasse angefangen, die Träger meines Sport-BHs schnalzen zu lassen; oder sie versuchten »versehentlich« meine Brüste zu berühren. Jungs waren so krass peinlich und brachten einem, wie ich fand, absolut *nichts* als Ärger.

Als ich jetzt in meinem Zimmer in Dads Haus saß, hörte ich gedämpfte Fernsehgeräusche aus dem Wohnzimmer. Ich holte mein Handy aus dem Rucksack und schickte meiner Mom noch eine SMS, um zu fragen, wo sie war. Vorhin im Auto, als wir nach Hause gefahren waren, hatte ich ihr schon mal eine geschickt, aber sie hatte noch nicht geantwortet, und ich fing an, mir Sorgen zu machen. Normalerweise antwortete sie immer nach ein paar Minuten, auch wenn sie bei der Arbeit war, nur für den Fall, dass es wichtig war und wir sie brauchten. Als sie sich auch auf meine zweite Nachricht nach fünf, nach zehn Minuten nicht meldete, bekam ich ein ganz komisches, kaltes Gefühl im Bauch, als würde etwas erstarren. Ich drückte mir die Hand auf den Bauch, aber das Gefühl wollte nicht verschwinden. Ich starrte mein Telefon an, kniff angestrengt die Augen zusammen und beschwor es, Mamas Namen anzuzeigen.

Während ich wartete, lag ich auf meinem Bett – ein Futon, den ich unbedingt hatte haben wollen, weil ich fand, dass er cool aussah, den ich mittlerweile aber hasste, weil das Ding furchtbar hart und unbequem war und ich einfach nicht gut darauf schlafen konnte. Meine Wände waren hellgrün gestrichen, und meine Vorhänge und die Bettdecke waren fliederfarben – dieselben Farben wie in meinem Zimmer zu Hause bei meiner Mom. Ich hatte mir das so ausgesucht, weil ich dachte, dann würde es sich vielleicht nicht ganz so seltsam anfühlen, in zwei verschiedenen Häusern zu leben. Es hat aber nicht funktioniert. Es fühlte sich immer noch seltsam an, jedes zweite Wochenende hier zu sein. Ich freute mich immer total, meinen Dad zu sehen, aber ich hasste es, dass ich dafür eine Tasche packen und meine Mom allein lassen musste, und am schlimmsten fand ich, dass Grace jetzt mehr Zeit mit meinem Dad verbrachte als ich. Und dass sie versuchte, meine Freundin zu sein.

»Ich lasse mir heute mit Melody die Füße machen«, hatte sie an einem Samstagmorgen zu mir gesagt. »Hast du Lust mitzukommen?«

Ich schüttelte den Kopf und hob nicht mal den Blick von meinem Buch. Wenn wir mit meinem Dad zusammen waren, konnte ich auch nett zu ihr sein, aber ich sah wirklich nicht ein, warum ich jetzt noch Zeit mit ihr allein verbringen sollte. Wahrscheinlich versuchte sie nur meinen Dad zu beeindrucken. Damit er sie noch toller fand, als er es ohnehin schon tat.

»Sicher?«, fragte Grace. »Die haben auch ganz verrückte Farben dort, Neongrün und Orange. Du kannst dir die Nägel in allen möglichen Farben machen lassen.« Ich schaute zu meinem Dad hinüber, der uns von der Küche aus beobachtete.

»Ava«, sagte er. »Grace hat dir einfach nur einen Vorschlag gemacht. Du könntest es dir wenigstens überlegen.«

Seufzend vergrub ich mein Kinn in der Brust und gab mir alle Mühe, im Sofa zu verschwinden. Was gab es da zu überlegen? Ich wollte eben nicht.

»Ich komm mit!«, rief Max aus dem Sessel mir gegenüber. »Kann ich schwarze Fußnägel kriegen mit weißen Totenköpfen drauf?« Ich presste die Lippen zusammen und durchbohrte ihn mit mörderischen Blicken, den kleinen Verräter. »Was?«, fragte er und blinzelte mich an. »Das wär doch cool, oder?«

Grace lachte und schaute zu meinem Dad hinüber, der grinsend den Kopf schüttelte. »Keine gute Idee, Buddy. Ich glaube, die Mädels wollen unter sich sein.« Er machte eine Pause. »Ava?«

»Ich will nicht, Dad«, sagte ich, jetzt fast verzweifelt.

Ganz kurz sah ich einen Anflug von Enttäuschung über Graces Gesicht huschen.

»Kein Problem«, sagte sie. »Vielleicht ein andermal.« Sie lächelte mich an, und ich dachte widerwillig, wie hübsch sie war. »Ja, Ava?«

Ich nickte, damit sie zufrieden war. *Kannst du lange warten*, dachte ich, musste ihr aber zugestehen, dass sie wusste, wann es genug war, und sich nicht aufdrängte. Meistens ließ sie mich ja auch in Ruhe. Aber heute war sie dann wie aus dem Nichts in meiner Schule aufgetaucht und wollte uns nicht mal sagen, wieso.

Seufzend setzte ich mich auf und dachte sehnsüchtig an die Schokoriegel, die ich ganz hinten in meinem Schrank hortete. Ob Grace es an meinem Atem riechen würde, wenn ich jetzt einen aß? Wahrscheinlich würde sie es Dad sagen, dass ich gegen seine Nichts-Süßes-vor-dem-Abendessen-Regel verstoßen hätte. Mein Magen knurrte, und ich beschloss, dass es mir egal wäre. Ganz leise zog ich die Schranktür auf, hockte mich hin und griff hinter den Karton mit alten Barbies, mit denen ich längst nicht mehr spielte. Ich erwischte ein Snickers, lauschte nach der Haustür, weil ich hoffte, dass mein Dad nach Hause käme, aber außer dem Fernseher war nichts zu hören. Ich schlang den Riegel hinunter und fragte mich, wo Grace wohl war. Versteckte sich wahrscheinlich in Dads Schlafzimmer. Oder sie saß im Esszimmer und tippte auf ihrem Laptop, was überhaupt ihre Lieblingsbeschäftigung zu sein schien.

Ein Telefon klingelte; ich erkannte Graces Klingelton, irgendwas Latinomäßiges. Vorsichtig öffnete ich meine Tür und huschte ans Ende des Flurs. Wusste ich doch, dass sie im Schlafzimmer war! Ich presste mein Ohr an die Tür und versuchte zu lauschen, konnte aber nur ein oder zwei Worte aufschnappen. Sie sprach ganz leise. Warum flüsterte sie? Irgendetwas stimmte hier nicht. Das kalte Gefühl in meinem Bauch begann sich auszubreiten, stieg hinauf in meine Brust, dann hinab in meine Arme und in die Fingerspitzen hinein, bis ich sie kaum noch spüren konnte. Ich ging zurück in mein Zimmer, krabbelte ins Bett und zog fröstelnd die Decke über mich. Dann wartete ich, wie schon so oft, dass mein Dad nach Hause käme.

»Musst du so lange im Restaurant bleiben?«, hatte Mama ihn gefragt. Sie und mein Daddy standen im Badezimmer; er war gerade aus der Dusche gekommen und rasierte sich vor dem vom heißen Dampf beschlagenen Spiegel. Ich mochte dieses Quietschgeräusch, wenn er mit der Hand eine Stelle frei rieb, um etwas sehen zu können. Max war in seinem Zimmer und schlief, ich saß im Flur, den Rücken an die Wand gelehnt und die Knie bis unters Kinn gezogen, und lauschte.

Daddy seufzte. »Ich kann mir keinen Manager leisten, Kelli. Es gibt nur mich, das Küchenteam und den Barkeeper. Du wusstest doch, worauf wir uns einlassen.« Daddy hatte dieses Jahr sein eigenes Restaurant aufgemacht, und Mama hatte mal gesagt, es würde dauern, bis es so viel Geld bringen würde, dass er nicht mehr jeden Tag so lange arbeiten musste. Mir gefiel es, dass er uns leckere Sachen nach Hause mitbrachte. Manchmal bekam ich sogar Pasta zum Frühstück oder Schoko-Käsekuchen in meiner Lunchbox. So was hatte sonst niemand, und ich fand, dass ich eigentlich ziemlich froh sein konnte.

»So, wusste ich das?«, gab Mama zurück, ihre Stimme ganz zittrig und schrill. »Hätte ich auch wissen müssen, dass du morgens aus dem Haus gehen würdest, zwischendrin für ein paar Stunden nach Hause kommst, damit die Kinder noch wissen, dass du existierst, und dann gleich wieder verschwindest?« Da Daddy nicht antwortete, fuhr sie fort, und ihre Stimme klang so hoch und quietschig wie die meiner alten Babypuppe. »Darauf hatte ich mich nicht eingelassen, Victor. Ich muss hier alles allein machen. Alles bleibt an mir hängen – die Kinder, das Putzen, das Einkaufen …«

»So hatten wir es doch ausgemacht!« Irgendetwas landete mit lautem Scheppern im Waschbecken; ich schrak zusammen und schlug mir die Hand vor den Mund, damit sie meinen überraschten Aufschrei nicht hörten. »Wir waren uns einig, dass ich mich selbstständig mache; das war es, was wir beide wollten. Wir waren uns auch einig, dass du zu Hause bei den Kindern bleibst. Ich weiß, dass ich viel arbeite, aber ich verstehe nicht, was dein Problem ist. Du wusstest, dass es zu Beginn so sein würde. Ich tue es für *uns*, für unsere Familie.«

»Ich vermisse dich, das ist alles.« Mama sprach so leise, dass ich sie kaum verstehen konnte. »Und nein, mir war nicht bewusst, dass du so wenig zu Hause sein würdest. Ich schaffe das nicht. Ich brauche Hilfe.«

»Hilfe wobei? Was soll ich denn noch tun?« Auch Daddy sprach jetzt ruhiger, und dieses mulmige Gefühl, das sich in meinen Bauch geschlichen hatte, bis mir ganz schlecht geworden war, ließ langsam nach. »Kelli, sag mir, was du von mir willst. Was soll ich tun?«

»Ich weiß es nicht«, sagte sie, und ihre Stimme klang, als würde sie gleich anfangen zu weinen. »Ich wünschte, meine Eltern wären hier, weißt du? Vielleicht sollte ich sie anrufen. Ich könnte sie bitten zu kommen.« Jetzt klang sie wieder ganz munter.

Daddy seufzte. »Süße, du hast deine Eltern seit über zehn Jahren nicht mehr gesehen. Sie wollten nicht mal ihre *Enkelkinder* kennenlernen. Warum schließt du nicht endlich damit ab? Warum lässt du dir noch immer von ihnen wehtun?«

»Weil sie meine Eltern sind«, schluchzte Mama. »Und weil ich sie vermisse.«

»Schön, das verstehe ich. Ich vermisse meine Mutter jeden Tag. Und tut mir leid, dass ich es sagen muss, aber wenn deine Eltern *dich* vermissen würden, könnten wir uns diese Diskussion sparen.«

Eine Sekunde später kam Mama aus dem Bad geschossen, und sie bemerkte mich nicht mal, als sie im Flur an mir vorbeirannte. Sie weinte. Mir gefiel es nicht, wie Daddy in letzter Zeit mit Mama redete. Früher war er nie so gemein zu ihr gewesen, und jetzt sagte er dauernd Sachen, die sie zum Weinen brachten. Andererseits weinte sie wegen ganz schön vielen Sachen. Wenn der Toast angebrannt war, zum Beispiel, oder das Bad nicht aufgeräumt. Ich ging dann immer zu ihr und streichelte ihr den Rücken, wie sie es bei mir machte, wenn ich traurig war, aber es half nichts. Wenn ich versuchte, sie zu trösten, weinte sie nur noch mehr. Ich machte alles nur noch schlimmer.

Jetzt wartete ich eine Minute, dann krabbelte ich auf allen vieren ins Bad; ich tat, als wäre ich eine Katze. Eine echte Katze konnte ich nicht haben, weil Mama allergisch war, aber so tun, als wäre man ein Kätzchen, war auch nicht schlecht.

»Miau«, sagte ich zu meinem Daddy. Er stand an die Wand des Badezimmers gelehnt und starrte an die Decke. Als er mich hörte, schaute er zu mir herunter und lächelte. »Miau«, sagte ich noch einmal, tat, als würde ich mir die

Pfoten lecken, und putzte mir das Gesicht. Dann pirschte ich mich heran und schmiegte mich an seine Beine.

»Was haben wir denn da?«, fragte er. »Eine acht Jahre alte Katze mit braunen Haaren und blauen Augen?«

»Miau«, machte ich. »Fast neun.«

Er bückte sich und kraulte mir den Nacken. »Du kleines Miezekätzchen, du.«

Ich sah, dass er vom Rasieren noch weißen Schaum auf den Wangen hatte, ganz dicht bei den Ohren, und schnappte mir ein Handtuch und wischte es für ihn weg. »Warum wollen Gramma und Grampa Mama denn nicht besuchen kommen?«, fragte ich. Der Gedanke, dass meine Eltern mich eines Tages nicht mehr sehen wollten, machte mir Angst.

Er runzelte die Stirn. »Haben wir wieder gelauscht, junge Dame? Darüber haben wir doch schon hundert Mal gesprochen. Macht man nicht.« Er zwickte mich ganz leicht in die Nase.

»Tut mir leid«, sagte ich. »Ich wollte ja gar nicht lauschen. Ich bin nur den Flur runtergelaufen.«

»Ah ja«, sagte Daddy, zwinkerte mir aber zu, damit ich wusste, dass er nicht wirklich böse auf mich war. Daddy war nie lange böse auf mich oder Max. Mama war viel strenger. Von ihr bekamen wir Fernsehverbot oder wurden aufs Zimmer geschickt, wenn wir frech waren oder uns schlecht benommen hatten. Daddy ließ uns viel mehr durchgehen.

Ich versuchte es noch einmal. »Sind Gramma und Grampa böse auf Mama? Als Bree mal richtig böse auf mich war, hat sie eine ganze Woche nicht mit mir gesprochen.«

»Das ist eine komplizierte Geschichte. Weißt du, manchmal haben Erwachsene Probleme miteinander, die Kinder nicht unbedingt verstehen.«

»So wie ich Mathe nicht verstehe?«

Er grinste. »So ähnlich.« Er nahm mir das Handtuch ab. »So, jetzt aber husch raus hier, damit ich mich fertig machen kann.«

»Musst du *wirklich* so viel arbeiten?«, fragte ich und ließ sein Gesicht dabei nicht aus den Augen. Er hatte braune Haare und graue Augen mit langen dunklen Wimpern. Ich fand, er war der schönste Daddy der Welt.

Er lächelte mich an, und am liebsten hätte ich meinen Finger in das kleine Grübchen in seiner Wange gesteckt. »Ja, das muss ich, Schätzchen«, sagte er. »Ich muss doch für euch sorgen.«

»Aber musst du so lange wegbleiben?« flüsterte ich und sah ihn dabei nicht an.

Er seufzte. »Es dauert noch ein bisschen, bis der Laden läuft, Kleines. Ich weiß, dass es nicht einfach ist, aber wenn wir alle zusammenhalten, schaffen wir das.«

»Mama ist müde«, sagte ich leise. »Sie weint manchmal, mitten am Tag, weil sie so müde ist.«

Daddy schwieg einen Moment, presste die Lippen zusammen und atmete tief aus. »Ich kümmere mich um deine Mama, okay, Ava? Du brauchst dir keine Sorgen zu machen.«

Als ich nickte, kam es mir vor, als würde ich lügen, aber ich tat es trotzdem. Ich sagte meinem Daddy genau das, was er hören wollte.

Kelli

Als Jason Winkler sich in Algebra I neben sie setzte, nahm Kelli es als Zeichen, dass sie füreinander bestimmt waren. Er war der süßeste Typ an der ganzen Schule – da waren sich alle Mädchen einig. Er war groß und durchtrainiert und hatte dunkle Haare, die ihm immer vor die blauen Augen fielen, sodass es Kelli in den Fingern juckte, sie ihm aus der Stirn zu streichen und dabei seine Wange ganz sacht mit den Fingerspitzen zu berühren. Er hatte so eine Art, schief zu lächeln und einem dabei zuzuzwinkern. Kelli hätte schwören können, dass er sie gleich ein paar Mal angelächelt hatte, ehe er an diesem Tag ganz lässig nach hinten in die letzte Reihe geschlendert kam und sich auf den freien Stuhl neben ihr fallen ließ. Er war älter als sie, aber weil er mehr Zeit beim Basketballtraining verbrachte als mit Lernen, machte er den Einführungskurs schon das dritte Mal. Kelli war das egal; es war ihr erstes Jahr auf der Highschool, und sie fand alles toll. Am tollsten fand sie, dass er sich von allen freien Plätzen ausgerechnet den neben ihr ausgesucht hatte.

»Hey«, sagte er an diesem Morgen und drehte den Kopf nach ihr. Da war es, dieses Lächeln. Als er ihr zuzwinkerte, bekam Kelli ein Kribbeln im Bauch, und ihr wurde ganz warm zwischen den Beinen. Ihre Wangen glühten.

»Hey«, sagte sie und strich sich ihre langen blonden Haare hinters Ohr. Sie waren ihr ganzer Stolz, diese Haare.

Glatt und glänzend und nicht die Spur von Spliss. Jeden Abend saß sie stundenlang vor dem Spiegel und bearbeitete sie mit der Bürste; dabei übte sie Dankesreden, die sie auf dem roten Teppich halten wollte, später, wenn sie berühmt war. Ihre Eltern fanden das eitel, Kelli hätte es optimistisch genannt.

»Hast du die Hausaufgaben gemacht?«, fragte Jason, streckte seine langen Beine unter den Tisch und überkreuzte sie an den Knöcheln.

Sie verdrehte die Augen. »Geht so. War echt schwer.« Hoffentlich fielen ihm ihre Klamotten auf – verwaschene Levi's und ein enger rosa Pulli, die sie sich von ihrer Freundin Nancy geliehen und vorhin auf dem Schulklo angezogen hatte. Für andere Mädchen mochten solche Klamotten selbstverständlich sein, aber Kellis Eltern hätten Zustände bekommen, wenn sie sie so gesehen hätten. Ihrer Vorstellung nach hatte Kleidung entweder Schwarz oder Weiß und so unförmig wie möglich zu sein.

»Vielleicht brauchst du ja Nachhilfe«, meinte Jason.

Sie lächelte wissend und hob eine Augenbraue – auch so etwas, das sie abends vor dem Spiegel übte. »Sag bloß, *du* wärst an dem Job interessiert?«, gab sie zurück. Sie konnte selbst kaum glauben, wie unverfroren sie war, aber in den Artikeln in der *Cosmopolitan* stand, dass Männer es mochten, wenn Frauen sich selbstbewusst gaben. Um solche Zeitschriften zu lesen, musste sie nach der Schule in die Bibliothek gehen. Ihren Eltern erzählte sie, dass sie dort Hausaufgaben machte. Und in gewisser Weise war sie ja auch am Lernen – sie lernte, wie man an einen Freund kam.

»Das wäre längst nicht der einzige Job, an dem ich interessiert wäre«, sagte Jason, und seine Kumpels Mike und Rory, die an dem Tisch neben ihm saßen, lachten dreckig.

Wieder wurde Kelli rot. Dank ihrer *Cosmo*-Lektüre wusste sie genau, was *das* bedeutete, aber sie lächelte trotzdem, dann schaute sie nach vorn und tat so, als wäre sie am Unterricht interessiert. Jason lehnte sich herüber und knuffte sie kurz ans Bein. »Kommst du Freitagabend zum Basketball?«

Sie schüttelte den Kopf, ohne ihn anzusehen. Freitags ging sie immer zur Jugendgruppe ihrer Kirche. Ihre Eltern wollten das so, auch wenn es sterbenslangweilig war.

»Hey, du solltest echt kommen«, sagte Jason. »Ich spiele diese Woche. Vielleicht könnten wir ja danach noch was zusammen machen.«

Er wollte sich mit ihr verabreden! Betont gleichgültig zuckte Kelli mit den Schultern, denn sie wusste, dass Jungs es gut fanden, wenn man es ihnen nicht ganz so leicht machte.

»Vielleicht«, sagte sie. »Wenn ich es schaffe.«

»Cool«, sagte er.

Der Rest der Stunde rauschte an Kelli vorbei, ohne dass sie auch nur ein Wort mitbekam. Sie dachte die ganze Zeit nur daran, dass sie mit Nancy sprechen musste. Vielleicht konnte ihre Freundin ihr helfen, am Freitag zu diesem Spiel zu gehen. Nancys Eltern waren ganz anders als Kellis Eltern, vor allem waren sie nicht so *alt*. Nancys Mutter hatte ein Café in der Stadt und immer irgendwas Witziges zu erzählen; ihr Vater war Professor für Soziologie an der California Polytech und ging in Jeans zur Uni, so wie die Studenten in seinen Seminaren. Kellis Vater war Filialleiter einer Bank; wenn er zur Arbeit ging, trug er schwarze Anzughosen und ein kurzärmeliges weißes Hemd mit einer karierten Fliege. Kellis Mutter war Hausfrau, sie erledigte die Einkäufe, putzte das Haus und hatte wahrscheinlich noch nie in ihrem Leben Jeans getragen. Ihre Eltern hatten sich vor fünfunddreißig Jahren in ihrer Kirche in San Luis Obispo kennengelernt und wenig später geheiratet, weil sie so bald wie möglich eine Familie gründen wollten. Allerdings hatte Kelli sich Zeit gelassen und war erst zwanzig Jahre später zur Welt gekommen, als die beiden längst nicht mehr damit gerechnet und sich an ihr Leben zu zweit gewöhnt hatten. Kelli war ein kleines blondes Energiebündel, das plötzlich in ihr Leben platzte und alles gehörig durcheinanderbrachte. Sie hatte immer das Gefühl gehabt, als wüssten ihre Eltern nichts mit ihr anzufangen. Eine liebe und brave Tochter hatten sie sich gewünscht, die still bei ihnen saß und zuhörte, wenn man ihr Geschichten vorlas; stattdessen hatten sie einen kleinen Wildfang bekommen, der wie ein Junge draußen herumtobte und alles schmutzig machte. Kelli lernte, sich in zwei verschiedene Personen aufzuspalten – die, als die ihre Eltern sie sehen wollten, und die andere, die sie wirklich war. Doch je älter sie wurde, desto schwieriger wurde es, ihre unerwünschte Seite vor ihnen zu verbergen. Besonders jetzt, wo sie auf der Highschool war und man sich dauernd verabreden und auf Partys hätte gehen können. Sie hatte ihre Eltern wirklich sehr gern, wusste aber ehrlich nicht, wie lange sie das noch aushielt, immer so zu tun, als wäre sie die Tochter, die die beiden gern gehabt hätten.

Kelli seufzte erleichtert, als es endlich klingelte. Leicht würde es nicht, zu dem Spiel am Freitag zu gehen, aber sie lächelte Jason trotzdem vielsagend zu, damit er nicht das Interesse verlor. »Nicht vergessen«, sagte er, und sie nickte, wie berauscht von der Vorstellung, sich endlich zu verlieben.

Kelli war sechs, als sie zum ersten Mal merkte, dass ihre Eltern anders waren als andere Eltern. Nach der Schule ging ihre Mutter immer mit ihr in den Park, aber während die anderen Mütter und Väter mit ihren Kindern auf dem Spielplatz herumtobten, setzte Kellis Mom sich mit einem Buch auf die Bank und ermunterte sie, allein zu spielen. Die anderen Mütter hockten alle zusammen und lachten und schwatzten, aber Kellis Mom blieb meistens für sich. Sie hatte ein paar Freundinnen, die sie aus der Kirche kannte, aber von denen hatte keine Kinder in Kellis Alter.

Eines Abends, als ihre Mutter sie zu Bett gebracht hatte und ihr noch eine Geschichte vorlas, bemerkte Kelli ein paar silbrig schimmernde Strähnen im blonden Haar ihrer Mutter. »Mama, warum hast du denn graue Haare?«, wollte Kelli wissen, als die Geschichte fertig war. Ihre Mutter beugte sich über sie und gab ihr einen Kuss auf die Stirn, so wie sie es jeden Abend tat. Dann sah sie Kelli lächelnd an.

»Weil ich schon achtundvierzig bin, meine Kleine«, sagte sie.

»Und warum hat Janies Mutter keine grauen Haare?« Kelli fand die Haare ihrer Mutter wunderschön; richtiges Prinzessinnenhaar, wie aus einem der Märchen, die Kelli so gerne las.

»Weil ich älter bin als Janies Mama«, sagte ihre Mutter, noch immer lächelnd. »Die meisten Leute sind viel jünger als wir es waren, wenn sie ein Baby bekommen. Du hast deinen Vater und mich überrascht.«

Kelli grübelte darüber nach, bis sie Falten auf der Stirn bekam. »War ich ein Unfall?«, fragte sie besorgt. Ihr Freund Pete hatte ihr nämlich erzählt, dass er mal gehört hatte, wie seine Eltern *ihn* als einen Unfall bezeichnet hätten – ein Baby, das sie nicht gewollt hatten.

Ihre Mutter setzte sich zu ihr aufs Bett und streichelte Kellis Wange. »Ganz und gar nicht«, sagte sie. »Du warst kein Unfall. Du warst eine Überraschung. Das ist etwas ganz anderes.«

»*Wie* anders?«

»Ein Unfall ist etwas, das sich niemand wünscht. Bei einer Überraschung merkt man erst dann, wenn man es bekommen hat, *wie sehr* man es sich gewünscht hat.«

An diesem Abend war Kelli mit dem Gefühl eingeschlafen, geliebt zu werden. Jetzt, mit vierzehn, konnte sie sich das kaum noch vorstellen. Ihre Eltern schienen so weit weg, wie in unerreichbare Ferne gerückt. Manchmal fragte sie sich, ob man sie als Baby vertauscht hatte. Oder ob ihre Eltern sie adoptiert hatten, einfach weil sie so grundverschieden von ihnen war. Sie hatte immer versucht, es ihnen recht zu machen, ruhig und gehorsam zu sein. Jeden Sonntag ging sie mit ihnen in die Kirche, sie half ihrer Mutter im Haushalt und ließ ihren Vater in Ruhe, wenn er abends im Wohnzimmer Zeitung lesen wollte. Und doch … Insgeheim träumte sie von einer anderen Familie, ihrer *richtigen* Familie – eine, wo sie dazugehörte. Sie malte sich eine Mutter aus, die weniger schimpfte und mehr lachte; ihr Vater würde sie in seine Arme schließen und knuddeln und ihr dann bei den Hausaufgaben helfen. Sie hätten einen Hund und zwei Katzen, und vielleicht hätte Kelli sogar eine Schwester, mit der sie in ihrem Zimmer die ganze Nacht kichern und tuscheln könnte. Sie stellte sich ein Zuhause vor, in dem es laut und chaotisch zuging, ein Haus, das erfüllt war von Wärme, Liebe und Glück. Ganz anders eben als bei ihr zu Hause.

Doch, sie liebte ihre Eltern, obwohl sie wusste, dass die sie nicht verstanden. Kelli hatte Träume, große Träume. Sie wollte Leidenschaft erleben – so wie in den Romanen, die sie heimlich in der Bücherei las. Sie sehnte sich nach dem plötzlichen Aufflammen der Liebe, dem Gefühl inniger Verbundenheit, von dem bei ihren Eltern nichts zu spüren war. Die beiden hielten nie Händchen, und wenn sie sich küssten, dann höchstens ganz flüchtig. Bei ihnen war alles Routine, angefangen damit, dass man morgens um fünf Uhr aufstand, um gemeinsam in der Bibel zu lesen und zu beten. Dieses Jahr erst hatte Kelli begonnen, sich dem Ritual zu verweigern. Sie war sich nicht mehr sicher, ob sie noch all das glauben sollte, woran ihre Eltern eben glaubten. Sie konnte Jesus nicht so spüren, wie sie es sollte. Und das, obwohl sie ihn *sieben* Mal in ihr Herz gebeten hatte, nur um ganz sicherzugehen.

Als sie letzten Sonntag nach der Kirche gemeinsam nach Hause gegangen waren, hatte sie sich sogar getraut, ihren Vater zu fragen, woher er wissen wolle, dass es überhaupt einen Gott gab. Ganz argwöhnisch hatte er sie angeschaut, die hellen blauen Augen leicht zusammengekniffen. »Ich weiß es, weil ich mir dessen gewiss bin«, hatte er erwidert, und Kelli hatte im Stillen gedacht, was für eine absolut unsinnige Antwort das doch war. Sie versuchte es erneut.

»Aber wie kannst du dir dessen gewiss sein? Ich verstehe nicht, wie man an etwas glauben kann, das man gar nicht sehen kann.«

Ihr Vater blieb stehen, packte sie beim Arm und maß sie mit einem strengen Blick. »Deshalb nennt man es *Glauben*, junge Dame. Man sieht Gott nicht, man spürt ihn. Verstanden?«

Kelli nickte; der feste Griff ihres Vaters machte ihr Angst. In den letzten Jahren hatte er sie kaum noch berührt, sodass es sich ganz seltsam anfühlte. Fremd. Falsch.

»Thomas«, sagte ihre Mutter und streckte die Hand nach seiner aus, damit er ihre Tochter losließ. Danach waren sie den Rest des Weges schweigend gegangen. Kellis Mutter hatte längst erkannt, dass ihre Tochter sich allmählich von ihnen – *von Gott* – entfernte. Sie sah es mit einer gewissen Hilflosigkeit und wusste doch nicht, wie sie dagegen angehen sollte. Ihre einzige Hoffnung war, dass Kelli zur Einsicht käme und auf den rechten Weg zurückfände. Bis dahin konnte sie nichts anderes tun, als für sie zu beten.

Die ganze Woche hatte Kelli immer wieder an die Szene vom Sonntag denken müssen, wenn sie wegen Freitagabend Pläne geschmiedet hatte, und überlegt, was sie sagen sollte, damit ihre Eltern sie zu dem Spiel gehen ließen. Doch sie würden es ihr niemals erlauben, das wusste sie. Als sie Anfang des Jahres ganz, ganz vorsichtig erwähnt hatte, gern Cheerleader sein zu wollen, hatte ihr Vater nur erwidert: »Warum solltest du dich vor aller Welt so zur Schau stellen wollen?«

Was sollte sie auf eine *solche* Frage denn bitte schön erwidern, hatte sie sich damals gefragt. »Ich dachte nur, es wäre vielleicht nicht schlecht, irgendwie Sport zu machen … sich ein bisschen zu bewegen«, hatte sie es noch einmal versucht. In Wahrheit hätte sie es einfach nur toll gefunden, eins dieser Mädchen zu sein, wie sie einen engen roten Pulli zu tragen und einen kurzen weißen Faltenrock. Sie fand es einfach toll, wie die Mädchen mit wippenden Pferdeschwänzen herumhüpften und die Footballspieler wie ein Schwarm Bienen um sie herumschwirrten.

Er hatte sie über den Rand seiner schwarz gefassten Brille angeschaut. »Wenn du dich bewegen willst, geh spazieren«, hatte er gesagt, und damit war die Sache erledigt gewesen.

Nun war Freitagabend, und Kelli saß mit ihren Eltern beim Abendessen. Ihre Mutter hatte Pasta gemacht: zerkochte Eiernudeln mit Tomatensauce aus dem Glas. »Das ist lecker, Mama«, sagte Kelli, obwohl sie kaum einen Bissen hinunterbrachte.

»Das freut mich, Liebling«, sagte ihre Mutter. Sie trug das ergrauende Haar zu einem lockeren Knoten aufgesteckt und ein schwarzes Kleid mit weißem Blümchenmuster. Fragend schaute sie Kellis Vater an. »Thomas? Schmeckt es dir auch?«

»Hmm? Ja, doch, danke«, sagte ihr Vater. Er trank einen Schluck Milch, dann richtete er den Blick auf seine Tochter. »Wie war es in der Schule, Kelli?« In letzter Zeit wusste er kaum noch, wie er mit ihr reden sollte. Hübsch war sie schon immer gewesen, aber … Mittlerweile fühlte er sich unwohl, seine Tochter so zu sehen. Man wusste ja, wie Männer waren. Auf was für Gedanken sie so kamen, was sie mit einem jungen Mädchen wie ihr machen wollten. Früher war sie nur ein Strich in der Landschaft gewesen, ein schlaksiges, ungelenkes Kind mit spitzen Ellbogen und knochigen Knien, doch im Laufe des letzten Jahres war sie aufgeblüht, ihr Körper hatte sich gerundet, sie hatte richtige Hüften bekommen und eine schmale Taille. Was ihn am meisten irritierte, war ihr Busen, der sich so unübersehbar gegen ihre bis obenhin zugeknöpfte Bluse drängte, als wolle er alle Welt auf sich aufmerksam machen. Kellis Vater wollte sie nur beschützen, aber er wusste nicht, wie. Dieser Tage fand er es zunehmend schwer, sie anzusehen; noch schwerer fand er es zu begreifen, dass dies noch immer sein kleines Mädchen war.

Kelli nickte. »Gut«, sagte sie und atmete tief durch. »Heute Abend findet in der Sporthalle ein Basketballspiel statt. Die anderen gehen alle hin.« Sie machte eine kurze Pause und spürte die Blicke ihrer Eltern auf sich. »Könnte ich vielleicht auch … ich meine, darf ich vielleicht auch hingehen?«

Ihre Mutter zog die schmalen Brauen zusammen, ihre hellen blauen Augen blickten besorgt. »Du hast heute Abend Jugendgruppe«, sagte sie.

»Ich weiß«, sagte Kelli. »Aber ich dachte, wenn ich nur *dieses eine Mal* nicht hingehe … Bitte!«

Ihre Eltern schwiegen und starrten ihre Tochter an. Als sie beide zur Highschool gegangen waren, hatten sie lernen wollen und sich nicht für Sportveranstaltungen und Partys interessiert. Thomas wollte später mal in der Bank arbeiten, und Ruths Ehrgeiz war nie darüber hinausgegangen, Hausfrau und Mutter zu werden. Er fand Erfüllung in der nüchternen Klarheit der Zahlen und in genau regulierten Arbeitsabläufen; ihr bereitete es Freude, sich um Haus und Garten zu kümmern und sich ehrenamtlich für ihre Kirche zu engagieren. Beide wichen nicht von dem Pfad ab, den ihre Eltern für sie vorgesehen hatten; beide hatten nie versucht, ihre Grenzen auszutesten.

Obwohl sie nicht dazu neigten, ihre Gefühle zu zeigen, liebten sie ihre Tochter doch, und bis zu ihrem vierzehnten Lebensjahr waren sie wohl schlichtweg davon ausgegangen, dass Kelli sich nicht anders verhalten würde, als sie es in diesem Alter getan hatten. Doch manchmal fanden sich noch Spuren von Make-up in ihrem Gesicht, wenn sie von der Schule kam, Zeugnis ihres Fehlverhaltens, das sich nicht ganz hatte abwaschen lassen. Ruth hatte Thomas zu beschwichtigen versucht, dass das völlig normal sei, die übliche Rebellion eines Teenagers. Solange ihre Tochter überhaupt nach Hause käme, sollten sie dankbar sein. »Es könnte schlimmer sein«, versicherte sie ihm. »Viel schlimmer.«

Sie taten ihr Möglichstes, natürlich. Ruth kaufte Kelli nur die unförmigsten Oberteile und weite Hosen; etwas anderes durfte sie zur Schule nicht anziehen. Ruth sah es als Rüstung gegen eine Horde wilder junger Männer, die sich gewiss Freiheiten mit ihrer Tochter erlauben würden, wenn die Gelegenheit sich böte. Sie versuchten, sie mit der Jugendgruppe und Kirchenarbeit zu beschäftigen, damit sie nicht auf dumme Gedanken käme; sie sabotierten alles, was sie vom rechten Weg abbringen könnte.

»Das halte ich für keine gute Idee«, sagte Thomas schließlich. »Vielleicht ein andermal, wenn wir dich begleiten können.«

Kelli nickte; sie wusste, dass es zwecklos wäre, weiter mit ihnen zu diskutieren. Wenigstens hatte sie gefragt. Mehr konnte man wirklich nicht von ihr verlangen. Der Rest des Abendessens verlief recht schweigsam, und nachdem Kelli ihrer Mutter geholfen hatte, in der Küche aufzuräumen, fuhr ihr Vater mit ihnen zur Kirche. Ihre Eltern trafen sich mit anderen Gemeindemitgliedern in der Sakristei zur Bibelarbeit; die Jugendgruppe fand unten im Keller statt.

Ehe ihre Wege sich trennten, gab ihre Mutter ihr noch einen Kuss auf die Stirn. »In zwei Stunden holen wir dich ab«, sagte sie. Kelli nickte und fragte sich, ob Gott sie für ihre Lüge strafen würde.

Bis Kelli es zur Sporthalle schaffte, war das Spiel schon vorbei. Sowie ihre Eltern weg waren, hatte sie sich durch den Nebeneingang hinausgeschlichen und war so schnell sie konnte durch die Stadt zur Schule gelaufen. Unterwegs hatte sie sich kurz ins Gebüsch geschlagen, um die blöde Bluse auszuziehen; darunter trug sie wieder Nancys engen rosa Pulli. Gegen die schwarze Stoffhose ließ sich nichts machen – ihre Jeans hatten nicht daruntergepasst, und ihre Eltern hätten es komisch gefunden, wenn sie zur Jugendgruppe eine Tasche mitgenommen hätte. Sie trug ein wenig roten Lippenstift auf und löste ihren Pferdeschwanz, sodass die Haare ihr lang über die Schultern fielen. Mehr konnte sie nicht tun, aber sie hoffte, dass Jason sie trotzdem hübsch fand. Sie wünschte sich, dass er sie küssen würde.

Als sie bei der Schule ankam, strömten die Leute bereits aus der Sporthalle auf den Parkplatz; Kelli suchte in der Menge nach Jason. So groß wie er war, konnte sie ihn kaum übersehen. Während sie nach ihm Ausschau hielt, entdeckte sie Nancy und winkte ihr.

»Oh mein Gott!«, kreischte ihre Freundin. »Haben deine Eltern es dir doch erlaubt?«

»Nicht so ganz«, sagte Kelli und erzählte Nancy, was sie getan hatte.

»Dafür wirst du *richtig* Ärger bekommen«, prophezeite ihr Nancy, ließ ihren Kaugummi platzen und plusterte ihre schwarzen Dauerwellen auf.

Kelli seufzte. »Ist mir egal. Ich bin es echt leid, dass ich nie irgendwohin darf.«

Nancy schaute über Kellis Schulter und grinste. »Hi, Jason«, rief sie und kniff Kelli in den Arm.

»Hey«, sagte Jason; Kelli fuhr herum. »Du hast das Spiel verpasst.«

»Ja, stimmt«, sagte sie und versuchte, ganz cool zu klingen. »Ich musste noch ein bisschen mit meinen Eltern abhängen.«

»Kein Problem«, sagte Jason. »Sollen wir ein bisschen rumfahren?«

»Klar«, sagte Kelli. Ihre Wangen glühten, was nicht allein an ihrem schnellen Sprint zur Schule lag. Sie schaute Nancy an. »Ich ruf dich später an, okay?«

Nancy nickte, und Kelli ließ Jason ihre Hand nehmen und sich zu seinem grünen Truck führen. *Jason Winkler hält meine Hand!* Sie straffte den Rücken, reckte das Kinn und hoffte, dass es ganz normal aussah, als würden sie richtig zusammengehören. Sie spürte die Blicke der anderen Schüler auf sich und kam sich unglaublich wichtig vor. Ihre Eltern würden natürlich sauer sein, aber darauf kam es jetzt wirklich nicht an. In diesem Moment zählte nur eins – wie Jason sie anschaute, als er ihr die Tür seines Trucks aufhielt. Als ob er sie wirklich wollte.

»Ganz der Gentleman«, neckte sie ihn.

»Man tut, was man kann«, sagte Jason und grinste. Er schlug die Tür hinter ihr zu und sprang um den Wagen herum zur Fahrerseite.

»Wo fahren wir hin?«, fragte Kelli, als er den Motor anließ.

»Ich weiß da eine Stelle, wo wir in Ruhe reden können«, sagte er. »Und uns ein bisschen besser kennenlernen.«

Kelli lächelte; sie schlug die Beine übereinander und schob ihre Hände unter die Knie. Ihr ganzer Körper summte vor Aufregung – sie würde Jasons Freundin werden, da war sie sich ganz sicher. »Haben wir das Spiel gewonnen?«, fragte sie, denn aus der *Cosmo* wusste sie, dass

Jungs es gut fanden, wenn man sich für dieselben Sachen wie sie interessierte.

»Jep«, sagte er und fuhr vom Parkplatz runter auf die Hauptstraße. »Vierundsiebzig zu zweiundsechzig. Zwanzig Punkte gehen auf mein Konto.«

»Wow«, sagte Kelli. »Die können echt froh sein, dass sie dich haben.«

»*Ich* kann froh sein«, erwiderte Jason. »Schau mal, wen ich in meinem Truck sitzen habe.«

Kelli wurde rot vor Freude und kicherte. Dann schwiegen sie eine Weile und hörten Radio, während Jason immer weiter aus der Stadt rausfuhr. Kelli spürte leise Panik in sich aufsteigen. »Ich kann aber nicht so lange wegbleiben«, sagte sie und versuchte, unbekümmert zu klingen. »Meine Eltern wissen nicht, wo ich bin.«

Jason lachte. »Bist du abgehauen, oder was?«

»So ähnlich.« Sie schaute zum Fenster hinaus in die Dunkelheit. »Wo fahren wir noch mal hin?«

»Gleich da vorne, hinter dem Highway«, sagte Jason. »Ist ganz ruhig da, und man hat einen tollen Blick auf die Sterne.«

»Okay«, sagte Kelli und schaute trotzdem auf ihre Uhr. Vor einer Stunde war sie aus der Kirche abgehauen, was hieß, dass ihr noch genau eine Stunde blieb, bis die Jugendgruppe vorbei war und ihre Eltern merken würden, dass sie nicht da war.

»Entspann dich«, sagte Jason. »Ich bring dich schon wieder nach Hause … irgendwann.« Er lachte, setzte den Blinker und bog vom Highway in eine Schotterstraße ein.

Kelli lachte mit, doch es klang falsch. Jason hielt zwischen hohen Nadelbäumen auf einer Lichtung und stellte den Motor ab. Außer dem Gezirpe der Grillen und dem einsamen Rufen einer Eule war nichts zu hören. »Wow«, sagte Kelli. »Ganz schön dunkel hier.«

Jason legte seinen Arm über die Lehne. »Keine Angst, das Gelände gehört meinem Vater. Hier kann nichts passieren.« Mit der anderen Hand klopfte er neben sich auf den Sitz. »Warum rutschst du nicht ein bisschen rüber? Ich könnte dich wärmen.«

Kellis Haut prickelte in freudiger Erwartung, als sie näher an ihn heranrückte und er seinen Arm um ihre Schultern legte. Seine Hand hing lässig über ihrer rechten Brust, sodass seine Fingerspitzen ganz leicht den Ausschnitt ihres Pullis berührten. *Jetzt!*, dachte Kelli und hielt den Atem an. Bestimmt würde er sie jetzt küssen.

»Ich bin froh, dass du heute Abend gekommen bist«, sagte Jason und drückte seinen Mund an ihr Ohr. Sein heißer Atem ließ sie erschauern. *Wie kann das sein? Warum lässt Wärme mich frösteln?*

»Ich auch«, sagte sie und kuschelte sich noch etwas näher an ihn. *So fühlt es sich an, verliebt zu sein*, dachte sie. Er wäre niemals mit ihr hier rausgefahren, wenn er nicht auch in sie verliebt wäre. Er hätte sich in Mathe nicht neben sie gesetzt oder sich mit ihr verabredet. Vielleicht war er ja schon genauso lange in sie verknallt wie sie in ihn. Vielleicht dachte er ja auch jeden Abend vor dem Einschlafen daran, wie es wäre, sie zu küssen.

Mutig wandte Kelli ihm ihr Gesicht zu. *Küss mich*, dachte sie, und das tat er, gerade so, als hätte er ihre Gedanken lesen können. Sanft schmiegten seine Lippen sich an ihre. Ihr ganzer Körper begann zu pulsieren; es fühlte sich an, als würde sie gleich dahinschmelzen, hier, auf dem Vordersitz seines Trucks. *Das* war es, wovon in den

Zeitschriften die Rede war. Dieses Gefühl, hier und jetzt, mit ihm. Kelli wollte, dass es niemals aufhörte.

Jason legte seine linke Hand auf ihren Oberschenkel, ließ sie über ihren Bauch hinauf zu ihrer Brust wandern, drückte sie, ganz leicht erst, dann noch einmal, fester. Kelli zuckte zurück. »Hey«, sagte sie.

»Sorry«, sagte er. »Ich kann nicht anders. Du bist so scharf.« Dann küsste er sie wieder, und diesmal stieß er ihr seine Zunge in den Mund und ließ sie kreisen. Kelli stemmte ihre Hände gegen seine Brust; ihr ging das alles zu schnell. Plötzlich waren seine Hände überall, schoben sich unter ihren Pulli, zerrten ihren BH hoch. Als sie seine Finger auf ihrer Haut spürte, schmolz sie dahin. Er nahm ihre Hand und legte sie auf den Reißverschluss seiner Jeans. Sie keuchte, als sie ihn spürte – immerhin wusste sie, was passierte. Sie wusste, dass ein Junge, wenn er sie nur genug liebte, sie *so sehr* wollen würde.

Jason stöhnte, als er sie küsste, nahm kurz die Hände von ihr, um seine Jeans zu öffnen. »Ich will dich so sehr«, sagte er. »Ich liebe dich.«

Er liebt mich, dachte Kelli, während sie rasch aus ihrer Hose schlüpfte und sich auf den Sitz legte. Jason zog ihr die Unterhose herunter und presste seinen Körper an ihren. Der scharfe Schmerz, als er in sie eindrang, ließ sie erneut aufkeuchen, dann biss sie die Zähne zusammen und versuchte nicht zu weinen, während er einmal, zweimal in sie stieß und dann erschauerte. Ehe es noch richtig begonnen hatte, war es auch schon vorbei, und Kelli fragte sich, ob sie etwas falsch gemacht hatte. Aber als Jason sie küsste, wollte sie gern glauben, dass es genau so sein sollte. Alles war gut. *Er liebt mich*, dachte sie noch einmal, und nur darauf kam es an.

Ava

Ava, würdest du bitte rauskommen?«, hörte ich meinen Dad draußen vor meinem Zimmer, und obwohl ich eigentlich mit ihm reden wollte, hätte ich mich am liebsten ganz tief in meinem Bett vergraben und mich versteckt. Irgendwas war hier los, und es konnte nichts Gutes sein.

Er machte die Tür auf. »Ava? Hast du mich gehört?« Er kam an mein Bett und legte mir die Hand auf den Rücken. »Ich muss mit dir und deinem Bruder reden, okay? Komm bitte mit ins Wohnzimmer.«

»Was ist denn los?«, fragte ich und drehte mich zu ihm um. Meine Stimme klang ganz seltsam, viel höher als sonst. *Ich klinge wie Mama.* »Sag es mir doch einfach.«

»Das werde ich, Kleines«, sagte er und schaute zu Boden. »Aber komm jetzt bitte, ich möchte, dass dein Bruder dabei ist.«

So schwerfällig, als hätte mir jemand Blei in den Körper gegossen, kletterte ich aus meinem Bett und trottete mit Dad ins Wohnzimmer, wo Grace mit Max auf der Couch saß. Sie hatte noch ihre Klamotten von der Arbeit an – schwarze Hosen und eine schicke blaue Bluse –, aber Jacke und Schuhe hatte sie ausgezogen, und ihre roten Haare sahen aus, als ob sie auch eben aus dem Bett gekrochen wäre.

»Grace«, sagte Dad, »würde es dir etwas ausmachen, mich einen Augenblick mit den beiden allein zu lassen?«

Grace runzelte die Stirn, und ihre Augenbrauen schossen in die Höhe, aber nur ganz kurz. Dann hatte sie sich wieder im Griff und setzte eine Miene auf, als hätte sie genau das erwartet. Sie nickte. »Ja, klar. Kein Problem. Ich gehe kurz nach nebenan.« Sie stand auf und ging rüber in das kleine Zimmer, wo der Fernseher stand. Bevor sie verschwand, schaute sie sich noch mal nach meinem Dad um und runzelte irritiert die Stirn. Wahrscheinlich fand sie, dass sie bleiben sollte, aber ich war froh, dass er sie weggeschickt hatte.

Dad setzte sich zu uns auf die Couch, zwischen Max und mich. Er war ganz grau im Gesicht.

»Was ist denn los?«, fragte ich noch mal. »Ist was mit Mom?« Mein Blut pumpte so heftig durch meine Adern, dass mir ganz schwindelig war. »Ist alles okay mit ihr?«

Er holte tief Luft. »Nein, Schätzchen. Sie ist nicht okay.« Seine Augen füllten sich mit Tränen, und ich drückte mir die Hand auf die Brust, damit mein Atem sich beruhigte. Ich hatte Dad noch nie weinen sehen. Seine Worte erreichten mich wie in Zeitlupe – am liebsten hätte ich sie gleich wieder zurückgeschubst und ihm ganz fest den Mund zugehalten.

»Sie ist krank geworden«, sagte Dad und griff mit der einen Hand nach der Hand meines Bruders und mit der anderen nach meiner. »Sehr krank. Es kam so plötzlich, dass niemand damit gerechnet hätte.«

»Aber jetzt geht es ihr wieder gut, ja?«, sagte Max schnell. »Sie ist im Krankenhaus, und da wird sie wieder gesund gemacht. Die Ärzte können sie wieder gesund machen, oder? Die bekommen doch *jeden* wieder hin, das ist doch ihr Job!« In seiner Stimme lag so viel Hoffnung, die ich mit jedem Atemzug in mich aufsog, bis ich das Gefühl hatte, meine Lunge würde platzen. *Sag es nicht. Sag es bitte, bitte nicht.*

»Nein, Max, es tut mir so leid, aber sie können sie nicht mehr gesund machen. Sie haben es versucht, aber …« Einen Moment versagte ihm die Stimme, dann schluckte er und sagte es so leise, dass es kaum zu hören war: »Eure Mommy ist heute gestorben.«

Max schoss vom Sofa und riss sich von Dad los. »Du lügst!«, brüllte er. »Meine Mom ist nicht tot!« Er ballte die Hände zu Fäusten, und die Sehnen an seinem Hals standen unter der Haut hervor. Dad stand auf, ohne meine Hand loszulassen. Ich starrte auf den Teppich, meine Schultern bebten. Dann ließ er mich los und streckte die Hand nach Max aus, aber mein Bruder duckte sich weg, als wollte Dad ihn schlagen, statt ihn in den Arm zu nehmen. Dann rannte Max heulend den Flur hinunter in sein Zimmer.

Tränen liefen mir über die Wangen. Mein ganzer Körper zitterte, als würde er unter Strom stehen. Ich brachte kein Wort hervor. *Das passiert nicht wirklich. Es ist alles nur ein schrecklicher Traum. Ich liege noch in meinem Bett und warte darauf, dass mein Dad nach Hause kommt. Gleich wache ich auf, und dann ist das alles vorbei.*

Hilflos schaute Dad mich an, noch immer mit Tränen in den Augen. »Grace?«, rief er, und schon kam sie angerannt, blieb aber wie angewurzelt stehen, als sie meinen wütenden Blick bemerkte, und sah schnell weg. Ich wollte sie nicht in meiner Nähe haben. Sie sollte einfach wieder verschwinden.

»Geh du ruhig«, sagte sie zu meinem Dad, als wüsste sie genau, was passiert war. Wahrscheinlich hatte sie unser Gespräch nebenan mit angehört. Das Haus war so klein, da bekam man alles mit. »Wir kommen hier schon klar.«

Max heulte und tobte in seinem Zimmer, stieß hohe, schrille Schreie aus, die sich durch die Wände geradewegs in meinen Kopf bohrten. Dad hockte sich vor mich und strich mir die Haare aus dem Gesicht. »Ava, mein kleiner Liebling. Es tut mir so leid. Das ist so schrecklich, so traurig.«

Ich nickte kurz und heftig, sah ihn aber nicht an. »Bist du einverstanden, dass ich kurz zu deinem Bruder gehe und mit ihm rede?«, fragte er, und ich nickte wieder, weil ich einfach nicht wusste, was ich sonst hätte tun sollen. »Grace ist für dich da, wenn du sie brauchst. Und ich bin nur kurz drüben in Max' Zimmer und komme gleich wieder zurück.« Nachdem er gegangen war, saßen Grace und ich ein paar Minuten schweigend da. *Als sie uns abgeholt hat, wusste sie schon, dass Mama tot war. Sie hat es gewusst und uns nichts gesagt.* Ich schniefte leise, dann sah ich sie an.

»Ich brauche dich nicht«, sagte ich. »Ich hab schon eine Mom.« Meine Worte waren eiskalt. Ich spürte Zorn in meiner Brust aufwallen, sich in meine Kehle krallen, als wolle er aus mir herausklettern. Grace saß ganz still da und hielt die Hände in ihrem Schoß. Die Farbe wich ihr aus dem Gesicht, und sie blinzelte kurz, verzog sonst aber keine Miene. Kein Stirnrunzeln, keine gehobenen Augenbrauen. Ganz ruhig saß sie da und sprach mit leiser, gefasster Stimme.

»Natürlich«, sagte sie. »Das weiß ich. Und ich würde nie versuchen, ihren Platz einzunehmen. Nie. Aber ich kann für dich da sein, wenn du eine Freundin brauchst, wenn du mich …«

»Tu ich aber nicht.« Ich stand auf, die Arme steif am Körper, die Hände zu Fäusten geballt. Tränen liefen mir über die Wangen. »Ich *hasse* dich! Ich wünschte, *du* wärst tot!«

Graces grüne Augen wurden ganz groß. »Ava …«, fing sie an, aber den Rest hörte ich nicht. Ich rannte in mein Zimmer, schlug die Tür hinter mir zu und schloss ganz fest ab.

Grace

Ich bin nervös«, gestand ich Melody, als Victor mir das erste Mal vorschlug, seine Kinder kennenzulernen. Zu dem Zeitpunkt waren wir drei Monate zusammen. »Was, wenn sie mich nicht leiden können?«

»Ach, Unsinn«, sagte Melody, schüttelte ihre blonden Haare und schlug die langen Beine unter. Wir saßen im Wohnzimmer ihres Apartments in Queen Anne Hill, von dem aus man einen fantastischen Blick über die Stadt hatte, tranken Mojitos und aßen Tortillachips mit gegrillter Gemüsesalsa, die Melody extra für unseren wöchentlichen Mädelsabend frisch zubereitet hatte. »Am besten überlässt du Victor das Kommando und drängst dich den beiden nicht auf.«

»Wie … aufdrängen?«, fragte ich und nahm mir gleich eine ganze Handvoll Chips, um sie in die leckere Salsa zu dippen. Nachdem ich schon als Teenager für die ganze Familie gekocht hatte, war mir später jegliches Interesse daran vergangen. Victor hatte nur gelacht, als ich ihm erklärte, meine ideale Vorstellung der Essenszubereitung als Erwachsene beschränke sich darauf, ein kalorienreduziertes Fertiggericht in die Mikrowelle zu schieben und bei richtiger Temperatur warm zu machen. Melody hingegen war stolz auf ihre Kochkünste.

Sie überlegte kurz, ehe sie mir antwortete. »Übertreib es nicht. Du weißt schon, nicht so cheerleadermäßig. ›Tadaa, ich bin die neue Freundin von eurem Dad, *yeah!*« Sie schwenkte ein paar Tortillachips über dem Kopf, als wären es Pompons.

Ich musste lachen. »Also kein Salto rückwärts mit doppeltem Überschlag?«

Ihre braunen Augen funkelten vergnügt. »Genau. Sei einfach nur du selbst. Es wird seine Zeit brauchen, bis die beiden mit dir warm werden. Kein Grund zur Aufregung.«

Im Grunde wusste ich, dass sie recht hatte. Aber weil Victor seinen Kindern keine einzige der Frauen vorgestellt hatte, mit denen er nach seiner Scheidung zusammen gewesen war, hatte ich das Gefühl, einen ganz besonders guten Eindruck machen zu müssen. Ich überlegte, ob ich den beiden kleine Geschenke kaufen sollte – so wie ich meinen Gastgebern auch eine Flasche Wein mitbrachte, wenn ich zu einer Dinnerparty eingeladen war –, aber ich hatte keine Ahnung, was ihnen gefallen könnte.

»Keine Bestechungsversuche«, belehrte mich Melody. »Kinder riechen es zehn Meilen gegen den Wind, wenn du versuchst, dich bei ihnen einzuschleimen. Außerdem dürfte seine Ex wenig begeistert davon sein – und mit der willst du es dir bestimmt nicht gleich verscherzen.«

Somit fand ich mich eines Samstagmorgens Ende Oktober unbewaffnet und mit leisem Unbehagen bei Victor ein, um mich dem Erschießungskommando seiner Kinder zu stellen. Ich stieg die Stufen zu seinem Haus hinauf und holte tief Luft, ehe ich klopfte. »Ich mach auf, Dad!«, hörte ich eine Kleine-Jungen-Stimme von drinnen rufen, und schon wurde die Tür aufgerissen. Max stand vor mir, die Hand noch immer am Türknauf. »Wer bist du denn?«, fragte er.

Ich schenkte ihm ein freundliches, aber, wie ich hoffte, nicht übertrieben freundliches Lächeln. »Ich bin Grace, die

Freundin deines Dads. Ich gehe heute mit euch dreien aufs Kürbisfeld.« *Hatte Victor den beiden etwa nicht gesagt, dass ich mitkäme? Vielleicht hatte Max es nur vergessen.*

Er starrte mich bestimmt eine Minute an, ehe er wieder den Mund aufmachte. »Meine Mom ist nicht so dick wie du«, sagte er dann, drehte sich um und flitzte zurück ins Wohnzimmer, von wo das laute Lärmen eines Zeichentrickfilms nach draußen drang.

Na, toll. Ich war überhaupt nicht dick, auch wenn ich nach Meinung meines Arztes leicht über Normalgewicht lag. Sport zählte nun mal nicht zu meinen liebsten Freizeitbeschäftigungen, und straffe Schenkel und einen flachen Bauch bekam man auch mit Spanx-Wäsche ganz prima hin, aber alles in allem war ich ziemlich zufrieden mit meinem Körper. Natürlich hatte ich in Avas Zimmer Bilder von Kelli gesehen. Sie war winzig, keinen Meter sechzig groß und fast so dünn wie ihre Tochter, dafür aber mit überproportional großen Brüsten, die kaum echt sein konnten, da derart zierliche Frauen selten von Natur aus mit einer solchen Oberweite gesegnet sind – aber das war natürlich nur meine ganz persönliche Vermutung. Ich fühlte mich wohl genug in meiner Haut, um mich von ihrer Schönheit nicht einschüchtern zu lassen; Männer machten mir oft Komplimente wegen meiner grünen Augen, die so gut zu meinen rotbraunen Locken passten, und Victor versicherte mir ohnehin jeden Tag, wie hinreißend ich wäre. Dennoch, auch mit viel Fantasie konnte eine Frau »dick« unmöglich als Kompliment auffassen.

Als ich ins Haus trat, kam Victor mir im Flur entgegen. »Tut mir leid«, sagte er mit diesem schiefen Grinsen, das ich so an ihm liebte. »Er hat es nicht so gemeint.«

»Schon gut, kein Problem.« Ich lächelte und hielt ihm

meine Wange für einen kurzen Begrüßungskuss hin. Wir waren übereingekommen, vor den Kindern auf übertriebene Zärtlichkeiten zu verzichten, auch wenn ich mich jetzt am liebsten in seine Arme geworfen hätte und mir versichern lassen wollte, dass alles gut gehen würde. Ich spähte über seine Schulter. »Wo ist Ava?«

»Zieht sich gerade zum fünften Mal um.« Er verdrehte die Augen. »Es ist nur ein Kürbisfeld, habe ich zu ihr gesagt, keine Modenschau, aber natürlich habe ich von nichts eine Ahnung. Sie kommt langsam in das Alter, wo sie ihre Kleider so häufig wechselt wie ihre Ansichten.«

Max flitzte von der Küche wieder ins Wohnzimmer und hopste wie ein Aufziehmännchen auf der Stelle. »Dad, die Sonne scheint!«, rief er. »Können wir Fußball spielen, bevor wir fahren?« Ich musste lächeln und dachte, dass Max genauso war, wie Victor ihn mir beschrieben hatte: »Ein richtiger kleiner Kasper, mit genügend Energie, um eine mittlere Kleinstadt mit Strom zu versorgen.«

Victor ging hinüber zu seinem Sohn und hockte sich vor ihn, bis sie fast auf gleicher Höhe waren. Max hörte auf herumzuhopsen. »Das dürfte jetzt etwas knapp werden, Buddy«, sagte er. »Bis nach Snohomish fährt man ein ganzes Stück, und wenn wir zu lange warten, sind die besten Kürbisse alle schon weg.«

»Mom hat uns schon Kürbisse gekauft! Letzte Woche im Supermarkt.«

Victor schaute kurz zu mir herüber, ehe er sich wieder Max zuwandte. »Aber weißt du, dort, wo wir hinfahren, gibt es nicht nur Kürbisse. Da gibt es auch einen Streichelzoo, Karussells und kandierte Äpfel. Ist das nichts?«

»Nöö«, sagte Max. »Kann ich meinen Nintendo mitnehmen? Ich will Super Mario spielen.«

Victor seufzte und stand auf. »Aber nur im Auto.«

Ava wählte genau diesen Augenblick, um aus ihrem Zimmer aufzutauchen und betont gelangweilt ins Wohnzimmer zu schleichen. Sie trug enge Jeans, einen blauen Anorak und kniehohe grüne Gummistiefel.

»Hi, Ava«, sagte ich und strahlte sie an. »Ich bin Grace. Wie schön, dich endlich kennenzulernen. Euer Dad hat mir schon so viel von euch beiden erzählt.«

Sie schaute mich kurz an, bedachte mich mit einem flüchtigen Nicken und ging dann zu ihrem Vater, schlang die Arme um ihn und vergrub ihr Gesicht an seinem Bauch. Victor beugte sich zu ihr herab und küsste sie auf den Kopf, wobei seine Lippen auf einer ihrer orangefarbenen Haarspangen landeten.

Wenig später saßen wir alle in Victors SUV. Hinten war es mucksmäuschenstill, während Victor und ich eine unverfängliche Unterhaltung über Kürbisse und Halloween in Gang zu bringen versuchten. Ich drehte mich zu den Kindern um. »Als was verkleidet ihr euch denn dieses Jahr?« Die Frage schien mir harmlos genug, um mit den beiden ins Gespräch zu kommen.

»Iron Man!«, rief Max. »Mit echten Lasern an den Händen!« Er streckte mir die Handflächen entgegen und gab elektronische Schussgeräusche von sich. »Pju! Pju!«

Ich lachte. »Klasse. Den Film fand ich toll.«

»Echt?«, fragte Max ungläubig.

»Na klar. Iron Man ist der Held.« Ich grinste ihn an, und er grinste zurück.

»Pju! Pju!«, machte er noch mal und tat, als wollte er mich erschießen. *Immerhin*, dachte ich.

»Und du, Ava?«, half Victor nach und schaute seine Tochter im Rückspiegel an. »Als was gehst du an Halloween?«

Ava zuckte mit den Schultern und starrte aus dem Fenster. »Weiß nicht.«

»Aber das ist doch schon kommendes Wochenende«, sagte ich. »Hast du noch gar keine Idee? Vielleicht fällt uns ja etwas für dich ein, was meinst du?«

Sie schaute mich an, presste die Lippen zusammen und schüttelte den Kopf. Ich seufzte still und fragte mich, warum sie so ablehnend war. Hatte ich schon irgendetwas gesagt oder getan, um sie gegen mich aufzubringen? Vielleicht konnte sie mich ja aus Prinzip nicht leiden, einfach deshalb, weil ich eine Frau war und mich zwischen sie und ihren Vater drängte. Mit Kindern wie Max, die offen und ein bisschen vorlaut waren, kam ich viel besser zurecht. Oder es lag daran, dass er ein Junge war und ich mich noch gut daran erinnerte, wie mein Bruder in Max' Alter gewesen war. Zu ihm hatte ich einen guten Draht. Mit Avas Schweigen kam ich nicht klar.

Alles in allem ging der Nachmittag aber gut über die Bühne. Einmal brachte ich Ava sogar zum Lachen, als ich das freche Lama nachmachte, das Victor über den Zaun des Streichelzoos angespuckt hatte. Aus einem Impuls heraus schlug ich Melodys Warnung vor Bestechungsversuchen in den Wind – ich kaufte ihnen kandierte Äpfel mit Schokostreuseln und zahlte für das sepiafarbene Erinnerungsfoto, das sie mit ihrem Dad als Pioniere verkleidet vor einer Westernkulisse zeigte. Victor wollte, dass ich mich auch verkleidete und zusammen mit ihnen fotografieren ließe, aber ein Familienfoto schien mir für den Anfang doch etwas zu viel des Guten. Dafür machte ich ganz viele Bilder von den dreien, die ich später in ein kleines Album kleben wollte, als Dankeschön für die Kids, dass ich sie an diesem Tag hatte begleiten dürfen. Als wir wieder bei Victor waren, verabschiedeten wir uns, und ich fuhr zurück in meine Wohnung, obwohl ich zu dem Zeitpunkt schon fast jede Nacht bei ihm verbrachte. Aber die Kinder wären wahrscheinlich ausgeflippt, wenn sie festgestellt hätten, dass ich bei ihrem Vater im Bett schlief.

Am nächsten Morgen gingen wir Pfannkuchen essen und danach an den Strand zum Muschelnsammeln, ehe wir die beiden wieder bei Kelli ablieferten. Sie schien sich vom ersten Moment an in meiner Gegenwart extrem unwohl zu fühlen, obwohl Victor sie sozusagen vorgewarnt und ihr gesagt hatte, dass ich mitkommen würde. Ich hatte ihn darum gebeten – einfach weil ich mir dachte, wenn ich Mutter wäre und mein Exmann eine Neue hätte, würde ich sie gern kennenlernen, um zu wissen, wer die Person war, die da Zeit mit meinen Kindern verbrachte.

»Was machst du beruflich, Grace?«, fragte sie mich mit leicht bebender Stimme. Sie hatte noch den engen schwarzen Rock und die weiße Bluse an, die sie beim Kellnern trug. Die Kinder schienen sie vermisst zu haben und klammerten sich an sie, und sie legte schützend die Arme um ihre Schultern.

»Das habe ich dir doch schon gesagt«, unterbrach Victor mich, noch ehe ich etwas erwidern konnte. In seiner Stimme schwang ein gereizter Unterton mit, den ich so nicht von ihm kannte.

»Hast du Kinder?«, fragte Kelli weiter, als hätte sie ihn gar nicht gehört.

Als ich den Kopf schüttelte, huschte ein Anflug von selbstgefälliger Zufriedenheit über ihr Gesicht, den sie sofort mit einem dünnen Lächeln zu überspielen versuchte. Aber zu spät, ich hatte ihn gesehen. Ich würde nie verstehen, warum so viele Frauen meinten, sich anderen Frauen gegenüber beweisen zu müssen, die einfach nur einen anderen Weg gegangen waren. Vollzeitmütter maßen sich gegen berufstätige Mütter, stillende an solchen, die ihrem Kind die Flasche gaben, und – meine ganz persönliche Erfahrung – Frauen mit Kindern an Frauen ohne Kinder. Ich war also vorbereitet und gab meine Standardantwort, um die Wogen zu glätten: »Es ist bestimmt schön, Mutter zu sein.«

In diesem Moment entspannte sie sich ein wenig, als könne sie nun aufatmen, weil ich mich trotz meiner Karriere nicht als bessere, weiterentwickelte Frau behaupten wollte. »Es gibt nichts Schöneres«, sagte sie und richtete ihren Blick auf Victor. Ihre Augen waren auf einmal viel dunkler, das Blau noch strahlender. »Ich wüsste nicht, was ich ohne die beiden machen würde.«

Victor wandte sich ab. »Wir müssen los«, meinte er, sah dann lächelnd seine Kinder an und streckte die Arme für eine letzte große Umarmung aus. Sie machten sich von ihrer Mutter los und schlangen die Arme um seinen Hals, bis er so tat, als bekäme er keine Luft mehr. »Ich hab euch lieb, ihr kleinen Racker. Wir telefonieren diese Woche.«

»Hab dich auch lieb, Dad!«, brüllte Max, wirbelte herum und wetzte ins Haus.

»Und sag Bescheid, wie dein Mathetest gelaufen ist, ja, Kleines?«, sagte Victor zu Ava. Sie nickte und vergrub ihr Gesicht an seinem Hals, als wolle sie seinen Geruch ganz in sich aufsaugen. Nachdem Victor sich vorsichtig aus ihrer Umarmung befreit hatte, folgte sie ihrem Bruder weitaus widerwilliger ins Haus.

Ich lächelte Kelli an. »Es war so schön, dich endlich kennenzulernen«, sagte ich, doch sie nickte nur kurz, ohne den Blick von Victor zu nehmen. Und im nächsten Moment wandte sie sich ab und schloss die Tür hinter sich.

»Okay«, sagte ich leicht verunsichert, als wir zurück zu seinem Wagen gingen. »Klär mich auf – ist das jetzt gut gelaufen oder schlecht? Ich weiß es wirklich nicht.«

Victor zuckte mit den Schultern. »Hätte schlimmer kommen können«, meinte er und griff nach meiner Hand. Ich wollte schon etwas erwidern, ihn fragen, was er meinte, ließ es dann aber sein. Vielleicht wollte ich das jetzt, in diesem Augenblick, gar nicht wissen.

Fast genau ein Jahr später, als ich die Tür von Avas Zimmer zuschlagen hörte, zog sich mir das Herz zusammen, wenn ich mir nur vorzustellen versuchte, welchen Kummer die beiden jetzt durchmachten. Es hatte mich ein wenig verletzt, dass Victor mich gebeten hatte, das Zimmer zu verlassen, ehe er es ihnen sagte. Ich hatte angenommen, wir würden es gemeinsam tun. Andererseits war es natürlich verständlich, dass er es lieber allein tun wollte – es waren seine Kinder, nicht meine. Allerdings hätte ich mir gewünscht, er hätte mir das bereits im Schlafzimmer gesagt, damit ich vorbereitet gewesen wäre und es für seine Kinder nicht so aussah, als würde er mich wegschicken. Trotzdem hatte ich von nebenan jedes Wort mitbekommen. Für die beiden war eine Welt zusammengebrochen, und ich hatte keine Ahnung, wie ich ihnen durch diese Zeit helfen sollte – oder wie ich selbst das durchstehen sollte.

»Grace?«, rief Victor vom Flur und riss mich aus meinen Gedanken. »Was ist passiert?« Wahrscheinlich hatte er Avas Tür gehört. Im nächsten Moment steckte er auch schon den Kopf um die Ecke und sah mich fragend an. Sein Gesicht war blass und zerfurcht, als hätte er wochenlang nicht geschlafen. Er brauchte nicht zu wissen, was seine Tochter eben gesagt hatte. Er hatte schon genug Sorgen, da musste nicht noch ich mit meinen siebenunddreißig Jahren ihm vorheulen, dass seine dreizehnjährige Tochter meine Gefühle verletzt hatte.

»Ich glaube, Ava muss jetzt einfach ein bisschen allein sein«, sagte ich und seufzte matt. Ich konnte kaum glauben, wie müde ich mich auf einmal fühlte. Ich war erschöpft bis auf die Knochen.

Er zog seine dunklen Brauen zusammen und runzelte die Stirn. »Was hast du denn bloß zu ihr gesagt?«

»Nichts!«, fuhr ich ihn an. Ich hatte mir meine Unsicherheit nicht anmerken lassen wollen, scheiterte aber kläglich. »Sie braucht jetzt einfach Zeit für sich. Sie steht unter Schock, Victor. Und ich bin weder ihre Mutter noch eine Therapeutin. Ich habe keine Ahnung, wie das hier geht.«

Seine Miene entspannte sich etwas. »Tut mir leid«, sagte er so leise, dass es kaum zu verstehen war. Nur der Hauch einer Entschuldigung.

Ich nickte stumm. Es war nicht seine Schuld. Er wollte mir keinen Vorwurf machen. Er drehte sich um, und kurz darauf hörte ich eine weitere Tür sich leise schließen.

Laut ausatmend ließ ich mich zurück in die Couch sinken und drückte mir beide Hände an die Schläfen. Ich fühlte mich hier völlig fehl am Platz, als wäre ich ein unerwünschter Gast, ein Eindringling. Und das sollte mein neues Zuhause sein? Wie sollten wir uns jetzt noch ein gemeinsames Leben aufbauen? Und dann kam mir ein Gedanke, der noch viel schlimmer war, sodass ich ihn sofort wieder verdrängte, kaum dass ich ihn gedacht hatte.

Vielleicht wäre es besser, wenn ich gar nicht hier wäre.

Kelli

Kelli war schon fast im dritten Monat, als sie und Victor sich in einer kleinen Kirche das Ja-Wort gaben. Eileen, Victors Mutter, war ganz außer sich gewesen vor Freude, als Kelli sie gebeten hatte, ihre Trauzeugin zu sein.

»Und du bist dir wirklich ganz sicher, dass deine Eltern nicht kommen?«, hatte Eileen sie gefragt, als sie mit ihr ein Hochzeitskleid kaufen war. Eileen war eine warmherzige, liebenswerte Frau, und obwohl sie erst leise Bedenken gehabt hatte, dass Victor und Kelli so jung heirateten, war sie von Kelli bald genauso hingerissen wie ihr Sohn. Eileen hatte nicht wieder geheiratet, nachdem Victors Vater sie verlassen hatte; sie hatte hart gearbeitet und Victor allein großgezogen.

»Ich bin mir ganz sicher«, hatte Kelli ihr versichert, ein Kleid vom Ständer genommen und es sich angehalten. »Wie wäre es mit dem?«

»Bezaubernd – aber vielleicht etwas zu viel Spitze?« Eileen strich über das Oberteil und sah Kelli mit diesen warmen grauen Augen an, die sie ihrem Sohn vererbt hatte. »Ich hoffe nur, sie werden es nicht irgendwann bereuen, diesen besonderen Tag in deinem Leben verpasst zu haben.«

»Werden sie nicht«, sagte Kelli und hängte das Kleid zurück. »Wir stehen uns nicht besonders nah.« Seit sie aus Kalifornien weggegangen war, hatte sie kein Wort mehr mit ihren Eltern gewechselt, und sie konnte sich auch nicht vorstellen, dass die beiden jemals wieder Teil ihres Lebens sein würden. Wahrscheinlich hätten sie Kelli sowieso nicht mehr erkannt. In Seattle hatte sie eine neue Version ihrer selbst erschaffen – lustig, lebensfroh. Ihre Eltern wären nur eine Erinnerung an die Fehler der Vergangenheit, an alles, was schiefgegangen war, an den Kummer, den sie durchgemacht hatte. Zu sagen, sie stünden sich nicht nah, war da viel einfacher.

»Das tut mir leid«, sagte Eileen und drückte Kelli kurz an sich. Dann schaute sie Kelli an und lächelte. »Dafür hast du jetzt mich – das ist doch auch nicht schlecht, oder?«

Kelli hatte genickt und das Lächeln erwidert. Dabei hatte sie sich vorgestellt, dass Eileen ihr genau die Mutter sein würde, die sie sich immer gewünscht hatte. Obwohl Victor sich freute, dass sie so viel Zeit mit seiner Mom verbrachte, zeigte er sich doch auch besorgt, dass Kelli nie mit ihren Eltern sprach.

»Sie sind doch deine Familie«, sagte er. »Vermisst du sie denn nicht?«

»Vermisst du deinen Vater?«, gab Kelli zurück, denn sie wusste genau, dass Victor nichts mit dem Mann zu tun haben wollte, der ihn im Stich gelassen hatte. Ihre Frage traf ins Schwarze, und Victor ließ das Thema fallen.

Während der ersten Jahre war ihre Ehe mit Victor genau das, was Kelli sich erträumt hatte. Er konnte es kaum erwarten, Vater zu werden. Jeden Abend setzte er Kellis Bauch Kopfhörer auf und ließ Ava Musik hören – Talking Heads, Bach, die Beatles. »Wir wissen ja noch nicht, was ihr gefällt«, meinte Victor zu Kelli. »Am besten spielen wir ihr von allem ein bisschen was vor.«

Er legte auch seine Lippen an ihren Bauch und redete

mit ihrer Tochter, erzählte ihr, dass er es kaum noch erwarten könne, sie endlich kennenzulernen. Kelli genoss jeden kleinen Tritt und jede noch so kleine Bewegung von Ava, die sie in ihrem Körper spürte, und sie rief ihren Frauenarzt mehrmals die Woche an, um ganz sicherzugehen, dass alles in Ordnung war. »Sie hat sich seit fast acht Stunden nicht mehr bewegt«, hatte Kelli den Doktor einmal um drei Uhr morgens aus dem Schlaf gerissen. »Was, wenn irgendwas mit ihr nicht stimmt?«

»Sie schläft, Kelli«, hatte er ihr müde, doch mit einer Engelsgeduld versichert. Er war die Panik von Frauen gewohnt, die ihr erstes Kind erwarteten, und er wusste, wie man ihnen die Angst nahm. »Wenn sie sich in ein paar Stunden noch immer nicht bewegt hat, können Sie mich wieder anrufen, ja? Bis dahin besteht kein Grund zur Aufregung, alles in bester Ordnung. Ihr kleines Mädchen wird gesund und munter zur Welt kommen.«

Kelli wusste, dass sie überreagierte und etwas paranoid war, aber sie konnte nicht anders. Dieses Baby bedeutete ihr alles – Mutter zu sein, Ehefrau, eine Familie zu haben und endlich das Leben zu leben, von dem sie immer geträumt hatte. Sie arbeitete bis zum achten Monat, als ihr Bauch es ihr unmöglich machte, die schweren Tabletts durchs Restaurant zu tragen. »Wäre es okay, wenn ich mit ihr zu Hause bleibe?«, fragte sie Victor. »Kämen wir finanziell zurecht?«

Victor lächelte und legte die Hand auf ihren Bauch. »Es wird vielleicht ein bisschen eng werden, aber warum nicht? Es kann allerdings sein, dass ich ein paar Schichten mehr machen muss, damit wir über die Runden kommen, aber wir schaffen das schon.«

Sie nickte, denn sie wollte nichts lieber, als jeden Tag

Stunden mit ihrer kleinen Tochter zu verbringen, sie in den Armen zu halten, zu wiegen und niemals aus den Augen zu lassen. Als Kellis Wehen einsetzten, bereitete ihr Arzt sie auf eine lange Geburt vor, aber Ava kam nach nur vier Stunden auf die Welt. Kelli weinte, als ihre Tochter schreiend auf ihrer Brust lag. Auch Eileen, die Kelli gebeten hatte, bei der Geburt dabei sein zu dürfen, weinte und hielt sich an Victor, als sie alle drei dieses kleine Wunder betrachteten. Jetzt waren sie eine Familie.

Nicht lange nach Avas Geburt stellte Kelli fest, dass sie ihre Mutter vermisste; das Bedürfnis, mit ihr zu reden, saß ihr wie ein Schmerz in der Brust. Nach einigen Wochen brachte sie den Mut auf, ihre Eltern anzurufen und ihnen von ihrer Enkeltochter zu berichten. »Sie ist einfach vollkommen«, sagte Kelli zu ihrer Mutter, die an den Apparat gegangen war. »Wollt ihr …« Mitten im Satz versagte ihr die Stimme, und sie fing noch mal von vorn an. »Möchtet ihr nicht kommen und sie euch mal anschauen?« Dabei malte sie sich aus, wie es wohl wäre, Ava mit ihren Eltern zu teilen, zu sehen, wie es ihre Eltern mit Freude und Stolz erfüllte, dass sie jetzt ein so schönes Leben mit Victor hatte.

Ihre Mutter schwieg einen Moment. Kelli konnte sie atmen hören, ein leicht kratziges Geräusch, als ob sie gerade eine Erkältung hinter sich hätte. »Ich glaube, das wäre keine gute Idee«, sagte sie schließlich. »Und du weißt ja, dass dein Vater nicht gerne reist.«

In diesem Augenblick schlug die Tür, die sich in Kelli einen Spaltbreit geöffnet hatte, mit einem lauten Knall zu. Es war ein Fehler gewesen anzurufen, ein Fehler zu glauben, dass irgendetwas sich geändert hätte. Nachdem sie aufgelegt hatte, schluckte Kelli ihre Tränen hinunter, verdrängte den Schmerz und konzentrierte sich ganz auf Ava. Ihre wunderbare, perfekte kleine Tochter. Kelli wusste, dass sie ihre Tochter immer und bedingungslos lieben würde, ganz gleich, was geschah. Sie liebte es, sie in den Armen zu halten, sie zu stillen, sich aus ihren eigenen blauen Augen angeschaut zu sehen, zu spüren, wie der kleine warme Körper sich an ihre Haut schmiegte. Obwohl Kelli es genoss, dass Victor so ein engagierter Vater war, ließ sie ihn nur ungern Avas Windeln wechseln oder sie in den Schlaf wiegen. Während Avas erstem Lebensjahr war Kelli immer bei ihrer Tochter gewesen, hatte sie nie von jemand anderem beaufsichtigen lassen – nicht einmal von Eileen, die es ihr wiederholt angeboten hatte. »Aber du musst doch auch mal rauskommen«, hatte sie zu Kelli gesagt. »Mach dir einen schönen Nachmittag im Spa, oder geh mal mittags mit deinen Freundinnen essen.«

»Ich mag mich einfach nicht von ihr trennen«, hatte Kelli erwidert und die Hand um Avas dunkles Köpfchen gelegt. »Warum bleibst du nicht über Mittag? Du kannst sie halten, während ich uns schnell etwas zu essen mache.« Sie wollte ihrer Schwiegermutter nicht das Gefühl geben, sie würde ihr nicht trauen. Das war es nicht, keineswegs. Es war etwas anderes, etwas tief in Kelli, das es ihr unmöglich machte, Ava auch nur einen Augenblick allein zu lassen. Etwas, das sie noch nicht zu erklären bereit war.

Und dann, eines Nachmittags, Ava war gerade dreizehn Monate alt, rief Victor sie an. »Meine Mom hatte einen Schlaganfall«, sagte er, in Tränen aufgelöst. »Ich bin im Krankenhaus.«

»Oh nein!«, sagte Kelli. »Aber sie kommt doch wieder in Ordnung?«

»Nein«, schluchzte er. »Sie ist gerade gestorben.«

»Oh Schatz«, sagte Kelli und schloss die Augen. Plötzlich bereute sie es, dass sie sich nicht hatte überwinden können, Eileen mehr Zeit mit ihrer Enkelin zu gönnen. »Das tut mir so leid.« Ihn so hemmungslos weinen zu hören verstörte Kelli. Sie wusste nicht, wie sie mit solcher Trauer umgehen sollte – sie hatte mehr Übung darin, einfach so zu tun, als existierte sie nicht.

Während Victor den Verlust seiner Mutter verarbeitete, versuchte Kelli endlich den Mut aufzubringen, im Park mit den anderen Müttern zu reden. Sie hätte gerne ein paar Freundschaften geschlossen, war aber zu schüchtern und hatte Angst, von den anderen Frauen abgelehnt zu werden, weil sie so jung war. Sie wirkten alle so selbstbewusst und schienen sich schon ewig zu kennen, auch die Kinder. Kelli hatte das Gefühl, dort nicht hineinzupassen.

Und dann eines Nachmittags, während Ava im Sand spielte, setzte sich eine dicke Frau mit dunklen, ungepflegten Haaren zu Kelli auf die Bank. »Ich bin Diane«, sagte sie. »Und das da drüben ist Patrick.« Sie zeigte auf einen kleinen Jungen, ein paar Jahre älter als Ava, der auf dem Klettergerüst herumturnte.

Kelli lächelte freundlich und stellte sich und Ava vor. »Wir sind ganz neu hier, haben das Haus in der Lilac Street gekauft«, erklärte ihr Diane. »Ich dachte mir, da bringe ich Patrick gleich mal in den Park und schaue, was hier so los ist.«

»Lilac Street?«, sagte Kelli. »Da wohnen wir auch. Dann haben Sie das Haus neben uns gekauft!« Sie waren selbst erst vor ein paar Monaten hergezogen; Eileen hatte ihr und Victor das Haus vermacht. Ein Geschenk des Himmels, im wahrsten Sinne des Wortes, denn die Hypothek war schon so gut wie abbezahlt.

»Na, das nenn ich einen Zufall«, meinte Diane. »Als sollte es so sein, dass wir Freundinnen werden.«

Kelli lächelte. Diane wirkte schlicht und unkompliziert, sie war nicht geschminkt, ihre Haare waren nicht frisiert, und auf dem Ärmel ihres grauen Sweatshirts prangte ein klebrig aussehender, roter Fleck. Kelli mochte sie sofort. Sie erinnerte sie ein bisschen an Nancy, ihre beste Freundin in der neunten Klasse. Manchmal fragte sie sich, was aus Nancy geworden war, hatte sich aber längst damit abgefunden, dass sie es wohl nie erfahren würde. Nancy war auch etwas, das sie verloren hatte.

Aber jetzt, wo sie nebenan eine Freundin wohnen hatte, vergingen ihr die Tage gleich viel schneller. Während der nächsten Jahre verbrachte sie fast jeden Vormittag mit Diane. Sie ließen die Kinder miteinander spielen, redeten über ihre Männer oder lästerten über die anderen Frauen im Park. Victor machte fast täglich Überstunden im Restaurant, aber Kelli tat alles, um ihm das Leben zu versüßen. Sie kochte und putzte für ihn und hielt ihm sein Lieblingsbier im Kühlschrank bereit. Mit Ava machte sie lange Spaziergänge und hielt sich ausreichend in Form, um in Spitzenunterwäsche eine gute Figur zu machen. Victor verehrte ihren Körper; er berührte sie sanft und fand an ihrer Lust genauso großen Gefallen wie an seiner. Noch immer lagen sie einander jede Nacht in den Armen und erzählten sich leise von ihren Träumen. »Es kann sein, dass ich einen Investor gefunden habe, um nächstes Jahr ein Restaurant aufzumachen«, sagte Victor eines Abends, als Ava gerade fünf war.

»Echt?«, murmelte Kelli, schon halb im Schlaf. »Wen?«

Victor begann ihr zu erzählen, wie er im Restaurant mit einem seiner Stammgäste ins Gespräch gekommen sei, einem Angestellten im mittleren Management bei Amazon, der gern in ein kleines gastronomisches Gewerbe investieren wolle. »Wir waren heute in der Stadt und haben uns eine freistehende Fläche angeschaut«, berichtete Victor ihr begeistert. »Es wäre absolut perfekt. Ich muss es dir unbedingt zeigen.«

Kelli war von den Räumen ebenfalls begeistert, und ehe sie sichs versah, hatte Victor den Vertrag unterschrieben, und sie begannen, sich über die Inneneinrichtung Gedanken zu machen. Es war genau so, wie sie es sich an jenem ersten Abend ausgemalt hatte, als er sie nach der Arbeit nach Hause gefahren hatte. Für sie war es mehr als nur ein Restaurant – sie bauten sich eine gemeinsame Zukunft auf. Sie planten den Rest ihres Lebens. Wenn Ava im Jahr darauf eingeschult würde, könnte Kelli jeden Tag im Loft mit anpacken und Victor helfen, ihren Traum zu verwirklichen. Sie würde bedienen oder den Service managen. Sie würde jede Arbeit machen, die anfiel, alles, was Victor von ihr wollte. Aber noch ehe sämtliche Genehmigungen für den Umbau bewilligt waren, begann Kelli morgens übel zu werden – genauso wie damals, mit neunzehn. »Bist du schwanger?«, fragte Victor sie, als Kelli an dem Morgen, als sie einen Termin mit dem Bauunternehmer hatten, aus dem Bad gestolpert kam.

»Ich glaube, ja«, sagte Kelli. »Ich bin schon ein paar Wochen drüber.« Zuerst hatte sie sich nichts dabei gedacht, als ihre Regel ausgeblieben war. Sie kam nie pünktlich, besonders dann, wenn ihr Gewicht mal wieder im Keller war.

Kurz blitzte Panik in Victors Augen auf, war aber ebenso schnell wieder verschwunden. »Vielleicht wird es ein Junge«, meinte er sanft.

»Hoffentlich«, sagte Kelli, gerade als Ava hereinplatzte und zu Victor ins Bett sprang.

»Daddy!«, kreischte sie und schlang die Arme um seinen Hals.

»Ummpf!«, machte Victor. »Wo brennt's denn, Kleines?«

Sie wich zurück und sah ihn ganz ernst an. »Es brennt doch nicht in echt!«, rief sie. »Aber wenn, dann würde ich die Feuerwehr rufen und ganz schnell nach draußen rennen, so wie in der Schule, als wir geübt haben.«

Victor gab Ava einen Kuss auf die Wange. »Sehr gut. Wie bist du nur so ein kluges Mädchen geworden?«

Ava zuckte mit den Schultern. »Weiß nicht. Einfach so.«

Kelli lächelte, als sie die beiden beobachtete. Sie konnte sich nicht erinnern, dass ihr Vater sie jemals so lange in den Armen gehalten oder so liebevoll mit ihr gesprochen hätte. Sie ging zu ihnen und gab Ava einen dicken Kuss. »Weißt du was, mein kleiner Schatz?«, sagte sie. »Mama hat vielleicht ein Baby in ihrem Bauch. Dann würdest du eine große Schwester werden und ein kleines Geschwisterchen bekommen.«

Einen Augenblick war Ava ganz still, dann schaute sie zwischen ihren Eltern hin und her. »Bekomme ich dann eine Schwester?«

»Vielleicht«, sagte Victor. »Es könnte auch ein Junge werden.«

»Uuuh!«, kreischte Ava und verzog das Gesichtchen. »Wenn es ein Junge wird, können wir den dann umtauschen?« Kelli und Victor mussten beide lachen und kuschelten sich mit ihrer Tochter ins warme Bett.

Ein Test bestätigte, dass Kelli tatsächlich wieder schwanger war. Sobald es ihr morgens besser ging, half sie Victor weiter bei den Vorbereitungen für die Eröffnung, die mit jedem Tag näher rückte. Mit der Aussicht auf Beförderung vom Sous-Chef zum Küchenchef köderten sie Victors besten Freund Spencer und warben ihn dem Restaurant ab, in dem sie vorher alle drei gearbeitet hatten. Während die Männer sich an die Menüplanung machten, legte Kelli letzte Hand ans Interieur. Diesmal versetzte ihre Schwangerschaft sie nicht in helle Panik, denn sie wusste, was sie zu erwarten hatte. Wenige Tage vor der geplanten Eröffnung des Loft kam Max nach kurzen Wehen auf die Welt. Das Geld wurde langsam knapp, und Victor war klar, dass er viel mehr würde arbeiten müssen als in seinem alten Job.

»Kein Problem«, versicherte ihm Kelli, als er ihren in eine hellblaue Decke gewickelten Sohn in den Armen hielt. »Diane hat versprochen, mir zu helfen. Und Ava ist ja jetzt fast sieben. Sie kann auch ruhig etwas tun. Wir schaffen das schon.« Und dann war sie, noch im Krankenhausbett, wie aus heiterem Himmel in Tränen ausgebrochen. Plötzlich vermisste sie ihre Mutter mehr als jemals zuvor. Sie wünschte sich eine Mutter wie Eileen, eine warmherzige Frau, die sich liebevoll um ihre Enkel kümmerte, jemand, der ihr mit den Kindern half. Sie wünschte sich eine Mutter, die sie aus tiefstem Herzen und bedingungslos liebte, so wie Kelli ihre Kinder. Wie konnte es sein, dass ihre Eltern sie nicht sehen wollten? Manchmal fragte Kelli sich, ob sie nicht froh waren, erleichtert, dass sie damals einfach weggegangen war und ihre Eltern nicht mehr ständig daran erinnert wurden, was sie ihretwegen hatten durchmachen müssen. Kelli fragte sich, ob sie ihr jemals verzeihen würden.

Sie merkte, wie Victor sich anspannte, als er ihre Tränen sah. »Bist du dir sicher, dass du zurechtkommst?«, fragte er besorgt.

Genau in diesem Moment kam eine Krankenschwester ins Zimmer, mit Ava im Schlepptau. »Das sind die Hormone«, versicherte sie Victor. »Völlig normal.« Kelli hatte das Gefühl, dass es viel schlimmer war, dass etwas tief innen an ihr zehrte, wie eine heimtückische Krankheit. Aber sie hoffte, dass die Schwester recht hatte.

Ava kam angerannt, kletterte aufs Bett und fiel ihrer Mutter um den Hals. »Es ist ein Mädchen, ja?«, fragte sie aufgeregt. Gleich nach dem Ergebnis des Ultraschalls hatten sie ihr gesagt, dass sie einen kleinen Bruder bekäme, aber sie schien davon überzeugt, nur fest genug daran glauben zu müssen, um doch noch die ersehnte Schwester zu bekommen. »Ach, Mist!«, rief sie, als Victor ihr noch einmal erklärte, dass Max ein Junge sei. Besorgt schaute sie ihre Mutter an. »Aber du hast mich noch lieb, oder? Ich bin immer noch deine Lieblingstochter.«

»Natürlich bist du das«, sagte Kelli lächelnd und wischte sich verstohlen die Tränen von den Wangen. »Und Max ist mein Lieblingssohn.«

»Hmmm«, machte Ava. »Und was ist mit Dad?«

Noch immer lächelnd sah Kelli Victor an. »Euer Daddy ist mein absoluter Lieblingsmann.« Victor reichte ihr Max, als wäre er etwas ganz Kostbares, Zerbrechliches, und die Liebe, die sie dabei in seinen Augen sah, würde ihr genügen, alles zu überwinden, was sich ihr in den Weg stellen mochte. Nach all dem, was sie falsch gemacht hatte, wusste Kelli, dass dies ihr Leben war, wie es sein sollte. Besser würde es nicht werden.

Grace

Nachdem Victor Max und Ava trösten gegangen war, blieb ich auf dem Sofa sitzen, starrte an die Wand über dem Kamin und wartete. Worauf genau, wusste ich nicht. Vielleicht darauf, dass er zurückkam und mich um Hilfe bat. Dabei wusste ich ja selbst nicht, welche Hilfe ich sein könnte. Ava wollte ganz klar nichts mit mir zu tun haben, was ich in gewisser Weise sogar verstehen konnte. Sie hatte gerade den schwersten Verlust ihres Lebens erlitten; eine Frau, die sie nur ein paar Mal im Monat sah, würde kaum ihre erste Anlaufstelle sein, um Trost zu finden.

»Es war noch nie leicht, an Ava heranzukommen«, hatte Victor mir eines Abends im Januar versichert. Er hatte die Kids gerade bei ihrer Mutter abgeliefert, und ich hatte meinem Gefühl Luft gemacht, dass ich den Eindruck hätte, Ava *wolle* mich überhaupt nicht mögen – ganz gleich, was ich tat.

»Sie braucht ein bisschen Zeit, um mit jemandem warm zu werden«, hatte Victor erklärt. »Nimm es nicht persönlich. Es liegt an ihr, nicht an dir, okay? Irgendwann taut sie schon auf.«

Ich hatte genickt, aber ganz ehrlich – wie sollte ich es denn *nicht* persönlich nehmen? Obwohl ich mir immer wieder ins Bewusstein rief, dass sie vermutlich jede Frau, mit der ihr Vater zusammen gewesen wäre, genauso behandelt hätte, kam mir doch manchmal der Gedanke, dass sie meine Unsicherheit spürte, mein Bedürfnis, von ihr gemocht zu werden, und dass sie deshalb erst recht auf Abstand ging. Vielleicht hatte Victor ja recht. Vielleicht musste ich ihr einfach Zeit lassen.

Jetzt lag ich also hier auf der Couch, während ich Victor zwischen den Zimmern seiner Kinder hin- und hergehen hörte, machte mir Gedanken, welche Rolle ich in ihrem Leben spielen könnte, während ich ihr Weinen hörte und wie er sie abwechselnd zu trösten versuchte. Mein ganzer Körper spannte sich an bei der Vorstellung, wie unser Alltag sich verändern würde, wenn die Kinder bei uns lebten – Hausaufgaben, regelmäßige Mahlzeiten, die unvermeidlichen Streitereien. Ich wusste wirklich nicht, ob ich das schaffen würde, konnte mir aber auch nicht vorstellen, jetzt einfach wegzulaufen, meinen Verlobten und seine Kinder inmitten ihrer Trauer allein zu lassen. Mehr noch, ich *wollte* es nicht. Ich war es mir schuldig, jetzt nicht zu kneifen.

Plötzlich fiel mir ein Gespräch mit einer ehemaligen Kollegin ein, ich war damals Ende zwanzig gewesen. Sie hieß Barb und war frisch aus ihrer Elternzeit zurück; es war ihr viertes Kind. Ich konnte mich noch gut daran erinnern, wie sie von diesen drei Monaten geschwärmt hatte, die sie ganz mit ihren Kindern hatte verbringen können.

»Wird dir das nicht irgendwann zu viel?«, hatte ich sie gefragt. »Ich meine, mit *vier* Kindern …?« Meiner Mutter mit Sam zu helfen war anstrengend genug gewesen, ich konnte mir kaum vorstellen, wie man sich gleichzeitig noch um drei weitere Kinder kümmern sollte. Allein die Vorstellung machte mir Angst. Ich sah Babys vom Sofa fallen, Essen an die Wand spritzen, aufgekratzte Kleinkinder, die aus dem Haus auf die Straße rannten, ehe ich sie aufhalten konnte.

Barb lachte über meine Frage. »Manchmal schon. Wenn sie einen Heidenlärm machen, alle zur gleichen Zeit etwas von mir wollen und ich das Gefühl habe, in die Luft zu gehen, wenn ich nur noch einen Mucks höre.« Sie machte eine Pause und lächelte verträumt. »Erst als Mutter weißt du, was Liebe wirklich bedeutet. Es ist ein überwältigendes Gefühl, das man nur verstehen kann, wenn man selbst ein Kind hat. Es wiegt alle Schwierigkeiten auf und ist jede Minute wert.«

Ich wusste noch, wie anmaßend ich ihre Worte gefunden hatte, als wolle sie sagen, meinem Herzen mangele es an etwas, nur weil ich keine Kinder hatte. Aber sie hatten mich auch zum Nachdenken gebracht, und manchmal fragte ich mich, ob ich mir nicht etwas entgehen ließ, wenn ich nicht Mutter wurde, ob Kinder nicht doch einen besseren Menschen aus mir machen würden. Barb hatte vier Kinder und arbeitete Vollzeit, es war also keineswegs so, als hätte sie ihren Beruf aufgegeben, nur um Mutter zu sein. Viele meiner Kolleginnen brachten Beruf und Familie bestens unter einen Hut – es war also möglich; ich wusste nur nicht, ob *ich* es könnte.

Melody schien die Einzige zu sein, die genau verstand, was ich meinte. »Ich glaube, entweder du hast das Mommy-Gen, oder du hast es nicht«, meinte sie einmal, als wir über ihre laut tickende biologische Uhr sprachen. »So ähnlich wie schwul sein, schätze ich. Entweder du bist es, oder du bist es nicht. Du *weißt* es einfach.«

»Na, toll«, sagte ich lachend. »Mein Bruder hat das Schwulen-Gen erwischt, und an mir sind dafür alle Mommy-Gene vorbeigerauscht. Meine arme Mutter.« Ich wusste, wie schwer meine Mutter sich mit dem Gedanken tat, dass ihre Kinder sie wahrscheinlich niemals zur Großmutter machen würden. Ich fühlte mich schuldig, ihr diese Erfahrung vorzuenthalten, denn letztlich sah ich mich hier doch mehr in der Pflicht als meinen Bruder. Aber selbst ein schwerer töchterlicher Schuldkomplex konnte mich nicht davon überzeugen, dass ich eine gute Mutter abgeben würde. Als ich Victor kennenlernte, hatte ich mir vorgenommen, an meinen Ängsten zu arbeiten. Und jetzt, wo er allein für Max und Ava sorgen musste, konnte ich nicht einfach vor diesen Ängsten kapitulieren und verschwinden. Es käme einem Verrat gleich – an mir, an Victor und vor allem an den Kindern.

Ein Blick auf die Uhr an der Wand neben dem Bücherregal zeigte mir, dass es schon nach zehn war. Die Stunden waren einfach so zerronnen. Victor war noch immer bei den beiden; ihr Weinen war so herzzerreißend, dass es mir die Brust zuschnürte. Ich musste an meine ersten Klientengespräche bei Second Chances denken, wenn die Frauen, die zu uns kamen, völlig ungeschützt ihre Not preisgaben, ihr Schmerz wie eine offene Wunde. Es war kaum möglich, das wahre Ausmaß ihres Leids zu ergründen, genauso wie es mir jetzt bei Max und Ava unmöglich war.

Mühsam stand ich auf und machte mich auf den Weg ins Bett, mein Körper schmerzte vor Müdigkeit. Nach einer langen, heißen Dusche schlüpfte ich unter die Decke und versuchte mich mit Fernsehen abzulenken, während ich auf Victor wartete. Ich hätte nicht gedacht, dass ich schlafen könnte, und doch wachte ich wenig später davon auf, dass Victor mich sanft an der Schulter berührte. Der Fernseher lief noch. »Würde es dir etwas ausmachen, in eins der Kinderzimmer oder auf die Couch umzuziehen?«, flüsterte er. »Tut mir leid, aber ich habe das Gefühl, die beiden könnten vielleicht schlafen, wenn sie zu mir ins Bett kämen.«

Ich blinzelte ein paar Mal und schaute auf den Wecker. *Mitternacht.* Ich nickte. »Ja, klar«, sagte ich mit rauer, verschlafener Stimme, tastete nach der Fernbedienung und schaltete den Fernseher aus. »Kein Problem. Kommst du denn zurecht?«

Er zuckte mit den Schultern. »Ich weiß es nicht.« Seine Stimme klang, als hätte auch er geweint. »Ich versuche einfach, für sie da zu sein. Mehr kann ich gerade nicht tun.«

Ich setzte mich vor auf die Bettkante, legte die Arme um ihn und ließ meine Wange an seiner Schulter ruhen. »Ich liebe dich.« Ich wusste nicht, was ich sonst hätte sagen sollen.

Er wich ein wenig zurück und küsste mich sacht. »Ich bin so froh, dass du hier bist.«

»Ich auch«, sagte ich und hörte die Worte noch nachhallen, als ich aufstand und zurück ins Wohnzimmer ging, wo ich mich fragte, ob mich diese zwei kleinen Worte gerade zur Lügnerin gemacht hatten.

Ava

Ich bekam keine Luft mehr. Ich lag auf meinem Bett, Tränen liefen mir über die Wangen, und meine Lungen blähten sich gegen meine Rippen. *Atmen*, sagte ich mir, und sie ließen wieder ein klitzekleines bisschen Luft rein. *Mama ist tot. Oh mein Gott, sie ist tot.*

Daddy kam in mein Zimmer und legte sich zu mir, legte seinen Arm um mich und vergrub sein Gesicht an meinem Hals. »Es tut mir so leid, Kleines«, flüsterte er, seine Worte halb erstickt in meinem Haar.

Ich schüttelte den Kopf und vergrub mein Gesicht noch tiefer im Kissen, spürte den Stoff an meinen Wangen reiben. Anschreien wollte ich ihn, dass er mich in Ruhe lassen sollte, dass er doch abhauen und zu Grace gehen sollte. *Lass mich in Ruhe, lass mich in Ruhe.* Die Worte hämmerten laut in meinem Kopf, aber ich konnte sie nicht aussprechen. Ich konnte überhaupt nichts sagen. Immerzu sah ich Mamas Gesicht vor mir, konnte nichts spüren als diesen Schmerz in meiner Brust, der sich anfühlte wie tausend Nadelstiche auf meiner Haut.

»Ich gehe mal kurz nach Max schauen, ja, mein Schatz?«, sagte Dad. Seine Stimme klang, als würde er auch gleich anfangen zu heulen. Nebenan hörte ich meinen Bruder. Seine hohen, erstickten Schreie drangen durch die Wand. »Ich bin gleich wieder zurück.«

Noch immer brachte ich kein Wort heraus. Es gab einfach nichts zu sagen. Leise schloss er die Tür hinter sich, und ich riss meinen Mund weit auf, spürte, wie alles in mir sich immer fester zusammenzog. Ich wollte schreien, wollte diesen Schmerz aus meinem Körper bekommen, aber es kam kein Laut. Nur Tränen.

Sie war fort. Meine Mama war fort. Nie wieder würde sie mich in den Arm nehmen, mir nie wieder sagen, wie klug ich wäre und wie hübsch. In meinem Kopf lief eine Diashow ab, ein Bild folgte dem anderen: Mama, die nachts zu mir ins Bett kam, mir über den Rücken strich und ein leises Schlaflied sang, damit ich einschlafen konnte. Mama, wie sie Hühnersuppe mit Zitrone kochte, die sie immer machte, wenn Max oder ich krank waren. Eine lachende Mama mit leuchtenden blauen Augen. Mama, die mit uns in ihrem Bett kuschelte, Max auf der einen Seite, ich auf der anderen. Mama, wie sie weinte und uns sagte, dass Daddy nicht mehr nach Hause käme. Die uns sagte, dass wir jetzt allein wären, nur noch wir drei. Mama, wie sie mich heute Morgen umarmt und mir gesagt hatte, wie lieb sie mich hatte.

»Mama«, brach es aus mir heraus, meine Stimme nur ein Krächzen, das mir in der Kehle brannte. »Bitte nicht, Mama, *nein!*« Wie konnte sie einfach fort sein? Eben noch da und im nächsten Augenblick für immer verschwunden? Das konnte nicht sein. Es *durfte* nicht sein. Heute früh war sie doch noch da gewesen. Aber irgendwas hatte nicht gestimmt mit ihr. Ihr war schwindelig gewesen, und nur weil sie gesagt hatte, es wäre nicht weiter schlimm, hatte ich nicht weiter drauf geachtet. Ich hätte es wissen sollen. Ich hätte merken müssen, dass etwas nicht mit ihr stimmte. Irgendetwas hätte ich doch sicher tun können. Ihr sagen, dass sie zum Arzt gehen sollte. Oder Diane Bescheid sagen, dass Mama sich nicht wohlfühlte. Stattdessen war ich zur Schule gegangen. Als sie uns vor der Schule abgesetzt hatte, hatte ich ihr zum Abschied nicht mal einen Kuss gegeben, weil ich nicht wollte, dass die andern es sahen und dachten, ich wäre noch ein Baby, so wie Max. Jetzt würde ich *nie mehr* einen Kuss von ihr bekommen. Sie würde nicht dabei sein, wenn ich mich für mein erstes Date zurechtmachte oder mir mein Kleid für den Abschlussball aussuchte. Sie würde mich nicht an meinem ersten Tag am College begleiten oder mir zeigen, wie man Eyeliner aufträgt, was sie mir versprochen hatte, sobald ich sechzehn wäre. Jetzt wäre sie nicht mal mehr *da*, wenn ich sechzehn wurde. Ich war allein. *Mutterseelenallein.* Ich hatte das Gefühl, von einer steilen Klippe zu stürzen, immer tiefer zu fallen und hilflos mit den Armen nach einem Ast zu greifen – nach etwas, *irgend*etwas, woran ich mich festhalten konnte. Etwas, das mich retten würde.

Es kann nicht wahr sein. Das Krankenhaus muss da etwas verwechselt haben. Ich hätte es gemerkt, wenn sie krank gewesen wäre. Ich hätte es gewusst. Natürlich hatte ich gemerkt, dass sie diese Woche schlecht drauf gewesen war, noch abwesender als sonst, aber sie hatte nicht den Eindruck gemacht, als ob sie *sterben* könnte. Seit Montag war sie so seltsam gewesen. Als sie uns von der Schule abgeholt hatte, war ihr Eyeliner verschmiert gewesen, und sie hatte rote Flecken im Gesicht und am Hals gehabt, so wie immer, wenn sie geweint hatte. Max war es nicht aufgefallen, aber mir. Der Anblick war mir längst vertraut.

Sie fuhr mit uns zum Jugendzentrum, wo Max sein Basketballtraining hatte. Als wir auf der Tribüne saßen und meinem Bruder zusahen, wie er mit seinen Freunden quer über den Platz rannte, nahm ich ihre Hand. »Was ist los?«, fragte ich. Manchmal erzählte sie mir, was sie bedrückte. Dass sie einsam war oder Angst hatte, wir könnten unsere Rechnungen nicht bezahlen. Heute sagte sie nichts, aber so schnell gab ich nicht auf.

»Mir geht gerade sehr viel durch den Kopf«, sagte sie nur. »Ich habe heute mit deinem Vater gesprochen.«

»Worüber?«

»Erwachsenenkram«, sagte sie. Ich verdrehte die Augen. Davon konnte ich ein Lied singen. Ich sammelte seit Jahren die Scherben von ihrem »Erwachsenenkram« mit Dad auf. Tröstete sie, wenn sie weinte, scheuchte sie aus dem Bett, wenn sie gar nicht erst aufstehen wollte, so wie damals, als Dad gerade ausgezogen war. Es verunsicherte mich total, dass sie mal versuchte, meine Mutter zu sein, und dann wieder völlig hilflos war. In der einen Minute stark und unabhängig, in der nächsten in Tränen aufgelöst. Es machte mich nervös, dass ich nie wusste, woran ich bei ihr war. Mir fehlte die Mutter, die sie mal gewesen war, früher, bevor Daddy uns verlassen hatte.

»Er hat mich gebeten, es euch nicht zu erzählen«, sagte sie. Mein Bauch krampfte sich zusammen. Ich wusste, dass sie es nicht mit Absicht machte, aber ich konnte es nicht leiden, wenn sie Sachen sagte, die Dad schlecht dastehen ließen. Ich wurde richtig wütend und zog meine Hand weg, tat so, als fände ich es total spannend, Max beim Dribbeln zuzuschauen. Der Ball landete vorn auf seinem Turnschuh und schoss quer durch die Halle. »Ich hab ihn!«, rief er, ehe einer der anderen loslief. Mein Bruder schnappte sich den Ball, versuchte wieder zu dribbeln – und wieder prallte er von seinem Schuh ab. Der Trainer rief ihm zu, er solle jetzt endlich abspielen, aber Max ließ sich nicht stören. Er jagte dem Ball hinterher, fing ihn ein und zielte auf den Korb. »Treffer!«, johlte er, als der Ball glatt durch den Ring ging, und vollführte einen kleinen Freudentanz mitten auf dem Platz. Ich musste lächeln. Er war schon ein Spinner, mein kleiner Bruder.

Dann überlegte ich, was es war, von dem Dad nicht wollte, dass Mama es uns erzählte. Aber weit kam ich nicht. Es hätte alles Mögliche sein können. Ich nahm mein Telefon und simste Bree: »Meine Mom nervt«, und sie simste zurück: »Meine auch.«

Mama stupste mich an. »Hey«, sagte sie. »Bist du etwa sauer auf mich?«

»Nöö«, sagte ich. »Ich schau nur Max zu.«

»Tust du nicht. Du simst.« Sie griff nach meinem Telefon. »Erzähl doch mal was.«

»Mensch, Mom«, sagte ich genervt und hielt mein Telefon so, dass sie nicht rankam. »Ich hab jetzt keine Lust zu reden, was dagegen?« Sie verzog das Gesicht, Tränen schossen ihr in die Augen, und ich fühlte mich sofort ganz schrecklich. Seufzend legte ich den Arm um sie. »Tut mir leid, okay? Ich bin einfach nur müde.«

Sie legte den Kopf auf meine Schulter und fuhr sich mit der Hand über die Augen. »Ich auch, mein Kleines. Ich auch.«

Wusste sie da schon, dass sie krank war?, fragte ich mich jetzt, als ich weinend auf meinem Bett lag. Wollte sie, dass Daddy es uns sagte und nicht sie, weil er mit so was besser umgehen konnte? Vielleicht hatte sie gewusst, dass etwas mit ihr nicht stimmte, als ich da mit ihr auf dieser harten Tribüne gesessen hatte. Vielleicht hatte sie gewollt, dass ich sie dazu bringe, es mir zu erzählen, es aus ihr herauszukitzeln, wie ich es schon so oft getan hatte, wenn irgendwas mit ihr los war. Ich hatte sie im Stich gelassen. Ich war genervt gewesen und hatte sie ignoriert. Wahrscheinlich hätte ich Dad sagen sollen, dass irgendwas nicht stimmte. Ich hätte ihn anrufen und ihm erzählen sollen, wie schlecht es ihr ging, dass sie nicht schlafen konnte und immer noch andauernd weinte. Nichts davon hatte ich getan, und jetzt war sie tot.

Auf einmal spürte ich den Schmerz in meinem Körper anschwellen und sich von innen gegen meine Haut pressen. Ich warf mich herum, um dem wachsenden Druck in meinem Innern zu entkommen. »Nein, nein, *nein*«, heulte ich, und ganz plötzlich, ohne jede Vorwarnung, explodierte der Schmerz, schnitt scharf durch die Muskeln meiner Brust und schoss zu meinem Mund heraus. Ich schrie in mein Kissen, und heiße Tränen brannten mir auf den Wangen. Ich schlug auf die Wand ein, spürte kaum den Schmerz in meinen Knöcheln, und schlug noch einmal zu. Meine Schreie drohten mich zu ersticken, bis – endlich – Daddy zurück in mein Zimmer gerannt kam.

»Oh Ava, Schätzchen«, sagte er, zog mich in seine Arme und versuchte, mich still zu halten.

Ich wehrte mich und versuchte, ihn wegzustoßen, aber es war zwecklos. Er war stärker; er würde mich nicht loslassen. »Ich bin ja hier, Kleines«, sagte er. »Alles wird gut. Alles wird wieder gut.«

»Nein!«, schrie ich, aber er hielt mich nur noch fester. Und dann begann ich auf einmal zu schluchzen, und der Schmerz sickerte langsam aus mir heraus. Es war, als würde mein Körper sich in die Umarmung meines Vaters fallen lassen, aber ich wusste, dass er unrecht hatte.

Er konnte sagen, was er wollte, es würde niemals wieder gut werden.

Grace

Am nächsten Morgen wollte ich Victor nicht mit den Kindern allein lassen, war mir aber auch nicht sicher, inwiefern – oder ob – meine Anwesenheit helfen würde. Max hatte Schoko-Pops gefrühstückt, wir anderen hatten keinen Appetit. Uns allen lagen dunkle Schatten unter den Augen, und zum Reden war niemand auflegt. Ava würdigte mich keines Blickes. Nachdem die Kids sich vor den Fernseher geflüchtet hatten, gingen Victor und ich ins Schlafzimmer, um zu reden. Wir saßen uns auf dem Bett gegenüber, er hielt seine Hände um meine geschlossen.

»Es tut mir leid, dass ich dich gestern Abend so angefahren habe«, sagte er.

»Schon gut.« Ich lächelte müde. »Kann ich irgendetwas tun?«

»Ich weiß nicht«, seufzte er, und seine Augen füllten sich mit Tränen. »Die Kinder sind völlig am Ende, Grace. Ich komme mir so hilflos vor. Sie brauchen mich jetzt, und ich will sie nicht allein lassen, müsste aber auch mal kurz zu ihrem Haus fahren, ihnen Kleider holen und ein paar Sachen erledigen. Kelli wollte keine Beerdigung, aber ich dachte mir, dass wir vielleicht hier bei uns eine kleine Gedenkfeier machen könnten. Vielleicht diesen Donnerstag? Außerdem muss ich mich darum kümmern, dass jemand mich bis mindestens nächste Woche im Restaurant vertritt …«

Auf einmal schlich sich Panik in seine Stimme, und ich hob beschwichtigend die Hand. »Das kann ich doch machen, kurz rüberfahren und ihre Sachen holen. Die beiden brauchen dich hier dringender, als sie mich brauchen.« *Oder wollen*, dachte ich, denn Avas zornige Worte vom Abend zuvor klangen mir noch in den Ohren.

Zweifelnd sah er mich an. »Würdest du das wirklich tun?«

»Warum nicht? Wenn du sie fragen könntest, was ich ihnen mitbringen soll … irgendwelche Lieblingsklamotten oder so?« Als er nickte, atmete ich unmerklich auf, erleichtert, endlich etwas *tun* zu können. Dann kam mir ein ganz anderer Gedanke. »Hast du ihre Eltern angerufen?«

Victor nickte. »Gleich gestern, noch vom Krankenhaus aus.« Er seufzte. »Ich bin mir aber nicht sicher, ob ihre Mutter es begriffen hat, ob sie verstanden hat, was ich gesagt habe. Sie klang irgendwie … verwirrt.«

»Wie – verwirrt?«

»Geistig nicht ganz anwesend. Die beiden sind nicht mehr die Jüngsten – Ende siebzig, glaube ich. Vielleicht ist sie ja dement oder so.« Er schwieg kurz, und als ich nickte, fuhr er fort: »Sie meinte auf jeden Fall, dass sie nicht kämen.«

»Was?«, fragte ich ungläubig. Ich wusste, dass Kelli mit ihren Eltern kaum noch Kontakt gehabt hatte, aber was waren das für Menschen, die weder ihre Enkelkinder besuchen kamen noch sich jetzt ein letztes Mal von ihrer einzigen Tochter verabschieden wollten? »Was ist eigentlich zwischen ihnen und Kelli vorgefallen?«, fragte ich Victor. Bislang hatte ich das Gefühl gehabt, dass es mich nichts anging, aber jetzt auf einmal schien es mir wichtig, Bescheid zu wissen. »Was um alles in der Welt kann denn *so* schlimm gewesen sein?«

»Sie hat nicht gern darüber geredet«, meinte Victor mit einem schweren Seufzer. »Ihre Eltern waren sehr konservativ – streng, religiös – und Kelli schon immer recht lebenslustig. Genau das mochte ich an ihr.«

Als ich ihn das sagen hörte, wurde mir ganz flau im Magen, aber ich versuchte, mir nichts anmerken zu lassen. Immerhin war er mit ihr *verheiratet* gewesen, das heißt, irgendwann einmal musste er sie genauso geliebt haben wie mich. Gerade jetzt war es nur verständlich, dass er über seine Gefühle für sie redete, und ich sollte erwachsen genug sein, das zu verstehen. Unwillig schüttelte ich den Kopf und versuchte mich wieder auf das Wesentliche zu konzentrieren. »Ja, schon, aber sie ist ihre *Tochter!*«

»Wenn sie nicht gekommen sind, als sie noch lebte, warum sollten sie es dann jetzt tun, wo sie ...«, er schluckte und tat sich sichtlich schwer mit den nächsten Worten, »... tot ist.« Er räusperte sich.

»Stimmt«, sagte ich. »Aber traurig ist es dennoch.« Meine Großeltern lebten an der Ostküste, weshalb Sam und ich sie als Kinder nur selten gesehen hatten, aber sie hatten uns zum Geburtstag immer eine Karte und zu Weihnachten Geschenke geschickt. Auch wenn sie nicht da waren, wusste ich, dass sie an mich dachten, und ich war mit dem Gefühl aufgewachsen, dass sie mich liebten.

»Allerdings«, pflichtete Victor mir bei und schien dann schnell das Thema wechseln zu wollen. »Und, wie kommst du so zurecht? Wie geht es dir?« Es schien eine harmlose Frage, die den Umständen kaum gerecht wurde.

Ich zuckte mit den Schultern und lächelte ausweichend. »Kommt es darauf an? Sollte ich nicht eher fragen, wie es *dir* geht, dir und den Kindern?« Ich merkte sofort, dass meine Antwort ihm nicht genügte. Aber eine andere hatte ich nicht. In mir herrschte Chaos, und ich musste tief durchatmen, ehe ich weitersprach. »Ich glaube, es ist für uns alle im Augenblick nicht leicht. Etwas Schreckliches ist geschehen. Es ist erschütternd.«

Victor seufzte und griff nach meinen Händen. »Es hätte unser großes Wochenende werden sollen. Wir wollten den Kindern von unserer Verlobung erzählen, und jetzt …«

»Jetzt ist alles ganz anders gekommen«, beendete ich den Satz für ihn. »Aber auch wenn wir es den Kids erst mal nicht erzählen, sind wir immer noch verlobt. Daran ändert sich nichts, auch wenn wir ihnen im Augenblick erst mal über das Schlimmste hinweghelfen müssen.«

»Das sollte nicht deine Aufgabe sein«, erwiderte er ruhig und sah mich an. »Ich weiß, dass du dir das so nicht vorgestellt hast – dass die Kinder dauernd bei uns leben, meine ich. Auch mich überfordert die Vorstellung noch etwas, und ich hätte vollstes Verständnis dafür, wenn du das nicht möchtest.« Er sprach leise, doch seine Worte waren klar und deutlich.

Ich schluckte und fragte mich, ob man mir meine Angst und meine Zweifel so deutlich angemerkt hatte. Ich hielt es für das Beste, ganz ehrlich zu sein. »Es wäre eine große Herausforderung. Und ich würde lügen, wenn ich behauptete, dass sie mir nicht auch Angst macht.«

Noch während ich es sagte, erkannte ich, dass auch er Angst hatte, und in diesem Augenblick musste meine Entscheidung gefallen sein. Ich würde ihn nicht verlassen. Ich konnte es nicht. Nicht jetzt. Ich konnte ihn jetzt unmöglich allein lassen. Ich streckte die Hand nach ihm aus und strich ihm die Haare aus der Stirn. »Ich weiß, dass du stark bist und das auch allein schaffen würdest. Aber das brauchst du nicht. Ich bin für dich da.«

»Danke«, sagte Victor, und seine Augen verdunkelten sich. »Aber eins möchte ich trotzdem klarstellen: Mach dich nicht verrückt, weil du glaubst, du müsstest für die Kinder sorgen. Das mache ich schon. Es sind meine Kinder. Ich trage die Verantwortung. Unser Leben wird sich ändern, weil sie jetzt hier bei uns leben, aber das muss nichts an unserer Beziehung ändern. Ich möchte dich als meine Partnerin, nicht als ihre Mutter, okay?«

Ich nickte. Seine Worte gaben mir Auftrieb. Wir küssten uns, dann ging er zu den Kindern, und ich duschte und zog mich an. Ich schickte Melody eine kurze Nachricht und fragte, ob sie mir gleich helfen könnte, in Kellis Haus die Sachen der Kinder zusammenzupacken, und sie antwortete umgehend: »Natürlich. Gib mir einfach die Adresse.« Das tat ich und ging dann in die Küche, wo Victor mir die beiden Zettel gab, auf denen Max und Ava aufgeschrieben hatten, was sie von mir mitgebracht haben wollten: *Lila Radio neben dem Bett*, hatte Ava geschrieben. *Orangefarbene Büroklammern. Haarspülung in grüner Flasche in der Dusche.* Dann folgte eine detaillierte Auflistung aller von ihr gewünschten Kleidungsstücke. Die Liste von Max war überschaubarer. *Jeans. Shirts mit coolem Zeugs drauf. Rote Taschenlampe und mein Iron-Man-Halloween-Kostüm (!). Moms blaue Decke von ihrem Bett.*

»Lass dir ruhig Zeit«, meinte Victor. »Und ruf mich an, wenn du Fragen hast.«

Meine Mutter hatte sich in der Zwischenzeit auf meinen Anruf von gestern gemeldet und mir eine Nachricht auf die Mailbox gesprochen. Im Auto setzte ich mein Headset auf und wollte sie während der Fahrt zu Kellis Haus zurückrufen. Wahrscheinlich war sie in ihrem Garten, wo sie, seit sie vor zehn Jahren in Rente gegangen und von Seattle neunzig Meilen nordwärts nach Bellingham gezogen war, den Großteil ihrer Tage verbrachte. Ich sah sie vor mir, wie ich sie von meinem letzten Besuch in Erinnerung hatte, in ihrem kleinen, liebevoll angelegten Garten hinter ihrem Haus – einer Strandhütte eher, mit weißen Holzschindeln und zwei winzigen Zimmern – am Lake Whatcom. Es war Anfang September gewesen, zu Beginn des Indian Summer, und in der Morgensonne hatte das Laub in ihrem Garten in wunderbar kräftigen Herbstfarben geleuchtet. Meine Mutter war zweiundsechzig, doch nur die schon etwas erschlaffte Hautpartie unterhalb des Kinns und die tiefen Falten um Mund und Augen verrieten ihr Alter. Sie war noch immer eine schöne Frau. Ihre rotgrauen Locken hatte sie mit einem breitkrempigen Strohhut gebändigt, dazu trug sie, was sie mit leiser Ironie ihre »Mom-Uniform« nannte: Jeans mit elastischem Bund, rosa Baumwollbluse und grasgrüne Arbeitshandschuhe.

Ich hatte vorgehabt, während der Fahrt mit ihr zu reden, aber als das Telefon jetzt bei ihr klingelte, wurde mir auf einmal bewusst, dass Ava in einer Stunde der Not nie wieder Kelli würde anrufen können. Nie wieder könnte sie bei ihrer Mutter Trost suchen. Ich musste rechts ranfahren, als Mom ans Telefon ging, und fing an zu weinen, als ich ihre Stimme hörte.

»Mama«, sagte ich und ließ den Tränen freien Lauf. Ich konnte mich nicht erinnern, wann ich sie zuletzt so genannt hatte. Für mich war sie immer Mom oder Mutter gewesen. Aber nicht jetzt. Nicht heute.

»Meine Süße, was ist denn los?«

Mein Hals war wie zugeschnürt, als ich zu sprechen versuchte. »Kelli … Victors Exfrau … ist tot.«

»Oh *nein!*«, sagte sie. »Was ist passiert?«

Ich erzählte ihr das Wenige, das ich wusste. »Ich mache mir solche Sorgen, dass sie sich umgebracht hat. Victor meinte, es hätte sie ziemlich mitgenommen, als er ihr Anfang der Woche von unserer Verlobung erzählte.«

»Grace«, erwiderte meine Mutter sanft, doch entschieden. »Jetzt mal nicht gleich den Teufel an die Wand, ja? Versprichst du mir das?«

»Versprochen.« Sie hatte recht. Wir kannten die genauen Umstände noch nicht. Es war dumm, voreilige Schlüsse zu ziehen.

»Und was ist mit den Kindern? Wie kommen die denn damit klar?« Sie war Max und Ava erst einmal begegnet, aber gleich nachdem ich ihr erzählt hatte, dass Victor und ich heiraten wollten, war mir klar, wie sehr sie sich auf die Aussicht freute, den beiden eine Ersatzoma zu werden. Als ich ihr jetzt erzählte, was Ava gestern Abend zu mir gesagt hatte, fing ich schon wieder an zu weinen. »Sie *hasst* mich.«

»Das glaube ich nicht, Schätzchen. Sie ist gerade nur sehr unglücklich. Sie hat ihre Mutter verloren. Und sie ist erst dreizehn. Überleg mal, wie *du* in dem Alter warst.«

»Als du Sam bekommen hast.« Ich schniefte leise und wischte mir mit dem Handrücken über die Augen. Ein Glück, dass ich mich heute Morgen gar nicht erst geschminkt hatte.

»Genau. Für dich war schon das nicht leicht. Jetzt versetz dich mal an Avas Stelle. Sie ist wütend, weil sie ihre Trauer nicht anders ausdrücken kann, Gracie. Sie hat gerade die wichtigste Bezugsperson in ihrem Leben verloren.«

»Ich weiß. Das verstehe ich. Mich macht das selber total fertig. Ich *leide* mit ihr. Und mit Max. Aber weißt du, ich habe keine Ahnung, was ich für die beiden tun soll … ob ich ihnen irgendwie helfen kann. Was, wenn ich das Falsche sage oder tue und alles nur noch *schlimmer* mache?« Meine Mutter erwiderte nichts, als wolle sie mir Zeit und Raum geben, mich auszusprechen. »Ich bin es nicht gewohnt, mich so ohnmächtig zu fühlen. Es ist *mein Job*, mit solchen Krisen umzugehen! Aber mit dieser Situation komme ich nicht klar. Ich weiß einfach nicht, was ich *tun* soll. Die beiden wollen mich nicht mal in ihrer Nähe haben!«

»Das muss aber nicht so bleiben, Grace. Warte einfach ab. Hast du mir nicht mal erzählt, dass viele deiner Klientinnen am Anfang oft nicht bereit sind, sich gefühlsmäßig auf Hilfe einzulassen, aber irgendwann fangen sie wie von selbst an, sich zu öffnen?«

»Schon, aber …« Ich wusste nicht, wie ich meine Ängste in Worte fassen oder wie ich ihr erklären sollte, wie tief sie in mir verwurzelt waren. Wie unzulänglich ich mich Kindern gegenüber oft fühlte – und das, obwohl ich mich zehn Jahre lang um Sam gekümmert hatte.

Wir schwiegen einen Moment, lauschten nur unserem Atem. Nach einer Weile, als meine Tränen langsam nachließen, sprach meine Mutter wieder, aber so leise, dass ich sie kaum hörte. »Bereust du es, mit Victor zusammengezogen zu sein?«

Es war typisch für meine Mutter, mir genau die eine Frage zu stellen, auf die ich keine Antwort hatte. Vielleicht konnte sie ja Gedanken lesen, oder sie verfügte über einen übernatürlichen Mutterinstinkt, der mir bislang entgangen war. Ich schüttelte den Kopf, obwohl sie mich natürlich nicht sehen konnte, und presste kurz die Lippen zusammen, ehe ich antwortete. »Wir wollten den Kindern an diesem Wochenende von der Verlobung erzählen.«

»Es tut mir so leid, was passiert ist, mein Schatz.«

»Mir auch«, schnaubte ich mit einem erstickten Schluchzen. »Ich habe den Ring extra abgenommen und in meine Handtasche gesteckt, damit sie ihn nicht sehen. So habe ich es mir nicht vorgestellt, meine Verlobung zu feiern.«

»Nichts ist perfekt, Grace«, sagte sie mit einem tiefen Seufzer. »Die Ehe mit deinem Vater hat mich immerhin eines gelehrt: Manchmal muss man sich einfach mit den Gegebenheiten abfinden und das Beste daraus machen.«

Er war schon wieder zu spät. Meine Abschlussparty von der Achten würde gleich in der Schulsporthalle beginnen, und wenn ich den letzten Bus noch erwischen wollte, musste ich in spätestens zehn Minuten aus dem Haus, sonst würde ich es nicht mehr schaffen. Ungeduldig marschierte ich im Wohnzimmer auf und ab und wartete darauf, dass mein Dad von seiner Schicht in der Werkstatt nach Hause kam. Meine Haare waren gelockt, mein Pony in Form gesprüht, und ich trug meine Moonwashed-Jeans von Guess, die ich letzte Woche secondhand bei Goodwill erstanden hatte. Weil meine Mom heute Abend arbeiten musste, hatte ich Dad beim Frühstück daran erinnert, dass er auf keinen Fall später als halb sieben nach Hause kommen dürfe.

»Na klar«, hatte er gemeint und mich mit seinen vom Schmierfett fleckigen Fingern in die Wange gekniffen. »Ich will doch nicht, dass mein kleines Mädchen die große Party verpasst.«

Jetzt saß ich hier fest mit meinem kleinen Bruder Sam, der drüben am Fenster in seinem Laufstall vor sich hin gluckste, an seinem Fläschchen nuckelte und wie gebannt auf das Mobile starrte, das sich leise über ihm drehte. Vor sieben Monaten war er auf die Welt gekommen, und zu dem Zeitpunkt hatte ich mich immer noch nicht ganz von der Tatsache erholt, dass meine Mutter *überhaupt* schwanger geworden war. Über Sex wusste ich im Grunde Bescheid, seit ich das Aufklärungsbuch gelesen hatte, das sie mir still und heimlich auf den Nachttisch gelegt hatte, als ich gerade mal neun gewesen war. Das Buch hatte mich auch ausführlichst über unerwarteten Haarwuchs aufgeklärt, der bald auf meinem Körper sprießen sollte, sowie über das wunderliche, gar nicht mehr ferne allmonatliche Ereignis, durch das ein Mädchen angeblich zur Frau wurde. Die Zeichnungen nackter Jungen mit Erektion fand ich hochgradig verstörend, und noch eine ganze Weile nach der Lektüre wagte ich kaum, meine Schulfreunde anzuschauen, aus Angst, dergleichen leibhaftig zu Gesicht zu bekommen.

Als sie im dritten Monat war, erzählte meine Mutter mir, dass sie ein Baby bekäme; nach sechs weiteren Monaten hielt ich Sam in meinen mageren, zittrigen Armen. Mit seinem kahlen, spitzen Schädel und den verquollenen, schrägen Augenlidern sah er wie ein winziger, puterrot verschrumpelter Alien aus. Es fiel mir schwer, nicht andauernd daran zu denken, dass er aus *der Vagina* meiner Mutter gekommen war – ein Ding der Unmöglichkeit, das ich mir so ähnlich vorstellte, wie mir einen Schweinebraten durchs Nasenloch zu schieben.

»Du kannst mir mit ihm helfen«, sagte sie im Krankenhaus zu mir. Die roten Locken standen ihr verschwitzt und zerzaust um den Kopf, und sie sah blass und schwach aus, müder als ich sie jemals gesehen hatte. Sie konnte kaum die Augen offen halten. »Babysitten, wenn ich nicht zu Hause bin.«

Damals hatte ich so eifrig genickt, dass meine eigenen roten Locken auf und ab hüpften. Am Anfang fand ich die Vorstellung, meiner Mutter mit dem Baby zu helfen, aufregend; ich ahnte noch nicht, wie viel Zeit mein »Helfen« letztlich in Anspruch nehmen würde. Ich konnte mir auch überhaupt nicht vorstellen, was ich mit diesem wimmernden kleinen Wesen anfangen sollte; die Matchbox-Autos meines Vaters hatten mich immer mehr interessiert als die Puppen, die ich von Verwandten geschenkt bekam – Puppen, die bei mir meistens das Monsterbaby spielen mussten, das die ganze Rennstrecke terrorisierte und die Fahrer mit seinen riesigen Plastikfüßen zu zerstampfen drohte. Aber ich wusste, dass meine Mom nach einem Monat wieder bei Macy's arbeiten wollte, weil das Geld, das mein Dad als Kfz-Mechaniker verdiente, nicht reichte. In der Zwischenzeit belegte ich einen Babysitterkurs beim Roten Kreuz. Ich lernte Mund-zu-Mund-Beatmung, den Heimlich-Griff, kleinere Verletzungen selbst zu verarzten und Techniken, um im Notfall die Ruhe zu bewahren. Die anderen Mädchen in meinem Kurs nahmen das alles nicht so ernst; Babysitten war für sie ein Nebenjob oder vielleicht auch ein Hobby. Nicht für mich. Ich passte gut auf und lernte gründlich, immerhin ging es um meinen kleinen Bruder. Ich würde für ihn verantwortlich sein und müsste im Ernstfall wissen, was zu tun war. Den Abschlusstest bestand ich mit Bestnote.

Tagsüber kümmerte Mom sich um Sam, aber fast jeden Nachmittag, sowie ich um halb vier aus der Schule kam, ging sie aus dem Haus und zur Arbeit. »Ich wünschte, wir könnten uns einen richtigen Babysitter leisten«, sagte sie.

»Aber das ist gerade einfach nicht drin. Ich verlass mich auf dich, ja? Dein Vater kommt gegen sechs nach Hause, und Sams Fläschchen sind im Kühlschrank.«

Heute Abend war es schon Viertel nach sieben, und mein Vater war noch immer nicht da. Ich schnappte mir das Telefon und rief noch mal in der Werkstatt an. Ich ließ es läuten, bis irgendwann der Anrufbeantworter ansprang. Das musste nicht heißen, dass Dad nicht da war. Vielleicht lag er gerade unter einem Auto und versuchte, es wieder flottzukriegen, damit der Kunde am Wochenende nicht auf seinen fahrbaren Untersatz verzichten musste. Vielleicht war er schon auf dem Heimweg und steckte im Stau fest.

Vielleicht war er aber auch in der Kneipe am Pokern.

»Hey, Gracie Mae«, begrüßte er mich an den Abenden, an denen er pünktlich nach Hause kam. Dann ging er an den Kühlschrank und holte sich eine Flasche Budweiser. Wenn Sam noch wach und in seinem Laufställchen war, hob er ihn hoch, gab ihm einen Schmatzer und setzte ihn wieder ab, dann ging es weiter vor den Fernseher, wo er den Rest des Abends in seinem braunledernen Sessel fläzte und lauthals falsche Antworten zu *Glücksrad* und *Jeopardy!* beisteuerte.

An anderen Abenden kam er erst nach Hause, nachdem ich Sam schon gebadet und ins Bett gebracht hatte, alles ganz allein. »War mit Mike und Rodney noch ein Bierchen trinken«, sagte er, wenn er nach Zigaretten und frittiertem Essen stinkend, hereinkam. »Wie geht's unserem kleinen Mann?«

»Gut«, sagte ich immer, ohne von meinen Hausaufgaben aufzuschauen. Ich wusste ganz genau, dass ein Bier mit Freunden nichts anderes als Pokern bedeutete, und Pokern bedeutete, dass er sich später mit meiner Mutter darüber streiten würde, wie viel Geld er wieder verloren hatte. Wenn ich abends im Bett lag, versuchte ich nicht hinzuhören, aber unser Haus war klein und die Wände dünn.

»Das muss aufhören«, sagte meine Mutter leise, doch hörbar verärgert, als sie spätabends nach Hause kam. »Du weißt, dass unser Geld kaum zum Leben reicht. Seit Sams Geburt frisst allein die Krankenversicherung die Hälfte deines Lohns auf.«

»Jetzt komm, ich muss doch auch mal Dampf ablassen«, meinte mein Dad. »Aber gut, ich höre auf, versprochen.« Und eine Weile tat er das wirklich. Er kam jeden Abend früh nach Hause, half mir mit dem Baby, damit ich meine Hausaufgaben fertig machen oder sogar mal mit einer Freundin telefonieren konnte. Aber ein einziger Abend am Pokertisch reichte, und alles ging wieder von vorne los. Irgendwann kam ich zu dem Schluss, dass meine Mutter nicht zwei Kinder hatte, sondern drei.

Ich seufzte und hinterließ keine Nachricht. Es brachte ja doch nichts. Selbst wenn er gleich käme, würde ich den Bus nicht mehr erwischen. Und eine andere Möglichkeit hatte ich nicht, zur Schule zu kommen. Alle anderen aus meiner Klasse hatten Eltern, die sie fahren konnten, aber die wenigen Freunde, die ich hatte, wohnten zu weit weg, als dass ich schnell noch dort hätte anrufen und fragen können, ob sie mich mitnehmen könnten. Ich wollte aber so unbedingt auf die Party, dass es richtig wehtat. Die ganze Woche hatte ich mir ausgemalt, wie ich im Dunkeln neben Jeffrey Barber stünde und darauf wartete, dass der DJ »Careless Whisper« spielte und ich ihm *ganz zufällig* in die Arme lief. Ich stellte mir seine schwarzen Locken und die strahlend blauen Augen vor, sein Lächeln, wenn er meine Hand nahm und mich auf die Tanzfläche führte. Ich stellte mir seine Hände an meiner Taille vor, den Geruch seiner Haut. Ich stellte mir vor, wie seine Lippen sich auf meinen anfühlten und mir überall am Körper ganz warm würde.

»Dad, wo bleibst du?«, rief ich genervt. Dann schaute ich hinüber zu Sam, der seltsame Gurgellaute ausstieß, die für mich längst eine Vorwarnung waren, dass er gleich anfangen würde zu weinen. Trotz allem, was ich mittlerweile über Babys wusste, hatte ich immer noch ein bisschen Angst, wenn ich ganz allein mit ihm zu Hause war. Mir war klar, dass ich keine Wahl hatte. Er war mein kleiner Bruder, und wir hatten nicht viel Geld – da war es eben mein Job, mich um ihn zu kümmern.

Trotzdem rief ich jetzt die Damenabteilung bei Macy's an und fragte nach meiner Mutter. »Gracie?«, sagte sie atemlos, als sie an den Apparat ging. »Ist was mit Sam? Was ist passiert?« Eigentlich sollte ich sie nur im Notfall in der Arbeit anrufen.

»Ihm geht's gut«, sagte ich, und wie auf Kommando fing Sam an zu heulen, als wolle er meine Behauptung lautstark widerlegen. »Dad ist noch nicht da. Der letzte Bus ist eben weg. Ich verpasse die Party.«

»Oh Grace, du hast mir vielleicht einen Schrecken eingejagt.« Sie atmete tief auf, dann folgte ein müder Seufzer. »Hast du es in der Werkstatt versucht?«

»Ja. Da geht keiner ran.«

»Das tut mir so leid, mein Schatz. Ich weiß, wie sehr du dich auf die Party gefreut hattest.« Sie schwieg einen Moment, lauschte. »Ist das Sam?«

»Ja-aaa«, sagte ich genervt. *Wer sollte es denn sonst sein?*

»Warum weint er?«

»Woher soll *ich* das wissen?«

»Nicht in diesem Ton, junge Dame.«

»Tut mir leid«, murmelte ich. »Er hat gerade sein Fläschchen bekommen. Wahrscheinlich hat er die Windel voll.« Nachdem er mich einmal angestrullert hatte und ich auf die harte Tour gelernt hatte, immer gleich eine frische Windel vorzuhalten, gehörte es nicht gerade zu meinen liebsten Aufgaben, Sam zu wickeln. Ich fand es unglaublich, was ein kleiner Mensch so alles absondern konnte – und wie *viel*. Als sein Weinen sich zu lauten, zornigen Schreien steigerte, wurde ich von einer plötzlichen, tief sitzenden Panik erfasst. *Ich will nicht mehr. Bitte, ich schaffe das nicht. Es ist zu viel für mich. Ich will hier weg.* »Kannst du nicht nach Hause kommen?«, fragte ich meine Mutter flehend. »Kannst du nicht sagen, du wärst krank oder so?«

»Nein, mein Schatz, ich muss arbeiten. Wir haben heute einen Ausverkauf, da kann ich nicht einfach weg. Ich bin für die ganze Abteilung zuständig – das weißt du doch.«

Ich schwieg und hörte das Blut in meinen Ohren rauschen. »Ich *hasse* ihn«, flüsterte ich schließlich. Sie wusste, dass ich meinen Vater meinte. Es war nicht das erste Mal, dass er mich im Stich ließ, und es würde bestimmt auch nicht das letzte Mal sein.

»Nein, das tust du nicht«, erwiderte Mom. »Du bist nur enttäuscht.« Sie wartete, ob ich etwas sagte, aber ich sagte nichts. »Ich muss wieder an die Arbeit. Morgen rede ich mit deinem Vater, einverstanden? Wir bekommen das schon hin. Und pass bitte gut auf deinen Bruder auf. Ich verlasse mich auf dich.«

Ich legte auf, starrte das Telefon an und hörte im Hintergrund meinen Bruder heulen. »Das ist nicht fair«, sagte ich. »Ich *hasse* es.« Als Sam immer lauter schrie, holte ich tief Luft, ging langsam zu ihm hinüber und hoffte, dass mir irgendetwas einfallen würde, um ihn zu trösten.

Ava

Ich wollte, dass es ein Samstagmorgen wie jeder andere würde, wenn wir bei meinem Dad waren. Dass ich wüsste, am nächsten Tag würde ich wieder nach Hause gehen und meine Mutter sehen. Aber es war kein Tag wie jeder andere. Erstens, weil Max und ich in Dads Bett aufgewacht waren – Max auf der einen Seite, ich auf der anderen und Dad in der Mitte. Zweitens, weil ich noch die getrockneten Tränen auf meinen Wangen spürte. *Mama*, dachte ich, kaum dass ich aufgewacht war. Irgendwie hoffte ich immer noch, dass alles ein schrecklicher Irrtum gewesen war und sie gleich zur Tür hereinkäme. Mein Körper tat mir ganz seltsam weh, meine Muskeln spannten sich unter meiner Haut und kribbelten so komisch. Es war ein Gefühl, das ich nicht kannte und für das ich keinen Namen hatte. Es war fast, als stünde ich neben mir, neben meinem Körper, als würde mich nur noch ganz wenig mit ihm verbinden, und ich könnte davonschweben, wenn ich nur wüsste, wie ich loslassen sollte.

Ich kannte sonst niemanden, der keine Mutter hatte. An meiner Schule gab es ein paar Leute, die adoptiert waren und ihre leiblichen Mütter nicht kannten, aber es gab niemanden, der *gar keine* Mutter hatte. Mama war immer da gewesen. Ich hatte immer zu ihr gehen können, wenn irgendwas war, wenn ich sauer auf Bree war oder das Gefühl hatte, von einem Lehrer mies behandelt worden zu sein. Zu wem sollte ich jetzt gehen? Ich schloss die Augen und versuchte, ihre Stimme zu hören, mich an das Gefühl zu erinnern, wenn sie mich in ihre dünnen Arme nahm, wie sie aussah, wenn sie lachte. Aber ich sah sie immer nur vor mir, wie sie weinte. Und ich spürte nichts, nichts außer der Leere, die mich jetzt umfing.

Ich musste daran denken, wie sie früher jeden Samstag mit mir in die Bücherei gegangen war, mich mit den Fingern über die Buchrücken hatte streifen lassen, als könnte ich so spüren, welche Geschichten sich ein schönes Zuhause wünschten. Sie selbst hatte sich auch immer einen ganzen Stapel Bücher ausgeliehen, Bücher mit Titeln wie »Verbotene Früchte« oder »Der Preis der Liebe«, mit halbnackten Leuten auf dem Umschlag. Sie hatte mir nie erlaubt, sie zu lesen, aber in letzter Zeit hatte ich mich immer dann, wenn meine Mom nicht zu Hause war, in ihr Schlafzimmer geschlichen und sie heimlich durchgeblättert, um mit glühenden Wangen die pikanten Stellen zu lesen. Mama hatte an die große Liebe geglaubt. Sie hatte unseren Dad so sehr geliebt, und ich wusste, wie sehr sie sich wünschte, er hätte uns nie verlassen. Hätte er uns nicht verlassen, würde Mama vielleicht noch leben.

Später saß ich mit meinem Bruder auf der Couch und starrte auf den Fernseher. Es fühlte sich völlig falsch an, hier zu sitzen und sich blöde Zeichentrickfilme anzuschauen, aber ich wusste auch nicht, was wir sonst machen sollten. Grace war eben weggefahren, um ein paar von unseren Sachen aus Mamas Haus zu holen, als Dad ins Wohnzimmer kam und den Fernseher ausmachte. Kaum hatte er sich neben uns gesetzt, fing Max wieder an zu weinen, ganz still, aber so, dass man es trotzdem hörte. Ich nahm seine Hand und hielt sie fest.

»Ihr wisst, dass ich euch beide ganz, ganz lieb habe?«, sagte Dad. Er sah aus, als hätte er überhaupt nicht geschlafen und über Nacht ganz viele neue Falten bekommen; er war nicht geduscht und hatte sich nicht rasiert. Ich hatte ihn noch nie mit so vielen Stoppeln im Gesicht gesehen. Ein paar waren ganz hell – nicht grau, sondern richtig weiß –, und sie ließen ihn alt aussehen. Auf einmal bekam ich wieder richtig Angst.

Max und ich nickten auf seine Frage hin. Wir hatten gestern so viel geweint, dass ich nicht mit neuen Tränen gerechnet hätte. Doch jetzt liefen sie wieder, fast ohne dass ich es merkte. Mein Bauch tat weh, und meine Augen waren so verquollen, dass ich kaum etwas sehen konnte. Weinen machte alles nur noch schlimmer.

»Mama fehlt mir«, sagte Max mit kieksiger Stimme. »Ich will nicht, dass sie tot ist.«

»Ich weiß, Buddy«, sagte Dad. »Ich wollte, ich könnte etwas daran ändern, doch das kann ich nicht. Aber wenn wir jetzt zusammenhalten, stehen wir das schon irgendwie durch, versprochen. Ihr bleibt jetzt hier, bei mir. Ich bin immer für euch da.«

Du hast uns schon mal verlassen, dachte ich. *Du hast uns verlassen, und Mama ist damit nicht klargekommen. Jetzt hast du ein neues Leben und eine neue Freundin, und sie ist tot.* Panik stieg in mir auf. Was, wenn er auch starb? Was, wenn er doch nicht wollte, dass wir hier bei ihm lebten? Was, wenn Grace uns nicht wollte? Ich fühlte mich ganz schwach und wacklig, als würde ich hoch oben auf einem hauchdünnen Seil balancieren, wo eine einzige falsche Bewegung genügte, um auch noch meinen Vater zu verlieren. Ich ließ die Hand meines Bruders los und legte den Arm um ihn, und er lehnte sich, noch immer leise weinend, an mich.

»Ava?« Dad beugte sich vor und strich mir mit den Fingern über die Wange. »Ist dir gestern Morgen irgendetwas aufgefallen?«

Ich schniefte leise. »Was denn?«, fragte ich. In meinem Kopf war alles verschwommen, wie ein Film im Schnellvorlauf. Am liebsten hätte ich auf Stopp gedrückt und noch mal zu gestern zurückgespult, als Mama noch da war.

»Ich weiß nicht.« Er überlegte kurz. »Irgendetwas, das anders war als sonst. Hat deine Mom sich irgendwie ungewöhnlich verhalten?«

Sofort musste ich daran denken, wie sie sich an der Wand abgestützt hatte. »Ihr war schwindlig«, sagte ich. »Sie hat gesagt, es käme vom vielen Kaffee, aber ich glaube eher, es hatte damit zu tun, dass sie nicht schläft. Und kaum was isst.« Fragend schaute ich meinen Dad an. »Kann einem davon schwindlig werden?«

Er nickte. »Manchmal.«

»Was haben die Ärzte denn gesagt, was mit ihr war?«, wollte ich wissen und spürte, wie sich mit jedem Atemzug meine Bauchmuskeln immer fester zusammenzogen. Neue Tränen sammelten sich in meiner Brust, kämpften sich nach oben.

Dad schaute kurz zu Max, dann wieder zu mir. »Sie wissen es noch nicht genau. Bis jetzt sieht es ganz danach aus, dass sie sich noch mal hingelegt hat, und dann … dann hat ihr Herz aufgehört zu schlagen.«

»Hat sie ein Heeez-in-faaakt gehabt?«, fragte Max und klang auf einmal viel jünger als sieben. Sonst sprach er nicht mehr wie ein Baby; eigentlich nur noch dann, wenn er total fertig oder richtig aufgeregt war.

»Ich weiß es wirklich nicht, Maximilian. Ich wünschte, ich wüsste es.«

Wir schwiegen einen Moment, dann fragte Max, wieder mit dieser hohen, kieksigen Stimme: »Was wird jetzt aus uns? Wo kommen wir denn hin?«

Ich sah, wie Dad einen Augenblick erstarrte. »Ihr bleibt natürlich hier. Ich kümmere mich um alles, versprochen.«

»Und meine anderen Sachen?«, fragte Max leise. »Kommen die auch her?«

»Oh Mann, wen interessiert denn jetzt dein blöder Kram!«, schrie ich ihn an und riss mich von ihm los. Dad legte mir die Hand auf den Arm und hielt mich fest. »Ava«, sagte er nur.

Ich konnte ihn nicht anschauen. Wenn ich ihn anschauen würde, müsste ich nur wieder weinen. Ich wollte nicht sein wie sie. Ich wollte nicht andauernd weinen. Dafür sagte ich, was er hören wollte. »Tut mir leid, Max. War nicht so gemeint.« Mein Dad schien zufrieden und wandte sich wieder meinem Bruder zu.

»Wir holen auch noch den Rest deiner Sachen, Buddy. Aber vielleicht nicht jetzt gleich und nicht alles auf einmal, sondern erst mal das Wichtigste, okay?«

»Okay«, sagte Max erleichtert.

Ich schluckte. »Und Moms Sachen?«

Dad zögerte einen Moment. »Das meiste würde ich in Kisten packen und einlagern lassen – für euch beide, wenn ihr älter seid. Was haltet ihr davon?«

Max und ich nickten, obwohl ich die Vorstellung schrecklich fand, Mamas Sachen in irgendeinen dunklen, kalten Lagerraum zu stellen. Am liebsten hätte ich die Sachen hiergehabt, bei mir. Ich wollte ihr Parfüm riechen und ihre Kleider anziehen; ich wollte mich in die weiche Decke wickeln, unter der wir auf dem Sofa gekuschelt hatten. *Ich will nicht, dass sie tot ist.*

Dad lächelte. »Gut, dann machen wir das so.«

»Okay, ich geh dann in mein Zimmer«, sagte ich und stand auf. Dad stand auch auf, und Max schaltete den Fernseher wieder an und schnappte sich den Controller für die XBox. Dad und ich gingen zusammen durch die Küche, wo er mich noch mal ganz lange in den Arm nahm und mir einen Kuss oben auf den Kopf gab, genau wie Mama. Ich spürte, wie mein Körper sich anspannte, und wollte mich am liebsten losreißen, wusste aber selbst nicht, warum. Ich hatte das Gefühl, überhaupt gar nichts mehr zu wissen.

In meinem Zimmer checkte ich mein Handy auf neue Nachrichten. Ich hatte sechs SMS von Bree, die wissen wollte, warum ich gestern aus dem Unterricht weggemusst hatte. Ich wusste nicht, was ich darauf antworten sollte, ob ich die Worte laut aussprechen könnte. *Meine Mutter ist tot.* Ich versuchte es, flüsterte es ganz leise, aber schon das klang so schrecklich, dass ich dachte, ich muss mich übergeben, obwohl ich seit dem Schokoriegel gestern Nachmittag nichts mehr gegessen hatte.

Ich musste immer wieder daran denken, was Dad gesagt hatte, woran sie wahrscheinlich gestorben war. Völlig ausgeschlossen, dass sie einen Herzinfarkt hatte. Sie war erst dreiunddreißig, und sie hatte weder geraucht noch zu viel Fett zu sich genommen, was laut Mrs. Goldberg, unserer Lehrerin in Gesundheitserziehung, zwei der Hauptursachen für Herzerkrankungen waren. Sport hatte sie zwar keinen gemacht, aber sie hatte immer gemeint, bei der Arbeit wäre sie so viel am Rennen, dass sie das nicht brauchte. Dünn war sie gewesen, doch uns hatte sie immer versichert, sie wäre gesund.

Aber sie war immer so traurig gewesen. Sie hatte fast

jeden Tag geweint und immer mehr Gewicht verloren. Letzten Monat hatte Mrs. Goldberg im Unterricht mit uns durchgenommen, an welchen Anzeichen wir erkennen könnten, ob einer unserer Freunde depressiv sei und wann wir uns einem Erwachsenen anvertrauen sollten, wenn wir glaubten, dass jemand echte Probleme hätte. *Aber wem sollen wir uns anvertrauen, wenn es ein Erwachsener ist, der die Probleme hat?*, hätte ich am liebsten gefragt. *Wem sollen wir es sagen, wenn es unsere Mutter ist?* Trotzdem, ich hätte jemanden finden können. Ich hätte etwas tun sollen, um ihr zu helfen. Ich hatte geglaubt, wenn ich mich nur genügend anstrengte, um sie glücklich zu machen – wenn ich ihr beim Putzen half und mich um Max kümmerte und die Schecks für unsere Rechnungen schrieb –, dann wäre alles in Ordnung. Nie wäre ich auf den Gedanken gekommen, dass es noch viel schlimmer um sie stand. Schlimm genug, um sie für immer von uns fortzunehmen.

Mein Telefon brummte auf dem Nachttisch. Mir stockte der Atem. Ich schnappte es mir und sah Brees Namen auf dem Display. Nachdem ich es noch zweimal hatte läuten lassen, ging ich, kurz bevor die Mailbox ansprang, schließlich doch ran.

»Na endlich! Wo *warst* du?«, wollte Bree wissen. »Warum hast du nicht auf meine Nachrichten geantwortet?« Mein Mund war so trocken, dass ich ein paarmal schlucken musste, um überhaupt sprechen zu können. »Ava? Alles okay bei dir? Was ist denn los?«

»Meine Mom …«, fing ich an, und sofort kamen mir wieder die Tränen. »Mama« hatte ich sie nur zu Hause genannt; sie wollte, dass wir sie so nannten. Wenn ich mit anderen über sie gesprochen hatte, war sie immer »Mom«

gewesen. Im Gegensatz zu Max war ich ja kein Baby mehr. Ich schluckte, schniefte leise, und dann sagte ich es – kaum mehr als ein Flüstern: »Meine Mom ist gestorben.«

»Was?!«, rief Bree. »Du willst mich verarschen, oder?« Ich schwieg. »Oh scheiße, nein«, fuhr sie fort. »Natürlich nicht, tut mir leid. Oh scheiße, Mann. Ich weiß echt nicht, was ich sagen soll. Das ist bestimmt das Schlimmste, was ich überhaupt je gehört habe.« Sie machte eine kurze Pause. »Und was ist passiert?«

»Ich weiß es selber nicht genau«, sagte ich mit mühsam beherrschter Stimme. »Und mein Dad ist total seltsam, als ob er uns was verschweigen würde, und Grace ist natürlich auch hier, und ich *hasse* sie!« Ich schluchzte einmal laut auf, und Bree wartete schweigend, dass ich weiterredete. »Ich kann einfach nicht *glauben*, dass sie tot ist. Ich *will* nicht, dass sie tot ist!« Wenn ich das Wort nur oft genug sagte, würde ich mich vielleicht daran gewöhnen.

»Was glaubst du denn, was dein Dad dir verschweigt?«, fragte Bree. Sie klang ganz ruhig, und vielleicht lag es daran, dass ich mich auch ein ganz kleines bisschen beruhigte.

Ich schniefte leise. »Weiß nicht. Nur so ein Gefühl, weißt du?« Es war seltsam, aber manchmal, wenn Leute redeten, konnte man hören, was sie alles *nicht* sagten. Und die unausgesprochenen Worte waren manchmal lauter als das, was tatsächlich gesagt wurde.

Bree seufzte. »Ich weiß, was du meinst. So wie an Weihnachten, als meine Eltern total verliebt getan haben, dabei war längst beschlossen, dass Dad nach Weihnachten auszieht.« Sie schnaubte leise. »Als ob ihnen *das* irgendjemand geglaubt hätte.«

»Genau«, sagte ich, auch wenn Geschichten über Brees

Familie so ziemlich das Letzte waren, was ich jetzt hören wollte. Ich klaubte mir ein Taschentuch aus der Schachtel neben meinem Bett, um mir die Nase zu putzen, setzte mich auf die Bettkante und starrte so angestrengt auf das lila Muster meiner Tagesdecke, bis mir alles vor den Augen verschwamm und ich blinzeln musste. »Du, ich muss jetzt auflegen«, hörte ich mich sagen.

»Ava?«

»Ja?«

»Das mit deiner Mom tut mir wirklich leid.«

»Danke«, sagte ich und schaltete das Telefon aus.

Grace

Nachdem ich mit meiner Mutter telefoniert hatte, kamen auf der Fahrt zu Kellis Haus immer mehr Erinnerungen an meinen Vater in mir hoch. Dabei waren wir uns nie sehr nah gewesen, auch nicht vor Sams Geburt. Er war kein Dad, der mit mir gekuschelt, getobt oder mir vorgelesen hätte, und letztlich war alles an meiner Mutter hängengeblieben. Sie hatte mir das Fahrradfahren beigebracht und mir gezeigt, wie ich meine Schuhe binden sollte. Dad hatte immer den Eindruck gemacht, als sei er selbst überrascht, verheiratet zu sein und zwei Kinder zu haben – gerade so, als frage er sich, wie um alles in der Welt er in dieses Leben geraten war, das so gar nicht seins war. Körperlich war er anwesend, aber in Gedanken ganz weit weg. Ich hatte immer das Gefühl gehabt, dass er viel lieber anderswo wäre. Egal wo, Hauptsache nicht bei uns.

Aber so schwierig die Ehe meiner Eltern auch gewesen war, die Scheidung war für meinen Bruder und mich wie aus heiterem Himmel gekommen. Nach all den Jahren, die meine Mutter es mit Dad ausgehalten hatte, waren wir vermutlich davon ausgegangen, dass sie sich mit seinen schlechten Eigenschaften abgefunden hatte und längst nicht mehr die Kraft aufbrachte, etwas daran ändern zu wollen. Selbst als sie mich angerufen und gesagt hatte: »So, mir reicht es. Deine Großtante Rowena hat mir eine kleine Erbschaft hinterlassen, genug, um vorzeitig in Rente zu gehen, und ich sehe nicht ein, warum dein Vater *mein* Geld verzocken sollte«, hatte ich ihr erst nicht glauben wollen. Sie war all die Jahre bei ihm geblieben. Doch jetzt nahm sie sich einen Anwalt, und mein Vater wusste kaum, wie ihm geschah. Still und klaglos räumte er das Feld, als habe er insgeheim immer damit gerechnet, dass es eines Tages so kommen würde. Mit der kleinen Abfindung, die ihm aus dem Erbteil meiner Mutter zustand, siedelte er sofort nach Las Vegas um, wo er wenige Jahre später an einem Schlaganfall starb. Da ich kaum noch Kontakt zu ihm hatte, hinterließ sein Tod bei mir nur ein vages Verlustgefühl – ungefähr so, als hätte man ein Paar Ohrringe verlegt, die man zwar irgendwie gemocht, aber kaum je getragen hatte.

Als ich bei Kellis Haus ankam, stand Melodys Wagen schon davor. Sie selbst saß in Jeans, T-Shirt und Laufschuhen auf der Verandatreppe, die langen blonden Haare zu einem Pferdeschwanz hochgebunden. Als sie die Stufen herunter und mir entgegenkam und mich umarmte, brach ich sofort wieder in Tränen aus.

Melody betrachtete mich aus mitfühlenden braunen Augen. »Und, wie geht es dir?«

Ich zuckte die Schultern. »Ich bin traurig. Durcheinander. Und ein bisschen genervt.«

»Klingt den Umständen entsprechend«, meinte sie lächelnd. »Ich stand die halbe Nacht in der Küche. Ich musste einfach irgendetwas tun. Ich habe mir solche Sorgen um dich gemacht. Und um die Kinder. Zwei Kuchen habe ich gebacken und vier Bleche Kekse. Ach ja, und drei Lasagnen habe ich auch gleich noch gemacht.«

»Alle Achtung. Und was willst du jetzt damit anstellen?«

»Dir mitgeben, zum Einfrieren. Irgendwas wirst du den

Kindern die nächsten paar Wochen ja vorsetzen müssen. Victor dürfte genügend anderes um die Ohren haben, und dass *du* dich an den Herd stellst, das möchte ich sehen!«

Ich streckte ihr die Zunge heraus und war so dankbar, dass sie mich zum Lachen brachte. Ihr Blick fiel auf meine linke Hand. »Oh mein Gott, zeig mal!« Sie griff nach meiner Hand und hielt sie sich nah ans Gesicht, um den Ring zu bewundern. Nach dem Gespräch mit meiner Mutter hatte ich ihn im Auto wieder angesteckt, damit ich ihn meiner Freundin präsentieren konnte. »Wow, sehr beeindruckend, Mr. Hansen. Besonders diese kleinen Baguetten, die den Mittelstein einfassen. Doch, der gefällt mir. Wirklich schön.«

Ihre Begeisterung war ansteckend, und plötzlich kehrte meine fast verschwunden geglaubte Freude zurück. »Ja, nicht wahr? Ich mag ihn auch richtig gern.«

»Da hast du auch allen Grund dazu. Ganz ehrlich, so einen Ring bekommst du nur von einem Mann, der dich wirklich liebt. Ich werde versuchen, nicht ganz furchtbar eifersüchtig zu sein.« Melody war Single, aber fest entschlossen, vor ihrem vierzigsten Geburtstag verheiratet zu sein und mindestens zwei Kinder zu haben. Sie hatte unzählige Wie-finde-ich-den-Partner-fürs-Leben-Ratgeber gelesen und aktualisierte ständig ihr Onlineprofil, um endlich den Mann zu finden, der ihren immer drängender werdenden Kinderwunsch erfüllen würde. Schon jetzt las sie alle möglichen Ratgeber zu Schwangerschaft, Geburt und Kindererziehung, um für den Ernstfall gewappnet zu sein und sofort Nägel mit Köpfen zu machen, sobald der Richtige auftauchte. Und doch fand sie ihn nicht. An ihrem Einsatz konnte es nicht liegen. Für eine erste Verabredung betrieb sie den Aufwand eines Leistungssportlers, der sich auf die Olympischen Spiele vorbereitete, aber selten war aus diesen Dates mehr als eine flüchtige Affäre geworden. Sie hatte sich für mich gefreut, als ich Victor kennengelernt hatte, aber natürlich war auch ein wenig Neid im Spiel gewesen – so, wie man sich auch freute, wenn die beste Freundin zehn Kilo abgenommen hatte, und dabei bekümmert den eigenen Hüftspeck betrachtete. Wir waren lang genug befreundet, um offen über solche Gefühle zu sprechen und sie gar nicht erst zu einem Problem zwischen uns werden zu lassen. Es tat gut, so ehrlich mit jemandem sein zu können. Melody kam ursprünglich nicht aus Seattle, und ihre Eltern lebten noch immer in dem kleinen Ort in Iowa, wo sie aufgewachsen war, weshalb ich für sie auch eine Art Familienersatz war. Die Feiertage hatte sie inzwischen so oft bei uns verbracht, dass Sam sie schon liebevoll seine »Zweitschwester« nannte. Melody war mehr als nur meine beste Freundin. Niemals würde ich absichtlich ihre Gefühle verletzen.

Sie zwinkerte mir zu, runzelte dann aber leicht irritiert die Stirn, als sie sah, wie ich den Ring abstreifte und in meiner Brieftasche verschwinden ließ. »Es sollte ja nicht nur um den Ring gehen«, meinte ich, zog den Reißverschluss zu und hoffte, zuversichtlicher zu klingen, als ich mich fühlte.

Melody schwieg einen Moment. »Das stimmt natürlich auch wieder«, pflichtete sie mir schließlich bei. »Verlobt seid ihr trotzdem.« Sie hakte sich bei mir unter, und wir gingen zusammen zum Haus hinauf. Ich hatte kaum den Schlüssel ins Schloss gesteckt, als hinter uns eine aufgeregte Frauenstimme ertönte.

»Entschuldigen Sie mal«, rief sie. »Aber was fällt Ihnen eigentlich ein?« Ich schaute mich um und sah eine kleine, etwas füllige Frau mit schulterlangen hellbraunen Haaren über den Rasen kommen. Sie trug Jeans, ein lila Sweatshirt und Hausschuhe mit Kunstfellbesatz.

Ich hob grüßend die Hand und erkannte sie sofort anhand der Beschreibungen, die die Kids von der besten Freundin ihrer Mutter geliefert hatten. *Das war die Frau, die Kelli gefunden hatte.* »Sie müssen Diane sein«, sagte ich. »Hallo, ich bin Grace, und das hier ist meine Freundin Melody. Wir wollten nur kurz ein paar Sachen für die Kinder zusammenpacken.«

Sie musterte mich von oben bis unten und versuchte nicht einmal, ihren abschätzigen Blick zu verbergen. »Grace«, wiederholte sie und blieb am Fuß der Treppe stehen. Da sie mit Kelli befreundet gewesen war, ging ich davon aus, dass sie meinen Namen schon das eine oder andere Mal gehört hatte – wahrscheinlich in Verbindung mit einigen ausgewählten, wenig schmeichelhaften Ausdrücken. Nach unserer ersten Begegnung waren Kelli und ich nicht gerade Freundinnen geworden. Sie hatte keinen Hehl daraus gemacht, wie wenig es ihr gefiel, mich in Victors Leben zu wissen. Ihre Abneigung war so deutlich zu spüren gewesen, dass ich fast geglaubt hatte, sie mit Händen greifen zu können. Bei den wenigen Gelegenheiten, da sich eine Begegnung nicht vermeiden ließ, hatte ich immer versucht, darüber hinwegzusehen und mir – Victor und den Kindern zuliebe – nichts anmerken zu lassen, aber leicht hatte Kelli es mir nicht gerade gemacht.

Diane schnaufte etwas und versuchte, wieder zu Atem zu kommen. »Wo ist Victor?«, wollte sie wissen.

»Bei den Kindern«, sagte Melody, und ich hoffte, dass nur ich den gereizten Unterton aus ihren Worten heraushörte. Melody kannte kein Pardon mit Menschen, die das

Offensichtliche nicht begriffen. Fast meinte ich, auch die stumme Version ihrer Erwiderung zu hören: *Mein Gott, wo sollte er jetzt wohl sein – auf den Bahamas, oder was?*

»Ah ja«, sagte Diane. Ihre Miene wurde etwas sanfter, und erst jetzt fiel mir auf, wie rot und verquollen ihre Augen waren. *Sie hat gerade ihre beste Freundin verloren*, ermahnte ich mich. *Auch für sie ist es jetzt nicht leicht.* Sie seufzte schwer, ehe sie weitersprach. »Sie müssen schon entschuldigen, aber ich hatte Sie da draußen sitzen sehen, und dann haben Sie beide versucht, in das Haus zu kommen, da wusste ich einfach nicht, was ich davon halten sollte.« Sie strich sich die Haare hinter die Ohren. »Wie geht es den Kindern?«

»Ich glaube, sie stehen noch ziemlich unter Schock«, sagte ich. »Sie versuchen zu begreifen, was geschehen ist.«

Diane hob eine Braue. »Haben die Ärzte Victor denn nichts gesagt?«

Ich fragte mich, ob Diane womöglich mehr wusste als wir. »Sie haben ihm nur von den Tabletten auf ihrem Nachttisch …«

»Was?«, rief Melody, und mir fiel ein, dass ich gestern Nachmittag zuletzt mit ihr telefoniert hatte, *ehe* Victor aus dem Krankenhaus gekommen war und es mir erzählt hatte.

»Die hat sie wegen ihrer Angststörungen genommen«, beeilte Diane sich zu sagen. »Das muss gar nichts bedeuten. Vielleicht war die Packung einfach alle, und sie hatte noch keine neue Verschreibung. Das muss gar nichts heißen.«

»Wahrscheinlich nicht«, sagte ich und legte Melody warnend die Hand auf den Arm. Ich wollte jetzt nicht unnötig über das Thema spekulieren. Später würde ich ihr von meinen schlimmsten Befürchtungen erzählen, aber nicht jetzt. Nicht hier, vor Diane. »Wir hoffen immer noch, von den Ärzten die genaue Todesursache zu erfahren, aber Victor hält es für besser, den Kindern gegenüber erst einmal nichts von den Tabletten zu erwähnen.«

Diane nickte bedächtig. »Das dürfte wohl das Beste sein.« Sie schwieg einen Moment, ehe sie sich wieder an mich wandte. »Kelli hat mir erzählt, dass Sie und Victor sich verlobt haben.«

»Ja, das haben wir.«

Sie hob vielsagend die Brauen. »Das ging ja ganz schön schnell, was? Sie beide sind ja nicht mal ein Jahr zusammen.«

Ich spürte, wie meine Wangen glühten, und wollte gerade etwas erwidern, aber Melody kam mir zuvor: »Genau genommen sind die beiden schon etwas *über* ein Jahr zusammen. Wenngleich ich nicht wüsste, was es Sie anginge.« So dankbar ich Melody war, warf ich ihr doch einen warnenden Blick zu.

»Sorry«, sagte Diane und schaute irritiert zwischen mir und Melody hin und her. »Es ist einfach nur so, dass Kelli sich schrecklich aufgeregt hat, als Victor ihr das mal eben so vor die Füße geknallt hat.«

»Ich glaube wirklich nicht, dass es so gewesen ist«, erwiderte ich und bemühte mich, ruhig zu bleiben. »Er … *wir* dachten einfach, es wäre nur fair, wenn sie Bescheid weiß, bevor wir es den Kindern sagen. Damit sie vorbereitet ist, falls die Kids Fragen hätten.«

Wieder strich sie sich das Haar hinter die Ohren. »Haben Sie es den Kindern schon gesagt?« Ich schüttelte den Kopf und hoffte, dass wir das Verhör damit hinter uns hätten, aber Diane ließ nicht locker. »Wann ist denn die Beerdigung?«

»Es wird keine geben. Kelli wollte das nicht. Wir machen nur eine kleine Gedenkfeier, bei uns zu Hause. Vielleicht am Donnerstag.«

»Ah ja. Na gut. Sagen Sie Bescheid, wenn ich irgendetwas tun kann. Kelli war mir wirklich eine gute Freundin.« Ihre Augen glänzten, und sie blinzelte die Tränen hastig fort, dann sah sie zur Haustür. »Wenn Sie wollen, kann ich Ihnen helfen, die Sachen für die Kinder zusammenzupacken. Ich kenne mich ja aus und weiß so in etwa, was sie mögen.«

Ich hielt die beiden Zettel hoch, die Victor mir gegeben hatte. »Ich glaube, wir kommen schon zurecht. Sie haben alles aufgeschrieben.« Ich lächelte Diane an und versuchte mir vorzustellen, wie *ich* mich fühlen würde, wenn ich meine beste Freundin verloren hätte, wenn Melody gestorben wäre. Allein der Gedanke bereitete mir Bauchschmerzen. »Aber vielen Dank. Das ist wirklich nett von Ihnen, Diane. Und mein aufrichtiges Beileid. Ich weiß, wie schwer es für Sie sein muss.« Nach kurzem Zögern ging ich zu ihr, legte ihr die Hand auf den Arm, drückte sie leicht an mich.

»Danke«, sagte sie, sichtlich überrascht. Dann nickte sie, lächelte etwas bemüht und deutete auf das Nachbarhaus. »Na gut. Ich bin nebenan, wenn Sie es sich noch anders überlegen.«

»Danke«, sagte Melody mit Nachdruck, worauf Diane sich dann wirklich verabschiedete. Ich lief die Stufen wieder hinauf und schloss auf. Obwohl ich schon ein paar Mal in Kellis Haus gewesen war, fühlte es sich jetzt seltsam an, als wir durch die Tür traten. Das Haus wirkte so traurig und verlassen, als spüre es, dass Kelli niemals zurückkommen würde. Gleich im Flur empfing uns schwerer Vanilleduft – Victor hatte mir von Kellis Faible für Raumaromen erzählt, der so ausgeprägt gewesen sein musste, dass Victor irgendwann Allergien entwickelt hatte. Die Sonne schien zwischen den Vorhängen herein, und feine Staubflocken tanzten im Licht.

»Ganz schön unheimlich«, meinte Melody und schaute sich in dem kleinen Wohnzimmer um, wo überall Spielzeug, Kinderkleider und stapelweise Zeitschriften herumlagen. »Das hier zu sehen und dabei zu wissen, dass sie nie mehr zurückkommt.« Sie schüttelte sich. »Weißt du, was Victor mit dem Haus vorhat?«

»Wahrscheinlich verkaufen. Es hat seiner Mom gehört, aber ich kann mir nicht vorstellen, dass er es behalten will.« Ich holte tief Luft. »Wir sollten uns an die Arbeit machen. Victor meinte, in der Kammer im Flur wären Koffer.« Wir gingen zurück in den Flur, fanden die Koffer und beschlossen, dass jede von uns sich eines der Kinderzimmer vornehmen würde. »Kannst du Avas Zimmer machen? Ich habe den Verdacht, es wäre ihr lieber, wenn nicht ich ihre Sachen packe.« Erklärend fügte ich hinzu, was Ava am Abend zuvor zu mir gesagt hatte. Melody seufzte.

»Die Arme. Ich kann sie so gut verstehen. Sie ist wütend, und du bietest eine prima Angriffsfläche. Sie kann ja schlecht wütend auf ihre Mom sein, weil sie gestorben ist, also ist sie wütend auf dich, weil du noch lebst. Ich glaube, das ist ein gutes Zeichen, ehrlich. Wenn du ihr völlig gleichgültig wärst, würdest du nicht solche starken Gefühle in ihr wecken.«

»So habe ich das noch gar nicht gesehen«, sagte ich und spürte, wie mir gleich etwas leichter ums Herz wurde. »Hast du schon mal überlegt, auf Therapeutin umzusatteln?«

Sie lächelte nur, und vor den Zimmern der Kinder trennten wir uns. Bei Max roch es genauso wie in dem Zimmer, das er bei uns hatte – eine Duftnote aus Schweißfüßen und alten Socken. Die Wände waren blau gestrichen, und überall klebten *Iron-Man*-Poster. In einer Ecke hatte er eine riesige Stadt aus Lego aufgebaut, und an den kleinen Fernseher, der vor seinem wie ein Rennauto aussehenden Bett stand, war eine Spielekonsole angeschlossen. In seiner Kommode herrschte das reinste Chaos. Seine Kleider schienen wahllos hineingestopft worden zu sein, nichts war ordentlich zusammengelegt. Als alleinerziehende Mutter musste Kelli vermutlich Prioritäten setzen und schien beschlossen zu haben, sich diese Auseinandersetzung mit ihrem Sohn gleich ganz zu sparen. Ich konnte sie durchaus verstehen.

Nachdem ich mich durch alle Schubladen gearbeitet hatte, legte ich die Sachen halbwegs ordentlich zusammen und versuchte, so viel wie möglich im Koffer unterzubringen. Sein Iron-Man-Kostüm fand ich zusammengeknüllt auf dem Boden neben dem Bett. Es müffelte etwas, und ich fragte mich, wie oft er schon darin geschlafen hatte. Wahllos griff ich nach Unterwäsche und allen Socken, die ich finden konnte und warf sie ebenfalls in den Koffer. Seine rote Taschenlampe lag unter dem Bett, was ich aber erst entdeckte, nachdem ich auf allen vieren das ganze Zimmer abgesucht, in jede dunkle Ecke und jeden staubigen Winkel geschaut und sogar hinter dem Schrank nachgesehen hatte. Den Hintern in die Luft gereckt, tastete ich mit der Hand unter dem Bett herum, als ich Melody hereinkommen hörte.

»Ich glaube ich habe alles, was Ava haben wollte«, sagte sie und dann, als sie mich auf dem Boden sah: »Was treibst du denn da?« Ich stand auf und seufzte. »Jungs sind solche Chaoten.«

Sie lachte, wurde aber gleich wieder ernst. »Habt ihr eigentlich schon darüber gesprochen, was jetzt mit den Kindern werden soll?«

»Heute Morgen«, sagte ich und klopfte mir den Staub von der Hose. »Ganz kurz.« Ich erzählte ihr, was Victor gesagt hatte und dass ich ihm versprochen hätte, ihm zur Seite zu stehen.

Sie sah mich lange an. »Da hast du dir ganz schön was vorgenommen, Grace.«

»Ich weiß«, sagte ich, seufzte und sah kurz beiseite, ehe ich ihren Blick erwiderte. »Aber was soll ich denn tun? Ihn jetzt im Stich lassen? Das kann ich nicht. Mal ganz abgesehen davon, dass ich Victor über alles liebe.« Meine Stimme zitterte unter dem drohenden Ansturm von Tränen.

Sie nickte, schien aber nicht wirklich überzeugt. »Gut. Dann helfe ich dir, wo immer ich kann. Wenn du willst, begleite ich dich zu Anfängerkursen für Stiefeltern. Oder gleich zu einer Selbsthilfegruppe.«

»Echt, das gibt es?«, fragte ich hoffnungsvoll und nur halb im Scherz.

Melody lachte. »Du könntest eine gründen.« Sie hob die Arme, um ihren Pferdeschwanz festzuziehen. »Und was war das mit den Tabletten?« Ich erzählte ihr, was wir wussten – und das war nicht viel. Sie ließ sich auf Max' Bett fallen und atmete tief aus. »Lass mich raten. Du machst dir Sorgen, eure Verlobung könnte etwas damit zu tun haben, dass sie sich umgebracht hat?« Sie wartete kurz und setzte dann hinzu: »*Falls* sie sich umgebracht hat.«

Ich nickte. »Meine Mom hat mich schon dazu verdonnert, nicht gleich den Teufel an die Wand zu malen.«

»Recht hat sie. Das bringt gar nichts. Und du hast jetzt

genügend andere Sorgen, meine Gute. Mach dir also darüber erst Gedanken, wenn – *falls* – es wirklich so gewesen sein sollte, versprochen?«

Ich nickte, auch wenn sich das so leicht sagte, denn die Sorge, dass es genauso gewesen sein könnte, nagte weiter an mir. In der Vergangenheit war ich immer gut damit gefahren, auf mein Bauchgefühl zu hören – und das sagte mir nun, dass weit mehr dahintersteckte, als ich bislang wusste. In einem hatten meine Mutter und Melody allerdings recht: Bis wir die genauen Umstände von Kellis Tod kannten, brachte es wenig, sich darüber den Kopf zu zerbrechen. Es änderte nichts mehr daran, was geschehen war. Ich wagte mir kaum vorzustellen, was ihr durch den Kopf gegangen sein mochte, sollte es kein Unfall gewesen sein … wenn sie die Tabletten vorsätzlich geschluckt hätte. Von Victor wusste ich, dass ihre Weigerung, sich mit ihrer Vergangenheit auseinanderzusetzen, sie mit den Jahren immer launischer und labiler hatte werden lassen, aber nie hatte er auch nur angedeutet, dass er sie für selbstmordgefährdet hielt. Hätte er das für möglich gehalten, dann hätte er etwas unternommen. Und er hätte ihr kaum das Sorgerecht für die Kinder überlassen, wenn er sie in Gefahr gewähnt hätte.

»Sollen wir sonst noch irgendwas mitnehmen?«, riss Melody mich aus meinen Gedanken.

»Ich brauche noch eine blaue Decke von Kellis Bett«, sagte ich. »Steht auf der Liste von Max. Könntest du dir vielleicht noch einen Koffer holen und einige von seinen Spielsachen einpacken und irgendwas aus Avas Zimmer, von dem du glaubst, dass sie es vielleicht gern hätte, damit sie etwas Vertrautes um sich haben? Ein paar Sachen haben sie auch bei uns, aber nicht viel.«

»Gute Idee«, fand sie und ging zurück zu der kleinen Kammer im Flur, während ich mich auf den Weg zu Kellis Zimmer machte. Die Tür stand weit offen, und gleich als ich eintrat, meinte ich in allem Kellis mädchenhaftes Wesen zu erkennen: in den pudrig blauen Wänden, den gelb geblümten Vorhängen, den weißen, mit zarter Spitze besetzten Kissen. Die Kommode war mit Kosmetikprodukten vollgestellt, und vor dem runden Spiegel ihres Schminktischs stand eine Schmuckkassette. Auch die Schranktür stand weit offen, als hätte Kelli sich in Eile angekleidet und dann vergessen, sie zu schließen. Ich fragte mich, was wohl ihre letzten Gedanken gewesen waren. Vielleicht hatte sie überlegt, am Abend mit den Kindern eine DVD zu schauen oder was sie alles erledigen könnte, wenn die beiden den Rest des Wochenendes bei uns waren. Ich musste im Büro gewesen sein, als sie die Kinder zur Schule gebracht hatte und wieder ins Bett gekrochen war. Als sie ihren letzten Atemzug getan hatte, war ich an meinem Schreibtisch in die Klientenakten vertieft gewesen und hatte noch nicht einmal geahnt, dass bald nichts mehr so sein würde, wie es gewesen war. Mit plötzlicher Beklommenheit kam mir die Erkenntnis, dass auch ich nicht wissen konnte, wann mein Leben zu Ende wäre. So schnell konnte alles vorbei sein.

Ich kämpfte gegen meine Tränen an und versuchte, mich auf meine Aufgabe zu konzentrieren. *Die blaue Decke von Moms Bett.* Doch schon schweifte mein Blick wieder durch den Raum, fiel auf die Spitzenunterwäsche, die vor dem weißen Wäschekorb auf dem Boden lag, die Bücher, die sich auf dem Nachttisch neben dem ungemachten Bett stapelten. Von einem leeren Tablettenfläschchen war nichts zu sehen; Diane musste es den Sanitätern mitgegeben haben, damit die Ärzte im Krankenhaus wussten, was sie möglicherweise genommen hatte.

Weil ich neugierig war, was Kelli wohl gelesen hatte, trat ich an den Nachttisch und warf einen Blick auf das Buch, das ganz zuoberst lag. *Verluste verarbeiten und Heilung finden*, verhieß der Titel in leuchtend roten Buchstaben. Darunter lagen *Kraft zum Loslassen* und *Das Leben neu gestalten*. Ich wusste, dass sie die Beziehung zu ihren Eltern verloren hatte. Sie hatte Victor verloren. Gab es sonst noch etwas? Etwas, wovon ich nichts wusste?

Soweit ich das beurteilen konnte, hatten Kelli und Victor nach der Scheidung einen eher freundschaftlichen Umgang gepflegt. Natürlich hatte es manchmal Spannungen gegeben, vor allem, wenn es um Ausgaben für die Kinder ging oder wenn Victor eines seiner Wochenenden tauschen wollte, weil im Restaurant gerade so viel zu tun war. Aber alles in allem hatte ich den Eindruck gehabt, als wären sie ganz gut miteinander klargekommen. Andererseits war ich meist nicht dabei gewesen, wenn die beiden miteinander zu tun hatten, weshalb ich mir so sicher auch nicht sein konnte. Und als ich jetzt, drei Jahre nachdem Victor ausgezogen war, diese Bücher auf Kellis Nachttisch liegen sah, fragte ich mich, ob sie es nicht bereut hatte, ihn hinausgeworfen zu haben. Und ich begann, mir nicht nur über Kellis Vergangenheit Gedanken zu machen, sondern auch über ihre Ehe mit Victor. War in der Zeit irgendetwas passiert, irgendetwas Wichtiges, wovon ich nichts wusste?

Ich schüttelte den Kopf, als ließen sich so alle Gedanken vertreiben, und konzentrierte mich auf das, weswegen ich eigentlich hier war. Auf dem Bett entdeckte ich die flauschige blaue Decke, die Max gemeint haben musste. Während ich sie ausschüttelte und zusammenfaltete, fiel mein

Blick auf ein paar Fotoalben, die auf den Bücherborden standen. Ich beschloss, einige davon für die Kinder mitzunehmen. Vielleicht könnte es ein Trost für sie sein, Bilder von ihrer Mom zu haben. Aus demselben Impuls heraus suchte ich ein paar von Kellis Pullovern aus der Kommode heraus. Selbst wenn sie Ava zu groß waren, gäben sie ihr vielleicht das Gefühl, sich in die Arme ihrer Mutter schmiegen zu können.

Gerade als ich das Zimmer verlassen wollte, sah ich noch ein weiteres Buch auf Kellis Bett liegen. Es musste unter der blauen Decke gelegen haben, weshalb es mir erst nicht aufgefallen war. Es hatte einen tiefroten, fast braunen Einband, der sich auf dem weißen Laken wie ein Blutfleck ausmachte. Kurz zögerte ich, dann legte ich alles, was ich in den Armen trug, auf dem Boden ab, trat wieder ans Bett und nahm das Buch zur Hand.

Ein fester, glatter Einband, das Format größer als ein normales Buch, etwa ein Roman. Ich schlug es auf und war nicht überrascht, in kursiver Schrift *San Luis Obispo 1993* auf dem Titelblatt zu lesen. Ein Jahrbuch. Ich blätterte vor zu den ersten Jahrgängen, und da war sie: Kelli Reed, 9. Klasse. Das Foto war schwarz-weiß, aber ich erkannte sie an ihren langen glatten Haaren und an dem etwas verhaltenen Lächeln. Ich schätzte sie auf vierzehn, und schon damals war sie unglaublich hübsch gewesen. Vielleicht noch etwas kindlich und unreif, aber der Ansatz ihres Busens war selbst auf diesem alten Foto nicht zu übersehen. Also doch echt, dachte ich. Hier war der Beweis. Ava hatte mal erwähnt, dass ihre Mutter auf der Highschool Cheerleader gewesen sei, doch als ich weiter vorblätterte, konnte ich Kelli auf keinem der Gruppenbilder entdecken. Vielleicht war sie ja erst im zweiten Jahr in die Mannschaft gewählt worden, überlegte ich. Zum Schluss schaute ich noch kurz auf die ersten und letzten Seiten, aber sie waren völlig leer. Keine Unterschriften. Kein *Du bist die Beste!* oder *Chemie ist so scheiße!* Warum hatte sie ein Jahrbuch, aber niemanden gebeten, ihr etwas hineinzuschreiben? Vielleicht war sie nicht so beliebt gewesen. Oder einfach schüchtern. Aber selbst ich, die ich an der Highschool kaum Freunde gehabt hatte, da ich mich so viel um Sam hatte kümmern müssen und nie Zeit gehabt hatte, hatte am Ende des Schuljahrs ein paar Leute aus meiner Klasse in meinem Jahrbuch unterschreiben lassen.

Ich suchte im Regal nach den restlichen drei Jahrbüchern und wollte sie zusammen mit den Fotoalben mitnehmen, damit Max und Ava sie sich ansehen könnten. Aber ich fand keines. Kein einziges. Warum hatte Kelli sich ausgerechnet dieses kurz vor ihrem Tod angeschaut?

»Bist du so weit, Grace?«, rief Melody und riss mich aus meinen Gedanken. »Ich habe einen ganzen Koffer vollgepackt, und er wiegt gefühlte zwei Tonnen. Allein bekomme ich den nicht zum Auto.«

Auf einmal war das Jahrbuch nicht mehr wichtig. Tränen stiegen in mir auf, schnürten mir den Hals zu, wenn ich nur daran dachte, gleich wieder mit Victor und den Kindern in einem Haus zu sein. Den dumpfen Schmerz in ihren Augen zu sehen, Victors schon jetzt völlig erschlagene Miene. Die Geschichte, wie ich sie in meiner Vorstellung von unserem gemeinsamen Leben geschrieben hatte, würde es nicht geben. Sie war ausgelöscht. Vor uns lagen jetzt völlig leere Seiten, die darauf warteten, neu beschrieben zu werden. Und plötzlich war da der Wunsch, Melody allein die Sachen abliefern zu lassen. So sehr ich Victor auch liebte und mir Sorgen machte um Max und Ava, ich wusste nicht, ob ich das durchstehen würde, ohne mich selbst zu verlieren. Ich wäre gern so selbstlos gewesen, mich diesem Drama zupackend und pragmatisch zu stellen, aber ich war mir nicht sicher, ob ich das Zeug dazu hatte. Ich musste an meine zwar etwas beengte, aber herrlich friedliche Wohnung denken und stellte mir vor, wie es wäre, wieder dort zu leben, umgeben von allem, was mir vertraut war. Kein richtiger Stress, keine riesigen Gefühlskatastrophen, mit denen es klarzukommen galt. *Aber auch kein Victor*, ermahnte ich mich. *Keine Freundschaft. Keine Wertschätzung. Keine Liebe.*

»Ich komme«, rief ich zurück, drückte die Alben, die Decke und die Pullover an mich und sah mich ein letztes Mal in Kellis Zimmer um. Es war gar keine Frage, ich würde mich dem stellen müssen. Victor brauchte mich. Ob ich mich nun dazu bereit fühlte oder nicht.

Kelli

In den Liebesromanen, die Kelli so gern las, sahen die Männer immer umwerfend gut aus. Am Anfang gaben sie sich etwas abweisend und schienen unerreichbar, aber nachdem sie der Heldin begegnet waren und die sich ihnen hingegeben hatte, wurden sie weich und waren endlich fähig, sich ihre Liebe einzugestehen.

Zwei Wochen war es her, dass Kelli mit Jason auf der Vorderbank seines Trucks gelegen hatte, und sie wartete noch immer darauf, dass er weich wurde. Sie sah ihn in der Schule auf dem Flur; in Mathe lächelte sie ihn an. Aber er sprach kaum ein Wort mit ihr. Wenn sie versuchte, mit ihm zu reden, guckte er nur zu seinen Freunden und grinste blöd. Als sie ihm einen Zettel zuschob, rückte er seinen Stuhl von ihr weg. *Meine Eltern haben mir einen Monat Hausarrest gegeben*, hatte sie geschrieben. *Aber das war es wert*. Tränen schossen ihr in die Augen, als sie sah, wie er den Zettel an seine Kumpel weiterreichte. Wie konnte er nur so etwas tun, wo er sie doch liebte?

»Er *liebt* dich nicht, Kel«, klärte Nancy sie auf, als sie nebeneinander vor dem Spiegel auf dem Schulklo standen, um sich vor Beginn der nächsten Stunde die Haare zurechtzumachen. »Er hat dich einfach nur ausgenutzt, weil er dir an die Wäsche wollte.«

Kelli wurde knallrot. »Hat er nicht. Er hat mir selbst gesagt, dass er mich liebt.«

Nancy drehte sich zu ihr um und schaute sie mitleidig an. »Kelli, *bitte*. Jungs würden dir sonst was erzählen, um dich rumzukriegen.«

Kelli gab sich selbst die Schuld. Vielleicht hatte sie es ihm zu schnell zu leicht gemacht. Sie hätte ihn mehr auf die Folter spannen sollen. Sie hätte ihn warten lassen sollen. Erst hätte er sie zu einem richtigen Date ausführen müssen. Solange sie Hausarrest hatte, gab es nur einen Ort, an den ihre Eltern sie – außer zur Kirche – gehen ließen. Und so saß sie die nächsten paar Wochen nach der Schule jeden Tag in der Bibliothek und durchforstete alte Ausgaben der *Cosmo* nach Tipps, die ihr verrieten, wie sie Jason zurückgewinnen konnte. *Sie wollen ihn eifersüchtig machen?*, fragte ein Artikel. *Flirten Sie mit seinen Freunden, und er wird merken, was ihm entgeht!*

Super, dachte Kelli. Gleich am nächsten Tag ging sie in der Schulkantine zu dem Tisch, wo Jason mit seinen Kumpeln Mike und Rory saß. »Hi, Mike«, sagte Kelli und schaute Jason absichtlich nicht an. Sie wusste, dass sie gut aussah – sie hatte sich extra Nancys engen blauen Sweater und ihre Levi's-Karottenjeans ausgeliehen. Jede ihrer Rundungen war bestens zu sehen.

Mike, genauso groß, aber längst nicht so gut aussehend wie Jason, lächelte sie an. »Hey, Kelli. Was geht ab?«

»Nicht viel«, sagte sie, straffte die Schultern und streckte die Brust raus. »Ich dachte mir … hast du vielleicht Lust, nachher mit mir zu lernen? Ich kapier da was in Mathe nicht.«

Mike schaute kurz zu Jason rüber und grinste. »Klar«, sagte er. »Ich hab schon gehört, dass es *ziemlich* Spaß machen soll, mit dir zu ›lernen‹.« Mike machte mit den Fingern kleine Anführungszeichen in die Luft, und seine Freunde brüllten vor Lachen.

Kelli fühlte sich, als hätte sie einen Schlag in die Magengrube bekommen. Sie wusste nicht, wie sie reagieren sollte. Was sollte sie jetzt tun? Tränen brannten ihr in den Augen, als sie zu Jason schaute. »Du hast es ihnen *erzählt?*«, flüsterte sie so fassungslos, dass ihr fast die Stimme versagte.

Jason schob das Kinn vor und zuckte mit den Schultern. »Du rennst doch dauernd in die Kirche, oder? Du hättest es besser wissen sollen.« Da lachten sie wieder, und Kelli flüchtete blindlings aus der Schulkantine. Den Rest des Nachmittags versteckte sie sich auf dem Klo und weinte.

Als sie nach Hause kam, stand ihr Vater im Wohnzimmer und wartete auf sie. Wie angewurzelt blieb sie stehen, denn eigentlich war er nie vor sechs zu Hause – wenn die Bank zumachte. Weil sie nicht wollte, dass er ihre verheulten Augen sah, senkte sie den Blick und hoffte, er würde nichts merken. »Wo ist Mama?«, fragte sie.

Sie spürte seinen Blick auf sich ruhen. »Im Schlafzimmer. Sie hat heute Nachmittag einen Anruf von der Schulsekretärin bekommen. Du warst den ganzen Nachmittag nicht im Unterricht.«

Kelli spürte, wie ihr Magen sich zusammenkrampfte, und schaute vorsichtig auf. Weil sie noch nie geschwänzt hatte, war sie nicht mal auf den Gedanken gekommen, dass die Schule ihre Eltern anrufen könnte. »Daddy …«, fing sie an, aber er hob sofort die Hand, um sie zum Schweigen zu bringen.

»Ich will nichts hören. Du bist eine große Enttäuschung für mich, junge Dame. Und eine Lügnerin bist du auch.« Er legte eine Pause ein und schob sich seine Brille bis an die Nasenwurzel hoch. »Dein Verhalten ist nicht akzeptabel, und du sollst dafür bestraft werden.«

Kelli nickte und spürte, wie neue Tränen ihr in die Augen stiegen. Sie hätte ihn so gern um Hilfe gebeten, wollte so gern Trost in den Armen ihres Vaters finden, aber sie wusste, dass es zwecklos war, auch nur darauf zu hoffen. »Wie lange bekomme ich diesmal Hausarrest?«, fragte sie leise.

»Hausarrest scheint bei dir keine Wirkung zu zeigen.« Sie hörte ihn tief Luft holen. »Geh und hol den Holzlöffel.«

Kelli stockte der Atem. Ihr Vater hatte sie erst zweimal geschlagen – einmal mit vier Jahren, als sie die Lieblingsvase ihrer Mutter aus dem Regal geangelt hatte, um sie sich anzuschauen, und sie versehentlich zu Boden hatte fallen lassen, und dann noch einmal mit sechs, als sie in einem Wutanfall in den Garten gestürmt war und sämtliche Blüten von den Rosenstauden ihrer Mutter geschnitten hatte. »Daddy«, bat sie. »Bitte. Ich verspreche auch, dass es nicht wieder vorkommt.«

Er nickte und presste die Lippen so fest zusammen, dass nur noch ein weißer Strich zu sehen war. »Du hast recht«, sagte er dann. »Es wird nicht wieder vorkommen. Diesmal wirst du nämlich nicht so schnell vergessen, was du getan hast. Geh und hol den Löffel.«

Sie war *vierzehn!* Er konnte doch nicht wirklich … oder? »Mama?«, rief sie. Ihr Vater machte einen Schritt auf sie; Kelli wich einen Schritt zurück.

»Deine Mutter ist auch der Ansicht, dass dies die angemessene Strafe für dich ist.« Er sah seine Tochter unverwandt an. »Ich will es nicht noch einmal sagen müssen.«

Kelli spürte Zorn in sich aufsteigen. Sie ballte die Hände und straffte den Rücken. »Nein«, sagte sie. »Ich habe einen Fehler gemacht. Aber nur, weil mich was so aufgeregt hat und ich dann heulend auf dem Klo saß und überhaupt nicht mehr an den Unterricht gedacht habe! Es war *keine Absicht.*« Sie wusste, dass er nicht fragen würde, was sie so aufgeregt hatte. Das interessierte ihn überhaupt nicht. Ihn interessierte nur, dass sie gegen eine Regel verstoßen hatte. Ihn interessierte nur, wie es *ihm* damit ging; was mit *ihr* war, wollte er gar nicht erst wissen.

Ihr Vater hob die dunklen Brauen. »Du lügst.«

»Nein, tue ich nicht.« Kelli sah ihre Mutter hinter ihm auftauchen. »Mama, es war ein Versehen. Ich habe doch nicht absichtlich geschwänzt! Sag ihm, er soll das lassen. *Bitte.*« Sie hatte solche Angst, dass ihre Stimme bebte. Noch nie hatte sie so gegen ihren Vater aufbegehrt.

Ihre Mutter schaute erst zu ihrem Vater, dann wieder zu Kelli. »Thomas«, sagte sie leise. »Lass es gut sein.«

Kellis Vater drehte sich nach ihrer Mutter um. »Du hast mich deswegen in der Arbeit angerufen. Du hast mich gebeten, nach Hause zu kommen und sie zur Vernunft zu bringen.«

»Du solltest sie nicht *schlagen*«, erwiderte Kellis Mutter ruhig. »Ihr nur ins Gewissen reden.« Beschwichtigend legte sie die Hand auf seinen Arm. »Es tut mir leid, Thomas. Ich hätte besser daran getan, mich gleich selbst darum zu kümmern.«

Kelli sah, wie die Anspannung von ihrem Vater wich, und sie nutzte die Gelegenheit. »Es tut mir so leid, Daddy. Es wird nie wieder vorkommen. Niemals nie, versprochen.« Dann fing sie an zu weinen, doch weder ihr Vater noch ihre Mutter machten Anstalten, sie zu trösten. Ihre Eltern standen erst reglos da, dann verließen sie beide das Zimmer – ihr Vater, um zu seiner Arbeit in der Bank zurückzukehren, und ihre Mutter, um in der Küche das Abendessen vorzubereiten. Kelli stand noch eine ganze Weile weinend im Wohnzimmer und fragte sich, ob es denn überhaupt jemanden gab, der sie liebte.

Die nächsten paar Wochen verhielt Kelli sich ruhig und unauffällig. In der Schule war sie still und zu Hause auch. Was auch nicht weiter schwer war, denn die meiste Zeit über war ihr schlecht, und sie war so müde, wie sie es noch nie in ihrem Leben gewesen war. Sie hätte nur noch schlafen können. Sie unterhielt sich höflich mit ihren Eltern, ging mit ihnen in die Kirche und besuchte widerspruchslos die Jugendgruppe. Von Jason versuchte sie sich fernzuhalten, und sogar zu Nancy ging sie auf Distanz. Die ganze Schule schien über sie Bescheid zu wissen, überall wurde darüber getuschelt, was sie getan hatte. Als ein Junge sie an ihrem Schließfach abfing, um zu fragen, ob sie auch Blowjobs mache, hätte sie am liebsten nur die Augen zugekniffen und sich in Luft aufgelöst. Sie kapselte sich von allem ab, was ihr wehtun könnte, und doch weinte sie sich jeden Abend in den Schlaf, das Gesicht tief in ihrem Kissen vergraben. Dabei wusste sie nicht mal, weshalb genau sie weinte, aber die Tränen kamen einfach, ob sie ihren Grund nun kannte oder nicht.

»Du hast abgenommen«, bemerkte ihre Mutter eines Morgens beim Frühstück. Ihr Vater war schon zur Arbeit gegangen. Seit dem Tag, an dem sie sich ihm widersetzt hatte, sprach er kaum noch mit ihr. Manchmal hatte sie den Eindruck, es wäre ihm lieber, wenn es sie überhaupt nicht gäbe.

»Ich habe keinen Hunger«, sagte Kelli und rührte mit dem Löffel in ihren Cornflakes herum. »Mir ist ein bisschen schlecht.«

Ihre Mutter berührte mit dem Handrücken Kellis Stirn. »Fieber hast du nicht«, stellte sie fest. »Hast du dich übergeben müssen?«

Kelli zuckte nur mit den Schultern. Genau genommen hatte sie sich heute Morgen übergeben. Aber das ging schon seit Wochen so. Sie war zu dem Schluss gekommen, dass es am Kummer liegen musste. Es erging ihr wie einer der Heldinnen in ihren Romanen – sie war krank vor Liebeskummer, am Boden zerstört, dass Jason sie so schmählich ausgenutzt, dass sie sich so leichtfertig hingegeben hatte.

»Hast du deine Tage?«, fragte ihre Mutter so leise, dass Kelli sie kaum verstand.

»Nein«, antwortete Kelli, und dann stockte ihr der Atem. Mit großen Augen sah sie ihre Mutter an. »Ich habe sie gar nicht bekommen.« *Oh nein. Bitte nicht. Das durfte nicht wahr sein. Es war doch nur ein einziges Mal. Alles war so schnell gegangen.*

Das Gesicht ihrer Mutter wurde aschfahl, und ihre Schultern sackten in sich zusammen. Ihre Gabel landete scheppernd auf dem Teller. »Wie lange«, sagte sie nur. Eine Feststellung, keine Frage.

Kelli versuchte sich zu erinnern, wann sie zuletzt die Vorräte aus der blauen Box unter dem Badezimmerwaschbecken gebraucht hatte. Es war noch vor Jason gewesen, so viel war sicher. Bevor ihre Welt zusammengebrochen war.

Grace

Als Melody und ich nach Hause kamen, war Victor gerade am Telefon und besprach sich mit seinem Küchenchef. Ich stellte mir Spencer in der hektisch betriebsamen Küche des Loft vor; er war übrigens der umwerfend gut aussehende Muskelprotz mit den beeindruckenden Tattoos, der mich an dem Abend, als ich Victor kennenlernte, kurz gegrüßt hatte. Als ich ein paar Wochen später zum ersten Mal ein paar Worte mit ihm wechselte, fand ich zwar noch immer, dass er eher in eine Wrestling-Arena passte als in ein Restaurant, aber er war ein absolut fantastischer Koch. Alles, was er anrührte, verband sich zu einer geradezu hypnotischen Mischung, die jeden Gast, der einmal im Loft gegessen hatte, immer wieder dorthin zurückkehren ließ.

»Was hast du da reingetan?«, fragte ich ihn, als ich einmal von einer seiner besonders dekadenten Wildpilzsuppen probieren durfte. »Eine Prise Koks? Die ist so gut, die macht süchtig!«

»Nur frische, handverlesene Zutaten«, erwiderte Spencer mit einem stillen Lächeln. »Und einen großen Schuss Liebe.« Für einen Mann seiner Statur war er ein eher ruhiger, leiser Typ, fast schon schüchtern. Ein gutes Beispiel dafür, dass man vom Aussehen eines Menschen nicht auf seinen Charakter schließen sollte.

»Ah ja«, meinte ich lachend. »Dann lass das lieber nicht das Gesundheitsamt hören.«

Jetzt luden Melody und ich alles aus unseren Autos und packten das Essen, das sie mir mitgebracht hatte, gleich in den großen Gefrierschrank, der bei uns in der Garage stand. Eine Lasagne und eine Dose Kekse nahmen wir für heute Abend mit ins Haus. Dann schleppten wir die Koffer in die Zimmer der Kinder und gingen ins Wohnzimmer, um den beiden Gesellschaft zu leisten, während Victor noch telefonierte. Für Max nahm ich die blaue Decke mit, um die er gebeten hatte, und für Ava einen von Kellis Pullovern. Wir fanden die beiden vor dem Fernseher; sie lagen nebeneinander auf dem Sofa, noch immer in ihren Schlafanzügen, und hingen mit glasigen Augen an dem großen Flachbildschirm. Doch der Apparat war gar nicht an. Sie starrten einfach so ins Leere. Ava hatte ihre Hand ganz leicht auf die ihres Bruders gelegt, und diese kleine Geste der Zärtlichkeit hätte mich beinah wieder in Tränen ausbrechen lassen.

»Na, ihr beiden«, sagte Melody und setzte sich neben Ava. »Es tut mir furchtbar leid, was mit eurer Mom passiert ist.« Sie strich tröstend über Avas Arm, und Ava zuckte zurück, als hätte sie etwas gebissen. Statt sich von dieser Reaktion abschrecken zu lassen, zog Melody sie an sich und nahm sie in die Arme. Ich wartete darauf, dass Ava sich losreißen würde – sie war Melody nur ein paar Mal begegnet, als meine Freundin an den Wochenenden, an denen wir die Kinder hatten, mal kurz vorbeigekommen war –, doch wider Erwarten fing sie an zu weinen und ließ sich in Melodys Arme sinken. Meine Freundin hielt sie fest, streichelte ihr den Rücken und schmiegte ihre Wange an Avas Haar.

Als er das sah, sprang Max von der Couch, stürzte sich auf mich und schlang seine dünnen Arme um meine Hüften. Ich stolperte einen Schritt zurück, so überrascht war ich von diesem plötzlichen Gefühlsausbruch, dann fand ich mein Gleichgewicht wieder, schloss ihn ganz fest in meine Arme und legte dabei die Decke seiner Mutter um ihn. Keines der Kinder sagte auch nur ein Wort, doch als Melody mich ansah, standen ihr Tränen in den Augen. Auch Ava schaute zu mir herüber und entdeckte den roten Pullover in meiner Hand. Ich hielt ihn ihr hin.

»Ich dachte, den würdest du vielleicht gerne haben«, sagte ich, einen Arm noch immer um Max gelegt, der an meiner Schulter leise vor sich hin schniefte.

Ava zögerte kurz, dann machte sie sich vorsichtig aus Melodys Umarmung los. Mit regloser Miene starrte sie auf den Pullover ihrer Mutter. »Das war ihr Lieblingspulli«, flüsterte sie. »Dad hat ihn ihr geschenkt.«

»Dann solltest du ihn auf jeden Fall behalten«, sagte ich mit einem aufmunternden Lächeln und versuchte, dem leisen Unbehagen nicht nachzugeben, das die Vorstellung von Victor und Kelli mir plötzlich bereitete. Normalerweise wäre das überhaupt kein Thema, aber nachdem ich den Stapel Selbsthilfebücher an Kellis Bett gesehen hatte, war ich doch ein klein wenig verunsichert.

Fast verstohlen sah Ava mich an, als sie sich den Pulli von mir nahm. Ihre Unterlippe zitterte. »Ich heb ihn für sie auf. Falls sie zurückkommt«, sagte sie, ihre Stimme fast erstickt, weil sie Mund und Nase im Pullover vergraben hatte. »Vielleicht war ja alles ein Irrtum. Vielleicht haben sie im Krankenhaus was verwechselt.«

Max riss sich von meiner Schulter los und schaute voller Hoffnung zu mir auf. Seine Nase lief, und in seinen blauen Augen glänzten Tränen. »Das gibt's doch, oder? Ich hab das mal im Fernsehen gesehen! Da haben sie auch gedacht, der eine wär gestorben, und dann war er es gar nicht.«

Mit hilflosem Blick sah ich Melody an, die für mich einsprang. »Es wäre schön, wenn es so wäre. Aber die Ärzte sind sich ganz sicher, dass es eure Mom war. Es tut mir leid, aber das war bestimmt kein Irrtum.« Prompt fingen beide Kinder wieder an zu weinen, und Melody und ich schlossen sie erneut in unsere Arme.

Victor kam aus der Küche angerannt, das Telefon noch in der Hand. Als er uns sah, blieb er wie angewurzelt stehen. Ich deutete ein verhalten zuversichtliches Lächeln an und formte mit den Lippen ein lautloses: *Alles okay.* Er nickte, ließ sich hinter mir auf den Boden sinken und schloss mich samt seinem Sohn in die Arme. Er drückte seine tränenfeuchte Wange an meine, und ich spürte, wie seine Wärme mich umfing.

Als Victor uns so in seinen Armen hielt, regte sich ganz kurz Hoffnung in mir, dass ich es schaffen würde. Wenn ich jetzt hier sein konnte, könnte ich auch immer hier sein. Denn wenn ich einen so schmerzlichen Moment durchstehen konnte, würde ich auch alles andere schaffen. Vielleicht könnte ich ja lernen, mich nicht *trotz* der Kinder, sondern *mit* den Kindern in dieser Situation zurechtzufinden. Vielleicht war Muttersein ja längst nicht so beängstigend, wie ich immer geglaubt hatte.

Ava

Für fast alles gab es irgendwelche Regeln, wie man sich verhalten sollte. Ich wusste, dass ich im Unterricht aufpassen und nicht reden sollte, wann ich über Brees Witze lachen sollte und dass ich besonders lieb zu Dad sein musste, wenn ich etwas von ihm wollte. Aber ich hatte keine Ahnung, was jetzt von mir erwartet wurde. Mama war tot, und alles andere schien auf einmal gleichgültig. Es war völlig egal, was ich tat oder nicht tat. Ob ich aß oder nicht, ob ich weinte oder nicht, es würde nichts daran ändern. *Putz deine Zähne*, befahl mir mein Gehirn. *Zieh dich an. Geh den Flur runter. Setz dich an den Tisch. Beiß vom Toast ab.* Wie in Zeitlupe, mit steifen Bewegungen reagierte ich auf diese Gedanken. Wie der Blechmann im Zauberer von Oz, wenn er bei Regen anfängt zu rosten. Mein ganzer Körper fühlte sich pelzig-prickelnd an, wie mein Mund, wenn ich beim Zahnarzt gewesen war. Irgendwie da, aber irgendwie auch nicht. Mein Körper bewegte sich und war doch taub. Wie eine leere Hülle.

Wir brauchten nicht zur Schule zu gehen, weshalb Max und ich praktisch die ganze Woche zu Hause hockten. Ich malte mit ihm und las ihm seine Lieblingsgeschichten vor, aber der Versuch, uns abzulenken, brachte wenig, und keinem von uns ging es dadurch besser.

»Wie geht es euch?«, fragte Dad uns jeden Tag – und meistens mehr als einmal. Ich wusste nie, was ich darauf antworten sollte. Was glaubte er wohl, wie es uns ging? Ich konnte nicht mal mehr weinen, selbst wenn ich es gewollt hätte. Ich war so müde, wie ich es noch nie gewesen war, als wäre ich von innen ausgehöhlt. Wir schliefen jede Nacht in Dads Bett – oder versuchten es zumindest. Grace war so lange ins Wohnzimmer auf die Couch umgezogen. Ich glaube, keiner von uns bekam viel Schlaf. Sobald ich die Augen zumachte, tauchte Mamas Gesicht vor mir auf, und mein Herz begann so schnell zu schlagen, dass mir das Blut in den Ohren rauschte. Es pulsierte in meinem Kopf, im Hals, in den Fingerspitzen – selbst in den Zehen.

Heute war Donnerstag, der Tag, an dem alle zu dieser seltsamen Feier zu uns kommen würden. Dad wollte es nicht Beerdigung nennen, dabei lief es genau darauf hinaus. Am liebsten wäre ich gar nicht erst aufgestanden. Ich wollte verschwinden, bis das alles vorbei war. Mich in Dads Bett verkriechen. Er und Max waren schon aufgestanden, ich war allein. Ich wickelte mich in Mamas roten Pulli ein, zog die Knie bis unters Kinn und machte die Augen wieder zu.

»Ava?«, hörte ich ganz leise Dads Stimme durch die Tür. »Bist du wach?«

Was er wohl tun würde, wenn ich nicht antwortete? Oder wenn ich einen Heulanfall bekam und mich weigerte aufzustehen? Ich könnte schreien und um mich schlagen, treten und ihn beißen, wenn er mich trotzdem zwingen würde. Ein Teil von mir wollte gern wissen, was passieren würde, wenn ich mich weigerte, aber der andere, klügere Teil antwortete: »Ja, bin wach.«

»Die ersten Gäste werden bald da sein, und Grace muss sich noch fertig machen.«

Meine Augen flogen auf. Ich warf die Decke zurück und drehte mich auf den Rücken. »*Ja-aa, Dad*, ich hab's gehört!« Es war mir ganz egal, ob ich frech war. Sollte er mich doch bestrafen. Schlimmer als ich mich jetzt fühlte, konnte es nicht werden.

Weil er nichts erwiderte, nahm ich an, dass er Grace Bescheid sagen war, dass sie ins Schlafzimmer konnte. Ich überlegte, wie sie das wohl fand, einfach so aus Dads Bett vertrieben zu werden. Vielleicht war sie ja wütend auf uns, dass wir so viel von seiner Zeit beanspruchten. Diese Woche hatte sie mich auf jeden Fall ziemlich in Ruhe gelassen und nur dann mit mir gesprochen, um mir bei Tisch etwas zu essen zu reichen oder mich zu fragen, ob ich mit Max und ihr spazieren gehen wollte. Sie hatte es Dad überlassen, uns zu sagen, dass wir uns duschen und anziehen oder unsere Müslischalen in die Spüle stellen sollten. Ihre Tage verbrachte sie damit, mit ihrer Assistentin zu telefonieren, vor ihrem Computer zu sitzen und zu arbeiten und nebenbei noch das ganze Haus zu putzen. Sie war viel stiller als sonst, schlich auf Zehenspitzen herum, umarmte und küsste meinen Dad, wenn sie glaubte, wir würden es nicht merken. Vielleicht wusste sie ja auch nicht, wie sie sich verhalten sollte.

Es klopfte leise an die Tür, dann kam Grace herein. Sie deutete ein Lächeln an, als sie mich noch immer in ihrem Bett liegen sah. »Na«, sagte sie. »Ist das okay, wenn ich schnell dusche? Du kannst ruhig noch ein bisschen liegen bleiben, wenn du willst.«

Ich nickte, und sie machte leise die Tür hinter sich zu. Sie trug schwarze Schlafanzughosen und ein schlabberiges lila T-Shirt, und ihre Haare standen ihr total wirr um den Kopf. Gerade als sie im Bad verschwinden wollte, sagte ich: »Grace?« Es überraschte mich selbst, meine Stimme zu hören.

Sie blieb stehen, drehte sich um und sah mich an. »Ja?« Sie sagte es so leise und so sanft, dass ich fast angefangen hätte zu weinen. Bevor ich sprechen konnte, musste ich erst ganz fest die Zähne zusammenbeißen, damit mein Kinn aufhörte zu zittern.

»Muss ich heute unbedingt dabei sein?«

Sie zögerte kurz. »Es wäre gut, wenn du dabei wärst. Du hättest eine Gelegenheit, dich zu verabschieden.«

»Und wenn ich nicht will?«, sagte ich, nachdem ich einen Augenblick darüber nachgedacht hatte.

Sie seufzte. »Ich kann verstehen, wie dir gerade zumute ist. Alles ziemlich beschissen, was?«

Ungläubig starrte ich sie an. Ich war echt schockiert, dass eine Erwachsene so etwas sagte – und dass jemand, zu dem ich so gemein gewesen war, auf einmal so nett zu mir war. »Ja, ist es«, sagte ich, setzte mich auf und wickelte mich in Mamas Pullover. Den Blick auf die Matratze gerichtet, überlegte ich, was ich noch sagen sollte. Mein Bauch krampfte sich zusammen, aber ich wusste, dass ich mich bei ihr entschuldigen musste. »Eigentlich hasse ich dich gar nicht, Grace. Tut mir leid, dass ich das gesagt habe.« Meine Stimme zitterte, und bei jedem Wort hatte ich das Gefühl, Mama zu verraten. Sie war neidisch auf Grace gewesen, das wusste ich. Neidisch auf ihren Job, neidisch, weil Daddy sie liebte. Mir war immer klar gewesen, dass ich Grace nicht mögen durfte, aber sie war es, die jetzt hier war, während Mama … fort war. Ich wusste nicht mehr, was ich denken sollte oder welchen Gefühlen ich trauen konnte.

»Ava«, sagte sie. »Schau mich bitte mal an.« Ich tat es und biss wieder die Zähne zusammen, damit ich nicht anfing zu heulen. Sie lächelte nicht, doch ihre grünen Augen blickten freundlich, als sie mich ansah. »Ich verstehe dich.

Manchmal, wenn wir wütend oder traurig sind, sagen oder tun wir Dinge, die wir nicht so meinen. Also mach dir deswegen keine Gedanken. Ich mag dich wirklich sehr, und ich bin für dich da, wann immer du mich brauchst.«

Ich nickte kurz und war nur froh, dass sie kein großes Ding daraus machte. Wenn ich so was zu Mama gesagt hätte, hätte ich wochenlang Hausarrest bekommen. Grace lächelte mich an und ging dann ins Bad. Ich blieb noch ein bisschen liegen und fand es seltsam tröstlich zu hören, wie sie sich nebenan fertig machte – Wasserrauschen, das leise Brummen des Föns. Es erinnerte mich daran, Mama zuzuhören, wie sie sich für die Arbeit »aufhübschte«. Nach einer Weile stand ich auf und ging in mein Zimmer, um mich anzuziehen. Das Duschen ließ ich ausfallen und band meine Haare dafür so fest zusammen, dass man nicht sah, wie ungewaschen sie waren. Ich warf einen Blick in den Spiegel, betrachtete den schwarzen Rock und die schwarze Bluse, die ich unter Mamas Pullover trug. »Zieh dich immer für dich selbst an«, hatte sie mich ermahnt. »Es kommt nur darauf an, wie du selbst dich in den Klamotten fühlst, nicht darauf, wie andere es finden.«

Ich verschränkte die Arme vor der Brust und rieb mir mit beiden Händen über die Oberarme. »Ich hoffe, dass du mich jetzt sehen kannst«, flüsterte ich. »Das trage ich für dich.«

Spencer kam als Erster, und er sah richtig gut aus in seinem dunkelblauen Anzug. Die dunklen Haare hatte er zurückgegelt und ein rotes Taschentuch oben in seine Brusttasche gesteckt. Erst schüttelte er Dad nur die Hand, dann zog er ihn mit dem anderen Arm an sich, und sie klopften sich so lange auf den Rücken, als wollten sie ein Baby Bäuerchen machen lassen.

»Hey, ihr kleinen Schlawiner«, begrüßte er uns, und Max und ich winkten ihm kurz zu. Spencer war echt nett. Wenn wir ins Restaurant kamen, machte er uns gegrillten Käsetoast mit extra Knoblauch drauf und ließ uns von sündhaft teuren Desserts probieren. »Kann ich noch was helfen?«, fragte er und schaute sich im Wohnzimmer um. Grace hatte in den letzten Tagen so viel aufgeräumt, dass es überhaupt nicht aussah, als würde hier jemand wohnen.

»Ich wollte gerade noch die Stühle aus dem Esszimmer hereintragen«, sagte Dad. »Damit es genügend Sitzgelegenheiten für alle gibt.«

»Dann mal los«, meinte Spencer und klatschte in die Hände. Sie gingen nach nebenan, und Max und ich trotteten zum Sofa und ließen uns zusammen darauf fallen.

»Und was sollen *wir* jetzt machen?«, flüsterte Max. Ich zuckte mit den Schultern. Viele Leute würden nicht kommen – vielleicht Diane mit Patrick und ein paar Leute von Mamas Arbeit. Dad hatte gesagt, ihre Eltern könnten nicht kommen, weil ihr Gesundheitszustand eine so lange Reise nicht erlaubte. Hätte ich meine Großeltern gekannt, wäre ich bestimmt enttäuscht gewesen, aber ich wusste ehrlich nicht, wie ich jemanden vermissen sollte, den ich noch nie gesehen hatte.

Während ich noch überlegte, was ich meinem Bruder antworten sollte, kam Melody zur Tür herein. Sie trug ein schlichtes schwarzes Kleid und dazu passende Ballerinas. Ihre Haare hatte sie im Nacken zu einem Knoten aufgesteckt, um den sie eine dünne Perlenkette geschlungen hatte. Sie sah aus wie eine blonde Audrey Hepburn. Grace schloss sie in die Arme, dann nahm sie ihr den Mantel ab. Spencer und mein Dad kamen aus dem Esszimmer, jeder mit ein paar Stühlen. Melody sah sie, schaute noch mal hin, als traue sie ihren Augen nicht, dann stupste sie Grace an. »Wer *ist* das?«, flüsterte sie.

»Spencer«, sagte Grace. Als er seinen Namen hörte, stellte Spencer die Stühle ab und ging zu den beiden hinüber. »Das ist meine Freundin Melody«, stellte Grace sie vor. »Melody, das ist Spencer. Er ist der Küchenchef im Loft und für all die köstlichen Kreationen verantwortlich, von denen du so schwärmst.«

»Freut mich, dich kennenzulernen«, sagte Spencer, lächelte auf seine nette Art und reichte ihr die Hand. Melody schüttelte sie, nickte, und ich war mir ziemlich sicher, dass sie ihn noch immer anschaute, als er sich schon längst abgewandt hatte.

»Ava, was sollen wir jetzt *machen?*«, fragte Max noch einmal und zog an meinem Ärmel. Ich riss mich von ihm los.

»Weiß ich doch nicht!«, fuhr ich ihn an. Tränen schossen ihm in die Augen, und sofort kam ich mir richtig mies vor, weil ich so gemein zu ihm war. »Warum holst du dir nicht was zu essen?«, schlug ich ihm vor und versuchte, wie eine liebe große Schwester zu klingen. »Schau mal, da drüben auf dem Tisch stehen ganz leckere Sachen.« Er schüttelte den Kopf und lehnte sich schwer an meinen Arm. Ich seufzte und nahm seine Hand. Seine Finger fühlten sich heiß und schwitzig an, aber er war ja erst sieben und konnte auch nichts dafür, dass er manchmal so nervig war.

Ich spürte, wie Grace mich eine ganze Weile beobachtete, ehe sie zu uns herüberkam. »Ich hatte euch doch ein paar Fotoalben von eurer Mom mitgebracht«, sagte sie und hockte sich vor uns. »Möchtet ihr euch die vielleicht anschauen?«

Wieder zuckte ich mit den Schultern und merkte, wie es in meinem Bauch rumorte. An die Fotoalben hatte ich gar nicht mehr gedacht, aber auf einmal wollte ich nichts lieber, als mir alte Bilder von Mama anzuschauen. Grace strich mir leicht über den Arm, ehe sie im Fernsehzimmer verschwand und kurz darauf mit den Alben zurückkam. Sie setzte sich zwischen Max und mich und reichte mir das Album, das ganz oben auf dem Stapel lag. Es hatte eine Ringbindung und einen schwarzen Plastikeinband. Ich konnte mich nicht erinnern, es schon mal gesehen zu haben.

Mit der flachen Hand strich ich über den Umschlag und fragte mich, warum Mama es mir nie gezeigt hatte. Von der Zeit, als Max und ich klein waren, gab es bergeweise Fotos – ich hatte mich immer gewundert, wie viele Bilder sie von uns geknipst hatte, auf denen wir einfach nur auf einer Decke auf dem Boden lagen und überhaupt nichts machten. »Was soll denn *daran* interessant gewesen sein?«, hatte ich sie gefragt, und sie hatte nur gelächelt. »Alles, was du als Baby gemacht hast, war wie ein kleines Wunder. Ich konnte kaum die Augen von dir lassen. Du warst das Beste, was mir jemals passiert ist.«

Ich schluckte den Kloß in meinem Hals hinunter und schlug die erste Seite des Albums auf. Sofort beugte Max sich über Grace und zeigte auf ein Foto von einem furchtbar ernst blickenden Mädchen, das vor einem roten Backsteinhaus stand. Sie trug ein schlichtes dunkelblaues Kleid, und ihre blonden Haare waren im Nacken zu einem Pferdeschwanz gebunden. Neben ihr wuchsen kahle, wie vertrocknet aussehende Büsche aus dem staubigen Boden.

»Wer ist das?«, wollte Max wissen.

Ich kniff die Augen zusammen, um die winzigen Buchstaben entziffern zu können, die auf dem weißen Rand des Fotos standen. »Kelli, drei Jahre alt«, las ich vor und fügte für Max hinzu: »Das ist Mama.« Ich schaute mir die restlichen Fotos auf den beiden Seiten an und blätterte langsam weiter. »Das sind alles Bilder von Mama, als sie so alt war wie wir.« Es gab Fotos, auf denen sie neben ihrer Mutter stand, einer kleinen, hageren Frau mit aschblonden Haaren und tiefen Falten auf der Stirn. Ein oder zwei, auf denen ihr Vater seine schwere Hand auf ihre magere Schulter legte. Ihr Vater war ein großer, streng aussehender Mann mit dunkelblonden, glatt zurückgekämmten Haaren und einer Brille mit schwarzem Rand. Sein kurzärmeliges weißes Hemd hatte er bis obenhin zugeknöpft und eine karierte Fliege umgebunden, sodass die Haut an seinem Hals schlaff darüberhing, wie eingeschnürt. Auf einem Foto stand Mama in einem langen weißen Kleid vor einer Kirche, auf den Haaren eine weiße Spitzenhaube. »Kelli, Erstkommunion«, stand unten auf dem Rand.

»Die hat sie uns nie gezeigt«, sagte Max zu Dad, der sich gerade auf einem Stuhl zu uns setzte.

»Was hat sie euch nie gezeigt?«, fragte er.

Grace lächelte ihn an. »Das ist eins der Alben, die ich ihnen aus Kellis Haus mitgebracht habe.«

»Da sind lauter Fotos von Mama drin, als sie klein war«, sagte Max, und genau da fiel mein Blick auf ein Foto von Mama, auf dem unten in krakeliger Schrift »Kelli, 13« stand. Wir hätten fast Zwillinge sein können, nur dass Mama blonde Haare hatte und ich dunkle. Aber wir hatten dieselbe Figur, waren beide klein und mager, mit spitzen Ellbogen und knochigen Knien. Sie saß in einem weißen Korbsessel und hatte ein dickes Buch auf dem Schoß. Sie schaute in die Kamera, und ihr Mund lächelte, aber ihre Augen nicht. Wir blätterten weiter, und es kamen noch mehr Bilder von Mama, auf denen sie ungefähr in meinem Alter gewesen war und immer ernst und unglücklich aussah. Ich musste an die vielen Bilder denken, die Bree und ich mit unseren Handys machten – blöde Schnappschüsse, auf denen wir Grimassen schnitten oder einen Schmollmund machten und so taten, als wären wir wahnsinnig schön und berühmt. Solche Bilder gab es von Mama überhaupt nicht. Vielleicht hatte sie ja noch nie viele Freundinnen gehabt, auch früher nicht. Vielleicht war das Leben bei ihren Eltern so schrecklich gewesen, dass sie deshalb weggegangen war. Weil sie es da nicht mehr ausgehalten hatte. Das Mädchen auf den Fotos schien nichts mit meiner Mutter gemeinsam zu haben. Sie war so ernst, so unscheinbar – das genaue Gegenteil von Mama, die Stunden damit zubringen konnte, sich die Haare zu glätten und sich zu schminken. Die gern getanzt hatte und knallenge Jeans mit langen schwarzen Lederstiefeln getragen hatte.

»Warum hat sie uns die nie gezeigt?«, fragte ich Dad und musste schlucken, weil ich schon wieder einen Kloß im Hals hatte. Ich wagte kaum, von den Bildern aufzuschauen, als hätte ich Angst, irgendetwas zu verpassen, wenn ich nur kurz wegsah.

Dad seufzte. »Wahrscheinlich, weil sie nicht gern über ihre Vergangenheit geredet hat. Es war nicht leicht für sie.«

Ich wollte weiterblättern, hielt aber plötzlich inne, als ich merkte, dass die letzten zehn Seiten oder so leer waren. Auf den letzten Fotos war sie vierzehn gewesen, und dann kamen auf einmal keine mehr. Schließlich schaute ich doch zu meinem Dad. »Hast du mal Bilder von ihr gesehen, als sie auf der Highschool war? Als Cheerleader?«

Er schüttelte den Kopf. »Ich glaube nicht, nein.«

»Aber warum hört das hier einfach auf?«, fragte ich. »Ihr habt doch auch massig Fotos aus der Zeit, als ihr euch kennengelernt und geheiratet habt. Und von Max und mir, als wir klein waren. Warum hatte Mama dann keine Fotos von sich als Teenager?«

»Sie wird sie nicht mitgenommen haben, als sie von zu Hause ausgezogen ist«, meinte er. »Wahrscheinlich sind sie noch bei ihren Eltern.«

»Aber das hier hat sie doch auch mitgenommen«, sagte ich und zeigte auf das Album. »Warum dann nicht auch die andern?«

»Ava, ich *weiß* es nicht, okay?« Seine Stimme hatte jetzt diesen scharfen Ton, den er manchmal Mama gegenüber angeschlagen hatte. Grace streckte die Hand aus und berührte ganz leicht seine Hand. Er atmete ein paar Mal tief durch, und ich sah, wie sein Gesicht sich sofort entspannte. Auf einmal fragte ich mich, warum Mama ihn nicht mit so einer kleinen Geste beschwichtigen konnte. Sie hatte immer gleich angefangen zu weinen und ihn angeschrien, was für ein schlechter Ehemann er wäre. Hätte sie sich anders verhalten, hätte er uns vielleicht nie verlassen.

Als er weitersprach, klang seine Stimme sanfter. »Pass auf, mein Schatz. Ich weiß, wie gern du dich deiner Mutter jetzt nah fühlen möchtest. Du willst mehr über sie erfahren. Aber viel mehr ist da leider nicht. Sie hat sich mit ihren Eltern nicht sonderlich gut verstanden. Und das hatte alle möglichen Gründe.« Er schwieg einen Moment und nahm meine Hand. »Sie glaubte nicht an dieselben Dinge wie sie, und ich fürchte, für ihre Eltern war das Grund genug, sie nicht mehr sehen zu wollen. Als eure Mom von zu Hause fortgegangen ist, hat sie alles hinter sich gelassen. Einschließlich der Fotos von früher. Mehr als dieses eine Album konnte … *wollte* sie vielleicht nicht mitnehmen.«

Ich nickte, obwohl ich das Gefühl hatte, dass er mir längst nicht alles sagte, was er wusste. Dann kam mir ein ganz schrecklicher Gedanke, der mich richtig panisch werden ließ. Mit großen Augen sah ich Dad an. »Könnte ich jemals etwas so Schlimmes machen, dass du mich nicht mehr sehen wolltest?«

»Niemals«, versicherte er mir schnell. »Nicht in einhundert Millionen Jahren. Egal, was du machst, egal, was passiert, ich werde immer für dich da sein, hörst du?«

Wieder nickte ich und fühlte mich für den Augenblick tatsächlich getröstet. Als es an der Tür klingelte, standen er und Grace auf, um die neuen Gäste zu begrüßen. Es waren einige von Mamas Kollegen aus dem Restaurant. Mich und Max schauten sie mit so mitleidigen Blicken an, dass ich den Blick gleich wieder senkte, weil es kaum zum Aushalten war.

»Danke, dass Sie gekommen sind«, sagte Dad zu ihnen. »Kelli hätte sich sehr gefreut.«

Max rutschte zu mir rüber und versuchte, mir das Album vom Schoß zu nehmen. »Hey!«, rief ich und hielt es außer Reichweite. »Lass das!«

»Ich will aber auch mal«, jammerte er.

»Nein. Du machst es nur dreckig mit deinen Klebefingern.«

»Gar nicht wahr!«, rief er und starrte auf seine Hände, die Handflächen nach oben. Dann fing er an, seine Finger abzulecken.

»Uuuh, Max! Du bist so was von eklig!«, sagte ich laut

genug, dass Grace mir sofort einen warnenden Blick zuwarf. »Hör auf«, zischte ich ihm leise zu.

Er ließ seine Hände in den Schoß fallen und wischte sie an seiner Hose ab. »Ich will es nur noch mal anschauen«, bettelte er. »*Bitte.*«

»Na schön. Aber *ich* halte das Album, klar?« Er nickte, und ich blätterte zur ersten Seite zurück und schaute mir jedes Foto, das meine Mutter als Kind zeigte, noch einmal ganz genau an. Die nächsten Stunden kamen noch mehr Leute, während andere schon wieder gingen. Ein paar kamen auch zu mir und Max und murmelten verlegen, wie leid es ihnen täte wegen Mama. Ich nickte nur stumm, ohne aufzublicken. Hätte ich jetzt etwas sagen müssen, dann hätte ich sofort wieder geweint.

Irgendwann hatte Max keine Lust mehr, sich das Album anzuschauen, und ging sich was zu essen holen. Ich blieb auf dem Sofa sitzen und versuchte alles auszublenden, was um mich herum geschah. Dad kam ein paar Mal zu mir und fragte, ob alles okay wäre. Und wenn nicht er kam, dann kam Grace. Ich sagte jedes Mal, dass alles in Ordnung wäre, konnte mich aber auf nichts anderes konzentrieren als auf das Album, das ich noch immer aufgeschlagen auf dem Schoß hatte. Aber irgendwann, als fast alle Leute gegangen waren, wurde mir auf einmal bewusst, dass es gar nicht die Fotos waren, an die ich die ganze Zeit dachte. Viel mehr beschäftigten mich die leeren Seiten. Das, was fehlte. In ihren Jahren auf der Highschool tat sich eine Lücke auf, in der Mama verschwunden zu sein schien.

Kelli

Hure.

Während Kelli sich im Auto ihrer Eltern auf dem Rücksitz zusammenkauerte, hörte sie das Wort wie in Endlosschleife in ihrem Kopf. So hatte ihr Vater sie genannt – vor ein paar Wochen, gleich nachdem ihre Mutter ihm mitgeteilt hatte, dass seine Tochter schwanger sei, und unmittelbar bevor er ihr mit der flachen Hand ins Gesicht geschlagen hatte. Doch Kelli hatte kaum das Brennen seiner Hand auf ihrer Haut gespürt. Seit ihre Mutter sie den Test hatte machen lassen, der ihre schlimmsten Befürchtungen bestätigte, spürte sie eigentlich überhaupt nichts mehr. Bis ihre Eltern entschieden hätten, was sie jetzt mit ihr machen wollten, ging Kelli weiter ihrem geregelten Tagesablauf nach – ging zur Schule, ging zur Kirche –, als wäre nichts geschehen. Jedes Mal, wenn das Geheimnis aus ihr herauswollte, schluckte sie es wieder hinunter und versuchte, nicht daran zu ersticken. Doch an den Tatsachen änderte das wenig: Sie war schwanger, und ihre Eltern würden sie wegschicken. Aber mittlerweile war ihr sogar das egal. Ihr war alles egal. Vielleicht hatte ihr Vater ja recht. Vielleicht war sie wirklich eine Hure.

Sie hatten sie gefragt, wer ihr das angetan hatte, aber sie hatte ihnen nicht von Jason erzählen wollen. »Was ist mit dem Baby?«, hatte sie stattdessen gefragt. »Was wird aus ihr?« Sie wusste selbst nicht, warum sie sich so sicher war, dass es ein Mädchen würde; es war einfach so.

Ihre Eltern gingen gar nicht auf ihre Fragen ein. »Wir sagen, du hättest Probleme in der Schule«, sagte ihre Mutter. »Wir sagen, dass du deine Noten verbessern musst und dich in dem Internat besser auf den Schulstoff konzentrieren kannst.«

»Wo ist das Internat?«, wollte Kelli wissen.

»Zwei Stunden nördlich von San Francisco«, antwortete ihre Mutter. Dann erklärte sie Kelli noch, dass eine ihrer Freundinnen aus der Kirche eine drogenabhängige Tochter gehabt hätte, die sie mit sechzehn dorthin geschickt hätte. »Ein Jahr später kam sie zurück und war völlig verändert.«

Wie verändert?, hätte Kelli gern gefragt. Sie wusste, dass es ein schwerer Schlag für ihre Eltern war. Sie wusste, dass sie wütend waren und sich schämten. Sie wollten, dass sie genauso wäre wie sie, aber egal, wo ihre Eltern sie hinschickten, egal, was dort mit ihr geschah, Kelli könnte niemals so sein wie sie. Während tiefe Schuldgefühle sie plagten, machte sich gleichzeitig eine gewisse Vorfreude in ihr breit. Das Baby würde sie lieben. Ihre Tochter! Kelli würde immer für sie da sein und sie niemals aus den Augen lassen. Sie würde der Kleinen die winzigen Zehen küssen und sie jede Nacht bei sich schlafen lassen. Sie würde ihr Kind so lieben, wie ihre Eltern sie nie geliebt hatten.

Ihr Vater bog vom Highway auf eine lange Schotterstraße ein, die zu beiden Seiten von hohen roten Zedern gesäumt war. Kelli wollte gerade fragen, wie weit es noch bis zu der Schule wäre, als sie das Schild sah: *New Pathways, 3 Meilen*. Ganz schön weit draußen, dachte Kelli. Die letzte

Stadt, an der sie vorbeigekommen waren, lag schon eine Stunde zurück. An Weglaufen dürfte hier kaum zu denken sein. Nicht dass Kelli das vorgehabt hätte. Eigentlich war sie ganz froh, hier mitten im Nirgendwo zu landen, weit weg von allem, das ihr vertraut war, weit weg von allen, die sie kannten. Fast kam es ihr vor, als bekäme sie eine zweite Chance.

Wenig später sah sie zwischen den Bäumen das Internatsgebäude, ein strenger, schmuckloser Bau aus grauem Stein, drei Stockwerke hoch mit kleinen quadratischen Fenstern. Erleichtert sah Kelli, dass auf dem Rasen vor dem Haus einige Mädchen auf Decken saßen und lasen oder sich unterhielten – ein paar lächelten sogar. Eine von ihnen war unverkennbar schwanger. Sie musste schon viel weiter als Kelli sein, der man es noch immer nicht ansah.

Ihr Vater hielt vor dem Haus, und eine Weile saßen sie schweigend da. »Du solltest jetzt besser deine Sachen holen«, sagte ihr Vater. »Der Kofferraum ist offen.«

»Kommt ihr nicht mit rein?«, fragte Kelli entgeistert, ihre Stimme ganz dünn und zittrig.

»Das wird nicht gern gesehen«, sagte ihre Mutter, die wenigstens so klang, als wäre sie den Tränen nah. »Der Direktor erwartet dich in seinem Büro. Du wirst dich bestimmt schnell einleben.«

»Und wann sehe ich euch wieder?«, fragte Kelli, bekam jedoch keine Antwort. Fast war es, als gäbe es sie gar nicht, als wäre sie verschwunden. Fast war es, als würde sie nach allem, was sie getan hatte, für ihre Eltern nicht mehr existieren.

Kelli bekam schnell mit, dass die meisten der Mädchen New Pathways als eine Art Gefängnis sahen. Sie alle hatten einen streng geregelten Tagesablauf: Duschen um sechs, Frühstück um sieben, Unterricht von halb acht bis um drei. Dann zwei Stunden Hausarbeit und Hausaufgaben, eine Stunde Freizeit, wo man spazieren gehen oder sich draußen auf den Rasen setzen und lesen konnte, Abendessen um sechs. Um neun wurde das Licht ausgemacht. Obwohl nicht mehr als dreißig Mädchen im Internat lebten, fand Kelli während der ersten Wochen überhaupt keinen Anschluss. Die anderen nickten ihr flüchtig zu und sagten Hallo, aber die Gespräche beschränkten sich meistens auf ein »Reichst du mir mal bitte die Brötchen?« beim Abendessen. Die meisten Mädchen blieben für sich und schienen genug mit ihren eigenen Geheimnissen beschäftigt. Niemand fragte, weshalb sie hier war, und im Grunde war sie sogar froh darüber. Sie dachte an das Leben, das in ihr heranwuchs, und malte sich aus, wie es sie verändern würde, sie zu einem besseren, reiferen Menschen werden ließe. Sie versuchte zur Ruhe zu kommen und sich auf den Schulstoff zu konzentrieren, damit sie später einen guten Job bekäme und für ihre Tochter sorgen könnte. Eigentlich war sie ganz froh, dass die Schule ihr eine feste Struktur vorgab. Es erinnerte sie fast ein bisschen an zu Hause.

Aber eines Abends, als sie in der Ecke des kleinen Speisesaals saß und auf zähem Hühnchen und fade verkochtem Brokkoli herumkaute, stand ihr auf einmal das ganze Ausmaß ihrer Situation vor Augen und ließ sich durch nichts beschönigen: Jason hatte sie ausgenutzt und sitzen lassen. Sie war schwanger und mutterseelenallein, und niemand – nicht einmal ihre eigenen Eltern – wollte sie. Ihre Eltern schienen sie nicht einmal zu lieben. Würden sie das tun, hätten sie Kelli nicht weggeschickt. Sie hätten sie bei sich behalten, wenn sie ihnen auch nur irgendetwas bedeutet hätte. Sie war ein Nichts, ein Niemand, ungewollt und ungeliebt.

Verzweiflung und Selbstmitleid legten sich wie schwere Ketten um ihren Hals, bis sie meinte, kaum noch atmen zu können. Tränen brannten ihr in den Augen, als sie den letzten Bissen ihres Essens hinunterwürgte und das schmutzige Geschirr in die Küche trug.

Später, als die anderen Mädchen fernsahen oder Musik hörten, setzte Kelli sich an das schmale Holzpult neben ihrem Bett und fing an, eine Liste von all den Dingen zu machen, die sie für ihr Baby noch brauchte. *Windeln, Strampelanzüge, Fläschchen. Babypuder, Decken und ein Bettchen.* Wenn sie eine Liste hätte, würde sie sich vielleicht besser fühlen, so, als könnte sie wirklich eine gute Mutter sein. Sie versuchte sich an alles zu erinnern, was sie aus dem Fernsehen über Babys wusste, aber viel dazu fiel ihr nicht ein. Sie hoffte, dass ihre Mutter ihr helfen würde, wenn sie mit dem Baby nach Hause kam. Immerhin wäre es ihr Enkelkind. Das Baby würde alles verändern.

»Was schreibste da?«, platzte eine Stimme in ihre Gedanken. Kelli fuhr herum und sah das schwangere Mädchen, von der sie mittlerweile wusste, dass sie Stella hieß, an der Tür stehen. Ihre mausbraunen Haare hatte sie auf dem Kopf zusammengebunden, und über ihren Leggings trug sie ein T-Shirt, das zu klein war, um ihren Bauch ganz zu bedecken. Kelli konnte ihren Bauchnabel sehen, was ihr aus irgendeinem Grund unangenehm war.

Obwohl Stella es von der Tür aus nicht sehen konnte, drehte Kelli das Blatt Papier um. »Nichts. Hausaufgaben.«

Stella legte den Kopf schräg und rieb sich mit einer

Hand den geschwollenen Bauch. »Hausaufgaben, was? Wohl eher 'nen Brief an deinen Freund. Hat er es dir gemacht?«

»Nein!«, rief Kelli, ehrlich schockiert. Sie hatte niemandem erzählt, weshalb sie hier war. »Woher weißt du es?«, fragte sie vorsichtig.

»Das seh ich, an deinen Titten. Sind größer geworden, seit du hier bist. Und dein Bauch kommt auch langsam raus.« Sie zeigte auf Kellis Bett. »Was dagegen, wenn ich mich hinsetze? Meine Füße bringen mich um.«

»Ja, klar«, sagte Kelli und ließ das Blatt in einem Ordner verschwinden, ehe sie sich wieder zu Stella umdrehte. »Kommt das von dem Baby? Ich meine, dass deine Füße wehtun?«

Stöhnend ließ Stella sich aufs Bett sinken und stützte sich mit der flachen Hand auf der Matratze ab, um nicht zur Seite zu kippen. »Klar, wovon sonst. Mein ganzer Körper ist total aufgeschwemmt, und alles tut weh. Und fett bin ich geworden. Nervt echt.«

»Hast du auch Angst?«, fragte Kelli, ganz aufgeregt, endlich mit jemandem reden zu können, der sie vielleicht verstehen würde. Wenn sie daran dachte, dass ein richtiger kleiner Mensch in ihr heranwuchs, bekam sie manchmal Panik. Seit sie hier war, hatte sie nur zweimal über ihre Schwangerschaft gesprochen – einmal mit dem Direktor, der sie gewarnt hatte, dass es ihr leidtun würde, wenn sie versuchte, sich hier heimlich mit ihrem Freund zu treffen, und dann noch einmal mit dem Arzt, der sie ganz am Anfang untersucht und ihr gesagt hatte, wenn sie Sodbrennen bekäme, sollte sie ein paar Tabletten nehmen und zu den Mahlzeiten die Vitamine, die er ihr mitgegeben hatte.

»Irgendwie schon«, sagte Stella. »Und du?«

Kelli nickte und versuchte, ihre zitternde Unterlippe stillzuhalten. Noch nie hatte sie vor etwas solche Angst gehabt. Wenn sie daran dachte, wie weh es schon getan hatte, als Jason in ihr gewesen war, wagte sie sich kaum vorzustellen, welche Schmerzen ihr ein Baby da unten bereiten würde. Sie sah Schweiß und Blut vor sich, hörte ihre Schreie, und sofort spürte sie, wie die Angst sie packte und lähmte. »Und wie ist es sonst so? Wie fühlt es sich an?«, fragte sie Stella in der Hoffnung, irgendetwas zu erfahren, das sie vielleicht ein wenig beruhigen, ihr ihre Ängste nehmen würde.

»Na ja. Manchmal ist es richtig cool, wenn das Baby sich bewegt. Irgendwie so, als wär da ein Alien in dir drin.« Obwohl sie das keineswegs beruhigend fand, nickte Kelli und wartete gespannt auf mehr Informationen. Stella seufzte. »Und ich muss, keine Ahnung, alle zehn Minuten oder so pinkeln. Das nervt, kann ich dir sagen. Und meine Titten tun weh. Und mein Rücken auch.«

So viel also zur Beruhigung, dachte Kelli. »Wann ist dein Termin?«

»Müsste jeden Tag so weit sein. Ich kann's kaum noch erwarten, das Ding endlich aus mir rauszubekommen.«

Kelli zuckte bei Stellas Worten zusammen. »Du willst es nicht behalten?«

Stella verzog das Gesicht und schüttelte den Kopf. »Nee, bist du bescheuert? Müsste ich ja schön blöd sein. Ich mein, das war 'n Ausrutscher, und weil meine Eltern den Wisch für die Abtreibung nicht unterschreiben wollten, bin ich eben hier gelandet. Ein Paar aus L.A. will es adoptieren, das ist alles schon geregelt.«

Kelli starrte sie an. Sie konnte sich nicht vorstellen, ihr

Kind einfach so wegzugeben. »Hast du die Leute schon kennengelernt? Sind sie nett?«

Stella zuckte mit den Schultern. »Keine Ahnung. Kennenlernen tun wir die nicht. Die kommen nur, um sich das Baby zu holen.« Ihre Augen glänzten, und sie schaute zum Fenster hinaus in die dunkle Nacht. »Bin ich froh, wenn ich hier weg bin. Ich zieh dann mit meinem Freund zusammen, eigenes Haus und alles. Er hat 'ne Tankstelle und kann für mich sorgen, bis ich sechzehn bin und mir selber 'nen Job suche.«

»Und deine Eltern?«

»Da kann ich nicht zurück. Die wollen nichts mehr mit mir zu tun haben.« Sie schaute Kelli an. »Und deine?«

»Ich weiß nicht …« sagte Kelli. »Sie haben nicht mit mir darüber gesprochen, was danach passiert. Sie … sie haben mich einfach nur hierhergebracht.« Die Stimme versagte ihr, und sie musste schlucken, um die Tränen zurückzuhalten. »Ich will einfach nur mein Baby.«

»Deine Eltern haben dich bestimmt nicht hergeschickt, damit du es behältst«, sagte Stella. »Alle Mädels, die hier sind, müssen ihre Babys weggeben. Darum geht's ja. Die kümmern sich hier um dein kleines Geheimnis, damit keiner was davon erfährt, und du kannst danach wieder nach Hause gehen und so tun, als wär nichts gewesen. Das ist der Deal. Deine Eltern müssen sich nicht schämen, weil ihre Tochter eine kleine Schlampe ist, und du hast dein Leben nicht schon vor deinem achtzehnten Geburtstag in den Sand gesetzt.«

»Ich bin keine Schlampe«, flüsterte Kelli, doch die Stimme ihres Vaters wollte ihr nicht aus dem Kopf … *Hure.*

Wieder zuckte Stella mit den Schultern. »Kannst du nennen, wie du willst. War wahrscheinlich die große Liebe mit deinem Freud und alles total romantisch, wie? Ich liebe meinen Freund auch, weißt du, aber jetzt mit fünfzehn ein Kind, das brauch ich echt nicht.«

»Sind hier alle Mädchen schwanger?«, fragte Kelli. Vielleicht sah man es ihnen nur noch nicht an, so wie bei ihr.

»Nee. Ein paar schon, klar. Aber die meisten haben einfach nur ihren Spaß haben wollen, und dann sind sie von ihren Eltern hergeschickt worden, damit sie mit dem Saufen oder was weiß ich aufhören. Ist ein bisschen wie auf der Militärakademie hier, weißt du. Nur ohne Uniformen. Und ohne Jungs.« Sie gähnte. »Mann, bin ich fertig. Ich muss ins Bett. War nett, mit dir zu reden.«

»Fand ich auch.« Kelli sah Stella zu, wie sie sich schwerfällig vom Bett hochmühte. Eisige Furcht erfasste sie, als sie überlegte, wie sie verhindern konnte, was kommen würde. Wie sie die Ärzte davon abhalten konnte, ihr das Baby wegzunehmen.

Grace

Nur kein Stress, ich habe alles im Griff«, versicherte Tanya mir am Morgen nach der Gedenkfeier. Unter der Woche hatte ich einige Male angerufen und mich erkundigt, wie es im Büro so lief – vor allem, weil ich mir Sorgen gemacht hatte, nicht persönlich für meine Klientinnen zu sprechen zu sein. Aber laut Tanya schien es bislang auch ohne mich zu funktionieren. »Stephanie war gestern für ein paar Stunden hier, um den Bereitschaftsdienst für kommende Woche zu organisieren«, fuhr Tanya fort. »Sie hat gleich noch die restlichen Klientenakten durchgesehen und entschieden, welche Frauen demnächst die geschützten Häuser verlassen können. Alles im grünen Bereich.«

»Danke, Tanya. Du bist wirklich mein Engel«, sagte ich und stellte sie mir vor, wie sie gut aufgelegt und tatkräftig an ihrem Schreibtisch saß und den ganzen Laden praktisch im Alleingang schmiss.

Tanya kicherte ins Telefon. »Na ja …«

»Doch, bist du«, beharrte ich und fragte mich nicht zum ersten Mal, wie sie es nur schaffte, alleinerziehende Mutter und trotzdem eine so vorbildliche Angestellte zu sein. Zugegeben, sie musste ihre beiden Kinder nicht wirklich allein großziehen; als Tanya mit den Kleinen eins unserer geschützten Häuser verlassen hatte, war ihre Mutter aus South Carolina zu ihr gezogen und half ihr seitdem, sich um die beiden zu kümmern. So viel familiäre Unterstützung dürfte es einem definitiv erleichtern, Kinder und Beruf zu vereinbaren. Aber so sehr ich meine Mutter auch liebte, ich hätte nicht gewollt, dass sie bei uns lebte.

Wir hatten gerade aufgelegt, als es an die Tür klopfte. Ich rappelte mich von der Couch hoch und machte auf. Vor mir stand Melody mit einem großen Karton in den Armen. »Guten Morgen! Ich bringe einen Topf Chili mit Bohnen und Huhn, eine Riesenportion Tomatensauce mit Fleischbällchen und drei extragroße Gefrierbeutel vorgebratener Hähnchenbrüste.«

»Oh, hallo«, sagte ich lachend und tat so, als wolle ich ihr die Hand reichen, um mich vorzustellen. »Ich bin mir nicht sicher, ob wir uns schon kennen. Ich bin Grace und lebe zufällig mit einem Mann zusammen, dem ein Restaurant gehört und der zudem ein ziemlich guter Koch ist. Der Gedanke, wir könnten verhungern, war mir bis jetzt noch gar nicht gekommen, aber man lernt nie aus.«

»Ich kann einfach nicht anders«, meinte sie lachend. »Du weißt ja, wie zwanghaft ich bin. Wo soll es hin?«

»Am besten gleich in die Kühltruhe in der Garage«, sagte ich. »Danke.«

Sie stellte ihre Tasche im Flur ab und trug den Karton in die Garage, wo ich sie die Kühltruhe öffnen und eine Weile herumräumen hörte, um für alles Platz zu schaffen, was sie mitgebracht hatte. Ich ging so lange in die Küche und goss uns Kaffee ein. Als ich zurück ins Wohnzimmer kam, wartete Melody schon auf mich. Sie nahm mir dankend einen der dampfenden Becher ab und sah mich prüfend an. »Ich habe nur eine knappe Stunde, bevor mein erster Massagetermin ist, aber ich wollte unbedingt sehen, wie es dir nach gestern so geht.« Ihr Blick fiel auf das Bettzeug. »Immer noch auf die Couch verbannt?«

Ich nickte, trank einen Schluck und schob Decke und Kissen beiseite, damit wir uns setzen konnten. »Die Kids brauchen gerade seine Nähe.« Dafür hatte ich natürlich Verständnis, begann mich aber insgeheim etwas über dieses Arrangement zu ärgern. Und ein bisschen einsam fühlte ich mich ehrlich gesagt auch.

Melody schaute den Flur hinab. »Sind sie noch im Bett? Es ist fast neun.«

»Wahrscheinlich brauchen sie den Schlaf. Diese Feier gestern war, glaube ich, ziemlich anstrengend für sie.«

»Die hat sogar *mich* gestresst«, sagte Melody, als wir uns setzten. »Und dabei kannte ich Kelli ja kaum. Das muss schlimm für die beiden sein, richtig schlimm. Ich kann mir kaum vorstellen, wie ihnen jetzt zumute ist.«

Ich stupste sie leicht mit dem Fuß an. »Dafür scheinst du dich blendend mit Spencer verstanden zu haben.« Mir war nicht entgangen, dass Melody ihm gestern kaum von der Seite gewichen war und ihm geholfen hatte, sich um das Essen und frischen Kaffee zu kümmern. Ich hatte die beiden beobachtet, wie sie sich währenddessen unterhalten hatten, die Köpfe über dem Tisch zusammengesteckt. Und das Lächeln, mit dem Melody ihn angesehen hatte, kannte ich. »Hallo, ich bin zu haben«, bedeutete es. »Du brauchst nur zu fragen.«

»Wer, ich?« Sie schaute mich über den Rand ihres Kaffeebechers an und klimperte unschuldig mit den Wimpern. Wieder stupste ich sie an, diesmal etwas fester. »Okay«, lachte sie. »Ja, ich habe mich wirklich ziemlich gut mit ihm unterhalten. Und ich kann es kaum glauben, dass du uns nie einander vorgestellt hast! Er ist genau mein Typ.«

»Darauf wäre ich jetzt nicht gekommen«, meinte ich. »Er ist so ruhig, und du bist so …«

»So *was*?« Jetzt stupste sie mich. »Sag schon, was bin ich?«

Ich grinste. »Überschwänglich?«

»Ha! Sag doch gleich ›spastisch‹.« Sie holte tief Luft und lächelte mich an. »Wir gehen heute Abend zusammen weg, nach seiner Schicht im Restaurant.«

»Echt? Das ist toll, Mel. Ich freue mich total für dich.« Ich freute mich wirklich für sie, und trotzdem rutschte mir ein kleiner, resignierter Seufzer heraus.

»Ah ja. Und warum klingst du dann, als wolltest du dir am liebsten die Pulsadern aufschneiden?« Sie verzog das Gesicht. »Sorry, war nicht so gemeint. Schlechte Wortwahl.«

Ich lächelte müde. »Kein Problem. Ich hatte nur eben das Gefühl, als hätte ich die ganze Woche den Atem angehalten, weißt du?« Sie nickte. »Ich brauche wieder *irgendeinen* geregelten Tagesablauf. Hier nur im Haus herumzuhocken macht mich wahnsinnig.« Meine Arbeit fehlte mir. Ich vermisste das Büro, ich vermisste meine Klientinnen. Mir fehlte das Gefühl, dass jeder Augenblick einen Sinn hatte, einen Zweck, dass das, was ich tat, wichtig war, und ich etwas verändern konnte. Hier, bei Victor und den Kindern, wusste ich im Augenblick überhaupt nicht, welche Bedeutung mir zukam.

»Vielleicht solltest du einfach wieder anfangen zu arbeiten?«, schlug sie vor.

»Vielleicht. Ich habe mich von hier aus um die E-Mails gekümmert und ein paar Telefonate erledigt, aber mehr nicht.« Während ich es sagte, kam Victor ins Wohnzimmer. Er war barfuß, trug seine karierte Pyjamahose und ein weißes T-Shirt. Seine dunklen Haare standen ihm so wirr vom Kopf, dass ich sofort wusste, auch er hatte schlecht geschlafen und sich die halbe Nacht im Bett gewälzt.

»Hallo, mein Hübscher«, sagte Melody. »Nimm es nicht persönlich, aber ich muss gleich wieder los und mich an die Arbeit machen.« Sie stand auf und gab Victor im Vorbeigehen einen Kuss auf die Wange. »Wenn du heute mit Spencer redest, sag ihm, wie toll ich bin, ja?«

»Wird gemacht.« Victor lächelte sie an, dann kam er zu mir und setzte sich neben mich auf die Couch. Ich ertappte mich dabei, wie ich mit dem Daumen über den Ringfinger meiner linken Hand strich und leise Trauer empfand, den Ring dort nicht zu spüren. Victor entging die kleine Bewegung nicht; er hob meine Hand an seine Lippen und küsste mich genau dort, wo der Ring hätte sein sollen.

»Also dann, ihr Turteltäubchen«, rief Melody. »Wir hören voneinander.« Sie winkte kurz, als sie zur Tür hinausging.

»Tut mir leid«, sagte Victor, als sie weg war, und hielt noch immer meine Hand. »Ich weiß, dass es gerade nicht leicht für uns ist.«

»Ich vermisse dich einfach«, sagte ich und drückte seine Hand. »Das ist alles.«

Er seufzte. »Ich vermisse dich auch. Wir versuchen heute Abend mal, ob es klappt, dass sie in ihren eigenen Betten schlafen, okay? Vielleicht ist es sogar gut für sie, wenn wieder eine gewisse Routine einkehrt. Aber die Psychologin meinte auch, wir sollten ihnen ihre Bedürfnisse zugestehen, sie den Verlust auf ihre Weise verarbeiten lassen. Sie zu trösten, wo wir nur können.«

»Natürlich.« Ich nickte, und er küsste mich wieder, diesmal auf den Mund. Seine Lippen waren warm, und unsere Zungenspitzen berührten sich ganz kurz. Mit einem leisen

Stöhnen stieß ich ihn von mir. »Hör auf. Du machst es nur noch schlimmer.«

»Aaah«, stöhnte er. »Du machst mich wahnsinnig, Weib.«

»Du meinst *noch* wahnsinniger?«, neckte ich ihn.

»Haha«, sagte er. »So witzig, dass ich glatt vergessen habe zu lachen.« Wir mussten beide über unseren dummen, doch vertrauten Witz kichern. Angefangen hatte es damit, dass ich einmal meinte, mir in dem Kleid, das ich zum Abendessen angezogen hatte, dumm vorzukommen. »Du meinst *noch* dümmer?«, hatte er augenzwinkernd erwidert. Seitdem hatten wir jede sich bietende Gelegenheit genutzt, diese alte Geschichte neu aufzuwärmen. Es fühlte sich gut an, jetzt mit Victor zu lachen, den Funken der Liebe und Vertrautheit auch in dieser schweren Zeit zu spüren.

Ich wollte diesen Moment nicht kaputt machen, aber plötzlich fiel mir wieder das Jahrbuch ein, das ich in Kellis Schlafzimmer gefunden hatte. Wir waren so ausschließlich auf die Kinder konzentriert gewesen, dass ich Victor nicht gleich darauf hatte ansprechen wollen. »Schatz«, begann ich, und dann erzählte ich ihm von den leeren Seiten, auf denen niemand unterschrieben hatte, und dass ich für ihre restlichen Jahre auf der Highschool keine Jahrbücher mehr hatte finden können.

Victor hörte zu, ohne mich aus den Augen zu lassen. »Ja, und? Was genau willst du mir damit sagen?«

»Findest du es denn nicht auch seltsam, dass sie nur ein einziges Jahrbuch hat und die Bilder in ihrem Fotoalbum genau während dieses ersten Jahres auf der Highschool aufhören? Vor allem, da sie doch angeblich Cheerleader war … stimmt doch, oder?« Ich wartete kurz, doch Victor reagierte nicht. »Hast du mal eines ihrer anderen Jahrbücher gesehen? Oder Fotos von ihr als Cheerleader?«

»Nein«, sagte er und zog das Wort unnötig in die Länge. »Und ich wüsste auch nicht, was das jetzt zur Sache tut. Es ändert nichts an dem, was geschehen ist.« Sein Ton war kurz angebunden, so, als wolle er nicht mit mir darüber sprechen.

»Nein, natürlich nicht«, beeilte ich mich zu sagen. »Ich dachte nur … für die Kinder, weißt du? Damit sie sich ein besseres Bild machen können, wer ihre Mutter gewesen ist. Sie haben überhaupt keine Erinnerung an sie aus diesen Jahren. Ich glaube, es wird einmal wichtig für sie sein, die fehlenden Fotos und Jahrbücher zu haben. Weißt du, was ich meine? Damit sie sich mit ihr verbunden fühlen können.« Ich sagte nicht, dass *ich* mich fragte, ob nicht damals etwas geschehen war, das ihren Tod irgendwie erklären könnte. Denn sollte Kelli tatsächlich Selbstmord begangen haben, und wäre der Auslöser irgendein schreckliches Ereignis aus ihrer Vergangenheit, dann hieße das auch, dass nicht meine Verlobung mit Victor sie diesen Weg der Verzweiflung hatte gehen lassen. Es würde bedeuten, dass ich keine wie auch immer geartete Schuld an ihrem Tod trug.

Er dachte einen Moment über meine Worte nach, dann beugte er sich vor, um mich noch einmal zu küssen. »Ich schaue mal, was sich machen lässt.«

Was genau er damit meinte, war mir zwar nicht klar, aber ich nahm es als gutes Zeichen, dass er nicht verärgert war. Ich legte meine Arme um seinen Hals und vertiefte den Kuss noch ein wenig, ließ meine Hand langsam über seine Brust und dann weiter abwärts wandern, schob meine Finger in seine Pyjamahose.

»Oh Gott«, stöhnte er und wich nur widerwillig zurück. »Jetzt kommst du mir mit schmutzigen Tricks.«

»Ich dachte, du magst meine schmutzigen Tricks?«

Mit einem tiefen Seufzer stand er schließlich auf und ging in die Küche, um sich einen Kaffee zu machen. Ich ließ mich zurück auf die Couch fallen und musste daran denken, wie Victor und ich uns mit der Zeit angewöhnt hatten, unter der Woche reichlich Sex zu haben, damit wir an den Wochenenden, wenn die Kinder bei uns waren, nicht von unseren frei flottierenden Hormonen überwältigt wurden. Jetzt versuchte ich mir vorzustellen, wie das in Zukunft werden sollte. Würden wir es überhaupt noch wagen, zusammen ins Bett zu gehen – noch dazu nackt? Ich wusste von einigen Paaren mit Kindern, die das ganz gut hinbekamen, aber bei den meisten meiner verheirateten Freundinnen war es seit der Geburt der Kinder in puncto Sex nur noch bergab gegangen. Ganz kurz verspürte ich Schuldgefühle, unter den gegebenen Umständen an solche vergleichsweise belanglosen Probleme zu denken. *Kaum sind die Kinder da, schmeißt du mich aus deinem Bett.* Mir war bewusst, wie unreif und selbstmitleidig allein der Gedanke mich klingen ließ. Dennoch – Victor und mich verband auch eine körperliche Beziehung, die zu verlieren ich mir weder vorstellen konnte noch wollte. Ich würde darum kämpfen, dass es so weit erst gar nicht käme.

Ein paar Minuten später waren dann auch die Kinder aufgestanden, und ich sprang schnell unter die Dusche, während Victor ihnen Frühstück machte. Gesprächig waren sie beide nicht, aber auf dem Weg zurück in die Küche kam mir Max im Flur entgegen und umarmte mich völlig unerwartet. »Guten Morgen«, murmelte er.

Ich schloss ihn in die Arme und rieb ihm kräftig den Rücken. Seine plötzliche Gefühlsbekundung entlockte mir ein Lächeln, und ich war selbst überrascht, welche zärtlichen, geradezu mütterlichen Gefühle er in mir weckte.

»Hey, Buddy«, sagte ich. »Auch unter die Dusche?« Er nickte heftig und flitzte wieder los. Als ich in die Küche kam und Victor und Ava über die Fotoalben gebeugt am Küchentresen sitzen sah, musste ich erneut lächeln und fragte mich, ob nicht unser Gespräch von vorhin ihn dazu bewogen hatte. Eine Träne kullerte Avas Wange hinab; Victor strich sie mit dem Daumen fort, zog Ava kurz an sich und gab ihr einen Kuss oben auf den Kopf.

Es berührte mich, wie er seine Tochter tröstete, wie er ihr ein Vater war, wie ich ihn auch gern gehabt hätte. Ava und ich hatten etwas gemeinsam, dachte ich auf einmal, wir waren beide gezwungen, mit dreizehn erwachsen zu werden, früher als wir es hätten sein sollen. Ich durch die Geburt meines Bruders, um den ich mich hatte kümmern müssen, und Ava durch den Tod ihrer Mutter. Ich versuchte mir vorzustellen, wie mein Vater wohl reagiert hätte, wäre meine Mutter so früh gestorben und er mit Sam und mir allein zurückgeblieben. Fast unvorstellbar die Trauer, die ich angesichts ihres Verlusts empfunden hätte, die wilde Verzweiflung darüber, den einzigen Menschen in meinem Leben verloren zu haben, der mir Sicherheit gab und auf den ich mich immer verlassen konnte. Denn selbst mit viel gutem Willen konnte ich mir nicht vorstellen, dass mein Vater jemals so bei mir gesessen und mich getröstet hätte, wie Victor es jetzt bei Ava tat. Mit einem Schlag fühlte ich mich besser, als ich mich die ganze Woche über gefühlt hatte. Vielleicht würde aus uns vieren ja doch noch eine richtige Familie.

»Hey, Ava«, sagte ich. Sie zuckte zusammen, als hätte sie mich überhaupt nicht kommen hören. »Ich überlege gerade, ob ich nicht ins Einkaufszentrum fahren und ein paar Kleinigkeiten besorgen soll. Hättest du Lust mitzukommen?« Eigentlich brauchte ich überhaupt nichts – ich nahm einfach nur an, dass es etwas sein könnte, worauf Ava tatsächlich Lust hätte. Etwas, das sie wenigstens für den Augenblick von ihrem Kummer ablenkte und auf andere Gedanken brachte.

»Eigentlich nicht«, erwiderte sie achselzuckend.

Victor sah mich an und formte mit den Lippen ein lautloses »Sorry«. Ich nickte kurz, als fände ich es nicht weiter schlimm, auch wenn mein Selbstbewusstsein einen weiteren herben Schlag erlitten hatte. »Na dann«, sagte er. »Ich glaube, ich fahre mal schnell rüber zum Haus eurer Mutter und packe eure restlichen Kleider ein. Grace bleibt so lange bei euch, okay?«

Ich warf ihm einen irritierten Blick zu, weil er mich gar nicht erst gefragt hatte, ob es auch für mich okay wäre, bei den Kids zu bleiben. Vielleicht wollte ich ja ins Büro – oder tatsächlich einkaufen gehen. Doch ich schluckte meinen Ärger so schnell hinunter, wie er gekommen war. Wir waren jetzt ein Team, das durfte ich nicht vergessen. Wir sollten uns gegenseitig unterstützen, statt uns wegen Kleinigkeiten in den Rücken zu fallen.

»Ich will mitkommen«, sagte Ava und schob ihren Stuhl zurück, aber Victor schüttelte den Kopf und hob die Hand, als wolle er sie zurückhalten.

»Nein, mein Schatz, heute nicht. Es ist noch zu früh.«

»Wie, zu früh?«, fragte Ava. »Darf ich jetzt nicht mal mehr in mein eigenes Zuhause? Mir meine eigenen Klamotten aussuchen?«

Victor seufzte. »Ich packe schon alles ein, du brauchst nichts auszusuchen.«

»Ich will aber nach Hause«, beharrte sie.

»Das hier ist jetzt dein Zuhause«, sagte Victor. »Ich will nicht, dass du dorthin zurückgehst.«

»Was?«, fragte Ava ungläubig. »Nie mehr?«

Victor schüttelte den Kopf. »Es gibt wirklich keinen Grund dazu, Ava. Ich packe auch noch ein paar Sachen deiner Mutter ein und bringe sie dir mit, okay? Damit du hier auch etwas von ihr hast.«

Avas Gesicht lief rot an, sie knallte das Fotoalbum zu. »Du würdest wohl gern so tun, als hätte es sie nie gegeben«, sagte sie, und ihre Stimme wurde mit jedem Wort lauter. »Du bist wahrscheinlich *froh*, dass sie tot ist, weil du jetzt nichts mehr mit ihr zu tun haben musst!«

»Ava«, versuchte ich sie zu besänftigen. »Ich glaube nicht, dass dein Vater das so gemeint hat.«

Mit zornig funkelnden Augen starrte sie mich an. »Was weißt *du* denn schon?«, zischte sie, und ich spürte die Verachtung, die in jedem ihrer Worte mitschwang, sich wie Blei auf mich senken. Ich musste an ihre Entschuldigung von gestern denken und fragte mich, ob sie nicht bloß versucht hatte, mich zu beschwichtigen. Vielleicht war ja dieser abfällige Blick, mit dem sie mich nun strafte, diese völlige Ablehnung das, was sie tatsächlich für mich empfand.

»Das stimmt nicht, Ava, und das weißt du ganz genau«, sagte Victor und schien absichtlich überhören zu wollen, wie sie eben mit mir gesprochen hatte. Seine Stimme hatte wieder diesen scharfen Ton angenommen, den ich früher nicht von ihm gekannt hatte. Ich wollte die Hand nach ihm ausstrecken, ihn beruhigen und ermahnen, dass er mit Ava Geduld haben solle – und kein Porzellan zu zerschlagen, das sich später nur schwer wieder kitten ließe.

Ich wusste nicht, wann er auf die Idee gekommen war, die Kinder nicht mehr zum Haus ihrer Mutter zu lassen. Mit mir hatte er das auf jeden Fall nicht besprochen, und ich fand es ehrlich gesagt etwas überzogen. Wovor wollte er sie beschützen?, fragte ich mich. Aber jetzt war nicht der richtige Zeitpunkt, seine Entscheidungen infrage zu stellen, schon gar nicht vor Ava. Als ich zwischen den beiden hin- und hersah, fiel mir auf, wie ähnlich ihre Haltung war: Den Rücken durchgestreckt, die Schultern gestrafft, das Kinn angriffslustig gereckt, standen sie einander gegenüber.

»Ich kapier *gar nichts* mehr!«, rief Ava mit so schriller Stimme, dass es mir eine Gänsehaut über den Rücken jagte. Sie drückte sich das Album an die Brust und stürmte an ihrem Vater vorbei den Flur hinab in ihr Zimmer. Die Tür schlug mit einem lauten Knall zu, und ich lächelte Victor aufmunternd zu.

»Ich glaube, an dieses Geräusch werden wir uns gewöhnen müssen«, meinte ich in der Hoffnung, ihn zum Lachen zu bringen. Vielleicht hoffte ich auch, zurückkehren zu können zu jenem leichten, fast unbeschwerten Moment vor kaum einer Stunde auf der Couch. Spielerisch, liebevoll. So wie früher. Aber seine Miene blieb finster, und dann stürmte er, so wie Ava eben, an mir vorbei und ließ mich allein in der Küche stehen.

Ava

Als ich Montagmorgen ins Klassenzimmer kam, wurde es auf einmal ganz still. Sogar Mrs. Philips starrte mich an, wie ich da in der Tür stand und mir meinen Rucksack an die Brust drückte wie eine aufblasbare Rettungsweste. »Ava«, sagte sie schließlich. »Wie schön, dass du wieder da bist.«

Ich hatte mir heute früh extra viel Zeit genommen, hatte meine Haare total sorgfältig gebürstet und glattgezogen und so lange mit Mascara und Lipgloss experimentiert, bis ich mit dem Ergebnis zufrieden war. Dann hatte ich meine beste Jeans rausgesucht und ein rotes T-Shirt unter Mamas Pullover gezogen. Wenn ich wenigstens normal aussah, würden die andern vielleicht glauben, dass alles mit mir in Ordnung wäre, und mich in Ruhe lassen. Das Letzte, was ich jetzt brauchen konnte, waren Leute, die mir sagten, wie leid ihnen das mit Mama täte und wie schrecklich es doch wäre, dass sie gestorben war. Als ob man mich daran erinnern müsste.

Ich nickte Mrs. Philips kurz zu und hielt den Blick dann fest auf den Holzboden gerichtet, als ich zu meinem Tisch am Fenster ging. Noch immer war es viel zu still. Ich wollte, dass das Stimmengewirr der andern mich von den Gedanken ablenkte, die durch meinen Kopf schwirrten. Dad hatte das ganze Wochenende damit verbracht, Mamas Sachen zusammenzupacken und mir und Max unseren restlichen Kram zu bringen. Ein paar von Mamas Kartons hatte er auch mitgebracht, hauptsächlich Kleider und Bücher. Die meisten standen jetzt oben auf dem Dachboden, für später, wenn Max und ich älter wären, aber zwei hatte er gleich unten gelassen, für mich, damit ich mir die Sachen ansehen konnte. Er solle sie in mein Zimmer stellen, hatte ich ihm gesagt und sie dann in die Ecke geschoben, weil ich noch keinen Nerv hatte reinzuschauen. Ich war noch immer wütend, weil er mich nicht hatte mitkommen lassen. Glaubte er wirklich, er könnte mich für alle Zeit daran hindern?

Ich ließ meinen Rucksack auf den Boden fallen, setzte mich an meinen Platz und versuchte, mich auf den Unterricht zu konzentrieren. Mrs. Philips erklärte gerade, was nächste Woche in der Mathearbeit drankäme. Bree und ich hatten alle Fächer zusammen – bis auf Mathe. Ich wünschte, sie wäre jetzt hier. Whitney saß schräg hinter mir; ich konnte spüren, wie ihre blauen Augen sich von hinten in meinen Kopf bohrten.

»Psst«, flüsterte Whitney. »Ava.« Ich schaute starr geradeaus und kniff die Augen leicht zusammen, als würde ich versuchen, etwas an der Tafel zu entziffern. »Hey, Ava«, zischelte sie. »Was war denn jetzt mit deiner Mom?«

Meine Haut begann zu prickeln, und ich tat so, als würde ich sie gar nicht hören. *Bitte, lass mich einfach in Ruhe.*

»Hatte sie wirklich einen Herzinfarkt?«, fragte sie, und dann merkte Mrs. Philips endlich, was los war.

»Whitney, könntest du bitte nach vorn kommen und diese Gleichung auflösen? Und erkläre bitte jeden Rechenschritt, damit der Rest der Klasse es auch versteht.«

Whitney lächelte sie süß an. »Das würde ich ja gern, Mrs. Philips, aber die Sache mit Avas Mutter macht mich so fertig, dass ich überhaupt nicht klar denken kann. Ist das nicht ganz furchtbar tragisch?«

Ich fuhr herum und funkelte sie an. »Wer hat *dir* eigentlich erlaubt, von *meiner* Mutter zu sprechen?«, fauchte ich sie an und war selbst überrascht, wie schnell mein Puls auf einmal schlug. Am liebsten wäre ich aufgesprungen und hätte Whitney eine reingehauen. Ich konnte es fast schon vor mir sehen: meine flache Hand, die auf ihre Wange klatschte, ihr geschockter Blick, die weit aufgerissenen Augen, die Tränen in ihren Augen. *Und erst die Genugtuung, ihr dieses blödes Grinsen aus der Visage zu wischen!*

»Ava, dreh dich bitte wieder um«, sagte Mrs. Philips und wandte sich dann erneut an Whitney. »Netter Versuch, Whitney, aber keine Chance. Komm bitte nach vorn.«

Whitney seufzte und stolzierte nach vorn. Sie löste die Aufgabe falsch, und als sie an ihren Platz zurückkam, zeigte sie mir die Zähne. »Wie *schön*, dass du wieder da bist«, säuselte sie, und ihr Ton triefte vor Sarkasmus.

»Wie schön, dein blödes Ziegengesicht wiederzusehen«, murmelte ich leise, aber laut genug, dass Whitney es garantiert hörte.

»Wow, du bist so krass!«, fand Bree, als ich ihr später erzählte, was ich zu Whitney gesagt hatte. Wir gingen zu Fuß zu ihr, weil sie nur ein paar Straßen von der Schule entfernt wohnte. Nach Schulschluss hatte Dad auf dem Parkplatz auf Max und mich gewartet, aber ich hatte gesagt, dass ich noch zu Bree wollte.

»Hmmm, ich weiß nicht«, hatte er nur gemeint, während mein Bruder hinten ins Auto kletterte.

»Dad!«, rief Max. »Meine Freunde haben mir eine Karte gemacht und alle unterschrieben!« Er hielt ein großes

Stück weißen Karton hoch, auf das lauter Namen gekritzelt waren; irgendwer hatte noch ein paar Roboter draufgemalt. Ich verdrehte die Augen. Er ist ja so dumm, dachte ich. Als ob so eine blöde Karte *irgend*was daran ändern würde, dass Mama tot war.

Dad wandte den Kopf nach hinten. »Das ist aber nett von ihnen, Buddy. Sehr aufmerksam.«

Ich warf Max einen bösen Blick zu, er streckte mir die Zunge raus. Ohne weiter auf ihn zu achten, versuchte ich es noch einmal. »Bitte, Dad. Ich habe Bree seit über einer Woche nicht gesehen. Sie ist meine beste Freundin!« Ich setzte mein allerbestes unschuldiges Lächeln auf und hoffte, dass er nachgab. Ich wusste, dass er wegen unseres Streits noch ein schlechtes Gewissen hatte. Das ganze Wochenende hatte er versucht, es irgendwie wiedergutzumachen, hatte versucht, mich mit einem Eis zu bestechen, oder mir angeboten, mit mir zusammen Mamas Sachen durchzusehen, aber ich hatte nicht nachgegeben. Wenn ich ihn jetzt um so einen kleinen Gefallen bat, wie noch zu Bree zu dürfen, würde er bestimmt glauben, dass ich ihm verziehen hätte – und genau das sollte er auch.

»Ist ihre Mutter denn da?«, wollte er wissen. Er begann schon weich zu werden. Ich *wusste*, dass er es mir erlauben würde.

»Ja, klar«, log ich. Mein Dad wusste nicht, dass Mama immer erst bei Jackie – das war Brees Mom – angerufen hatte, um ganz sicherzugehen, dass sie auch wirklich da war. Weil wir nicht so oft bei Dad gewesen waren, wusste er das aber nicht. Ich hingegen wusste, dass Jackie *nicht* da war und ich bis halb sieben, wenn er mich abholen kam, Zeit hatte. Damit blieben mir drei Stunden, um zu Mamas Haus und wieder zurück zu fahren. Wenn ich dann vor

Brees Haus auf ihn wartete, würde er gar nicht merken, was ich getan hatte.

Als Bree mir dazu gratulierte, Whitney einen Dämpfer verpasst zu haben, zuckte ich lässig mit den Schultern. »Sie hat es nicht anders verdient. Ich bin es echt leid, dass sie dauernd auf mir herumhackt.« Dann holte ich tief Luft und atmete ganz langsam wieder aus, denn ich wusste, dass Bree nicht begeistert wäre von dem, was ich gleich sagen würde. »Weißt du was? Ich glaube, ich bewerbe mich jetzt doch für das Tanzteam.« Gespannt wartete ich auf ihre Reaktion.

»Was?« Sie blieb wie angewurzelt stehen und starrte mich an. »Warum *das* denn?«

Ich blieb auch stehen und seufzte. Hatte ich mir schon gedacht, dass sie ausflippen würde. »Einfach so. Ich glaube, es könnte mir Spaß machen.«

»Eben hast du selbst gesagt, was für eine Zicke Whitney ist, und jetzt willst du auf einmal mit ihr und ihren blöden Freundinnen abhängen?«, fragte Bree ungläubig. »Das ist doch bescheuert.«

»Ist es nicht«, zickte ich zurück. »Was kann ich denn dafür, dass Whitney im Tanzteam ist? Und nein, ich habe nicht vor, mit ihr ›abzuhängen‹.« Ich machte kleine Anführungszeichen mit den Fingern und ließ die Arme wieder sinken. »Meine Mom war nämlich Cheerleader, weißt du? Sie hat total gern getanzt. Vielleicht ist das ja etwas, worin ich richtig gut wäre.« Plötzlich schnürten Tränen mir den Hals zu, und ich musste kräftig schlucken, um nicht zu weinen. Ich wollte nicht weinen. Es war gerade mal der erste Tag, den ich wieder in der Schule war, und ich war schon völlig fertig davon, dass alle mich anstarrten. Nicht nur Whitney. Die andern tuschelten auch, wenn ich im

Flur an ihnen vorbeiging. Und wenn ich hinschaute, verstummten sie und wichen meinem Blick aus, als wäre ich irgendwie peinlich oder ansteckend. Ich wollte einfach nur wieder *normal* sein.

Brees Miene hellte sich etwas auf. »Okay«, sagte sie. »Schon verstanden.« Ich war froh, dass sie kein großes Ding draus machte. Wir gingen weiter, redeten aber erst wieder miteinander, als wir bei ihr ankamen.

»Wann fährt der Bus?«, fragte ich, als sie aufschloss. Ich fand es noch immer unglaublich, dass nur sie und ihre Mom in diesem riesigen Haus lebten, von dem man einen Blick über die ganze Stadt hatte. Bree hatte mir mal erklärt, dass ihre Mom ihren Freund nur deshalb nicht heiraten würde, weil Brees Dad ihr dann keinen Unterhalt mehr zahlen und sie sich wieder einen Job suchen müsste. Ich fand das ziemlich schäbig von Jackie, auch wenn ich Bree das nicht sagte, obwohl sie das wahrscheinlich selber wusste. Es war okay, wenn ich schlecht über meine Eltern redete oder Bree über ihre, aber dass eine von uns die Eltern der anderen schlechtgemacht hätte, das ging gar nicht. So waren die Regeln, da waren Bree und ich uns einig.

»Zehn nach vier«, sagte sie. »Der 55er fährt direkt bei deiner Mom vorbei, oder?«

Ich nickte. Ich hatte den Bus schon ein paar Mal genommen, wenn ich allein zu Bree gefahren war. Sie schaute auf die Uhr. »Ich muss nur noch schnell die Katzen füttern, dann können wir los.«

Ein paar Minuten später verließen wir das Haus wieder, und Bree vergewisserte sich dreimal, ob sie die Alarmanlage auch wirklich eingeschaltet hatte. Bis zu Moms kleinem Haus oben in Genesee Hill war es nicht weit, nur eine kurze Fahrt über die West Seattle Junction. Es war ein trüber Tag mit vielen grauen Wolken, die tief am Himmel hingen. Bestimmt würde es später regnen. Das Laub an den Bäumen in unserer Straße hatte begonnen, sich rot zu verfärben, aber erst ein bisschen, nur an den Rändern, sodass es aussah, als würden sie erröten. Als ob sie sich für irgendetwas schämten, das sie nicht hätten tun sollen. Meine Muskeln fingen an zu zittern, als wir von der Bushaltestelle zum Haus liefen. Erleichtert stellte ich fest, dass Dianes Auto nicht in ihrer Einfahrt stand. Ein Glück, dann würde sie uns wenigstens nicht ins Haus gehen sehen. Dass sie Dad anrief und ihm sagte, dass wir hier wären, war echt das Letzte, was ich jetzt gebrauchen konnte.

Nachdem ich einmal tief durchgeatmet hatte, holte ich den Schlüssel aus meiner Tasche und schloss auf. Fragend schaute ich Bree an. »Alles klar?«

Sie nickte und atmete so tief aus, dass ihre Brille in der kühlen feuchten Luft beschlug. Bree trug eins der karierten Flanellhemden von ihrem Dad, Jeans mit Löchern an den Knien, und sie hatte ihren großen dunkelgrünen Rucksack mitgenommen, falls wir noch irgendetwas einpacken wollten.

Im Haus war es genauso kalt wie draußen, und die Luft roch so fremd und abgestanden, als wären wir schon viel länger als eine Woche fort. Der Strom war abgestellt, aber draußen war es noch so hell, dass wir kein Licht brauchten. Alles sah ganz genauso aus, wie ich es in Erinnerung hatte – es wirkte überhaupt nicht so, als ob Dad hier gewesen wäre und unsere Sachen zusammengepackt hätte. Auf der braunen Ledercouch im Wohnzimmer lagen Mamas Kissen, auf dem Couchtisch ein paar Spielzeugfiguren von

Max und Bücher von mir. Unsere Schulfotos standen auf dem Kamin, und auf dem Boden war ein Korb mit Wäsche, die noch zusammengelegt werden musste. In der Küche stand noch immer der Teller, auf den Mom meinen Toast gelegt hatte, und ich hätte fast wieder angefangen zu weinen. Warum hatte ich den Toast nicht einfach gegessen?

Bree ließ den Rucksack auf den Boden fallen. »Wonach sollen wir suchen?«

»Weiß nicht«, flüsterte ich und versuchte, ganz tief und ruhig zu atmen. »Vielleicht erst mal in ihrem Zimmer schauen, oder?« Bei dem Gedanken, ihr Bett zu sehen und zu wissen, dass sie darin gestorben war, wurde mir richtig schlecht. *Vielleicht war das ja doch keine so tolle Idee. Vielleicht sollten wir einfach wieder gehen.* Plötzlich bekam ich richtige Panik. Dad würde so wütend sein, wenn er es wüsste. Er hatte mir verboten hierherzukommen, und ich hatte es trotzdem getan. Ich durfte ihn nicht wütend machen. Ich durfte ihn nicht auch noch verlieren.

Aber Bree war schon in den Flur vorausgegangen, und ehe ich noch lange überlegen konnte, folgte ich ihr. Als ich Mamas Schlafzimmer betrat, versuchte ich, das Bett nicht anzuschauen. Alles, nur nicht das Bett. Mama schien überall zu sein in diesem Zimmer. Nachdem Daddy uns verlassen hatte, hatte sie alles neu gestrichen – in Blau und Gelb, ihren Lieblingsfarben. »Nicht wahr, mein Schatz, wir brauchen ihn doch gar nicht, oder?«, hatte sie mich gefragt, als ich ihr zugeschaut hatte, wie sie den Farbroller über die Wände zog. »Wir kommen auch so klar. Wir sind starke Frauen, wir beide.«

Ich hatte genickt, aber im Bauch hatte ich ein ganz flaues Gefühl bekommen. Doch, dachte ich, *ich* brauche meinen Daddy. Und ob Mama stark war, da war ich mir längst nicht mehr so sicher. Starke Menschen weinten nicht wegen jeder Kleinigkeit – nicht wie Mama, die schon anfing zu weinen, wenn die Mikrowelle nicht funktionierte oder wenn die Bank zumachte, ehe Mama ihr Trinkgeld vom Tag zuvor einzahlen konnte.

Und als ich jetzt mit Bree in Mamas Schlafzimmer stand, begriff ich auf einmal, dass zwischen meinen Gefühlen der letzten Woche auch ein bisschen Erleichterung gewesen war, dass ich jetzt nicht mehr allen möglichen Kram für Mama erledigen musste. Ich musste ihr nicht mehr helfen, die Rechnungen zu bezahlen, oder den Klempner anrufen, wenn das Klo verstopft war. Natürlich bekam ich sofort ganz schlimme Schuldgefühle, weil ich so was überhaupt dachte, als könnte ich Mama damit noch immer wehtun. Als würde ich sie verraten.

»Ava?«, riss Bree mich aus meinen Gedanken. »Kann ich ihren Computer mal anmachen?«

»Der ist noch hier?«, fragte ich überrascht, weil ich angenommen hatte, Dad hätte ihn auch eingepackt. Ihren Schrank hatte er ausgeräumt; die Tür stand offen, und Moms Kleider waren alle verschwunden. Als ich das sah, schossen mir gleich wieder Tränen in die Augen. Ich musste daran denken, wie Mama mich mit ihren Klamotten Verkleiden hatte spielen lassen, wie ich ihre High Heels anprobieren durfte und so getan hatte, als wären ihre schicken Kleider richtige Ballroben. Wenn sie mal wieder nicht wusste, was sie anziehen sollte, hatten wir Modenschau in ihrem Schlafzimmer gespielt, und ich hatte ihr geholfen, sich für das passende Outfit zu entscheiden. Leere Kleiderbügel waren alles, was davon geblieben war – eine gespenstische Erinnerung daran, dass sie nie wieder zurückkommen würde.

»Ja«, sagte Bree und zeigte auf den kleinen Tisch am Fenster. »Da drüben steht er.«

»Ah«, sagte ich nur und holte noch einmal tief Luft, um nicht zu weinen. »Nein, wart mal … lass mich das machen.« Ich setzte mich auf die Bank vor Mamas Schreibtisch und rutschte ein bisschen zur Seite, damit Bree auch noch Platz hatte. Wir warteten, bis der Laptop hochgefahren war, dann rief ich Moms Browserverlauf auf, um zu schauen, welche Webseiten sie zuletzt besucht hatte. Viele waren es nicht; sie hatte keinen Facebook- oder Twitter-Account, und online zu shoppen war auch nicht so ihr Ding gewesen.

»Bank of America«, las ich vor und fuhr dabei mit dem Finger die Liste hinab. »Google. Greg Morton, PD. Tracy Lemmings, PD.« Ich ließ die Hand sinken und schaute Bree an. »Da sind ungefähr zehn solche PD-Seiten.«

»Und was ist PD?«, fragte Bree.

»Mal schauen«, meinte ich und klickte einen der Links an.

»Tracy Lemmings, Privatdetektei«, las ich laut vor. »Wir garantieren diskrete Ermittlungen, die genau auf Ihre privaten oder beruflichen Bedürfnisse abgestimmt sind.«

»Wozu hat deine Mom denn einen Privatdetektiv gebraucht?«, fragte Bree.

Ich merkte, dass ich den Atem angehalten hatte, und ließ ihn jetzt leise zwischen den Lippen raus. »Keine Ahnung«, sagte ich und merkte, wie Bree mich von der Seite ansah und leicht die Brauen hob. »Ehrlich, Bree. Ich *weiß* es nicht.«

Sie seufzte. »Na schön. Wir könnten uns alle Seiten anschauen und gucken, ob wir einen roten Faden entdecken.«

»Einen roten Faden?«

»Na ja, ob es Gemeinsamkeiten gibt, weißt du? Ob sie sich auf ein bestimmtes Gebiet spezialisiert haben oder so.«

Ich nickte. »Gute Idee.« Wir klickten uns durch alle Seiten, aber auf jeder fanden wir nur das gleiche breit gestreute Angebot: Observation untreuer Ehepartner, Suche nach vermissten Kindern, Beweiserbringung bei unklaren Versicherungsansprüchen. Die Liste war noch viel länger, und irgendwann lasen wir nicht mehr alles durch. Es brachte uns auf jeden Fall nicht weiter, und wir wussten noch immer nicht, was sie von denen gewollt hatte.

»Lass uns doch mal in ihre Mails schauen«, schlug Bree vor. »Vielleicht hat sie eine Anfrage rausgeschickt.«

Ich rief Moms E-Mail-Account auf und gab ihr Passwort ein, eine Kombination aus Max' und meinen Geburtstagen. Ich hatte Mom geholfen, ihren Account einzurichten, weil sie es allein nicht hinbekommen hatte.

»Also gut«, sagte ich. »Dann schauen wir mal.« Mit ein paar Mausklicks sortierte ich die Mails nach Absendern. »Ganz viel von Diane«, stellte ich fest. Eine Minute oder so lasen wir schweigend. In den meisten Mails ging es vor allem darum, sich zum Kaffee zu verabreden oder dass Diane sich mal wieder mit ihrem Mann verkracht hatte.

»An einen Privatdetektiv seh ich hier aber nichts«, meinte Bree schließlich. »Du?«

Ich schüttelte den Kopf. »Aber vielleicht ist hier noch was von anderen Leuten … von meinen Großeltern vielleicht.«

Über die Suchfunktion gab ich erst »Thomas«, dann »Ruth« ein, bekam aber keine Treffer. Ich versuchte es mit »Mutter« und »Vater«, mit »Dad« und »Mom«. Wieder nichts.

»Glaubst du denn, dass die überhaupt einen Computer haben?«, fragte Bree.

Gute Frage. »Wahrscheinlich nicht«, seufzte ich. Herauszufinden, was zwischen Mama und ihren Eltern los war, könnte noch viel schwieriger werden, als ich gedacht hatte. Eigentlich wusste ich auch gar nicht so genau, wonach ich suchte. Ich hatte nicht die leiseste Vorstellung davon, was damals passiert sein könnte, einfach weil ich mir Eltern nicht vorstellen konnte, die ihr Kind nicht genauso liebten, wie meine Eltern mich lieb hatten. Selbst jetzt, wo ich so wütend auf Dad war, wusste ich, dass er mich trotzdem liebte, einfach weil ich seine Tochter war. Ich scrollte weiter nach unten, vorbei an uralten E-Mails zwischen Mama und Dad. Mein Magen machte Überschläge, wenn ich nur daran dachte, was ich da entdecken könnte, aber irgendetwas trieb mich weiter, und so ignorierte ich das ungute Gefühl in meinem Bauch, das mir riet, den Rechner einfach herunterzufahren und zu verschwinden. Ich öffnete eine Nachricht von vor drei Jahren. Dad musste sie geschickt haben, kurz nachdem er ausgezogen war. Bree und ich fingen an zu lesen:

Kelli,
du weißt, wie sehr ich die Kinder liebe. Gäbe es einen Weg, wie wir weiter zusammenleben könnten, würde ich ihn gehen. Aber ich sehe keinen. Ich werde diese Woche alle Unterlagen einreichen. Du weißt, wie sehr ich versucht habe, dich und alles, was du durchgemacht hast, zu verstehen, aber ich bin es leid, dich zu drängen, dich deiner Vergangenheit endlich zu stellen. Ich bin es einfach leid. Alles.

Du brauchst dir um nichts Sorgen zu machen, ich kümmere mich um alles. Du kannst mit den Kindern in dem Haus bleiben, ich suche mir was anderes in der Nähe, denn natürlich möchte ich die beiden so oft wie möglich sehen. Allerdings wirst du wieder arbeiten müssen. Ich rede mal mit Steve, ob du deinen alten Job zurückhaben und wieder als Bedienung anfangen kannst. Sie zahlen gut, und du wärst versichert.

»Warum hat dein Dad ihr denn einen Job besorgt, nachdem er sie verlassen hat?«, fragte Bree und sah mich an. »Das ist doch komisch.«

»Weil er für sie gesorgt hat«, flüsterte ich so leise, dass es kaum zu hören war. »Sie hat immer gesagt, er hätte versprochen, für sie zu sorgen. Und dann ist er einfach gegangen.« Ich las den Rest der Mail.

Wir haben zwei wunderbare Kinder zusammen, und was immer mit uns geschehen ist, ich weiß, dass wir füreinander bestimmt waren, wenn auch nicht für immer. Ich weiß, dass wir zusammen waren, damit die beiden uns geschenkt wurden.

Das war alles. Ich runzelte die Stirn. Er hatte nicht mal mit seinem Namen unterschrieben. Nach einer Weile merkte ich, wie Bree mich anschaute. »Willst du noch weitersuchen?«, fragte sie leise.

Ich schüttelte den Kopf und fragte mich, was ich eigentlich hier gesucht hatte. Plötzlich war es mir egal, ob ich noch irgendetwas finden würde. Wie war ich überhaupt auf die Idee gekommen, ich könnte mich besser fühlen, wenn ich noch einmal hier gewesen wäre? Was ich suchte – worauf ich *wirklich* gehofft hatte –, war für immer fort. Aber das konnte ich Bree nicht sagen. Ich konnte ihr nicht sagen, dass ich insgeheim gehofft hatte, wenn ich ins Haus käme, wäre Mama da. »Mein kleiner Schatz«, würde sie sagen und die Arme nach mir ausstrecken. »Jetzt ist alles wieder gut. Es war nur ein schlechter Traum. Ich war krank und konnte nicht eher nach Hause kommen.« Ein Koma, hatte ich mir vorgestellt. Wie im Fernsehen. Sie wäre in ein so tiefes Koma gefallen, dass sogar die Ärzte nicht gemerkt hatten, dass sie noch lebte.

»Sicher?«, fragte Bree und holte mich in die Realität zurück, in der Daddy uns verlassen hatte und Mama tot war. »Du willst nicht noch irgendwas mitnehmen?«

Wieder schüttelte ich den Kopf. »Nicht jetzt. Ich kann nicht mehr.« Meine Hände waren ganz feucht und verschwitzt, und mein Herz hämmerte mir in der Brust.

»Okay.« Bree seufzte. »Es tut mir so leid, Ava.«

»Schon gut«, sagte ich und schaltete den Computer aus. »Komm, wir gehen.« Meine Stimme zitterte, und die Worte klangen nicht so fest und klar, wie ich es gewollt hatte. Ich stand auf und drehte mich um, zwang mich diesmal, die Stelle anzuschauen, wo Mama gestorben war. Die Bettdecke war unordentlich zurückgeworfen, genau so, wie ich das Bett schon unzählige Male gesehen hatte. Ihre blaue Wolldecke fehlte – die hatte Max unbedingt haben wollen –, aber sonst sah alles aus wie immer, als könne sie gleich zurückkommen und sich noch mal hinlegen. Ganz schwach konnte ich sogar noch ihr Parfüm riechen. Über ihrem Bett hatte sie ein gerahmtes Bild hängen, das ich in der dritten Klasse für sie gemalt hatte: Daddy als großes Strichmännchen in der Mitte, mit wild abstehenden Haaren, wie die Borsten eines Stachelschweins; neben ihm

Mama in einem rosa Kleid. Und natürlich Max und ich; ich halte Daddys Hand, und Max Mamas. Auf dem Bild ist es ein schöner Tag, die Sonne ein grellgelber Ball an einem knallblauen Himmel. Passend dazu hatte ich uns allen ein strahlendes Lächeln ins Gesicht gemalt, so als hätten wir keine Sorge auf der Welt. Genauso hatte ich uns damals gesehen, als noch alles gut und wir alle zusammen gewesen waren. Ich hatte geglaubt, es würde immer so bleiben. Bis unsere Familie sich langsam aufzulösen begonnen hatte und dann ganz auseinandergebrochen war.

Sie waren schon wieder am Streiten. Ich vergrub den Kopf unter dem Kissen und versuchte nicht hinzuhören, aber unmöglich. Ihre Wut und ihr Ärger waren so groß, so mächtig, dass sie durch alle Wände in unserem Haus drangen und sich überall breitmachten. Ich stellte sie mir wie schwarze, dicke, schwere Ungetüme vor, wie Gewitterwolken, die sich am Himmel zusammenbrauten. Mein Zimmer war neben ihrem Schlafzimmer. Ich konnte es einfach nicht überhören.

Dad war spät nach Hause gekommen, lange nachdem Max und ich schon schlafen gegangen waren. Einmal wachte ich auf, weil ich Mama weinen hörte, dann noch einmal, weil die Schlafzimmertür zuschlug. »Ich halte das nicht mehr aus!«, brüllte mein Dad. »Wenn du nicht damit klarkommst, dass ich so viel arbeiten muss, um für dich sorgen zu können, dann weiß ich es auch nicht! Was soll ich denn noch tun? Du bist *erwachsen*, Himmelherrgott! Benimm dich endlich so.« Seine Stimme klang ganz verzerrt. So hatte ich ihn noch nie gehört.

»Ich soll erwachsen werden?«, kreischte Mama zurück. »*Ich?* Wer macht denn hier alles? Und wer ist nie bei seinen Kindern?« Einen Moment war es ganz still, und ich hoffte, dass es jetzt vorbei wäre, aber dann fing sie wieder an. »Du, Victor. *Du!* Glaub bloß nicht, ich wüsste nicht genau, was hier los ist. Glaub bloß nicht, ich hätte es nicht gesehen.«

Was gesehen?, fragte ich mich, setzte mich in meinem Bett auf und knipste die kleine Nachttischlampe an. Ich zog mir die Decke bis zum Hals und begann zu überlegen. Dad war wirklich immer öfter weg. Einmal letzte Woche war er gar nicht nach Hause gekommen. Mama hatte er gesagt, es wäre so viel zu tun gewesen, dass er gleich im Restaurant übernachtet hätte, aber sie hatte ihm nicht geglaubt. Warum, wusste ich nicht. Aber ich wusste, dass Dad in dem kleinen Büro hinten im Restaurant eine Couch stehen hatte, und deshalb war mir nicht klar, warum sie ihm nicht einfach glaubte, dass er da geschlafen hatte.

»Du hast *überhaupt* nichts gesehen«, sagte mein Dad, und es klang, als würde er die Worte ausspucken. »Du bist viel zu sehr damit beschäftigt, dich selbst zu bemitleiden. Es tut mir ja furchtbar leid, dass deine Eltern nichts mehr mit dir zu tun haben wollen. Und es tut mir noch viel mehr leid, dass du nicht endlich mal darüber hinwegkommst! Aber ich habe genug, Kelli. *Genug*, verstehst du? Ich kann nicht mehr. Und ich will nicht mehr.«

»Schön!«, schrie Mama. »Du wärst lieber gern woanders? Dann geh doch! Los, verschwinde aus meinem Haus!«

Ich kauerte mich unter meiner Decke zusammen, und mein Bauch tat so weh, wie er mir noch nie wehgetan hatte. Ich wusste nicht, was Mama da redete. Wo sollte Daddy denn lieber sein wollen als hier bei uns?

Dann hörte ich, wie Schubladen aufgezogen und zugeknallt wurden, und Mama, die wieder weinte. Als dann die Tür zu meinem Zimmer ganz vorsichtig aufging, hielt ich den Atem an, weil ich dachte, es wäre Daddy, aber es war nur Max. Mit weit aufgerissenen Augen stand er da, eine Hand auf dem Türknauf, in der andern seine gelbe Schmusedecke. Seine Unterlippe zitterte, als wollte er auch gleich anfangen zu heulen. Er war ja erst vier. »Komm her«, flüsterte ich leise, hob meine Decke hoch und rutschte bis an die Wand, damit er Platz hatte. Auf Zehenspitzen kam er angehuscht und krabbelte zu mir ins Bett. Er war warm, zitterte aber am ganzen Leib.

Nach einer Weile lehnte er den Kopf an meine Brust und fing an zu weinen. »Schsch«, sagte ich und legte meinen Arm um ihn. Und so warteten wir zusammen, dass es Morgen würde.

Grace

Grace?«, kroch Max' Stimme in meine Träume und kitzelte mich wach. Seine kleine Hand legte sich auf meine Schulter und schüttelte mich vorsichtig. Victor war noch nicht zu Hause; seit Kellis Tod waren ein paar Wochen vergangen, und er blieb jetzt abends länger im Restaurant, um die Zeit wieder herauszuholen, die er nachmittags mit den Kindern verbrachte. Gestern Abend hatte er gegen elf angerufen, weil er noch die Weinbestellung erledigen musste und wohl erst dazu käme, wenn die letzten Gäste gegangen waren.

»Was ist denn, Mäuschen?«, fragte ich Max. »Es ist schon so spät.« *Oder so früh.* Mühsam öffnete ich die Augen und schaute auf die Uhr. Zwanzig nach zwei. *Puh. Definitiv früh.*

»Ich hab ins Bett gemacht«, flüsterte er. »Es tut mir leid. Ich hab es nicht mit Absicht gemacht.« Er fing an zu weinen. »Ich hab doch vor dem Schlafengehen noch Milch getrunken. Das soll ich aber nicht, und dann hab ich schlecht geträumt und ins Bett gemacht!« Er fing so heftig an zu schluchzen, dass ich mit einem Schlag hellwach war. Ich setzte mich auf, stützte mich mit einer Hand auf der Matratze ab und rieb ihm mit der anderen beruhigend den Rücken. Seine Schlafanzughose war vorne nass, und ich musste mich bemühen, nicht den Atem anzuhalten, als mir der Ammoniakgeruch kalten Urins in die Nase stieg.

»Hey«, sagte ich sanft. »Das ist doch kein Grund zum Weinen. Natürlich hast du es nicht mit Absicht getan. Komm, wir bringen das gleich in Ordnung.«

Er kniff die Augen zusammen und schüttelte heftig den Kopf. Ich war mir nicht mal sicher, ob er mich durch seine Tränen hindurch überhaupt gehört hatte. »Es war meine Schuld. Mama sagt immer, das soll ich nicht, vor dem Schlafengehen noch so viel Milch trinken, aber ich hatte solchen Durst und hab nicht mehr dran gedacht!«

Als ich ihn in der Gegenwart von ihr reden hörte, hätte ich am liebsten auch angefangen zu weinen. In seinen Gedanken war es noch immer so, als würde sie leben. »Max, Schätzchen«, sagte ich und setzte mich ihm gegenüber in den Schneidersitz, damit wir ungefähr auf Augenhöhe waren. »Das wusste ich doch nicht. Und niemand hat Schuld, okay?« Ich strich ihm das verschwitzte Haar aus dem Gesicht und küsste ihn ganz leicht auf die Stirn. »So was kann vorkommen, das ist nicht weiter schlimm. Wir müssen jetzt nur schnell dein Bett neu beziehen und dir einen frischen Schlafanzug anziehen, einverstanden? Dann ist alles wieder gut.«

»Nein, ist es nicht!«, brüllte er und stampfte mit dem Fuß auf. »Ist es nicht, ist es nicht, ist es *nicht!*«

»Max«, sagte ich und versuchte, meine Stimme ganz ruhig zu halten, spürte aber sofort, wie mein Herz schneller zu schlagen begann. »Sei bitte nicht so laut. Ava schläft.« Mittlerweile leicht gestresst schaute ich zur Tür und hoffte, dass Victor endlich nach Hause käme. Ich hatte keinen blassen Schimmer, wie ich allein mit dieser Situation fertigwerden sollte.

»Nein!«, kreischte Max und fing an zu heulen. »Ich will meine *Mama!*« Laut schluchzend holte er mit dem Arm aus und fegte meinen Wecker vom Nachttisch, sodass er scheppernd auf den Holzdielen landete.

»Max!« Ich packte ihn bei den Armen, damit er nicht noch weiter um sich schlagen konnte.

»Hat er ins Bett gemacht?«, fragte Ava, die verschlafen an der Tür stand. So viel dazu, sie nicht zu wecken. Max riss sich von mir los, rannte zu seiner Schwester und vergrub sein Gesicht an ihrer Seite. Ich setzte mich aufrecht hin und nickte. Ava runzelte die Stirn. »Du hättest ihm nach dem Abendessen keine Milch mehr geben sollen.«

Ehe ich mich beherrschen konnte, warf ich ihr auch schon einen wütenden Bick zu. »Das ist mir *jetzt* auch klar, Ava«, sagte ich gereizt. Seit dem Tag, an dem sie mit Victor darüber gestritten hatte, ob sie mit zu Kellis Haus durfte, war die Stimmung zwischen uns etwas angespannt. Ich hatte mich zurückgehalten, hatte versucht, ihr den Raum zu geben, den sie zu brauchen schien. Geholfen hatte es anscheinend nicht.

Sie verdrehte nur die Augen und mied es, mich anzusehen. »Komm, Max. Hilfst du mir, dein Bett abzuziehen? Dann machen wir dich noch ein bisschen sauber, und dann kannst du wieder schlafen gehen.« Er nickte leise schniefend und wischte sich die letzten Tränen ab.

»Wartet, ich helfe euch«, sagte ich und stand auf, aber Ava hob abwehrend die Hand.

»Nicht nötig. Wir kommen schon klar.« Sie verließen das Zimmer, und ich lauschte ihren leisen, von Wasserrauschen untermalten Stimmen. Keine zehn Minuten später war es wieder still.

Doch als ich mich dann wieder warm einkuschelte, konnte ich nicht einschlafen. Ich musste daran denken, wie viel ich über Max und Ava nicht wusste, all die kleinen Dinge, die für Kelli so selbstverständlich gewesen waren wie das Atmen. Und obwohl ich im Zusammenleben mit den beiden bislang kaum wirklich gefordert worden war, fühlte ich mich schon jetzt seltsam erschöpft. Wenn wir alle vier zu Hause waren, drehte sich alles nur noch um sie – ihre Bedürfnisse, ihre Gewohnheiten, ihr Tagesablauf. Manchmal fühlte ich mich fast ein wenig in die Ecke gedrängt von dem ständigen Lärm, den sie machten – dem Fernseher, den Videospielen –, und dann Max, der beim besten Willen nicht in der Lage schien, sich durchs Haus zu bewegen, ohne Türen zuzuschlagen oder schwerfällig über die Holzdielen zu trampeln. Ich war Ruhe gewohnt – vielleicht unterlegt von ein bisschen Musik oder ab und an mal Reality-TV – und schreckte bei jedem Laut, den er machte, zusammen. Ava war hingegen meist still und in sich zurückgezogen, was in gewisser Weise nicht weniger anstrengend war als Max' überdrehter Geräuschpegel und sein ständiges Bedürfnis nach Aufmerksamkeit. Die Psychologin im Krankenhaus hatte Victor erklärt, dass Kinder ihre Probleme oft nicht verbal nach außen kommunizieren und wir darauf achten sollten, ob ihre Trauer sich auf andere Weise äußere.

»Auf welche Weise?«, hatte ich ihn gefragt, schon leicht panisch bei dem Gedanken, was das Verhalten der Kids alles bedeuten mochte. In meinen Schreckensszenarien sah ich Max Basketbälle durch unsere Fenster schmettern und Ava mit einem Tattoo und fünf Piercings nach Hause kommen.

Victor hatte nur mit den Schultern gezuckt. »Das hat sie nicht gesagt.«

»Und, wie hat sich eure Arbeitsteilung eingependelt?«, fragte mich Melody eines Abends, als Victor und die Kinder nicht zu Hause waren. Wir saßen an unserem Esstisch, vor uns eine von Melody mitgebrachte Käseplatte mit Früchten, und tranken Chardonnay.

Ich zuckte mit den Schultern und kaute auf einem Stück Knäckebrot, ehe ich antwortete. »Victor meinte, es sei kein Problem. Er holt sie von der Schule ab und bleibt die paar Stunden bei ihnen, bis ich abends nach Hause komme und er zur Abendschicht wieder ins Restaurant fährt.«

»Ist das nicht total stressig für ihn, diese Fahrerei wegen der paar Stunden?«

Ich trank einen Schluck Wein. »Willst du damit sagen, dass ich jetzt *meine* Arbeitszeiten ändern und die beiden von der Schule abholen sollte, damit er nicht aus dem Restaurant wegmuss?« Mein leicht aggressiver Ton überraschte sogar mich.

Melody ließ sich in ihren Stuhl zurückfallen und hob die Brauen. »Wow. Ich bin mir ziemlich sicher, dass ich *das* nicht gesagt habe.«

Seufzend griff ich nach ihrer Hand und drückte sie. »Entschuldige, war nicht so gemeint. Aber es ist einfach so verdammt schwer mit anzusehen, wie müde und erschöpft er ist. Ich fühle mich irgendwie schuldig, weißt du? So, als sollte ich mehr tun, ihm mehr abnehmen. Aber er beharrt darauf, dass die Kinder *seine* Verantwortung sind, und er zieht das durch.«

»Schon verstanden«, sagte sie, drückte meine Hand kurz und zog ihre dann zurück. »Aber was wollt ihr tun? Dein Job ist auch wichtig, und du kannst die beiden ja schlecht nach der Schule in deinem Büro betreuen.«

»Ich weiß. Aber werde ich nicht auch Kompromisse machen müssen, wenn ich Victor heiraten will? Läuft es nicht darauf hinaus?« Als Melody nichts erwiderte, fuhr ich fort: »Jetzt will Ava sich auch noch beim Tanzteam ihrer Schule bewerben, und Victor weiß beim besten Willen nicht, wie er es schaffen soll, Max zum Basketballtraining ins Jugendzentrum zu fahren und Ava dann noch zum Tanzen. Seinen Taekwondo-Kurs hat er übrigens aufgegeben, weil das zeitlich einfach nicht mehr zu schaffen war.« Ich seufzte. »Hörst du das? Jammer, jammer, jammer. Könnten wir vielleicht über etwas anderes reden? Wie geht es bei dir so? Wie läuft es mit Spencer?«

Sie lehnte sich zurück und lächelte verträumt. Ihre braunen Augen leuchteten, als sie mir erzählte, dass er sie seit ihrer ersten Verabredung jeden Tag angerufen hatte und die Massage, die sie ihm versprochen hatte, höchst unprofessionell verlaufen war.

Als ich das hörte, musste ich lachen. »Hattest du mir nicht mal erklärt, das verstoße gegen den Berufskodex einer Masseurin?«

Melody grinste. »Kleiner Betriebsunfall.«

»Verstehe«, sagte ich. »Deine Hände sind also rein zufällig auf Abwege geraten?«

»Nein!«, rief sie lachend. »Er hat sich auf den Rücken gedreht – *et voilà*, da war er, unter dem Laken, aber nicht zu übersehen. Ich meine, es war keine Absicht, die Möglichkeit hat sich einfach so … ergeben.« Sie wackelte mit den Augenbrauen. »Ziemlich nachdrücklich – wenn du weißt, was ich meine.«

Ich verdrehte die Augen und schüttelte leise lachend den Kopf. »Okay, *so* genau wollte ich es gar nicht wissen.« Ich hielt kurz inne, wie berauscht von der Leichtigkeit dieses Augenblicks, dann stellte ich die Frage aller Fragen: »Glaubst du, es könnte was Ernstes werden?«

Melody presste die Lippen zusammen und nickte heftig. »Er ist wahrscheinlich der liebevollste Mann, dem ich jemals begegnet bin. Er redet nicht viel, aber wenn, dann ist es total ehrlich und authentisch, weißt du.« Sie überlegte kurz. »Wusstest du, dass er ein Pflegekind war?« Als ich den Kopf schüttelte, fuhr sie fort: »Er hat mir erzählt, wie er ganz schnell gelernt hatte, dass ruhige Kinder mit guten Manieren eher adoptiert werden, und das ist seit damals an ihm hängengeblieben. Aber er ist trotzdem nicht adoptiert worden, und deshalb will er jetzt unbedingt Kinder haben, um ihnen ein besseres Leben zu bieten, als er es hatte.« Sie seufzte. »Hast du so was Süßes schon mal gehört?«

»Stimmt, das ist wirklich lieb. Und passt ja auch prima zu deinen Plänen, was?«

Sie schaute einen Moment zum Fenster hinaus, ehe sie antwortete. »Weißt du, diesmal will ich versuchen, alles auf mich zukommen zu lassen. Keine Pläne, kein Zeitdruck. Einfach nur auskosten, was ich an ihm mag, und das ist ziemlich viel. Und dann einfach schauen, was passiert.«

Dann redeten wir darüber, dass sie trotz der mehrfachen Bitten ihrer Eltern weder an Thanksgiving noch an Weihnachten nach Iowa fahren würde. Über die Feiertage, wenn alle gestresst und mit Trinkgeldern spendabel waren, lief das Geschäft immer besonders gut, und Melody konnte es sich dieses Jahr einfach nicht leisten, sich das entgehen zu lassen.

»Aber dann kommst du zu uns, ja?«, fragte ich. »Mit Spencer.«

Sie lächelte. »Das wäre toll.« Sie hob ihr Weinglas, um mit mir anzustoßen. »Auf gute Freunde«, sagte sie.

»Auf gute Freunde«, stimmte ich ein. »Die Familie, die man sich aussuchen kann.«

Glücklicherweise boten Sam und Wade uns an, uns zu Thanksgiving zu sich nach Magnolia einzuladen. Halloween hatten wir praktisch ausfallen lassen, da weder Max noch Ava so bald nach dem Tod ihrer Mutter nach Feiern zumute gewesen war. Thanksgiving würde somit der erste Feiertag sein, den wir als Familie verbrachten, und Victor und ich waren nur zu froh, die Vorbereitungen Sam und seinem Partner zu überlassen.

Ich fand es wunderbar, meinen Bruder in einer festen, liebevollen Beziehung zu wissen – zumal für seine früheren Freunde Monogamie ein Fremdwort gewesen war. Doch dann war eines Tages Wade bei ihm in der Beratungsstelle aufgetaucht. Er hatte einen gemeinsamen Freund begleitet, der kürzlich HIV-positiv getestet worden war. Zwischen ihm und Sam hatte es sofort gefunkt, woran sich auch fast zwei Jahre später wenig geändert hatte.

»Sollen wir irgendetwas mitbringen?«, fragte ich Sam am Samstag vor Thanksgiving.

»Du weißt ja, dass Wade in der Küche kein Pardon kennt«, lachte Sam. »Aber wenn ihr eine kleine Vorspeise mitbringen könntet, damit wir schon mal was zu knabbern haben, während er kocht, das wäre toll. Und vielleicht noch was Schönes zum Nachtisch? Aber nur, wenn du magst. Und grüß mir die kleinen Wadenbeißer. Ich freue mich schon auf sie.«

Ich legte auf und schaute lächelnd zu Ava hinüber, die

am Esstisch saß und sich die Fingernägel orange lackierte. Max war zum Spielen bei einem Freund und Victor noch im Restaurant, um alles für den Feiertagsansturm vorzubereiten.

»Sam freut sich schon darauf, euch beide an Thanksgiving zu sehen«, sagte ich, was mir nur ein leichtes Schulterzucken einbrachte. Ich versuchte es noch mal. »Gibt es etwas, das du an Thanksgiving besonders gern essen magst? Etwas, das wir vorbereiten und mitbringen könnten?«

Jetzt schaute sie doch auf, und ihre Augen leuchteten. »Meine Mom hat immer einen total leckeren Kürbiskuchen mit Frischkäse gebacken.«

Allein die Tatsache, dass sie in einem ganz normalen Tonfall mit mir gesprochen hatte, gab mir solchen Auftrieb, dass ich die Gelegenheit gleich beim Schopf packte. »Dann lass uns das doch machen, was meinst du? Wir könnten kurz zusammen einkaufen gehen und alle Zutaten besorgen, die wir brauchen, und dann fangen wir an zu backen.«

Zweifelnd sah sie mich an. »Vielleicht sollten wir lieber auf meinen Dad warten.« Vermutlich dachte sie daran, dass ich der Küche sonst eher aus dem Weg ging.

Ich stand auf. »Ach was, das schaffen wir schon. Weißt du, ich kann durchaus kochen, es gehört nur nicht zu meinen Lieblingsbeschäftigungen.« Womöglich brauchte es ja genau das, um das Eis zwischen uns zu brechen. Ich hatte mich bislang zurückgehalten, hatte mich nicht aufdrängen wollen und darauf gewartet, dass sie auf mich zukäme. Doch vielleicht, dachte ich, war es ja an mir, der Erwachsenen, den ersten Schritt zu machen.

Ava nickte zögerlich, und ihre Miene hellte sich kaum

merklich auf. »Aber dazu brauchen wir das Rezept, und das ist im Haus meiner Mom.«

Ernüchterung machte sich in mir breit. »Bist du sicher? Hat dein Vater ihre Kochbücher nicht mitgebracht?«

Ava schüttelte langsam den Kopf. »Ich glaube nicht.« Sie ließ mich nicht aus den Augen, wartete, was ich jetzt tun würde.

»Na dann«, sagte ich schließlich. »Hast du den Schlüssel noch? Wir könnten kurz rüberfahren, es holen und dann gleich wieder zurückkommen.« Ava nickte, und ich versuchte das leise Unbehagen zu verdrängen, weil ich mich Victors ausdrücklichem Wunsch widersetzte. Aber letztlich wären wir ja nur ein oder zwei Minuten im Haus, sagte ich mir. Wir würden das Rezept holen, mehr nicht. »Aber wirklich nur ganz kurz, okay?«

Ava gönnte mir ein flüchtiges Lächeln, und keine zwanzig Minuten später hielten wir vor Kellis Haus. Bevor wir ausstiegen, drehte ich mich noch mal zu Ava um. »Und du bist wirklich ganz sicher, dass du damit klarkommst?«

Sie nickte nur, und so gingen wir hinein. Auf dem Tisch im Flur lag ein kleiner Stapel Briefe. Victor hatte Diane gebeten, die Post ins Haus zu bringen, bis er sie abholen käme. Um das Haus verkaufen zu können, würde er es komplett leer räumen müssen, doch in letzter Zeit hatte er so viel um die Ohren gehabt, dass er noch nicht dazu gekommen war. Bisweilen hatte ich den Eindruck, dass es ihm schwerfiel, sich von dem Haus, das einmal seiner Mutter gehört hatte, zu trennen.

Ava ging in die Küche voraus, und ich folgte ihr, immer nach ersten Anzeichen Ausschau haltend, dass es sie vielleicht überfordern könnte, hier im Haus ihrer Mutter zu sein. Doch bis jetzt schien alles okay.

»Weißt du, wo es ist?«, fragte ich sie.

»Jep«, sagte Ava und steuerte zielstrebig auf ein Regal neben dem Herd zu, wo ein ganzes Sortiment von Kochbüchern sich stapelte. Ava zog ein kleines, schmales Buch heraus, schlug es auf, blätterte kurz, dann sah sie lächelnd auf. »Hier ist es. Schon total vollgekleckst.« Ihre Augen füllten sich mit Tränen, und sie sah rasch zur Seite.

Ich konnte förmlich die Erinnerungen sehen, die ihr jetzt durch den Kopf gingen, wie sie mit ihrer Mutter in der Küche am Backen war, wie es duftete, wie sie zusammen lachten. Plötzlich kam mir ein Gedanke. »Ava, du erinnerst dich daran, wie die Fotos in dem Album deiner Mom plötzlich aufgehört haben, als sie vierzehn war?« Sie nickte, sah mich aber noch immer nicht an. »Du weißt nicht zufällig, wo sie ihre Jahrbücher von der Highschool aufbewahrt hat, oder? Hat sie dir die jemals gezeigt?«

Jetzt richtete sie den Blick auf mich, und in ihren Augen war keine Spur mehr von Tränen. »Nein, ich habe sie nie gesehen, und ich weiß auch nicht, wo sie sind.« Sie legte den Kopf schräg und sah mich argwöhnisch an. »Warum?«

Da Victor seit unserer kleinen Auseinandersetzung am Tag nach der Gedenkfeier von sich aus nicht mehr darauf zu sprechen gekommen war, wollte ich Ava gegenüber das eine Jahrbuch, das ich gefunden hatte, vorerst nicht erwähnen. Schlimm genug, dass ich sie gegen Victors ausdrücklichen Wunsch hierhergebracht hatte.

»Nur so ein Gedanke«, sagte ich ausweichend und schaute auf meine Uhr. »Wir sollten langsam los, damit wir es noch schaffen, den Kuchen zu backen, ehe dein Dad nach Hause kommt.«

»Sagst du ihm, dass wir hier waren?«

»Ja«, erwiderte ich, obwohl ich am liebsten Nein gesagt

hätte. »Wenn ich ihm erkläre, dass wir einfach nur das Rezept brauchten, wird er das schon verstehen.« Sie folgte mir nach draußen, blieb dann aber vor dem kleinen Tisch im Flur stehen und begann die Post durchzusehen.

»Erwartest du irgendetwas?«, fragte ich sie. »Am besten nehmen wir den ganzen Stapel mit, damit dein Dad sich um die Rechnungen kümmern kann.« Als hätte sie mich nicht gehört, legte sie den Stapel zurück, behielt jedoch einen Brief in der Hand und riss ihn auf. »Ava, der ist nicht für dich!«, rief ich.

»Der ist von einem Arzt in Kalifornien«, sagte sie, ohne meinen Einwand zu beachten. »Warum sollte Mama von da Post bekommen?« Sie begann den Brief laut vorzulesen, ratterte die Zeilen wie ein Schnellfeuergewehr herunter. »›Sehr geehrte Ms. Hansen, es tut mir leid, Ihnen mitteilen zu müssen, dass ich Sie in den Jahren 1993 und 1994 nicht als Patientin in meiner Kartei geführt habe. Ich wünsche Ihnen viel Glück bei Ihrer weiteren Suche, mit freundlichen Grüßen, Dr. Brian Stiles.‹« Ava schaute mich fragend an. »Meinst du, sie war damals schon krank gewesen? Könnte das etwas damit zu tun haben, was mit ihr passiert ist?«

»Ich weiß es nicht, Ava«, sagte ich. »Wir sollten deinen Dad fragen, okay? Vielleicht weiß er etwas.« Was ich allerdings nicht glaubte. Victor hatte mir gegenüber klargemacht, dass Kelli nicht gern über ihre Vergangenheit gesprochen hatte. Als ich jetzt kurz nachrechnete, kam ich zu dem Ergebnis, dass der Zeitraum 1993–94 mit ihren ersten beiden Jahren auf der Highschool zusammenfiel, also genau die Zeit, wo sich in ihrem Leben auf einmal eine Lücke auftat. In Gedanken ging ich verschiedene Erklärungen durch und entschied mich schließlich für die,

die mir am plausibelsten schien: Wenn sie damals schon an Depressionen gelitten hätte, hatten ihre Eltern sie vielleicht in ärztliche Behandlung gegeben, und nachdem die Krankheit wieder ausgebrochen war, hatte sie möglicherweise versucht, an die Berichte von damals zu kommen. Da sie keinen Kontakt mehr zu ihren Eltern hatte, kannte sie eventuell den Namen des Arztes nicht – oder sie konnte sich nicht mehr an ihn erinnern. Ich lächelte Ava an, nahm ihr behutsam den Brief aus der Hand und steckte ihn in meine Handtasche. »Lass uns jetzt gehen, ja? Wir können später mit deinem Dad darüber reden.«

Auf dem Rückweg machten wir noch einen Abstecher zum Supermarkt, um die Zutaten für den Kuchen zu kaufen. Als wir dann endlich in der Küche standen, war ich froh, mich auf etwas anderes als Kellis obskure Vergangenheit konzentrieren zu können. »Okay«, sagte ich. »Womit fangen wir an?«

»Weiß nicht«, sagte Ava leise. »Eigentlich hat meine Mom den immer gebacken, ich hab nur zugeschaut.« Sie schien in Gedanken noch immer bei dem Brief zu sein, den wir im Haus ihrer Mutter gefunden hatten. Auch mir wollte die Sache nicht aus dem Kopf, aber ebenso fest war ich entschlossen, das hier durchzuziehen und mit Ava jetzt diesen Kuchen zu backen.

Doch ich war ehrlich gesagt etwas ratlos, und Ava machte es mir auch nicht gerade leicht. »Na, dann lesen wir doch einfach mal das Rezept durch«, meinte ich. »Was steht denn da?«

Sie beugte sich über das Kochbuch und sagte, dass wir zuerst die Butter, den Frischkäse und den Zucker schaumig rühren sollten. Als wüsste ich genau, was zu tun sei, holte ich drei Stück Butter und die beiden Packungen

Frischkäse aus dem Kühlschrank. Backen war wirklich nicht mein Ding – Kochen eigentlich auch nicht, wenngleich ich ganz akzeptable Tacos, Spaghetti und Frikadellen hinbekam –, aber ich konnte jetzt schlecht Melody oder Victor anrufen und mir Hilfestellung geben lassen. Eigentlich stand ja auch alles im Rezept. »Hier«, sagte ich zu Ava und reichte ihr die Butter und den Frischkäse. »Die kannst du schon mal auspacken und in den Mixer geben, dann messe ich so lange den Zucker ab.«

Ava gab alles in den Mixer. Ich schüttete den Zucker dazu und schaltete die Maschine ein. Sofort begann es ganz fürchterlich zu rumpeln und zu poltern. »Hmm«, meinte ich, »die Butter ist ganz schön hart, was?«

Ava schaute mich vielsagend an. »Also, bei meiner Mom hat das nie so geklungen.«

Natürlich nicht. Ich seufzte still und behielt mein strahlendes Lächeln fest im Gesicht. »So, und was brauchen wir jetzt?« Laut Rezept kamen als Nächstes die Eier hinein, und so arbeiteten wir uns während der nächsten fünf Minuten weiter durch die Anweisungen, bis wir alle Zutaten im Mixer verquirlt hatten.

»Der Teig sollte locker und cremig sein«, las Ava vor und blickte zweifelnd auf den glitschigen Brei in unserer Schüssel. Obenauf trieben harte kleine Butterstückchen und weiße Frischkäseschlieren. Das Ganze sah so appetitlich aus wie geronnene Milch. »Ich glaube nicht, dass das so gehört«, meinte sie.

»Wir backen das jetzt einfach mal und schauen, was passiert«, sagte ich. »Vielleicht schmelzen diese kleinen Klümpchen ja im Ofen.«

Ava schaute mich an, zog eine Augenbraue hoch, reichte mir dann die gebutterte Kuchenform. Ich kippte alles hinein und schob es in den vorgeheizten Ofen. »Voilà, geschafft!« Als eine halbe Stunde später der Küchenwecker klingelte, holte ich den Kuchen aus dem Ofen, der zu einem harten, klumpigen Gebilde mit dunkelbrauner, aufgeplatzter Kruste geworden war. »Hmm«, meinte Ava. »Aber *riechen* tut er gut.« Wir schauten uns an und mussten lachen.

Genau in diesem Augenblick hörten wir die Haustür aufgehen. »Dad!«, rief Ava und düste aus der Küche. »Rat mal, was Grace gemacht hat – sie hat versucht zu backen!«

Ich folgte ihr und sah Victor seine Tochter in die Arme schließen. Als er aufschaute und mich sah, lächelte er, und in seinen Augen schien etwas auf, das ich seit Monaten nicht mehr gesehen hatte.

»Betonung auf ›versucht‹«, sagte ich. »Es ist eher ein wissenschaftliches Experiment als ein Kuchen geworden.«

Ava reckte den Hals und schaute zu ihrem Vater auf. »Du hättest mal den Teig sehen sollen, der war total krass«, sagte sie, und ich musste wieder lachen.

»*Ziemlich* krass«, pflichtete ich ihr bei. »Weißt du was, wir machen am Mittwoch noch mal einen Versuch, okay? Vielleicht wäre dein Dad ja so nett, uns ein paar hilfreiche Tipps zu geben.«

»Ließe sich machen«, meinte Victor, noch immer lächelnd. Auf einmal wurde er ernst, schaute zu Ava hinab, die wie ein kleines Äffchen an ihm hing. »Ich muss mit Grace reden, mein Schatz. Könntest du uns einen Augenblick allein lassen?«

Avas Lächeln verschwand so plötzlich, wie es gekommen war, sie ließ Victor los und verschwand wortlos den Flur hinab in ihrem Zimmer. Ich wartete, bis ich ihre Tür ins Schloss fallen hörte, dann sah ich ihn besorgt an. Er konnte unmöglich wissen, dass ich mit Ava in Kellis Haus gewesen war. Also musste es etwas anderes sein. »Was ist passiert?«

Er seufzte, zog sich den Mantel aus und hängte ihn an die Garderobe. »Spencer ist vorhin in der Küche ausgerutscht und ziemlich hart auf dem Boden aufgeschlagen. Ich bin mir so gut wie sicher, dass er sich den Arm gebrochen hat.«

»Oh nein!«, rief ich. »War er schon im Krankenhaus?«

»Da ist er gerade«, sagte Victor. »Und es sieht so aus, als könnte ich meinen Küchenchef an Thanksgiving vergessen.«

Ich spürte, wie eine Mischung aus Ernüchterung und Enttäuschung sich in mir breitmachte, und mir war klar, dass jetzt nicht der richtige Augenblick wäre, um ihm zu erzählen, wo Ava und ich gewesen waren. Das wäre nur eine Sorge mehr für ihn. »Will sagen?«, fragte ich, auch wenn ich es längst wusste.

»Will sagen, ich habe ein Problem. Spencer hätte sich um das Catering kümmern sollen und um die Reservierungen am Abend. Jetzt muss ich zusehen, wie ich allein zurechtkomme, zumal ich einigen unserer Leute den Rest der Woche freigegeben habe.«

Ich antwortete nicht sofort. Meine Gedanken wanderten zu dem Riesenstapel Arbeit, der im Büro auf mich wartete und den ich bis zu den Feiertagen durchgearbeitet haben wollte – Klientenakten, die begutachtet werden mussten, unser mageres Budget, das irgendwie noch bis Ende des Jahres reichen sollte. Ich hatte gehofft, das meiste davon vor dem langen Wochenende vom Tisch zu haben, damit Victor und ich endlich mal ein paar freie Tage miteinander genießen konnten. Ich spürte eine leise Gereiztheit, doch dann kam mir eine Idee. »Kannst du nicht einfach jemanden einstellen, der Spencer vorübergehend vertritt?«

Ich hatte noch kaum ausgeredet, da schüttelte Victor schon den Kopf. »So kurzfristig nicht. Und selbst wenn ich jemanden ab nächster Woche finden sollte, müsste ich trotzdem die ersten Tage da sein, um ihn einzuarbeiten, was letzten Endes mehr Arbeit ist, als wenn ich in den sauren Apfel beiße und es gleich selbst mache.«

Ich versuchte mir vorzustellen, wie das werden sollte, wenn Victor womöglich bis ins neue Jahr hinein den Laden mehr oder minder allein schmeißen wollte. Der Dezember war für ihn der wichtigste Monat des Jahres, wo er genügend Umsatz machen musste, um die Zeiten zu überbrücken, in denen im Restaurant nicht so viel los war. Letztes Jahr hatte er von Thanksgiving bis Neujahr vierzehn Stunden am Tag gearbeitet, sechs Tage die Woche – ich konnte von Glück sagen, ihn überhaupt noch zu Gesicht bekommen zu haben. Und jetzt, wo er sich neben dem Restaurant auch noch um die Kinder kümmern musste, konnte ich mir beim besten Willen nicht vorstellen, wie er das alles bewerkstelligen wollte. Aber dass er jemanden zur Nachmittagsbetreuung einstellen würde, war mehr als fraglich. Ich hatte es ihm vorgeschlagen, gleich nachdem die Kids bei uns eingezogen waren, weil ich glaubte, es würde ihn von dem Druck befreien, nach der Schule unbedingt für sie da sein zu müssen, aber er hatte meinen Vorschlag rundweg abgelehnt. »Die beiden brauchen keinen Babysitter, sie brauchen *mich*«, hatte er gesagt. »Nicht irgendeinen Fremden. Ich will nicht, dass sie das Gefühl haben, ich würde sie an jemand anderen abschieben. Als wären sie mir im Weg.« Natürlich verstand ich genau, was er meinte, aber jetzt, unter den gegebenen Umständen, wäre es vielleicht an der Zeit, die Idee noch einmal in Betracht zu ziehen. Was war denn schon dabei? Die wenigsten Kinder wurden rund um die Uhr von ihren Eltern betreut. Aus meinen Jahren in der Personalabteilung wusste ich, welchen organisatorischen Herausforderungen sich Eltern im Arbeitsleben gegenübersahen; es gab kaum eine Familie, die nicht die Hilfe einer Tagesmutter oder einer Nanny in Anspruch nahm. Anders war es gar nicht möglich. Aber Victor trieb noch etwas anderes. So kurz nach dem Tod ihrer Mutter wollte er ihnen einfach das Gefühl geben, dass wenigstens *er* noch für sie da war.

»Sind die beiden nicht alt genug, um die paar Stunden nach der Schule allein zu sein?«, schlug ich jetzt vor. »Als ich in Avas Alter war, habe ich mich schon um Sam gekümmert.«

»Und das hat dir ja auch wahnsinnig viel Spaß gemacht«, gab er zurück und zog eine Augenbraue hoch. Als ich nichts erwiderte, fuhr er fort: »Mist. Wenn Spencer wirklich ein paar Wochen ausfällt, muss ich völlig neu planen. Ich habe keine Ahnung, wie ich das alles schaffen soll.«

»Dir wird schon was einfallen«, sagte ich und wünschte, nur halb so zuversichtlich zu sein, wie ich zu klingen versuchte.

Ava

Ich saß auf meinem Bett und starrte auf die Kartons mit den Sachen meiner Mutter. Es waren vor allem Kleider drin und ein paar von den Liebesromanen, die sie immer verschlungen hatte. Daddy wusste nicht, dass Mama mir nicht erlaubt hatte, die zu lesen. Aber jetzt hatte ich richtig Lust darauf – und nicht nur die Sexszenen, sondern alles. Vielleicht würde ich dann besser verstehen, was Mama darin gesehen hatte. »Hoffnung, meine Kleine«, hatte sie gesagt, als ich sie mal danach gefragt hatte. »Sie geben mir Hoffnung.«

Jetzt hörte ich Dad im Wohnzimmer mit Grace reden, aber sie sprachen so leise, dass ich selbst dann nichts verstehen konnte, wenn ich das Ohr ganz fest an die Tür meines Zimmers drückte. Als er nach Hause gekommen war, hatte Dad wieder diesen gruseligen, gehetzten Ausdruck im Gesicht gehabt, und obwohl er über meine Geschichte mit dem Kuchen gelacht hatte, war mir sofort klar gewesen, dass es irgendwelchen Ärger gegeben hatte. Ob Grace ihm schon gesagt hatte, dass wir in Mamas Haus gewesen waren und das Rezept geholt hatten? Oder ihm schon von dem Brief von Dr. Stiles erzählt hatte? Mir wollte einfach nicht aus dem Kopf, dass Mama ja vielleicht gewusst hatte, wie schlecht es ihr ging. Vielleicht hatte sie irgendeine schlimme Krankheit gehabt, von der sie uns nichts erzählt hatte. Vielleicht hatte sie deshalb auch die letzten drei

Jahre auf der Highschool verpasst. Aber warum hatte sie mir dann erzählt, sie wäre Cheerleader gewesen? Wenn ich daran dachte, dass sie mich angelogen, dass sie vielleicht überhaupt nie Cheerleader gewesen war, bekam ich sofort wieder Bauchweh. Ich überlegte weiter. Vielleicht hatte sie deshalb nach einem Privatdetektiv gesucht, damit der ihr half, den Arzt zu finden, bei dem sie früher gewesen war. Sofort fragte ich mich, ob sie noch leben könnte, wenn sie ihn rechtzeitig gefunden hätte.

Dann musste ich daran denken, wie das war, als *ich* früher krank gewesen war. Wenn ich Fieber gehabt und nicht zur Schule gedurft hatte. Bevor er morgens zur Arbeit ging, machte Daddy mir dann immer Pfefferminztee und Toast mit Zimt und brachte mir alles auf einem Tablett ans Bett. »Daddys Spezialarznei für unsere kleine Patientin«, sagte er, wenn er damit in mein Zimmer kam. »Wirkt Wunder, sollst du sehen.«

Ich lächelte dann und nippte an meinem heißen Tee. »Na, schon besser?«, fragte er und streichelte mir die Wange.

»Ja«, nickte ich. »Danke, Daddy.«

»Ich hab dich lieb, Spätzchen.« Dann umarmte er mich, und Mama gab ihm einen Kuss, bevor er aus dem Haus ging. »Du hast die beste Mama der Welt«, hatte er mir immer versichert, und wenn er das sagte, dann lächelte Mama und sah ihn mit so viel Liebe in den Augen an, dass ich fast neidisch geworden wäre.

Bis heute verstand ich nicht, was geschehen sein musste, damit eine solche Liebe einfach so verschwinden konnte.

Als Max später vom Spielen nach Hause kam, rief Dad uns alle ins Wohnzimmer und sagte uns, dass er Thanksgiving nicht mit uns feiern könne, da er arbeiten müsse. »Wenn ich nicht da bin, gibt es niemanden, der kocht«, erklärte er uns. »Und wenn niemand kocht, gibt es kein Essen, und alle Familien, die sich für ihr Thanksgiving-Dinner auf uns verlassen haben, werden schwer enttäuscht sein.«

»Und was ist mit *deiner* Familie?«, fragte ich. »Jetzt sind wir schwer enttäuscht.«

Dad schloss kurz die Augen. »Ich weiß, mein Schatz, ich weiß. Aber später am Abend bin ich ja wieder da, und dann können wir noch zusammen den Kuchen von deiner Mom essen, den du mit Grace backen willst, okay? Ich werde das Rezept noch mal ganz genau mit ihr durchgehen, damit ihr beide es diesmal auch perfekt hinbekommt. Das ist dann unsere kleine Privatfeier, die es so nirgendwo anders gibt.«

Ich warf Grace einen verstohlenen Blick zu, da ich noch immer nicht wusste, ob Dad es wusste. Grace zog die Brauen zusammen und schüttelte kaum merklich den Kopf, was wohl heißen sollte, dass sie es ihm noch nicht gesagt hatte. Es fühlte sich irgendwie komisch an, mit Grace ein Geheimnis zu haben. Genauso seltsam wie vorhin in der Küche, als ich plötzlich gemerkt hatte, dass es mir beinah Spaß machte, mit ihr zusammen zu sein.

»Das ist nicht fair«, beharrte ich. »Kann das nicht jemand anders für dich machen?«

»Nein, Ava, das muss ich schon selber erledigen«, sagte Dad. »In letzter Zeit lief es im Restaurant nicht so gut, und ich will sicher sein, dass alles tadellos über die Bühne geht und wir so vielleicht ein paar neue Gäste gewinnen können. Es sind keine leichten Zeiten, und das Geld sitzt bei den Leuten nicht mehr so locker wie früher, weshalb es umso wichtiger ist, dass sie zufrieden sind. Es ist blöd, ich weiß, aber es muss einfach sein, wenn wir das Restaurant behalten wollen, okay?«

»Muss es sonst zumachen?«, fragte Max mit großen Augen. »Du verlierst aber nicht deinen Job, oder?« Als er das sagte, bekam ich vor lauter Panik schon wieder Bauchweh und fragte mich, ob Dad es sich überhaupt leisten konnte, dass wir bei ihm lebten.

Dad lächelte müde und zauste Max die Haare. »Nein, Buddy, so schlimm ist es nicht. Aber die Leute gehen nicht mehr so oft essen wie früher, und deshalb ist es ganz besonders wichtig, dass wir gut sind und unsere Stammgäste bei Laune halten.« Max nickte ernst. »Gut«, meinte Dad, »und euch beide möchte ich bitten, dass ihr euch bei Sam und Wade von eurer besten Seite zeigt.« Er schaute Max streng an. »Es wird nicht laut gerülpst, verstanden?«

»Und wenn ich furzen muss?«, fragte Max grinsend.

Dad seufzte. »Dann hältst du es ein, bis du auf dem Klo bist. Keine Verdauungsgeräusche in der Öffentlichkeit, können wir uns darauf einigen?«

Max nickte, aber seine Augen blitzten, und ich fragte mich sowieso, wie er sich bei anderen Leuten an etwas halten sollte, wenn er es schon zu Hause nicht hinbekam.

Montagnachmittag zum Vortanzen in die Sporthalle zu gehen war wahrscheinlich das Mutigste, das ich jemals gemacht hatte. Die fünf Cheerleader saßen in ihren engen roten Pullis und kurzen Röcken seitlich vom Spielfeld an einem langen Tisch. Mrs. McClain stand neben ihnen, und auf dem Boden saßen in einem Halbkreis die anderen Mädchen, die auch zum Vortanzen gekommen waren. Normalerweise konnte man sich immer nur im September bewerben, aber weil Sarah Winstons Mutter einen neuen Job in Portland hatte und sie umziehen mussten, war mitten im Schuljahr ein Platz frei geworden. Außerdem ging das Gerücht um, dass Mrs. McClain das Team erweitern und noch ein paar Plätze mehr vergeben wollte. Obwohl ich totalen Schiss vor dem Vortanzen hatte, stellte ich es mir toll vor, zum Team zu gehören. Je länger ich darüber nachdachte, desto mehr freute ich mich schon. Es würde bestimmt Spaß machen. Wir würden bei Schulversammlungen und Sportveranstaltungen auftreten und zu Auswärtsspielen mit dem Bus fahren – zusammen mit den Jungs! Bestimmt würde Skyler Kenton es auch mitkriegen, wenn ich im Tanzteam wäre. Er war wie ich in der Achten und der tollste Junge des ganzen Jahrgangs, mit einem total süßen Lächeln und dunklen, zerzausten Haaren. Als ich nach der Woche, die ich mit Max zu Hause gewesen war, wieder in die Schule gegangen war, war er gleich am zweiten Tag zu mir gekommen, als ich gerade an meinem Schließfach gewesen war, und hatte mich kurz umarmt. »Tut mir leid, das mit deiner Mom«, hatte er gesagt und war schon wieder weg gewesen, bevor ich überhaupt was hatte sagen können.

»Der steht total auf dich«, hatte Bree mir zugeflüstert, die neben mir gestanden und alles mitbekommen hatte.

»Tut er nicht«, hatte ich gesagt. »Er wollte einfach nur nett sein.« Jetzt hielt ich nach Bree Ausschau, fragte mich, ob sie sich mein Vortanzen anschauen würde. Sie war nicht da.

»Du willst das also wirklich machen?«, hatte sie mich heute früh gefragt. Ich wusste, dass sie ein Problem damit hatte, wenn ich jetzt plötzlich was mit den »beliebten«

Mädchen machen würde. Aber deshalb hatte ich es mir trotzdem nicht anders überlegt.

»Du könntest dich doch auch bewerben«, schlug ich vor. »Vielleicht kommen wir beide rein.«

Sie verdrehte die Augen. »Ich und tanzen? Wenn ich tanze, sieht das so aus, als würde ich Krämpfe kriegen.« Nach einer kurzen Pause meinte sie dann: »Aber ich finde es cool, dass du es machst. Deine Mom wäre bestimmt stolz auf dich.«

Wäre sie das wirklich?, fragte ich mich. *Was, wenn sie fand, dass ein kluges Mädchen sich besser keinen Kopf wegen des Tanzteams machen sollte?* Mama hatten die Leute immer zu verstehen gegeben, dass sie vor allem eines war: hübsch. Einmal hatte ich sie gefragt, warum Daddy sie geheiratet hatte. Sie hat mich lange angeschaut und dann gesagt: »Weil Männer junge hübsche Dinger mögen.«

Als ich jetzt zu den Mädchen hinüberging, die auch zum Vortanzen gekommen waren, war ich mir jedes meiner Schritte bewusst, konzentrierte mich darauf, wie erst der eine, dann der andere Fuß von der Ferse zum Ballen abrollte. Der Weg kam mir trotzdem unglaublich lang vor. Lisa Brown war die Einzige, die mich anlächelte; die andern vier steckten die Köpfe zusammen und tuschelten. *Redeten die über mich? Über das Mädchen, dessen Mutter gestorben ist?* Dieses Mädchen wollte ich nicht sein. Ich strich mir die Haare zurück und rieb meine Lippen aufeinander – unterwegs hatte ich noch auf dem Klo Station gemacht und ein bisschen Lippenstift und Mascara aufgetragen, die ich in meinem Schließfach versteckt hatte. Ich hatte in meinem Zimmer vor dem Spiegel geübt und fand meine kleine Choreografie eigentlich ziemlich gut. Ich trug rote Stretch-Shorts und ein weißes T-Shirt, das eng genug war, dass man alle meine Bewegungen sehen konnte, aber nicht so eng, dass es beim Tanzen blöd hochrutschte.

Ich schaute zur Tribüne hinauf, auf der ein paar Frauen zusammenhockten. Bestimmt Mütter der anderen Mädchen, dachte ich, und auf einmal begann sich wieder dieses seltsam leere Gefühl in mir auszubreiten. Ich wollte mich nicht mehr so fühlen. Ich wollte einfach nur normal sein. Aber Erinnerungen daran, dass Mama für immer fort war, lauerten überall, zu Hause sowieso und jetzt auch hier in der Schule.

Ich setzte mich neben Lisa auf den Boden. »Hey«, sagte ich. »Viel Glück.«

Sie lächelte mich an und zog ihren Pferdeschwanz straff. »Du siehst richtig hübsch aus«, meinte sie.

»Danke«, sagte ich und wurde rot. »Du auch.«

»Ist deine Mom auch gekommen?«, fragte Lisa und schlug sich sofort die Hand vor den Mund. »Oh Gott. Das tut mir so leid. Ich habe überhaupt nicht … Oje. Das war wirklich blöd von mir.« Ihre Stimme zitterte richtig, als sie sprach, und ich wusste, dass sie es nicht mit Absicht gesagt hatte.

Ich presste die Lippen zusammen, schüttelte den Kopf und versuchte krampfhaft die Tränen zurückzuhalten, die mir in den Augen brannten. »Schon okay«, sagte ich und holte bei der Gelegenheit tief Luft.

Sie legte ihre Hand auf meinen Arm. »Es tut mir wirklich leid.«

»Schon gut.« Um sie nicht ansehen zu müssen, schaute ich wieder zur Tribüne hoch – und war total geschockt, als ich Grace und Max entdeckte, die sich gerade einen guten Platz suchten. Max fing meinen Blick auf und begann wie irre herumzuhüpfen. »Hi, Ava!«, brüllte er. »Wir sind extra gekommen, um dich tanzen zu sehen! Guck, so!« Er begann mit dem Hintern zu wackeln und schwenkte die Arme über dem Kopf.

»Ach du Scheiße«, flüsterte ich.

»Was denn?«, fragte Lisa, aber da hatte sie Max schon gesehen und lachte. »Oh, ist der süß.«

»Du brauchst ihn auch nicht jeden Tag zu ertragen«, sagte ich. Grace winkte mir zu und zog dann Max auf den Platz neben sich. Sie musste früher von der Arbeit weggegangen sein, um herzukommen; Dad hatte ich gesagt, er brauche mich nicht abzuholen, ich würde mich von irgendjemandem mitnehmen lassen. Wie es aussah, blieb es jetzt, wo Dad so viel im Restaurant zu tun hatte, an Grace hängen, mich und Max herumzukutschieren.

Mrs. McClains lautes Händeklatschen riss mich aus meinen Gedanken. »Okay, Mädels. Ruhe, bitte, wir wollen anfangen.« Sie lächelte uns an. »Ich habe beschlossen, drei neue Plätze zu vergeben statt nur einen. Dann wären wir genau acht im Team und könnten auch aufwendigere Choreografien einstudieren.« Sie schaute auf ihre Liste, dann wieder zu uns. »Wer möchte anfangen?« Wir schauten uns alle verstohlen an, aber niemand meldete sich. »Na schön. Ava, wie wäre es mit dir?«

Ich merkte, wie ich knallrot im Gesicht wurde, nickte aber und stand auf. Vielleicht war es ganz gut, gleich als Erste dranzukommen, dann hatte ich es hinter mir. Ich gab Mrs. McClain die CD mit meinem Song, und sie steckte sie in den kleinen CD-Player, der auf dem Tisch stand. Whitney lächelte mich an, aber es war ein ziemlich bemühtes Lächeln. »Dann zeig uns mal, was du draufhast«, sagte Mrs. McClain, was mich nicht wirklich entspannte.

Ich schloss die Augen und grub meine Finger fest in die Handflächen. In Gedanken sah ich Mama vor mir, wie sie im Wohnzimmer die Stereoanlage ganz laut aufdrehte, wie sie ihre Arme und ihre Hüften im Rhythmus der Musik bewegte. »Komm schon, Süße«, rief sie mir zu. »Jetzt wird getanzt!«

Als die Musik losging – ich hatte mir Katy Perrys »California Gurls« ausgesucht –, flogen meine Augen auf, und ich wusste ganz genau, was zu tun war. Ich hob die Arme über den Kopf und lächelte so strahlend, wie ich nur konnte; alles andere war vergessen, ich verlor mich ganz in der Musik, in den Bewegungen, in den Erinnerungen, wie ich mit meiner Mutter getanzt hatte. Es war fast, als könnte ich sie neben mir spüren, wie sie ausgelassen kicherte und lachte, und in diesem Augenblick war ich zum ersten Mal, seit sie gestorben war, wieder glücklich.

Das Glücksgefühl hielt auch noch an, als der Song zu Ende war und ich Grace und Max klatschen und meinen Namen rufen hörte. Mrs. McClain lächelte und die anderen aus dem Team auch. Alle außer Whitney natürlich, die mit verschränkten Armen auf ihrem Stuhl saß und ziemlich angepisst aussah. Aber das war mir egal. Noch ganz außer Atem lächelte ich Mrs. McClain kurz an, dann setzte ich mich wieder zu Lisa auf den Boden.

»Wow«, meinte sie. »Wo hast du das denn gelernt?«

»Von meiner Mom«, sagte ich und dachte dann, dass sie in gewisser Weise vielleicht doch noch bei meinem Vortanzen erschienen war.

Kelli

Das halbe Jahr, das sie in dem Internat verbrachte, verging für Kelli so schnell wie keine andere Zeit in ihrem Leben. Sie hielt sich an den festen Tagesablauf, strengte sich im Unterricht an, nahm ihre Vitamine – und staunte bei jeder Bewegung, die sie in sich spürte, wie munter und vergnügt ihre Tochter schon war. »Ist es ein Mädchen?«, fragte sie den Arzt, als sie im fünften Monat zum Ultraschall musste.

»Das sagen wir dir nicht«, erwiderte der Arzt und wischte ihr das kalte Gel vom Bauch. »Die Untersuchung dient nur der Kontrolle, damit wir wissen, ob sich das Kind gut entwickelt.«

Kelli wollte nicht einleuchten, warum man ihr das Geschlecht des Babys nicht sagen konnte. »Und, wie entwickelt sie sich?«

»Scheint alles in Ordnung mit ihr«, sagte er und schaute betreten zur Seite, als ihm aufging, dass er Kelli genau das gesagt hatte, was sie wissen wollte.

Ein Mädchen. Kelli war ganz außer sich vor Freude. *Ich bekomme ein Mädchen.* Ihr fünfzehnter Geburtstag verstrich ohne ein Wort von ihren Eltern, aber das kümmerte sie nicht weiter. Sie schrieb ihnen einen langen Brief und erzählte ihnen von ihrer Enkelin – Rebecca Ruth wollte sie die Kleine nennen. Beides biblische Namen, beides schöne, starke Frauen. Genauso sollte ihre Tochter einmal werden. Kelli konnte sich noch immer nicht vorstellen, dass ihre Eltern sie wirklich zwingen würden, Rebecca wegzugeben. Wenn sie erst ins Krankenhaus kämen, um sie zu besuchen, würde sich alles zum Guten wenden. Ihre Eltern schrieben nicht zurück, doch auch davon ließ Kelli sich nicht beirren. Ihre Noten verbesserten sich deutlich, und mit jedem Tag, den sie das Baby in sich heranwachsen spürte, fühlte sie sich besser. So glücklich und zuversichtlich war sie noch nie in ihrem Leben gewesen. Vor der Geburt graute ihr noch immer ein bisschen, aber Kelli war zu der Überzeugung gelangt, dass der Tag, an dem Rebecca geboren würde, auch für sie eine Art Wiedergeburt wäre.

Der Schmerz schnitt wie ein glühendes Messer durch ihren Bauch. Ihre Rückenmuskeln zurrten sich wie ein straffes Band zusammen, ihr Herz pochte, und ihr Unterleib verkrampfte sich. Mitten in der Nacht war sie davon aufgewacht, dass ein Schwall warme Flüssigkeit sich zwischen ihre Beine ergoss, und obwohl sie Angst hatte vor dem, was ihr bevorstand, freute Kelli sich doch, dass es endlich so weit war. Jetzt würde es nicht mehr lange dauern. Bald würde Rebecca da sein.

Sowie die Wehe vorüber war, zog Kelli sich schnell an und schleppte sich schwerfällig die Treppe hinunter zum Büro der Nachtaufsicht. »Das Baby kommt!«, rief sie, als ein neuer sengender Krampf sie packte. Der Schmerz hätte sie beinah in die Knie gezwungen.

Die Betreuerin, eine grobschlächtige Frau mit glanzlosem schwarzem Haar und einer stets etwas verkniffenen Miene im teigigen Gesicht, machte die Tür auf und schaute Kelli an, als habe die irgendetwas falsch gemacht. »Ist deine Tasche gepackt?« Kelli nickte. »Okay«, sagte die Betreuerin. »Ich ruf dann mal deine Eltern an und warte draußen auf dich.«

Bei dem Gedanken, ihre Eltern jetzt bald wiederzusehen, musste Kelli lächeln. Sie glaubte ganz fest daran, dass Rebecca sie alle wieder zusammenbringen würde. Sie würden einander verzeihen. Kelli würde ihren Eltern verzeihen, dass sie sie fortgeschickt hatten, und ihre Eltern würden ihr verzeihen, was sie getan hatte. Leicht würde es nicht sein, aber die Liebe zu Rebecca würde sie verbinden, und alles würde wieder gut werden.

Die Fahrt zum Krankenhaus verlief schweigend, von Kellis lautem Stöhnen abgesehen, als die Schmerzen immer schlimmer wurden. »Es fühlt sich an, als müsste ich sterben«, keuchte sie, hielt ihren harten Bauch umklammert und versuchte, das Atmen dabei nicht zu vergessen.

»Du stirbst schon nicht«, versicherte ihr die Betreuerin seufzend. Sie war sichtlich genervt, mitten in der Nacht aus dem Schlaf gerissen worden zu sein. Mit ihrem riesigen Bauch und den geschwollenen Füßen kam Kelli sich wie eine absolute Zumutung vor. Fast schien es, als empfinde diese Frau Kellis Zustand als persönliche Beleidigung. Doch das sollte ihr jetzt egal sein. Ihre Sorge sollte jetzt einzig und allein Rebecca gelten.

Die Betreuerin lieferte Kelli in der Notaufnahme ab, wo Kelli bereits vorangemeldet war, und wartete, bis eine Schwester kam und Kelli auf ihr Zimmer brachte. Die Schwester half ihr, sich das Krankenhaushemd anzuziehen, dann schnallte sie etwas, das wie ein riesiger Gürtel aussah, um Kellis Bauch und legte ihr eine Blutdruckmanschette um den rechten Oberarm. An ihrem Bett standen lauter piepende und blinkende Geräte, und mit jedem neuen Schmerz, der durch Kellis Körper jagte, nahm ihre Angst zu.

»Sagen Sie mir Bescheid, wenn meine Eltern hier sind?«, fragte sie die Schwester. »Bitte.«

Die Schwester tätschelte Kellis Arm. »Aber ja doch. Ich bin Francine und werde mich die nächsten Stunden um dich kümmern.«

»Danke«, sagte Kelli, und plötzlich wurde ihr bewusst, dass dies das erste Zeichen der Zuneigung seit Langem war – und es kam von einer völlig Fremden. Als die nächste Wehe sie mit ihren scharfen Klauen packte, brach Kelli in Tränen aus. »Oh Gott!«, schrie sie. »Bitte helfen Sie mir! *Bitte!*«

Francine nahm ihre Hand und hielt sie fest. »Immer schön weiteratmen, Süße. Du darfst das Atmen nicht vergessen. Kurze schnelle Atemzüge, so.« Sie machte es ihr vor, und Kelli versuchte es nachzumachen, aber die Schmerzen waren einfach zu stark. Sie hatte das Gefühl, bei lebendigem Leib entzweigerissen zu werden.

Immer schneller kamen die Wehen. Wenn die eine aufhörte, begann schon die nächste. Bald kam es Kelli vor, als kreisten sie unaufhörlich durch ihren Körper. Nach zwei Stunden musste sie sich übergeben. »Könnte ich bitte was zu trinken haben?«, bat sie Francine, die ihr aber nur Eiswürfel zum Lutschen gab. Kelli schaute immer wieder zur Tür. Sie war sich ganz sicher, dass jeden Moment ihre Mutter hereinkäme. Aber die Stunden vergingen – erst fünf, dann acht –, und ihre Eltern waren noch immer nicht da.

»Warum sind sie noch nicht hier?«, schluchzte sie und lehnte sich an Francines Brust. »Ich verstehe nicht, wie sie mir das antun können!«

»Schsch, ganz ruhig«, sagte Francine. »Du bist nicht das erste Mädchen von deiner Schule, das hier allein durchmuss, und du wirst auch nicht das letzte sein. Deine Eltern haben ganz bestimmt alles getan, was ihnen möglich ist, doch wenn sie jetzt nicht bei dir sein können, dann soll es vermutlich nicht sein. Du schaffst es auch so, Kelli. Alles wird wieder gut.«

Schweißüberströmt und im quälenden Griff einer weiteren Wehe fand Kelli nicht mehr die Kraft, ihr zu glauben. Sie schrie nach ihrer Mutter und weinte hemmungslos, als Rebecca sich mit kräftigen Stößen einen Weg aus ihrem Körper suchte. »Ihre Herzfrequenz sinkt«, sagte Francine. »Und deine legt ziemlich zu. Damit es keine Komplikationen gibt, bekommst du jetzt ein bisschen Labetalol von mir. Davon geht dein Blutdruck wieder runter.« Kelli weinte so sehr, dass sie es kaum merkte, wie Francine ihr die Spritze gab. »Gleich müsste der Doktor kommen«, sagte Francine und tätschelte ihr den Arm. »Kann sein, dass die Nabelschnur sich um den Hals des Babys gelegt hat, deshalb sollten wir sie da so schnell wie möglich rausbekommen.«

Panik gesellte sich zu dem Schmerz, der in Kellis Körper wütete. »Passen Sie auf, dass meinem Baby nichts passiert!«, schrie sie.

Der Arzt kam ins Zimmer, in blauer OP-Kleidung und mit einem Mundschutz, der nur seine Augen sehen ließ. Kelli musste ihre Füße in die Beinhalterungen stellen, und er schaute nach, ob ihr Muttermund schon weit genug geöffnet war, um mit dem Pressen zu beginnen. »Holen Sie sie raus«, stöhnte Kelli. Ihr war ganz schwummrig im Kopf, und sie hatte das Gefühl, von allem ganz weit weg zu sein. »*Bitte*. Ich kann nicht mehr.«

Francine stand neben ihr und legte ihr den Arm um die Schultern. »Doch, du kannst. Und du wirst«, sagte sie. »So, und bei der nächsten Wehe fängst du an zu pressen. Richtig feste pressen. Und immer schön weiteratmen.«

Aber Kelli konnte nur noch weinen, und mittlerweile brannten ihr die Augen so sehr, dass sie nicht mehr wusste, ob es vom Schweiß oder von den Tränen kam. Als die nächste Schmerzwelle sie mitriss, holte sie tief Luft und tat, was Francine ihr gesagt hatte. Sie presste und presste, spürte, wie der Kopf ihrer Tochter sich in ihr bewegte, und wünschte sich nur noch Erlösung von dieser unglaublichen Qual, wünschte sich, endlich dieses Baby auf die Welt zu bringen. »Gleich hast du's geschafft«, sagte Francine. »Noch ein Mal kräftig pressen, und dann ist ihr Kopf draußen.«

»Was ist mit der Nabelschnur?«, schluchzte Kelli. Sie fühlte sich so schwach und schwindelig. Bestimmt würde sie sterben. »Kann das Baby atmen? Ist alles in Ordnung mit ihr?«

»Der Kleinen geht's prima«, meinte der Arzt. »So, und jetzt gleich noch mal pressen, dann ist es vorbei. Los, Mädchen, streng dich an.«

Als der Schmerz wieder kam, setzte Kelli sich stöhnend auf und presste mit aller Kraft, die sie noch hatte. Allein der Gedanke, ihr Baby endlich in den Armen zu halten, trieb sie noch an. Und dann, mit einem riesigen Gefühl der Erleichterung, endete dieser unmenschliche Druck auf einmal, und sie hörte die hellen, hohen Schreie ihrer Tochter. »Geht es ihr gut?«, fragte Kelli und versuchte sich aufzusetzen, um Rebeccas Gesicht sehen zu können. Sie wollte sie in den Armen halten, wollte ihrer Tochter in die Augen schauen.

»Du bleibst besser noch liegen«, sagte Francine und reichte ihr ein Glas Wasser und eine Tablette. »Hier, damit du ein bisschen schlafen kannst. Wir kümmern uns schon um die Kleine.«

Kelli schluckte die Tablette und trank das Wasser in einem Zug aus. Sie ließ den Arzt nicht aus den Augen, der das winzige Bündel in ein beleuchtetes Kinderbettchen am anderen Ende des Zimmers legte. Wieder versuchte Kelli sich aufzusetzen, aber sie hatte einfach nicht die Kraft dazu. Die Lider wurden ihr so schwer, dass sie die Augen kaum noch offen halten konnte. Noch nie in ihrem Leben war sie so müde gewesen. Von den leisen Schreien ihres Babys in den Schlaf gewiegt, fielen ihr trotz all ihrer Anstrengungen, wach zu bleiben, die Augen zu, und sie sank in einen tiefen Schlummer.

»Kelli?« Die Stimme ihrer Mutter weckte sie. Kelli hätte sie fast nicht erkannt, so lang war es her, seit sie sie zuletzt gehört hatte.

»Mama?«, sagte Kelli, noch ganz benommen vom Schlaf und der Tablette, die sie bekommen hatte. »Wo ist Rebecca? Wo ist mein Baby?« Sie zwang ihre Augen auf, und obwohl alles um sie wie in einem Nebel verschwamm, erkannte sie doch ihre Mutter, die neben ihr stand, und ihren Vater am Fuß des Bettes. Kelli schaute zu dem Kinderbettchen hinüber, doch es war leer und die Lampe darüber ausgeschaltet.

»Bleib liegen«, sagte ihre Mutter. »Du musst dich jetzt ausruhen.«

Aber Kelli versuchte sich aufzusetzen, stützte sich auf die Ellbogen, doch sofort fuhr ein Schmerz in ihr Becken, der sie nach Luft schnappen und zurück auf die Matratze sinken ließ. »Ich will mich nicht ausruhen! Wo ist sie? Bitte, Mama. Bitte bring sie mir.«

Ihr Vater kam die paar Schritte um das Bett herum und nahm einen Stapel Papiere von Kellis Nachttisch. »Hier«, sagte er zu ihr. »Du müsstest noch ein paar Sachen für das Krankenhaus unterschreiben.« Er drückte ihr einen Stift in die Hand, und Kelli, die an nichts anderes denken konnte als an Rebecca, unterschrieb überall dort, wo er ihr sagte, dass sie unterschreiben sollte. Als sie fertig war, schaute er Kellis Mutter an und spitzte leicht die Lippen.

»Bitte«, bat Kelli erneut. »Ich möchte mein Baby sehen.«

Kellis Mutter schaute ihren Vater an, der nur den Kopf schüttelte. Sie schauten sich einen Augenblick schweigend an, warfen einen kurzen Blick zur Tür, dann nickte Kellis Mutter kaum merklich.

»Was?«, fragte Kelli und schaute von einem zum anderen. »Wo ist sie?«

»Sie hat es leider nicht geschafft«, sagte ihr Vater. »Das Kind ist gestorben.« Er sagte es in genau demselben Ton, wie er gesagt hätte, dass die Heizung kaputt war oder der Himmel schön blau.

»Nein!«, schrie Kelli, ein rauer, verzweifelter Laut, der tief aus ihrem Innern zu kommen schien, ein Urschrei, dunkel und abgründig. »Ihr *lügt!* Eben war sie doch noch da, ich habe sie selbst gesehen. Es ging ihr *gut!*« Sie wurde von einem heftigen Schluchzen übermannt und klammerte sich an die Arme ihrer Mutter. »Bitte nicht. Bring sie mir, bitte. Ich will sie sehen.«

»Das bringt doch nichts«, sagte ihr Vater. »Wir packen schon mal deine Sachen zusammen und nehmen dich später mit nach Hause. Der Arzt meinte, dein Blutdruck wäre wieder stabil, weshalb sie dich heute schon entlassen können. Die Schule wird den Rest deiner Kleider nachschicken.«

»Ich will nicht nach Hause!«, schrie Kelli. »Ich will Rebecca!«

»Sie ist fort, Kelli«, sagte ihre Mutter unter Tränen. »Es tut mir leid, aber wir können es nicht mehr ändern.«

Grace

Wir brachen am späten Vormittag zu Sam und Wade auf. Wegen des Feiertags war nicht so viel Verkehr, und wir brauchten nicht lange für die Fahrt. Die beiden lebten in einem Bungalow im Stile Frank Lloyd Wrights in bester Hanglage mit einem tollen Blick über den Pugent Sound. Wade verdiente als Finanzberater ziemlich gut, und nachdem sie ein Jahr zusammen gewesen waren, hatte er Sam gefragt, ob er nicht bei ihm einziehen wolle.

»Die wohnen ja in einem Glaskasten«, bemerkte Max, als wir die Stufen zum Haus hinaufgingen. Als Ava sich an ihm vorbeidrängelte, um als Erste an der Tür zu sein, stolperte er. »Hey!«, schrie er, aber sie warf ihm nur einen fiesen Blick zu.

»Hört bitte auf, ihr beiden«, sagte ich genervt und versuchte, die gestern Abend fix und fertig gekaufte Platte mit Gemüsesticks und Hummusdip nicht fallen zu lassen. Gleich heute früh war es schon damit losgegangen, dass die beiden sich gestritten hatten, wer von ihnen den Kuchen tragen dürfte. Ich hatte schließlich vorgeschlagen, sie könnten ihn abwechselnd tragen: Max hatte ihn von unserem Haus bis zum Auto getragen, Ava trug ihn jetzt.

»Ich hab aber doch gar nichts gemacht!«, beschwerte sich Max. »*Sie* war's!«

Ich seufzte und wollte nur hoffen, dass es mit den beiden nicht den ganzen Tag so weitergehen würde. Für jetzt beschloss ich, nicht weiter darauf einzugehen, und wechselte das Thema. »Fensterputzen wollte ich hier wirklich nicht. Du etwa, Ava?«

»Ist doch so was von egal«, murmelte sie laut genug, dass ich es hören konnte. Ich musste die Zähne zusammenbeißen, um sie nicht wieder anzufahren wie in jener Nacht, als Max ins Bett gemacht hatte. Ob ich meiner Mutter genauso zugesetzt hatte, als ich in Avas Alter gewesen war? Falls ja, so konnte ich mich zumindest nicht erinnern, es mit Absicht getan zu haben, weshalb ich auch Ava einfach mal unterstellen wollte, dass kein böser Wille dahintersteckte. Vielleicht wusste sie sich gerade nicht anders zu helfen. Mit Kellis Tod hatte sie einen Schmerz zu verarbeiten, den ich so glücklicherweise nie erlebt hatte.

»Na, wen haben wir denn da?«, rief meine Mutter, als sie die Tür aufmachte. »Ava, Max, wie schön, euch wiederzusehen!« Letztes Frühjahr, kurz nachdem ich bei Victor eingezogen war, hatten die drei sich kennengelernt, als Victor und ich mit den Kids für einen Tag hinauf nach Bellingham gefahren waren.

Die beiden grüßten sie höflich, und meine Mutter nahm mir die Gemüseplatte ab. »Wie ich höre, Ava, bist du jetzt Cheerleader«, sagte meine Mom. »Herzlichen Glückwunsch.«

»Danke«, murmelte Ava mit gesenktem Blick und stellte den Kuchen auf einem kleinen Tisch bei der Tür ab.

Meine Mutter sah mich leicht besorgt an, ich zuckte mit den Schultern. »Na gut«, meinte sie. »Wenn ihr abgelegt habt, kommt einfach zu uns in die Küche.« Sie kehrte in die Küche zurück, aus der es ganz köstlich nach gebratenem Truthahn und Salbei duftete. Vom Flur aus konnte man direkt ins Wohnzimmer schauen, und wie jedes Mal fragte ich mich, ob *ich* hier leben könnte. Alles war so kühl und wenig wohnlich. Jedes Möbelstück hatte klare Konturen, selbst die Couch wirkte glatt und kalt, Kissen gab es keine. Die Tische waren aus Glas und Chrom, die Kunst an den Wänden kubistisch.

Während wir unsere Jacken auszogen und an die Garderobe hängten, kam Melody. Ich umarmte sie kurz. »Wo ist Spencer?«, wollte ich wissen.

»Der Arzt meinte, solange er ihm verspricht, nichts Schweres zu heben, kann er ruhig zur Arbeit. Wahrscheinlich kommandiert er Victor jetzt in der Küche herum.«

»Aber ich wollte doch auf seinem Gips unterschreiben«, sagte Max und fing an zu schmollen. »Ich habe extra ein Bild für ihn draufmalen wollen!«

Ava legte ihrem Bruder tröstend den Arm um die Schultern. »Schon gut«, sagte sie und klang eher wie eine Mutter als eine Schwester. »Das können wir doch genauso gut mal im Restaurant machen.«

Max nickte und lehnte sich an sie, schlang seine dünnen Arme um ihre schmale Taille. Es erstaunte mich immer wieder, wie schnell sie von einem Extrem ins andere fallen konnten. Eben hatten sie noch gestritten, jetzt waren sie wieder ein Herz und eine Seele. Es wäre schön, wenn ich ihre Launen einmal vorhersagen könnte.

Melody sah sie lächelnd an. »Na, habt ihr beiden ordentlich Appetit mitgebracht? Mir knurrt jedenfalls schon mächtig der Magen.«

Max nickte eifrig, aber Ava meinte nur: »Eigentlich nicht. Mein Bauch tut so komisch weh.«

»Dir ist aber nicht schlecht, oder?«, fragte ich besorgt. Ava sah wirklich etwas blass aus. »Warte mal, vielleicht habe ich noch ein paar Tums dabei.« Ich begann in meiner Handtasche zu kramen.

»Nein, nicht richtig schlecht. Aber hast du vielleicht eine Schmerztablette? Mein Kopf tut auch irgendwie weh.« Sie fasste sich an die Stirn und verzog das Gesicht. Vielleicht ging es ihr ja wirklich nicht gut, dachte ich. Vielleicht war sie deshalb so zickig.

»Ich schau gleich mal«, sagte ich. »Und wenn nicht, haben Sam und Wade bestimmt was da.«

Wie gerufen kam Sam aus der Küche, um uns zu begrüßen. »Gracie!«, rief er. »Melody! Und unsere zwei Sprösslinge!« Er strahlte die beiden an, die schüchtern winkten. »Wie schön, euch endlich kennenzulernen.«

»Finde ich auch«, sagte Ava, und ich atmete erleichtert auf. Wenigstens zu *ihm* konnte sie nett sein.

»Ich mag deine Haare«, verkündete Max feierlich. »Die sind ja richtig rot.«

»Danke, Max«, lachte Sam und fuhr sich mit den Fingern durch seine kurzen roten Locken. »Okay, tut mir leid, dass ich etwas auf dem Sprung bin, aber ich will mal lieber wieder schauen, was Wade macht. Ohne mich wäre der Mann verloren.« Er schnappte sich den Kuchen vom Tisch, wo Ava ihn abgestellt hatte, und verschwand wieder in der Küche.

»Komm«, sagte ich zu Ava und holte ein kleines Fläschchen Schmerztabletten aus meiner Handtasche. »Jetzt müssen wir dir nur noch was zu trinken besorgen, damit du die runterbekommst.« Als wir in die Küche kamen, saß meine Mutter mit einem Glas Weißwein am Küchentresen, während Sam und Wade Gemüse schnippelten.

»Hey, Grace«, sagte Wade und drehte sich kurz zu uns um. »Ich bin Wade«, sagte er lächelnd zu Max und Ava. Die beiden winkten wieder und lächelten verlegen zurück. Ganz wohl in ihrer Haut schienen sie sich nicht zu fühlen, und wer wollte es ihnen verdenken? Mir wäre auch wohler gewesen, wenn Victor hier wäre.

»Ich passe auf, dass die beiden alles richtig machen«, sagte meine Mom. »Will mir jemand Gesellschaft leisten?«

»Ich!«, rief Melody, nahm sich ein Glas und setzte sich neben meine Mutter.

»Gleich«, sagte ich und wandte mich wieder an Max und Ava, die sich jetzt bei den Händen hielten. »Ist Wasser okay, Ava? Oder lieber Sprite?«

»Wasser, bitte«, sagte Ava so artig, dass ich meinen Ohren kaum traute. Sie sah wirklich nicht gut aus, ein bisschen blass um die Nase. Hoffentlich nichts Ernstes.

Meine Mutter runzelte leicht die Stirn und nippte an ihrem Wein. »Irgendwelche Probleme?«

»Ava fühlt sich nicht so gut«, sagte ich und nahm ein Glas aus dem Schrank, füllte es am Wasserspender und reichte es Ava zusammen mit zwei Schmerztabletten.

Sie ließ die Hand ihres Bruders los und nahm mir beides ab. »Danke.«

»Max, magst du mir helfen, die Kartoffeln ins Wasser zu werfen?«, fragte Sam.

»Okay«, sagte Max und wagte sich noch ein paar Schritte weiter in die Küche.

»Möchtest du ein Glas Wein, Grace?«, fragte Wade.

»Vielleicht zum Essen«, sagte ich und goss mir erst mal auch ein Glas Wasser ein.

»Wie schade, dass Victor nicht kommen konnte«, sagte meine Mutter in vorsichtig verhaltenem Ton.

»Ihm tut es auch leid«, erwiderte ich im selben Ton, da ich keine Lust hatte, vor dem Essen über meine Beziehung zu reden oder mich ihr gegenüber rechtfertigen zu müssen. Schon gar nicht hier, vor den Kindern. Wir hatten Anfang der Woche telefoniert, und ich hatte ihr ein bisschen davon erzählt, wie sehr ich mich unter Druck fühlte, seit die Kids bei uns lebten. Wahrscheinlich würde sie uns heute ganz genau beobachten, um sich selbst ein Bild von der Lage zu machen.

»Uns auch«, sagte Wade und warf mir eine Kusshand zu. »Ich würde dich ja gern umarmen, Süße«, sagte er, »aber ich bin voller Bratensoße.« Er war ein gut aussehender Mann mit schon leicht schütterem blondem Haar, sportlich durchtrainiert und immer perfekt gestylt. Heute trug er zur roten Schürze eine schwarze Hornbrille, weit geschnittene Levi's und ein hautenges Ed-Hardy-T-Shirt.

»Du bist so ein Ferkel«, sagte Sam. »Ich weiß wirklich nicht, warum ich mich mit dir abgebe.«

Wade gab ihm ein kleines Küsschen auf die Wange. »Weil du es nicht besser weißt, mein Süßer.«

»Grace«, sagte Ava mit gepresster Stimme. »Wo ist denn das Bad?«

»Einfach den Flur runter«, antwortete Sam für mich und deutete mit dem Kinn auf den Küchendurchgang. »Zweite Tür links.«

»Danke«, sagte sie, drehte sich ruckartig um und eilte seltsam steifbeinig davon. Vor lauter Sorge bekam ich selbst ein ganz flaues Gefühl im Bauch. Hatte sie sich irgendeinen Virus eingefangen, oder war das der Stress, Thanksgiving ohne ihre Mutter feiern zu müssen? Und ohne ihren Vater. Jetzt, wo Victor auch noch im Restaurant einspringen musste, fühlte sie sich vermutlich gleich doppelt verlassen.

»Das arme Ding«, meinte Melody und nahm sich einen

Karottenstick von der Gemüseplatte, die Sam vor sie hingestellt hatte. »Hoffentlich geht es ihr bald wieder besser.«

»Das hoffe ich auch«, sagte ich, ließ mich an die Wand sinken und trank von meinem Wasser.

Sam stupste Max mit dem Ellbogen an. »Und jetzt musst du mir mal eins verraten, Max«, sagte er, während er die Kartoffeln in daumendicke Würfel schnitt. »Gibt es irgendwas, wofür du dieses Jahr ganz besonders dankbar bist?«

Mir stockte der Atem. Was dachte mein Bruder sich dabei, ihm eine solche Frage zu stellen? Max' Mutter war gestorben, und ich wüsste ehrlich nicht, wofür er im Augenblick *dankbar* sein sollte. Ich bekam schon Panik, dass er wieder ausflippen könnte, so wie in der Nacht, als er ins Bett gemacht hatte.

Aber Max, der gerade damit beschäftigt war, die Kartoffelwürfel mit beiden Händen in einen Topf mit Wasser zu befördern, brauchte nur kurz zu überlegen. »Na ja«, meinte er völlig ernst, »ich bin schon mal ziemlich dankbar, dass Grace heute nicht kocht.«

»Ha!«, rief Sam und klopfte Max anerkennend auf den Rücken. »Geht mir ganz genauso.«

»Mir auch«, stimmten Melody und meine Mutter gleichzeitig ein.

»Hey«, protestierte ich lachend. »Ihr sollt *nett* sein!«

Ein paar Minuten plauderten wir munter weiter, sprachen darüber, wie die Geschäfte im Loft liefen und wie viele neue Kunden Melody über die Feiertage hatte. Immer mal wieder schaute ich in die Richtung, in der Ava verschwunden war, und wartete darauf, dass sie zurückkäme. Aber sie kam nicht. »Ich gehe mal kurz nach ihr schauen«, sagte ich und stellte mein Glas ab. Ich ging den dunklen Flur hinunter und blieb vor der Badezimmertür stehen. Unter der Tür war ein schmaler Lichtstreif zu sehen, und drinnen hörte ich Ava leise weinen.

»Ava?«, fragte ich und klopfte vorsichtig. »Was ist los? Musstest du dich übergeben?«

»Nein«, sagte Ava. Ihre Worte wurden durch die Tür und ihre Tränen gedämpft. »Lass mich bitte allein.«

»Das kann ich nicht«, sagte ich ruhig und legte beide Hände flach an die Tür. »Ich mache mir Sorgen um dich.« Ich schwieg einen Moment. »Ist es, weil dein Dad nicht mit dabei ist? Ich verstehe, wie sehr du deine Mom heute vermissen musst. Es ist völlig normal, deswegen traurig …«

»Das ist es nicht!«, schrie sie und riss die Tür auf, sodass ich einen Moment mit erhobenen Händen dastand. Ihre Augen waren verquollen, und sie war noch immer sehr blass. Ich ließ die Hände sinken und strich ihr die Haare aus dem Gesicht.

»Was ist es dann?«, fragte ich und versuchte, ganz ruhig zu bleiben.

Sie senkte den Blick und schüttelte den Kopf. »Ich will nicht darüber reden.«

Als ich mir noch einmal alle ihre Beschwerden in Erinnerung rief, machte es auf einmal Klick. Kopfschmerzen, Bauchweh, Gereiztheit, Blässe – und sich jetzt im Bad einschließen. »Hast du deine Tage bekommen?«, fragte ich so leise, dass niemand sonst es hörte. Im richtigen Alter wäre sie, und meines Wissens hatte Ava sie noch nicht. Sonst hätte ich es im Lauf des letzten Jahres bestimmt mal gemerkt.

Max suchte sich genau diesen Augenblick aus, um seinen Kopf aus der Küche zu strecken. »Hat sie gekotzt?«, rief er, und ich musste mich wirklich anstrengen, mir ein Kichern zu verkneifen.

»Nein!«, brüllte Ava zurück und wollte mir die Tür vor der Nase zumachen, aber ich setzte schnell den Fuß über die Schwelle.

»Wir kommen gleich, Max«, rief ich. »Würdest du Melody bitte sagen, dass sie kurz kommen soll?«

»Mach ich!«, rief er und war wieder verschwunden.

Ich drehte mich zu Ava um, die sich auf den Rand der Badewanne gesetzt und das Gesicht in den Händen vergraben hatte. Ihre Schultern zuckten, und ich sah, dass sie weinte. »Ich vermisse meine Mom«, schluchzte sie.

Mein Hals war wie zugeschnürt, als ich den Schmerz in ihrer Stimme hörte. Ich machte die Tür hinter mir zu und klappte den Klodeckel herunter, damit ich mich auch setzen konnte. »Ich weiß, mein Schatz. Es tut mir so leid, dass das alles so schwer für dich ist.« Ich machte eine Pause. »Was vermisst du denn am meisten an ihr?«

Zögernd sah sie mich an. »Weiß nicht. Ich vermisse sie einfach. Sie sollte doch für mich da sein, hier, um mir zu helfen. Und jetzt ist sie einfach ... weg.«

»Was hast du denn am liebsten mit ihr zusammen gemacht? Kochen?«

Ava schüttelte den Kopf. »Tanzen, glaub ich. Sie hat total gern getanzt.«

Ich lächelte. »Also deshalb kannst du das so gut.« Auf einmal bekam ihr Wunsch, beim Tanzteam mitzumachen, einen ganz anderen Sinn.

»Ich vermisse sie so sehr. Ich will, dass sie *zurückkommt*.« Ihre Schultern begannen wieder zu beben, und ich beugte mich vor, legte ihr die Hand aufs Knie, rieb es sanft. Am liebsten hätte ich sie einfach in die Arme genommen, doch hatte ich noch immer das Gefühl, als wäre eine unsichtbare Wand zwischen uns. Ich wollte mein Glück nicht auf die Probe stellen und gleich wieder zunichtemachen, was ich gewonnen hatte.

Ein paar Minuten schwieg ich einfach und ließ sie weinen. Ließ sie ihre Mutter vermissen, ohne dass ich versucht hätte, sie zu trösten – was ohnehin zwecklos gewesen wäre, wie ich wusste. Genau wie die Frauen, mit denen ich beruflich zu tun hatte, all die Frauen, die nicht nur mit Knochenbrüchen und Platzwunden zu uns kamen, sondern auch mit zutiefst verletzten Seelen, musste Ava ihren Schmerz und ihre Trauer herauslassen. Mir war nur möglich, ihr in ihrem Kummer beizustehen, damit sie nicht alles allein durchmachen musste.

Erst als sie sich schließlich beruhigte, sagte ich wieder etwas und wandte mich gleich unserem praktischen Problem zu. »Blutest du stark oder nur ein bisschen?«

»Nur ein bisschen«, murmelte sie. »Ich hab einfach Klopapier …«

»Sehr gut«, unterbrach ich sie sanft, weil ich mich nur zu gut erinnern konnte, wie grauenhaft ich es fand, auch nur irgendetwas, das mit meinem Körper zu tun hatte, mit meiner Mutter zu besprechen. Diese Peinlichkeit wollte ich Ava ersparen. »Ich habe leider nichts dabei, hoffe aber, dass Melody uns aushelfen kann. Auf Sam und Wade dürften wir in diesem Fall kaum setzen. Sonst fahren wir einfach kurz los und besorgen noch was, okay? Alles kein Problem.«

Ava stöhnte leise. »Das ist so *peinlich*.«

»Ich weiß«, sagte ich und strich ihr über den Rücken. Sie trug wieder den roten Pulli ihrer Mutter, dazu einen schwarzen Rock – genau wie am Tag von Kellis Gedenkfeier. »Wahrscheinlich geht das allen Mädchen so. Ich weiß noch, als ich zum ersten Mal meine Tage bekommen hatte, da war ich zwölf, hatte weiße Jeans an, und es passierte mitten im Unterricht.«

Ava schaute mich mit großen Augen an. »Echt?« Sie schlug sich die Hand vor den Mund und ließ sie wieder sinken. »Und was hast du dann gemacht?«

»Ich bin aufs Klo gerannt und so lange nicht mehr herausgekommen, bis der Lehrer die Schulkrankenschwester nach mir geschickt hat. Die hat mir dann geholfen.«

»Oh Gott, wie *furchtbar*. Ich wär gestorben.«

Ich musste lachen. »Damals dachte ich das auch, aber ich habe es überlebt. Irgendwie.« Als sie mich kurz anlächelte, überrollte mich auf einmal eine solche Welle der Zärtlichkeit für sie, dass ich beinah selbst in Tränen ausgebrochen wäre. Doch dann klopfte es leise an die Tür, und Melody kam herein.

»Also hier findet die Party statt«, sagte sie. »Warum bin *ich* nicht eingeladen worden?«

»Hast du Tampons dabei?«, fragte ich leise. Sie begriff sofort, was los war, und nickte.

Sie ging zu Ava und umarmte sie. »Willkommen im Club.« Keine Minute später kam sie mit ihrer Handtasche zurück, nahm eine kleine blaue Schachtel heraus und stellte sie auf die Ablage neben dem Waschbecken. Ich stand auf.

»Ich bin draußen, wenn was ist«, sagte ich. Melody wartete schon im Flur auf mich, und ich wollte das Bad auch gerade verlassen, als Ava mich noch einmal zurückrief.

»Grace?«

Ich blieb stehen und sah sie an. »Soll ich hierbleiben?«

Sie presste die Lippen zusammen und schüttelte den Kopf. »Nein, ich komm schon klar. Aber … danke.«

»Gern geschehen, mein Schatz«, sagte ich und lächelte sie an, ehe ich die Tür hinter mir schloss und zu den andern in die Küche zurückkehrte. Plötzlich hatte ich das Gefühl, noch einen weiteren Grund zu haben, dankbar zu sein.

Ava

Als wir an Thanksgiving nach Hause kamen, bin ich sofort auf mein Zimmer. Ich konnte es einfach nicht glauben, dass ich ausgerechnet jetzt meine Periode bekommen hatte, kaum dass Mama nicht mehr da war, um mir zu helfen. Es fühlte sich an, als hätte ich sie gerade noch einmal verloren.

Aber Grace war da. Sie war sogar richtig *nett* gewesen, was mich nur noch mehr durcheinanderbrachte. Als sie vorhin im Bad mit mir gesprochen hatte, hatte ich mich sicher und beschützt gefühlt, irgendwie aufgehoben. So, als würde sie genau verstehen, was in mir vorging. Sie hatte mich beruhigt, mich zum Lachen gebracht, und wenn ich jetzt daran dachte, konnte ich richtig Mamas Missbilligung spüren. Es war, als würde ihre Abneigung gegen Grace durch die Luft wabern und mir den Atem nehmen.

Kaum hatte ich die Tür hinter mir zu und das Licht angemacht, ging ich zu den Kartons mit Mamas Sachen. Wenn sie heute schon nicht hier sein konnte, könnte ich mich ihr vielleicht nah fühlen, indem ich die Bücher berührte, die sie in den Händen gehalten hatte, oder mein Gesicht in ihren Kleidern vergrub, die noch immer nach ihrem süßen Parfüm rochen. Nachdem ich einmal tief Luft geholt hatte, machte ich den ersten Karton auf und schaute hinein. Er war bis obenhin voll mit Büchern. Ich nahm eines heraus und blätterte es kurz durch, legte es dann beiseite, um mir das nächste vorzunehmen. Ich wusste selbst nicht genau, was ich zu finden hoffte. Hätte sie Tagebuch geführt, wäre alles viel einfacher gewesen. Sie hätte ihre Geheimnisse dem Papier anvertraut, und ich hätte Antworten auf alles bekommen, was ich wissen wollte. Aber selbst wenn, war ich mir ziemlich sicher, dass Dad es mir nicht gegeben hätte. Mist, dachte ich. An dem Tag, als ich mit Bree in unserem Haus gewesen war, hätte ich nach einem Tagebuch suchen sollen. Bald würde Dad das Haus ausräumen lassen; dann wäre alles fort, jede Spur von meiner Mutter ausgelöscht. Ich machte den zweiten Karton auf, nahm ein paar von Mamas Klamotten heraus und vergrub mein Gesicht darin. Ich sog ihren Duft ganz tief in mich ein und spürte, wie mir Tränen aus den Augenwinkeln liefen.

Ich legte die Kleider weg und griff wieder in die Kiste, gespannt, was Dad noch eingepackt hatte. Noch mehr Bücher. Ich nahm eins heraus, *Verluste verarbeiten und Heilung finden*. Mom hatte oft im Bett gelegen und darin gelesen, einzelne Stellen angestrichen und sich am Rand Notizen gemacht. Langsam blätterte ich die Seiten durch und las die Sätze, die sie markiert hatte: *Sie können den Schmerz loslassen*, lautete einer. *Es ist allein Ihre Entscheidung, das Leid zu beenden. Lassen Sie es heraus, so wie ein Baum im Frühjahr Blätter aus seinen Ästen treibt.* Als ich das las, schnaubte ich und verdrehte die Augen. Dann schnappte ich mir mein Telefon und rief Bree an.

»Willst du mal was wissen?«, sagte ich. »Ich hab meine Periode bekommen.« Wir hatten uns schon eine ganze Weile gefragt, wer von uns beiden wohl als Erste dran wäre, und vereinbart, dass die eine der andern sofort Bescheid sagen würde, wenn es so weit war.

»Echt?«, fragte Bree. »Und … wie ist es?«

»Geht so. Gar nicht so schlimm.« Mehr fragte sie nicht, wahrscheinlich weil sie merkte, dass ich nicht weiter ins Detail gehen wollte. In so was war Bree gut. »Was machst du gerade?«, fragte ich.

Sie seufzte. »Mich im Bad verstecken. Mein Dad und die Strumpfhosenschlampe sind in der Küche.« Gemeint war die blonde, Kaugummi kauende Freundin ihres Vaters. »Letzter Stand war, dass sie ihn Schlagsahne von *ihren Fingern* lecken lässt.« Bree machte Kotzgeräusche. »Und du?«

»Ich schau hier gerade ein paar von Moms Sachen durch. Bücher und so. Du ahnst ja nicht, was für einen Scheiß sie gelesen hat.« Ich erzählte ihr von dem blöden Satz mit dem Baum und den Blättern.

»Was meinst du, was sie verloren hat?«, fragte Bree. »Deinen Dad?«

»Weiß nicht. Vielleicht.« Ich blätterte noch ein paar Seiten weiter, las die vielen *Ja, genau!* und *Das bin ich!*, die sie an den Rand geschrieben hatte. »Irgendwie macht das alles keinen Sinn.« Ich warf das Buch auf mein Bett. Dabei fiel zwischen den hinteren Seiten ein Zettel heraus. »Warte mal«, sagte ich zu Bree und spürte, wie es vor Aufregung in meinem Bauch zu kribbeln begann. Vielleicht war das ja eine Spur. Vielleicht stand auf diesem Zettel genau das, was ich wissen wollte. Er war ziemlich klein und irgendwo abgerissen; wahrscheinlich hatte sie ihn als Lesezeichen benutzt. Ein paar Worte waren in Mamas Schrift draufgekritzelt. *»Sie ist fort«*, las ich Bree vor, *»aber ich spüre sie noch immer. Ich vermisse sie so sehr.«*

»Was?«, fragte Bree. »Sprichst du jetzt von deiner Mom?«

Ich erklärte ihr das mit dem Zettel und las ihn ihr noch mal vor. »Was glaubst du, was das bedeutet?«, fragte ich sie.

»Wenn ich's wüsste, würd ich's dir sagen«, meinte Bree. »Irgendwie wird es immer verworrener.« Das mit dem Brief von dem Arzt aus Kalifornien hatte ich Bree schon erzählt, aber jetzt, nachdem ich den Zettel gelesen hatte, fragte ich mich, ob sie nicht eine Frau gesucht hatte und gar keinen Mann. Natürlich könnte die Person trotzdem Ärztin sein. Aber Mama würde wohl kaum ihre Ärztin *so sehr* vermissen, oder? Das ergab alles überhaupt keinen Sinn.

Ich fuhr mit den Fingern über die Worte, die Mama geschrieben hatte. »Ich muss herausfinden, wen sie gesucht hat.«

»Schon, aber wie?«, wollte Bree wissen.

Ich holte tief Luft. »Ich rufe meine Großeltern an. Die müssten doch eigentlich wissen, was passiert ist.«

»Aber ob sie dir was erzählen?« Bree klang nicht gerade überzeugt. »Im Grunde kennen sie dich doch gar nicht.«

»Ich weiß, aber versuchen kann ich es, oder?« Plötzlich war ich fest entschlossen. »Ich ruf dich zurück.« Wir machten Schluss, und bevor ich es mir anders überlegen konnte, ging ich schnell meine Kontakte durch, bis ich die Nummer fand, die ich unter »Großeltern« gespeichert hatte. Als Mama mit ihnen gesprochen und danach wieder geweint hatte und ewig nicht aus ihrem Zimmer gekommen war, hatte ich meine Großeltern schon mal anrufen wollen. Ich hatte mir gedacht, ich könnte vielleicht mit ihnen reden und sie bitten, Mama nicht immer so traurig zu machen. Aber ich hatte es dann doch nicht getan, aus lauter Angst, tatsächlich ihre Stimmen zu hören. Vielleicht hatte ich auch Angst gehabt, sie könnten mich genauso zum Weinen bringen wie Mama. Die Nummer hatte ich trotzdem nicht gelöscht, nur für den Fall. Falls ich mich irgendwann doch noch traute anzurufen.

Unschlüssig ließ ich den Daumen über der Wähltaste schweben, schloss die Augen, atmete tief durch und drückte dann etwas fester als eigentlich nötig. Ich fragte mich, ob sie überhaupt rangehen würden, und wenn ja, was ich dann sagen wollte. Da fielen mir die fünf Punkte ein, die wir laut unserer Englischlehrerin immer im Kopf haben sollten, wenn wir für ein Thema recherchierten: *Wer? Was? Wann? Wo? Warum?* Der letzte Punkt war meine eigentliche Frage – das, was ich wirklich wissen wollte.

Es klingelte sechs Mal, bevor jemand ranging. »Hallo?« Eine Frauenstimme, ganz leise und schwach. *Meine Großmutter.*

»Hi …«, fing ich an und wusste dann nicht so recht weiter. »Alles Gute zu Thanksgiving!« *Oh Gott, das war jetzt wirklich das Blödeste, was ich sagen konnte.*

»Wer ist da?« Sie klang fast, als hätte sie Angst, und ich fragte mich, warum. Oder wovor. Dann fiel mir wieder ein, dass Dad gemeint hatte, sie wäre ein bisschen verwirrt, und dass das bei alten Leuten manchmal vorkomme. Hoffentlich war sie nicht schon so verwirrt, dass sie sich nicht mehr an das erinnern konnte, was ich wissen wollte.

»Hier ist Ava«, sagte ich. »Hi. Ich bin … ähm, deine Enkeltochter.« Dann wartete ich gespannt auf eine Antwort, und als keine kam, fuhr ich fort: »Ich wollte dich nur mal anrufen, weil ich dachte … Also, ich dachte, vielleicht kannst du mir ja weiterhelfen.« Das sollte für den Anfang reichen, obwohl mir so viele andere Fragen durch den Kopf geisterten. *Warum seid ihr uns nie besuchen gekommen? Warum habt ihr euch nicht mal gemeldet, als Mama gestorben ist? Was bist du überhaupt für eine Mutter?*

»Dir wie weiterhelfen?« Ihre Stimme zitterte ein wenig, und ich versuchte dafür, umso klarer und deutlicher sprechen.

»Also«, sagte ich. »Ich habe hier ein Fotoalbum von Mama. Von früher, als sie klein war.«

»Ich wüsste nicht, wie ich dir da weiterhelfen kann«, unterbrach sie mich.

»Die Fotos hören plötzlich auf, als sie vierzehn ist«, sagte ich schnell, weil ich Angst hatte, sie könnte sonst auflegen. »Ich will einfach nur wissen, warum. Hast du vielleicht noch Fotos von ihr, die du mir schicken kannst? Oder ihre Jahrbücher – die von der Highschool, als sie Cheerleader war.«

»Sie war nie Cheerleader«, sagte sie, und auf einmal kamen die Worte scharf und deutlich. »Und nein, es tut mir leid, aber ich habe keine Fotos mehr von ihr, die ich dir schicken könnte.«

Was? Mama hat mich angelogen? Warum hätte sie das tun sollen? Meine Unterlippe begann zu zittern. Ich wollte aber nicht weinen. Ich wollte stark sein. Wenigstens so lange, bis ihre Mutter mir gesagt hatte, was ich wissen wollte. Also spannte ich alle Muskeln in meinem Gesicht und versuchte es noch mal. »Da wäre noch etwas«, sagte ich. »Ein Brief von einem Arzt. Ich glaube, sie hat den Arzt gesucht, der sie damals behandelt hat.« Ich holte tief Luft. »War sie krank?«

»Nein«, kam ihre Antwort so leise, dass ich es kaum hörte.

»Aber sie hat diesen Arzt gesucht«, beharrte ich. »Von

damals, als sie vierzehn war. Warum hat sie nicht einfach dich gefragt?«

»Sie hat mich gefragt. Aber ich kann mich an den Namen nicht mehr erinnern.«

»Okay …« sagte ich. »Aber könntest du mir ihre Jahrbücher vielleicht trotzdem schicken? Ich will einfach mehr über sie wissen. Wie sie früher war und so.«

»Sie hatte nur eins für ihr erstes Jahr. Im Frühjahr jenes Jahres ist sie für eine Weile auf eine Mädchenschule gewechselt, um sich besser auf den Schulstoff konzentrieren zu können.« Sie räusperte sich. »Als sie nach Hause kam, wollte sie ihren Abschluss am Community College machen.«

Eine Mädchenschule? Ob meine Großmutter da nicht etwas durcheinanderbrachte? Ich holte tief Luft. »Wo war denn diese Schule? Kannst du mir wenigstens das sagen?«

Sie seufzte und schwieg ein paar Atemzüge lang, ehe sie antwortete. »Die Schule hieß New Pathways.« Dann hustete sie so laut, dass ich zusammenzuckte. »Ich muss jetzt auflegen. Mein Mann ruft nach mir.« *Ihr Mann. Nicht »dein Großvater«.*

»Nein, warte!«, rief ich mit tränenerstickter Stimme und umklammerte mein Telefon ganz fest. »*Bitte*. Ich verstehe nicht, was daran so schwer sein soll. Warum redest du nicht einfach mit mir? Ich vermisse Mama so sehr! Vermisst du sie denn nicht?«

»Natürlich tue ich das«, sagte sie leise. »Natürlich. Aber was vergangen ist, ist vergangen, und manchmal tut man gut daran, Dinge zu vergessen. Wenn du einmal älter bist, wirst du das verstehen.«

»Aber …«, wollte ich widersprechen, doch wieder unterbrach sie mich.

»Wenn ich könnte, würde ich alles anders machen«, sagte sie und klang, als würde sie gleich anfangen zu weinen. »Aber deine Mutter hat ihre Entscheidungen getroffen, und wir haben unsere getroffen. Jetzt ist es zu spät.«

»Es ist *nicht* zu spät!«, beharrte ich. »Du kannst *mir* helfen. Bitte.«

»Nein«, sagte sie. »Das kann ich nicht.« Und dann legte sie einfach auf.

»Scheiße!«, schrie ich und knallte das Telefon auf mein Bett. Dann ging ich unser kurzes Gespräch noch mal durch, Wort für Wort. *Sie war nie Cheerleader.* Sie hatte nie eine gelb-blaue Uniform getragen oder war Captain ihres Teams gewesen. Davon hatte sie immer und immer wieder erzählt, und jedes Mal war alles gelogen gewesen. Was für Lügen hatte sie mir sonst noch erzählt?

Plötzlich fühlte ich mich ganz schwach und zittrig, fühlte mich so verloren, wie ich mich noch nie gefühlt hatte. Ich wusste nicht mehr, was ich Mama überhaupt glauben sollte. Ich fragte mich, ob ihre Mutter sich vielleicht nicht mehr richtig erinnerte. Ob sie mich eben angelogen hatte, um mich abzuwimmeln. Oder ob sie wirklich so verwirrt war, wie Dad glaubte.

Der Kopf schwirrte mir von Fragen. Je länger ich über alles nachdachte, desto wütender wurde ich. Es war so *unfair*, dass Daddy uns verlassen hatte. Es war unfair, dass ich mich so lange ganz allein um Mama hatte kümmern müssen. Und wie unfair war das überhaupt, wenn sie mich wirklich angelogen hatte? Dann wäre alles, was ich über sie geglaubt hatte, falsch. Es war *so unfair*, dass sie gestorben war. Jetzt war sie weg, und ich hatte dafür Grace, die zwar ganz nett war, aber sie war eben nicht meine Mutter und würde es auch nie sein. Tränen brannten mir in den

Augen, und ich holte ein paar Mal zittrig Luft, damit niemand mich hörte. Ich wollte nicht weinen. Ich hatte so genug davon, war es so leid zu weinen, war es so leid, traurig zu sein. Ich wollte einfach nur, dass alles wieder so würde, wie es gewesen war.

Als ich mich ein paar Minuten später so weit beruhigt hatte, dass ich gerade Bree zurückrufen und ihr alles erzählen wollte, was meine Großmutter gesagt hatte, hörte ich es in Max' Zimmer laut krachen. Gleich darauf fing er an, wie blöde zu brüllen. Fast schon froh, von meinen eigenen düsteren Gedanken abgelenkt zu werden, sprang ich vom Bett und rannte aus meinem Zimmer, um zu schauen, was mein kleiner Bruder jetzt schon wieder angestellt hatte.

Grace

Nachdem wir von dem Essen bei Sam zurückgekehrt waren, wartete ich im Wohnzimmer darauf, dass Victor nach Hause käme. Die Kids waren in ihren Zimmern: Max spielte mit der Wii, die Victor ihm von Kelli mitgebracht hatte, und Ava telefonierte, wahrscheinlich mit Bree. Ich freute mich über die relative Stille und blätterte in dem Buch über Trauerprozesse bei Kindern, das ich mir besorgt hatte. Es war viel davon die Rede, dass manche Kinder völlig dichtmachten und die neue Situation zu bewältigen versuchten, indem sie die Realität verleugneten und so taten, als habe sich nichts geändert. Sie hielten an ihrem gewohnten Tagesablauf fest, gingen zur Schule, trafen sich mit Freunden, versuchten, sich abzulenken. Sie weigerten sich, über den Tod ihrer Mutter oder ihres Vaters zu sprechen; weder weinten sie, noch ließen sie Wut auf den hinterbliebenen Elternteil erkennen. Wenigstens blockten Max und Ava mich nicht völlig ab, dachte ich mit einer gewissen Erleichterung. Meine Unterhaltung mit Ava vorhin im Bad gab mir Hoffnung. Vielleicht vergaß sie es ja nicht gleich wieder und wüsste es zu schätzen, dass ich versucht hatte, sie zu trösten. Vielleicht würden wir irgendwann sogar Freundinnen werden.

Ich versuchte wirklich nicht, Kelli zu ersetzen, aber ich wollte gern für Ava da sein. Wieder fragte ich mich, ob Kelli sich tatsächlich das Leben genommen hatte. Sie musste doch gewusst haben, was ihr alles entgehen würde, welche wichtigen Momente im Leben ihrer Tochter sie verpassen würde, wenn sie ihrem Leben ein Ende setzte. War sie womöglich so verzweifelt gewesen, dass sie nur noch im Tod einen Ausweg gesehen hatte?

Mir fiel der Brief ihres Arztes wieder ein, den ich, seit ich mit Ava in Kellis Haus gewesen war, in meiner Handtasche mit mir herumtrug. Ich hatte Victor noch immer nicht gesagt, dass wir diese Woche dort gewesen waren, um das Rezept zu holen. Bei seinen Arbeitszeiten und vor allem jetzt mit den Kindern hatte es einfach nie gepasst. Ein bisschen schuldig fühlte ich mich schon, und vielleicht fürchtete ich sogar, er könne wirklich verärgert reagieren, zumal ich es ihm so lange nicht gesagt hatte. Wir hatten bislang nie Geheimnisse voreinander gehabt – zumindest glaubte ich das. Natürlich gab es ein paar Dinge, von denen er nichts wusste, aber das waren Kleinigkeiten, nichts Wichtiges, beispielsweise wie teuer mich mein monatlicher Friseurbesuch zu stehen kam oder dass ich jede Woche eine Tafel Schokolade verputzte, die ich in meinem Büro im Schreibtisch versteckte. Aber er war von sich aus auch nicht mehr auf den seltsamen Umstand zu sprechen gekommen, dass in Kellis Jahrbuch überhaupt keine Unterschriften waren. Er hatte versprochen, sich der Sache anzunehmen, es bislang aber nicht getan. Auch das wäre an sich kein großes Ding, hatte er doch gerade genug anderes um die Ohren, aber wenn es uns eine Antwort darauf geben könnte, ob Kelli ihrem Leben selbst ein Ende gesetzt hatte oder nicht – wenn es in ihrer Vergangenheit irgendetwas gegeben hatte, das sie zu dieser schrecklichen Tat bewogen hatte –, dann verstand ich nicht, warum Victor nicht ebenso daran interessiert war wie ich, es herauszufinden. Auf einmal fragte ich mich, ob sein ausweichendes Verhalten nicht vielleicht bedeutete, dass er mehr über Kellis Vergangenheit wusste, als er zugeben wollte. Ich begann mich zu fragen, ob auch er vor mir Geheimnisse hatte.

Schließlich gewann meine Neugier die Oberhand. Ich stand auf, ging zu meiner Handtasche und nahm den Brief heraus. *Dr. Brian Stiles.* Der Brief war von Hand geschrieben, auf einem schlichten weißen Blatt Papier. Ich fand es seltsam, dass der Arzt keines mit Briefkopf verwendet hatte, aber die Schrift wirkte wie die eines alten Mannes; vielleicht hatte er seine Praxis aufgegeben und sich zur Ruhe gesetzt. Ich könnte ihn googeln, dachte ich, herausfinden, was für ein Arzt er war. Vielleicht würde mir das Aufschluss darüber geben, warum Kelli sich an ihn gewandt hatte.

Keine Sekunde später saß ich im Esszimmer und trommelte ungeduldig mit den Fingern auf die Tischplatte, während mein Laptop langsam in die Gänge kam. *Vielleicht sollte ich das nicht tun, ohne vorher mit Victor darüber gesprochen zu haben.* Aber was, wenn ich es ihm sagte und er mich wieder auflaufen ließ? Mittlerweile war ich fest davon überzeugt, nur dann Aufschluss über die näheren Umstände ihres Todes zu bekommen, wenn ich herausfand, was mit Kelli als Teenager passiert war.

Ich öffnete den Browser und gab Namen und Anschrift des Arztes ein. Seine Website wurde ganz oben auf der Ergebnisliste angezeigt und wies ihn als Gynäkologen aus. *Oh mein Gott. Vielleicht war* das *ja der Grund, warum ihre Eltern sie verstoßen hatten, warum sie nur ein Jahrbuch besaß, warum die Bilder in ihrem Fotoalbum jäh endeten, als sie vierzehn war. Vielleicht war sie schwanger geworden.*

Ich lehnte mich zurück und atmete tief aus. Wenn sie ein Kind bekommen hatte, was war dann aus ihm geworden? Hatte sie es zur Adoption freigegeben? Und falls meine Vermutung stimmte, warum hatte sie Victor nie davon erzählt? Hatten ihre Eltern ihr solche Schuldgefühle eingeflößt, dass sie das Geheimnis all die Jahre bewahrt hatte? Ich rechnete kurz nach – wenn Kelli das Kind mit fünfzehn bekommen hatte und dreiunddreißig war, als sie starb, dann müsste das Kind jetzt achtzehn sein. Vielleicht hatte Kelli sich an den Arzt gewandt, um ihr Kind zu finden. Vielleicht *hatte* sie es sogar gefunden, doch er oder sie wollte nichts mit ihr zu tun haben, und *das* war der Grund, warum Kelli die Tabletten geschluckt hatte. *Falls* sie es getan hatte und es nicht doch eine natürliche Erklärung für ihren Tod gab. Ich musste an die Ratgeber auf ihrem Nachttisch denken. Vielleicht reichte der Verlust, den sie betrauerte, ja noch viel tiefer als gedacht.

Ein lautes Krachen aus Richtung der Kinderzimmer riss mich jäh aus meinen Gedanken, sogleich gefolgt von Max' markerschütterndem Gebrüll. Im Nu war Kelli vergessen, und ich rannte zu seinem Zimmer, überholte im Flur Ava, riss die Tür auf und sah Max wie wild auf dem Controller seiner Wii herumtrampeln; der weiße Kasten, der sonst neben dem Fernseher auf seinem Schreibtisch stand, lag ebenfalls auf dem Boden, und aus dem zersplitterten Gehäuse hingen Kabel heraus samt der Platine.

»Scheißding!«, schrie Max, und kleine Speicheltropfen flogen ihm von den Lippen. Seine braunen Haare standen ihm wild zu Berge, er schnaufte und starrte mich aus wütenden, weit aufgerissenen blauen Augen an. »Scheiße, Scheiße!«

»Max, hör auf!«, sagte ich laut, schnappte ihn mir und zog ihn von der Fernbedienung herunter. »Was ist passiert?«

Er versuchte, sich von mir loszureißen, aber ich hielt ihn fest. »Das ist ein blödes Scheißspiel! Ich *hasse* es!« Er fing so heftig an zu weinen, dass seine schmalen Schultern bebten. Dicke Tränen liefen ihm über die erhitzten Wangen, und als er wieder versuchte, sich von mir loszureißen, ließ ich ihn. Er rannte zu seinem Bett und warf sich darauf, vergrub das Gesicht im Kissen und schlug mit den Fäusten auf die Matratze ein.

Ich setzte mich zu ihm auf die Bettkante, legte ihm die flache Hand auf den Rücken. Hielt sie ganz still, versuchte nicht, ihn zu trösten, nur so, dass er das Gefühl hatte, ich sei für ihn da. So wie ich es immer bei Sam gemacht hatte. »Warum ist das Spiel denn blöd?«, fragte ich ruhig. Ich spürte das Adrenalin durch meinen Körper jagen und versuchte ein paar Mal unauffällig tief Luft zu holen.

»So halt«, nuschelte er ins Kissen.

Ava lehnte mit verschränkten Armen am Türrahmen. Sie trug noch immer den roten Pullover ihrer Mutter, hatte aber den schwarzen Rock aus- und dafür ihre karierte Pyjamahose angezogen. »Er ist sauer, weil er zu blöd für das Spiel ist«, sagte sie. »Wenn er nicht gewinnt, flippt er immer gleich aus.«

Max drehte sich um, schaute sich mit wildem Blick um, schnappte sich die gebundene Ausgabe von *Harry Potter und der Stein der Weisen* von seinem Nachttisch und schleuderte das Buch quer durchs Zimmer, wobei er seine Schwester nur knapp verfehlte. »Tu ich nicht!«, brüllte er. »Halt du doch deine blöde Klappe!«

Wieder packte ich ihn beim Arm. »Max! So etwas möchte ich nie wieder sehen, hast du mich verstanden? Du hättest deine Schwester treffen und ihr sehr wehtun können.« Dann wandte ich mich zu Ava um. »Und du hörst auf, deinen Bruder als blöd zu bezeichnen.«

»Wenn's sein muss«, erwiderte Ava und verdrehte die Augen, die ein wenig verquollen wirkten. Hatte sie geweint? Eigentlich wirkte sie eher wütend als traurig – gerade so, als wäre sie nur deshalb ins Zimmer ihres Bruders gekommen, weil sie auf Streit aus war. *Was war hier eigentlich los?* Eben hatte ich noch geglaubt, in unserer Beziehung einen entscheidenden Durchbruch geschafft zu haben, und jetzt das? Ich wusste, dass Teenager manchmal unberechenbar waren, und konnte mich noch gut erinnern, wie oft *ich* in Avas Alter herumgezickt hatte, aber bei ihr fand ich es etwas extrem.

»Mir doch egal, wenn ich ihr wehtue!«, schrie Max, puterrot im Gesicht, über das ihm noch immer dicke Tränen liefen.

»Du bist echt so ein Arschloch!«, schrie Ava zurück.

»Max! Ava!«, sagte ich, ließ Max los und stand auf. »Ihr hört jetzt beide *sofort* auf damit! Habt ihr mich verstanden?« Mittlerweile schrie ich selbst und rang schwer nach Luft.

Ava schaute mich nur an, das Kinn gereckt und die Augen schmal zusammengezogen, was sie viel älter aussehen ließ, als sie war. Ich konnte mich noch gut erinnern, meinen Vater genau so angeschaut zu haben, wenn er mir sagen wollte, was ich zu tun hatte. *Du kannst mich mal*, bedeutete dieser Blick.

»Du bist nicht meine Mom«, sagte sie mit leiser, abfälliger Stimme. »Ich muss überhaupt nichts von dem tun, was du mir sagst.«

»Ich bin hier die Erwachsene, junge Dame, und du wirst genau das machen, was ich dir sage.« Obwohl ich nicht wusste, wie ich mich in dieser Situation am besten verhalten sollte, senkte auch ich instinktiv die Stimme. Dieselbe Strategie hatte ich in meiner Zeit als Personalerin gegenüber allen Mitarbeitern verwendet, die meinten, mir gegenüber könnten sie ruhig unverschämt werden. Dieses kleine Mädchen sollte bloß nicht glauben, dass sie mich in irgendeiner Weise einzuschüchtern vermochte.

Während wir noch so dastanden, hörte ich die Haustür auf- und wieder zugehen. »Hallo, ihr drei«, rief Victor. »Ich bin wieder zu Hause!« Im nächsten Moment stand er schon hinter Ava, und mit einem letzten wütenden Blick auf mich fuhr sie zu ihm herum und vergrub ihr Gesicht an seiner Brust. Ihre Schultern bebten, und mein erster Gedanke war, dass sie nur so tat, als würde sie weinen, um sich als armes, ungerecht behandeltes Opfer aufzuspielen. Max drängte sich an mir vorbei zu seinem Vater und schlang seine Arme um ihn. Victor schien sichtlich verwirrt, sah mich mit fragendem Blick an und streichelte seinen Kindern den Rücken. »Na, ihr beiden? Was ist denn los? Ist was passiert?«

»Max hat einen Wutanfall bekommen und ihn an seiner Spielekonsole ausgelassen«, sagte ich und deutete auf die kaputten Plastikteile und Kabelschnüre auf dem Boden. »Dann haben er und Ava angefangen zu streiten, und er hat ein Buch nach ihr geworfen.«

»Grace hat uns *angeschrien*, Dad«, sagte Ava in einem Tonfall, der von gehässig zu mitleidheischend gewechselt war. »Max und ich wollten uns gerade versöhnen.«

»Das stimmt nicht, Ava, und das weißt du ganz genau«,

sagte ich müde. »Victor? Könnten wir nebenan darüber reden?«

Er ließ den Blick erst über die Trümmer der Wii-Box schweifen, dann sah er mich an. Seine Miene war unergründlich. »Ich komme gleich, um mit dir zu reden«, sagte er. »Lass mich erst das hier klären.«

»Aber …«, setzte ich an, doch Victor fiel mir ins Wort.

»Grace, ich kläre das schon, okay?«

Ich schaute ihn an und spürte einen Schmerz von meiner Brust in meinen ganzen Körper ausstrahlen – ein Gefühl, das ich nicht sogleich benennen konnte. Wut war es nicht. Angst auch nicht. Mit langsamen, gemessenen Schritten verließ ich das Zimmer, sorgsam darauf bedacht, weder Victor noch die Kinder zu berühren, als ich an ihnen vorbei durch die Tür ging. Ich hätte noch irgendeine Geste von ihm erwartet, ein Wort oder einen aufmunternden Blick, aber weder streckte er die Hand nach mir aus, noch sah er mich an.

In unserem Schlafzimmer setzte ich mich in den Sessel, der am Fußende des Betts stand, griff nach meiner Handtasche und holte den Verlobungsring heraus, den ich zumindest so immer bei mir trug. Manchmal, wenn die Kinder nicht da waren, steckte ich ihn sogar an. Tränen stiegen mir in die Augen, und mit einem Mal wusste ich, was dieses seltsame Gefühl war.

In einem Augenblick, wo Victor und ich hätten zusammenhalten sollen, wo ich gehofft hatte, dass er mir den Rücken stärkte, empfand ich etwas, von dem ich nie gedacht hätte, dass er mir dazu Anlass geben könnte. Ich fühlte mich von ihm betrogen.

Als Victor schließlich ins Bett kam, gab ich vor zu schlafen.

Ich hörte, wie er sich im Dunkeln auszog, kurz duschte, um den Geruch des Restaurants von seiner Haut zu waschen, dann spürte ich die Matratze leicht nachgeben, als er neben mir unter die Decke schlüpfte. Wieder machte er keine Anstalten, mich zu berühren; nur ein Mal sagte er meinen Namen, ganz leise, und ich reagierte nicht darauf. Ich lag reglos, ihm den Rücken zugewandt, und versuchte, ruhig und regelmäßig zu atmen, damit er meinte, ich würde schlafen. Natürlich mussten wir reden, aber im Augenblick war ich so wütend und verletzt, dass ich ehrlich nicht wusste, was ich zu ihm sagen sollte, das es besser und nicht noch schlimmer gemacht hätte.

»Grace?«, sagte er wieder, jetzt lauter. Ich stieß einen abgrundtiefen Seufzer aus. Unmöglich konnte ich noch länger so tun, als hätte ich ihn nicht gehört.

»Was.« Das eine Wort kam wie eine Pistolenkugel herausgeschossen.

»Der Arzt aus der Klinik hat mich heute Abend angerufen. Kellis toxikologischer Befund ist zurück, und er dachte, das Ergebnis könnte mich interessieren.«

Ich drehte mich um und vergaß für den Moment, wie wütend ich auf Victor war. Im Dunkeln konnte ich ihn kaum erkennen, nur die Umrisse seines Körpers, die scharfen Konturen seines Gesichts. »Er hat dich *heute* angerufen? An Thanksgiving?« Victor nickte nur. »Und?«, fragte ich weiter.

»Er sagte, sie sei an plötzlicher ventrikulärer Tachykardie gestorben, also praktisch ein Herzinfarkt.«

»So weit waren wir auch schon.« Ich fragte mich, ob er absichtlich so ausweichend reagierte oder einfach nicht die rechten Worte fand, um es mir zu sagen. Im Grunde war es mir auch egal. Ich war zu gereizt, um darauf Rücksicht zu nehmen.

»Stimmt«, sagte er. »Aber jetzt wissen wir sicher, dass ihre Medikamente die schweren Herzrhythmusstörungen ausgelöst haben.«

»Victor«, sagte ich, mit meiner Geduld am Ende. »Hat sie sich umgebracht oder nicht?«

Er seufzte. »Das lässt sich nicht mit letzter Gewissheit sagen. Der Arzt meinte, ihr Elektrolythaushalt wäre völlig entgleist – vermutlich, weil sie nicht ordentlich gegessen hat. Wenn der Körper an der Grenze zum Untergewicht ist, funktionieren bestimmte Stoffwechselprozesse nicht mehr richtig.« Er schluckte, ehe er weitersprach. »Die Medikamente konnten deshalb eine derart hohe Konzentration erreichen, mit der ihr Körper nicht mehr fertigwurde.«

Ich dachte einen Moment über das Gehörte nach. »Kann man denn nicht feststellen, wie viele Tabletten genau sie an jenem Morgen genommen hat?«

Victor schüttelte den Kopf. »Die genaue Dosis lässt sich nicht bestimmen. Aber die ungewöhnlich hohe Konzentration in ihrem Blut lässt vermuten, dass sie schon seit längerer Zeit mehr als die verschriebene Dosis genommen hat. Wahrscheinlich spielt beides zusammen, ihr Medikamentenmissbrauch und ihr körperlicher Allgemeinzustand. Ihr Herz hat es einfach nicht mehr geschafft.« Er seufzte. »Was soll ich den Kindern jetzt sagen? Ava fragt schon andauernd.«

»Warum sagst du ihnen nicht einfach die Wahrheit?«

»Dass ihre Mutter magersüchtig und tablettenabhängig war? *Tolle* Idee.«

Jetzt wäre eine gute Gelegenheit gewesen, ihm davon zu erzählen, dass ich mit Ava in Kellis Haus gewesen war, und auch von meiner Vermutung, dass Kelli als Teenager ein Kind bekommen und es zur Adoption freigegeben hatte – aber sein Ton ließ eine Tür in mir zuschlagen. Ich spürte, wie mir das Blut in die Wangen stieg, und ich musste die Zähne zusammenbeißen, um nicht zu sagen, er solle sich zum Teufel scheren. »Mein Gott, Victor«, sagte ich stattdessen. »Habe ich vielleicht gesagt, dass du es ihnen *so* sagen sollst?« Dann drehte ich mich wieder um und zog mir die Decke bis zum Hals. Für mich war das Gespräch damit beendet. »Ich bin müde. Gute Nacht.«

Er erwiderte nichts, und bald hörte ich seine tiefen, gleichmäßigen Atemzüge und wusste, dass er eingeschlafen war. Mich jedoch ließ meine Verärgerung nicht zur Ruhe kommen. Ich wusste, dass seine Kinder bei ihm immer Vorrang haben würden, und das war auch gut so. Trotzdem, wie er gerade mit mir gesprochen, mich und meine Ansichten abgetan hatte … Als ob alles, was ich zu sagen hatte, nicht weiter wichtig wäre. Gedanken wie dieser hielten mich wach, und ich wälzte mich praktisch die ganze Nacht schlaflos im Bett, fragte mich immer wieder, wie ich das alles durchstehen sollte – und ob ich es überhaupt könnte.

Gegen halb fünf gab ich es schließlich auf, so zu tun, als ob der Schlaf noch kommen würde, stand auf und ging duschen. Als Victor um sechs aufwachte, fand er mich schon fertig angezogen in meinem Sessel in der Ecke unseres Schlafzimmers sitzend, wo ich die Akten durcharbeitete, die ich mir aus dem Büro mit nach Hause genommen hatte. Er stützte sich auf die Ellbogen und lächelte mich leicht irritiert an. »Hey. Du bist früh auf.«

»Stimmt. Ich wollte schon mal ein paar Sachen für die Arbeit vorbereiten.«

Er legte den Kopf schräg. »Du willst heute zur Arbeit? Am Wochenende?«

Ich nickte, ohne aufzusehen. »Ja. Wenigstens so lange, bis du ins Restaurant musst. Ich will ein paar Sachen erledigt bekommen, solange ich noch Zeit habe, denn ich gehe mal davon aus, dass ich mich jetzt, wo du für Spencer einspringen musst, nachmittags um die Kinder kümmern werde?« Er hatte mich nicht ausdrücklich darum gebeten, aber wer sonst sollte die Kids wohl während der nächsten Wochen von der Schule abholen? Ich würde meine Arbeitszeiten ändern müssen, vielleicht früher anfangen und eher aufhören, um nachmittags zu Hause zu sein. Irgendjemand musste Ava schließlich zum Tanzen fahren und Max zum Basketballtraining. Im Augenblick sah ich keine andere Lösung, als selbst einzuspringen und zu tun, was eben getan werden musste. Es wäre nicht fair den Kindern gegenüber, sie hängenzulassen, nur weil ihr Vater sich plötzlich wie ein Idiot benahm.

»Wenn das für dich okay wäre …«, sagte er vorsichtig.

»Ja, klar. Ava hat übrigens ihre Tage bekommen, als wir bei Sam waren«, meinte ich beiläufig, denn obwohl ich noch immer wütend auf Victor war, fand ich, dass er es wissen sollte. Alles Weitere – alles, was mit Kellis Vergangenheit zu tun hatte – konnte warten.

»Wirklich?« Seine Augenbrauen schossen in die Höhe. »Kommt sie zurecht?«

Ich nickte. »Ich glaube schon. Aber sprich nicht mit ihr darüber, ja? Es sei denn, sie fängt selbst damit an. Du würdest sie vermutlich nur in Verlegenheit bringen.«

»Schon verstanden«, sagte er. »Danke, dass du für sie da warst.«

»Keine Ursache.«

Mein geschäftsmäßiger Ton ließ ihn kurz verstummen. »Alles in Ordnung mit dir?«, fragte er dann. »Ich weiß, wie stressig der gestrige Abend für dich gewesen sein muss. Die Sache mit Kelli. Und das Theater mit den Kindern. Aber so sind sie eben manchmal.«

So sind sie nur, wenn man ihnen alles durchgehen lässt und sich nicht einmal meine Seite der Geschichte anhört. Aber das sagte ich natürlich nicht laut. »Alles in Ordnung«, sagte ich stattdessen.

Er setzte sich auf. »Na klar, genau so klingt es auch. Überhaupt nicht angepisst oder so.« Sein Ton war scherzhaft, aber ich hatte keine Lust, darauf einzugehen.

»Du kannst nicht von mir erwarten, dass ich mich um deine Kinder kümmere, und dann jede meiner Entscheidungen in Zweifel ziehen«, sagte ich ruhig, und für mich war damit eigentlich auch alles zu dem gestrigen Zwischenfall gesagt. Ich stand auf und packte die Akten in meine Tasche. »Und das wegen Kelli tut mir leid. Aber ich bin mir sicher, dir fällt schon das Richtige ein, wie du es den Kindern sagen kannst.« Ich hielt meinen Ton bewusst unverbindlich. Nachdem Victor offensichtlich nicht daran interessiert war, dass ich mich bei den Kindern einbrachte, hatte ich beschlossen, mich zurückzuhalten und die Entscheidungen ihm zu überlassen.

Einen Moment sah er mich schweigend an. Als er schließlich etwas erwiderte, war sein Ton genauso kühl wie meiner. »Gut, danke, dann weiß ich Bescheid.«

Ich blickte kurz auf, und der Schmerz in seinen Augen hätte mich fast weich werden, meinen Ärger auf ihn vergessen lassen. »Ich liebe dich«, sagte ich nur, und dann ging ich, zum ersten Mal, seit ich mit ihm zusammenlebte, aus dem Haus, ohne Victor zum Abschied zu küssen.

Ava

Dad und Grace hatten sich gestritten. Nicht laut. Nicht so, wie er und Mama gestritten hatten, wenn ihre Worte bis zu Max und mir gedrungen waren und uns mit eisiger Furcht erfüllt hatten. Eher so auf die leise Art, wo sie umeinander herumschlichen, als wäre eine unsichtbare Wand zwischen ihnen, und sie nur noch miteinander sprachen, wenn es unbedingt sein musste, und dann mit betont ruhiger, furchtbar angestrengter Stimme. Ich wusste nicht, welche Art zu streiten ich schlimmer fand.

Aber Dad war sowieso die meiste Zeit im Restaurant. Auch am Thanksgiving-Wochenende war er erst ganz spät nach Hause gekommen, so wie früher, als er und Mama noch zusammen gewesen waren. Ich merkte, wie eine leise Panik sich in mir ausbreitete, genau wie damals, in den Monaten, bevor er uns verlassen hatte. Einerseits hatte ich ein schlechtes Gewissen, weil ich gelogen und ihm nicht gesagt hatte, was *wirklich* in Max' Zimmer passiert war, andererseits hatte ich Angst, dass ich alles noch schlimmer machen würde, wenn ich ihm die Wahrheit sagte. Er sollte bloß nicht auf den Gedanken kommen, es könnte ein Fehler gewesen sein, Max und mich zu sich zu nehmen.

»Glaubst du, dass Grace jetzt auszieht?«, fragte Bree in der ersten Dezemberwoche. Sie war nach der Schule noch mit in den Umkleideraum gekommen, wo ich mich fürs

Tanztraining umzog. Nachdem ich herausgefunden hatte, dass Mama überhaupt nie Cheerleader gewesen war, hatte ich erst aufhören wollen, dann aber doch weitergemacht, weil ich merkte, dass es mir wirklich Spaß machte.

Ich zog mir mein T-Shirt über den Kopf und schaute Bree an. »Weiß nicht«, sagte ich. »Ich glaube nicht. Wahrscheinlich haben sie einfach nur so gestritten.« Daran, dass nicht unser Dad, sondern Grace uns verlassen könnte, hatte ich überhaupt noch nicht gedacht. Überrascht stellte ich fest, dass die Vorstellung mir auch ein bisschen Angst machte. »Bleibst du heute da und schaust uns beim Training zu?«

Bree schüttelte den Kopf und stand auf. »Nee, ich geh jetzt nach Hause. Vergnüg dich schön.« Sie winkte mir kurz zu und verschwand dann durch den Nebeneingang, der hinaus auf den Parkplatz führte.

Gerade als ich in den kurzen Gang einbog, der von den Umkleideräumen in die Turnhalle führte, kam mir Skyler Kenton entgegen. Er warf den Kopf zur Seite, um sich die dunklen Haare aus den Augen zu schütteln. »Hey«, sagte er und lächelte mich an.

»Hey«, sagte ich und war auf einmal richtig froh, dass ich doch noch Mascara und Lipgloss aufgetragen hatte. Ich zog mir meinen Pferdeschwanz glatt und hoffte, Skyler würde nicht auf meine Knie schauen, die ich total knubbelig fand.

Er blieb vor mir stehen. »Du bist jetzt im Tanzteam, oder?«

Ich nickte und lächelte schüchtern. »Ja.«

»Du sollst gut sein, hab ich gehört.«

»Echt?«, fragte ich und legte den Kopf schräg. »Wer sagt das?«

»Lisa. Und, keine Ahnung, noch vier andere Mädels aus dem Team. Vorhin, in der Mensa.«

»Aber Whitney bestimmt nicht.«

Er grinste. »Nee, Whitney nicht. Aber wen interessiert schon, was die sagt?« Ich musste kichern und dachte, wie gern ich Mama erzählt hätte, dass er mich endlich angesprochen hatte. Seit letztem Jahr war ich nämlich total in ihn verknallt, seit er Max auf dem Schulhof gezeigt hatte, wie man dribbelt. Aber Mama war nicht mehr da, und statt des Kicherns spürte ich auf einmal wieder ein Schluchzen im Hals.

»Dann sehen wir uns ja vielleicht bei den Spielen?« Ich nickte und brachte kein Wort heraus. »Cool«, meinte er, streckte kurz die Hand aus und strich mir über den Arm. »Wir reden später, okay?«

»Okay«, sagte ich und erschrak, wie kieksig es klang. Ungläubig schaute ich ihm nach, wie er ganz lässig den Gang hinunter zum Ausgang schlenderte. *Skyler Kenton hat gerade meinen Arm berührt!* Normalerweise redete er überhaupt nicht mit Mädchen wie mir. Die Sache mit Mom hatte mich zu einer Art Schul-Promi gemacht, und eigentlich ging mir das ziemlich auf die Nerven. Wie alle mich anschauten, fasziniert und mitleidig zugleich, da hätte ich schreien können. Aber wenn dann auf einmal Skyler kam und meinen Arm berührte … Ich seufzte und spürte, wie es ganz seltsam in meinem Bauch flatterte, dann riss ich mich zusammen und ging zu den anderen in die Halle.

Lisa lächelte und winkte mir zu, als sie mich kommen sah. Die anderen saßen im Kreis um Mrs. McClain auf dem Boden. Froh, dass Lisa es auch ins Team geschafft hatte, setzte ich mich neben sie und lächelte Whitney schmal an, als sie versuchte, so zu schauen, als würde sie mich gar nicht bemerken. *Auch egal. Wen interessiert schon, was die denkt?* Die anderen redeten und lachten – ein paar lächelten mir sogar zu. Es fühlte sich gut an dazuzugehören.

Mrs. McClain klatschte in die Hände. »Okay, Mädels. Bevor wir mit dem Training anfangen, teile ich noch den Katalog mit unseren neuen Uniformen aus. Wir haben uns für die auf Seite zweiundvierzig entschieden, ihr könnt sie online in eurer Größe bestellen. Sie fallen etwas kleiner aus, also nehmt im Zweifelsfall lieber eine Nummer größer, okay?« Sie reichte Lisa einen Stapel Kataloge; Lisa nahm sich einen und reichte den Rest an mich weiter. Ich schlug meinen sofort auf, sah das rot-weiße ärmellose Top und den dazu passenden Faltenrock und fand sie einfach nur toll – dann sah ich den Preis und schnappte erschrocken nach Luft. Lisa stupste mich an.

»Alles okay mit dir?«, fragte sie, und ich nickte, obwohl gar nichts okay war.

»Ich wusste nicht, dass die Uniform so teuer ist«, flüsterte ich zurück. Zweihundert Dollar hatte ich nicht und auch keine Ahnung, wo ich sie herbekommen sollte. Auf meinem Sparbuch waren vielleicht gerade mal hundert, und seit wir bei Dad eingezogen waren, hatten wir noch kein Taschengeld von ihm bekommen. Wahrscheinlich hatte er es einfach vergessen. Ich wusste, dass er gerade viel Stress im Restaurant hatte und dass es nicht so gut lief, da wollte ich ihn nicht auch noch um Geld bitten. Und Grace würde ich ganz bestimmt nicht fragen.

»Ava?«, sagte Mrs. McClain. »Gibt es Probleme?« Ich hatte gar nicht gemerkt, dass die anderen sich schon aufgestellt hatten. Alle schauten mich an. Whitney hatte eine Hand auf die Hüfte gestützt und verdrehte die Augen.

»Nein, alles gut«, sagte ich, warf den Katalog auf den Boden und stellte mich zu den anderen.

Grace kam zu spät, um mich abzuholen. Mrs. McClain wartete mit mir vor der Turnhalle, und als Graces Wagen endlich auf den Parkplatz bog, stieg ich ein, ohne ein Wort zu ihr zu sagen, verstaute meinen Rucksack und die Sporttasche vor mir auf dem Boden und verschränkte die Arme vor der Brust.

»Tut mir leid, dass ich ein bisschen zu spät bin«, rief sie Mrs. McClain zu, nachdem sie auf meiner Seite das Fenster heruntergelassen hatte. »Das Basketballtraining von Max hat etwas länger gedauert als sonst.«

»Hi, Mrs. McClain!«, rief Max vom Rücksitz, bevor ich ihn wieder gierig aus seiner Wasserflasche trinken hörte. Ich verdrehte die Augen.

Mrs. McClain lächelte ihm kurz zu und winkte, dann wandte sie sich wieder an Grace. »Das kann vorkommen«, meinte sie. »Aber es sollte bitte nicht zur Gewohnheit werden.«

Grace nickte, und ich sah, wie ihre Wangen rot wurden. »Schon klar. Absolut kein Problem. Es war keine Absicht.« Als sie das Fenster wieder schloss, seufzte sie laut. Normalerweise fragte sie mich immer, wie es in der Schule war und ob das Training Spaß gemacht hatte, aber heute schaute sie mich nicht mal an, sondern fuhr gleich wieder los. Wahrscheinlich war sie noch immer sauer auf mich wegen der Sache in Max' Zimmer an Thanksgiving, aber ich wusste auch nicht, wie ich ihr sagen sollte, dass es mir leidtat, ohne gleichzeitig Ärger zu bekommen, weil ich Dad angelogen hatte. Also hielt ich einfach den Mund. Wenn sie nichts sagte, würde ich eben auch nichts sagen.

Während Grace uns nach Hause fuhr, hielt ich die ganze Zeit den Katalog umklammert und dachte daran, was Mrs. McClain uns beim Training noch alles erzählt hatte, von den Auswärtsspielen, und dass wir Essen und Trinken selbst zahlen müssten, und wie viel die Fahrt mit dem Bus kosten würde. Die anderen Mädchen hatten nicht mal mit der Wimper gezuckt. Aber von denen hatte auch keine ein Stipendium, so wie ich. Dass Cheerleader sein so teuer wäre, hätte ich nicht gedacht. Doch ich wollte nicht gleich wieder aufhören, nur weil ich nicht genug Geld hatte. Ich wollte Whitney nicht noch einen Grund geben, sich über mich lustig zu machen.

Als wir zu Hause ankamen, legte Grace nur schnell ihre Sachen ab und verschwand dann gleich in die Küche, um das Abendessen aufzuwärmen. Max trottete ihr hinterher, und ich setzte mich ins Wohnzimmer, um Hausaufgaben zu machen. Aber meine Gedanken wanderten immer wieder zu dem Zettel, den ich in Mamas Buch gefunden hatte. Ich sagte ihre Worte immer wieder still vor mich hin und war mittlerweile fest davon überzeugt, dass sie sich an einen Privatdetektiv gewandt hatte, um die Person zu finden, die sie so sehr vermisste. Doch wie sollte ich herausfinden, wer diese Person war? Ich hätte gern mit Dad darüber gesprochen, aber so, wie er reagiert hatte, als ich einfach nur wissen wollte, warum Mom keine Fotos von der Highschool hatte, würde er mir bestimmt nicht weiterhelfen. Außerdem wäre er bestimmt sauer, wenn er wüsste, dass ich Mamas Eltern angerufen hatte. Und was hatte mir *das* gebracht?

New Pathways, dachte ich, immerhin. Ich war noch gar nicht dazu gekommen, es nachzuschauen. Graces Laptop stand auf dem Esstisch – eingeschaltet, wie immer. »Du,

Grace?«, rief ich. »Kann ich mal kurz an deinem Computer was nachschauen? Ich brauche es für die Hausaufgaben.«

»Ja, klar«, sagte sie. »Soll ich dir helfen?«

»Nein, nicht nötig.« Ich setzte mich an den Esstisch, warf einen kurzen Blick zur Küche und hoffte, dass Max nicht gleich wieder ankäme, um zu schauen, was ich machte. Ich öffnete den Browser und gab »New Pathways Schule Kalifornien« ein. Ich bekam ungefähr zehn Ergebnisse angezeigt, aber jedes Mal, wenn ich eine der Seiten anklickte, stellte ich fest, dass es gar keine Mädchenschule war, weshalb ich das dann noch zusätzlich bei der Suche eingab. Jetzt bekam ich nur noch ein Ergebnis – einen Zeitungsartikel, in dem die Schule als eine der vielen Privatschulen erwähnt wurde, die in den späten Neunzigern wegen Geldmangels schließen mussten.

»Mist«, flüsterte ich. Jetzt hatte ich nicht mal eine Website oder eine Liste mit Lehrern, die ich hätte anrufen können. In dem Artikel stand sonst nur noch, dass es ein kleines, konfessionelles Internat für Mädchen gewesen wäre, die in Schwierigkeiten geraten oder schwer erziehbar seien. *Schwer erziehbar?* Und in was für Schwierigkeiten sollte Mama denn geraten sein? Gerade wollte ich Grace fragen, was genau das bedeuten könnte, als mir wieder einfiel, dass ich auch ihr nichts von dem Anruf bei meiner Großmutter erzählt hatte – obwohl ja eigentlich *sie* es gewesen war, die mich nach Mamas Jahrbüchern gefragt hatte. Überhaupt, überlegte ich jetzt, warum interessierte sich Grace dafür, was mit Mama während der Highschool passiert war? Irgendwie fühlte es sich nicht richtig an, mit ihr darüber zu reden. Vor allem, weil ich mir ziemlich sicher war, dass sie meinem Dad noch immer nicht gesagt hatte, dass wir in Mamas Haus gewesen waren.

Der Klingelton von Graces Handy riss mich aus meinen Gedanken. »Ava?«, rief sie aus der Küche. »Könntest du das Gespräch bitte für mich annehmen? Es ist in meiner Tasche. Ich warte auf einen Anruf von der Arbeit, aber wenn ich hier aufhöre zu rühren, brennt mir alles an.«

»Okay«, sagte ich, schloss den Browser und ging in den Flur, wo Grace ihre Tasche abgestellt hatte. Besonders eilig hatte ich es nicht. Irgendwann hatte sie mir mal erzählt, dass ihre Mailbox erst nach zwölfmal Klingeln ansprang, damit sie keinen wichtigen Anruf von einer ihrer Klientinnen verpasste. Das war ja irgendwie ganz nett gemeint, aber auch ziemlich nervig, wenn man sich dann ewig diesen blöden Salsa-Klingelton anhören musste. Ich suchte in ihrer Tasche nach dem Handy, erwischte aber stattdessen ihre schmale schwarze Brieftasche. Als ich sie zurücktun wollte, zögerte ich, und mir kam eine Idee. *Meine Cheerleader-Uniform.* Ich holte tief Luft, denn natürlich wusste ich, dass schon der Gedanke an Diebstahl falsch war, fand meine Lage aber verzweifelt genug, um es wenigstens in Betracht zu ziehen. Vielleicht merkte Grace es ja nicht mal.

Das Telefon klingelte noch immer. Ich warf einen kurzen Blick zur Küche, damit Grace nicht auf einmal angetanzt käme, um zu schauen, wo ich abgeblieben war. Dann öffnete ich die Brieftasche. In dem Fach hinter ihrem Scheckbuch steckte ein ganzes Bündel Zwanziger – so viele, dass sie es bestimmt nicht merkte, wenn ein paar fehlten. Und mit dem Geld, das ich auf dem Sparbuch hatte, brauchte ich ja auch bloß noch fünf. Mit einer schnellen Handbewegung und ehe ich es mir anders überlegen konnte, zog ich fünf Scheine heraus, steckte sie mir hinten in die Hosentasche, schnappte mir das Telefon und rannte in die Küche.

Grace stand am Herd und rührte in einem Topf. Max kniete auf einem Stuhl am Küchentresen, riss Salatblätter klein und warf sie in eine Schüssel. »Lahmarsch«, sagte er zu mir, und ich streckte ihm die Zunge raus.

Ohne deswegen etwas zu Max zu sagen, streckte Grace die Hand aus, doch gerade als ich ihr das Telefon reichte, hörte es auf zu klingeln. »Na, dann eben nicht«, meinte sie achselzuckend, legte es neben sich an den Herd und warf einen kurzen Blick aufs Display. »Sieht sowieso nach Telefonmarketing aus.«

»Tut mir leid«, sagte ich und schob meine rechte Hand hinten in die Hosentasche, um nach den Geldscheinen zu tasten. Mein schlechtes Gewissen zog sich zu einem harten, kalten Knoten in meinem Bauch zusammen, und ich wusste, dass mit dieser Entschuldigung viel mehr gemeint war als nur der verpasste Anruf.

Dass ich mir das Geld von Grace genommen hatte, bereitete mir zwar ein schlechtes Gewissen, aber dass ich damit einfach so durchgekommen war, ließ mich auch mutig werden – weshalb ich mich gleich am nächsten Morgen, während sie unter der Dusche war, noch einmal an ihre Brieftasche wagte. Diesmal nahm ich mir nur ein paar Fünfer und Ein-Dollar-Scheine, weil ich annahm, auf das Kleingeld würde sie nicht so achten. Ich hatte vor, mir meine Uniform zu bestellen und den Rest für die Fahrten zu den Auswärtsspielen zu sparen. Vielleicht würde ich auch Dad fragen, ob ich im Restaurant ein bisschen jobben könnte, einfach nur ausfegen oder die Tische abräumen oder so was. Wenn ich dann genug Geld zusammenhätte, würde ich es wieder in Graces Tasche tun, und sie würde überhaupt nicht merken, was ich getan hatte. Wenn man vorhatte, das Geld zurückzugeben, war es gar nicht richtig stehlen. Das versuchte ich mir zumindest einzureden.

In der Schule fragte ich Bree, ob sie mit mir die letzte Stunde schwänzen und noch mal zu Moms Haus mitkommen würde. Ich wollte schauen, ob ich noch irgendetwas fand, irgendeinen Hinweis, warum sie diesem Arzt geschrieben hatte. Vor allem aber wollte ich wissen, warum sie mich angelogen hatte. Warum sie uns *alle* angelogen hatte.

»Bist du sicher, dass das eine gute Idee ist?«, fragte Bree, als wir das kurze Stück von der Bushaltestelle bis zu unserem alten Haus liefen. Es war ein kalter, nasser Dezembertag, und Bree war von meinem Vorschlag nicht gerade begeistert gewesen. Sie hatte Angst, dass man uns erwischen könnte, aber irgendwann, nachdem ich sie lange genug damit genervt hatte, hatte sie dann doch nachgegeben.

»Ganz sicher«, sagte ich.

»Und was sollen wir sagen, wenn die Schule unsere Eltern anruft?« Wir wussten beide, dass jedes Fehlen, das nicht vorher von den Eltern abgesegnet worden war, einen sofortigen Anruf des Schulsekretariats bei uns zu Hause zur Folge hatte.

»Wir sagen einfach, dass ich noch immer völlig fertig wäre wegen meiner Mom«, sagte ich. »Du bist dann mit mir aufs Klo, aber ich hätte überhaupt nicht mehr aufhören können zu heulen, und wir hätten erst gemerkt, dass wir die Stunde verpasst hatten, als es schon wieder geläutet hat.« Es war schon verblüffend, wie leicht mir das Lügen auf einmal fiel. »Niemand kann uns beweisen, dass wir nicht die ganze Stunde auf dem Klo waren. Es gibt da schließlich keine Überwachungskameras, okay?«

»Okay«, sagte sie, klang aber nicht gerade überzeugt.

»Vielleicht finden wir ja etwas über diese Schule«, sagte ich. Bree wusste über den Anruf bei meiner Großmutter Bescheid, und vorhin hatte ich ihr auch erzählt, was ich im Internet über diese Schule herausgefunden hatte.

»Und du sagst, das war ein reines Mädcheninternat?«, fragte Bree. Ich nickte. »Vielleicht hat deine Mom ja eine Freundin vermisst, die sie da gefunden hatte?«

»Weiß nicht ...«, sagte ich und dachte, dass ich wirklich nicht wusste, was ich von Moms Worten halten sollte, die sie auf den Zettel gekritzelt hatte. *Sie ist fort, aber ich spüre sie noch immer. Ich vermisse sie so sehr.*

»Oh mein Gott!«, rief Bree, blieb mitten auf dem Weg stehen und packte mich am Arm.

»Was?«, fragte ich und strich mir die Haare aus dem Gesicht.

»Nee, oder?« Sie sah mich mit großen Augen an. »Was, wenn sie sich in ein anderes Mädchen *verliebt* hat? Was, wenn ihre Eltern davon erfahren haben und *das* der Grund war, weshalb sie nichts mehr mit ihr zu tun haben wollten? Das wäre doch total logisch, ihre Eltern waren doch ganz streng religiös – oder nicht?«

»Stimmt«, sagte ich nachdenklich. »Aber warum haben sie meine Mom dann überhaupt erst auf diese Schule geschickt?«

»Vielleicht weil es so war wie bei uns – eine kleine Privatschule mit guten Lehrern, damit sie besser lernen kann. Hat deine Oma das nicht sogar so gesagt? Und dann hat deine Mom da ein Mädchen kennengelernt, hat mit ihr was angefangen, und das ging für ihre Eltern natürlich *gar nicht*. Damit kamen die nicht klar.«

Ich nickte langsam. Meine Gedanken rasten so schnell,

dass ich kaum begreifen konnte, was mir gerade alles durch den Kopf ging. »Aber sie hat meinen Dad *geliebt*. Ich weiß, dass sie ihn geliebt hat. Wie kann sie in ein Mädchen verliebt gewesen sein und dann ihn geheiratet und Kinder mit ihm bekommen haben?«

Bree zuckte mit den Schultern, und wir gingen weiter, bogen in die Einfahrt zu meinem alten Haus. »Vielleicht haben sie sich ja deswegen scheiden lassen. Und nachdem dein Dad weg war, hat sie sich einen Privatdetektiv gesucht, weil sie die Person wiederfinden wollte, über die sie auf diesem Zettel geschrieben hatte.«

»Wäre möglich«, meinte ich, aber als wir zum Haus hinaufgingen, bekam ich auf einmal ein ganz seltsames Gefühl im Bauch. Es fühlte sich irgendwie falsch an, so über Mama zu denken. Ich wollte sie so in Erinnerung behalten, wie ich sie gekannt hatte. Vielleicht hätte ich gar nicht erst versuchen sollen, etwas über ihre Vergangenheit herauszufinden.

»Ich meine, was sollte es sonst gewesen sein?«, fing Bree schon wieder damit an. »Weshalb hätten ihre Eltern sonst so ausflippen sollen, dass sie nichts mehr mit ihr zu tun haben wollten? Das muss doch irgendwas richtig Krasses gewesen sein. Dass sie lesbisch war, wäre ziemlich krass.«

»Haha. Meine Mom war so was von *nicht* lesbisch!«, sagte ich viel heftiger als beabsichtigt.

Bree zog die Schultern hoch und drehte sich weg. »Schon gut, reg dich ab. Tut mir leid.«

Ich seufzte und streckte die Hand nach ihr aus. »Nein, *mir* tut es leid. Aber …« Ich überlegte, was ich eigentlich sagen wollte, wie ich ausdrücken sollte, was mir alles durch den Kopf ging. »Es ist nur, dass wir doch eigentlich gar nicht *wissen* können, ob es so war, weißt du?« Sie nickte, und wir gingen die Verandatreppe hinauf. Gerade als ich den Schlüssel ins Schloss steckte, rief jemand meinen Namen.

»Ava?« Es war Diane. *Scheiße.* Ich hatte überhaupt nicht daran gedacht, dass sie zu Hause sein und uns sehen könnte. Bree packte wieder meinen Arm und drückte ihn ganz fest, als Mamas Freundin über den Rasen kam.

»Hallo, Diane«, sagte ich mit einem strahlenden Lächeln. Wenn ich so tat, als wäre es total normal, dass ich hier war, würde sie es meinem Dad vielleicht nicht erzählen.

Unten an der Treppe blieb sie stehen und schaute zu uns hinauf. »Was macht ihr denn hier? Solltet ihr nicht in der Schule sein?«

»Wir haben heute Nachmittag frei«, log ich, worin ich anscheinend immer besser wurde. »Lehrerkonferenz.« Ich zeigte auf Bree. »Wir wollten nur kurz ein paar von meinen Sachen holen.«

Diane schaute mich ganz komisch an. »Hat dein Dad das nicht schon gemacht?«

»Das meiste schon«, sagte ich. »Aber ein paar Sachen hat er vergessen. Sachen von meiner Mom, um genau zu sein. Ich möchte sie einfach bei mir haben, weißt du?«

»Natürlich.« Diane nickte verständnisvoll und strich sich ihr struppiges braunes Haar aus der Stirn. Brees panischer Klammergriff um meinen Arm entspannte sich ein wenig. »Soll ich euch helfen? Ich könnte euch nachher nach Hause fahren.«

»Danke, Diane, das ist wirklich nett von dir. Aber es sind echt nur ein paar Kleinigkeiten.« Ich drehte mich wieder zur Tür und hoffte, dass sie es kapieren und gehen würde, aber Diane wurde man so schnell nicht los.

»Und … bei euch zu Hause ist alles in Ordnung? Haben dein Dad und Grace schon einen Termin für die Hochzeit?«, fragte sie, und ich spürte, wie alles in mir ganz kalt wurde. Diane schien es nicht zu merken und redete weiter. »Ich weiß, dass es ein ziemlich schwerer Schlag für deine Mom war, als sie von der Verlobung erfahren hat, aber mit der Zeit hätte sie sich wohl mit dem Gedanken angefreundet, was?«

Bree grub ihre Finger so fest in meinen Arm, dass ich bestimmt blaue Flecken bekommen würde. *Dad und Grace waren verlobt? Und Mama wusste davon?* Ich holte tief Luft und log Diane noch einmal an. »Ja, klar, alles in Ordnung. Es gibt aber noch keinen Termin.« Meine Stimme fühlte sich an, als würde sie gleich entzweispringen. Ich lächelte Diane an. »Wir müssen uns jetzt aber langsam beeilen. Ich habe Grace versprochen, dass ich in einer Stunde zurück bin.«

»Okay«, meinte Diane und winkte kurz. »Dann will ich euch nicht länger aufhalten. War nett, dich mal wiederzusehen, Schätzchen. Ihr beiden fehlt mir nebenan.«

»War nett, dich zu sehen, Diane«, sagte ich, und dann – *endlich* – konnten Bree und ich ins Haus verschwinden. Ich streckte die Hand nach dem Lichtschalter aus, aber als ich ihn drückte, passierte nichts. Dad musste den Strom schon abbestellt haben, damit er die Rechnung nicht mehr zu zahlen brauchte.

»Oh mein Gott«, rief Bree, kaum dass die Tür zu war. »Dein Dad ist *verlobt*? Und er hat es dir nicht mal gesagt?«

»Scheint so.« Mein ganzer Körper prickelte, so wie mein Fuß, wenn er eingeschlafen war. »Und meine Mom hat es gewusst.« Plötzlich sah ich Mama vor mir, bei Max' Training, in der Woche, als sie gestorben war. Ich erinnerte mich daran, wie durcheinander sie nach dem Gespräch mit Dad gewesen war, wie sie nicht darüber reden wollte und ich darauf warten sollte, dass *er* mir sagte, worüber sie gesprochen hatten. Damals hatte ich nicht groß darüber nachgedacht, aber jetzt war mir alles klar. Mama hatte gewusst, dass Grace und Dad verlobt waren, und deswegen war sie so fertig gewesen. Ich hatte schon immer den Verdacht gehabt, dass sie insgeheim hoffte, sie und Dad könnten eines Tages wieder zusammenkommen – genauso wie Max und ich es uns auch immer ausgemalt hatten, aber eigentlich nur in der ersten Zeit, nachdem er uns verlassen hatte. Irgendwann war uns klar gewesen, dass er nicht zurückkäme. Dann fiel mir der Abend ein, vielleicht zwei, drei Wochen, bevor sie gestorben war, als ich sie völlig aufgelöst in ihrem Schlafzimmer gefunden hatte. Sie kauerte in der Nische hinter dem Schrank und schluchzte so heftig, dass sie richtig Schluckauf bekam. Ich setzte mich neben sie auf den Boden und schlang die Arme um sie. »Was ist denn los, Mama?«, wollte ich wissen, doch sie schüttelte nur den Kopf, immer wieder.

»Es ist zum Verzweifeln«, schluchzte sie, und ihre Augen waren so verquollen, dass ich sie kaum sehen konnte. »*Ich* bin zum Verzweifeln! Niemand liebt mich!«

Als ich die Arme noch fester um sie schlang, spürte ich, dass sie am ganzen Körper zitterte, und bekam richtige Panik. »Aber ich hab dich doch lieb«, sagte ich. »Und Max auch.«

»Aber dein Dad nicht«, schluchzte sie. »Und meine Eltern auch nicht.« Und dann stieß sie einen lang gezogenen, so abgrundtief verzweifelten Schrei aus, dass es mir eiskalt den Rücken hinunterlief. »Oh Gott, ich *kann* nicht mehr!«

»Mama, du schaffst das schon«, sagte ich. »Alles wird

wieder gut.« Ich wollte, dass sie daran glaubte. Ich hätte es gern selbst geglaubt. Nachdem sie noch eine Weile so geweint hatte, half ich ihr ins Bett und zog die Decke über uns beide. Sie hatte ihren Kopf an meine Brust gelegt, und ich strich ihr wieder und wieder die Haare aus dem Gesicht, genau so, wie sie es früher bei mir gemacht hatte, und versuchte mir einzureden, dass alles mit ihr in Ordnung war, dass sie einfach nur eine ihrer schlechten Phasen hatte.

Doch jetzt kam mir noch ein ganz anderer Gedanke, einer, der schlimmer war als alles, was mir seit dem Abend durch den Kopf gegangen war, als Daddy uns gesagt hatte, Mama wäre tot. Mit Tränen in den Augen schaute ich Bree an. »Was, wenn es sie so sehr aufgeregt hat, dass sie nicht mehr leben wollte? Was, wenn *das* der Grund ist, warum uns niemand sagen will, wie sie gestorben ist?«

Ich sah, wie Bree dämmerte, was ich meinte. »Du meinst, sie könnte sich *umgebracht* haben?«, fragte sie entsetzt.

Ich nickte und presste mir die Hand vor den Mund. Bree war die Einzige, der ich erzählt hatte, wie oft Mama geweint hatte und um wie viele Sachen ich mich hatte kümmern müssen, weil ihr alles zu viel gewesen war. Irgendwann war mir klar geworden, dass Mama depressiv sein musste, auch wenn sie immer versuchte, es hinter einem strahlenden Lächeln und ihrem hellen Lachen zu verstecken. Vielleicht war sie gar nicht *richtig* krank gewesen. Vielleicht hatte sie einfach nicht mehr leben wollen. Vielleicht waren Max und ich für sie allein einfach zu viel gewesen, zu anstrengend, und als sie dann noch erfahren hatte, dass Dad und Grace verlobt waren, wusste sie, dass er niemals mehr zu ihr zurückkommen würde. Vielleicht hatte sie einfach aufgegeben. Und vielleicht war es meine

Schuld, weil ich ihr einfach nur gesagt hatte, sie würde das schon schaffen.

Ich ließ die Hand wieder sinken. Der Gedanke war zu schrecklich, als dass ich ihn überhaupt denken wollte. Was, wenn ich Mama im Stich gelassen hatte? Wenn sie mich die ganze Zeit um Hilfe gebeten und ich einfach nichts getan hatte? Es fühlte sich an, als würde mir die Luft abgeschnürt, wenn ich nur daran dachte. Dass Grace und Dad eines Tages heiraten könnten, war mir zwar klar gewesen, aber irgendwie hatte das immer weit in der Zukunft gelegen, eine von vielen Möglichkeiten, so wie die Vorstellung, dass ich irgendwann mal aufs College gehen und selbst heiraten würde. Ich musste an all die Augenblicke denken, in denen Grace *nett* zu uns gewesen war, und war auf einmal fest überzeugt, dass sie mich die ganze Zeit nur manipuliert hatte, sich bei mir einschleimen wollte, um meinen Dad zu beeindrucken, damit er sich mit ihr verlobte. Eigentlich machte es ihr nämlich überhaupt keinen Spaß, mit uns zusammen zu sein. Ich hatte gemerkt, wie verkrampft sie immer schaute, seit Mama tot war. Dass wir jetzt dauernd bei ihnen lebten, hatte nämlich nicht zu ihrem Plan gehört. Wir waren laut und lästig, und bisher hatte sie sich mit uns abgegeben, weil sie nur über uns das bekommen konnte, was sie *eigentlich* wollte – meinen Dad. Ich überlegte, wann er das letzte Mal am Samstagmorgen in mein Zimmer gekommen war und mich wachgekitzelt hatte, aber das war so lange her, dass es mir nicht mehr einfiel. Jetzt blieb er immer lange im Bett – mit Grace –, und Max und ich standen irgendwann auf und machten uns Cornflakes. Ich verstand nicht, wie er sie lieber haben konnte als uns, wie auch nur *irgendetwas* für ihn wichtiger sein konnte, als unser Dad zu sein.

»Wenn Grace sich einbildet, ich würde sie ›Mom‹ nennen, hat sie sich aber schwer geschnitten«, stieß ich zwischen den Zähnen hervor.

»Aber irgendwie magst du sie doch, oder?«, fragte Bree. Sie klang zögernd und ein bisschen unsicher, und ich wusste, dass sie versuchte, jetzt bloß nichts Falsches zu sagen.

»Nein, tue ich nicht«, sagte ich genervt. »Ich gebe mich höchstens mit ihr ab, das ist etwas *ganz* anderes.« Nur dass das so eigentlich gar nicht stimmte. In letzter Zeit war ich manchmal richtig froh gewesen, dass Grace da war. Aber jedes Mal, wenn ich so etwas dachte, wenn ich einen Schritt auf sie zumachte, meinte ich fast, Mamas Hände auf meinen Schultern zu spüren, als versuchte sie, mich von der Frau fernzuhalten, die unser Dad liebte.

Bree seufzte. »Na schön, wenn du das sagst.«

Sie glaubte mir nicht. Sie verstand einfach nicht, dass Dad Grace nur *vorschob*, damit er sich nicht *selbst* um uns zu kümmern brauchte. Damit er die ganze Zeit im Restaurant sein und uns allein lassen konnte … mal wieder. »Wie würdest *du* dich denn fühlen, wenn dein Vater seine Strumpfhosenschlampe heiraten würde?«, fragte ich Bree. »Wenn du die dann ›Mom‹ nennen müsstest?«

Bree schnaubte. »Also, erstens würde ich sie niemals so nennen, selbst wenn sie das von mir verlangen würde, was sie niemals täte, weil sie schon von dem Gedanken Pickel bekommt, sie könnte alt genug sein, um die Mutter von *irgend*wem zu sein.«

»Schon, aber …«, begann ich, aber sie schnitt mir das Wort ab.

»Und *zweitens* kannst du Grace ja wohl kaum mit diesen blonden Tussen vergleichen, die mein Dad dauernd anschleppt. Jede seiner Neuen ist einfach nur eine weitere jüngere und billigere Version meiner Mutter.« Wenn sie so über ihre Eltern sprach, klang Brees Stimme genauso ätzend, wie meine eben geklungen hatte.

Aber ich wollte nicht mit ihr streiten. Außerdem wusste ich, dass sie bloß das wiederholte, was sie ihre Mutter über die wechselnden Freundinnen ihres Vaters sagen hörte. »Ich will einfach nur nicht, dass sie heiraten«, sagte ich leise. »Ich will, dass alles wieder so ist, wie es mal war.«

»Aber dir ist schon klar, dass das nicht geht«, seufzte Bree. »Oder?«

Darauf erwiderte ich nichts. Stattdessen schaute ich mich im Wohnzimmer um, das jetzt im trüben grauen Licht lag, das durchs Fenster hereinfiel. Eigentlich sah es genauso aus wie an dem Tag, als Grace und ich das Kuchenrezept geholt hatten. Dad hatte noch keine Zeit gehabt, Leute zu schicken, die unsere restlichen Sachen zusammenpacken und das Haus leer räumen würden. Ich überlegte, warum ich heute noch einmal hatte herkommen wollen, aber plötzlich war das gar nicht mehr so wichtig. Was mich viel mehr beschäftigte, war die Tatsache, dass alle Erwachsenen in meinem Leben mich anzulügen schienen. Dass ich außer Bree niemanden mehr hatte, dem ich vertrauen konnte.

Kelli

Mein Baby ist tot. In den langen Monaten nach ihrem kurzen Krankenhausaufenthalt wollte Kelli dieser eine Satz nicht mehr aus dem Sinn. Die Erinnerung an den hohen, dünnen Schrei ihres Babys bohrte sich durch ihre Lunge und nahm ihr schier den Atem. Man hatte sie Rebecca nicht mehr sehen lassen. Sie hatte sich nicht von ihr verabschieden können.

Weder die Ärzte noch die Schwestern sagten ihr, was geschehen war; wenn sie in Kellis Zimmer kamen, sprachen sie mit leisen, gedämpften Stimmen mit ihren Eltern, als wollten sie Kelli vor Schlimmerem bewahren. Ihr Vater brachte ihr noch mehr Formulare, die Kelli unterschreiben musste. Sie setzte unter alles ihren Namen und fragte gar nicht erst, warum.

»So ist es für alle das Beste«, versicherte ihr Francine, als sie Kelli am letzten Tag zum Auto ihrer Eltern brachte. »Am Anfang ist es schwer, aber du wirst bald drüber hinwegkommen, versprochen.«

Bald drüber hinwegkommen?, dachte Kelli. *Was redet die da?* Sie erwiderte nichts, weil sie nicht wusste, was sie zu einer Frau hätte sagen sollen, die meinte, am Tod eines Babys könne etwas Gutes sein.

Wieder zu Hause, verschanzte Kelli sich in ihrem Zimmer. Sie zog sich die Decke über den Kopf, wälzte sich im Bett herum und versuchte, die Tage zu verschlafen. Sie fühlte sich zu schwach, zu kraftlos und kaputt, um irgendetwas anderes zu tun.

»Du musst etwas essen«, sagte ihre Mutter eines Abends, ungefähr zwei Monate, nachdem sie Kelli wieder nach Hause geholt hatten, und brachte ihr ein Tablett mit Hühnersuppe und Salzcrackern ans Bett.

»Nein«, murmelte Kelli in ihr Kissen. Ihre blonden Haare waren strähnig und begannen ihr büschelweise auszufallen. Ihr Körper schwand dahin. Wenn sie in den Spiegel schaute, konnte sie ihre Rippen einzeln zählen und sah ihre Gelenke scharf unter der Haut hervorstehen. Sie trank etwas Wasser, rührte das Essen kaum an, das ihre Mutter ihr brachte, und schlief. Mehr schaffte sie nicht.

Doch so leicht gab ihre Mutter nicht auf. Sie stellte das Tablett auf dem Nachttisch ab und setzte sich zu Kelli auf die Bettkante. »Du wirst sehen, alles wird wieder gut. Bald wirst du gar nicht mehr daran denken und kannst noch mal von vorn anfangen.«

»Nicht ohne sie«, murmelte Kelli. »Nicht ohne Rebecca.«

»Sie ist fort, und du musst loslassen«, erwiderte ihre Mutter. »Es hat nicht sollen sein, dass sie bei dir bleibt. Du hast einen Fehler gemacht. Einen furchtbaren Fehler. Aber Gott gibt dir eine zweite Chance.«

Kelli drehte sich zu ihrer Mutter um und blinzelte gegen die ungewohnte Helligkeit an. »Gott kann mich mal«, sagte sie langsam und deutlich. »Ich *hasse* ihn.«

Ihre Mutter schaute sie an, als hätte Kelli sie geschlagen. Sie schloss die Augen und holte tief Luft, ehe sie wieder sprach. »Du bist zornig. Das verstehe ich. Auch ich war einmal voller Zorn auf ihn.«

Da horchte Kelli auf. »Wirklich?«

Ihre Mutter nickte. »Als ich glaubte, nicht schwanger

werden zu können. Mutter zu sein war mein größter Wunsch, und als er auch nach so vielen Jahren nicht in Erfüllung ging, gab ich Gott die Schuld. Ich heulte und schrie und wandte mich von ihm ab.« Sie lächelte Kelli kurz an. »Erst als ich akzeptierte, dass ich keinen Einfluss auf mein Schicksal nehmen konnte, hat er mir dich geschenkt.« Sie streckte die Hand nach Kelli aus und strich ihr über die Wange. »Gottes Wege sind unergründlich. Wir können seinen Willen nur hinnehmen und das Beste daraus machen. Du solltest vergessen, was war, und wieder zur Schule gehen, dein Leben wieder auf den rechten Weg bringen.«

»Nein.« Kelli schüttelte entschieden den Kopf. »Da gehe ich nicht mehr hin.« Ihre Mutter konnte ihr sonst was über Gott erzählen, sie wollte nichts mehr mit ihm zu tun haben. Genauso wenig wie sie sich vorstellen konnte, Jason oder Nancy oder irgendeinen von den anderen wiederzusehen. Sie fühlte sich alt, als wäre sie hundert Jahre oder älter, und ganz weit weg von den Kids aus der Schule. Es kam ihr so vor, als wäre eine tiefe, unüberbrückbare Kluft zwischen ihnen. Sie hatte ihr Kind verloren, und keiner von denen würde verstehen, was das bedeutete. Und ihre Eltern hatten ihr sowieso strikt verboten, darüber zu sprechen. Sie durfte niemandem erzählen, wo sie gewesen oder was mit ihr geschehen war. Das Geheimnis lag wie ein schwerer Stein tief in ihr. Manchmal hatte sie das Gefühl, es würde sie von innen auffressen.

»Du musst deinen Abschluss machen«, sagte ihre Mutter.

»Den kann ich am Community College machen«, erwiderte Kelli. »Ich suche mir einen Job und lege einfach nur die nötigen Prüfungen ab. Zurück auf die Schule gehe ich auf keinen Fall.«

Als Kelli auch ein paar Wochen später ihr Zimmer immer nur für einen kurzen Abstecher ins Bad verließ, gaben ihre Eltern nach und meldeten sie am Community College an. »Aber nur, wenn du endlich was isst«, sagte ihr Vater. »Und jeden Tag aufstehst und zu deinen Kursen gehst. So langsam reicht es mit diesem Unsinn.«

Unsinn?, dachte Kelli. *Dass mein Baby gestorben ist, soll Unsinn sein?* »Und wenn *ich* bei meiner Geburt gestorben wäre?«, fragte sie und war selbst erstaunt, was sie sich plötzlich traute. »Wie hättest *du* dich dann gefühlt?«

Einen Moment lang sah er sie nur schweigend an, und Kelli wartete darauf, dass sich ein Riss in seiner harten Schale auftat, hoffte es sogar, doch er zeigte keine Regung. »Ich hätte es als Gottes Willen akzeptiert«, sagte er. »Danach hätte ich versucht, meinen Weg weiterzugehen.«

Als er das sagte, war es, als würde in Kelli ein Schalter umgelegt, der alle Gefühle abschnitt, die sie für ihren Vater noch gehabt haben mochte. Sie gab ihren Eltern die Schuld am Tod ihrer Tochter. Sie warf ihnen vor, sie weggeschickt zu haben, weil sie ihre eigene Scham für wichtiger erachtet hatten als das Wohl ihres Enkelkindes. Selbst wenn Rebecca nicht gestorben wäre, würden sie Kelli wohl gedrängt haben, sie zur Adoption freizugeben. Kelli würde nie verstehen, warum ihre Eltern sie so sehr hassten. Denn das mussten sie, sie hassen. Eine andere Erklärung, warum sie Kelli so behandelten, gab es nicht.

In diesem Augenblick begann sie ihre Flucht zu planen, und der Gedanke, der Welt ihrer Eltern zu entkommen, gab ihr die Kraft, endlich aufzustehen. Sie fing wieder an zu essen, besuchte ihre Kurse am Community College und war froh, dass niemand dort sie kannte. Sowie sie sechzehn wurde, bewarb sie sich um einen Job als Kassiererin in der örtlichen Pizzeria. Sie bekam ihn, und nach zwei Monaten beförderte der Manager sie zur Servicekraft.

An ihrem ersten Tag als Bedienung wies ein hübsches junges Mädchen namens Serena sie in den neuen Job ein. Serena musterte Kellis schwarze Hose und die weiße Bluse und meinte: »Oh, Schätzchen. In dieser Aufmachung verdienst du keinen einzigen Cent. Die Jungs vom College wollen das Gefühl haben, dass sie bei dir Chancen hätten. Und je größere Chancen sie sich ausrechnen, desto mehr trinken sie und desto großzügiger fällt dein Trinkgeld aus. Kapiert?« Sie zwinkerte ihr zu, zog Kelli die Bluse aus der Hose und knotete sie über dem Bauchnabel zusammen. Dann öffnete sie auch die oberen Blusenknöpfe, bis Kellis BH fast herausschaute. »Siehst du? Schon viel besser. Und besorg dir einen kurzen schwarzen Rock, okay? Mit kniehohen Stiefeln. Wirkt Wunder, glaub mir.«

Kelli folgte ihrem Rat und war selbst erstaunt, wie viel sie verdiente. Sie kam zu dem Schluss, dass ihre Schönheit ihre einzige Ressource war. Wer wollte ihr verübeln, dass sie davon reichlich Gebrauch machte? Andauernd wollten irgendwelche Typen sich mit ihr verabreden, und irgendwann begann sie Ja zu sagen, ihrem Bedürfnis nach Nähe und Geborgenheit nachzugeben, dem Gefühl, dass jemand sie liebte, und sei es nur für eine Nacht.

»Du passt aber auf dich auf, ja?«, fragte Serena sie eines Abends, nachdem sie mitbekommen hatte, wie Kelli einem schnuckeligen Typen mit schwarzen Haaren ihre Handynummer gegeben hatte. Kelli wurde rot, aber sie nickte. Sie bestand *immer* auf Kondomen – wenigstens das hatte sie gelernt.

In ihrem Leben kehrte wieder Routine ein: Vormittags

besuchte sie ihre Kurse am Community College, nachmittags lernte sie in der Bibliothek, und abends arbeitete sie, fünf Abende die Woche. »Kommst du heute mit uns in die Kirche?«, fragte ihre Mutter sie jeden Sonntagmorgen. Sie und ihre Eltern versuchten einander so weit wie möglich aus dem Weg zu gehen; Kelli kam praktisch nur noch zum Schlafen und zum Duschen nach Hause. Sie strengte sich an, damit sie gute Noten bekam, und hielt ihr Zimmer und ihre Wäsche sauber. Ihre Eltern sollten nicht noch mehr an ihr auszusetzen haben.

»Nein, danke«, erwiderte Kelli jedes Mal, und ihre Mutter beließ es dabei, als habe sie verstanden, dass sie diese Schlacht unwiderruflich verloren hatte.

Sie war fast ein Jahr wieder zu Hause, als eines Freitagabends eine Gruppe lautstarker Teenager in die Pizzeria kam. Kelli servierte gerade eine große Peperonipizza mit Oliven – und sie sah Nancy, ehe Nancy sie sah. Ihre ehemalige Freundin hatte sich nicht verändert, sie trug noch immer Jeans, die ihr viel zu eng waren, und die dunklen, dauergewellten Haare viel zu aufgedonnert. Rasch ließ Kelli den Blick über die anderen Gesichter schweifen. Sie hatte Angst, Jason könnte mit dabei sein, aber dann fiel ihr ein, dass er ja ein paar Jahre älter gewesen war als sie und wahrscheinlich schon seinen Abschluss gemacht hatte. Als sie an ihren Tisch kam, schaute Nancy hoch und riss ihre braunen Augen weit auf. »Hey«, sagte sie, scheinbar überrascht.

»Hey«, sagte Kelli und lächelte verlegen.

»Du arbeitest jetzt hier, oder wie?«, fragte Nancy. Als Kelli nickte, schaute Nancy sich um, als wollte sie den Wert des Restaurants abschätzen. »Cool. Und wie war es auf deiner Schule?« Ihr Ton gefiel Kelli nicht; sie klang so, als wüsste sie den wahren Grund, aus dem ihre Eltern sie weggeschickt hatten.

»Gut«, sagte Kelli. »Sehr inspirierend. Mir ist da erst klar geworden, dass ich hier wegmuss. Ich mache nur noch meinen Abschluss am Community College, und dann bin ich weg.« Sie machte eine kurze Pause, in der Nancy langsam nickte. »Und du? Wie geht es dir?«

»Super«, sagte Nancy und drehte sich zu ihren Freunden um. »Mir geht's super.« Kelli erkannte ein paar der Leute wieder, doch die Namen wollten ihr nicht einfallen. Ein Teil von ihr wünschte sich nichts lieber, als sich zu ihnen zu setzen und wieder ein ganz normaler Teenager zu sein. Doch als Nancy dann nichts weiter zu ihr sagte und sie den anderen auch nicht vorstellte, griff Kelli routiniert nach Block und Stift, um die Bestellung aufzunehmen. Sie hatte verstanden. Niemand würde sie hier mit offenen Armen willkommen heißen. Sie passte einfach nicht dazu.

»Wisst ihr schon, was ihr nehmt?«, fragte sie in die Runde und dachte nur noch an den Tag, an dem sie achtzehn würde. Der Tag, an dem sie endlich frei wäre.

Grace

Gut, das Budget für nächstes Jahr hätten wir dann so weit geklärt«, sagte ich, als ich bei unserem allwöchentlichen Meeting vor versammelter Mannschaft im Konferenzraum stand. »Und wir sollten überlegen, ob wir den Telefondienst über die Feiertage verstärken, denn bekanntlich kommt es gerade in dieser Zeit immer wieder gehäuft zu Übergriffen.« Alle nickten düster. »War sonst noch etwas?«

»Wäre es vielleicht möglich, dass wir jemanden Vollzeit für die Notaufnahme bekommen?«, fragte Helen, eine unserer Sozialarbeiterinnen. »Vielleicht mal bei den Krankenhäusern anfragen, ob sie für eine Zusammenarbeit offen wären? Es ist jedes Mal dasselbe – bis wir da sind, sind die Frauen oft schon wieder weg, und wir hatten nicht mal die Chance, ihnen zu helfen.«

Ich dachte darüber nach und trommelte leicht frustriert mit den Fingern auf den Tisch. »Im Prinzip eine gute Idee, aber im Moment haben wir nicht die nötigen Mittel, um neue Leute einzustellen. Außerdem haben die meisten Kliniken ja einen Sozialdienst, aber ich weiß natürlich, was du meinst – es gibt einfach zu wenig Personal, um jeden Fall häuslicher Gewalt individuell zu betreuen. Vielleicht könntet ihr euch aufteilen und versuchen, wenigstens einen Tag die Woche vor Ort zu sein?« Als Helen und ihre Kolleginnen nickten, wandte ich mich an Tanya.

»Würdest du Termine mit den Stationsleitungen der großen Notfallzentren für mich vereinbaren? Wenn ich die schon mal für unsere Sache gewinnen kann, dürften wir bei der Klinikleitung bessere Karten haben.« Tanya nickte und machte sich ein paar Notizen.

»Schön«, meinte ich. »Was steht sonst noch an? Noch irgendwelche Fragen oder Vorschläge?« Bevor jemand etwas erwidern konnte, klingelte mein Handy. Ich warf einen kurzen Blick aufs Display und sah, dass es ein Anruf von der Schule war. Sofort begann mein Puls schneller zu schlagen, weil ich annahm, eines der Kinder wäre krank, und ich müsste heute noch früher Schluss machen als sonst. Ich schnappte mir das Telefon, entschuldigte mich für die Unterbrechung und gab Tanya ein Zeichen, dass sie ohne mich weitermachen sollte. »Grace MacAllister«, meldete ich mich, schon halb auf dem Sprung.

»Es ist mir egal, was der Grund war«, sagte ich zu Ava, als wir, nachdem ich erst sie von der Schule abgeholt und dann Max zum Basketballtraining gefahren hatte, endlich zu Hause ankamen. »Du schwänzt nicht, hörst du? Unter gar keinen Umständen. Wenn es dir nicht gut geht und du reden willst, dann hockst du nicht stundenlang mit Bree auf dem Klo, sondern gehst ins Sekretariat und sagst, du möchtest bitte mit der Schulpsychologin sprechen.« Victor war nicht zu erreichen gewesen, weshalb die Schule mich angerufen hatte. Die Erklärung, die Ava für ihr Fehlen im Unterricht gegeben hatte, klang plausibel, aber so, wie sie jetzt schmollte, hatte ich eher den Eindruck, dass ihr weniger die Trauer um den Tod ihrer Mutter zusetzte als der Frust darüber, erwischt worden zu sein.

»Ich wünschte, du würdest endlich aufhören, mir Vorschriften zu machen«, murmelte Ava.

»Wie bitte?«, sagte ich. »Was war das gerade?«

Wütend fuhr sie zu mir herum. »Ich sagte, ich wünschte, du würdest endlich aufhören, mir Vorschriften zu machen!«

Ich holte ganz tief Luft und versuchte, mich nicht provozieren zu lassen – scheiterte aber kläglich. »Und *ich* wünschte, du würdest endlich aufhören, so unverschämt zu sein. Dein Verhalten ist so was von respektlos, und ehrlich gesagt kotzt es mich langsam an.« So, dachte ich – und fragte mich im nächsten Augenblick, was hier eigentlich gerade vor sich ging. Was zum Teufel war los mit ihr? Gehörte das jetzt noch zum Trauerprozess, oder spielten ihre Hormone verrückt? Beides kümmerte mich im Augenblick herzlich wenig, ich war einfach nur stinksauer.

»Na toll«, murmelte sie, stieß die Autotür auf, warf sich ihren Rucksack über die Schulter und stürmte ins Haus.

»Die ist heute aber zickig«, meldete sich Max vom Rücksitz. Wahrscheinlich war es versöhnlich gemeint.

»Das kannst du wohl sagen, Buddy«, seufzte ich. Mir graute davor, Victor sagen zu müssen, dass sie geschwänzt hatte. Er würde ihr wahrscheinlich glauben, dass sie heulend auf dem Klo gehockt hatte; ich war mir da nicht so sicher. Ihm aber jetzt mit solchen Vermutungen zu kommen, hielt ich für keine gute Idee. Obwohl mein Bauchgefühl mir sagte, dass wir die Sache längst hätten klären sollen, hatten wir noch immer nicht über den Zwischenfall in Max' Zimmer gesprochen. Eine Woche war das jetzt her, und wir schlichen noch immer wie auf rohen Eiern umeinander herum. Wenn wir miteinander redeten – was selten genug der Fall war, da wir uns kaum noch sahen –, waren wir ausgesprochen höflich und zuvorkommend, ansonsten versuchten wir so zu tun, als wäre nichts geschehen. Wir schliefen im selben Bett, aber nicht miteinander, wir besprachen, wer die Kinder wann und wo abholen oder hinbringen sollte und wie es im Restaurant lief, wo Spencer noch immer nur mit halber Kraft arbeiten konnte.

Anfang der Woche hatte ich mich mittags mit meinem Bruder getroffen und ihm erzählt, wie schwer es mir fiel, Victor gegenüber auf Konfrontationskurs zu gehen. Aber von Sam war keine Unterstützung zu erwarten. »Tut mir leid«, sagte er, »darüber solltest du mit ihm reden und nicht mit mir. Wovor hast du eigentlich Angst?«

Missmutig betrachtete ich meinen Salat. »Das weiß ich selbst nicht so genau. Wahrscheinlich müsste ich einfach mehr über den Dingen stehen. Ist es nicht ziemlich unreif, von ihm zu verlangen, sich für mich und gegen seine Kinder zu entscheiden?«

Sam seufzte. »Das verlangt doch auch niemand. Du erwartest lediglich, dass ihr vor den Kindern Geschlossenheit zeigt. Damit ihnen klar ist, dass sie euch nicht gegeneinander ausspielen können.«

»Sehr schön gesagt«, fand ich. »Hey, was hältst du davon, wenn *du* an meiner Stelle mit Victor redest?«

»Nein, danke«, erwiderte Sam, wickelte Fettuccine auf seine Gabel und fuchtelte damit in der Luft herum wie ein Dirigent vor seinem Orchester. »Dieser ganze Schwachsinn ist übrigens einer der Gründe, warum Wade und ich niemals adoptieren werden.«

»Ich wusste gar nicht, dass ihr darüber nachgedacht habt.«

»Wir haben darüber nachgedacht, es *nicht* zu tun«, stellte mein Bruder klar. »Was wahrscheinlich aufs selbe hinausläuft. Außerdem ist er sowieso zu alt.« Ich musste lachen. Wade war gerade mal zweiunddreißig, acht Jahre älter als mein Bruder und fünf Jahre jünger als ich. Aber »schwule Jahre« zählten anders, hatte mein Bruder mir mal erklärt. »Auf jedes Lebensjahr packst du noch mal ein halbes obendrauf, weshalb zweiunddreißig eigentlich achtundvierzig ist.«

»Wo hast du denn den Quatsch her?«, wollte ich wissen.

»Steht im Handbuch des schwulen Lifestyles«, hatte Sam so trocken erwidert, dass ich wieder lachen musste.

»Du musst einfach mit Victor über deine Gefühle reden«, riet er mir. »Anders lässt sich das nicht lösen.«

Ich stieß einen tiefen Seufzer aus. »Du klingst schon wie Melody.«

»Kluges Mädchen.«

Ich nippte an meinem Eistee. »Gut, aber ich habe keine Ahnung, wie ich die Sache angehen soll. Victor wird sofort in die Defensive gehen. Es sind seine Kinder, und deshalb wird er für sie Partei ergreifen.«

»Ah ja«, meinte Sam. »Und dir bleibt dann nur noch, die böse Stiefmutter zu geben, was?« Er verdrehte die Augen. »Ich bitte dich, Grace, spiel dich nicht zur Märtyrerin auf. Rede mit ihm. Und wenn du mit dem Mann, den du heiraten willst, nicht offen über deine Gefühle sprechen kannst, dann solltest du ihn vielleicht besser nicht heiraten.«

Im Grunde wusste ich, dass mein Bruder recht hatte, aber ihn es jetzt so nüchtern sagen zu hören, erfüllte mich mit plötzlicher Panik. Wenn ich das mit Victor nicht hinbekam, würde ich vielleicht mit *niemandem* eine Beziehung hinbekommen.

Max und ich folgten Ava ins Haus. Sie stand noch im Flur und zog sich ihre Jacke aus. Max ließ seinen Rucksack neben ihren auf den Boden fallen, dann rannten beide los, um als Erster in die Dusche zu kommen. »Ich bin Erster!«, brüllte Max und zog sich schon auf halber Strecke das T-Shirt über den Kopf. Ich seufzte. Zwischen ihnen war alles von Konkurrenzdenken geprägt. Es war erschöpfend, ihnen bei ihren ewigen Wettkämpfen zuzusehen: Wer schaffte es als Erstes unter die Dusche, wer hatte das größere Stück Pizza? Die Liste war endlos.

Ava überholte ihn und stieß ihn gegen die Wand. »Hättest du wohl gerne!«, rief sie.

»He, schubs deinen Bruder nicht so«, rief ich, noch immer gereizt von unserer Auseinandersetzung eben im Auto.

»Er war mir im Weg«, sagte Ava. »Kann ich ja nichts dafür, wenn er so langsam ist.«

»Du hättest ihn aber nicht stoßen müssen. Lass ihn doch einfach mal in Ruhe, ja? *Bitte*«, setzte ich noch nach, in der Hoffnung, wenn ich ihr gegenüber Respekt zeigte, würde auch sie mich mit Respekt behandeln.

Aber sie reagierte gar nicht, rannte wortlos weiter ins Bad und schlug die Tür hinter sich zu. Max fing an zu weinen und kam zu mir gerannt. »Sie ist so gemein«, heulte er. »Warum ist sie immer so gemein zu mir?«

Seufzend zog ich ihn an mich und legte die Arme um ihn. »Weil sie jetzt ein pubertierender Teenager ist. Da gehört das einfach dazu. Aber es geht auch wieder vorbei.« Tatsächlich dachte ich: *Gute Frage*.

Max schniefte leise und rieb sich die Nase an meinem Bauch. »Ich werde später nicht so gemein sein. Niemals nie, versprochen.«

»Das ist ein sehr löbliches Vorhaben, aber ab und an sind wir doch alle mal ein bisschen gemein, das ist ganz menschlich. Wenn du älter wirst, lernst du aber, dich zu beherrschen, und versuchst, andere so zu behandeln, wie du auch von ihnen behandelt werden möchtest, verstehst du?«

»Das versuche ich ja *jetzt* schon, aber bei ihr funktioniert es nicht! Sie ist einfach nur gemein.«

Ich strich ihm über den Kopf, der vom Basketballtraining noch ganz heiß und verschwitzt war. »Hast du Lust, Papier und Stifte zu holen? Dann könnten wir vor dem Essen noch was malen.«

Er schaute zu mir auf und grub sein spitzes Kinn in meinen Bauch. »Kannst du gut malen?«

»Nicht so besonders. Aber vielleicht kannst du es mir ja zeigen?« Er nickte und flitzte ins Wohnzimmer, wo wir in einer Schublade Malpapier und bunte Filzstifte aufbewahrten. Ich trug die Einkaufstüten in die Küche und stellte schon mal das Abendessen bereit, damit wir essen konnten, sowie die Kinder geduscht und umgezogen waren. Essen, Hausaufgaben, danach wollte ich versuchen, bis Mitternacht, wenn Victor nach Hause käme, noch mindestens drei Klientenakten durchzuarbeiten. Mein Blick fiel in den Flur, wo die Kids ihre Rucksäcke hatten liegen lassen; aus einem hing ein buntes Turnhosenbein heraus. Die Sportklamotten, dachte ich. Die sollte ich heute noch waschen, damit die Kids sie morgen wieder anziehen konnten. Am besten erledigte ich das gleich, damit ich es nachher nicht vergaß.

Als Erstes packte ich Max' Sportsachen aus und wunderte mich einmal mehr, wie er es schaffte, seine Sachen so dreckig zu machen, obwohl er sie doch nur in der Halle trug. Was war das da am Saum seiner Shorts – Schokolade? Oder etwa Blut? Kopfschüttelnd trug ich alles in den

Hauswirtschaftsraum neben der Küche, sprühte Fleckenmittel darauf und ließ die Shorts oben auf der Waschmaschine liegen, damit sie ein bisschen einweichen konnten, während ich Avas Sachen holen ging.

»Kommst du, Grace?«, rief Max aus dem Esszimmer.

»Bin gleich da«, sagte ich. »Warum fängst du nicht schon mal an?«

»Okay!«, rief er zurück. Ich musste lächeln und hatte fast ein bisschen den Eindruck, als ob sein Wutausbruch wegen der Wii alle Gefühle hinausbefördert hatte, die er vorher unterdrückt hatte. Vielleicht hatte die Schulpsychologin genau das gemeint – Kinder verarbeiteten ihre Trauer anders als Erwachsene, und sie drückten sie auch anders aus. Seine Wut hatte gar nicht dem Spiel gegolten, doch in seiner Zerstörung konnte er den Schmerz über den Tod seiner Mutter ausdrücken. So weit, so gut, dachte ich. Nur machte ich mir Sorgen, dass dies nicht der letzte Gefühlsausbruch dieser Art gewesen sein könnte.

Ava hatte ihre Sachen in einer separaten Sporttasche. Ich hockte mich auf den Boden, zog den Reißverschluss auf und zog ihre winzigen Spandex-Shorts heraus; ein T-Shirt sah ich keines, weshalb ich eines der Innenfächer öffnete und mit den Händen tastete, bis ich es ganz in die Ecke geknüllt fand. Ganz zuunterst lag noch ihr Sport-BH. Ich griff mir alles, legte es neben mich auf den Boden und wollte die Tasche gerade wieder schließen, als mein Blick auf etwas Grünes fiel, das seitlich aus dem BH ragte. Erst dachte ich, es wäre einfach nur das Etikett, doch dann sah ich genauer hin und wusste sofort, was es war.

Geld.

Soweit ich wusste, hatte Victor ihr nichts gegeben. Ein klammes Gefühl beschlich mich. Vorsichtig schlug ich den

BH auseinander. Die Scheine waren ganz klein und fest zusammengefaltet. Ich nahm sie heraus, strich sie einen nach dem anderen glatt und zählte dabei: Es waren über einhundert Dollar. Fünf Zwanziger, ein paar Fünfer und einige Ein-Dollar-Scheine. Als ich heute Nachmittag einkaufen war, hatte ich mich gewundert, dass ich, obwohl ich Anfang der Woche erst bei der Bank gewesen war, ganz schön wenig Geld dabeihatte. Aber ich hatte mir nichts dabei gedacht – außer dass ich es wahrscheinlich ausgegeben und dabei ein bisschen den Überblick verloren hatte. Das passierte mir öfter, wenn ich bar zahlte statt mit Karte. Selbst jetzt wollte ich noch daran glauben, wollte das Offensichtliche nicht wahrhaben. Ich wollte nicht diejenige sein, die herausfand, was Ava getan hatte. Vor allem wollte ich Victor nicht sagen müssen, dass seine Tochter eine Diebin war.

Gerade als ich aufstehen wollte, fiel mir auf, dass aus dem Bad kein Wasserrauschen mehr zu hören war. Im nächsten Augenblick kam Ava auch schon angerannt und versuchte, mir das Geld aus der Hand zu reißen. »Was *machst* du da?«, schrie sie mich an. »Gib her, das ist meins! Du hast überhaupt kein Recht, in meinen Sachen herumzuschnüffeln!« Die nassen Haare hingen ihr wie kleine dunkle Schlangen ins Gesicht. Sie hatte sich schon umgezogen und trug ihre Schlafanzughosen und den roten Pulli ihrer Mutter.

Ich hielt meine Hand so, dass sie nicht herankam. »Und ob ich das Recht dazu habe!« Meine Kiefermuskeln waren so angespannt, dass ich meine Zähne leise aufeinanderknirschen hörte. Das Geräusch ließ mich frösteln. »Du hast es gestern aus meiner Brieftasche genommen, habe ich recht? Oder bestiehlst du auch noch andere Leute?«

Sie starrte mich an, die blauen Augen zu schmalen Schlitzen zusammengezogen. »Ich habe *überhaupt* nichts gestohlen. Ich weiß nicht, wovon du sprichst.«

Ich schüttelte den Kopf und presste die Lippen zusammen, versuchte, mich zu beruhigen, ehe ich sprach. »Wie kommt das Geld dann in deine Tasche? Bitte sag es mir. Sind ihm über Nacht Beine gewachsen, und ist es selbst hineingeklettert?«

»Woher soll *ich* das wissen?«, sagte sie und stieß jedes Wort zwischen den Zähnen hervor. »Kümmer ich mich vielleicht um deinen Scheiß? Vielleicht hat Max es da reingetan.«

»Hab ich *nicht!*«, brüllte Max. Anscheinend hatte er uns gehört und war neugierig geworden. Gerade in dem Augenblick, als seine Schwester ihn beschuldigte, tauchte er im Flur auf. »Das nimmst du sofort zurück! Ich hab dich gesehen, wie du das Geld aus Graces Tasche geklaut hast. Heute Morgen, als sie im Bad war. Du hast mich nicht gesehen, weil ich hinter der Tür war, aber ich hab *dich* gesehen!«

Ava stürzte sich mit geballten Fäusten auf ihn. »Warum hältst du nicht einfach mal die Klappe, du kleiner Scheißer!«

»Ava!«, rief ich und packte sie mit meiner freien Hand. Sie riss sich los und warf sich auf ihren Bruder; die beiden knallten auf den harten Holzboden, und Max fing an zu brüllen. Ava nahm ihn in die Beinschere und holte weit aus, aber ich packte sie unter den Armen und zerrte sie von ihm herunter, ehe sie zuschlagen konnte. »Lass mich los, ich *hasse* dich!«, schrie sie. »Warum haust du nicht einfach ab? Wir brauchen dich hier nicht. Bevor du aufgetaucht bist, war alles gut. Und wahrscheinlich bist du froh, dass meine Mom tot ist, damit du meinen Dad ganz für dich allein hast! Ich weiß nämlich, dass ihr verlobt seid! Du hast uns die ganze Zeit *angelogen!*«

Ich ließ sie los, und sie fiel wie ein nasser Sack zu Boden, nicht tief, vielleicht ein paar Zentimeter, aber sie fing an zu brüllen, als hätte ich sie gegen die Wand geschleudert. Ich schloss die Augen und versuchte, ganz tief durchzuatmen. *Woher wusste sie von unserer Verlobung? Hatte sie meinen Ring gefunden ... als sie an meiner Tasche gewesen war? Hatte Victor es ihr erzählt, ohne mir etwas davon zu sagen?* Mit einem leisen Kopfschütteln versuchte ich mich zu sammeln, doch meine Gedanken überschlugen sich zu hastig, als dass ich Ava jetzt danach hätte fragen können. Ich bückte mich zu Max herab, der sich auf dem Boden zusammengerollt und die Arme und Beine ganz dicht an den Körper gezogen hatte. »Max?«, sagte ich. »Alles in Ordnung mit dir?«

Er schüttelte den Kopf und murmelte etwas mit tränenerstickter Stimme.

»Was ist denn, Schätzchen?«, fragte ich.

»Oh Mann, der hat doch gar nichts!«, ätzte Ava. »Der tut bloß so, weil er beachtet werden will.«

Wütend fuhr ich zu ihr herum. »Das reicht, Ava. Du gehst jetzt in dein Zimmer. *Sofort.*«

»Nein!«, schrie sie, das Gesicht verzerrt vor Wut, Trauer und Angst. Es war mir unerträglich, solche Gefühle in ihr auszulösen, aber was sollte ich tun? Ich konnte nicht einfach über ihr Verhalten hinwegsehen, und ich konnte nicht ändern, was sie getan hatte. Am liebsten wäre ich jetzt ganz weit weg gewesen, wollte gar nichts mit alledem zu tun haben, aber hier saß ich, mittendrin, und wusste keinen Ausweg.

»Sofort!«, schrie ich und sah sie unter der Lautstärke zusammenzucken. Schluchzend stand sie auf und schlich in ihr Zimmer wie ein angeschossenes Tier.

Irritiert schaute ich ihr hinterher, dann galt meine Sorge wieder Max, dessen Heulen immer lauter wurde. »Max«, versuchte ich es noch mal. »Lass mich mal schauen, ob mit dir alles in Ordnung ist. Wenn du nicht willst, fasse ich dich auch nicht an, aber ich muss nachsehen, ob du blutest. Tut es irgendwo weh?«

»Hier!«, brüllte er und zeigte mitten auf sein Herz. Tränen brannten mir in den Augen; ich ertrug es kaum, was dieser kleine Junge alles hatte durchmachen müssen. Die Scheidung seiner Eltern, der Tod seiner Mutter und jetzt auch noch eine Schwester, die es in letzter Zeit nur darauf abgesehen zu haben schien, ihm das Leben zur Hölle zu machen. Widerstrebend streckte er Arme und Beine von sich, und ich hielt nach blutenden Wunden Ausschau, fand aber keine. Erleichtert atmete ich auf.

»Wo tut es denn sonst noch weh?«, fragte ich, und er hielt mir seine linke Hand hin. Sein kleiner Finger war geschwollen. Wahrscheinlich war er damit umgeknickt, als Ava sich auf ihn geworfen hatte. Vielleicht war er sogar gebrochen. »Da packen wir gleich ein bisschen Eis drauf, okay? Gehst du schon mal ins Wohnzimmer und setzt dich auf die Couch? Ich bin sofort da, muss nur noch ein paar Sachen holen. Am besten, wir tapen die beiden hier zusammen«, ich zeigte auf seinen kleinen Finger und den Ringfinger, »damit du dich nicht versehentlich stößt und es noch mehr wehtut.«

Max nickte und schleppte sich ins Wohnzimmer, während ich schnell in die Küche lief, um eine Kältepackung aus dem Gefrierfach zu holen und das Leukoplast aus dem

Verbandskasten. Das Brathähnchen, das ich unterwegs besorgt hatte, wurde kalt, aber im Augenblick hatte ich wirklich andere Sorgen als das Abendessen. Ich mochte mir Victors Miene gar nicht ausmalen, wenn ich ihm sagen musste, dass seine Tochter nicht nur die Schule schwänzte, sondern auch Geld von mir gestohlen hatte und heute mit erschreckender Gewalt auf ihren kleinen Bruder losgegangen war.

»Grace?«, rief Max aus dem Wohnzimmer. »Kommst du?«

Ich nahm den Verbandskasten aus dem Schrank über der Spüle und atmete tief durch. »Bin gleich da«, rief ich, und auch wenn ich es mir selbst kaum eingestehen mochte: Die Versuchung, alles stehen und liegen zu lassen und das Weite zu suchen, war groß.

Ava tauchte an diesem Abend nicht mehr aus ihrem Zimmer auf. Ich überlegte kurz, ob ich zu ihr gehen und mit ihr reden sollte, war aber noch zu wütend und wusste, dass, was immer ich sagte, alles nur noch schlimmer machen würde. Nachdem ich Max' Finger gekühlt und verbunden hatte, gab ich ihm ein leichtes Schmerzmittel, überredete ihn, wenigstens ein bisschen zu Abend zu essen, und las ihm dann so lange aus *Harry Potter und der Stein der Weisen* vor, bis er auf der Couch einnickte. Als ich ihn in sein Zimmer trug, atmete ich den salzigen Geruch seiner Haut ein – an Duschen war überhaupt nicht mehr zu denken gewesen –, und er schlang seine dünnen Arme um meinen Hals und drückte seine Wange an meine Brust – genau wie Sam, wenn ich ihn ins Bett gebracht hatte. »Nacht, Mama«, murmelte er, als ich ihn warm zudeckte, bis er bis zum Kinn in Kellis blaue Decke eingekuschelt war.

Mein Herz zog sich zusammen, als ich ihn mich so nennen hörte. Ich wusste, dass er fast schon schlief, zwischen Traum und Wirklichkeit schwebte, an einem Ort, an dem seine Mutter für ihn noch lebendig sein mochte. Sam hatte mich früher auch hin und wieder »Mama« genannt, doch ich hatte immer sofort klargestellt, dass ich seine große Schwester war, nicht seine Mutter. Ich wusste nicht, was ich für Max und Ava war. Es gab keine Bezeichnung für die Rolle, die ich in ihrem Leben spielte. Ich war einfach nur Grace, die Frau, die an der Stelle stand, die eigentlich ihre Mutter hätte einnehmen sollen.

Ich machte das Licht in Max' Zimmer aus und zog die Tür hinter mir zu. Unter Avas Tür schien noch Licht hervor, aber drinnen war alles still, und ich fragte mich, ob sie sich in den Schlaf geweint hatte. Obwohl ich wusste, dass es besser wäre, sie jetzt in Ruhe zu lassen, klopfte ich doch leise und lauschte, hoffte auf eine Antwort. Als keine kam, öffnete ich die Tür einen Spaltbreit und zuckte zusammen, als es in den Angeln quietschte. Ich ließ den Blick durchs Zimmer schweifen, und da lag Ava, auf ihrem Bett zusammengerollt, den roten Pullover ihrer Mutter fest um sich geschlungen, wie in einen Kokon eingesponnen. Ich fragte mich, welche Verwandlung gerade mit ihr vorging, wie sie diesen schmerzhaften Verlust überstehen würde. Ich war noch immer wütend auf sie, doch während ich dort stand und ihren tiefen, gleichmäßigen Atemzügen lauschte, stieg auf einmal eine unglaubliche Welle des Mitgefühls in mir auf. Aus Angst, sie zu wecken, zog ich mich leise zurück und machte das Licht hinter mir aus.

Victor wirkte überrascht, dass ich noch nicht im Bett war, als er nach Hause kam. Ich hatte auf der Couch im Fernsehzimmer auf ihn gewartet; es schien mir der von den Kinderzimmern am weitesten entfernte Ort – denn wie immer unser Gespräch auch ablaufen würde, stilles Einvernehmen schien mir eher unwahrscheinlich. »Na, noch wach?«, fragte er, kam zu mir und küsste mich flüchtig.

Ich streckte die Hand nach ihm aus und zog ihn neben mich aufs Sofa. Bevor ich auf unsere Probleme zu sprechen kam, wollte ich zumindest wieder ein Gefühl der Vertrautheit herstellen. »Wie war es bei der Arbeit?«

Mit einem müden Lächeln sah er mich an, und mir kam es so vor, als wären die feinen Falten um seine Augen während der letzten Wochen tiefer geworden. »Gut. Wir hatten abends einen Umsatz von hundertfünfzig Tischen, und es wurde reichlich Wein bestellt.«

Im Lauf des letzten Jahres hatte ich genügend über das Gastronomiegewerbe gelernt, um zu wissen, dass bei Getränken, vor allem den alkoholischen, die größte Gewinnspanne lag – teils bis zu achtzig Prozent. In Anbetracht der Flaute, die zuletzt im Loft geherrscht hatte, war das eine gute Nachricht. Ich pfiff anerkennend. »Nicht schlecht. Nebenbei noch Drinks auf anmaßende Herren der Schöpfung verschüttet?«

Victor lachte. »Nein, Baby, du bist und bleibst einzigartig.« Er legte den Arm um mich, und ich kuschelte mich an ihn, genoss es, seinen warmen Körper zu spüren und seinen Duft zu atmen, der sich heute Abend aus Zwiebel und Knoblauch mit einer feinen Note Männerschweiß zusammensetzte. Ich ließ den Kopf an seiner Brust ruhen und lauschte dem langsamen Schlag seines Herzens, bis ich selbst zur Ruhe kam. Victor nur zu berühren schenkte mir einen Frieden, wie ich ihn die ganze Woche über nicht empfunden hatte.

»Du hast mir gefehlt«, sagte ich leise. »Tut mir leid, dass ich so abweisend war.«

Er drückte mir einen Kuss auf den Scheitel. »Ich habe dich auch vermisst. Mir war ehrlich gesagt nicht ganz klar, was eigentlich los war, aber ich hatte den Eindruck, du wolltest einfach deine Ruhe haben. Also habe ich dich in Ruhe gelassen.«

Ich seufzte und fand es eine gute Überleitung zu meinem eigentlichen Anliegen. »Von wegen Ruhe. Ich war vor allem damit beschäftigt, mich in meine neue Rolle hineinzufinden. Du hast zwar gesagt, du wolltest mich als deine Partnerin und nicht als Mutter deiner Kinder, aber jetzt, wo du so selten zu Hause bist, bleibt mir ehrlich gesagt gar nichts anderes übrig, als den beiden eine Art Elternersatz zu sein.«

»Du hast recht«, sagte er. »Und ich weiß es mehr zu schätzen, als dir bewusst sein mag.« Er löste sich aus meiner Umarmung, ehe er fortfuhr. »Aber es ist ja nicht für immer, Grace. Sowie Spencer wieder voll einsteigt, finden wir eine bessere Lösung.«

»Ich weiß«, sagte ich und holte noch einmal tief Luft, denn ich merkte, dass es an mir war, unsere derzeitigen Probleme anzusprechen. Und reden mussten wir, auch wenn es leichter gewesen wäre, es nicht zu tun. Wie viel leichter wäre es gewesen, sich in schönen Erinnerungen zu verlieren, daran, wie alles mit uns angefangen hatte, wie Victor für mich gekocht hatte, wie wir stundenlang geredet oder ganze Sonntage im Bett verbracht hatten. Unsere Erinnerungen würden uns wärmen, Berührungen würden folgen, Victor würde mich küssen, und alles wäre wieder gut zwischen uns. Aber das würde nichts an der Realität ändern, und auch unsere Probleme wären damit nicht aus der Welt. »Können wir trotzdem kurz reden?«, fragte ich also.

Er zog die Brauen zusammen. »Worüber?«

»Über die Kinder«, sagte ich. »Ich habe keine Lust, mir wie eine dumme Babysitterin vorzukommen, die nichts auf die Reihe bekommt, wenn ich mit ihnen zusammen bin.« Ich schwieg einen Moment. Es fiel mir nicht leicht fortzufahren, aber es half ja nichts. Ich musste es hinter mich bringen. »So wie neulich Abend, weißt du, als Max das Wii zertrümmert hat? Du hast dir nicht mal angehört, was ich zu sagen hatte. Du hast Avas Geschichte für bare Münze genommen, obwohl sie dich angelogen hat.«

Sofort spürte ich, wie er sich anspannte und zurückwich. Ich setzte mich auf und betrachtete ihn mit einem Blick, den er hoffentlich als liebevoll erkannte. Doch seine Miene verhärtete sich, seine Lippen zogen sich zu einer schmalen Linie zusammen. Zorn blitzte in seinen grauen Augen auf. »Hast du meine Tochter gerade eine Lügnerin genannt?«

»Nein«, erwiderte ich langsam. »Ich habe gesagt, dass sie dich angelogen hat – an besagtem Abend.«

»Ich wüsste nicht, wo da der Unterschied sein soll.« Er rutschte von mir weg, bis er am anderen Ende der Couch saß, und verschränkte die Arme vor der Brust.

Plötzlich spürte ich einen dumpfen, kalten Schmerz im Bauch, gefolgt vom heißen Aufwallen der Wut in meiner Brust. Ich wollte nicht mit Victor streiten, wollte nicht alles noch schlimmer machen, wusste aber auch nicht, wie ich dies jetzt noch hätte abwenden sollen. »Außerdem habe ich heute einen Anruf von der Schule bekommen«, fuhr ich also fort und berichtete ihm erst von Avas Schwänzen und dann von meinem Geld, das ich in ihrer Sporttasche gefunden hatte.

»Dafür gibt es bestimmt eine ganz einfache Erklärung«, zeigte Victor sich überzeugt, als ich fertig war. Dann schüttelte er den Kopf, als glaube er mir kein Wort. »Mag ja sein, dass sie geschwänzt hat, das machen doch alle Kids hin und wieder, aber dass sie von dir etwas *gestohlen* haben soll – tut mir leid, das ist völlig ausgeschlossen.«

»Max hat gesehen, wie sie heute Morgen Geld aus meiner Tasche genommen hat«, wandte ich ruhig ein. Ich griff nach seiner Hand und drückte sie leicht, doch er riss sie zurück. Ein Schatten huschte über sein Gesicht, und ich wusste, dass wir uns auf gefährliches Terrain wagten.

»Max versucht andauernd, seine Schwester irgendwo reinzureiten. Mein Gott, die beiden machen doch den ganzen Tag nichts anderes, als sich gegenseitig zu ärgern! So ist das nun mal bei Geschwistern – da sollten wir nicht alles wortwörtlich nehmen, sonst versuchen sie bloß, uns zu manipulieren und gegeneinander auszuspielen. Ich hätte nicht gedacht, dass ausgerechnet du darauf hereinfällst.«

Ich versuchte, den fließenden Übergang vom »Wir« zum »Du« zu überhören, mit dem Victor wohl andeuten wollte, dass *ich* es war, die so dumm war, den Kids auf den Leim zu gehen. Deutlicher hätte er uns nicht auseinanderbringen können. »Das weiß ich selbst«, sagte ich, »aber heute Abend war es anders, da ging es nicht darum, dem anderen eins auszuwischen. Ava hat sich mit einer solchen Wucht auf Max gestürzt, dass er sich fast den Finger gebrochen hätte. Sie hat ihn *angegriffen*, Victor. Ich mache mir Sorgen um sie.«

Unverwandt sah er mich an. »Geschwister streiten nun

mal miteinander. Sie schlagen und vertragen sich, das gehört dazu. Bei dir und Sam mag das wegen des großen Altersunterschieds anders gewesen sein, aber das ist völlig *normal*.«

»Stehlen ist *nicht* normal.« Ich schwieg einen Moment, und als er nichts sagte, fuhr ich fort: »Als ich vorhin mit Melody darüber …«

»Moment«, unterbrach mich Victor. »Du hast mit *Melody* darüber gesprochen?«

»Ja. Mit irgendjemandem *musste* ich reden, und du warst bei der Arbeit.«

»Na, toll.« Er warf die Hände in die Luft und sprang auf, ging ein paar Schritte auf und ab. »Jetzt erzählt sie es gleich noch Spencer, und dann fängt der auf einmal an, sich in Sachen einzumischen, die ihn überhaupt nichts angehen. Vielen Dank.«

Wohl wissend, dass Victor auch deshalb so überreagierte, weil er sich in der Defensive wusste, versuchte ich ruhig Blut zu bewahren und atmete tief durch. Ich war nicht daran interessiert, die Situation noch weiter eskalieren zu lassen. Andererseits schien es mir im Augenblick wichtiger, Ava die Hilfe zukommen zu lassen, die sie brauchte, als mir um meine Beziehung zu ihrem Vater Sorgen zu machen. »Sie fängt an, über die Stränge zu schlagen«, sagte ich. »Dass sie von mir stiehlt, könnte erst der Anfang sein.«

»Und was willst du damit sagen? Dass sie demnächst straffällig wird, oder was? Dürfte ich dich daran erinnern, dass Ava gerade erst ihre *Mutter* verloren hat? Du könntest ihr gegenüber ruhig etwas Nachsicht zeigen.«

Einen Moment starrte ich ihn nur an, fassungslos, und versuchte meinen rasenden Puls zu beruhigen. »Ich habe ihr gegenüber schon sehr viel Nachsicht gezeigt, Victor. Wenn sie mir gegenüber schnippisch wird oder die Augen verdreht, lasse ich es ihr durchgehen. Sie macht gerade eine harte Zeit durch, das ist mir schon klar. Sie hat einen schweren Verlust zu verarbeiten – und wie es aussieht, gelingt ihr das nicht sonderlich gut. Außerdem weiß sie, dass wir verlobt sind, was die Sache nicht gerade einfacher macht. Hast du es ihr gesagt?«

»Natürlich nicht. Du vielleicht?«

»Nein.« Ich schwieg einen Moment. »Kelli vielleicht? Oder Diane.«

»Warum denn Diane? Sie hat Diane seit Wochen nicht mehr gesehen.«

Es wäre das Einfachste gewesen, ihm jetzt zu erzählen, dass ich kurz mit Ava in Kellis Haus gewesen war. Es wäre ja möglich, dass Ava später noch einmal ohne mein Wissen dorthin zurückgekehrt war. Und vielleicht war sie bei der Gelegenheit Diane über den Weg gelaufen – so wie Melody und ich, als wir die Sachen der Kids geholt hatten. Und Diane hatte vielleicht angenommen, dass wir es den Kindern bereits gesagt hatten. Doch seine kalte, harte Miene ließ meine Worte gleich im Ansatz verstummen. »Ist doch jetzt auch egal, woher sie es weiß«, sagte ich stattdessen. »Ich mache mir jedenfalls Sorgen um sie. Vielleicht sollten wir überlegen, sie zu einer Therapeutin zu schicken.«

»Jetzt bist *du* auf einmal die Erziehungsexpertin hier?« Sein Ton ließ keinen Zweifel daran, wie es gemeint war.

»Immerhin habe ich mehr Erfahrung darin als du«, gab ich zurück und wünschte sofort, einfach den Mund gehalten zu haben. Das war wirklich ein ganz mieser Schlag unter die Gürtellinie. Ich wusste, dass er schon damals,

als er noch mit Kelli zusammen gewesen war, ein permanent schlechtes Gewissen gehabt hatte, weil er so wenig Zeit mit den Kindern verbrachte. Und ich wusste auch, wie sehr es ihn stresste, jetzt dauerhaft allein für sie verantwortlich zu sein. Doch das änderte nichts an den Tatsachen – rechnete man die zehn Jahre dazu, die ich mich um Sam gekümmert hatte, war ich in Sachen Kindererziehung eindeutig die Erfahrenere von uns beiden.

Victor sah mich an, und ich merkte schon, wie er völlig dichtmachte. Seine Miene verschloss sich, seine Augen waren wie eine Wand, an der mein Blick abprallte. »Hör zu. Ich bin müde. Du bist müde. Am Ende sagen wir nur Dinge, die wir nicht so meinen. Du hast dir wirklich keine gute Gelegenheit ausgesucht, um so etwas zu besprechen.«

»Es gibt aber keine bessere Gelegenheit, Victor!«, rief ich entnervt. »Wir sehen uns doch kaum noch.«

»Verdammt«, sagte er und fuhr sich mit den Fingern durchs Haar. »Könntest du mal für fünf Minuten aufhören, dich über alles zu beschweren? Ich weiß, dass es gerade nicht leicht für uns ist. Ich weiß, dass du dir unser Leben so nicht vorgestellt hast! Das habe ich kapiert, okay? Aber wenn wir zusammenbleiben wollen, werden wir eben lernen müssen, auch schwere Zeiten durchzustehen. Und meine Tochter des Diebstahls zu bezichtigen finde ich da nicht gerade hilfreich.«

Ungläubig schaute ich ihn an. Tränen traten mir in die Augen. Ich versuchte mir zu sagen, dass das alles nicht so schlimm wäre, dass es nur vorübergehende Störungen wären, wie bei einem Fernsehsender, der gerade Übertragungsschwierigkeiten hatte. Irgendwann würde das Programm – oder in unserem Fall unser Leben, wie *wir* es uns vorgestellt hatten – nach Plan weiterlaufen. Doch wie sollte ich Victor das begreiflich machen? Im Moment hatte ich eher das Gefühl, dass, ganz gleich, was ich sagte, er *immer* für Ava Partei ergreifen würde.

Als er meine Tränen sah, wurde seine Miene sanfter. »Es tut mir leid.« Er kam einen Schritt auf mich zu, streckte die Hand nach mir aus, doch ich wich zurück, damit er mich nicht berühren konnte. Seufzend ließ er sich wieder neben mich auf die Couch fallen. »Es war nicht so gemeint«, sagte er. »Ich bin einfach völlig mit den Nerven runter. Du weißt, wie sehr ich die Kinder liebe, aber plötzlich ganz allein die Vaterrolle übernehmen zu müssen überfordert mich noch etwas. Sonst hat Kelli sich immer um die beiden gekümmert.«

»Ich weiß«, sagte ich. »Ich habe schon verstanden, dass es auch für dich nicht leicht ist.«

»Allerdings«, sagte er. »Ich fand unser Leben perfekt so, wie es vorher war. Perfekt eingespielt, so hätte es von mir aus bleiben können.« Er schüttelte den Kopf. »Mein Gott, wie furchtbar egoistisch ich klinge! Aber weißt du, nachdem ich Kelli verlassen hatte, war ich einfach nur froh, mein Leben zurückzuhaben. Sie hat mich so viel Kraft gekostet, hat alle Energie aus mir herausgesaugt. Das wurde mir erst so richtig klar, nachdem ich sie verlassen hatte.«

»Das hat nichts mit Egoismus zu tun«, versicherte ich ihm.

»Danke, nett gemeint, aber es fühlt sich trotzdem ziemlich mies an.« Er lächelte schwach, als er mich ansah. »Und wegen neulich Abend: Ich dachte einfach, es wäre besser, die Sache mit den Kids zu klären und dich da rauszuhalten. Wahrscheinlich habe ich aus alter Gewohnheit versucht, dich vor Unannehmlichkeiten zu bewahren, so wie ich Kelli immer vor allem zu beschützen versucht habe. Damit habe ich dir unrecht getan, ich hätte dir mehr zutrauen sollen, aber das lag dann ganz allein an mir und hatte nichts mit dir zu tun.« Er seufzte. »Es tut mir leid. Ich versuche einfach nur, das alles irgendwie durchzustehen und dabei nicht *alles* falsch zu machen. Und ich habe solche Angst ...« Er verstummte und senkte den Blick.

»Wovor?«, fragte ich leise und spürte, wie mein Schmerz langsam nachließ, als auch er seine Schwäche eingestand. Er hatte Angst, genau wie ich, war sich seiner Rolle als Vater nicht sicher – und fragte sich vielleicht auch, welche Rolle ich künftig im Leben seiner Kinder spielen sollte.

Er lachte leise, ohne mich anzusehen. »Frag mich lieber, wovor ich *keine* Angst habe«, meinte er. »Ich habe Angst, dass ich Ava und Max kein guter Vater bin. Ich habe Angst, wie *mein* Vater zu sein, all seine schlechten Eigenschaften geerbt zu haben. Zu schwach, um meinen Kindern beizustehen und ihnen über ihren Kummer hinwegzuhelfen.« Schließlich hob er doch den Blick und sah mich an. »Aber diese Angst treibt mich schon seit Jahren um. Was mich jetzt *wirklich* in Panik versetzt, ist die Vorstellung, dass ich dich verlieren könnte. Dass du irgendwann genug von mir hast, weil dir das Leben mit mir zu anstrengend ist. Dass ich so verkorkst bin, dass keine Frau es überhaupt mit mir aushalten kann.« Der letzte Satz war kaum mehr als ein Flüstern, so als gestehe er es sich selbst zum ersten Mal ein, und plötzlich erkannte ich, wie ähnlich Victor und ich uns selbst in unseren Ängsten, unseren Unsicherheiten waren.

»Kelli hat mich geliebt«, fuhr er fort. »Aber auf eine Weise, die so bedürftig war, dass ich ständig das Gefühl hatte, nicht gut genug zu sein, ihr nicht das geben zu können, was sie wirklich brauchte, so sehr ich mich auch anstrengte, so sehr ich auch für sie sorgte. Und dann bin ich dir begegnet, und du warst so anders, so frei und unabhängig, und ich dachte, hier ist endlich mal eine Frau, die mir eine echte *Partnerin* sein könnte. Wir würden *füreinander* sorgen. Aber jetzt fange ich schon wieder an, alles kaputtzumachen.«

»Du machst überhaupt nichts kaputt«, versicherte ich ihm, und mit einemmal wurde mir bewusst, wie sehr er mich liebte – und wie sehr auch er jemanden brauchte, der für ihn da war.

Er zögerte einen Augenblick, ehe er sich an mich lehnte und seinen Kopf auf meinen Schoß legte. »Es tut mir leid«, sagte er noch einmal. »Ich liebe dich.«

Ich strich mit den Fingern durch sein dichtes dunkles Haar, spürte seinen Kopf warm und schwer auf meinem Schoß, seine Tränen feucht auf meinen Schenkeln. Plötzlich war ich von einer so tiefen Zärtlichkeit erfüllt, dass ich mir gar nichts anderes mehr vorstellen konnte, als hierzubleiben, bei ihm. »Ich liebe dich auch«, sagte ich. Von meinen Vermutungen über Kellis Vergangenheit würde ich ihm später erzählen. Jetzt war nicht der rechte Moment.

»Ich werde mit Ava reden, Grace. Ich werde sie fragen, was genau passiert ist, und dann sehen wir weiter.«

Ava

An dem Tag, nachdem Grace das Geld in meinem Rucksack gefunden hatte, waren meine Augen morgens beim Aufwachen ganz verquollen, und ich hatte ein richtig schlechtes Gefühl im Bauch. Ich konnte es noch immer nicht fassen, dass Grace mich wirklich *angeschrien* hatte. So etwas hatte Mama nie getan. Ganz egal, was ich angestellt hatte, so hätte sie *nie* mit mir geredet.

Mama. Ich machte die Augen wieder zu, und sofort meinte ich, ihr Gesicht ganz deutlich, ganz dicht vor mir zu sehen. »Aufwachen, Liebling«, sagte sie leise. »Zeit zum Aufstehen und um diesen wunderschönen Tag zu begrüßen.« Wenn ich es mir nur fest genug vorstellte, konnte ich beinah ihren Atem auf meiner Wange spüren, wenn sie mich wachküsste. Ganz schwach konnte ich auch ihr Erdbeershampoo riechen. »Ich vermisse dich«, flüsterte ich in mein Kissen und bekam wieder einen ganz schrecklichen Kloß im Hals, so wie immer, wenn ich zu lange an sie dachte. »Ich will, dass du zurückkommst.«

Meine Gedanken schweiften weiter zu einer meiner Lieblingserinnerungen an sie, noch bevor Dad uns verlassen hatte: Wir hatten uns beide auf dem Sofa eingekuschelt und blätterten in ihren Kochbüchern. Sie hatte mir die Rezepte immer laut vorgelesen, wie eine Geschichte, und ich konnte mir richtig vorstellen, wie alles schmeckte, was sie beschrieb. »Eine Tasse Basmatireis«, las sie mir vor. »Statt in Wasser in Kokosmilch kochen, ein Stück Ingwer zugeben und mit gehacktem Thai-Basilikum würzen.«

Ich hatte diese Augenblicke geliebt, wenn ich Mama ganz für mich allein hatte. Max war bei einem Freund zum Spielen, und Dad war bei der Arbeit im Restaurant. »Dein Dad liebt thailändisches Essen«, sagte Mama. »Was meinst du, sollen wir ihn überraschen? Du kannst mir helfen, den Reis zu rühren, und die Erdnusssauce machen, okay? Wir könnten sogar noch echte Essstäbchen besorgen.«

Ich nickte, und sie gab mir einen Kuss, ich kuschelte mich an sie, und wir blätterten weiter. Später in der Küche, nachdem wir alles eingekauft hatten, was wir für das Abendessen brauchten, drehte Mama das Radio auf und fing an herumzutanzen und laut mitzusingen. Sie zog mich von meinem Stuhl, damit ich mit ihr tanzte, drehte mich im Kreis herum, bis wir beide kichern mussten und uns ganz schwindelig war. Genau in dem Augenblick kam Dad nach Hause; als er uns sah, lachte er und legte die Arme um mich und Mama. »Meine beiden Lieblingsmädchen«, sagte er.

»Ava?« Die Stimme meines Dads drang in mein Zimmer und holte mich aus meiner glücklichen Erinnerung zurück. Die Tür quietschte in den Angeln, als er hereinkam. Ich zog mir die Bettdecke über den Kopf und drehte mich zur Wand. Er setzte sich auf den Rand der Matratze, die unter seinem Gewicht nachgab, weshalb ich wieder auf den Rücken rollte. Er zog mir die Decke vom Gesicht, doch ich sah ihn nicht an. Jetzt war ich nicht sein Lieblingsmädchen, so viel war klar. »Ava, schau mich bitte an. Ich möchte mit dir reden.«

»Mir ist aber nicht nach reden«, sagte ich und starrte weiter an die Decke. Ich hatte totalen Schiss, dass er mich jetzt auch noch anschreien würde, denn bestimmt hatte Grace ihm alles erzählt.

»Hast du das Geld aus Graces Tasche genommen?«, fragte er. »Sag mir bitte die Wahrheit. Lügen macht alles nur noch schlimmer.«

Schlimmer konnte es gar nicht mehr werden. Tränen stiegen mir in die Augen, und ich presste die Lippen ganz fest zusammen, dann nickte ich einmal kurz mit dem Kopf.

Er seufzte und fuhr sich mit der Hand durchs Haar, was er in letzter Zeit immer machte, wenn er gestresst war – also ziemlich oft. »Könntest du mir vielleicht sagen, warum du das getan hast?« Ich zuckte nur mit den Schultern. »Ava« – er klang völlig fertig – *»bitte.«*

»Ich habe es fürs Tanzen gebraucht. Wir müssen unsere Uniformen selber zahlen und die Fahrten zu den Auswärtsspielen auch.« Als es heraus war, holte ich einmal tief Luft, dann traute ich mich endlich, ihn anzuschauen. Sein Blick war fest auf mich gerichtet, seine grauen Augen ganz dunkel und unergründlich. »Bist du jetzt böse auf mich?« Meine Stimme zitterte.

»Oh Schätzchen«, sagte er und legte seine Hand an meine Wange. »Nein, das bin ich nicht. Ich mache mir nur Sorgen um dich. Du weißt doch, dass Stehlen falsch ist.« Er zog seine Hand wieder zurück. »Warum hast du mich nicht einfach um das Geld gebeten?«

»Ich wollte dich damit nicht auch noch nerven«, sagte ich. »Von Mama haben wir immer ein festes Taschengeld bekommen, und wenn wir mehr brauchten, haben wir sie einfach gefragt, aber ich wusste nicht, wie du das jetzt machst, und ich konnte dich auch nicht fragen, weil du immer so gestresst und nie da warst. Und weil du gesagt hast, es würden gerade nicht mehr so viele Leute essen gehen, hatte ich Angst, dass es sowieso schon viel zu teuer wäre mit uns, und da wollte ich nicht alles noch schlimmer machen.«

»Du kannst mich alles fragen, hörst du? Immer. Du hast völlig recht, ich hatte viel um die Ohren, und an euer Taschengeld habe ich überhaupt nicht gedacht. Aber das bekommen wir schon geregelt, okay?«

Ich nickte. *Vielleicht würde er mich jetzt doch nicht anschreien,* dachte ich. *Vielleicht könnte ich mich doch noch irgendwie herausreden.* »Es tut mir leid«, sagte ich, und als ich es sagte, merkte ich, dass es sogar stimmte. Ich fühlte mich schrecklich. Wütend war ich immer noch ein bisschen, aber jetzt eigentlich eher auf Dad als auf Grace. Wenn er sich besser mit Mama verstanden hätte, wenn er bei uns geblieben wäre, dann wäre das alles nicht passiert. Dann hätte er Grace gar nicht erst kennengelernt. Und Mama würde noch leben. Obwohl ich davon fest überzeugt war, traute ich mich nicht, es laut auszusprechen.

Dad legte eine Hand auf meine Hüfte und gab mir einen kleinen Klaps. »Das freut mich, dass es dir leidtut. Aber du solltest es Grace sagen, nicht mir, hast du mich verstanden?« Ich nickte. Da würde ich nicht drum herumkommen. Ich würde mich bei ihr entschuldigen müssen. »Ach ja, und noch was«, meinte er dann. »Woher wusstest du, dass wir verlobt sind? Hat deine Mom es dir gesagt?«

Ich presste die Lippen zusammen und schüttelte den Kopf. »Ich habe Diane getroffen. Sie hat es ganz nebenbei erwähnt, so als würde ich es schon wissen.« Hoffentlich fragte er nicht, *wo* ich Diane getroffen hatte. Ich hatte schon genug an der Backe, und wenn er jetzt auch noch herausfand, dass ich heimlich in Mamas Haus gewesen wäre, käme das gar nicht gut. Schnell versuchte ich ihn abzulenken und schaute ihn vorwurfsvoll an. »Warum hast *du* es uns nicht gesagt?«

Dad seufzte und rieb mit der flachen Hand über mein Bein. »Das wollten wir, gleich an dem Wochenende, nachdem ich Grace gefragt hatte.« Er machte eine Pause. »Aber in der Woche ist dann deine Mom gestorben, und wir fanden, dass es kein guter Zeitpunkt wäre, euch das zu sagen. Ihr hattet so schon genug, womit ihr klarkommen musstet.«

Ich setzte mich auf, schlug die Beine unter und lehnte mich an die Wand. »Diane meinte, Mama hätte sich ziemlich aufgeregt deswegen. Sie war völlig fertig.«

Dad nickte. »Das stimmt. Aber du weißt, dass deine Mom sich sehr schnell wegen etwas aufregen konnte, oder?«

Natürlich wusste ich das, aber ich wollte jetzt nicht unbedingt daran erinnert werden. »Glaubst du …« Ich verstummte, weil ich nicht wusste, wie ich das fragen sollte, was ich wissen wollte. Ich schluckte, versuchte, den Kloß in meinem Hals hinunterzuwürgen. »Ist sie *deswegen* gestorben? Hat sie …?« Mit flehendem Blick schaute ich ihn an, suchte in seinem Gesicht nach der Antwort und hoffte, dass er mir die Wahrheit sagen würde. Ich musste einfach wissen, ob sie uns verlassen *wollte*.

»Du meinst, ob sie sich umgebracht hat?«, fragte Dad ruhig. Ich nickte, und er schüttelte den Kopf. »Der Arzt hat uns nur gesagt, ihr Herz hätte aufgehört zu schlagen – und dafür gab es mehrere Gründe. Zum einen hat sie nicht genug gegessen, wodurch ihr Körper geschwächt war und der Stoffwechsel nicht mehr richtig funktionierte. Und als sie in ihrem geschwächten Zustand noch die Tabletten genommen hat, die sie zum Schlafen brauchte, hat ihr Herz das einfach nicht mehr verkraftet.«

»Aber … hat sie denn *zu viel* davon genommen?«, fragte ich, und ich sah, wie er einen Moment erstarrte und er hin und her überlegte, was er mir darauf erwidern sollte.

»Das werden wir nie mit Sicherheit wissen«, sagte er schließlich. »Und das ist die Wahrheit, Ava. Genau so hat der Arzt es mir gesagt. Wir wissen nicht, was wirklich passiert ist. Ich wünschte, wir wüssten es.«

»Sie war so furchtbar traurig, Daddy«, sagte ich. Ich merkte, wie meine Mundwinkel zuckten und mein Kinn zu zittern begann. »Sie hat andauernd geweint, und ich wusste überhaupt nicht mehr, was ich tun sollte.« Ich erzählte ihm, wie wenig sie gegessen und dass sie kaum noch geschlafen hatte und wie ich sie einmal heulend und halb hysterisch in der Nische hinter dem Schrank in ihrem Schlafzimmer gefunden hatte. »Es ist *meine* Schuld, dass sie tot ist«, sagte ich. »Ich hätte es dir sagen sollen. Ich hätte Hilfe holen sollen.«

Dad zog mich in seine Arme, und ich drückte meine Wange an seine Brust. »Oh Ava. Es ist nicht deine Schuld, hörst du? Du kannst nichts dafür.« Ich wich zurück und schniefte leise. Ein paar Tränen liefen mir heiß über die Wangen. Er fasste mich bei den Armen und sah mich ganz ernst an. »Deine Mom war erwachsen, und wenn sie Hilfe brauchte, dann hätte sie sich welche holen müssen. Es lag allein in ihrer Verantwortung. Es tut mir leid, dass ich nicht gemerkt habe, wie schlimm es mit ihr stand. Ich hätte mehr darauf achten sollen.«

»Du hättest gar nicht erst ausziehen sollen«, flüsterte ich und senkte den Blick, um ihn nicht ansehen zu müssen. »Wenn du bei uns geblieben wärst, würde sie vielleicht noch leben.« Angst krallte sich mit eisigen Fingern in meinen Bauch, als ich es sagte, aber ich konnte die Worte nicht länger zurückhalten.

Dad schloss kurz die Augen, und als er sie wieder öffnete, sah ich Tränen darin schimmern. »Manchmal wünschte ich mir, ich wäre geblieben. Euch zu verlassen war die schwerste Entscheidung meines Lebens. Aber deine Mom hatte Probleme, die viel weiter zurückreichten als meine Beziehung zu ihr. Und sie wollte sich nicht helfen lassen. Sie hat sich geweigert, mit mir darüber zu sprechen oder eine Therapie zu machen. Ich hatte gehofft, wenn ich sie verließe, wenn ich nicht mehr da wäre, um ihr alles abzunehmen, müsste sie sich zwangsläufig um sich selbst kümmern und sich ihren Problemen endlich stellen.«

»Hat sie aber nicht«, sagte ich und fing wieder an zu weinen. »Es ist ihr nur noch schlechter gegangen. Und dann hast du dich verlobt, und sie ist *gestorben!*« Bei dem letzten Wort brach ich in Schluchzen aus, und Dad zog mich in seine Arme, aber ich sträubte mich und versuchte, meine Tränen zu unterdrücken. Ich wollte nicht, dass er dachte, ich wäre so wie Mama. Er sollte glauben, dass ich stark war und nicht wegen allem heulte. Am liebsten hätte ich ihm jetzt erzählt, was ich alles über Mama herausgefunden hatte – dass sie nie Cheerleader gewesen war und wie ihre Eltern sie in ein Mädcheninternat geschickt hatten –, aber dann hätte ich ihm auch erzählen müssen, *wie* ich das herausgefunden hatte, und ich hatte Angst, wie er darauf reagieren würde.

»Es tut mir so leid, was du gerade durchmachen musst, mein Schatz. Ich wünschte, ich könnte alles wieder in Ordnung bringen.« Dad fuhr sich kurz mit den Fingern über die Augen. »Und ich werde dich nicht dafür bestrafen, dass du das Geld genommen hast, weil ich weiß, wie schwer es gerade für dich ist. Aber all das entschuldigt dein Verhalten trotzdem nicht. Ich bin ganz sicher, dass du es besser weißt, und darum erwarte ich mehr von dir.«

»Ich weiß«, flüsterte ich und wünschte mir, er könnte wirklich alles wieder in Ordnung bringen.

Kelli

Kelli hatte nie vorgehabt, über ihre Vergangenheit zu lügen. Am Anfang hatte sie noch gelaubt, sie könne ihr einfach davonlaufen. Sowie sie genügend Geld gespart hatte, verließ sie ihr trostloses Elternhaus und beschloss, nie mehr zurückzublicken.

»Ihr wollt mich ja nicht mehr«, teilte sie ihren Eltern mit bebender Stimme mit. »Wozu sollte ich dann noch hierbleiben?« Sie wartete darauf, dass sie ihr widersprachen; sie wartete darauf, dass ihre Mutter aufstehen und sie bitten würde, nicht zu gehen, doch die beiden rührten sich nicht. Stumm saßen sie da, mit hängenden Schultern, wie an dem Tag, als sie Kelli im Internat abgeliefert hatten. Als wären sie froh, sie los zu sein.

Kelli kaufte sich ein Busticket nach San Francisco und hatte vor, die erste Zeit in irgendeinem Hostel zu leben, aber gleich am ersten Tag fand sie ein Zimmer zur Miete in einem großen alten Haus unten am Hafen. Der Zimmerwirt war ein hagerer Mann um die vierzig mit sich lichtendem Haar. Für Kellis Geschmack hatte er ihr einen Augenblick zu lange auf den Busen gestarrt, aber als er dann andeutete, ihr die Miete zu mindern, wenn sie mit ihm ausgehen würde, sagte sie Ja. Der Sex war kurz und schmerzlos. Danach fühlte sie sich immer ganz krank, aber dafür bekam sie schließlich das, was sie brauchte, und nur darauf, so sagte sie sich, kam es ihr gerade an.

Nachdem sie sich in ihrem winzigen Zimmer eingerichtet hatte, suchte sie sich einen Putzjob und war froh um die harte Arbeit, die sie so sehr erschöpfte, dass sie jeden Abend fast über ihrer Schale mit Chinanudeln eingeschlafen wäre, von denen sie sich fast ausschließlich ernährte. Mit den anderen Mietern sprach sie kaum, und die meisten kannte sie gar nicht, bis sich eines Tages – Kelli saß gerade mit einem der Liebesromane, die sie sich aus der Bücherei lieh, lesend auf der Veranda – eine ihrer Mitbewohnerinnen in den weißen Korbstuhl neben sie setzte.

»Herrlicher Tag«, meinte die Frau. Sie war schon etwas älter und ziemlich kräftig, hatte strähnige braune Haare und trug grellrosa Lippenstift.

»Stimmt«, meinte Kelli und ließ ihr Buch sinken.

»Und du hast dich schon gut eingelebt?«, fragte sie weiter, und, als keine Antwort kam: »Burt scheint dich ja zu mögen.«

Kelli nahm ihr Buch wieder zur Hand und starrte auf die Worte, die ihr vor den Augen verschwammen. Es nervte sie höllisch, dass die anderen es mitkriegten, wenn Burt in ihr Zimmer kam. Am meisten nervte sie, dass sie ihn ließ.

»Ach, Schätzchen«, seufzte die Frau. »War doch nicht böse gemeint.« Sie streckte ihr die Hand hin. »Ich bin Wendy.«

Kelli zögerte einen Moment, dann gab sie Wendy die Hand und stellte sich vor.

»Du bist irgendwie niedlich, weißt du das?«, sagte Wendy. »Siehst aus wie ein Cheerleader.«

»Ich *war* Cheerleader!«, rief Kelli erfreut, und noch ehe sie es überhaupt gedacht hatte, war ihr die Lüge schon über die Lippen gegangen.

Und während sie mit Wendy in der Abendsonne auf der Veranda saß, spann Kelli sich ihre Geschichte zusammen, sie erzählte vom ersten Vortanzen bis zu dem Tag, an dem sie Captain ihres Teams wurde. *Immerhin tanze ich wirklich gern*, sagte Kelli sich. *Es ist also nicht ganz gelogen.* Im Laufe der nächsten sechs Monate wurde sie offener und begann mehr von sich zu erzählen, vor allem von den Jahren auf der Highschool, wo sie die beste Zeit ihres Lebens gehabt hätte. Sie malte sich sogar die Cheerleader-Uniform bis ins Detail aus – königsblau mit gelbem Besatz – und beschrieb allen, die es hören wollten, die komplizierten Choreografien, die sie mit ihren Freundinnen einstudiert hatte und von denen die ganze Schule noch Monate danach voller Bewunderung sprach. Fragen nach ihren Eltern wehrte sie ab und sagte nur, die beiden wären furchtbar altmodisch und hätten kein Verständnis dafür, dass Kelli ihren eigenen Weg gehen wolle. Sie erzählte die Geschichte ihres Lebens, wie sie es gern gelebt hätte – so lange und immer wieder, bis sie irgendwann selbst glaubte, dass es wirklich so gewesen war.

Nachts jedoch holte die Wirklichkeit sie wieder ein, spann ihr klebriges Netz um sie und drohte sie mit ihren Erinnerungen zu ersticken. Kelli träumte von schrecklichen Krämpfen im Unterleib, die sich manchmal so echt anfühlten, dass sie vor Schmerzen keuchend aufwachte. Sie hörte die hohen, schwachen Schreie ihres Babys, durchlebte immer wieder den qualvollen Moment, als die Schwester ihr Rebecca wegnahm. »Wir kümmern uns schon um die Kleine«, hatte sie gesagt, und Kelli hatte ihr Baby nie in den Armen halten, hatte ihr nie ihren Namen sagen können.

In diesen Augenblicken hatte Kelli das Gefühl, von einer so dunklen, entsetzlichen Leere erfüllt zu sein, dass es sie schier zu zerreißen drohte. Sie kniff die Augen zu, bis alles dunkel war, kauerte sich wie im Mutterleib zusammen und wiegte sich hin und her, hin und her, so wie sie ihre kleine Tochter niemals in den Schlaf würde wiegen können.

Damit ihr keine Zeit mehr zum Nachdenken blieb, suchte sie sich noch einen zweiten Job und fing an, im Supermarkt Einkäufe in Tüten zu packen, aber als sie eines Abends nach Hause kam, saß Wendy mit einer jungen Frau auf der Veranda, die ein kleines Mädchen auf dem Schoß hielt.

»Hey, Kelli«, sagte Wendy, als sie die Treppe heraufkam. »Das sind Jenna und ihre Tochter Macy. Sie sind gerade in 2B eingezogen.«

»Hi«, sagte Jenna, die aussah, als wäre sie direkt den Fünfzigerjahren entsprungen: Schmetterlingsbrille, gelbes Twinset, geblümter Rock mit Petticoat. Sie beugte sich über ihre Tochter. »Magst du auch Hallo sagen, Macy?«

»Hi!«, krähte die Kleine. Sie war vielleicht drei Jahre alt und hatte dieselben hellblonden Haare und blauen Augen wie ihre Mutter. Sie strahlte Kelli an und hielt ihr ein zerzaustes graues Stofftier hin. »Chuck!«, rief sie, und Jenna lachte.

»Keine Ahnung, wo sie *den* Namen herhat.« Sie prustete laut an Macys Hals, und das kleine Mädchen kreischte vor Vergnügen und drückte sich Chuck fest an die Brust.

»Mama, nein, nicht kitzeln!«

Kelli brachte kein Wort heraus. Sie sah Jenna mit diesem Kind auf dem Schoß, das genauso gut Rebecca hätte sein können, denn ihre Tochter hatte doch bestimmt Kellis blonde Haare und blaue Augen gehabt … oder? Oder hatte sie Jason ähnlich gesehen? Der Gedanke, dass sie es nie erfahren, ihr Kind nie sehen würde, schnürte ihr die Kehle zu.

»Kelli?«, fragte Wendy besorgt. »Alles in Ordnung?«

»Was?« Kelli fuhr erschrocken zusammen und stellte fest, dass sie noch immer nichts auf die Begrüßung erwidert hatte. »Oh, tut mir leid. Ich bin einfach nur müde.« Sie zwang sich, Jenna anzulächeln. »Hallo. Nett, euch kennenzulernen.« Sie schaute Macy an, die sich eine Haarsträhne ihrer Mutter um den Finger zwirbelte. »Ist die süß«, sagte sie und hoffte, den Tränen nicht so nah zu klingen, wie sie sich fühlte.

»Danke«, sagte Jenna und lachte. »Finden wir auch!«

»Wir?«, fragte Kelli, ohne den Blick von Macy zu nehmen, die ihr Lächeln schüchtern erwiderte. *Oh mein Gott*, dachte sie nur.

»Jennas Mann hat Nachtdienst drüben im Krankenhaus«, warf Wendy ein. »Er macht gerade seinen Doktor.«

»Oh«, sagte Kelli und spürte einen scharfen Stich der Eifersucht. *Jenna konnte nicht viel älter sein als sie, und schau nur, was sie dir alles voraushat. Schau dir ihre* Tochter *an. Es ist nicht fair.* »Na, dann gute Nacht«, sagte sie und flüchtete sich schnell ins Haus und auf ihr Zimmer.

Während der nächsten Wochen versuchte Kelli, Jenna und ihrer Familie aus dem Weg zu gehen. Sie hörte auch auf, mit Wendy auf der Veranda zu sitzen. Jedes Mal, wenn sie nach Hause kam und Jenna mit Macy im Garten spielen sah, war sie den Tränen nah. Sie holte tief Luft und versuchte so schnell wie möglich an den beiden vorbeizukommen. Es war ihr unerträglich, das kleine Mädchen auch nur anzuschauen.

»Hi, Kelli!, rief Jenna an einem besonders heißen und

schwülen Samstagnachmittag. Sie rannte mit Macy, die einen pink und weiß gepunkteten Bikini und eine rosa Sonnenbrille trug, unter dem Rasensprenkler hindurch. »Komm her, es ist herrlich erfrischend!«

Kelli schüttelte den Kopf und lief weiter. Blindlings rannte sie die Treppe zur Veranda hinauf und stieß mit Burt zusammen, der gerade aus dem Haus kam. »Hoppla, Fräulein!«, sagte er. »Wo brennt's denn?« Er stank nach Zigaretten und Alkohol, und auf dem Ärmel seines weißen T-Shirts war ein brauner Fleck. »Miete ist Montag fällig. Wie wär's mit ein bisschen Gesellschaft?« Er stierte sie an, dass Kelli fast schlecht wurde. Sie hörte die Stimme ihres Vaters im Ohr: *Hure*.

Damit war San Francisco für sie gelaufen. Sie musste hier weg. Keine Minute länger hielt sie es hier aus. Ihre Vergangenheit war ihr zu dicht auf den Fersen. Sie drängte sich an Burt vorbei ins Haus. »Hey!«, rief er. »Wo willste denn hin?«

»Weg!«, rief sie über die Schulter. »Ich ziehe aus.« Ihr Mietvertrag ging nur von einer Woche zur nächsten – sie brauchte nicht extra zu kündigen.

»He, wart mal! Du schuldest mir noch die Miete für diese Woche. Aber die *volle* Rate!«

Kelli holte ihren Koffer aus dem Schrank und tastete unter dem Futter nach ihrem Bargeld. Burt tauchte an der Tür ihres Zimmers auf. »Hast du gehört?«, brüllte er, und sie warf ihm die Scheine praktisch ins Gesicht.

»Da«, schrie sie, dann brach ihr die Stimme. »Und jetzt lass mich bitte in Ruhe.« Sie schlug ihm die Tür vor der Nase zu und fing an, ihre Sachen zu packen. Sie würde noch mal von vorn anfangen. Sie würde eine neue, bessere Version ihrer selbst erschaffen, sich den Leuten nur noch von ihrer besten, glücklichen Seite zeigen. Sie würde hart arbeiten, sich verlieben und eines Tages vielleicht sogar eine eigene Familie haben.

Als ihr Taxi kam, lief sie mit gesenktem Blick zur Straße und tat so, als würde sie Jenna und Macy nicht hören, die fragten, wohin sie denn wolle. Sie stieg hinten ein, schlug die Tür hinter sich zu und sagte dem Fahrer, wohin er sie bringen sollte.

Zwanzig Minuten später war sie am Busbahnhof, stand vor den Anschlagtafeln und überlegte, wohin sie jetzt gehen sollte. Da fiel ihr Blick auf einen Flyer mit einem Foto der Space Needle und einem schneebedeckten Berg vor strahlend blauem Himmel. *Seattle*. Alles, was Kelli über die Stadt wusste, war, dass es sehr viel regnen sollte, und so schloss sie die Augen und stellte sich dicke, schwere Wolken vor und saftig grünes Gras, und sie fragte sich, ob der Regen, wenn sie nur lang genug dort lebte, sie von all ihren Sünden reinwaschen würde.

Grace

Der Dezember war in Seattle ein meist dunkler, trister Monat, und zusammen mit allem anderen, was in meinem Leben gerade passierte, schlug mir das Wetter ziemlich aufs Gemüt. Es war der Morgen, nachdem Victor und ich uns wegen Avas Stehlen gestritten hatten, und ich war extra früh ins Büro gekommen, um endlich mal wieder etwas erledigt zu bekommen. Klientenakten mussten begutachtet und Anträge für Fördergelder geschrieben werden, doch statt mich an die Arbeit zu machen, saß ich einfach nur an meinem Schreibtisch und schaute aus dem Fenster in den wolkenverhangenen Himmel.

»So«, sagte Tanya, als sie mir einen Stapel Schecks zum Unterschreiben brachte, musterte mich mit strengem Blick und strich sich ihre Lockenmähne hinter die Ohren. »Was ist los?«

Ich wandte den Blick ab und lachte kurz auf. »Gar nichts. Hier hat sich nur so viel Arbeit angesammelt, dass ich kaum weiß, wo ich anfangen soll.«

Tanya schien mir kein Wort zu glauben. »Ist was mit Victor und den Kindern?«

Ich hielt den Blick auf den Bildschirm gerichtet und die Finger anschlagsbereit auf der Tastatur, konnte dabei aber nur daran denken, wie schnell ich mich von Avas schlechtem Benehmen hatte entmutigen lassen – und wie anders eine bessere, liebevollere Frau, als ich es war, mit dieser Situation umgegangen wäre. »Wahrscheinlich gebe ich einfach keine besonders gute Mutter ab«, meinte ich leichthin, spürte aber, wie die Worte mir Tränen in die Augen trieben. Es fiel mir nicht leicht, es zuzugeben, auch nicht mir selbst gegenüber, aber im Laufe der letzten Jahre hatte ich mich immer öfter gefragt, ob meine Entscheidung, keine Kinder zu haben, nicht doch ein Indiz dafür war, dass irgendetwas mit mir ganz grundlegend nicht stimmte. Natürlich hatte ich meine Gründe, gute Gründe, wie ich fand – die zehn Jahre meiner Jugend, die ich mich um meinen Bruder gekümmert hatte, mein Wunsch, beruflich voranzukommen, und nicht zuletzt meine Zweifel, ob ich überhaupt eine gute Mutter wäre –, aber ganz tief in meinem Innern regte sich immer stärker der Verdacht, dass all dies nur vorgeschobene Gründe waren. Vielleicht stimmte es ja, was man Frauen wie mir, Frauen, bei denen sich keine Muttergefühle regten, gern unterstellte – vielleicht hatte ich ja kein Herz, war kalt und egoistisch. Oder mein Herz war für diese Art der Liebe einfach nicht geschaffen, dieses selbstlose Dasein, das einem als Mutter abverlangt wurde. Vielleicht war ich nicht dafür gemacht, mein Leben zu teilen, und es wäre besser für mich, wenn ich allein bliebe.

Tanya schüttelte so kurz und entschieden den Kopf, dass die schwarzen Locken auf ihrem Kopf wippten. »Du traust dir nur nicht genügend zu«, meinte sie und sah mich mit einem wehmütigen Lächeln an. »Erinnerst du dich an unsere erste Begegnung, damals im Laden? Ich war seit gerade mal einer Woche mit den Kindern im Frauenhaus, und Stephanie hatte mich mit ins Warenlager genommen, damit ich mit dir Kleider sortierte. Du hattest diesen Job hier noch nicht, sondern hast nur ehrenamtlich geholfen.«

»Ja, ich erinnere mich.« Ich sah Tanya vor mir, wie sie damals gewesen war – ein bloßer Schatten der Frau, die jetzt vor mir saß. Ihr Gesicht vom Zorn eines Mannes gezeichnet, der sich in purpurn und schwarz verfärbten Schwellungen von ihrer braunen Haut abhob. Ihre braunen Augen blickten leblos; völlig entgeistert sah sie mich an, wie eine Gefangene, die man auf freien Fuß gesetzt hatte und die nun nicht wusste, was sie mit ihrer neu gefundenen Freiheit anfangen sollte.

»Na also«, sagte sie jetzt, »dann erinnerst du dich bestimmt auch noch daran, wie du stundenlang einfach nur bei mir gesessen und mir zugehört hast. Du hast mich reden lassen, und ich habe mich so richtig ausgeheult. Ich glaube, wir haben in der ganzen Zeit gerade mal drei Blusen sortiert bekommen, aber darum ging es ja gar nicht. Du warst einfach nur für mich da, hast meine Hand gehalten und mir immer wieder versichert, dass ich so, wie ich bisher gelebt hatte, nicht leben musste. Du hast mir Mut gemacht, dass ich es allein schaffen könnte, dass ich stärker wäre, als ich annahm. Du hast mir gesagt, ich könnte alles erreichen, was ich nur wollte, und du hast es so voller Überzeugung gesagt, dass ich es irgendwann tatsächlich geglaubt habe.« Ihre Unterlippe zitterte, als sie weitersprach. »Du trägst deine Gefühle vielleicht nicht vor dir her, aber wenn ich eins in den letzten Jahren gelernt habe, dann das: Jeder Idiot kann lernen, über seine Gefühle zu reden, aber es braucht echten Mut und viel Kraft, um den Worten auch Taten folgen zu lassen.« Sie sah mich an. »Verstehst du, was ich meine? Reden kann jeder, aber Gefühle muss man leben. Lieben ist ein Verb, du musst es einfach nur *tun*, dann kommt alles andere von ganz allein.«

Jetzt begann auch meine Unterlippe zu zittern, und ich nickte stumm, aus Angst, in Tränen auszubrechen, wenn ich nur ein Wort sagte. »Danke«, flüsterte ich schließlich.

Tanya sah mich lächelnd an, dann klopfte sie auf die Unterlagen auf meinem Schreibtisch. »Gern geschehen. Und jetzt wollen wir dich mal wieder in Ruhe arbeiten lassen!«

»Zu Befehl, Ma'am«, sagte ich lächelnd, als sie mein Büro verließ und die Tür hinter sich zuzog. Die nächsten paar Stunden goss ich viel Herzblut in einen Antrag für staatliche Fördergelder, die, wenn sie uns bewilligt wurden, schon mal die Hälfte unseres Budgets für das kommende Jahr decken würden. Ich berichtete von den Frauen, die wir unterstützten, beschrieb ihre Ängste und ihre Verzweiflung, stellte ausführlich unser Programm und das Engagement unserer Sozialarbeiter und Therapeuten dar, die das Selbstbewusstsein der Frauen stärken und ihnen neue Perspektiven aufzeigen sollten, und beschrieb zuletzt unser System kontinuierlicher Nachsorge, durch das verhindert werden könne, dass die Frauen später in missbräuchliche Beziehungen zurückkehrten. Während ich all das in Worte fasste, fühlte ich mich so wohl wie schon seit Wochen nicht mehr. *Das* konnte ich, darin war ich gut – diese Organisation zu leiten, diesen Frauen zu helfen. Hier lag mein Talent, darauf war ich stolz.

Während ich stichwortartig all unsere Angebote auflistete, formulierte ich im Geiste schon einen Nachsatz, in dem ich noch einmal ganz ausdrücklich darauf hinweisen wollte, dass viele der Frauen, die bei Second Chances Hilfe fanden, keine Familie in der näheren Umgebung hatten – dass sie von ihren Peinigern emotional und sozial völlig isoliert wurden. In den meisten Fällen fiel uns die Aufgabe zu, eine landesweite Suche nach Angehörigen unserer Klientinnen in die Wege zu leiten und sie gegebenenfalls um Unterstützung zu bitten. Und plötzlich kam mir der Gedanke, dass ich auf diese Weise ganz leicht herausfinden könnte, ob Kelli tatsächlich während der Highschoolzeit ein Kind bekommen hatte. Wir hatten schon einige Fälle gehabt, wo Frauen uns gebeten hatten, ihnen bei der Suche nach ihren zur Adoption freigegebenen Kindern zu helfen. Aber in Kellis Fall wollte ich erst mal prüfen, ob ich mit meinen Vermutungen nicht völlig falschlag.

Ich öffnete den Browser und ging auf die Seite des kalifornischen Statistikamts. Wir hatten Zugang zu verschiedenen Datenbanken, darunter den Geburten- und Sterberegistern sämtlicher Bundesstaaten, was uns die Suche nach noch lebenden Angehörigen der Frauen sehr erleichterte. Ich könnte ganz einfach eine Suche für Kalifornien starten und auf einen Blick sehen, ob in den Jahren 1993 oder 1994 ein Kind unter Kellis Mädchennamen eingetragen worden war. Dann hätte ich zumindest einen Anfang. »Hey, Tanya?«, rief ich durch die Tür, die nur angelehnt war. »Kannst du mir mal kurz helfen?«

Keine zwei Sekunden später war sie da, Notizblock und Stift griffbereit in der Hand. »Was gibt es?«

Ich drehte den Bildschirm so, dass sie ihn auch sehen konnte. »Ich möchte mich bei Vitalsearch einloggen und weiß mein Passwort nicht mehr.«

Sie trat hinter mich an den Schreibtisch, beugte sich über die Tastatur und tippte die richtige Zeichenfolge ein. Die Startseite der Datenbank wurde angezeigt, und Tanya lächelte mich fragend an. »Sucht eine Klientin Angehörige in Kalifornien? Eigentlich wenden die Betreuer sich damit immer zuerst an mich.«

»Nein, das ist privat«, sagte ich und erzählte ihr kurz von dem Brief des Arztes aus Kalifornien und meinen diesbezüglichen Vermutungen über Kelli.

»Na, das ist ja was«, meinte sie. »Und was sagt Victor dazu?«

Ich zog unmerklich die Schultern hoch und hielt den Blick auf den Bildschirm gerichtet, um Tanya nicht anschauen zu müssen. »Genau genommen weiß er noch gar nichts davon.«

»Ah«, sagte sie. »Das ist nicht gut.«

Ich seufzte und begann mit den Fingern auf den Schreibtisch zu trommeln. »Ich *weiß*. Aber ich fand es besser, meine Vermutung zunächst einmal zu prüfen, bevor ich ihm davon erzähle. Vielleicht liege ich ja völlig falsch. Okay?« Ich schaute sie an, hob die Brauen und hoffte, dass sie mir zustimmen würde.

»Und *wie lange* weiß er es schon nicht?«, fragte Tanya völlig unbeeindruckt.

»Zu lange.« Ich seufzte wieder, dann klickte ich auf den Link, der mich zum Geburtenregister für den entsprechenden Zeitraum führte. Tanya zog sich einen Stuhl heran und setzte sich neben mich. Ich gab sowohl für 1993 als auch für 1994 »Baby Reed« ein und wartete auf die Ergebnisse. In den beiden Jahren waren allein in Kalifornien über vierhundert Kinder mit diesem Nachnamen geboren worden.

»Du solltest die Suche auf ein County eingrenzen«, riet mir Tanya. »Wo hat sie denn gelebt?«

»San Luis Obispo«, sagte ich und startete sofort eine neue Suche, die diesmal allerdings keinen einzigen Treffer ergab.

»Tja, so viel zu meinen Vermutungen«, seufzte ich.

»Nicht so schnell«, meinte Tanya. »Vielleicht haben ihre Eltern sie ja weggeschickt, damit sie das Baby woanders bekommt. Wenn sie so ein großes Geheimnis aus der Sache gemacht haben, wäre das nur logisch, oder?«

Ich lächelte sie an. »Tanya, du bist ein Genie.«

»Stimmt«, sagte sie. »Aber keine Sorge, ich lass mir das nicht zu Kopf steigen.«

Ich lachte kurz und rief die Überblickskarte von Kalifornien auf; der Bundesstaat hatte ganze achtundfünfzig Countys. »Ich habe keine Ahnung, wo ich anfangen soll.«

»Versuch es mal mit San Francisco oder Sonoma«, schlug Tanya vor, weshalb ich also erst mal Sonoma eingab, wo ich mir weniger Ergebnisse ausrechnete, da die Bevölkerungszahl geringer war. Und ich hatte recht – es wurden nur zehn Treffer angezeigt. Ich musste mich durch sechs »Baby Reeds« klicken, bevor auf dem Bildschirm genau das auftauchte, wonach ich gesucht hatte. Mein Magen machte einen kleinen Überschlag. »Mutter: Kelli«, las ich laut vor. »Vater unbekannt.«

»Na, siehst du«, meinte Tanja. »Da hast du es. Etwas Näheres über die Adoption herauszufinden dürfte allerdings nicht mehr ganz so leicht sein. Vor allem, wenn es verdeckt gelaufen ist, wovon ich in dem Fall mal ausgehe.«

»Ich weiß«, sagte ich. »Aber ihr Kind müsste mittlerweile achtzehn sein. Vielleicht sucht er – oder sie – nun selber nach Kelli.«

»Möglich. Wenn du willst, kannst du ihren Namen im internationalen Zusammenführungsregister eintragen. Bei Laurel hat das damals prima geklappt, erinnerst du dich? Sie hat ihre leibliche Mutter ziemlich schnell gefunden.«

»Vorher sollte ich vielleicht doch erst mit Victor reden«, meinte ich. »Ich habe ihm das jetzt lange genug vorenthalten.«

Ein paar Stunden später kam ich ins Loft, um die Kids abzuholen. Victor hatte sich zwischen zwei Schichten freigenommen, um mir die nachmittägliche Fahrerei zwischen Basketball- und Tanztraining abzunehmen. Wahrscheinlich war es als Versöhnungsangebot seinerseits gedacht; dennoch war ich von einer leichten Unruhe erfüllt, als ich durch die Lounge eilte und den Kellnern zuwinkte, die an einem Tisch Servietten falteten. Ich fragte mich, wie es sich anfühlen würde, ihm nach unserer gestrigen Auseinandersetzung gegenüberzutreten. Und da ich Victor zudem noch würde gestehen müssen, ohne sein Wissen in Kellis Vergangenheit herumgeforscht zu haben, machte ich mir Sorgen, dass jeder kleine Fortschritt, den wir erreicht hatten, gleich wieder zunichtegemacht würde.

Als ich in die Küche kam, war ich überrascht, Melody und Spencer dort anzutreffen. Meine Freundin kam zu mir geeilt und umarmte mich, und ich warf einen Blick hinüber zu Max und Ava, die am Tisch des Küchenchefs saßen, wo Victor und ich damals unser erstes Date hatten. Ava saß über Max' Hausaufgaben gebeugt und schien ihm etwas zu erklären.

»Hey du, das ist ja schön«, sagte Melody. »Ich habe nur eben Spencer zum Dienst abgeliefert.«

Man musste mir meine Verwirrung angemerkt haben, denn Victor klärte mich auf: »Sein Physiotherapeut meint, dass er den Arm ruhig schon wieder etwas belasten könne, und deshalb habe ich Spencer gebeten, ob er nicht für mich jetzt abends den Abschluss übernehmen könnte.

Kochen oder schwer tragen geht natürlich noch nicht, aber ich dachte, es könnte vielleicht helfen, wenn ich etwas früher nach Hause komme.« Mit fragendem Blick sah er mich an, voller Hoffnung.

Als ich das hörte, spürte ich, wie meine Anspannung sich ein wenig löste. Wenn unsere Auseinandersetzung ihn zu dieser Entscheidung bewogen hatte, war das vermutlich ein gutes Zeichen. »Das wäre super«, sagte ich, blieb aber nach wie vor etwas auf der Hut. So leicht würde ich ihm nicht verzeihen, zumal wir die Sache mit Avas Stehlen noch immer nicht geklärt hatten. Natürlich musste ich ihm auch noch meine eigenen Vorstöße beichten und konnte mir schon denken, dass Victor darüber gleichfalls nicht begeistert wäre. »Haben sie schon gegessen?«, fragte ich.

Er nickte. »Erst haben sie hier ein bisschen in der Küche geholfen, dann gegessen. Ich dachte, dann brauchst du dir wegen des Abendessens keine Gedanken mehr zu machen.« Alle Achtung, er bemühte sich ja wirklich.

Melody drückte verstohlen meine Hand. »Soll ich dir heute Abend ein bisschen Gesellschaft leisten? Mein Freund ist ja jetzt wieder beschäftigt, und Kunden habe ich heute keine mehr. Wenn du willst, kann ich vorbeikommen.«

»Freund?«, platzte es aus mir heraus, und ich schaute zu Spencer hinüber, der knallrot wurde, aber lächelte. Melody lachte nur, ging zu ihm und gab ihm einen Kuss auf die Wange.

»Kann ich dich noch kurz sprechen?«, bat Victor mich. »Ehe du wieder losfährst?«

Ich nickte, und er gab seinem Beikoch Rory ein Zeichen. »Bin gleich wieder da«, sagte er, und wir gingen in sein kleines Büro hinter der Küche. Hier herrschte das absolute Chaos. Auf dem Boden stapelten sich Papiere, Ordner und Weinkisten, der Schreibtisch verschwand fast unter Ausdrucken von Sitzplänen und halbvollen Wassergläsern.

»Du solltest dir eine Putzfrau zulegen«, meinte ich, um einen leichten, unverfänglichen Ton bemüht. Wir mussten reden, aber das hier war nicht die rechte Zeit oder der rechte Ort, unsere Probleme zu besprechen – nicht in Hörweite der Kinder und der ganzen Belegschaft.

»Ach ja«, meinte er und sah sich um. »Ich sollte so viel. Zunächst mal meinen Kopf aus der Schlinge ziehen.«

Das kam so unerwartet, dass ich lachen musste und mir rasch die Hand vor den Mund hielt. Er streckte die Hand nach mir aus, schloss sanft die Finger um mein Handgelenk und zog meine Hand weg. »Versteck dein Lächeln nicht. Es ist eins der Dinge, die ich am meisten an dir liebe.« Dann schwieg er, ließ aber meine Hand nicht los und strich sacht mit dem Daumen über meine Handfläche, bis ich leise erschauerte. »Ich habe heute Morgen mit Ava geredet.«

»Und?« Wieder bemühte ich mich um einen beiläufigen Ton.

»Sie hat zugegeben, das Geld genommen zu haben. Sie braucht es für ihre Cheerleader-Uniform und hat sich nicht getraut, mich darum zu bitten, weil ich in letzter Zeit immer so gestresst war. Natürlich war das falsch, sie hätte es nicht nehmen dürfen, aber ein bisschen gebe ich mir auch selbst die Schuld daran – ich hatte in dem ganzen Trubel völlig vergessen, den beiden ihr Taschengeld zu zahlen.« Er schüttelte den Kopf, und das schlechte Gewissen stand ihm förmlich ins Gesicht geschrieben. Ich vergaß viel zu leicht, dass nicht nur ich erst lernen musste, mit der neuen Situation zurechtzukommen, und dass auch er manchmal das Gefühl hatte, dem allen nicht gewachsen zu sein. »Es tut mir leid, wie ich reagiert habe, Grace. Ich wollte einfach nicht glauben, dass mein kleines Mädchen so etwas tun würde.«

»Ich weiß«, sagte ich sanft und spürte, wie meine Ängste und Befürchtungen sich allesamt in Luft auflösten. Wir würden es schaffen. Irgendwie würden wir schon einen Weg finden, unsere Schwierigkeiten zu bewältigen.

»Wenn du willst, können wir nachher noch ausführlicher darüber reden, aber fürs Erste habe ich Ava nur gesagt, dass sie sich bei dir entschuldigen soll. Sag mir also Bescheid, wenn sie es nicht tut. Dann klären wir das, wenn ich nach Hause komme.« Ich nickte, und er zog mich an sich, legte die Arme um mich und ließ sein Kinn auf meinem Kopf ruhen. »Ich liebe dich so sehr, Grace. Bitte verzeih mir.«

Ich zog ihn fester an mich, nahm meinen Kopf dann gerade so weit zurück, dass ich ihn ansehen konnte. »Natürlich verzeihe ich dir. Wir sollten einfach nur aufpassen, dass wir im selben Team spielen.«

»Ich habe dir gleich bei unserer ersten Begegnung gesagt, dass Vergleiche aus dem Sport nicht meine Stärke sind«, meinte er augenzwinkernd und kam dann langsam mit seinem Gesicht näher. Es wurde ein zärtlicher und sanfter Kuss, lang und bedächtig, ein Kuss, der Gefühle in mir weckte, die ich seit Kellis Tod nicht mehr gehabt hatte. Es stimmte wirklich, dass nichts ein größerer Lustkiller war, als Kinder im Haus zu haben.

Als Victor sich schließlich zurückzog, war ich ziemlich außer Atem. Er presste seine Hüften an meine und stöhnte leise. »Okay. Du gehst jetzt besser, sonst verstoße ich hier gleich gegen ein paar betriebliche Hygienevorschriften.«

Ich lachte, er nahm mich bei der Hand, und zusammen kehrten wir in die Küche zurück, zu den Kindern.

Weil Melody noch schnell einen Scheck zur Bank bringen wollte, fuhr ich mit den beiden schon mal voraus. Es war still im Auto. Max summte zur Musik im Radio mit, aber abgesehen von ein paar einsilbigen Antworten auf meine Fragen, wie es in der Schule gewesen war und was er heute alles gemacht hatte, schien er nicht wie sonst zum Erzählen aufgelegt. Kaum hatte ich den Wagen in der Einfahrt abgestellt, flitzte er auch schon ins Haus, doch Ava machte keine Anstalten auszusteigen. Nachdem Victor mir versichert hatte, mit ihr gesprochen zu haben, sah ich keine Veranlassung, von mir aus das Thema zur Sprache zu bringen. Ich wollte abwarten, was von ihr kam. »Alles in Ordnung?«, fragte ich nur. »Soll ich dir vielleicht helfen, deine Sachen ins Haus zu tragen?«

Sie schüttelte den Kopf und starrte auf ihre Hände, die sie im Schoß hielt. Ich drehte mich zu ihr um und sah die Haut ihrer Knöchel weiß hervortreten, so fest hielt sie ihre Hände ineinander verschränkt. Ihre Fingernägel waren so weit heruntergekaut, dass die Ränder blutig waren. »Ava, Schätzchen, tu das bitte nicht«, sagte ich so sanft wie möglich und spürte denselben Ansturm von Zärtlichkeit in mir aufwallen wie am Abend zuvor, als ich noch einmal in ihr Zimmer geschaut und sie hatte schlafen sehen.

»Es tut mir leid, dass ich dich bestohlen habe, Grace«, flüsterte sie. »Ich wollte nur …« Sie holte tief Luft, ehe sie fortfuhr. »Ich hab das Geld für meine Cheerleader-Uniform gebraucht, und ich wusste nicht, wen ich darum bitten sollte, und dann habe ich das Geld in deiner Brieftasche gesehen und es mir einfach genommen. Es tut mir leid. Ich weiß, es war total falsch von mir, das zu machen.« Bei den letzten Worten brach ihr die Stimme, und auch mir schnürten die Gefühle den Hals zu.

»Entschuldigung angenommen, Ava. Wir machen alle mal Fehler, ich auch.« Sie nickte nur, weshalb ich beschloss, gleich den nächsten Punkt anzusprechen, der mir auf der Seele brannte. »Aber ich muss auch sagen, dass ich mir etwas Sorgen mache, wie du dich auf Max gestürzt hast. Du hättest ihm wirklich wehtun können.«

»Ich weiß«, flüsterte sie. »Aber ich kann mich nicht mal mehr daran *erinnern*, dass ich es getan habe, ehrlich. Ich weiß nur noch, dass ich ganz schrecklich wütend war.« Sie zögerte und sah mich dann mit großen Augen an.

»Ja?«, fragte ich behutsam, denn ich spürte, dass da noch etwas war, das sie mir sagen wollte.

»Ach nichts …«, meinte sie und biss sich auf die Lippe.

»Du kannst es mir ruhig sagen«, erwiderte ich. »Ich würde mich freuen, wenn du mit mir darüber redest – egal, was es ist.«

»Ich habe meine Großeltern angerufen«, sagte sie leise. »Letzte Woche, an Thanksgiving, weißt du? Nachdem wir den Brief von diesem Arzt gefunden hatten.«

»Okay …«, meinte ich und spürte, wie ich mich anspannte, mich fragte, was sie sonst noch vor uns geheim gehalten hatte. »Hast du mit ihnen geredet?«

Sie nickte. »Mit meiner Grandma, ein bisschen. Ich habe sie gefragt, ob sie uns noch mehr Fotos von Mama schicken könnte und ihre restlichen Jahrbücher, aber sie hat gesagt, es gäbe keine weiteren Jahrbücher, und Fotos hätte sie auch keine.« Ihre Stimme begann zu zittern. »Und sie hat gesagt, dass Mama nie Cheerleader gewesen wäre, dass sie sie noch im ersten Jahr auf eine Schule für schwer erziehbare Mädchen geschickt hätten. Und dass es besser wäre, die Vergangenheit zu vergessen.«

»Ava …«, meinte ich langsam. Alles, was sie sagte, bestätigte nur, was ich heute herausgefunden hatte – dass Kelli schwanger geworden war und dass man sie fortgeschickt hatte, um ihr Kind woanders zu bekommen. Aber das konnte ich Ava nicht so ohne Weiteres sagen, nicht ohne vorher mit Victor gesprochen zu haben. »Ich glaube, es ist an der Zeit, dass wir das alles deinem Dad erzählen. Und zwar wirklich *alles*. Ich bin noch immer nicht dazu gekommen, ihm zu sagen, dass wir im Haus deiner Mom waren, um das Rezept zu holen. Und von dem Brief des Arztes weiß er auch nichts. Das war nicht richtig von mir, weißt du, ich hätte ihm gleich davon erzählen sollen. Und jetzt, wo du mit deinen Großeltern gesprochen hast …« Ich seufzte. »Wir müssen ihm einfach die Wahrheit sagen.«

»Er wird total sauer auf mich sein.« Wieder zitterte Avas Stimme.

»Weil du deine Großeltern angerufen hast?«

Sie schüttelte den Kopf. »Nein. Weil ich, als ich mit dir da war, nicht das erste Mal nach dem Tod meiner Mom in dem Haus war. Und es war auch nicht das letzte Mal.« Sie erzählte mir, wie sie und Bree den Computer ihrer Mutter durchsucht und eine Liste von Privatdetektiven gefunden hatten, und dass sie – genau wie ich vermutet hatte – bei der Gelegenheit Diane über den Weg gelaufen waren, von der sie dann erfahren hatten, dass Victor und ich verlobt waren. »Es tut mir *so* leid, dass ich gelogen habe, Grace.«

»Schon gut«, sagte ich, griff nach ihren Händen und drückte sie leicht. »Ich glaube, dein Dad wird das verstehen. Niemand von uns ist perfekt.« Ich zögerte einen Moment. »Und ganz egal, was in der Vergangenheit deiner Mom alles passiert ist, es ändert nichts daran, dass sie dich und Max sehr, sehr lieb gehabt hat.«

»Ich sie auch«, flüsterte Ava.

»Ich weiß, Süße«, sagte ich leise. »Und das hat sie auch gewusst, da bin ich mir ganz sicher.«

Kelli

Kelli versuchte, sich wegen ihrer Schwindelanfälle keine allzu großen Sorgen zu machen. Sie wollte auch nicht, dass Ava – die es heute Morgen erst in der Küche mitbekommen hatte – sich deswegen Sorgen machte. Ohnehin bürdete Kelli ihrer Tochter viel zu viel auf. Kelli war bewusst, dass sie sich von Ava vieles abnehmen ließ, was sie eigentlich selbst hätte erledigen sollen: Sachen wie Rechnungen bezahlen, das Haus in Ordnung halten, darauf achten, dass Max sich die Zähne putzte und jeden Tag frische Unterwäsche anzog. Als Victor noch bei ihnen gewesen war, war sie eine fantastische Mutter gewesen. Sie hatte sich um ihre Kinder gekümmert und alles prima geschafft, aber jetzt fühlte sie sich nur noch matt und zerschlagen. Aber, mein Gott, was liebte sie die beiden! Sie waren ihr Ein und Alles, und so konnte es nicht weitergehen. Sie würde sich Hilfe holen müssen.

Nachdem sie Max und Ava zur Schule gebracht hatte, fuhr sie wieder nach Hause. Unterwegs musste sie ein paar Mal blinzeln, um wieder klar sehen zu können. Außerdem fühlte sie sich ganz schwach und zittrig, und schlecht war ihr auch. Kurz überlegte sie, gleich zum Arzt zu gehen. Aber was genau sollte sie ihm eigentlich sagen? Dass sie krank vor Kummer war? Dass ihr Körper jedes Mal, wenn sie an Rebecca dachte, rebellierte, und sie keinen Bissen mehr hinunterbrachte? Jetzt, wo Ava kurz davor war, mit der Highschool anzufangen, kehrte auf einmal alles zurück. Kelli hatte Angst, ihre Tochter könnte dieselben Fehler machen wie sie, wusste aber nicht, wie sie mit Ava darüber reden sollte, ohne ihr die Wahrheit zu sagen über das, was sie getan hatte. Wenn Kelli doch mal schlafen konnte, träumte sie von ihrer verlorenen Tochter. Von ihren hellen, schwachen Schreien, von der klaffenden Wunde und der nicht zu füllenden Leere, die sie in Kelli hinterlassen hatte. Sie träumte von den kaum auszuhaltenden Schmerzen, aber auch von den ersten Bewegungen, die sie in ihrem Bauch hatte spüren können, von dem beginnenden Leben, das Gott gleich wieder genommen hatte.

Gerade als sie in ihre Einfahrt fuhr, klingelte ihr Handy. »Hallo, Diane«, sagte sie und versuchte, ganz normal zu klingen.

»Hi! Bleibt es bei elf?« An den Tagen, an denen Kelli mittags nicht arbeiten musste, trafen sie sich meistens, saßen stundenlang am Küchentisch, tranken Kaffee, quatschten.

»Ich weiß nicht …« Kelli zögerte. »Ich habe die ganze Nacht nicht geschlafen.«

»Schon wieder?«, sagte Diane. »Schätzchen, du solltest endlich mal zum Arzt gehen. Ich mache mir Sorgen um dich.«

»Ach, es geht schon«, meinte Kelli, konnte aber die Erschöpfung nicht länger aus ihrer Stimme heraushalten.

»So klingst du aber nicht.« Diane machte eine Pause, dann fragte sie vorsichtig: »Isst du wenigstens?«

Kelli schwieg, und Diane seufzte. »Was ist nur los mit dir? Ist es wegen Victors Verlobung?«

Kelli zögerte, denn sie wusste kaum, wie sie das heillose

Durcheinander ihrer Gefühle in Worte fassen sollte. »Ich bin einfach nur … traurig.« Jetzt brach ihr doch die Stimme. »Ich muss dauernd an Rebecca denken«, flüsterte sie.

»Oh, Süße«, sagte Diane mitfühlend. »Hast du dir die Sache mit dem Privatdetektiv noch mal überlegt?« Ihre Freundin war es, die Kelli vorgeschlagen hatte, sich auf die Suche nach dem Arzt zu machen, der ihre Tochter damals auf die Welt geholt hatte. Diane schien zu glauben, wenn Kelli nur endlich erfahren würde, was genau an jenem Tag passiert war, könnte sie endlich damit abschließen.

»Das kann ich mir nicht leisten«, sagte Kelli und schnappte kurz nach Luft. »Und würde es denn etwas ändern? Was, wenn ich immer so bleibe … so kaputt?«

»Du bist nicht *kaputt*, Kelli. Du hast in deinem Leben einige sehr schmerzhafte Erfahrungen gemacht. Du hast viel verloren, gar keine Frage. Aber du hast auch zwei wunderbare Kinder, die dich jetzt brauchen. Ich weiß, dass es nicht leicht ist, aber vielleicht solltest du versuchen, nicht so viel über die Vergangenheit nachzudenken, und dich lieber auf das konzentrieren, was du hast.«

Kelli schwieg einen Moment und versuchte, ihre Tränen zurückzuhalten. »Okay«, sagte sie schließlich. »Ich werde es versuchen. Aber für den Augenblick dürfte es das Beste sein, wenn ich mich noch mal ein bisschen hinlege. Können wir den Kaffee auf ein andermal verschieben?«

»Ja, klar. Ich komme nachher mal vorbei und schaue, wie es dir geht. Aber wenn du nächste Woche keinen Termin beim Arzt machst, schleife ich dich eigenhändig hin. Und das ist keine leere Drohung, das ist ein Versprechen.«

Kelli lachte. Sie war ihrer Freundin dankbar für ihre Unterstützung. Diane war einer der wenigen Menschen, denen sie von Rebecca erzählt hatte. Sie legten auf, und Kelli ging ins Haus, noch so durcheinander, dass sie vergaß, die Haustür hinter sich abzuschließen. Sie schleppte sich ins Schlafzimmer, vorbei an der Küche, wo sie einen flüchtigen Blick auf den Toast warf, den sie heute früh für Ava gemacht hatte. Kurz überlegte sie, ob sie nicht wenigstens versuchen sollte, selbst ein wenig davon zu essen, doch schon bei dem Gedanken begann ihr Magen zu rebellieren, und so ließ sie es sein.

Sowie sie in den vertrauten vier Wänden ihres Schlafzimmers angelangt war, zog Kelli sich bis auf die Unterwäsche aus und wunderte sich einmal mehr, wie ihre Oberweite sich trotz ihres starken Gewichtsverlusts nicht verringert hatte. Sie musste daran denken, wie Jason sie das erste Mal dort berührt hatte … wie berauscht sie von dem Gedanken gewesen war, er könne in sie verliebt sein. Sofort schossen ihr wieder Tränen in die Augen, als sie an das Mädchen von damals dachte, wie naiv sie gewesen war, und wie allein.

Doch diese Erinnerung brachte sie auf eine Idee. Kelli öffnete ihren Schrank und kramte hinter den Kartons, die ganz unten auf dem Boden standen, bis sie die einzigen beiden Dinge fand, die sie – außer Kleidern – von zu Hause mitgenommen hatte: ein Fotoalbum, das sie von der Kommode ihrer Mutter genommen hatte, und das Jahrbuch ihres ersten Highschooljahrs. Ihre Mutter hatte es ihr besorgt, obwohl Kelli zu der Zeit noch in dem Internat gewesen war.

Nachdenklich strich sie mit der Hand über die beiden Bücher und dachte, es könnte langsam an der Zeit sein, Max und Ava ein wenig davon zu zeigen, wer sie früher gewesen war. Vielleicht brachte Kelli dann sogar irgendwann den Mut auf, ihnen zu erzählen, was zwischen ihr und ihren Eltern vorgefallen war, warum die beiden noch immer nichts mit ihr zu tun haben wollten.

Als sie ins Bett stieg, schloss Kelli ein paar Minuten die Augen und spürte, wie die Erschöpfung ihren Körper in großen Wellen durchflutete. Sie wusste nicht, ob ein Arzt ihr würde helfen können. Aber Diane hatte recht – ihre Kinder brauchten sie. So konnte es nicht weitergehen. Es musste sich etwas ändern.

Dann zwang sie ihre Augen wieder auf und begann in dem Fotoalbum zu blättern. Auf einmal sah sie die Trauer hinter ihren blauen Augen. Sie sah ein Kind, das bemüht war, nach außen hin glücklich zu wirken, und dabei innerlich zugrunde ging. Auf den Fotos kamen ihre Eltern ihr noch älter vor, als sie die beiden in Erinnerung hatte, und sie versuchte sich vorzustellen, wie sie jetzt wohl wären, beide Ende siebzig, gebrechlich und kalt. Sie fragte sich, ob es ihnen ohne sie genauso schlecht ergangen war wie ihr ohne ihre Eltern. Letzten Endes waren sie eben doch eine Familie. Sie verstand nicht, wie ihre Eltern sie einfach so aus ihrem Leben hatten streichen können, denn so sehr Kelli auch versuchte, ihre Eltern zu vergessen – es ging einfach nicht. Immer wieder, ganz unerwartet und in den unpassendsten Momenten, kamen sie ihr in den Sinn: beim Abwaschen etwa oder wenn sie im Restaurant einen Gast bediente, der eine ähnliche Brille wie ihr Vater trug.

Ihr Herz geriet ein wenig ins Stolpern, als sie das Album zuklappte und in ihrem Jahrbuch zu blättern begann. Wie jung sie alle waren, wie unerfahren. Als sie ihr eigenes Foto betrachtete, fand sie es unvorstellbar, dass dieses Mädchen – dieses *Kind* – zu Jason in den Truck gestiegen war und ihn all die Dinge hatte tun lassen, die er getan hatte. Wie verzweifelt sie sich nach Liebe gesehnt hatte. Sie überlegte, ob Ava sich auch manchmal so fühlte, und da wurde Kelli einmal mehr klar, dass sie Verantwortung für sich übernehmen musste, damit sie Ava wieder eine Mutter wäre, auf die ihre Tochter stolz sein konnte.

Aber zuerst, dachte Kelli, *muss ich schlafen*. Sie klappte das Jahrbuch zu und legte es neben sich aufs Bett; das wollte sie den beiden zuerst zeigen. Sie nahm sich das Fotoalbum, stand auf und stellte es neben die Alben von Max und Ava ins Regal, denn so weit, ihnen Bilder von ihren Großeltern zu zeigen und ihnen zu erklären, warum die Fotos plötzlich aufhörten, als sie vierzehn war – so weit war sie noch nicht.

Plötzlich spürte sie einen dumpfen Schmerz im Kopf, ein seltsames Summen, und alles begann sich um sie zu drehen. Kelli streckte den Arm aus und klammerte sich ans Regal, um nicht umzukippen. Schwankend ging sie zurück zum Bett, nahm sich das Pillenfläschen aus der Nachttischschublade und schluckte die letzten drei Tabletten. Der Arzt hatte gesagt, die Tabletten würden ihre Ängste lindern und gegen die Schlaflosigkeit helfen, und weil Kelli an beidem nicht zu knapp litt, hatte sie sich immer gedacht, es könne nicht schaden, ruhig mehr als die verschriebene Dosis zu nehmen – natürlich nur, wenn Max und Ava nicht da waren und nichts davon mitbekamen. Jetzt würde sie wahrscheinlich den halben Tag verschlafen und gerade noch rechtzeitig aufwachen, um die Kids von der Schule abzuholen. Sicherheitshalber stellte sie sich den Wecker. Max hatte heute kein Basketballtraining, und Ava blieb vor den Wochenenden, die sie bei ihrem Dad verbrachte, freitags gern zu Hause. Sie würden sich einen gemütlichen Abend machen, Musik hören, zusammen Pizza backen und später vielleicht noch einen Film schauen. Dann würde Kelli ihre beiden Kinder ins Bett bringen und ihnen sagen, wie lieb sie sie hatte, und dass alles wieder gut würde.

Kelli zog sich ihre blaue Decke bis zum Kinn, kuschelte sich ganz darin ein, und wartete darauf, dass die Tabletten ihre Wirkung taten und ihre Gedanken zur Ruhe kamen. Ihre Eltern hatten ihr gesagt, sie müsse einfach noch mal von vorn anfangen. Und mit diesem Gedanken, mit der Hoffnung, dass sie die Kraft fände, ihr Leben so zu gestalten, wie sie es wollte, schloss Kelli die Augen und wartete darauf, dass der Schlaf endlich käme.

Ava

Ich war schon den ganzen nächsten Morgen nervös, vor allem als ich dann in Mathe saß und mich überhaupt nicht auf den Test konzentrieren konnte, den Mrs. Philips am Anfang der Stunde ausgeteilt hatte. Ich hatte überhaupt nicht gelernt; genau genommen hatte ich auch die letzten drei Hausaufgaben nicht abgegeben, weshalb ich mir den Test sowieso hätte sparen können. Aber Schule kam mir gerade so was von unwichtig vor – erst recht, wenn ich daran dachte, dass ich mich heute Abend mit Grace und Dad zusammensetzen und ihm alles erzählen musste, was wir getan hatten. Wobei ich wahrscheinlich mehr zu beichten hatte als Grace. Sie hatte ihm nicht gesagt, dass sie mich mit zu Mamas Haus genommen hatte, aber *ich* war ohne sein Wissen gleich zweimal allein dort gewesen, und *ich* hatte meine Großeltern angerufen, auch ohne ihm was davon zu sagen. Dass ich das Geld aus Graces Tasche genommen hatte, hatte er mir zwar verziehen, aber wenn er jetzt erfuhr, wie ich ihn auch noch angelogen und was ich alles hinter seinem Rücken getan hatte, würde ich bestimmt nicht mehr so leicht davonkommen.

Vor allem hatte ich Angst, dass er, wenn er herausfand, *warum* ich das alles gemacht hatte – nämlich um mehr über Mamas Vergangenheit herauszufinden –, dann erst richtig sauer werden würde. Dabei hatte ich eigentlich noch gar nichts herausgefunden. Ich wusste noch immer nicht, was damals *wirklich* mit ihr passiert war. Ich konnte mir ganz genau vorstellen, wie Dad schauen würde, wenn ich ihm alles gestand: die tiefe Falte auf seiner Stirn, seine dunklen, über der Nase zusammengezogenen Brauen, sein enttäuschter, vorwurfsvoller Blick. Und wahrscheinlich würde er mir auf der Stelle verbieten, weitere Nachforschungen anzustellen. So würde ich nie herausfinden, warum Mamas Eltern sie von zu Hause weggeschickt hatten.

Mein Magen krampfte sich bei der Vorstellung zusammen, dass ich nie wissen würde, warum ihre Eltern sie verstoßen hatten, wer auf dem Zettel gemeint war, den ich in ihrem Buch gefunden hatte, oder was sie von Dr. Stiles wollte. Wie sollte ich es ertragen, all das mein ganzes Leben lang nicht zu wissen? Auf einmal war ich wie gelähmt vor Sehnsucht nach Mama. Das Gefühl war so stark, dass ich kaum noch Luft bekam. Tränen schossen mir in die Augen, und während ich das Weinen zu unterdrücken versuchte, tauchten lauter Bilder von ihr vor mir auf. In Augenblicken wie diesen sollte sie doch eigentlich für mich da sein, hier, bei mir. Augenblicke, in denen ich nur Angst hatte und mich verloren fühlte und nicht wusste, was ich als Nächstes tun sollte. *Sag mir, was ich tun soll*, dachte ich. *Bitte. Hilf mir.*

Dann wartete ich. Ich wusste selbst nicht genau, worauf. Es war nicht so, dass ich erwartet hätte, ihre Stimme zu hören und eine Antwort aus dem Jenseits zu bekommen oder wo immer sie jetzt war. Aber plötzlich kam mir eine Idee, und die letzten paar Minuten, während ich auf gut Glück irgendwelche Antworten auf mein Testblatt schrieb, fing ich an, einen Plan zu machen. Jetzt wusste ich genau, was ich als Nächstes tun würde.

Bree wartete in der Mensa auf mich. Sie saß an unserem üblichen Tisch, allein, und fischte sich aus ihren Pommes die extrakrossen heraus, die sie immer zuerst aß. Ich lief zu ihr und schwang mich rittlings neben sie auf die Bank.

»Hey«, sagte sie und trank einen Schluck von ihrer Schokomilch. »Was ist los?« Sie wusste, dass Grace mich dazu verdonnert hatte, heute Abend mit Dad zu reden, und ich wusste, dass sie ein bisschen Angst hatte, dann vielleicht selbst Ärger zu bekommen.

»Ich will nach Kalifornien, zu meinen Großeltern«, verkündete ich und erklärte ihr auch gleich, warum. »Wenn mein Dad erst erfährt, was ich alles schon hinter seinem Rücken unternommen habe, wird er mir ganz bestimmt nicht mehr erlauben, noch mehr über Mama herauszufinden … richtig?« Als Bree nickte, fuhr ich fort: »Genau. Und wenn ich nicht *jetzt* fahre, wann dann? Das ist meine letzte Chance.«

Bree war nicht wirklich überzeugt. »Kannst du sie nicht einfach noch mal anrufen? Warum musst du denn gleich da runterfahren?«

»*Weil*, Bree. Weil meine Grandma kaum mit mir gesprochen hat, als ich sie am Telefon hatte. Aber wenn ich einfach vor ihrer Tür stehe, wird sie mich nicht mehr so schnell los. Oder glaubst du, sie schlägt mir gleich wieder die Tür vor der Nase zu?« Ich schluckte meine Angst davor hinunter, dass sie *genau das* tun würde. Gespannt wartete ich, was meine Freundin zu meinem Plan sagen würde, aber als sie schwieg, rückte ich mit dem heraus, was ich sie sowieso hätte fragen müssen. »Also, ich wollte dich fragen, ob du mir das Geld für das Busticket leihen kannst? Ich zahle es dir natürlich zurück, versprochen.«

»Ich weiß nicht«, sagte Bree langsam. »Dein Dad wird

auch so schon ziemlich sauer auf dich sein. Wenn du jetzt nach Kalifornien abhaust, dürfte das nicht gerade hilfreich sein.«

»Na, du brauchst ja nicht mitzukommen«, zickte ich sie an, und sofort tat es mir leid. »Sorry, Bree, war nicht so gemeint, ehrlich.« Ich wartete, aber sie sagte noch immer nichts. Wahrscheinlich hatten meine Worte sie echt verletzt. »Bree«, fing ich noch mal an und hörte selbst, wie meine Stimme zitterte. »Du bist meine beste Freundin. *Bitte*. Ich habe sonst niemanden, den ich fragen könnte.«

»Okay«, gab Bree mit einem tiefen Seufzer nach. »Wann willst du los?«

»Jetzt gleich. Ich habe heute kein Tanzen, und Max ist nachmittags noch bei Logan, weshalb Grace mich um halb vier von der Schule abholen kommt. Bis dahin muss ich hier weg sein.«

Bree zögerte und zupfte an ihrer Papierserviette herum, dann sagte sie: »Du meinst, bis dahin müssen *wir* hier weg sein.«

Ich lächelte und hätte fast angefangen zu heulen, weshalb ich Bree schnell um den Hals fiel. »Du kommst wirklich mit?«

»Umpff!«, machte sie, völlig überrumpelt von meiner Umarmung. »Ja, klar. Oder glaubst du, so was Verrücktes lass ich dich ganz allein machen?«

Ich schüttelte nur den Kopf und vergrub mein Gesicht an ihrem Hals, weil ich die Tränen nicht länger zurückhalten konnte. Als ich mich dann irgendwann halbwegs beruhigt hatte, setzte ich mich wieder auf. »Tut mir leid«, sagte ich.

»Was denn?«, fragte sie entgeistert. »Dass du Gefühle hast? Wenigstens beweist es, dass du noch nicht völlig zum Cheerleader mutiert bist.«

Ich lachte, und wir gingen gleich zu unseren Schließfächern, weil wir uns dachten, solange alle noch in der Mensa und die Lehrer im Lehrerzimmer waren, könnten wir am ehesten unbemerkt verschwinden. Wir warfen uns unsere Rucksäcke über die Schultern und versuchten, ganz normal auszusehen, als wir das Gebäude durch den hinteren Ausgang verließen – außer Sichtweite des Schulsekretariats. Weil die meisten in der Mensa saßen, war auf dem Schulhof nicht viel los, nur ein paar Leute standen draußen herum. Ich hörte sie reden und lachen, achtete aber nicht weiter darauf, bis Bree plötzlich wie angewurzelt stehen blieb und mich beim Arm packte. »Skyler, vorne links, nicht hinschauen«, sagte sie, und ich schaute natürlich trotzdem hin und sah, wie er sich von seinen Kumpels abwandte und auf uns zuging – gerade als wir die Abkürzung zur Straße nehmen wollten.

»Hey«, sagte er, kam zu uns und legte mir zur Begrüßung kurz den Arm um die Schultern, was an unserer Schule die einzige Art der Umarmung war, die zwischen Jungen und Mädchen erlaubt war. Bloß nicht unterhalb der Gürtellinie berühren – aber ich wurde sowieso schon rot, wenn ich nur daran dachte, warum.

»Hey«, sagte ich, ganz benommen davon, wie gut er roch. Ich versuchte, völlig locker zu klingen und so zu tun, als würden Bree und ich mittags öfter draußen abhängen, statt brav in der Mensa zu sitzen. Hoffentlich fragte er nicht, wo wir hinwollten, das konnte ich jetzt gar nicht gebrauchen. »Und, wie geht's?«

»Gut.« Er sah mich mit einem schiefen Grinsen an und warf sich mit einer kurzen Kopfbewegung die Haare aus dem Gesicht. »Aber der Test vorhin ging bei mir total daneben.«

»Ja, bei mir auch.« Ich sah verstohlen zu Bree hinüber, die so tat, als wäre sie auf einmal ganz unglaublich an ihren Fingernägeln interessiert.

Skyler vergrub die Hände tief in den Taschen seiner Jeans. »Ich wollte dich fragen, wollen wir vielleicht mal zusammen lernen? In der Bibliothek oder so?«

Ich lächelte und stellte erleichtert fest, dass er rot wurde – was ja nur bedeuten konnte, dass er genauso nervös war wie ich, wenn er mit mir sprach. »Klar«, sagte ich und nickte.

Er grinste wieder. »Okay. Cool. Ich schick dir dann 'ne SMS, okay?« Er zog sein Handy aus der hinteren Hosentasche, ich gab ihm meine Nummer, und schon war er wieder weg.

»Oh. Mein. *Gott!*«, sagte Bree und gab mir einen Klaps auf den Arm, während wir die unmittelbare Umgebung nach Lehrern checkten. Keiner da.

»Sag nichts«, erwiderte ich und strahlte trotzdem übers ganze Gesicht. Fast hätte ich vergessen, was wir eigentlich vorhatten. »Ich meine, ist das jetzt ein Date oder was?«

»Aber total!«, kreischte Bree, und dann liefen wir so schnell die Straße hinunter, dass unsere Rucksäcke uns auf dem Rücken hüpften. Mein Herz raste, nicht nur, weil wir so schnell rannten, sondern wegen der Angst, die durch meinen Körper jagte. Wenn wir erwischt wurden, würde ich richtigen Ärger bekommen.

Aber als wir um die Ecke zu Brees Haus bogen, wurde mir plötzlich klar, dass ich gar nicht *meinetwegen* nach Kalifornien wollte. Es hatte auch nichts mit Dad zu tun. Es ging nur um Mama. Darum, dass ich für sie zu Ende brachte, was sie begonnen hatte. Es ging darum, ihre Eltern zur Rede zu stellen und endlich die Wahrheit zu erfahren.

Grace

Ava, wo bist du?«, sprach ich auf die Mailbox ihres Handys. Seit halb vier stand ich auf meinem üblichen Parkplatz vor der Schule und hatte zehn Minuten vergeblich darauf gewartet, ihren vertrauten dunklen Schopf und lilakarierten Rucksack aus der Menge auftauchen zu sehen. »Ruf mich bitte zurück, ja?« Ich schickte ihr noch eine kurze SMS hinterher, weil ich annahm, die würde sie wahrscheinlich eher abrufen als ihre Mailbox.

Dann stieg ich aus und ging ins Schulsekretariat. »Entschuldigen Sie bitte«, wandte ich mich an die grauhaarige Sekretärin, mit der ich auch am Tag von Kellis Tod gesprochen hatte. »Haben Sie zufällig Ava die Schule verlassen sehen?«

Sie hob ihre fein nachgezeichneten Brauen. »Ich wollte eben eine Nachricht für Mr. Hansen hinterlassen«, sagte sie und musterte mich über ihre rot gerahmte Brille. »Weder Ava noch Bree waren nach der Mittagspause im Unterricht.« Sie schaute mich vielsagend an. »*Schon* wieder.«

Wie gern hätte ich etwas erwidert, um ihr diese vorwurfsvolle Miene aus dem Gesicht zu wischen, doch meine Verärgerung über Ava überwog schließlich. Ich wusste, dass ihr ein wenig davor graute, ihrem Dad heute Abend alles erzählen zu müssen, aber dass sie deshalb weglaufen könnte, wäre mir nie in den Sinn gekommen. Meinen Klientinnen bläute ich immer ein, dass das meiste, wovor wir Angst hatten, niemals eintritt, und die Schreckensszenarien, die wir uns von künftigen Ereignissen ausmalen, oft viel schlimmer sind als das, was letztendlich geschieht. Das hätte ich auch Ava sagen sollen.

Ich nickte der Sekretärin kurz zu und rief dann Victor an, während ich eilig zu meinem Wagen zurücklief. »Hast du was von Ava gehört?«, fragte ich ihn.

»Nein«, erwiderte er, und ich hörte lautes Klappern von Töpfen und Pfannen im Hintergrund. »Sollte ich? Ich dachte, du würdest sie abholen.«

Ich seufzte. »Dachte ich auch, aber sie und Bree waren heute Nachmittag gar nicht im Unterricht. Ava ist nicht hier, Victor, und sie geht auch nicht ans Telefon.«

»Machst du Witze?«

»Schön wär's«, meinte ich.

»Und was ist mit Max?«

Ich erinnerte ihn daran, dass Max nach der Schule mit zu Logan gegangen war, und wir vereinbarten, uns gleich zu Hause zu treffen. Vielleicht war Ava einfach nur früher heimgegangen. Aber als ich wenig später in ihrem Zimmer nachsah, war sie nicht da. Ihr Schrank stand offen, und ihr schwarzer Koffer – der, in den ich ihre Sachen aus dem Haus ihrer Mutter gepackt hatte – war verschwunden. »Verdammt, Ava«, sagte ich leise, lief aus ihrem Zimmer und den Flur hinab. Ich suchte das ganze Haus ab, schaute im Bad nach, im Wohnzimmer, in der Küche, sogar in der Garage … Aber sie war nirgends zu finden. Mein Herz begann zu rasen.

Gerade als ich Ava eine weitere SMS schickte, kam Victor nach Hause. »Und, ist sie hier?«, fragte er. Er trug noch seine schwarze Kochjacke und hatte einen roten Saucenspritzer im Gesicht.

Ich schüttelte den Kopf. »Nein. Ich habe überall im Haus nachgesehen. Ihr Koffer ist auch weg.«

»Was?« Victor ließ die Arme sinken. »Wo soll sie denn hin sein? Zu Bree?«

Ich nickte und wählte schnell die Nummer ihrer Freundin, doch auch hier ging niemand ran. Wieder hinterließ ich eine Nachricht und legte auf – genervt, frustriert, aber mittlerweile auch ernsthaft besorgt. Plötzlich kam mir eine Idee. »Vielleicht ist sie in Kellis Haus?«

Victor presste die Lippen zusammen und nickte. Seine grauen Augen blickten panisch. »Gute Idee. Lass uns fahren.« Er kritzelte eine hastige Nachricht auf den Block im Flur, dass Ava hier auf uns warten und uns sofort anrufen solle, wenn sie nach Hause käme.

Im Auto schickte ich Ava eine weitere SMS. »Ava, wir machen uns große Sorgen um dich. Bitte sag uns, wo du bist.« Die Heftigkeit meiner Gefühle überraschte mich – die eisig kalte Furcht, die meinen Körper in dem Augenblick erfasste, als ich mich fragte, wo sie wohl steckte und ob sie womöglich in Gefahr war. *Fühlt es sich* so *an, Mutter zu sein? Jede Zelle meines Körpers von der Angst überflutet, ihr könnte etwas Furchtbares zugestoßen sein?* Mittlerweile machte ich mir Sorgen, sie könnte nicht ans Telefon gehen, nicht weil sie es nicht *wollte*, sondern weil sie es nicht *konnte*. Weil jemand sie in seiner Gewalt und ihr Handy weggeworfen hatte. In meinem Kopf kreisten Schreckensszenarien, was einer hübschen jungen Ausreißerin alles zustoßen könnte. Was *Ava* zustoßen könnte. Ava, so unglücklich und verletztlich wie sie gerade war, vielleicht verzweifelt genug, um zu einem Fremden ins Auto zu steigen. Ich sah sie schon am Straßenrand liegen, verletzt und verwundet. *Vergewaltigt*. Allein der Gedanke ließ mich frösteln.

»Warum zum Teufel sollte sie so etwas tun?«, wollte Victor wissen. »Was ist eigentlich gerade los mit ihr?«

»Ich glaube, sie hatte ein bisschen Angst davor, heute Abend mit dir zu reden«, meinte ich vorsichtig. Nachdem sie sich bei mir entschuldigt hatte, hatte ich Victor gleich angekündigt, dass Ava und ich ihm ein paar Dinge sagen müssten. »Vielleicht wollte sie einfach nur irgendwo in Ruhe nachdenken.«

»Worüber denn nachdenken?«, fragte er. Also holte ich einmal tief Luft und erzählte ihm, dass ich vor Thanksgiving mit Ava in Kellis Haus gewesen war, um das Kuchenrezept zu holen, und erwähnte bei der Gelegenheit auch gleich den Brief des Arztes, den wir gefunden hatten.

»Und das ist alles?«, fragte Victor ungläubig. »Warum hast du mir das nicht einfach *gesagt?*«

»Das wollte ich ja. Aber als du nach Hause kamst, hast du mir von Spencers Unfall erzählt, und danach warst du dermaßen im Stress, und wir hatten beide anderes im Kopf. Es hat sich einfach nie eine passende Gelegenheit ergeben.«

Er schaute kurz nach hinten und wechselte dann die Spur, um einen blauen Honda zu überholen. Obwohl es von uns aus nicht weit war zu Kellis Haus, brauchte man wegen des starken Verkehrs auf der California Avenue doch fast zwanzig Minuten. »Okay«, sagte er, als wir an einer Kreuzung warten mussten, »aber du glaubst ja wohl selbst nicht, dass sie weggelaufen ist, weil sie Angst hatte, mir *das* zu sagen.« Er hupte ein paar Autos vor uns an, die sich mit dem Anfahren reichlich Zeit ließen. »Jetzt fahrt schon!«, brüllte er. »Grüner wird's nicht!«

»Da wäre noch etwas«, sagte ich und fasste kurz zusammen, was Ava ihm noch alles hatte sagen wollen – dass sie ihn angelogen und die Schule geschwänzt hatte und noch zwei weitere Male im Haus ihrer Mutter gewesen war, weil sie mehr über Kellis Vergangenheit wissen wollte. In Anbetracht der Umstände, sagte ich mir, sollte er Bescheid wissen, und es kam nicht darauf an, ob er es nun von mir oder von Ava erfuhr. Während er mir zuhörte, schüttelte er immer wieder den Kopf und hielt das Lenkrand so fest umklammert, dass seine Knöchel weiß hervortraten. Ich legte ihm die Hand auf den Oberschenkel, spürte, wie hart und verkrampft seine Muskeln waren. Als ich fertig war, schwieg er, doch ich sah, wie es in ihm arbeitete, wie er die Zähne zusammenbiss und seinen Kiefer anspannte.

Mir wurde etwas flau im Magen bei dem Gedanken, wie er reagieren würde, wenn ich ihm erst verriet, was *ich* unternommen hatte. Aber es half nichts, ich musste ihm jetzt alles erzählen. »Also gut, nachdem Ava und ich den Brief des Arztes gefunden hatten, habe ich selbst Nachforschungen angestellt. Ich fand heraus, dass er Gynäkologe ist, und da kam mir die Vermutung, sie könnte damals schwanger geworden sein – was auch erklären würde, warum nach ihrem vierzehnten Geburtstag keine Fotos mehr von ihr in dem Album waren. Ich nahm außerdem an, dass sie ihr Kind aller Wahrscheinlichkeit nach zur Adoption freigegeben hatte.«

»Hat sie nicht«, warf Victor ein. »Es ist gestorben.«

Was? Ich blinzelte ungläubig, während ich seine Worte zu begreifen versuchte. »Moment. Du hast *gewusst*, dass sie schwanger war?« Ich setzte mich so, dass ich ihn anschauen konnte. »Ich hatte dich ausdrücklich danach gefragt, was damals zwischen Kelli und ihren Eltern vorgefallen war, und du hast mich angelogen?«

»Angelogen?«, fragte er und warf mir einen irritierten

Blick zu. »Und wo ist denn da der Unterschied dazu, dass du meine Tochter mit zum Haus ihrer Mutter genommen und mir nichts davon gesagt hast?«

»Da gibt es einen ganz gewaltigen Unterschied!«, rief ich. »Du wusstest ganz genau, was Kelli dazu gebracht haben könnte, sich umzubringen. Du wusstest auch, wie panisch ich war, dass sie es wegen unserer Verlobung getan haben könnte … dass ich irgendwie schuld sein könnte an ihrem Tod – einfach nur, weil ich mit dir zusammen war! Trotzdem hast du mich angelogen! Ich hatte dich extra danach *gefragt* – wohingegen du mich nicht gefragt hast, ob ich mit Ava im Haus ihrer Mutter war.«

»Weil ich überhaupt keinen Grund dazu hatte!«, rief er und trat auf die Bremse, um die nächste Abzweigung nicht zu verpassen; wir waren endlich in Kellis Viertel angekommen, und es war nicht mehr weit bis zu ihrem Haus.

Sein gereizter Ton ließ mich zusammenzucken; ich war es nicht gewohnt, dass Victor mir gegenüber derart die Beherrschung verlor. Als er meine Reaktion bemerkte, fuhr er etwas ruhiger fort: »Wenn ich deiner Logik richtig folgen kann, ist Lügen durch Verschweigen somit weniger schlimm, als einfach nur die Unwahrheit zu sagen. Hast du das gemeint?«

»Ja!« Dann seufzte ich, weil ich mir selbst ein bisschen albern vorkam. Denn genau genommen hatte er natürlich recht. Ich war ihm gegenüber auch nicht ganz ehrlich gewesen. »Pass auf«, sagte ich, »wir sind beide gerade furchtbar gestresst, und ich habe keine Lust, mich mit dir zu streiten, daher nur so viel: Ich kann verstehen, warum du es Ava nicht sagen wolltest, aber *mir?* Das begreife ich einfach nicht.«

»Ich habe lediglich versucht, Kellis Wunsch zu respektieren. Es schien mir das Mindeste, was ich nach ihrem Tod für sie tun konnte. Das Ganze war ein unglaublich heikles Thema für sie, über das sie selbst mit mir kaum geredet hat. Sie hätte nicht gewollt, dass wir uns hier über den Tod ihres Kindes Gedanken machen.« Er warf mir einen kurzen Blick zu, als wir vor Kellis Haus hielten. »Und nein, ich wusste *nicht*, dass du dachtest, unsere Verlobung könnte etwas mit ihrem Tod zu tun haben. Wie hätte ich das wissen sollen? Du hast ja nie etwas dergleichen gesagt.«

Ich atmete tief durch. Wieder musste ich ihm recht geben. Und überhaupt ging es jetzt darum, Ava zu finden, nicht um unsere Beziehung oder die Probleme, die wir miteinander hatten. »Es tut mir leid«, sagte ich, als wir ausgestiegen waren. Victor nickte nur und griff nach meiner Hand. Zusammen liefen wir die Stufen zum Haus hoch.

Victor schloss die Tür auf. »Ava?«, riefen wir beide und suchten im ganzen Haus nach ihr, fanden sie jedoch nicht. Die Luft war kalt und abgestanden und ließ mich frösteln. Hier war niemand, und es schien in letzter Zeit auch keiner hier gewesen zu sein. Victor versuchte noch einmal, Ava anzurufen, doch wieder ging sie nicht ran. Ich rief Bree an, sprach ihr ein zweites Mal auf die Mailbox, schickte Ava noch eine SMS, doch keine der beiden meldete sich zurück. Wir drehten eine letzte Runde durchs Haus, dann schlossen wir die Tür hinter uns ab und gingen zurück zum Auto.

»Es fängt an zu regnen«, stellte Victor fest, als wir wieder im Wagen saßen und er den Motor anließ. *»Scheiße.«* Er schlug mit der Faust aufs Armaturenbrett. Ich griff nach seiner Hand und verschränkte meine Finger mit seinen. Er drückte meine Hand, und der lange Blick, mit dem wir uns ansahen, sagte mehr, als wir hätten in Worte fassen können. Eine Weile saßen wir schweigend so da, ehe Victor etwas sagte. »Wo könnte sie sonst noch sein?«

»Das mag jetzt ein bisschen verrückt klingen«, meinte ich, »aber könnte es nicht sein, dass sie nach Kalifornien will – zu ihren Großeltern? Sie hat die beiden an Thanksgiving angerufen.« Erst nachdem ich es gesagt hatte, wurde mir klar, dass Victor auch davon nichts wusste. Ich war vorhin noch nicht dazu gekommen, es ihm zu erzählen.

»Ah ja«, sagte er und fuhr los. »Sonst noch was, das ich wissen sollte?«

Ich räusperte mich. »Na ja … möglicherweise schon. Du hattest zwar eben gesagt, Kellis Baby wäre gestorben, aber ich habe im Geburtenregister von Sonoma County nachgesehen, und dort wird ein Baby Reed aufgeführt – geboren 1994, Mutter Kelli Reed, Vater unbekannt.«

»Ja und?« Victor sah mich kurz an und hob fragend die Brauen, als wir Kellis Viertel hinter uns ließen.

»Wäre das Baby tatsächlich gestorben, würde das Todesdatum neben dem Tag der Geburt vermerkt sein, wie auf einem Grabstein. Dem war aber nicht so.«

Langsam schien er zu begreifen. »Du meinst …?« Er verstummte wieder und blinzelte ungläubig. »Dass Kelli *gelogen* hat? Dass ihr Kind noch lebt?«

Ich schüttelte den Kopf. »Ob sie gelogen hat, können wir nicht wissen. Vielleicht hat sie das Kind zur Adoption freigegeben, aber weil ihre Eltern nicht wollten, dass irgendjemand davon erfährt, haben sie ihr eingebläut zu sagen, das Kind wäre gestorben?« Ich zuckte ratlos mit den Schultern. »Dass sie die Sache geheim halten wollten, ist klar – sonst hätten sie Kelli nicht weggeschickt. Aber um es ganz sicher zu wissen, werden wir wohl oder übel mit ihnen reden müssen. *Falls* sie es dir überhaupt sagen.«

Victor schaute über die Schulter, trat auf die Bremse und fuhr rechts ran. »Du fährst. Ich rufe die beiden jetzt an.«

Bei laufendem Motor stiegen wir aus und wechselten die Plätze. »Wohin sollen wir denn fahren?«, fragte ich. »Zum Busbahnhof? Das wäre doch die billigste Art zu reisen, oder? Vielleicht hat Ava sich von Bree Geld für das Ticket geliehen. Das würde auch erklären, warum keine der beiden ans Telefon geht. Wahrscheinlich sind sie zusammen unterwegs.« Das wollte ich zumindest hoffen. Ich wollte wirklich hoffen, dass Ava nicht so dumm war, per Anhalter zu fahren. Wieder tauchten lauter Schreckensszenarien vor meinem inneren Auge auf, und ich blinzelte hektisch, um sie auszulöschen. *Bitte, lass sie okay sein.*

Während Victor bei Kellis Eltern anrief, fädelte ich mich wieder in den Verkehr ein. Mittlerweile regnete es recht stark, und die Tropfen schlugen wie tausend kleine Hämmer auf Wagendach und Scheiben. Donnergrollen war zu hören, und wenig später flammte der erste Blitz am Himmel auf. Es war erst kurz nach halb fünf, doch die schweren grauen Wolken ließen den Eindruck entstehen, es sei dunkle Nacht.

»Ruth?«, hörte ich Victor nach einer Weile sagen. »Hier ist Victor.« Er schwieg einen Moment. »Ja, ganz genau, Kellis Mann.« Er warf mir einen entschuldigenden Blick zu, aber ich winkte nur ab, weil mir schon klar war, was er meinte. »Meine Tochter Ava, du erinnerst dich, sie hat dich vor ein paar Wochen angerufen? Sie ist verschwunden.« Wieder machte er eine Pause und hielt sich krampfhaft am Türgriff fest, als ich in eine scharfe Kurve bog. »Doch, das hat sehr wohl etwas mit dir zu tun, weil wir nämlich glauben, dass sie zu euch unterwegs ist.«

Er erklärte ihr, dass wir von Kellis erstem Kind wussten und Grund zu der Annahme hatten, dass es damals nicht gestorben war. Dann hörte er wieder einen Augenblick zu, während ich weiter über die West Seattle Bridge fuhr und die Ausfahrt First Avenue Richtung Innenstadt nahm. »Nein, Ruth. Das Baby ist *nicht* gestorben. Ich weiß nicht, ob ihr Kelli gezwungen habt zu lügen oder ob ihr sie einfach in dem Glauben gelassen habt, ihr Kind wäre gestorben, aber egal. Besagte Tochter ist jetzt achtzehn, und wir werden sie finden – mit oder ohne deine Hilfe.« Er holte tief Luft und rang sichtlich um Fassung. »Pass auf, das ist der Deal: *Meine* Tochter ist verschwunden, und ich bin verdammt noch mal nicht so wie du und dein Mann … Nein, ich bin *nicht* froh, dass sie weg ist. Sie ist erst dreizehn, und sie braucht uns. Sie ist völlig durcheinander, hat Angst und wahrscheinlich gerade das Gefühl, dass ihre ganze Welt zusammenbricht.« Seine Stimme wurde mit jedem Wort lauter, bis sie sich beinah überschlug. »Ihre Mutter, will sagen *deine Tochter* ist gerade erst gestorben. Hast du mich überhaupt verstanden? Oder weckt das überhaupt keine Gefühle in dir? Als ihr nicht zur Beerdigung gekommen seid, dachte ich noch, gut, vielleicht ist es besser so, wenn Max und Ava erst gar nichts mit den Menschen zu tun haben müssen, die ihrer Mutter das Leben zur Hölle gemacht haben. Ich habe die Sache auf sich beruhen lassen, doch das hätte ich nicht tun sollen, das ist mir jetzt klar. Sag mir einfach die Wahrheit. Sag mir, was aus Kellis Baby geworden ist. So viel bist du Ava schuldig. Du bist es deiner *Tochter* schuldig!« Den letzten Satz schrie er fast.

Danach hörte Victor ein Weilchen zu – schweigend, nur sein Atem ging schwer, und ich legte ihm beschwichtigend die Hand auf den Oberschenkel. Er legte seine Hand auf meine, gerade als wir den Busbahnhof erreichten. Ich fuhr langsamer, suchte die Menge der Wartenden nach Ava und Bree ab, doch in dem Meer dunkler Regenjacken und Schirme konnte ich kaum ein Gesicht ausmachen.

Wenig später, ich hatte gerade einen Parkplatz gefunden, legte Victor auf. »Was hat sie gesagt?«, wollte ich wissen und stellte den Motor ab.

»Du hattest recht«, sagte er. »Kellis Tochter ist nicht gestorben, aber ihre Eltern haben ihr gesagt, das Baby sei tot. Sie haben die Adoption über einen Anwalt geregelt.«

»Was?«, fragte ich ungläubig. »Wie soll das denn ohne Kellis Einverständnis gegangen sein?«

Victor seufzte. »Sie sagte irgendwas davon, dass Kelli nach der Geburt alle möglichen Papiere unterschrieben hätte, vermutlich ohne zu wissen, worum es sich handelte. Im Krankenhaus war man davon ausgegangen, sie wüsste, dass sie ihr Kind weggab. Also hat niemand Fragen gestellt.«

»Oh mein Gott, das ist ja furchtbar! Arme Kelli. Ob sie wohl jemals die Wahrheit erfahren hat?«

»Keine Ahnung«, erwiderte er müde und sah mich auf einmal mit schreckensstarrer Miene an. »Und was, wenn Ava nicht hier ist? Was, wenn wir sie nicht finden?« Seine Stimme klang zum Zerreißen gespannt.

Wieder streckte ich die Hand nach ihm aus, verschränkte meine Finger mit seinen. »Dann rufen wir die Polizei. Wir lassen nach ihr fahnden. Aber wir *werden* sie finden, Victor.« Er nickte, als könne er mir nur so glauben; dann stiegen wir aus und liefen gemeinsam durch den dunklen, kalten Regen.

Ava

Zuerst gingen wir zu Bree. Ich schaute ihr zu, wie sie ein paar Klamotten und ihren Kram aus dem Bad in eine kleine Reisetasche stopfte. Sogar ihren Badeanzug wollte sie noch einpacken.

»Wir fahren doch nicht in Urlaub!«, sagte ich genervt. Ich stand mit verschränkten Armen an der Tür ihres Zimmers und wartete, dass sie endlich fertig wurde. Wir mussten noch auf die Bank, zu mir nach Hause und mit dem Bus in die Stadt.

Sie grinste. »Immerhin fahren wir nach Kalifornien, oder?«

Ich schüttelte den Kopf. Wenn ich daran dachte, wie das wohl wäre, einfach so bei meinen Großeltern aufzutauchen, bekam ich richtig Herzrasen. Ihre Adresse hatte ich zwar vor ein paar Wochen in einem der Kartons gefunden, die Dad mir von Mama mitgebracht hatte, aber Sorgen, dass sie mich gar nicht erst reinlassen und mit mir reden würden, machte ich mir trotzdem. Was sollten Bree und ich denn dann machen? Wir wären Hunderte Meilen von Seattle entfernt und hatten keinen Plan, wo wir hinsollten. Ich war mir nicht sicher, ob wir uns ein Hotel leisten konnten. Und vielleicht würde man uns gar kein Zimmer geben, weil wir noch zu jung waren.

»Hey«, riss Bree mich aus meinen Gedanken. »*Ich* wäre jetzt fertig.« Sie legte den Kopf leicht schräg und strich sich eine Haarsträhne hinters Ohr. »Alles in Ordnung?«

»Ja«, seufzte ich laut. Ich hatte gar nicht gemerkt, dass ich den Atem angehalten hatte. »Lass uns gehen.«

Eine Stunde später hatte Bree sechshundert Dollar von der Bank abgehoben, und wir waren noch bei mir gewesen, damit ich auch eine Tasche packen konnte. Weil ich nicht wusste, wie lange ich wegbleiben würde, wusste ich auch nicht, was ich mitnehmen sollte. Also nahm ich einfach Mamas kleinen schwarzen Koffer und warf Unterwäsche, Jeans und ein paar Oberteile hinein. Kurz überlegte ich, ob ich Dad nicht eine Nachricht schreiben sollte, damit er sich nicht unnötig Sorgen machte, aber dann dachte ich, dass es wahrscheinlich besser wäre, so wenig Spuren wie möglich zu hinterlassen. Bei dem Gedanken, wie Dad reagieren würde, wenn er erfuhr, dass ich weggelaufen war, wurde mir ganz anders. Er würde wütend auf mich sein und sich bestimmt furchtbare Sorgen machen. Also versuchte ich, nicht mehr daran zu denken. Ich fuhr *wegen Mama* nach Kalifornien. Das war meine letzte Chance herauszufinden, was mit ihr passiert war, warum ihre Eltern sie damals weggeschickt hatten. Wenn ich dann nach Hause käme, wäre Dad so froh und dankbar, dass er mir sofort alles verzeihen würde. Er wäre ganz furchtbar stolz auf mich und würde vor allen seinen Freunden mit seiner Tochter angeben. Ich würde nie mehr lügen oder die Schule schwänzen oder gemein zu Grace sein. Wir würden noch mal ganz von vorn anfangen.

Es war schon drei, als wir endlich das Haus hinter uns abschlossen und uns auf den Weg machten. Von der Haltestelle hinter unserem Haus brauchte man fünfundzwanzig Minuten bis zur Ecke Eighth/Stewart, und von da musste man noch mal einen Block zum Busbahnhof laufen. Unterwegs checkte Bree auf ihrem Smartphone die Fahrpläne. Der nächste Greyhound von Seattle nach San Francisco fuhr erst um sechs, weshalb wir also noch mehr als genug Zeit hatten. »In San Francisco müssen wir umsteigen, wenn wir nach San Luis Obispo wollen«, sagte sie, als wir das letzte Stück von der Haltestelle zum Busbahnhof liefen. »Das wird eine *echt* lange Fahrt.«

»Wie lang?«, fragte ich und spürte, wie es leise in meinem Bauch grummelte. Vielleicht war das ja doch keine so tolle Idee. Was mir vor ein paar Stunden noch ganz logisch erschienen war, kam mir auf einmal einfach nur noch albern vor. Wie bescheuert musste man sein, sich mit wildfremden Menschen stundenlang in einen Bus zu hocken und Hunderte von Kilometern zu fahren, um seine Großeltern zu besuchen, denen Max und ich immer scheißegal gewesen waren? Denen *ihre eigene Tochter* scheißegal gewesen war?

»Fast einen ganzen Tag«, sagte sie, und da überlegte ich wirklich, ob ich nicht einfach umdrehen und wieder nach Hause gehen sollte. Aber als wir dann am Bahnhof waren, schoben Bree und ich uns durch das Gedränge und ließen uns auf eine der Bänke fallen, wo wir versuchten, die Luft anzuhalten, weil die Luft so nach Menschen stank – noch viel schlimmer als in der Turnhalle, wenn vor uns die Jungs drin gewesen waren.

»Sollen wir schon mal Fahrkarten kaufen?«, fragte Bree, aber ich schüttelte den Kopf.

»Lass uns noch ein bisschen warten«, sagte ich. Als ich den Ausdruck auf ihrem Gesicht sah, fügte ich schnell hinzu: »Nur bis die Schlange nicht mehr so lang ist.«

»O-*kay*«, sagte sie langsam. Und dann saßen wir über

eine Stunde nur so da, beobachteten Leute und lästerten darüber ab, wie sie aussahen oder worüber sie redeten. Weil die Wände gekachelt waren, hallte jedes Geräusch in der ganzen Halle wider. Leute stritten sich darüber, welchen Bus sie nehmen sollten und wer denn jetzt die Snacks eingepackt hatte. Neben uns hatten sich zwei Typen in den Haaren, ob sie genug Gras für die Fahrt hätten oder nicht. Bree verdrehte die Augen und formte mit den Lippen ein lautloses »Kiffer«.

Gerade als ich ihr sagen wollte, dass das eigentlich doch eine ziemlich blöde Idee war und wir vielleicht einfach wieder verschwinden sollten, fiel mein Blick auf den Haupteingang, durch den eben ein ganzer Schwall Leute kam, die ihre nassen Schirme ausschüttelten. Ich sah Grace, ehe sie mich sah. Sie trug Jeans und eine schwarze Jacke, und ihre roten Haare hingen ihr nass und zerzaust ins Gesicht. Gleich hinter ihr war mein Dad.

»Schau mal«, sagte ich und stupste Bree mit dem Ellbogen an. Sie drehte sich zur Tür um, sah dann wieder mich an und grinste.

»Sollen wir abhauen?«, fragte sie, nur halb im Scherz.

Ich presste die Lippen aufeinander und schüttelte den Kopf; kurz zögerte ich, dann stand ich auf. Grace ließ den Blick durch den Raum schweifen, und als sie mich entdeckte, schlug sie sich die Hand vor den Mund. Ich winkte schüchtern, weil ich nicht wusste, ob ich jetzt erschrocken oder erleichtert sein sollte, dass sie mich so schnell gefunden hatten. Grace drehte sich zu meinem Dad um und zeigte auf mich. Dann kamen sie beide angelaufen, und mein Dad packte mich und zog mich so heftig an sich, dass ich fast mit den Füßen in der Luft hing.

»Oh Ava, was bin ich froh, dass dir nichts passiert ist«,

sagte er und drückte seinen Mund seitlich an meinen Kopf. Seine Stimme klang, als wäre er den Tränen nah. Dann wich er zurück, ließ mich wieder runter und umfasste mein Gesicht mit beiden Händen. »Wir haben uns solche Sorgen gemacht. Was zum Teufel hast du dir nur dabei gedacht?«

Ich blinzelte meine Tränen weg und schaute Grace an. Sie lächelte mir aufmunternd zu und strich mit der Hand über meinen Arm. »Alles in Ordnung mit euch?«

»Uns geht's prima«, meinte ich und drehte mich zu Bree um. Dad ließ mein Gesicht los, und ich schaute kurz zu ihm auf. »Es tut mir leid.« Ich holte tief Luft. »Wie habt ihr uns überhaupt gefunden?«

»Wir haben erst im Haus deiner Mom nachgesehen. Als du da nicht warst, dachten wir uns, dass du vielleicht zu deinen Großeltern willst«, sagte Grace. »Mit dem Bus zu fahren wäre am billigsten. Außerdem seid ihr beiden noch zu jung, um euch selbst ein Flugticket zu kaufen.«

»Habt ihr überhaupt eine Vorstellung, was euch *hier* alles hätte passieren können?«, fragte Dad. »Oder unterwegs erst? Ich darf da gar nicht dran denken. Wie bist du nur auf so eine Idee gekommen, Ava?«

Meine Unterlippe begann zu zittern. »Es tut mir leid«, sagte ich noch mal und senkte den Blick. »Aber wenn ich dir erst gesagt hätte, dass ich dich angelogen habe und die Schule geschwänzt und in Mamas Haus war und ihre Eltern angerufen habe, dann hättest du mir erst recht verboten, etwas darüber herauszufinden, was mit ihr passiert war.« Ich schaute ihn wieder an und stellte erschrocken fest, dass ich ihm gerade alles gebeichtet hatte. Mit angehaltenem Atem wartete ich darauf, wie er reagieren würde.

Als er sah, wie durcheinander ich war, wich der Ärger aus seinem Gesicht und machte Verständnis Platz. »Grace hat mir schon alles erzählt.« Seine Stimme klang ganz freundlich, überhaupt nicht wütend, und aus irgendeinem Grund hätte ich deswegen erst recht losheulen können. »Warum hast du nicht mit mir darüber gesprochen, wenn dir das so wichtig war?«

»Das habe ich ja *versucht*, aber du hast mich nicht mal mehr in Mamas Haus gehen lassen!«, platzte es aus mir heraus, dann holte ich schnaufend Luft. Grace machte einen Schritt auf mich zu, aber Dad legte ihr die Hand auf die Schulter, um sie zurückzuhalten.

»Da hast du recht«, sagte er und nickte nachdenklich. Er schien darauf zu warten, dass ich weiterredete, also legte ich so richtig los.

»Ich war *so wütend* auf dich«, stieß ich hervor und schaute dann zu Grace hinüber. »Auf *dich* auch.« Ihre Miene änderte sich nicht, doch sie ließ mich nicht aus den Augen und begann ebenso wie Dad nachdenklich zu nicken. Ich holte noch mal ganz tief Luft, und es war mir völlig egal, dass wir mitten im Busbahnhof standen und ein paar Leute schon anfingen, uns anzustarren. »Und wisst ihr, was noch? Auf Mama bin ich *auch* wütend, immer noch, weil sie mich angelogen hat. Sie hat mich angelogen, und jetzt ist sie weg, und es ist einfach *nicht richtig*, dass ich so eine Wut auf sie habe. Ich will wissen, was passiert ist, damit ich endlich aufhören kann, so wütend zu sein. Ich will Mama nicht hassen. Ich will nur verstehen, warum sie vor mir Geheimnisse hatte. Und warum *alle* zu glauben scheinen, es wäre völlig in Ordnung, mich andauernd anzulügen!«

Dann verlor ich die Beherrschung und begann so laut

und heftig zu schluchzen, dass ich am ganzen Körper bebte. Grace kam zu mir, legte die Arme um mich und zog mich an sich. Ihre Umarmung war ganz anders als Mamas, ihr Körper war weich und nachgiebig, ihre Berührung fest und beruhigend. Wenn Mama mich in den Arm genommen hatte, war es mir immer ein bisschen so vorgekommen, als würde sie nicht mich, sondern *sich* trösten wollen. Kurz zögerte ich, dann schlang ich meine Arme um Grace und hielt mich an ihr fest, ließ meine Tränen vorn in ihre Jacke sickern, die sowieso schon nass war vom Regen. Dad legte mir die Hand auf die Schulter, streichelte mir den Rücken; Bree stand neben ihm, auch sie mit Tränen in den Augen. Grace strich mir die Haare aus dem Gesicht, und sofort musste ich daran denken, wie ich das bei Mama getan hatte, wenn sie weinte. Und wie oft ich mir, nachdem Dad uns verlassen hatte, gewünscht hatte, Mama würde endlich wieder die Kraft haben, *mich* so zu trösten.

Ich ließ mich an Grace sinken, schmiegte mich an sie und gestand mir endlich ein, dass sie überhaupt nicht die furchtbare Person war, die es nur darauf abgesehen hatte, mir meinen Daddy wegzunehmen. Ich hatte versucht, sie zu hassen, in ihr die Böse zu sehen, die alles kaputt machte, aber sie hatte sich davon überhaupt nicht beeindrucken lassen und mir immer wieder gezeigt, wie wichtig sie mich trotz allem nahm. Selbst als ich nur noch gemein zu ihr war, richtig fies und unverschämt, war sie bei uns geblieben.

Nach ein paar Minuten ließen meine Tränen langsam nach, und als ich aufschaute, sah ich, dass Dad auch Tränen in den Augen hatte. »Es tut mir so leid, Ava, dass du das alles so lang allein mit dir herumtragen musstest«, sagte er. »Es tut mir leid, dass ich dir verboten habe, zum Haus deiner Mutter zu gehen, als du es wolltest. Ich wollte dich nur beschützen, dich vor Kummer bewahren, aber jetzt sehe ich ein, dass es ein Fehler war.«

Ich konnte es kaum glauben, dass er sich jetzt auf einmal bei *mir* entschuldigte, obwohl doch eigentlich ich es gewesen war, die lauter Fehler und verbotene Sachen gemacht hatte. Er holte einmal tief Luft, schaute kurz zu Grace, dann wieder zu mir. »Es tut mir auch leid, dass ich dir nicht mehr über deine Mom als Teenager erzählt habe, aber ich musste ihr versprechen, es für mich zu behalten. Ich hatte geglaubt, das Richtige zu tun, indem ich ihren Wunsch respektierte. Wahrscheinlich hatte ich Angst, die Wahrheit könnte zu schwer für dich zu verkraften sein.«

Da ließ ich Grace los und wischte mir mit dem Handrücken über die Augen, dann schaute ich Bree an, die ebenso verwundert zurückschaute und kurz mit den Achseln zuckte. Schließlich blickte ich wieder zu Dad. »Was für eine Wahrheit? Was sollte ich nicht erfahren?«

Er zögerte einen Moment, dann schaute er mich ganz ernst an. »Wenn ich es dir sage, musst du mir versprechen, es nicht Max zu sagen. Das würde ich gern selber tun – aber erst, wenn er etwas älter ist, okay? Ich werde es ihm sagen, versprochen, aber im Augenblick dürfte es vielleicht etwas zu viel für ihn sein.« Ich nickte langsam, und Grace nickte auch, fast so, als hätte er auch sie darum gebeten. Dann holte er tief Luft, ehe er weitersprach. »Deine Mom ist mit vierzehn schwanger geworden, Ava. Und weil ihre Eltern sich deswegen geschämt haben und niemand es erfahren sollte, haben sie sie von zu Hause weggeschickt.«

»Oh Gott«, flüsterte ich und hörte, wie auch Bree nach

Luft schnappte. Auf einmal ergab alles einen Sinn, alles, was ich herausgefunden hatte, fügte sich auf einmal wie ein Puzzle zusammen. »Ehrlich?«, fragte ich dennoch. »Aber warum hat Mama uns das nie erzählt? Warum wollte sie nicht, dass jemand davon erfährt?«

»Weil sie sich auch dafür geschämt hat, mein Schatz. Sie hat versucht, es zu verdrängen, und wollte einfach so tun, als wäre es nie geschehen. Und wenn jemand so lange versucht, etwas zu verdrängen, kommt die Trauer irgendwann auf andere, ungesunde Weise zum Vorschein. Ich habe sie immer wieder gebeten, sich Hilfe zu suchen, endlich mit jemandem darüber zu reden, aber sie wollte nicht.«

»Und was ist aus dem Kind geworden?«, wollte Bree wissen, und Dad sah sie so überrascht an, als hätte er völlig vergessen, dass sie auch noch da war. Dann schaute er fragend zu Grace.

»Wahrscheinlich wurde sie adoptiert«, sagte Grace ruhig. »Genaueres wissen wir selbst nicht.«

»Sie?«, fragte ich aufgeregt, und auf einmal waren meine Tränen vergessen. »Ich habe eine *Schwester?* Oh bitte, können wir nicht versuchen, sie zu finden?«

Wieder wechselten Grace und Dad einen kurzen Blick, als wären sie unschlüssig, was sie jetzt tun sollten. »Dad«, bettelte ich. *»Bitte.«*

Grace nickte kaum merklich, und Dad seufzte. »Na schön«, meinte er. »Ja, wir können versuchen, sie zu finden. Aber mach dir lieber nicht zu große Hoffnungen, okay? Vielleicht weiß sie überhaupt nicht, dass sie adoptiert wurde. Und selbst wenn, kann es gut sein, dass sie nichts mit ihrer Herkunftsfamilie zu tun haben möchte. Dagegen könnten wir nichts tun, wir müssten es so respektieren.«

»Okay«, erwiderte ich. Obwohl ich wusste, dass er recht hatte, fand ich die Vorstellung unglaublich aufregend, vielleicht bald eine Schwester kennenzulernen, von der ich noch nicht mal geahnt hatte, dass ich sie hatte! Mit ihr könnte ich über Mama reden, über alles, was ich an Mama so gemocht hatte, was toll an ihr gewesen war ... und irgendwann vielleicht auch über das andere, über das, was nicht so toll gewesen war, womit Mom mir das Leben ganz schön schwer gemacht hatte.

Dad zog mich noch mal in seine Arme und gab mir einen Kuss oben auf den Kopf. »Ich habe dich ganz furchtbar lieb, Ava, das weißt du, ja? Wir schaffen das schon. Wir werden einen Weg finden. Aber ab jetzt keine Lügen mehr und keine Geheimnisse. Und weggelaufen wird auch nicht mehr. Haben wir uns verstanden?«

Ich nickte und merkte, wie mir sofort wieder Tränen in die Augen schossen. »Kann ich noch einen Augenblick mit Grace allein reden?«

»Ja, klar«, sagte er, drückte mich noch einmal kurz und schnappte sich dann meinen Koffer. »Komm, Bree. Ich spendier dir eine Cola.«

Grace und ich sahen den beiden nach, wie sie hinüber zum Verkaufsstand gingen; neben meinem Dad wirkte Bree wie ein kleines Kind. Dann wandte Grace sich wieder mir zu und atmete einmal tief durch. »Wollen wir uns hinsetzen?«, fragte sie. »Ich bin total erledigt.«

Wir suchten uns zwei freie Plätze, und dann sagten wir ein paar Minuten erst mal gar nichts. »Du hast Dad also alles erzählt?«, fing ich schließlich an. »Sogar, dass wir in Mamas Haus waren und das Rezept geholt haben?«

»Ja, das habe ich. Als du plötzlich verschwunden warst, blieb mir kaum eine andere Wahl.«

»Ja, schon klar«, sagte ich. »Wahrscheinlich war es so auch einfacher, oder?«

»Für *dich* vielleicht!«, sagte sie grinsend und stupste mich in die Seite.

»Schon gut, tut mir leid«, sagte ich und musste auch grinsen. »Du hast recht.« Um sie nicht anschauen zu müssen, senkte ich den Blick auf meine Hände. »Ich wollte nicht einfach so verschwinden. Es war nur alles so ... du weißt schon, mit Dad ...« Ich verstummte wieder, weil ich nicht wusste, wie ich all das, was mir durch den Kopf ging, in Worte fassen sollte.

»Schon gut«, sagte sie. »Ich glaube, ich weiß, wie dir zumute ist. Vielleicht besser, als du denkst.« Als ich sie fragend ansah, lächelte sie. »Als Sam auf die Welt kam, war ich so alt wie du jetzt ... wusstest du das?« Ich schüttelte den Kopf. Ich wusste zwar, dass ihr Bruder jünger war, aber nicht, dass er *so viel* jünger war.

Sie nickte. »Doch, ich war dreizehn, so wie du. Nur dass mein Dad überhaupt nicht so war wie deiner. Er hatte es nicht so mit Verantwortung. Vatersein war für ihn ein Fremdwort, und weil meine Mom abends und an den Wochenenden arbeiten musste, damit wir finanziell über die Runden kamen, musste ich mich um meinen Bruder kümmern, wenn sie nicht da war.« Hier zögerte sie kurz, ehe sie weitersprach. »Mir ist natürlich klar, dass man beides nicht wirklich miteinander vergleichen kann. Du hast viel mehr durchmachen müssen als ich, viel mehr, als ich mir jemals hätte vorstellen können, aber ich weiß, wie es ist, zwischen zwei Stühlen zu sitzen, sich einerseits schon ganz erwachsen zu fühlen und andererseits noch ein Kind zu sein. Manchmal zerreißt es einen fast, weil man nicht weiß, wohin man eigentlich gehört. Als ich dreizehn war, wollte ich eigentlich nur mit meinen Freundinnen abhängen, so wie alle anderen auch.« Sie überlegte kurz. »Aber was ich damit sagen will: Es war schwer für mich, wirklich schwer, so früh so viel Verantwortung zu übernehmen, genauso wie es wahrscheinlich für dich nicht leicht war, dich so viel um deine Mutter zu sorgen. Wir haben es getan, weil es nicht anders ging. Weil wir es *mussten*. Und weil niemand sonst es getan hat. Aber jetzt, wo du und Max bei uns lebt, möchte ich einfach nur, dass ihr Kinder sein könnt.«

»Bei der Suche nach meiner Schwester will ich aber trotzdem helfen«, entgegnete ich, jedoch nicht trotzig, sondern eher erleichtert. Fast kam es mir so vor, als würde Grace mich besser verstehen, als irgendjemand mich je verstanden hatte. Vielleicht sogar besser als Mama. Und obwohl ich noch immer ein schlechtes Gewissen bekam, wenn ich so was dachte, hoffte ich doch beinah, dass Mama sich für mich freute. Dass sie *glücklich* wäre, weil jetzt jemand für mich da war, wo sie es nicht mehr sein konnte. Jemand, mit dem ich reden konnte, wenn ich traurig war oder Angst hatte, jemand, der Mama zwar niemals ersetzen könnte, aber mir doch das Gefühl gäbe, nicht mehr ganz so allein zu sein.

»Natürlich«, sagte sie, und dann schwiegen wir wieder ein paar Minuten. Die ganze Zeit dachte ich daran, was ich ihr noch sagen wollte. Und wenn ich es ihr nicht jetzt sagte, würde ich mich nur wieder davor drücken. »Grace?«

»Ja?«

»Eigentlich bin ich doch ziemlich froh, dass du meinen Dad heiratest«, sagte ich. »Du machst ihn echt glücklich.«

Da lächelte sie und legte den Arm um mich. Erst machte ich mich ganz steif, denn selbst nach unserer Umarmung von vorhin fand ich ihre offene Zuneigung noch immer ziemlich gewöhnungsbedürftig. Aber dann entspannte ich mich, ließ mich an sie sinken und spürte die Wärme, die Sicherheit, die ihre Berührung mir gab. »Er macht mich auch glücklich«, sagte sie. »Wenn er mich nicht gerade wahnsinnig macht.« Sie drückte ganz leicht meine Schulter und zog mich an sich, damit ich wusste, dass sie nur Spaß machte, und wir mussten beide lachen.

»In Zukunft will ich versuchen, nicht mehr so unausstehlich zu sein, versprochen«, sagte ich. »Ich habe es dir echt nicht leicht gemacht.«

»Das lag nicht allein an dir, Ava. Ich bin auch nicht gerade perfekt. Weißt du, nachdem deine Mom gestorben war, hatte ich auf einmal richtig Angst vor euch.«

»Echt?«, fragte ich ungläubig. Ich konnte mir überhaupt nicht vorstellen, dass Grace vor *irgendetwas* Angst hatte.

»Echt«, sagte sie und nickte ernst. »Es war für uns alle nicht leicht, aber ich hatte immer das Gefühl, dass ich alles nur noch schlimmer mache.«

Plötzlich hatte ich das Bedürfnis, sie auch zu trösten. »Eigentlich warst du immer ziemlich nett zu uns. Sogar wenn ich gemein zu dir war.«

»Ha!«, rief sie. »Dich so anzuschreien war nicht gerade nett.«

Ich zuckte mit den Schultern. Die paar Mal, die sie mich angeschrien hatte, weil ich mich mit Max geprügelt hatte oder das Geld aus ihrer Tasche genommen … da hatte ich es wahrscheinlich nicht anders verdient. »Stimmt, ist es nicht. Aber Stehlen und Lügen sind auch nicht gerade nett.« Als ich sie vorsichtig anschaute, schossen mir wieder Tränen in die Augen. »Aber eigentlich *bin* ich nicht so, Grace. Ich will so nicht sein. Ich hoffe, du gibst mir noch eine Chance.«

Sie zögerte nur kurz, dann zog sie mich wieder in ihre Arme. »Ich hoffe, du gibst mir auch eine«, flüsterte sie; dann standen wir beide auf und gingen hinüber zu meinem Dad, damit er uns endlich nach Hause brachte.

Danksagung

Manche Bücher gehen einem leichter von der Hand als andere, und dieses hier hätte ich ohne Rat und Unterstützung einiger wirklich wunderbarer Menschen wahrscheinlich nie zu Ende gebracht.

Greer Hendricks, meine begnadete Lektorin bei Atria Books, muss von Anfang an die Geschichte erspürt haben, die ich zu schreiben *versuchte*, und hat sie Seite um Seite (manchmal Wort für Wort!) aus mir herausgekitzelt. Sarah Catlin, ihrerseits eine ganz fantastische Lektorin, hat mich an persönlichen Erfahrungen teilhaben lassen, die für dieses Buch sehr wichtig waren – dafür kann ich ihr gar nicht genug danken.

Wie immer geht mein Dank an Victoria Sanders, meine unglaublich einfallsreiche, ermutigende und manchmal zum Schreien komische Agentin – überhaupt die beste Agentin, die ein Mädchen sich nur wünschen kann –, die unerschütterlich all meine Selbstzweifel umschifft und mir immer wieder neuen Glauben an mich selbst geschenkt hat. Ich kann mich wirklich glücklich schätzen, sie an meiner Seite zu haben. Dank auch an Victorias Team, an Chris Kepner und Bernadette Baker-Baughman, für alles, das ihr für uns künstlerisch veranlagten Typen tut!

Mein aufrichtiger Dank allen bei Atria, die mir mein Schriftstellerdasein überhaupt erst ermöglichen: Judith Curr, Chris Lloreda, Paul Olsewski, Lisa Sciambra, Hilary Tisman, Carole Schwindeller und Aja Pollock – um hier nur einige zu nennen. Ich möchte dem gesamten Vertriebsteam bei Atria für den unermüdlichen Einsatz danken, mit dem es meine Bücher hinaus in die Welt schickt, und der Grafik-Abteilung für ihre stimmigen, zu Herzen gehenden Covergestaltungen.

Ein ganz besonderer Dank an Cristina Suarez für die fantastische Pressearbeit bei Atria, fürs Anfeuern, ihre Begeisterung und fabelhafte Art! Und für die Leckerbissen von No Bake Makery – ich freue mich schon auf dein Kochbuch!

Dank schulde ich meiner lieben Freundin Tina Skelton, die dieses Manuskript so oft gelesen und mich so oft darüber hat jammern hören, dass wir beide irgendwann aufgehört haben mitzuzählen. Laura Meehan hat mich mit konstruktiver Kritik versorgt, mit moralischer Unterstützung und, vielleicht noch wichtiger, mit vielen entzückenden Bildern ihres strahlenden, pausbackigen Babys Noah. (Laura, ich würde jederzeit mit dir durch zwielichtige Gegenden San Franciscos fahren.) Dank auch an Laura Schilling, die sich meine ersten, unausgegorenen Ideen für den Plot angehört hat, und für das Brainstorming zu Soap Operas und Familiengeheimnissen.

Dank an Stacey Harrington, Liz Ward, Laura Webb und Beth Mallone für das Lesen früher Fassungen und ihr extrem wertvolles Feedback. Und für die besten, vergnüglichsten Lunches und fachliche Unterstützung Dank an Pennie Ianniciello, Shana Lind und Melissa Medeiros McMeekin.

Freunde sind die Familie, die man sich aussucht – und ohne deren Zuspruch und Unterstützung ich nicht schreiben könnte: Sally Cote, Sherrie Stockland, Carmen Bowen,

Loretta McCann, Cheryl Baulig, Belinda Malek, Brad und Deanna Martin, Rachael Brownell, Allison Ellersick, Jerrilyn Harvey, Kristie Miller Cobb, Robin Hart, Kurt Jensen, Kristin Cleary, Kelly Angel, Greg und Sue Bateman, Curt und Tracey Hugo, Wendy Bailey, Denise Brandon und noch so viele andere, die ich nicht alle hier aufzählen kann. Danke euch allen, ich liebe euch.

Ein Dank an alle Buch-Blogger, die meine Geschichten gelesen und weiterempfohlen haben. Ich bin euch so dankbar. Allen Lesern, die sich die Zeit nehmen und sich die Mühe machen, Rezensionen zu schreiben oder anderen von meinen Büchern zu erzählen, allen, die mir schreiben, dass eine Geschichte sie berührt hat. Ich kann ihnen gar nicht genug danken. Gleiches gilt für meine Freunde und Kollegen auf Facebook, Twitter und Goodreads – ihr seid mir unschätzbar wichtig!

Meiner Mutter Claudia Weisz, die mich als Erste dazu ermutigte, meine Einfälle zu Papier zu bringen – danke. (Wer hätte gedacht, dass ich es mir zum Beruf machen könnte, eine Drama Queen zu sein?) Für spontane Streicheleinheiten und Umarmungen und dafür, dass sie mich immer wieder zum Lachen bringen, Dank an meine Kinder Scarlett und Miles und an meine Bonus-Tochter Anna.

Und nicht zuletzt meinem besten Freund, Ehemann und Verbündeten in allen Lebenslagen – danke dir, Stephan, dass du dieses Leben mit mir aufgebaut hast und ein Herz wie das meine zu halten vermagst.